칼라하리의 절규

Cry of the Kalahari

칼라하리의 절규

델리아 오언스 · 마크 오언스 지음
이정아 옮김

살림

스러져가는 자연을 부둥켜안고

2019년의 절반을 나는 물에 반쯤 잠겨 살았다. 초여름에 나온 『가재가 노래하는 곳』(살림출판사, 2019)과 초겨울에 나온 『습지주의자』(사이언스북스, 2019) 이 두 소설을 읽으며 반쯤 잠긴 곳에는 무슨 특별한 것이 있나 음미하며 지냈다. 우리나라 최초의 야생 영장류학자이자 생명다양성재단의 사무국장인 김산하 박사가 쓴 『습지주의자』에는 대놓고 '반쯤 잠긴 무대에는 특별한 것이 있다'라는 부제가 달려 있다. 『가재가 노래하는 곳』은 평생 아프리카 등지에서 야생동물의 생태를 연구한 델리아 오언스가 생애 처음으로 쓴 소설이다. 그것도 일흔이 다 된 나이에. 미국 노스캐롤라이나 주 해안 습지를 배경으로 벌어진 살인 사건 이후 야생에서 홀로 생존해야 했던 어린 소녀의 성장기를 그리는 과정에서 자연과 공존하는 인간의 모습을 엿볼 수 있게 해주는 색다른 매력의 소설이다. 이 소설을 읽는 내내 나는 너무나 자연스레 몇 년 전 델리아 오언스가 그의 남편 마크와 함께 쓴 『야생 속으로』(상상의숲, 2008)를 떠올렸다. 2008년 이 책이 우리말로 처음 번역되었을 때 추천의 글을 썼는데 이번에 살림출판사에서

『칼라하리의 절규Cry of the Kalahari』라는 원서 제목을 살려 다시 출간한다니 반갑기 그지없다.

결혼한 지 1년밖에 안 된 신혼부부가 침낭 두 개, 작은 텐트 하나, 간소한 취사도구, 속옷 약간, 카메라 한 대, 그리고 달랑 6,000달러를 손에 쥐고 아프리카 원주민들도 살고 있지 않은 칼라하리 평원으로 기어들어간 그 무모함을 어떻게 이해해야 할까? 마크와 델리아 오언스는 전형적인 제인 구달 추종자들이다. 『인간의 그늘에서』(사이언스북스, 2001)를 읽은 독자라면 알고 있듯이 제인 구달도 20대 중반의 젊은 나이에 탄자니아의 곰비국립공원으로 야생침팬지를 연구하러 떠난다. 마찬가지로 20대의 젊은 오언스 부부도 무턱대고 그 거친 야생으로 걸어 들어간 것이다. 그러나 그곳이 어딘가? 그곳은 인간이 탄생하여 대부분의 역사 동안 살아온 삶의 터전이 아니던가? 어찌 보면 고향에 돌아간 셈인데 마치 이방인처럼 낯설어하고 힘들어하는 모습이 더 이상한 건 아닐까?

40대 중반 이후의 사람이라면 〈야성의 엘자〉(1966)라는 영화를 기억할 것이다. 조이 애덤슨이라는 여성이 애완동물로 키우던 사자를 야생으로 돌려보내는 과정에서 벌어지는 동물과 인간 사이의 사랑과 애환이 〈Born Free〉라는 이름의 주제가를 부른 앤디 윌리엄즈의 감미로운 음성과 더불어 우리의 심금을 울렸던 영화다. 〈야성의 엘자〉가 야생의 언저리에서 한 동물을 야생 속으로 돌려보내려는 노력의 기록이라면 이 책 『칼라하리의 절규』는 아예 야생의 한복판에 뛰어들어 야성의 동물들이 어떻게 살아가고 있는지 생생하게 보여주는 르포다.

이 책은 젊은 생태학자 마크와 델리아 오언스가 아프리카 칼라하리에서 7년이라는 긴 세월 동안 사자, 갈색하이에나, 자칼 등 온갖 동물의 행동과 생태에 관하여 연구한 과학보고서이자 그들과 자연을 공유하며 겪은 온갖 이야기를 묶은 휴먼드라마다. 말이 쉬워 오지 생활이지 보통 사람들은 정말 상상하기조차 어려울 것이다. 마실 물이 달랑거려 생사의 갈림길에서 헤매기를 수없이 반복했고, 타고 있던 자동차가 소금층이 갈라지며 땅 속으로 가라앉을 뻔 했던 사건, 기름통에 구멍이 나거나 부속품의 일부가 달아나 그 넓은 아프리카 초원에서 꼼짝없이 버려질 위기에 처했던 일 등은 말할 나위도 없거니와 사자나 하이에나에게 공격당하기 일보직전에 가까스로 피해 목숨을 구한 수많은 일…….

나는 오언스 부부가 겪은 오지의 경험 중에서 "잠을 잘 때면 들쥐와 생쥐가 몸 위를 기어 다녔다"는 대목이 특별히 가슴에 와닿았다. 나도 그만은 못하지만 비슷한 경험을 했기 때문이다. 이 책 내내 마크와 델리아도 끊임없이 연구비 걱정을 하지만, 1980년대 중남미 열대를 누비며 다니던 시절 나도 넉넉지 않은 연구비를 아낄 목적으로 정말 값싼 여관에서 잠을 자곤 했다. 우리 돈으로 5,000원이면 하룻밤을 묵을 수 있는 그런 곳이었다. 그런 여관에는 종종 방 안에 전깃불도 하나 없다. 복도에 걸려 있는 백열전구의 빛이 벽과 천장 사이에 뚫어 놓은 유리도 없는 창문으로 흘러 들어올 뿐이다. 주로 반대편 벽 상단만 희미하게 비출 뿐 바닥은 오히려 더 컴컴하다. 바닥은 보통 그저 흙바닥이고 침대라고 놔둔 것은 바닥에서 그저 10여 센티미터 높이의 평상 위에 때에 찌든 스폰지 한 장을 깔아 놓은 게 전부다. 그 침대에 드러누워 잠을 청하려면 이내 바닥을 기는 온갖 것의 소리가 들린다. 스륵스륵 서걱서걱. 아마 쥐들과 바퀴벌레를 비롯한 온갖 기어다니는 작은 동물일 것이다. 그래도 나는 한 번도 그들이 내 몸 위로 기어오르는 걸 경험하지는 않았다. 아니면 너무 피곤해서 그냥 곯아떨어진 것인지.

나는 어쩌면 내게 벌어지지도 않았을 일을 떠올리면서도 온 몸에 소름이 돋는데 마크와 델리아는 정말 대단하다는 생각이 든다. 보통 사람들은 이런 삶을 이해하지 못할 것이다. 떼돈을 벌기는커녕 연구비가 바닥날까 늘 노심초사하며 온갖 문명의 이기로부터 멀리 떨어진 오지의 삶을 도대체 무엇 때문에 자처하는가 이해할 수 없을 것이다. 내가 열대를 누볐다는 사실을 발견하고 사람들이 가장 자주 묻는 질문은 "그런 곳에서 힘들지 않으셨어요?"이다. 사실 힘들지 않다면 거짓말이다. 이 책을 읽는 내내 느끼겠지만 오지의 생활은 이루 말로 표현하기 어렵다. 그러나 오언스 부부나 나나 그저 좋아서 그런 곳을 찾고 그런 곳에서 산다. 도시에 있는 것보다 문명을 떠나 자연의 품에 안기면 마냥 좋다. 그렇지 않고서야 어떻게 7년이라는 긴 세월을 버틸 수 있었겠는가?

하지만 솔직히 말해 오지에서 하는 연구 생활이 마냥 행복한 것은 아니다. 우선 먼저 가족을 떠나 멀리 있다는 점이 늘 아쉬울 수밖에 없다. 마크와 델리아도 칼라하리에 머무는 7년 동안 가까운 친지들이 세상을 떠나도 함께 하지 못하는 아픔을 겪었다. 이렇게 얘기하면 결국 야외생물학자들은 애당초 별종들이라고 할지 모르지만, 사실 그보다 더 큰 아픔은 매일같이 바라보고 관찰하던 동물의 죽음을 맞이하는 일이다. 호저의 가시에 깊은 상처를 입고 생명까지 위독하던 본즈라는 이름의 수사자를 구해준 얘기를 듣곤 "내 평생 이렇게 아름다운 이야기는 처음이에요."라며 눈시울을 적시던 미국인 부부가 바로 그 다음날 사냥에 나서 본즈의 목숨을 앗아간 이야기는 너무나 황당하다. "내 평생 그렇게 슬프고 잔인한 이야기는 처음이에요."

아끼던 동물들을 잃은 얘기는 이 책 곳곳에 구구절절이 널려 있다. 기껏 박제 기술을 가르쳐줬더니 오언스 부부와 텐트 주변에서 친구처럼 지내던 뾰족뒤쥐 윌리엄을 덜컥 박제로 만들어 자랑하는 그들의 조수 목스. 마크와 델리아가 오랫동안 관찰하며 아끼던 갈색하이에나 스타도 어느 날 역시 관찰 대상이던 수사자 모펫과 머핀에 의해 갈기갈기 찢긴 채 죽음을 맞는다. 7년 연구기간 동안 어쩌면 그리도 많은 죽음을 지켜봐야 하는 것일까 의아스럽겠지만 사실 그게 저 야생의 참모습일지도 모른다. 그래서 이 책의 원저는 '칼라하리의 절규'라는 제목이 붙어 있다. 자연에는 언제나 아름다운 삶과 처참한 죽음이 공존한다.

이 책이 미국에서 처음 출간된 것이 1984년이니 오랫동안 아프리카에서 고릴라를 연구하다 밀렵꾼들의 손에 무참히 살해된 다이앤 포시의『안개 속의 고릴라』가 출간된 바로 다음해였다.『안개 속의 고릴라』와『칼라하리의 절규』는 자연다큐멘터리 고전 중의 고전이다. 두 책은 야생동물의 보전 활동에 기폭제가 되었다. 밀렵꾼에 의해 처참하게 살해된 고릴라 '디지트'를 기리면서 만든 '다이앤 포시 국제 고릴라 기금'과 오언스 부부가 설립한 '오언스 야생 보호 기금'은 지금도 세계 곳곳에서 멸종의 위기에 내몰린 야생동물들을 보호하기 위한 기금을 모으고 있다. 여러분이 내는 작은 기부금, 심지어 내셔널지오그래픽의 구독료가 야생동물 연구와 보전에 결정적인 역할을 한다는 걸 잊지 말기 바란다. 마크와 델리아는 미국으로 돌아온 후에는 노스다코다주에서 야생 회색곰의 보전을 위해 열심히 일하고 있다.

연구비가 부족하여 늘 어렵지만 장기적인 현장 연구가 야생동물 연구에 얼마나 중요한지는 이 책에서도 여실히 드러난다. 마크와 델리아가

7년이라는 세월을 칼라하리의 동물들 바로 곁에 있지 않았다면 도저히 발견할 수 없었던 수많은 과학적 사실이 장기생태연구의 중요성을 여실히 보여준다. 오언스 부부의 하이에나에 관한 연구는 독일의 행동생태학자 한스 크루크Hans Kruuk의 연구에 필적할 만하다. 크루크는 주로 점박이하이에나를 연구했고 오언스 부부는 갈색하이에나를 연구했지만 그들의 연구는 각각 독창성과 공통점을 지닌다. 사자에 관한 연구는 오언스 부부 이전에도 조지 섈러George Schaller, 브라이언 버트램Brian Bertram 등에 의해 세렝게티에서 진행된 바 있다. 마크와 델리아는 처음으로 갈색하이에나가 공동으로 새끼들을 키운다는 사실을 관찰하여 과학계에 보고했다. 심지어는 혈연관계가 아닌 암사자들이 새끼들에게 함께 젖을 먹이는 현장도 관찰했다. 그리고 암사자들만 아니라 수사자들도 서로 협동한다는 사실도 처음으로 발견했다. 이 같은 발견들은 오로지 장기적인 현장 연구에 의해서만 가능한 것이다. 이런 연구는 외국 학자들만 하고 있는 게 아니다. 우리 연구실은 10여 년 전부터 인도네시아 긴팔원숭이와 제주도 남방큰돌고래에 관한 장기적인 현장 연구를 수행하고 있다. 연구비 부족으로 해마다 위기를 넘기고 있는데 이 책을 읽는 독자들 중에서도 도움의 손길을 뻗어 주시는 분들이 생기면 반갑겠다.

이러는 동안 자연이 자꾸 생태학자들이 미처 연구도 하기 전에 우리 곁에서 사라지고 있다. 우라늄 광산의 채산성을 검토한답시고 칼라하리에 나타나 거짓말을 일삼으며 태고의 자연에 대한 경외심이라곤 털끝만큼도 없던 지질조사단에게 뜨거운 관심을 보이는 원주민들의 이야기를 읽으며 그때나 지금이나, 아프리카나 대한민국이나 돈 앞에 무너지는 인간의 모습이란 어쩌면 이리도 똑같을까 신기할 따름이다.

인류 역사 내내 자연이 우리를 먹여 살렸고, 이제 또 다시 우리는 자연의 품으로 돌아갈 채비를 하고 있다. 나는 21세기를 맞으며 우리 인간이 스스로 '현명한 인간$^{Homo\ sapiens}$'이라 부르는 자만을 반성하고 자연과 더불어 살겠다는 의지를 표명하며 '공생인$^{共生人,\ Homo\ symbious}$'으로 거듭날 것을 제안한 바 있다. 우리 인간이 자연계에서 가장 우수한 두뇌를 지녔다는 사실은 인정하지만 나는 우리가 현명하다는 점에는 결코 동의할 수 없다. 진정으로 현명하다면 우리의 삶의 터전까지 망가뜨리며 살지는 말았어야 했다. 우리는 제 꾀에 넘어가는 헛똑똑한 동물일 뿐이다. 하나뿐인 이 지구에서 자연과 공생할 수 있는 길을 찾아야 한다. 생명의 보고 칼라하리를 어떻게 보전하는가는 우리의 의지를 가늠해볼 수 있는 시금석이 될 것이다. 지금도 칼라하리는 절규하고 있다. 그 절규가 우리의 절규가 되지 않기를 진심으로 바란다.

최재천
이화여대 에코과학부 교수
생명다양성재단 대표

차례

디든 밸리

독스 레그

버지 팬

라이온 라스트 스톱

레오파드 트리

노스 트리

여우 굴

노스 팬

칼 캡틴의 모래언덕

치타 힐

갈색하이에나 공동육아 굴

트윈 아카시

첫 번째 야영지

수사자 본즈와 블루 프라이드

미드 팬

노스 베이 힐

갈색하이에나 스타의
두 번째 굴

모래언덕 숲지대

동쪽 모래언덕

디셉션
밸리

LORRAINE SNEED

지구의 동물들을 지키기 위해 노력을 기울인
프랑크푸르트 동물학회의 리처드 파우스트 박사와 잉그리드 코버스타인
그리고 우리와 함께할 수 없는 크리스토퍼에게 이 책을 바칩니다.

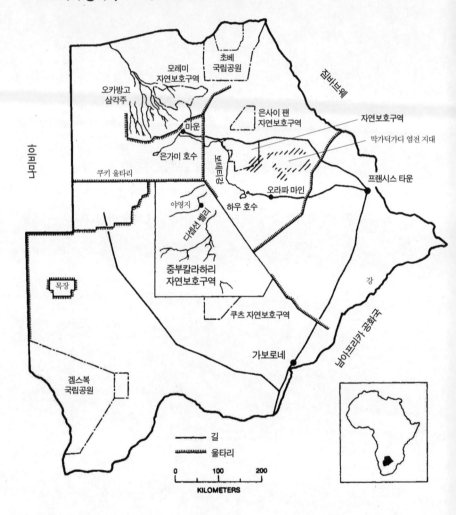

보츠와나 공화국 The Republic of Botswana

보츠와나 공화국은 남아프리카 공화국의 북쪽에 위치한 남아프리카 국가이다.
제인 구달이 동부 아프리카의 탄자니아에서 야생 침팬지 연구로 널리 알려졌듯이, 이 책의 저자인
오언스 부부는 보츠와나의 칼라하리에서의 사자와 갈색하이에나 연구로 유명하다. 자칼·하이에나·
사자의 야생의 참모습을 7년 동안 추적했고, 인간이 그들의 영역을 침범하고 파괴하는 참상을 고발
함으로써 절규하는 야생의 현장을 우리에게 과장 없이 보여준다.

"더 늦기 전에 살아 있는 야생을 직접 보고 싶었다."

딱딱한 땅에 왼쪽 어깨와 엉덩이가 배겨 아팠다. 나는 오른쪽으로 돌아누우며 이리저리 몸을 뒤척였다. 군데군데 잡초와 돌멩이가 있어 어떤 자세를 취해도 불편하기는 매한가지였다. 나는 새벽 한기를 피해 침낭에 파고들며 다시 잠을 청했다.

우리는 지난밤 계곡을 따라 북쪽으로 차를 몰았다. 사자 한 무리가 포효하는 곳을 찾기 위해서였다. 하지만 새벽 3시가 되었을까. 어느새 사자들의 울음소리가 자취를 감추었다. 사냥에 성공해 포식 중인 것이 분명했다. 울음소리가 들리지 않으면 사자 무리를 찾을 수 없기 때문에 우리는 좁은 땅에 자라는 잡목들 옆에서 눈을 붙이기로 했다. 누군가 우리가 자고 있는 나일론 침낭을 봤다면 꿈틀거리는 거대한 벌레 같다고 생각했을 것이다. 침낭에 내려앉은 아침이슬이 첫 햇살을 받아 반짝거렸다.

아오우! 나지막하게 으르렁거리는 소리에 나는 깜짝 놀랐다. 고개를 천천히 들어 발 쪽을 살짝 보았다. 그 순간 숨이 멎는 것만 같았다. 으르렁거리는 소리의 주인공은 거대한 암사자였다. 무게가 136킬로그램은

될 것 같았는데, 누워서 보니 덩치가 더 커 보였다. 암사자와의 거리는 고작 5미터 정도였다. 좌우로 흔들리는 고개를 따라 꼬리의 검은 털도 리드미컬하게 따라 움직였다. 나는 잡초를 부여잡은 채 그대로 얼어붙어버렸다. 암사자는 완벽한 리듬으로 커다란 발을 들었다 내리며 우리를 향해 천천히 다가왔다. 헝클어진 수염에는 이슬이 맺혀 있고 그윽한 호박색 눈동자는 곧바로 우리를 향하고 있었다.

델리아를 깨우고 싶었지만 몸이 꼼짝도 하지 않았다. 암사자는 우리 발까지 와서 고개를 천천히 돌렸다. 나는 이때다 싶어 델리아를 깨웠다. "델리아! 쉿! 조용히 하고 어서 일어나 봐. 여기 사자들이 있어."

델리아가 천천히 고개를 들어 사자를 보더니 눈이 휘둥그레졌다. 우리 발치에서 3미터가량 떨어져 있는 덤불 옆으로 코에서 꼬리 끝까지 3미터는 되어 보이는 사자가 지나가는 것이 아닌가. 바로 그때 델리아가 내 팔을 잡으며 재빨리 오른쪽으로 고갯짓을 했다. 고개를 살짝 돌려보니 4미터가량 떨어진 곳에 암사자가 또 있었다. 우리가 자고 있던 덤불의 반대편이었다. 그리고 또 한 마리…… 또 한 마리…… 모두 아홉 마리인 블루 프라이드Blue Pride 무리(오언스 부부는 무리지어 다니는, 혹은 자주 만나는 동물들에게 각각의 이름을 부여했다)가 우리를 에워싸고 있었다. 대부분 잠을 자거나 쉬는 중이었다. 지난밤 우리는 말 그대로 야생의 칼라하리 사자 한 떼와 동침을 한 모양이었다.

무지막지하게 자란 집고양이 같은 암사자 블루는 벌러덩 드러누워 두 눈을 꼭 감고 있었다. 앞다리는 보드라운 가슴에 포개져 있고 뒷다리는 털이 무성한 하얀 배에서 하늘로 쭉 뻗어 있었다. 그 뒤로 본즈가 누워 있었다. 블루 프라이드의 우두머리인 본즈는 검은 갈기가 텁수룩하고 무룹에는 주름처럼 흉터가 남아 있었다. 몇 날 전 어두운 밤에 우리가 서툴게 한 수술 흔적이었다. 본즈는 섀리와 새시, 집시 등을 이끌고 동트기 직전에 이곳까지 온 것이 분명했다.

우리는 칼라하리에 서식하는 사자들과 자주 맞닥뜨렸으며, 분위기가 상당히 험악했던 적도 있었다. 그런데 블루가 이끄는 사자들은 우리를 완전한 일원으로 받아들였는지 잠까지 잘 정도였다. 그날 아침이야말로 남아프리카의 심장부에 위치한 칼라하리 사막에서 연구를 진행한 이래 가장 가슴이 뿌듯했던 순간 중 하나였다.

젊고 이상에 불타오르는 대학생이었던 우리 두 사람은 철저히 우리 힘으로만 야생연구프로젝트를 진행하기 위해 아프리카로 왔다. 아프리카에서도 원시의 자연을 간직한 곳을 찾아 몇 달간 연구를 진행한 끝에 마침내 '그레이트 서스트Great Thirst'로 들어가게 되었다. 이곳은 아일랜드보다 더 넓은 야생 지역으로 구석기 시대 부시맨들밖에 가본 사람들이 없을 정도로 오지 중의 오지이다. 마실 물도 부족하고 살인적인 무더위는 말할 것도 없고 변변한 은신처조차 없기 때문에 이 중부 칼라하리는 사람의 접근을 피할 수 있었다. 우리의 야영지 주변에는 마을도 없었고 길도 없었다. 애초에 길 같은 것은 없었다. 우리는 물을 얻기 위해 잡목숲지대를 가로질러 160킬로미터나 가야 했다. 숙소도, 전기도, 라디오도, TV도, 병원도, 식료품점은 고사하고 사람이나 사람이 만든 물건을 몇 달씩 구경도 못 한 채 외부 세계와 단절되어 지냈다.

그곳에서 우리가 만난 동물들은 인간을 한 번도 본 적이 없는 동물들이었다. 총알받이가 되거나, 트럭에 쫓기거나, 덫이나 올가미에 걸려 본

적이 한 번도 없었다. 그래서 그야말로 야생동물의 본래의 모습을 관찰할 수 있는 소중한 경험을 했다. 우기에는 아침에 일어나 보면 텐트 주변에 3,000마리에 달하는 영양 무리가 풀을 뜯고 있었다. 밤이면 사자, 표범과 갈색하이에나가 찾아와 텐트를 고정하는 줄을 잡아당겨 잠을 설치게 했다. 목욕을 하는데 불쑥 찾아와 놀라게 하거나, 깜박하고 버리지 않은 설거지물을 마셔버리기도 했다. 달빛이 환한 밤이면 우리와 나란히 앉아 있었고 우리 얼굴에 코를 대고 킁킁거리기도 했다.

물론 위험한 일도 많았다. 매일이 위험의 연속이었다. 살아남은 것이 신기할 정도로 위험한 재해도 겪었다. 테러리스트와 마주치고, 물도 없이 길을 잃고, 폭풍우에 시달리고, 온 세상이 타들어가는 가뭄도 만났다. 우리의 야영장을 포함해 몇 킬로미터를 휩쓴 들불과도 싸웠다. 그 와중에 사막에서 은인을 만나 목숨을 부지할 수 있었다. 고물 트럭, 모닥불, '디셉션Deception'이라는 계곡을 동반자 삼아 시작한 모험이었다. 칼라하리 사자와 갈색하이에나에 대해 아무도 모르는 귀중한 사실들을 알게 되리라고는 그때는 꿈에도 생각 못 했다. 이 동물들이 물도 먹이도 없이 어떻게 가뭄을 이겨내는지, 가뭄이 오면 이동을 하는지 그냥 머무르는지, 동물들이 새끼를 키우기 위해 어떻게 협력하는지와 같은 사실들 말이다. 우리는 지구상 최대 규모로 이동하는 누 떼에 대해서도 기록했고 사람들이 구제역을 예방하기 위해 설치한 울타리가 칼라하리의 숨통을 조이고 있다는 사실도 알게 되었다.

*

아프리카에 가겠다는 결심이 과연 언제 섰는지 기억이 나지 않는다. 델리아도 나도 언제나 아프리카를 동경했던 것 같다. 기억하는 한 우리는 언제나 야생을 찾아다녔고 그것으로부터 살아갈 힘과 평화와 고독을 얻었으며 그곳이 파괴되지 않도록 지켜주고 싶었다. 꼬마였을 때, 일렬로 늘어선 불도저들이 오하이오의 숲을 갈아엎는 모습을 풍차 위에서 지켜보았다. 고속도로를 짓기 위해 숲을 없애는 모습을 목격한 순간 내 인생의 길이 정해졌다. 지금도 그때 느꼈던 슬픔과 낭혹감이 잊히지 않는다.

델리아와 나는 조지아 대학의 원생동물학 수업에서 처음 만났다. 얼마 후 서로의 목표가 같다는 사실을 알게 되었다. 그 학기가 끝나갈 무렵 우리는 아프리카에 가게 된다면 둘이 함께일 것이라고 어렴풋이 생각하게 되었다. 이 무렵 객원 교수로부터 아프리카에서 야생이 사라져가는 현실에 대해 들었다. 그분의 말씀에 따르면 전체 야생동식물의 3분의 2가 이미 사라졌으며 거대한 목장과 도시가 마구잡이로 확장되어 서식지도 점점 줄어들고 있었다. 남부에서는 가축의 안전이라는 미명 하에 사람들이 덫이나 올가미, 총이나 독극물로 살해하는 맹수들만 수천 마리에 달했다. 일부 아프리카 국가에는 자연보호 정책의 수립과 실행이라는 것이 존재하지 않았다.

각종 보고서에서 읽은 아프리카의 현실은 부시무시했다. 우리는 드넓은 야생지역에서 아프리카의 육식동물을 연구하기로 결심했다. 연구로 환경 보호 프로그램을 마련하는 데 도움을 주고 싶었다. 어쩌면 그런 거창한 계획보다도 그저 여태껏 살아 있는 야생을 직접 보고 싶었던 것일 지도 모른다. 동기가 뭐든 당장 가지 않으면 연구 대상이 거의 남아 있지 않을 수 있었다.

대학원의 연구 프로그램으로 아프리카를 가려면 몇 년은 기다려야 했다. 우리는 박사 과정을 마치지 않았기 때문에 환경단체에서 주는 장학금을 받을 가능성도 없었다. 그래서 일단 휴학을 하기로 하고 연구에 필요한 돈을 모으기 시작했다. 연구지를 결정하고 현장 연구가 시작되면 후원자도 나타나리라 믿었다.

반년 동안 교사 일을 했지만 돈은 한 푼도 모으지 못했다. 나는 직업을 바꿔서 채석장의 쇄석기를 운전하기 시작했다. 델리아도 이런저런 일을 계속했다. 다시 반년을 더 고생한 끝에 남아프리카 공화국의 요하네스버그까지의 비행기 요금과 4,900달러를 모았다. 연구를 시작하기에는 턱없이 부족한 액수였지만 그때는 제1차 오일쇼크가 한창이던 1973년 말이었다. 일단 떠나지 않으면 영원히 갈 수 없을 것 같았다.

어떻게든 우리는 돈을 마련하려고 전 재산인 전축, 라디오, TV, 낚싯대, 주전자와 냄비 등을 차에 싣고 채석장으로 갔다. 마침 야간 교대를 마치고 나오는 사람들이 퇴근할 때였다. 나는 차 위에 올라가 차와 차에 실린 모든 것을 경매에 붙였다. 그날 우리는 1,100달러를 벌었다.

우리가 결혼한 이듬해, 1974년 1월 4일 우리는 배낭 두 개와 침낭 두 개, 소형 텐트 한 개, 최소한의 조리 기구, 카메라, 옷 몇 벌과 6,000달러를 가지고 비행기에 올랐다. 이것이 우리가 연구를 위해 마련한 모든 것이었다.

이 책은 우리가 연구를 통해 알아낸 사실들을 세세하게 기록한 자료가 *아니다*. 그 내용은 다른 책에 실을 예정이다. 이 책은 사자, 갈색하이에 나, 자칼, 새, 뾰족뒤쥐, 도마뱀을 비롯해 우리가 알게 된 모든 동물들과 함께 *생활한 기록*이다. 지구상에서 가장 크고 마지막으로 남은 원시 야 생에서 연구를 진행한 이야기이기도 하다. 이 책에 나온 내용은 우리가 작성한 일지를 엮은 것으로 이름과 대화를 비롯해 모두 실화이다. 각 장 의 화자는 한 명이지만 우리는 이 책의 모든 구절을 함께 썼다.

마크

1장

점블리 사람들

그들은 '시브'를 타고 바다로 나갔네, 정말로 나갔다네.
시브를 타고 그들은 바다로 나갔네.
겨울 아침에 대해, 폭풍우 치는 날에 대해
친구들이 입을 모아 말해주었지만
시브를 타고 그들은 바다로 나갔네!
(······)
멀리 가끔씩
점블리 사람들이 사는 땅이 나온다네.
그들의 머리는 초록색, 손은 파란색.
그리고 그들은 시브를 타고 바다로 나갔네.

_에드워드 리어

기록·마크

나는 좀처럼 잠들지 못하고 창문에 머리를 기댄 채 대서양 상공의 암흑천지를 바라보았다. 비행기가 아프리카의 새벽을 향해 날아가는 동안 저 아래 세상은 조금씩 모습을 바꾸었다.

우아한 자태를 뽐내며 치타 한 마리가 평원을 한가로이 어슬렁거린다. 머리를 꼿꼿이 세우고 꼬리를 바람에 따라 부드럽게 빙빙 돌리며 소란스러운 동물 무리를 향해 미끄러지듯 나간다. 경계를 한시도 늦추지 않는 영양 무리가 앞뒤로 뛰어다니지만 아직 도망칠 기색은 없다. 치타는 지금 배가 고프다. 한순간 전력질주를 시작한다.

아프리카의 새벽이 비행기를 맞이했다. 우리를 태운 비행기는 아스팔트 위에 착륙해 안개 자욱한 도시로 승객들을 토해냈다. 반바지와 검은 견장이 달린 새하얀 셔츠를 입은 세관원들이 순서를 외치며 클립보드를 흔들었다. 우리는 사람들로 붐비는 홀에서 몇 가지 양식과 설문지를 작성했다. 철조망 울타리 밖을 바라보았다. 상상이 나래를 폈다.

스피드, 방향 감각, 균형감과 우아한 모습이 완벽한 조화를 이룬 치타는 황급히 도망치는 영양 무리를 향해 질주하며 목표물을 정한다. 겁에 질린 영양들이 부채가 펴지듯 사방으로 흩어진다. 태고 이래로 계속되어 온 목숨을 건 추격전이 막 시작되었다.

더 작은 비행기로 옮겨 탄 후 다시 기차를 탔다. 기차 안에서도 우리는 창밖 풍경을 바라보며 각자의 생각으로 빠져들었다. 가도 가도 가시덤불밖에 보이지 않았다. 가끔 칙칙폭폭 소리를 내며 기차가 덜컹거리며 지나갔다. '칙칙폭폭 칙칙폭폭, 당신은 내릴 수 없어요. 영영 돌아갈 수 없을 거예요. 칙칙폭폭……'

평원을 달리는 치타의 모습이 흐릿해진다. 속도가 점점 빨라진다. 시속 80킬로미터, 90킬로미터, 120킬로미터……. 목표물을 향해 질주하는 모습이 살아 있는 미사일 같다. 치타는 어느새 목표물의 뒤를 바짝 따라 잡았다. 둘 사이의 멋진 승부는 피할 수 없게 되었다.

이제 영양은 최후의 일격을 맞는다. 전속력으로 질주 중인 치타는 곤봉 같은 앞발을 쭉 뻗어 먹잇감의 균형을 무너뜨린다. 영양 무리가 재빨리 도망친다. 그 순간 추격의 양상이 돌변한다. 시속 120킬로미터로 달리던 치타가 달리던 기세에 그대로 울타리에 처박힌다. 울타리의 철조망이 치타의 코를 베고 턱을 박살내며 목을 휘감는다. 우아한 목이 뒤틀리며 부러지고 산산조각난 정강이뼈가 앞다리 가죽을 뚫고 나온다. 울타리가 반동으로 튕겨 나오면서 선혈이 낭자한 절단된 사체가 땅바닥으로 떨어진다.

쉭쉭거리는 브레이크 소리가 나자 기차가 멈췄다. 악몽도 끝이 났다. 우리는 배낭을 메고 모래투성이 역에 내려 칠흑 같은 아프리카의 밤으로 들어갔다. 뒤에서 디젤 엔진이 으르렁거리고 객차가 연결되는 소리가 났다. 기차는 새벽 2시 허름한 정거장에 우리만 남겨놓은 채 다시 길을 떠났다. 마치 길고 어두운 터널 속으로 들어온 것 같았다. 흐릿한 노란 불빛 아래로 한쪽 구석에 달린 지저분한 표지판에는 〈가보로네 보츠와나〉라고 적혀 있었다.

적막한 암흑 속으로 빨려 들어갈 것 같았다. 주머니에 돈 몇 푼 넣고 배낭 하나 달랑 메고 낯선 나라에 왔다고 생각하니 당치도 않은 일을 시작한 기분이 들었다. 일단 사륜 구동 트럭을 마련하고 연구 장소를 물색해서 정식으로 연구를 해야 했다. 그래야 돈이 다 떨어지기 전에 지원금을 받을 수 있을 것이었다. 하지만 그런 일들을 걱정하기 전에 우리는 눈부터 붙여야 했다.

우리는 역에서 나와 먼지가 풀풀 날리는 길을 가로질러 가보로네 호텔로 향했다. 다 떨어진 망사 문 위에 금세 꺼질 것 같은 전구가 대롱대롱 매달려 있었다. 가보로네 호텔은 칠이 다 벗겨진 나무판자로 지은 건물로 주위에는 웃자란 잡초들이 무성했다. 하룻밤에 8달러인 객실 요금은 우리에겐 너무 비쌌다.

발길을 돌려 호텔에서 나가는 우리를 야간 경비원 할아버지가 불렀다. 할아버지는 꺼질 것 같은 촛불을 양손으로 감싸 쥔 채 횅한 로비를 지나 잡초와 덤불이 가득한 작은 마당으로 우리를 데려갔다. 할아버지는 내

짐을 톡톡 치더니 땅바닥을 두드렸다. 우리는 감사의 인사를 한 후 가져온 텐트를 덤불 옆에 치고 안에 침낭을 폈다.

아프리카의 아침은 주민들의 재잘거리는 소리로 시작되었다. 그들은 행진하는 개미처럼 풀과 덤불이 무성한 들판을 가로질러 도시로 향했다. 이 사람들은 공예품을 만들어서 기차가 설 때마다 창문으로 여행객들에게 팔아 생계를 유지했다. 이들은 찌그러진 함석이나 두꺼운 종이, 낡은 널빤지나 진흙 벽돌을 올린 판잣집에서 살았다. 빈 맥주 깡통으로만 지은 집도 보였다.

주위를 둘러보더니 델리아가 목소리를 낮추며 말했다. "도대체 여기가 어디야?"

우리는 가보로네시市를 뒤덮고 있는 자욱한 연기가 나는 곳으로 향했다. 보츠와나의 수도인 가보로네는 바위투성이의 구릉지대에 세운 도시였다. 1967년에 독립하기까지 이 나라의 정식 명칭은 영국 베추아날란드 보호령이었다. 가보로네는 여러 건축 양식이 혼재하고 있었다. 작은 가게들이 늘어서 있는 대로가 있고 서구 양식의 3층 건물 몇 채 뒤로는 진흙과 이엉으로 만든 둥근 모양의 전통 가옥인 '론다벨Rondavel'들이 보였다. 먼지 날리는 거리에는 유럽의 옷을 입은 아프리카 사람들과 아프리카 문양의 옷을 입은 유럽인들로 북적거렸다.

이곳 가보로네는 온갖 문화가 뒤섞인 곳으로, 어떠한 것도 신속하게 진행되지 않았다. 보츠와나에 도착한 후 두 달 동안 우리는 가보로네라는 수렁에 빠진 기분이었다. 우리는 날이면 날마다 거주와 연구 허가를 받기 위해 따로 노는 정부 기관들을 찾아다니며 적당한 연구지를 아는 사람들을 수소문했다. 우리가 염두에 두고 있는 장소는 자연보호구역 울타리에서 멀리 떨어진 곳이었다. 인간의 활동이 맹수들의 행동에 아무런 영향도 미치지 않는 곳 말이다.

모든 점을 고려해봤을 때, 우리의 연구지로 가장 적당한 곳은 보츠와나 북부의 오지였다. 하지만 자연보호부^{Department of Wildlife}의 직원들 중에서도 그곳을 가본 사람이 없었다. 안내인을 못 구하는 것은 물론이었고, 탐험도 생각보다 훨씬 힘들고 어려울 것 같았다. 설령 우리가 보츠와나의 미개척지에 들어가서 연구 캠프를 세운다고 해도 식량과 연료를 비롯한 각종 용품들을 지도에도 없는 야생 지역으로 운반하는 일도 골칫거리였다. 게다가 이 나라 면적의 3분의 1을 차지하는 북부 지역은 그곳의 역사가 기록된 이래 가장 심한 폭우로 물에 잠겨 있었다. 북쪽으로 난 유일한 도로는 벌써 몇 달째 통행금지였다.

무엇보다 도시를 털털거리고 돌아다니는 낡아빠진 사륜구동차들 가운데 쓸 만한 차를 구하는 일이 급선무였다. 우리 형편으로는 고물이 다 된 랜드로버밖에 살 수 없었다. 지붕은 움푹 들어갔고 차체는 덤불에 무수히 긁혔으며 칙칙한 회색이었다. 우리는 고물차 '그레이 구스'를 1,500달러에 사서 엔진을 교체하고 보조 연료 탱크를 달았다. 짐칸에는 평평한 수납 상자들을 만들어 달았다. 이 상자들 위에 발포 고무 매트를 깔아 침대로도 사용했다.

그레이 구스의 수리와 개조를 모두 마치니 어느새 1974년 3월 초였다. 연구는 시작도 못 했는데 수중에는 달랑 3,800달러밖에 남지 않았다. 그 중에서 1,500달러는 지원금을 못 받을 경우 집으로 돌아갈 비행기 값이라 건드릴 수가 없었다. 돈이 떨어지기 전에 지원금을 받을 수 있도록 연구 단체를 설득하려면 한시바삐 연구를 시작해야 했다. 북쪽으로 못 갈지도 모른다는 경고를 무시한 채 우리는 어느 날 아침 가보로네를 출발해 덤불이 무성한 사바나로 향했다.

도시를 떠나 몇 킬로미터를 달렸을까. 우리는 엉덩이에 심한 충격을 느끼며 보츠와나의 마지막 포장도로를 벗어났다. 움푹 팬 곳을 요리조리 피해 운전을 하다 보니 어느새 잡목숲 지대가 나왔다. 나는 아프리카 야생의 기운을 깊이 들이마셨다. 마침내 숙원이 이루어진 것이다. 자유와 기대감으로 가슴이 터질 것만 같아 옆자리에 앉은 델리아의 어깨에 팔을 둘렀다. 델리아도 나를 보며 미소를 지었다. 그 미소를 보고 있자니 이 일을 준비하느라 힘들었던 기억이 싹 사라지는 것 같았다. 그녀의 눈빛에서 어떤 도전에도 당당하게 맞설 수 있다는 자신감이 느껴졌다.

목적지인 마운Maun 마을은 오카방고강江 삼각주의 물길이 칼라하리 사막에 닿는 곳에 있으니, 거리상으로는 북쪽으로 730킬로미터가량 떨어진 곳이었다. 그곳까지는 좁은 자갈길만이 나 있었는데, 드문드문 원주민들의 오두막이 서 있는 곳을 제외하면 쉴 곳이라고는 전혀 없는 허허벌판을 지나가야 했다. 홍수 때문에 지난 몇 주 동안 아무도 그 길을 지나가지 않았다. 시속 16~24킬로미터로 굼벵이처럼 전진하는 동안 사바나는 점점 더 습해졌다. 차는 시커먼 진흙에 빠져 헛바퀴질을 하기 일쑤였다.

보츠와나 동부의 마지막 큰 마을인 프랜시스타운 근처에서 우리는 마운을 향해 북서쪽으로 차를 돌렸다. 아직도 480킬로미터를 더 달려야 했다. 길은 모조리 물에 쓸려 흔적도 없었다. 호수를 만나면 나는 차에서 내려 땅이 비교적 단단한 곳을 찾았다. 그러면 델리아는 내가 찾아낸 단단한 땅으로 차를 몰며 따라왔다. 시간이 갈수록 그레이 구스가 진흙에 빠지기 시작했다. 우리는 잭으로 차체를 들어 올린 후 덤불이며 돌이며 통나무 같은 것으로 바퀴를 받쳤다. 간신히 몇 미터를 갔나 싶으면 다시 가라앉기를 몇 번이고 반복했다.

밤이면 사정없이 달려드는 모기떼를 때려잡으며 진흙 웅덩이 가에 앉아 얼굴, 팔과 다리에 굳어 있는 진흙을 씻었다. 그런 후에야 짐칸에 마련한 잠자리에서 눈을 붙이곤 했다. 우리는 길 한가운데에 차를 세웠다. 안 그랬다간 영락없이 진흙탕에 빠져 옴짝달싹도 할 수 없었기 때문이다. 며칠 동안 우리가 만난 차량은 두세 대에 불과했다. 하물며 한밤중에 누군가 우리를 지나가는 것은 상상조차 할 수 없었다.

아침이면 다시 길을 떠났다. 극도로 피로가 쌓여 잠시 집중력을 잃으면 차가 진흙에 빠졌다. 고생 끝에 빠져나와도 얼마 못 가 다시 진흙에 빠지는 악순환이 이어졌다. 며칠 동안 달린 거리가 고작 2~3킬로미터를 넘지 않았다. 그래도 포기할 수 없었다. 마운에 도착하지 못한다면 현장 연구는 물 건너간 것이나 다름없었다. 이런 생각을 감히 입 밖으로 꺼내지는 못했지만 우리 둘 다 같은 생각이었다. 하지만 우리는 절대 실패할 수 없었다. 우리는 이번 모험에 가진 것 모두를 걸었기 때문이다. 돈만이 아니었다. 우리의 꿈과 자부심이 이 연구에 달려 있었다.

때때로 길가의 물웅덩이에서 목을 축이거나 뒹구는 염소, 소와 당나귀들과 마주쳤다. 그들은 가시덤불 숲이 무성한 광활한 초원에 여전히 생명이 있다는 유일한 증거였다. 하지만 천신만고 끝에 도착한 곳이 야생이 다 죽은 황무지이면 어떻게 해야 할지 불안했다. 어쩌면 우리는 야생이 거의 남지 않은 나라를 골랐을지도 몰랐다. 설령 그렇다고 해도 아프리카의 대부분이 방목으로 인해 풀이라고는 모조리 뜯어 먹혔다는 사실을 확인할 수 있을 터였다.

가보로네를 출발한 지 열하루째 되던 날 우리는 진흙투성이에 퀭한 눈으로 타말라케인강에 걸린 좁다란 다리 위에 멈춰 섰다. 강둑에 마운이 있었다. 갈대와 짚으로 만든 오두막들이 모여 있는 마을이었다. 마을에는 당나귀와 모래가 있었다. 헤레로족의 여자들이 화려한 치마를 푸른 강둑으로 가지고 나와 햇빛에 펼쳐 말리고 있었다. 붉은색, 노란색, 푸른색, 녹색과 보라색의 각양각색의 옷감으로 만들어진 치마들은 몇 미터에 걸쳐 부채처럼 펼쳐져 있었다.

델리아는 눈이 벌겋게 충혈되고 얼굴과 머리에는 회색 진흙이 덕지덕지 말라붙어 있었다. 손은 수렁에 빠진 차를 들어 올리려고 돌과 가시덤불에 긁혀 온통 생채기로 덮었다. 하지만 그녀는 활짝 웃으며 환호성을 질렀다. 우리가 드디어 해낸 것이다!

우리는 전통가옥들 사이로 나 있는 모랫길을 따라 차를 몰아 라일리^{Riley}로 갔다. 그곳은 정비소, 잡화점, 호텔과 바가 들어서 있는 건물이었다. 우리는 라일리에서 돼지기름, 밀가루, 옥수수 가루, 설탕과 같은 생필품과 휘발유를 샀다. 우유, 빵, 치즈처럼 잘 상하는 음식은 보츠와나 북부에서는 살 수 없었다. 우리가 마운에 도착했을 무렵에는 기본적인 식료품도 다 떨어져가는 중이었다. 물건을 실은 트럭이 몇 주째 오지 못했기 때문이다. 마을 사람들은 허기져 있었다. 우리는 구걸하는 아이들의 시선을 애써 피했다. 그들과 비교하면 우리는 부자였지만 그래도 아무것도 줄 수가 없다는 사실이 당황스러울 따름이었다.

가보로네에서 만난 자연보호부의 직원들은 연구 장소를 구하고 싶다면 전문 사냥꾼들을 찾아보라고 조언했다. 그렇게 알게 된 몇몇 사냥꾼들을 일지에 적어두었는데 그중 한 명이 '마운의 라이오넬 파머'였다. 라이오넬은 라일리에서 유명했기에 우리는 그곳에서 라이오넬의 집을 물었다. 푹푹 빠지는 모랫길과 진흙 수렁을 지나 마을에서 북쪽으로 6킬로미터가량 가니 파머의 농장이 나왔다. 강 위로 키 큰 무화과 나무들이 솟아 있었고 그 위로는 오렌지색, 붉은색, 노란색의 부겐빌리아 꽃이 자라고 있었다. 붉은눈직박구리, 회색코뿔새, 후투티를 비롯해 온갖 새들이 정원의 차양 위로 훨훨 날아다니고 있었다.

검게 그을린 피부에 흰머리가 드문드문 보이는 라이오넬 파머는 헐렁한 청바지와 카우보이 셔츠 차림에 머리에는 반다나를 두르고 있었다. 그는 우리를 보자 위스키 잔을 든 채 나와 인사를 했다. 그 지역에서 최고 연장자이자 가장 노련한 사냥꾼인 라이오넬은 마운의 유지였다.

라이오넬은 보츠와나 북부에서 괜찮은 장소를 몇 군데 추천해주었다. 홍수가 별로 심하지 않으면서 맹수들이 인간의 손을 타지 않은 곳으로 말이다. 그중 한 곳이 막가딕가디^{Makgadikgadi} 구역으로, 마운에서 남동쪽으로 160킬로미터 이상 떨어진 넓은 잡목숲 지대였다. 그곳은 원래 거대한 내륙호였는데 1만 6,000년 전에 말라붙었다고 한다.

"마운에서 나타^{Nata} 도로를 타고 동쪽으로 160킬로미터를 달리면 꼭대기가 부러진 야자수 한 그루가 있을 거요. 그러면 주도로에서 남쪽으로나 있는 오래된 흔적을 찾아요. 표지판은 없지만 거기서부터 보호구역이요. 아무도 거기까진 가지 않아. 거긴 아무것도 없으니까. 지랄 맞은 아프리카밖에 없거든."

보츠와나의 보호구역은 사람의 손을 타지 않은 넓은 야생지대였다.

이틀 후 우리는 부러진 야자수 근처에서 희미한 타이어 자국을 발견했다. 주도로를 벗어나면서 모든 문명의 흔적도 사라졌다. 마침내 우리가 내내 꿈꿔왔던 진짜 아프리카에 도착했다는 실감이 났다. 간간이 부러진 나무들을 제외하면 아무것도 없는 드넓은 사바나를 보니 갑자기 우리가 보잘것없는 연약한 존재가 된 것 같았다. 아름다운 풍경에 가슴이 벅차올랐지만 겁도 났다.

주도로에서 남쪽으로 희미한 흔적을 따라 50킬로미터를 달려 거대한 평원에 도착했다. 그러자 그 흔적조차 사라졌다. 델리아는 나침반 바늘이 가리키는 방향과 주행거리, 훗날 다시 알아볼 수 있으리라 생각되는 외로운 가시나무를 기록했다. 지도도 안내인도 없이 오로지 60리터의 물과 최소한의 식량만으로 막가딕가디 횡단을 시작했다.

사바나는 무척 험했다. 씨앗이 맺힌 잡초들이 무성하게 웃자라 있었고 더웠다. 그날 우리는 시속 5킬로미터로 사바나를 이동했다. 씨앗과 벌레들 때문에 헤드라이트와 후드가 잘 보이지 않았다. 400미터마다 엔진의 앞부분을 털어내고 지글거리는 라디에이터에 물을 부어 열을 식혔다.

둘째 날 아침나절에는 거대한 염전에 도착했는데, 군데군데 초승달처럼 생긴 땅에 잡초가 자라고 작은 숲이 들어서 있었으며 야자수가 옹기종기 모여 있는 곳들도 있었다. 마시지도 못하는 시커먼 물이 가득 차 있거나 주황색, 보라색, 녹색과 붉은색의 조류가 자라 꽃밭처럼 보이는 염전들이 보였다. 얇은 소금막으로 덮인 곳도 있었다. 도로도, 길도, 사람도 없었다. 가뭇가뭇하는 아지랑이만 피어오르고 있있다.

"뭘 하든 절대 염전을 가로지르지는 마시오. 그랬다간 돌덩어리처럼 가라앉고 말 거요. 소금이 보기에는 단단해도 실제로는 안 그래. 얼마 전에 내린 비로 더 약해졌을 거요. 그 아래는 진흙밖에 없는데 얼마나 깊은지 아무도 모른다오. 작년에는 수렵부에서 트럭 한 대를 통째로 염전에서 잃어버리는 일도 있었지. 가로지르면 얼마나 단축될지는 모르겠지만 그래도 반드시 돌아서 가요." 라이오넬이 우리에게 신신당부를 했다.

내가 거대하고 불규칙적인 분지들 주변을 살피는 동안 델리아는 그동안 우리가 이동한 길을 지도로 그렸다. 그녀는 주기적으로 북쪽을 기준으로 한 나침반 방향과 주행기의 수치를 기록했다. 그 기록을 바탕으로 무사히 '외로운 나무'를 찾아 돌아갈 수 있을 터였다.

나는 풀씨에 긁히고 벌레에 물리면서 목욕을 할 수 있을 만큼 빗물이 고인 것처럼 보이는 거대한 염전으로 차를 몰았다. 우리는 염전 가장자리에 솟아 있는 언덕 위로 올라갔다. 정상에 다다른 순간, 트럭이 아래로 쑥 꺼졌다. 차체가 라이플 총소리처럼 삐그덕거렸고 우리는 의자에서 붕 날아 앞 유리에 세게 부딪혔다. 엔진이 멎고 차 앞으로 먼지가 자욱하게 피어올랐다. 먼지가 가시자 지면에 솟은 보닛이 보였다. 키가 큰 잡초에 가려서 큰개미핥기 구멍을 보지 못한 것이다. 델리아가 무사한 것을 확인한 후 나는 잭으로 트럭을 올리고 바퀴를 파묻은 모래를 퍼내기 시작했다. 마침내 차를 후진시킨 후 차 밑으로 들어가 손상 정도를 살폈다. 차체 몇 군데에 새로 금이 가 있었다. 엔진 장착대 근처에도 금이 가 있었다. 앞바퀴 하나라도 빠진다면 엔진이 떨어져 나갈 수도 있었다.

그레이 구스가 없으면 이 소금 분지에서 살아서 빠져나갈 생각을 말아야 한다는 사실을 무섭도록 실감했다. 우리는 기계에 대해 잘 알지도 못했을뿐더러 이런 탐험에 꼭 필요한 예비 부품을 마련할 형편도 아니었다. 게다가 우리가 어디에 있으며 언제 돌아올지 아무도 몰랐다.

델리아와 난 아무 말도 하지 않았지만 속이 시커멓게 타들어갔다. 우리는 염전에 고인 시커먼 물에 몸을 씻고 바람에 말렸다. 그러자 피부가 터질 것처럼 심하게 당겼다.

사고 이후로 나는 차에서 내려 풀숲에 구멍이 없는지 확인하면서 앞장서고 델리아가 차를 몰며 따라왔다. 몇 번이나 설치류의 굴에 발이 빠졌다. 독사굴이 아닌 것을 확인하고 가슴을 쓸어내린 적이 한두 번이 아니었다. 냉장보관을 할 수 없어서 해독제도 준비하지 못했던 것이다.

둘째 날 밤 우리는 키가 2미터를 넘지 않는 나무 옆에서 야영을 했다. 주위 몇 킬로미터에 걸쳐 딱 한 그루밖에 없는 나무였다. 우리는 그 나무를 보자마자 마음을 빼앗겨 진로에서 많이 이탈하면서까지 그곳으로 갔다. 잠은 차에서 잤지만 나무가 있으니 조금은 안심이 되었다. 우리의 영장류 선조도 몇백만 년 전 안전한 숲을 떠나 광활한 사바나를 탐험할 무렵 허허벌판에서 나무 한 그루를 발견하고 기뻐하지 않았을까.

넷째 날 오후 늦게 우리는 낮은 언덕 위를 올랐다. 여전히 내가 앞장서 걸었다. "세상에! 저길 좀 봐!" 수만 마리에 달하는 동물의 소리와 냄새가 미풍을 타고 우리에게까지 전해졌다. 우리 눈앞은 얼룩말과 누로 가득했다. 그들은 거대한 저수지 옆에서 평화롭게 풀을 뜯고 있었다. 물고 차며 싸움을 하는 수컷 얼룩말들의 발굽 주변에서 먼지가 뭉게뭉게 피어올랐다. 누들은 고개를 까닥거리고 뛰어다니며 경계경보를 알렸다. 엄청난 동물들의 무리가 요동하기 시작했다. 평생 처음 보는 장관에 온몸에 소름이 돋았다. 과거에는 아프리카 전역에서 볼 수 있었을 장관을 지금 우리가 눈앞에서 목격할 수 있는 것만으로도, 몇 달간 채석장에서 고생하고 가재도구를 몽땅 팔아버린 일이 보상되었다.

우리는 쌍안경을 주고받으며 몇 시간이나 동물들을 관찰했고, 모조리 기록했다. 우리의 연구가 시작된 것이나 다름없었다. 우리는 언덕의 정상 부근에 텐트를 쳤다. 덕분에 먹잇감을 사냥하는 사자나 치타의 모습을 잘 관찰할 수 있었다. 주위가 어두워지자 그레이 구스 안에서 등유 랜턴에 소시지를 구우며 막가딕가디에서 연구를 시작하면 어떨지 의논을 했다.

우리는 다음 날 하루 종일 동물들을 관찰했다. 그즈음 들뜬 우리에게 찬물을 끼얹는 일이 발생했다. 물과 연료가 떨어져 가고 있었다. 빨리 연구를 하고 싶은 조급한 마음에 화가 무척 났지만 일단 평원을 가로질러 외로운 나무까지 돌아가기로 했다. 델리아의 기록에 의지해서 우리는 동쪽으로 진로를 잡았다. 나무까지 가서 잠시 쉬었다가 서쪽으로 20킬로미터 떨어진 보테티Boteti강에서 물을 길어 올 계획이었다.

이틀 동안은 아무 문제가 없었다. 하지만 어디선가부터 잘못된 방향으로 들어섰는지 처음 보는 거대한 염전이 나타났다. 아름다운 새하얀 소금 분지가 남북으로 뻗어 있었는데, 폭은 1.6킬로미터가 넘고 길이도 1.6킬로미터나 됐다. 차 위에 올라가서 쌍안경으로 주위를 살폈지만 둘러갈 곳이 도무지 보이지 않았다.

북쪽으로 이동한 후 다시 염전의 가장자리를 따라 남쪽으로 이동했다. 나는 염전의 표면이 얼마나 단단한지 확인해보기로 했다. 무엇보다 다 떨어져가는 물과 연료가 문제였다. 충분히 조심한다면 험하고 먼 거리를 둘러 가는 것보다 가로질러 가는 편이 나을지도 몰랐다. 일단 삽으로 구멍을 파보았다. 소금 아래 진흙은 놀랍도록 건조하고 딱딱했다. 구둣발로 쿵쿵 뛰어보았지만 발밑이 가라앉는 느낌은 들지 않았다. 그래서 차를 조금 전진시켜 앞바퀴가 염전 위로 들어가게 해보았다. 다행히 소금

층은 단단했다. 천천히 차를 몰아 완전히 올라섰다. 거기까지도 소금은 콘크리트 도로처럼 단단했다. 라이오넬의 경고가 귓전에 울렸지만 우리는 가로지르기로 했다.

나는 속도를 높여 최대한 빨리 달렸다. 혹시라도 있을지 모르는 무른 곳을 잽싸게 지나치도록 말이다.

나는 핸들 위로 몸을 숙이고 하얀 염전 위에 완전히 마르지 않은 거뭇한 부분이 없는지 살폈다. 다행히 그런 곳은 없었다. 가장자리에서부터 700미터 정도 건너갔을 무렵 우리는 금이 간 소금층 위로 이상한 각도로 삐죽 솟은 통나무들을 발견했다. 우리는 밖으로 나와 그곳을 살펴보았다. 어떻게 이런 구멍이 생겼을까? 통나무는 어디서 왔을까? 주변에는 발자국이나 바퀴자국 같은 흔적이 아무것도 없었다. 우리는 의아하게 생각하며 깊은 구덩이를 들여다보았다. 기둥의 끝이 한데 모여서 끝없는 진흙의 심연 속으로 사라진 곳을 말이다. 갑자기 입 안에 침이 말라버렸다. 누군가 트럭을 꺼내려다가 실패한 것이 분명했다. 나는 재빨리 우리 트럭을 보았다.

"세상에! 트럭이 가라앉고 있어! 빨리 타. 어서. 여기서 나가야 해!"

바퀴들이 소금 아래의 연한 진흙 속으로 서서히 가라앉고 있었다. 염전 표면이 서서히 부서지고 있었다. 염전이 금세라도 트럭을 집어삼킬 것 같은 일촉즉발의 상황이었다.

나는 차를 전진시키려 했지만 시동은 꺼지고 바퀴는 점점 가라앉았다. 나는 미친 듯이 시동을 켜고 기어를 저난으로 변속했다. 트럭은 사방으로 진흙을 튀기며 앞으로 간신히 나아갔고 마침내 단단한 곳이 나왔다. 나는 속도를 내기 위해 다시 변속한 후 차를 돌려 가장자리의 안전한 풀밭으로 향했다. 구사일생으로 살아난 우리 두 사람은 얼굴을 마주보며 고개를 흔들었다. 염전을 가로지르는 것도 모자라 염전 한가운데에서 차를 세워 우리 둘의 목숨을 위태롭게 만들기까지 한 나 자신에게 화가 났다. 우리는 직접 그린 지도를 검토한 후 북쪽으로 향했다. 염전을 빙 둘러 가느라 그날 오후를 몽땅 날렸다.

염전을 둘러간 지 나흘째 되던 날 아침 마침내 막가딕가디 평원의 서쪽 가장자리에 도착했다. 우리는 강변의 울창한 숲으로 들어가 더위를 식혔다.

마침내 우리는 보테티강의 높은 강둑에 섰다. 깊고 푸른 물이 강가에 핀 백합과 히아신스를 애무하듯 유유히 흐르고 수생식물들이 물결에 몸을 맡긴 채 흔들거렸다. 키 큰 무화과나무 꼭대기에서 물수리 한 쌍이 고개를 뒤로 젖힌 채 하늘을 향해 소리를 지르고 있었다. 우리는 가파른 강둑을 내려가 시원한 강물에 몸을 던졌다.

한바탕 수영을 하고 강가로 올라온 우리의 눈에 빨간 것이 들어왔다. 풀밭에 누워 있는 190리터짜리 드럼통이었다. 대단한 물건을 발견한 것이다! 마운에서 드럼통을 찾아보았지만 보츠와나 북부에서 그런 물건을 구하기란 하늘의 별 따기였다. 드럼통이 필요한 사람이 너무 많았기 때문이다. 우리는 드럼통을 차 지붕에 묶었다. 도대체 왜 그런 곳에 버려져 있었는지 계속 궁금했다.

늦은 오후, 강 하류로부터 물이 첨벙거리는 소리가 들리기 시작했다. 옥수수 가루, 생 오트밀, 분유와 가끔 기름이 줄줄 흐르는 통조림 소시지로 몇 주를 버텼더니 우리 몰골이 말이 아니었다. 안색은 창백하고 손가락은 시체처럼 말라비틀어졌다. 우리는 육즙이 뚝뚝 떨어지는 고기를 먹고 싶었다. 싱싱한 물고기를 잡을 수만 있다면 좋으련만! 나는 차에서 낡은 낚싯줄을 찾아내 펜치로 갈고리를 만들었다. 그리고 반짝거리는 깡통 뚜껑으로 미끼도 만들었다.

낚시 도구를 만드는 나를 델리아는 미심쩍은 눈초리로 바라보았다. 그러더니 발이 세 개 달린 쇠 주전자에 옥수수빵을 굽기 시작했다. 나는 강둑으로 내려가 풀밭에서 귀뚜라미들을 잡아 갈고리에 꿰어 강에 던졌다. 주위는 어느새 어둑어둑해졌고 수면으로 커다란 물고기들이 솟구쳤다. 잠시 후 내 입에서는 탄성과 너털웃음이 터져 나왔다. 입질이 와 줄을 당겼더니 멋진 송어가 걸린 것이다. 잠시 후 커다란 메기도 잡았다.

델리아는 생선 살에 옥수수 가루와 밀가루를 발라서 기름에 튀겼다. 잠시 후 우리는 김이 모락모락 피어오르는 커다란 옥수수빵 덩어리와 하얗고 보드라운 생선 살을 앞에 놓고 모닥불에 둘러앉았다. 식사를 마친 후 높은 강둑에 앉아 고요한 물결을 바라보며 이번 모험에 대해 이야기를 나누었다. 아프리카가 우리를 단련시켜주었다.

다음 날 우리는 또 낚시를 했고 전날보다 더 많이 먹었다. 배를 채운 후 물통을 들고 가파른 강둑을 오르내리며 물을 길었다. 일단 드럼통에 물을 채우고 옆으로 뉘어서 랜드로버의 지붕에 묶어 고정했다. 정오 무렵 우리는 맹수를 살피기 위해 막가딕가디로 돌아가기로 했다.

나흘 후 마침내 '지브라 힐Zebra Hill'에 도착했다. 하지만 우리가 일주일 전에 봤던 영양 수천 마리는 흔적도 없었다. 우리는 차로 그 지역을 몇 시간이나 돌아다녔지만 동물은 한 마리도 보지 못했다. 먹잇감이 없으니 당연히 사자나 치타와 같은 맹수들도 모습을 감추었다. 맥이 탁 풀리고 말았다. 과연 막가딕가디가 연구지로 적당한지 다시 생각해보아야 했다.

초식동물 무리와 그들을 쫓는 포식자들의 이동 거리는 엄청나며 정해진 목적지도 없다. 그렇다면 어떻게 정해진 연구지에서 동물들과 지속적으로 접촉할 수 있을까? 우리는 생필품과 조언을 더 구하기 위해 일단 마운으로 되돌아갔다.

마운에 도착한 후 몇 주 동안은 은사이 염전, 사부티 늪지와 오카방고 삼각주 주변 지역으로 답사 여행을 다녔다. 늪지, 염전, 숲은 모두 다양한 종류의 영양과 맹수들이 있어 우리를 유혹했지만 그곳들은 대부분 물에 잠겨 있었다. 홍수 때문에 연구가 쉽지 않을 것 같았다. 갈대가 빽빽이 자란 늪지 수로인 말로포를 건널 때면, 이쪽 야자수에서 저쪽 야자수로 이동하는 동안 트럭 바닥에 물이 차 엔진에 합선이 일어나 시커먼 진창에서 차를 꺼내느라고 몇 시간이나 땅을 파야 했다.

우리는 완전히 전의를 상실한 채 마운으로 돌아왔다. 답사 여행에서 성과를 거두지 못하고 마운으로 돌아와 생필품을 살 때마다 돈이 조금씩 줄어들었다. 이번에도 라이오넬 파머는 우리에게 도움을 주었다.

"칼라하리는 어떻소? 비행기에서 디셉션 밸리라는 곳을 한 번 본 적이 있는데, 거기 사냥감이 엄청 많더군. 물론 나는 그곳에서 한 번도 사냥은 해보지 않았소. 자연보호구역 안으로 몇 킬로미터나 들어가야 하거든."

우리는 옳다구나 하며 펼쳐놓은 100만 분의 1 축도의 보츠와나 지도에서 중부 칼라하리 자연보호구역을 금세 찾았다. 그곳은 세계에서 가장 큰 야생보호구역의 하나로 문명의 손길이 닿지 않은 야생구역의 면적이 8,300제곱킬로미터가 넘었다. 야생의 자연은 자연보호구역의 경계를 지나 계속 뻗어 있었다. 거의 사방으로 경계를 지나 160킬로미터나 더 들어갔는데, 가끔 보이는 방목지와 작은 촌락을 제외하면 아무것도 없었다. 라이오넬에 따르면 아일랜드보다 더 넓지만 길도, 건물도, 물도 없었다. 사람도 부시맨족 약간을 제외하면 아무도 없는 것이나 다름없었다. 자연보호구역은 탐험이 이루어지지 않은 곳이 대부분이었고, 보츠와나 정부도 방문객을 허용하지 않기 때문에 오지 중의 오지로 남을 수 있었다. 즉 그곳에서 연구를 진행한 사람이 지금껏 아무도 없다는 말이었다. 바로 우리가 찾던 곳이었다. 물론 그곳에 도착한 후 그곳의 엄혹한 환경에서 살아남는 문제를 해결해야 했지만 말이다.

말 없는 지도를 한참을 들여다보며 고민을 한 끝에 우리는 마침내 칼라히리로 가는 경로를 결정했다. 그리고 자연보호부에 연구 허가를 신청하지 않기로 결정했다. 어차피 허가를 내줄 리 없기 때문이었다. 미리 알리지 않아도 우리 소식은 금세 그들의 귀에 들어갈 것이 분명했다.

우리는 그레이 구스에 연료와 생필품을 잔뜩 싣고 물을 실은 물통을 차 위에 실은 후 마침내 디셉션 밸리를 향해 칼라하리로 출발했다. 그때가 1974년 4월 말이었다. 마운에서 동쪽으로 15킬로미터가량 달리자 남쪽으로 이어진 흔적뿐인 길이 나왔다. 보테티강의 사마두페 드리프트로 난 길이었다. 그 길을 따라가 보니 통나무로 엮은 길이 물에 잠겨 있었다. 통나무와 징검다리들 위로 출렁이는 강물은 잡초가 무성한 강둑과 죽 늘어선 거대한 무화과나무들 사이로 느릿한 파도와 소용돌이를 만들었다. 가마우지가 잠수를 하고 개구리들이 수련 잎을 풀쩍풀쩍 뛰어다녔다. 거위와 해오라기가 울음소리를 내며 수면을 바짝 붙어 날았다.

우리는 장도에 앞서 마지막으로 수영을 하기 위해 통나무 길 위에 멈췄다. 먼저 델리아의 긴 머리를 어깨까지 잘라주었다. 사막에서는 물이 부족해서 씻기 힘들 것 같았다. 델리아는 잘라낸 머리채를 강물에 띄워

보냈다. 수면에 비친 그녀의 웃는 얼굴을 나는 물끄러미 바라보았다. 델리아를 처음 만났을 때가 생각났다.

강을 건너 가파른 강둑을 올라가자 길은 수레나 지나갈 정도로 좁아졌고 가장자리는 가시관목이 빽빽했다. 그때부터 우리는 더위, 먼지와 푹푹 빠지는 모래를 뚫고 나가기 시작했다. 오후 늦게 길의 희미한 흔적마저 끊어졌다. 주위를 둘러보니 우리가 있는 곳은 먼지만 날리는 작은 공터였다. 우리는 어디서부터 길을 잘못 들었는지 되짚어보기 시작했다.

바로 그때 덤불 뒤에서 관절마다 온통 뼈마디가 굵어진 노인이 옹이가 진 지팡이를 짚고 나타났다. 노인의 아내와 꼬마 넷이 먼지를 뚫고 뼈가 앙상한 가축들을 몰아갔다.

나는 손을 흔들며 알은체를 했다. "안녕하세요!"

"안녕하세요!" 꼬마 한 명이 큰 소리로 대답했다. 아이들이 웃음을 터트렸다.

"아, 이 아이들은 영어를 할 줄 아나보군."

"우리 좀 도와줄래? 우리는 길을 잃어버렸어." 나는 트럭에서 내려서 가져온 지도를 펼치기 시작했다.

"안녕하세요." 아까 꼬마가 다시 말했다. 아이들이 모여들더니 따라 하기 시작했다. "안녕하세요 - 안녕하세요 - 안녕하세요."

나는 지도를 치우고 방법을 달리 해보기로 했다.

"마 - 칼 - 아 - 마 - 베디?"

제발 이 아이들이 칼라하리로 가는 길을 알려줄 자연보호구역 울타리의 이름을 알아듣기를 바랐다. 그중 가장 마르고 말이 많은 꼬마가 보닛 위로 올라가더니 우리가 온 길을 가리켰다. 나머지 세 명도 함께 했다.

아이들은 손가락으로 길을 알려주며 보닛 위에서 풀쩍풀쩍 뛰어올랐다.

몇 분 후 아이들이 동시에 트럭을 두드리기 시작했다. 나는 재빨리 차를 세웠다. 아이들은 차에서 뛰어내리더니 동쪽을 가리켰다. 아이들이 가리킨 곳은 덤불이 무성했다. 처음에는 어디를 가리키는지 알 수가 없었다. 하지만 아이들 옆에 서니 사바나로 난 길이 희미하게 보였다. 동쪽으로 난 오래된 측량선이라 길이라고 할 수도 없었지만 디셉션 밸리를 밟아보기 전에는 마운으로 돌아가지 않을 우리는 상관하지 않기로 했다.

우리는 꼬마들에게 답례로 설탕 한 봉지를 주고 출발했다. "안녕하세요 – 안녕하세요 – 안녕하세요." 아이들은 우리 모습이 덤불 사이로 사라질 때까지 손을 흔들며 큰 소리를 질렀다.

다음 날 아침 일찍 우리는 자연보호구역 울타리에 도착했다. 북쪽으로 눈을 돌려도 남쪽으로 눈을 돌려도 풍상에 시달린 기둥들과 다섯 줄의 철조망이 우리의 앞길을 가로막았다. 남쪽으로 발길을 돌려 몇 시간을 달렸지만 장벽은 여전히 우리와 함께 달리고 있었다. 마치 사바나를 가로지르는 거대한 흉터 같았다. 보면 볼수록 짜증 나는 풍경이었다. 언젠가는 이 광경 자체를 증오하게 될 것 같았다.

그날 우리는 자연보호구역 울타리 옆에서 묵었다. 다음 날 일어나 다시 모래밭을 달리기 시작했다. 등에서는 땀이 비 오듯 흘렀고 온몸이 모래와 풀씨로 뒤덮였다. 얼마나 달렸을까. 별안간 자연보호구역 울타리가 끝이 났다. 그곳은 모래, 가시덤불, 풀과 더위 외에는 아무것도 없었다. 수레바퀴 자국이 풀 위로 계속 이어졌지만 점점 옅어지더니 먼 옛날의 기억처럼 사라져버렸다. 우리는 광활한 사바나의 푸른 초원을 달리기 시작했다. 간간이 녹색 관목으로 덮여 있거나 나무 몇 그루가 서 있는 낮은 모래언덕도 보였다. 이곳이 정말 칼라하리 사막일까? 어마어마한 사구의 바다는 어디에 있는 걸까?

우리는 위치를 확인할 길이 없었다. 오로지 지도에만 의지한 채 마운에서 남쪽으로 달려온 거리를 계산했다. 그런 후에 다시 서쪽으로 방향을 틀었다. 앞으로 30킬로미터를 더 가보기로 했다. 그래도 디셉션 밸리가 나오지 않으면 우리는 다시 마운으로 돌아가야만 했다.

마침내 모든 희망을 버리려는 찰나 거대한 사구의 윗부분이 눈에 들어왔다. 앞쪽의 완만한 경사를 내려가니 이 지역을 굽이굽이 흘렀던 고대의 강이었다는 디셉션 밸리가 모래언덕 사이로 광활하게 펼쳐져 있었다. 스프링복, 겜스복, 큰 영양 무리들이 한때는 푸른 강물이 흘렀으나 지금은 푸른 풀로 덮인 강바닥에서 한가로이 풀을 뜯고 있었다. 푸른 하늘에는 솜뭉치 같은 구름이 떠 있었다. 디셉션 밸리는 놀랍도록 평화로웠다. 우리가 기대했던 모습 그대로였다. 1974년 5월 2일, 미국을 떠난 지 다섯 달 만에 우리는 아프리카에서 보금자리를 찾았다. 그로부터 7년 동안 그곳은 우리의 집이었다.

완만한 둔덕이 계곡으로 이어졌다. 우리는 말라붙은 강바닥을 가로질렀다. 스프링복은 우리가 지나가도 개의치 않고 계속 풀을 뜯었다. 서쪽 가장자리에서 아카시 군락을 하나 발견했는데, 전망 좋은 쉼터로 안성맞춤이었다. 우리는 그곳에 여장을 풀었다.

지난 몇 달간 아프리카를 돌아다니면서 되는 대로 노숙을 하다 보니 온몸이 거북이 등껍질이라도 된 것 같았지만 아랑곳하지 않았다. 마침내 정착할 수 있게 되어 기쁠 따름이었다.

우리는 첫 번째 베이스 캠프를 뚝딱 세웠다. 옥수수 가루와 밀가루가 든 포대는 설치류를 피해 나뭇가지에 단단히 묶었다. 통조림 몇 개는 나무 둥치에 놓고 주전자와 냄비들은 나뭇가지에 늘어놓았다. 그리고 불을 지폈다. 작은 텐트 외에는 숙소도 없었기에 그곳이 아니면 차에서 잠을 자야 할 것 같았다.

델리아가 불을 지피고 차를 끓이는 동안 나는 차 지붕에서 낡은 붉은색 드럼통을 끌어내려 나무 아래로 굴렸다. 드럼통에 든 물은 사방 몇천 제곱킬로미터 내에서 유일한 물이었다.

2장

물

……사람이 꿈을 향해 자신 있게 나아가서 머릿속으로 그려
왔던 삶을 살아가려고 노력한다면 평소에는 생각지도 못한 성
공을 만날 것이다……. 당신이 허공에 성을 쌓았다면 그 노고
가 사라지지 않을 것이다. 성이 있어야 할 자리가 바로 허공이
므로. 이제 그 밑에 토대를 쌓으면 된다.

　　　　　　　　　　　　　　　　_헨리 데이비드 소로

기록·마크

눈을 뜨자 랜드로버의 천장이 보이는데 주위는 완벽한 침묵이 지배하
고 있었다. 디셉션 밸리에서 처음 맞는 아침이 사구를 넘어 서서히 찾아
오고 있었다.

델리아도 잠에서 깼다. 우리는 함께 아프리카가 깨어나는 소리를 들었
다. 비둘기가 나무 위에서 '구구'거리고 자칼이 떨리는 목소리로 긴 울음
을 토해냈다. 저 멀리 북쪽에서는 우렁찬 사자의 포효가 끊질기게 들려
왔다. 외로운 황조롱이 한 마리가 상공을 맴돌았는데, 날개가 강렬한 주
황색으로 빛났다.

아주 가까운 곳에서 꿀꿀거리고 툴툴거리는 소리가 들렸다. 우리는 살

그러니 일어나 앉아 창밖을 내다보았다. 야영지 바로 옆에는 3,000마리는 될 것 같은 뿔 달린 작은 영양인 스프링복 무리가 모여 있었다. 뿔의 끝부분이 안으로 휘어져 있었다. 눈에서 주둥이까지 이어진 검은 선과 흰색이 또렷이 보였다. 이슬을 머금은 풀을 뜯는 모습이 정말 인상적이었다. 꼭두각시 인형 같은 스프링복이 고작 15미터 떨어진 곳까지 다가왔다. 젊은 암컷 몇 마리는 풀을 우적우적 씹으면서 그윽하고 촉촉한 눈망울로 우리를 바라보았다. 하지만 대부분은 우리를 본체만체 풀만 뜯었다. 녀석들의 배에서는 꼬르륵 소리가 나고 꼬리가 연신 살랑거렸다. 우리는 비로소 긴장을 풀고 의자에 편안히 앉아 한 살배기 스프링복 두 마리가 뿔싸움을 하는 모습을 지켜보았다.

영양들은 별로 움직이는 것 같지 않았지만 20분 만에 100미터도 더 이동했다. 내 느낌을 말하려고 입을 여는 순간 델리아가 동쪽을 가리켰다. 미국 코요테의 사촌인 검은등자칼이었다. 덩치는 코요테보다 작고 교활한 얼굴을 한 전체적으로 여우 같은 동물로, 등에 검은 털이 나 있었다. 녀석은 우리 야영지로 들어와 지난밤에 피운 모닥불 주변을 킁킁거리기 시작했다. 아프리카에서는 자칼을 싫어해서 보는 즉시 죽이기 때문에 녀석들은 사람이 있는 낌새만 채도 도망쳐버린다. 그런데 이 녀석은 불 근처에 놓아둔 주석 커피잔으로 슬그머니 다가오는 것이 아닌가. 그러더니 커피잔을 문 채 고개를 드는 바람에 잔이 코에 걸쳐졌다. 자칼은 좌우를 살피고 천연덕스럽게 야영장을 돌아다니며 우리 물건을 살폈다. 그러더니 우리를 힐끗 쳐다보았다. "나중에 또 올세"라고 말하는 것 같았다.

그 순간 얼마나 흥분되고 기뻤는지 그 어떤 말로도 표현할 수 없을 것 같았다. 마침내 우리만의 에덴동산을 발견한 것이다. 한편으로는 우리가 동물들의 삶에 영향을 줄까봐 걱정도 되었다. 이곳의 생물들은 인간이 자연에 어떤 죄를 짓고 있는지 아무것도 몰랐다. 우리가 그들의 자유를 방해하지 않도록 확실하게 조심한다면 그들에게 아무런 해도 끼치지 않고 연구할 수 있을지도 몰랐다. 그날 우리는 결심했다. 무슨 일이 있어도 지구상에 마지막 남은 야생의 낙원을 우리가 해치는 일은 하지 않을 것이라고.

갑자기 지축을 울리는 발굽 소리가 들렸다. 스프링복 무리가 강바닥을 따라 남쪽으로 이동하기 시작했다. 우리는 쌍안경을 들고 침낭을 박차고 이슬로 축축해진 풀밭으로 나왔다. 들개 여덟 마리가 영양 무리를 뒤쫓고 있었다. 우리 야영지 근처까지 오자 그중 두 마리가 방향을 바꿔 곧장 우리를 향해 달려왔다.

델리아가 차로 들어가려고 재빨리 뒷문을 열었지만 이슬에 젖은 얼룩덜룩한 털색의 들개들은 이미 5미터 앞까지 다가온 후였다. 검은 눈동자가 대담하게 우리를 위아래로 훑어보았다. 우리는 꼼짝도 하지 않았다. 잠시 개들이 코를 비틀고 너저분한 꼬리를 바짝 세운 채 우리를 향해 몸을 기울였다. 검은 얼굴을 똑바로 한 채 한발 한발 신중하게 내디디며 우리를 향해 다가왔다. 델리아가 문으로 가려 하자 내가 그녀의 손을 꼭 쥐었다. 선불리 움직일 때가 아니었다. 개들은 팔이 닿는 곳까지 다가와 신기하다는 듯 우리를 바라보았다.

목둘레에 황금빛 털이 나 있는 개가 나지막하게 으르렁거리기 시작했다. 개의 몸통이 떨리면서 검은 콧구멍이 벌렁거렸다. 갑자기 두 마리가 빙그르 돌더니 뒷발로 일어서서는 춤이라도 추듯 서로의 어깨에 앞발을 올렸다. 그러고는 무리를 따라 달려갔다.

우리는 차로 그들을 따라가기 시작했다. 팀으로 사냥하는 이 들개들은 영양들을 세 무리로 분산시킨 후 세 무리를 번갈아가며 추격했다. 팀의 리더는 약해 보이는 한 살짜리를 목표물로 점찍었다. 거의 1.6킬로미터를 쫓긴 스프링복은 고통에 찬 눈빛에 숨을 거세게 내쉬며 심하게 비틀거리기 시작했다. 대장 개는 40킬로그램이나 나가는 목표물의 뒷다리를 물고 땅으로 잡아당겼다. 8분 만에 한 마리를 몽땅 먹어치운 들개들은 휴식을 취하기 위해 근처 나무 그늘로 뛰어갔다. 들개 '반디트'와 그 무리와의 첫 만남이었다.

한바탕 사냥이 끝나고 스프링복 무리는 다시 평온을 되찾았다. 녀석들은 우리의 앞길을 가로막으며 한가로이 풀을 뜯었다. 나는 최대한 차를 천천히 몰며 동물들 중 누구라도 경계경보를 울리면 멈춰 서기를 반복했다. 무리를 가로지르지 않고 돌아서 가고 싶어도 동물이 없는 곳이 없었다. 그래서 시속 5킬로미터를 넘지 않도록 조심하면서 급작스러운 움직임이나 소리로 동물들을 놀라게 하지 않으려고 노력했다. 아직 사람과 차에 대해 부정적인 인상을 갖고 있지 않은 그곳 동물들에게 부정적인 인상을 주지 않도록 최대한 애썼다.

칼라하리의 디셉션 밸리에 마지막으로 물이 흐른 때는 지금으로부터 약 1만 6,000년 전이었다. 계곡은 과거의 강이 말라붙은 잔재였다. 당시에는 지금보다 강수량이 훨씬 많았었다. 하지만 땅과 기후는 항상 변덕을 부린다. 그동안 이 지역의 기후는 적어도 세 번 이상 바뀌었는데, 서서히 건조해지면서 강은 흔적만 났다. 화석이 된 강바닥은 원형이 잘 보존되어 있었으며 가는 띠 같은 초지가 사구들 사이로 이어졌다. 초지가 어쩌나 잘 남아 있었던지 근처를 지나갈 때면 풀이 바람에 날리는 곳에 물이 흐르는 모습이 쉽게 머릿속에 그려졌다.

중부 칼라하리는 엄밀히 말해 완전한 사막은 아니다. 연간 강수량이 250밀리미터가 넘을 때도 있기 때문이다. 사하라나 다른 사막에서 볼 수 있는 움직이는 사구들의 바다도 없다. 어떤 해에는 강수량이 500밀리미터를 넘어서 사방이 마법처럼 녹색의 천국으로 바뀌기도 했다. 강수량이 1,000밀리미터를 초과한 적도 있었다.

나중에 안 사실이지만 그렇게 비가 내려도 수분은 금세 사라졌다. 증발하거나, 모래에 스며들거나, 식물들이 흡수해버렸다. 더 놀라운 사실은 몇 년 동안 비가 한 방울도 내리지 않기도 한다는 것이다. 게다가 물을 얻을 수 있는 곳이 없다. 숨어 있는 샘이나 호수나 시내 같은 것이 전혀 없다. 칼라하리는 오아시스가 하나도 없는 반사막이라는 점에서 무척 독특하다. 우리가 아는 한 계절의 변화도 없다. 대신 칼라하리의 일 년은 세 부분으로 뚜렷하게 구분된다. 먼저 우기가 있다. 11월에서 이듬해 1월 사이에 아무 때나 시작해서 3월, 4월 혹은 5월까지 계속된다. 6월부터 8월까지는 춥고 건조한 날씨가 계속된다. 9월부터 폭염이 시작되는데 보통은 12월에 끝난다. 그런데 다시 우기가 시작되어야 할 때 우기가 오지 않을 때도 있다. 우리는 우기가 끝나 춥고 건조한 시기가 시작될 무렵에 도착했다.

풀과 가시덤불이 덮인 모래 비탈들이 강바닥에서 사구 꼭대기까지 솟아 있는데, 양쪽 모두 1.6킬로미터가 넘었다. 모래언덕 꼭대기에는 터미날리아와 아카시 숲이 있었다. 군데군데 덤불과 풀숲이 자라는 숲의 나무들은 뿌리를 깊이 내리고 있어서 사구가 움직이지 않도록 고정하는 역할을 했다.

강바닥의 초지와 둔덕의 삼림 지대 사이에는 케이크처럼 층층이 다양한 식생이 형성되어 있어서 각 지대마다 그곳에 사는 새와 동물들에게 독특한 선물을 선사했다. 가령, 스프링복과 젬스복을 비롯한 다양한 영양 무리는 강바닥에 자라는 키가 작고 영양분이 많은 풀을 먹었다. 스틴복, 다이커, 큰 영양, 일런드 영양 등은 둔덕의 경사에 자라는 나무의 잎과 바닥보다 키가 더 크고 섬유질이 풍부한 풀을 주식으로 삼는다. 둔덕의 꼭대기에서는 기린과 쿠두가 숲의 나무열매와 잎을 먹고 산다. 우리가 있었던 좁은 지역에는 영양 무리가 많아서 사자, 표범, 치타, 자칼, 점박이하이에나와 같은 포식자들도 많이 모여들었다.

우리는 먼저 차를 타고 주변을 둘러보면서 여러 지형에 이름을 붙이기 시작했다. 그래야 중요한 관찰 지점과 연구 대상 동물들의 분포 지역을 표시할 수 있기 때문이다. 강바닥의 초지에는 아카시와 인도대추들이 섬처럼 한데 모여 자랐다. 그런 나무 군락들을 우리는 이글 아일랜드, 트리 아일랜드, 부시 아일랜드, 라이온 아일랜드라고 부르게 되었다. 사구가 강바닥으로 이어진 부분에는 덤불이 무성해 아카시 포인트라고 부르기로 했다. 박쥐귀여우 가족이 잠을 자는 덤불은 배트 부시로 붙였다. 우리는 이런 식으로 독특한 지형마다 방향을 잡거나 찾기 쉽도록 이름을 붙여가기 시작했다.

디셉션 밸리는 우리가 포식자 연구를 시작하기 안성맞춤인 것 같았다. 막가딕가디와 달리 강바닥에는 먹잇감인 영양 무리들이 거주하고 있어서 맹수들을 지속적으로 관찰하기에 편리했기 때문이다.

물론 그렇게 고립무원인 곳에서 연구를 하려면 온갖 위험과 어려움을 각오해야 했다. 아프리카의 다른 지역에서 이루어지는 연구 프로젝트와 달리 민가도 지나가는 사람도 없어서 물과 식량을 조달할 만한 곳이 근처에 없었으니 말이다. 위험에 처할 경우에도 도움을 청할 사람조차 없었다. 우리가 죽어도 최소 몇 달 동안은 아무도 모를 것 같았다. 물론 연구만 놓고 본다면 외진 곳도 상관없지만 생존의 차원에서는 문제가 많았다. 무엇보다 물이 떨어지면 보테티강까지 비싼 기름을 쓰며 왕복 225킬로미터를 달려야 했다. 마운을 떠난 뒤로 하루에 4리터씩만 사용하기로 했지만 벌써 물탱크의 물은 반이나 썼으며 제리캔이라는 19리터들이 통의 물도 대부분 써버렸다. 그나마 물을 가득 채운 드럼통이 하나 더 있어 다행이었다. 막가딕가디에서 그 고생을 한 후로 칼라하리에서 살아남으려면 물과 트럭이 얼마나 중요한지 뼈저리게 실감했다.

자금이 부족하다는 점을 고려할 때 무엇보다 연구 주제로 관찰하기 쉬운 동물을 선택해야 했다. 그래야 귀중한 기름을 써가며 동물들을 따라 이동하지 않아도 되기 때문이다. 게다가 후원자들의 관심을 끌 만한 덜 알려진 동물이어야 했다.

여러 날 동안 우리는 강바닥의 여러 지점에 차를 세워 놓고 영양 무리들을 관찰하며 포식자들을 기다렸다. 관찰은 낮 동안에 했다. 그런데 사자, 자칼, 치타와 들개들이 통 나타나지 않았다.

연구할 동물을 정하기 위해 맹수를 발견할 때마다 메모를 했다. 그 과정에서 우리는 앞으로 몇 년간 진행할 연구의 방향을 정해줄 어떤 사실을 깨닫게 되었다. 밤은 칼라하리의 포식자들의 것이다.

*

밤보다 더 짙은, 보랏빛 감도는 시커먼 모래언덕들이 태곳적 강을 따라 누워 있었다. 하늘에는 수많은 별이 반짝이고 가끔 별똥별이 긴 꼬리를 그리며 밤하늘을 갈랐다. 그 아래로 건기가 시작되기 전의 바삭바삭한 황갈색 풀밭에는 은색 달빛이 비쳐 마치 강물이 다시 돌아온 것 같았다.

나는 시동을 끄고 전조등으로 주위를 비추었다. 수천 개의 눈이 인광 물질처럼 번뜩였다. 그 눈들 뒤로 스프링복이 서고 있었다. 구부러진 뿔의 희미한 모습과 얼굴의 뚜렷한 하얀 선들이 풀밭에서 도드라져 보였다. 나는 불빛을 나무로 옮겼다. 이번에는 좀 더 큰 눈이 나무 꼭대기에서 대리석처럼 반짝였다. 기린이 아카시 잎을 뒤지고 있었다.

우리는 야간에 불빛에 반사되는 안구의 색과 움직임 그리고 안구와 풀밭과의 높이만으로도 어떤 동물인지 알 수 있게 되었다. 자칼은 노랗게 반사되며 풀밭보다 조금 높은 곳에 있다. 사자의 눈도 노란색으로 빛나지만 더 크고 자칼보다 더 높은 곳에서 보인다. 밤이면 동물들이 걸어 다닐 때마다 눈들이 좌우로 살짝 흔들렸다.

하루는 관찰을 끝내고 야영지로 돌아가던 중이었다. 전조등 불빛을 유심히 지켜보면서 야영지의 나무와 비슷한 형체를 열심히 찾고 있었다. 그런데 그때까지 한 번도 보지 못한 안광이 전조등 불빛에 반사되었다. 미지의 생물은 눈 사이가 밀고 눈동자가 신녹색이었다. 긴 털로 덮인 곰처럼 생긴 시커먼 형체가 전조등 불빛이 닿는 곳 밖에서 움직이고 있었다. 어깨 쪽을 보면 꽤 키가 컸지만 엉덩이 쪽은 발육이 지체된 것처럼 작았다. 머리는 크고 네모졌으며 꼬리는 길고 북슬북슬했다. 미지의 동물은 우리를 피해 잽싸게 달아났다. 나는 가속 페달을 밟았다. 시야에서 놓치지 않으려고 금이 가고 누런 앞 유리를 뚫어져라 바라보았다. 속도가 붙으니 그 동물은 털북숭이 유령처럼 사바나를 미끄러지듯 나는 것 같았다. 그러더니 금세 사라져버렸다.

우리는 야영지로 돌아오자마자 아프리카의 대형 동물들을 설명한 안내서를 펼쳤다. 땅늑대였을까? 점박이하이에나? 아니면 땅돼지? 분명 고양이류는 아니었다. 설명이나 사진 중에서 딱 떨어지는 것이 없었다. 제대로 보지 못한 탓도 있었지만 그게 뭐든 간에 흔한 동물이 아닌 게 틀림이 없었다. 트럭에 마련한 잠자리에 양반다리를 하고 앉아 등유 등불로 책의 내용을 샅샅이 뒤졌다. 우리가 본 동물은 점박이하이에나보다 작았고 땅늑대보다 컸다. 몸의 비례로 봤을 때 하이에나는 분명했지만 분포 지역으로 볼 때 줄무늬하이에나는 아니었다. 우리는 최종적으로 지구상에서 가장 희귀하며 덜 알려진 종의 하나인 하이에나 브루네아$^{Hyaena\ brunnea}$, 일명 갈색하이에나일 것이라고 결론을 내렸다.

이 얼마나 대단한 행운인가! 우리가 야생에서는 물론이고 아무도 연구한 적이 없는 멸종위기종을 발견한 것이다. 이 동물에 대해서 무슨 연구를 하는 과학은 물론 희귀종과 멸종위기종의 보호에도 도움을 줄 수 있을 것이다. 갈색하이에나는 연구 목표나 연구 대상 선정 조건에 완벽하게 들어맞는 동물이었다.

갈색하이에나는 야행성이며 조심성이 워낙 많은 동물이었지만 강바닥을 지나갈 동안 짧은 시간이나마 관찰을 할 수 있었다. 매일 땅거미가 지기 시작하면 우리는 그들을 찾아 차를 타고 전조등을 비추며 강바닥을 샅샅이 뒤졌다. 불을 좌우로 비추며 몇 시간이고 뒤졌다. 아무런 결실도 얻지 못하는 날들이 계속되었다. 자칼, 박쥐귀여우, 코한 새, 물떼새와 살쾡이는 어디에나 있었다. 드물게 미간이 넓은 진녹색 눈동자를 포착할 때도 있었지만 항상 불빛이 닿지 않는 곳에 있다가 어둠 속으로 자취를 감춰버리고 말았다.

*

5월 말 이른 새벽, 이렇다 할 수확도 없이 하이에나 철야수색을 마치고 야영지로 돌아왔다. 온몸이 뻣뻣하고 쑤셔서 어서 잠을 자고 싶었다. 그런데 모닥불 옆에 자칼 한 마리가 다리를 떡 벌리고 서서는 주둥이를 스튜 냄비에 처박고 있었다. 우리의 기척을 느낀 자칼은 노란 눈으로 건방지게 우리를 힐끗 보았다. 수염에서 고깃국물이 뚝뚝 떨어졌다. 냄비를 싹싹 핥아먹은 자칼은 똑바로 서서 오줌을 싸고는 야영지를 떠났다. 어둠 속으로 사라지는 뒷모습을 보고서야 우리는 그 녀석이 닻 모양의 검은 꼬리를 한 '캡틴'임을 알아보았다. 캡틴은 우리가 자주 만나는 덩치가 크고 가슴이 넓은 수컷 자칼이었다. 녀석의 등은 은색이 간간이 섞인 검은색이었고 꼬리는 털이 풍성했다.

며칠 밤 후 우리는 사자가 먹다 버리고 간 젬스복 사체를 지키고 있었다. 썩은 고기를 먹기 위해 갈색하이에나가 올지 모른다고 잔뜩 기대를 했다. 새벽 3시 30분 무렵 니는 너무 졸려 딜리아에게 삼시 보조를 맡기고 차 옆의 땅바닥에 침낭을 펴고 조용히 들어갔다. 신발은 내 옆의 풀밭에 벗어놓고 셔츠를 벗어 돌돌 말아 머리에 벴다.

깊은 잠에 곯아떨어지려는 순간 머리를 땅바닥에 심하게 부딪혔다. 나는 벌떡 일어나 급히 손전등을 찾았다. 5미터 정도 떨어진 곳에 자칼 한 마리가 내 셔츠를 입에 물고 전속력으로 달리고 있었다. "야! 그거 이리 내놔!" 나는 반쯤은 어이가 없고, 반쯤은 화가 나고, 반쯤 잠이 깬 상태였다. 침낭에서 버둥거리다 기어 나오며 소리를 지른 것을 곧장 후회했다. 내 소리에 하이에나가 놀랄 수도 있기 때문이다. 간신히 침낭에서 나와 신을 신으려고 보았다. 그런데 그것도 사라진 후였다.

셔츠보다 신발이 더 문제였다. 다른 신발이 없었기 때문이다. 나는 일단 맨발로 녀석을 쫓기 시작했다. 땅바닥의 뾰족뾰족한 것에 발이 찔리고 걸렸다. 손전등 빛에 나를 보고 있는 구슬 같은 두 눈을 발견했다. 녀석은 내 셔츠를 물고 풀숲으로 도망쳤다. 발이 아파서 추격을 포기하고 차로 돌아와 새벽까지 차에서 눈을 붙였다. 새벽 무렵 나는 신발 한 짝의 코 부분과 누더기가 된 셔츠를 찾았다. 떠돌이 자칼인 캡틴과는 그 후로도 또 만났다.

그날 아침 나와 델리아는 동시에 같은 생각을 했다. 밤마다 강바닥을 돌아다니면서 수줍음 많은 갈색하이에나가 우리에게 익숙해지도록 기다리는 동안 자칼을 연구하는 것은 어떨까? 칼라하리의 자칼도 연구되지 않았으니 우리가 무엇을 알아내든 그것은 새로운 정보일 것이 분명했다.

해 질 무렵이면 우리는 치타 힐로 차를 몰았다. 야영지 북쪽 치타 힐은 강바닥으로 이어진 모래언덕으로 덤불이 무성하게 자라는 곳이었다. 우리는 쌍안경과 노트, 콘비프 깡통을 챙겨서 차 지붕에 올려놓은 스패어 타이어를 하나씩 차지하고 앉았다. 그곳에서 밤이 찾아오는 디셉션 밸리를 관찰하기 시작했다.

가끔 해가 지기 직전에 캡틴은 자신이 제일 좋아하는 휴식처인 노스 트리 부근에 서서 주둥이를 하늘로 쳐들고 동료들을 불렀다. 그런 후 귀를 쫑긋 세우고 계곡 어디선가 이따금씩 대답하는 떨리는 높은 음의 울음소리를 들었다. 캡틴이 두꺼운 털가죽을 긁거나 흔들 때면 검은색 등에 난 은색 털들이 석양에 반짝거렸다. 녀석은 기지개를 시원하게 켠 후 창처럼 날카로운 주둥이로 풀 속을 훑으며 쥐 사냥을 떠났다. 우리는 치타 힐에서 본 녀석의 이동 방향을 기록하면서 뒤를 쫓았다.

왼손으로 핸들과 기어를 조작하고 창밖으로 내민 오른손은 조명등을 잡은 채 캡틴과의 거리를 15~20미터로 유지하며 차를 몰았다. 거리가 조금이라도 좁혀지면 녀석은 뒤를 돌아보며 불안해했다. 반대로 거리가 멀어지면 무성한 풀에 가려 놓칠 것이 분명했다. 그동안 델리아는 허벅지에 노트와 나침반을 올려놓고 손전등 불빛에 캡틴의 행동, 이동 방향, 거리와 서식지 유형에 대해서 기록했다. 우리는 다양한 새나 설치류와 같은 사냥감을 캡틴이 먹어치우기 전에 발견하기도 했다. 캡틴이 풀숲에서 냄새를 맡고 있는 지점까지 가보면 어김없이 잔뜩 흥분한 흰개미나 개미들의 행렬이 있었고, 녀석은 개미를 혀로 핥고 있었다.

캡틴이 내 신발을 훔친 지 얼마 후인 6월 초의 어느 날 밤, 우리는 아무런 낌새도 보이지 않다가 갑자기 놀라운 속도로 스틴복 새끼를 쫓기 시작한 캡틴을 추격하게 되었다. 가속 페달을 연신 밟은 끝에 우리는 간신히 캡틴을 발견했다. 녀석은 주위를 빙빙 돌면서 한동안 추격을 하더니 사라져버렸다. 잠시 후 주위를 아무리 둘러봐도 능대처럼 야영지의 나뭇가지에 걸어 놓은 램프가 보이지 않았다. 이래서야 돌아갈 수가 없었다. 길을 잃은 것이다.

차의 물탱크에는 물이 4분의 1도 남지 않았다. 우리는 그날 밤은 그곳에서 보내기로 했다. 다음 날 차의 지붕 위로 올라가 보니 1.6킬로미터가량 떨어진 곳에 노스 트리가 보였다. 우리의 야영지는 그곳에서 남쪽으로 1.6킬로미터가량 떨어져 있었다. 나는 돌아가면 드럼통의 물로 제리캔(20리터 들이 석유통)을 채워 차에다 실어놓아야겠다고 생각했다. 몇 주째 비는 한 방울도 내리지 않았다. 매일 구름이 끼기는 했지만 사바나는 나날이 건조해졌다. 물 없이 또 길을 잃게 되면 그때는 야영지를 떠나 하룻밤을 보내는 것으로 끝날 것 같지 않았다.

무사히 돌아와 델리아가 아침을 준비하는 동안 나는 공구 상자에서 렌치를 꺼내 빈 제리캔 한 통과 호스를 가지고 드럼통으로 갔다. 뚜껑을 열기 전에 렌치를 통 위에 내려놓았다. 텅 빈 소리가 울렸다.

이럴 수가……. 나는 렌치를 치우고 드럼통을 밀었다. 통은 금세 넘어져서 옆으로 굴러갔다. 빈 통이었다. 통이 있던 자리는 축축했다.

"델리아! 드럼통에 물이 하나도 없어!" 나는 녹슨 드럼통을 보다가 성질이 나서 발로 차버렸다. 델리아도 나만큼 놀란 것 같았다. 그녀는 힘없는 목소리로 말했다. "마크, 이제 어떻게 하면 좋아? 강까지 갈 수 있을까?"

보테티강까지는 차로 꼬박 하루가 걸렸다. 물이라고는 트럭의 물통에 남은 물이 전부였는데, 그것으로는 엔진을 식히기에도 모자랐다. 엔진이 멈춰버리기라도 하면 상황은 더 힘들어질 터였다. 이렇게 멍청한 짓을 하다니! 물은 충분하리라 어림짐작해버렸다. 그러지 말고 확인했어야 했는데! 물이 새어 축축해진 땅바닥을 묵묵히 바라보았다. 점점 더 불안해졌다. 어떻게든 이런 상황만은 피해야 했다.

"밤에 시원해지면 출발하자. 그러면 냉각수는 필요 없을 거야." 나는 델리아의 어깨를 감싸며 말했다. 달리 어쩔 도리가 없었다.

그날 오후 우리는 강으로 출발하려고 차에 올라탔다. 키를 꽂고 시동을 걸었지만 반응이 없었다. "제발, 좀 걸려라, 이 녀석아!" 무섭고 화가 나서 목이 콱 막히는 것 같았다. 계속 시동을 걸었지만 허탕이었다. 나는 차에서 내려 보닛을 열어젖혔다. "다시 해봐!" 델리아에게 소리를 친 후 무엇이 문제인지 알아내려고 엔진 소리에 귀를 기울였다.

가보로네에서 북쪽 마운으로 가는 내내 길을 잃을까봐 노심초사했다. 정비기술도, 공구나 예비부품도 없는 상황에서 큰 고장이라도 나면 큰일이었다. 지금까지는 낡은 차에서 발생하는 소소한 문제들이 다였다. 그 정도는 내가 직접 해결할 수 있는 수준이었다. 하지만 보닛을 열고 델리아가 시동을 켜는 소리를 듣고 있으려니 가슴이 점점 무거워졌다. 죽은 배터리에서 들리는 '딸깍' 소리가 점점 더 불길하게 들렸다.

주위가 어두워졌을 무렵 스타터가 분리된 것을 발견했다. 스타터의 링 기어가 플라이휠의 덮개에 빠져서 모터에 끼였고 결국 핸드 크랭크를 돌려도 소용이 없게 된 것이다.

나는 굵은 철사를 찾아 한쪽에 고리로 만들어 트럭 아래로 기어들어 갔다. 내가 철사를 플라이휠로 집어넣는 동안 델리아가 손전등으로 나를 비추었다. 철사를 집어 넣었지만 안을 볼 수 없어 답답했다. 엔진의 어느 부분에 부품이 끼어 있는지 대충 짐작만 할 뿐이었다.

자정 무렵 나는 트럭 아래서 나왔다. 손이며 이마는 온통 상처로 피가 나고 풀과 기름, 윤활유 범벅이었다. 절망적이었다. 링기어를 선느려보기라도 했는지도 알 수 없었다. 크랭크를 돌려보니 모터가 다시 도는 듯하다가 완전히 멈춰버렸다.

우리는 일단 불을 피웠다. 모닥불을 쬐면서 나는 앞으로 어떻게 하면 좋을지 생각해보았다. 스타터에서 빠진 링기어만 나오면 이 상황을 헤쳐나갈 수 있을 것 같았다. 델리아와 나는 목이 말랐지만 물을 마실 수도 없었다. 델리아는 불가에 쪼그리고 앉아 있었다. 상황은 너무나 절망적이었다. 내가 할 수 있는 일은 아무것도 없었고 시간만 자꾸 흘렀다.

트럭으로 돌아간 나는 밤새도록 갈고리의 모양을 바꿔보기도 하고 덮개 안쪽으로 이쪽저쪽 다른 각도에서 넣어 찌르기도 하고 안을 살피며 별짓을 다 했다.

마침내 고대했던 '절거덕' 소리가 들렸다. 주위는 훤하게 밝아 있었다. 나는 급히 크랭크를 돌렸다. 마침내 시동이 걸렸다! 우리는 낮 동안 푹 쉬고 땅거미가 질 무렵에 출발하기로 했다.

이 일을 겪고 보니 도저히 디셉션 밸리처럼 외진 곳에서 지낼 수 없을 것 같았다. 이번에는 간신히 넘어가더라도 이런 위험이 언제 또 닥칠지 누가 알겠는가? 이런 아슬아슬한 고비를 몇 번이나 겪다가 진짜 큰일이라도 난다면? 이런 곳에서 연구를 하기에는 우리가 가진 돈이 너무 부족한 점이 뼈아프게 다가왔다. 수중에 조금 남은 돈도 생필품을 사느라 마운에 몇 번 다녀오면 바닥이 날 터였다. 마운에 덜 가려면 물과 기름을 한 번에 충분히 가져와서 저장해놓을 수 있어야 했지만 그것도 불가능했다. 현실은 냉정했다. 칼라하리에 체류한 지 고작 한 달이었지만 우리는 이미 이곳의 지형과 동물들과 특히 캡틴처럼 우리가 눈여겨본 동물들에게 정이 흠뻑 들어버렸다.

우리는 우울한 분위기로 아침을 먹었다. 식사는 지난 열엿새 동안 끼니마다 먹은 콩이었다. 식사를 마친 후 몇 안 되는 짐을 차에 실었다. 그때 어디선가 엔진 소리가 들렸다. 낙담한 우리는 그 소리에 정신이 번쩍 들었다. 땅딸막한 녹색과 흰색의 랜드로버 한 대가 강바닥 동쪽의 모래사막을 내려오고 있었다. 그 뒤로 먼지구름이 자욱했다. 우리는 벌떡 일어나서 다가오는 차를 바라보았다. 무엇보다 이곳에 우리 말고 다른 사람이 있다는 사실이 너무 신기했다. 뒤로 넘긴 희끗희끗한 성긴 머리카락 사이로 갈색으로 탄 머리가 보였다. 미소를 짓자 눈가에 잔주름이 깊숙히 패인다. 칼라하리의 태양, 바람과 모래가 그의 얼굴에 깊은 자국을 남겼다.

"안녕들 하시오. 내 이름은 버고퍼올시다. 버지 버고퍼요. 그냥 버지라고 부르시오. 마운에서 당신들 두 사람이 여기 어딘가에 있다는 말을 들었소. 동쪽에서 바퀴 자국을 발견했는데, 아무래도 당신네들 것 같더군요." 그는 랜드로버 뒤쪽에서 뭔가를 뒤지는 것 같더니 어깨 너머로 소리를 쳤다. "지금쯤이면 이게 필요할 것 같아서 가져왔소." 그는 종이에 싼 염소 고기 몇 꾸러미, 옥수수 가루 한 양동이, 상하거나 깨지지 말라고 옥수수 가루에 묻어 온 달걀들, 감자와 커피를 우리에게 건넸다. 우리가 고맙다는 인사를 열 번도 넘게 하자 버지는 양손을 들고 윙크를 하며 이렇게 말했다. "다 내가 좋아서 한 일이오. 사실 나도 반은 '양키'라오."

알고 보니 버지는 보츠와나 토지측량부 소속으로 23년간 칼라하리 일대에서 야영생활을 하며 광물 탐사를 하는 사람이었다. 그는 탐사 지역을 옮길 때마다 유목민처럼 생활했는데, 어떤 때는 자연보호구역 밖으로 멀리 나갈 때도 있었다. "나도 여기서 동물밖에 본 것이 없소. 그래서 쓸만한 이야기를 해줄 수 있을지 모르겠군. 그래도 이곳의 자연을 연구하는 사람을 만나서 정말 기쁘기 그지없소. 알겠지만 지금까지 한 명도 없었거든. 누군가는 칼라하리를 지켜야 하오."

버지는 '양키'들에게 관심이 많았다. 왜냐하면 그의 아버지는 '빌 코디 와일드 웨스트 쇼'와 함께 남아프리카 공화국에 온 미국인이었기 때문이다. 그의 아버지는 영국 출신의 여자를 만나 결혼해 정착했다. 버지는 아버지로부터 역마살을 물려받은 탓에 평생을 떠도는 것 같다고 했다.

"죄송하지만…… 차나 커피를 대접하고 싶은데 문제가 좀 있어요." 나는 그에게 빈 드럼통을 보여주며 말했다.

"이것 참, 큰일 났군." 그는 턱을 문지르며 인상을 썼다. "커피는 됐어요. 그나저나 물은 어떻게 할 작정이오?"

나는 일단 강으로 갔다가 마운으로 간 후 그 후에는 안 돌아올지도 모른다고 말했다. "오……. 그것 정말 안 됐군. 정말 큰일이구면." 그는 강바닥을 둘러보며 한숨을 쉬었다.

"이렇게 합시다." 그가 환하게 웃으며 말했다. "이걸 받아요. 일단은 거기까지 안전하게 가야 하니까." 그는 자신의 차에서 물통을 꺼냈다. "자, 부인. 이제 괜찮다면 커피나 한잔할까요."

우리가 극구 사양하는데도 버지는 자신의 물을 남김없이 우리에게 주었다. 게다가 커피는 거의 마시지도 않고 우리에게 손을 내밀며 인사를 했다.

"마크, 델리아. 반가웠어요. 이제 나는 가봐야겠소. 또 봅시다." 그렇게 그는 떠났다. 잠시 후 그의 랜드로버가 동쪽 모래언덕 너머로 사라졌다.

운 좋게 버지를 만난 덕분에 강까지 갈 수 있을 만큼 충분한 물이 생겼다. 그 정도면 마운까지도 다녀올 수 있었다. 우리는 디셉션 밸리에서 하룻밤을 더 머무르기로 했다. 떠나기도 싫었거니와 전날 밤 고생으로 녹초가 되었기 때문이다.

다음 날 아침 우리는 디셉션 밸리를 영원히 떠날 생각으로 출발 준비를 하고 있었다. 출발 시간이 한 시간 남짓 남았을 무렵, 버지가 돌아왔다. 이번에는 대형 평상형 트럭을 타고 여덟 명의 원주민으로 구성된 굴착팀과 함께였다. 그들은 접이식 목재 테이블, 의자 두 개, 육중한 난로의 쇠살대, 가스통이 달린 가스버너, 커다란 방수 외포를 갖춘 작은 요리용 텐트, 물이 든 드럼통 네 개와 휘발유를 차에서 내렸다. 버지는 마술 램프에서 나온 지니였다. 그는 팔을 마구 흔들며 팀원들에게 지시했다. 잠시 후 마법처럼 작지만 그럴싸한 야영장이 뚝딱 나타났다.

　무슨 일이 벌어지고 있는지 정신도 못 차리고 있는데 버지는 먼지 바람을 '횡' 하니 일으키며 모래언덕 사이로 사라졌다. 말로 다 할 수 없는 버지의 친절 덕분에 우리는 한동안 이곳에서 버틸 수 있게 된 것이다. 적어도 연구 데이터와 지원금을 받을 만한 연구를 할 시간은 벌었다.

　우리는 곧바로 연구를 재개했다. 하지만 고장 난 스타터를 고치지 않는 한 동물들을 추적하며 관찰할 수 없다는 사실이 가슴을 묵직하게 눌렀다. 땅거미가 질 무렵 강바닥의 풀숲에서 쉬고 있는 자칼 한 마리를 발견했다. 우리는 근처에 차를 세우고 시동을 끈 채 녀석이 일어나 먹을 것을 구하러 나가기를 기다렸다. 녀석이 일어나 기지개를 켜면 내가 살그머니 차 앞으로 가 크랭크를 돌리는 동안 델리아는 녀석이 어디로 이동하는지 주의 깊게 관찰했다. 크랭크를 돌리면 어찌나 시끄러운지 주위 800미터 안에 있는 동물들이 다 알아차릴 정도였다.

　버지는 우리에게 야영장을 선사한 지 2주 후 이번에는 물을 가지고 우리를 다시 찾아왔다. 델리아가 커피를 끓이는 동안 버지가 내 팔을 잡고 조용하게 자신의 트럭으로 데려갔다. "이보게, 젊은이. 여기 칼라하리에서 델리아와 계속 지내고 싶다면 가끔은 작은 호사를 누리게 해줘야 해. 여자들은 뜨거운 목욕이 필요하단 말일세!" 그는 트럭의 짐칸에서 함석 욕조를 꺼냈다. 그러더니 델리아에게 거울이 있냐고 물으면서 창문으로 손을 넣어 거울을 꺼냈다. 깜짝 선물을 보고 델리아가 짓는 표정을 보니 버지가 백번 옳았다는 것을 금방 알 수 있었다.

그의 야영지는 상당히 먼 곳이어서 자주 만나기는 힘들었다. 그는 우리가 언제쯤 그의 도움이 필요한지 귀신같이 알았다. 물이 떨어질 즈음이면 그가 나타났다. 물만 아니라 염소나 영양 고기, 달걀, 감자, 헤드치즈를 비롯해 야영지나 가보로네에서 가져온 물건들을 가져다주었다. 우리도 나름대로 이런 물건들을 구할 수 있었지만 돈을 주고 살 형편은 아니었다.

하루는 버지가 디셉션 밸리를 따라 남쪽으로 우리를 데려다주었다. 우리가 아직 가보지 않은 곳이었다. 그의 차로 1시간 정도 달려 마침내 완벽한 원형 진흙 분지가 내려다보이는 모래언덕 위에 차를 세웠다. 바닥이 회색이라 멀리서 보면 영락없는 호수였다. 가뭄이 한창일 때 이동 중이던 물새들이 호수로 착각하고 모여들 정도였다. 심지어 펠리컨 한 마리도 보았다. 버지는 부시맨이 이 분지를 본 후 계곡의 이름을 붙였다고 설명했다.

'디셉션 밸리'는 부시맨들이 굽이굽이 이어진 계곡을 따라 여행을 하던 중 한 굽이를 돌 때마다 마지막일 거라고 생각했지만 다음 굽이가 나와 속았다는 뜻에서 '디셉션^{Deception}(속임수)'이라고 지었다고도 한다.

"나는 이 이상은 들어가 본 적이 없네. 이 너머에 뭐가 있는지는 아무도 몰라." 버지가 말했다. 우리는 잠자코 주변 풍경을 바라보았다. 바람이 풀숲을 스치는 소리를 들으며 눈앞에 광활하게 펼쳐진 야생의 자연을 내려다보았다. 마침내 버지가 입을 열었다. "여보게들. 내가 여기서 유일하게 겁내는 것이 뭔지 아나? 바로 들불일세."

3장

들불

덤불 사이 우렁차게
울부짖는 자칼들의 울음소리,
흉터 진 협곡의 옆구리에서부터
굴러 떨어지는 마른 흙덩이 하나.

_러디야드 키플링

기록·마크

1974년 폭우는 역사상 최고 강수량을 기록하며 보츠와나 곳곳에 홍수를 일으켰다. 폭우는 5월에 막을 내렸지만, 폭우가 지나간 자리마다 부시맨보다 더 높이 자랐던 사바나의 풀들이 잘 익은 밀밭의 밀들이 고개를 숙인 것처럼 바람에 꺾여 있었다. 디셉션 밸리에 체류한 지 석 달째인 7월 무렵 건기의 태양에 밀들은 밀짚이 되어 금세라도 불이 붙을 듯 바삭거렸다. 어떤 사람들은 이 정도의 햇살이면 이슬 맺힌 들판에도 불이 붙을 거라고 했다.

우리는 아침마다 강바닥에서 언덕 꼭대기까지 식생의 구성을 조사했다.

뻐근한 무릎을 쉬게 하려고 일어났는데 동쪽 지평선에서 이상한 회색 구름이 피어올랐다. 얼마나 먼지 몰라도 아주 멀리서 칼라하리가 불타고 있었다.

서서 불길한 구름을 보고 있는데 시속 50킬로미터로 맞바람이 불어왔다. 바람에 옷이 흩날리고 눈물까지 났다. 우리와 들불 사이의 거리는 겨우 몇 킬로미터에 불과한 데다 그 사이에는 건조한 풀밖에 없었다.

우리는 밤마다 캡틴과 다른 자칼들을 따라다니며 관찰했는데, 그 와중에도 동쪽 지평선의 기분 나쁜 빛에 신경이 자꾸 쓰였다. 들불과 우리 사이의 거리는 아직 멀어서 도망치려면 몇 주 정도의 여유가 있었다. 그동안 어서 우리들과 자동차의 야영지를 구할 방법을 마련해야 했다.

7월의 밤은 무척 추웠다. 낮에는 20도였던 기온이 동트기 직전에는 영하 10도로 떨어졌다. 미국을 떠날 때 방한복을 챙겨오지 않은 것이 후회막급이었다. 자칼을 따라다니는 동안 우리는 계속 추위에 떨었다. 창밖으로 조명등을 내밀고 갈 때면 추위로 몇 분 만에 어깨까지 딱딱하게 굳었다. 트럭에는 히터가 없었다. 그래서 커피 캔에 구멍을 내서 양초에 뒤집어 씌운 후 바닥에 놓았다. 장갑이 없어 손에는 양말을 끼우고 무릎은 침낭을 덮은 채 트럭 히터에 스튜 캔을 데워먹었다. 추위로 몸이 곱아 밤에는 서너 시간밖에 버티지 못하고 결국 야영지로 돌아갔다.

처음에는 자칼들이 다 똑같아 보였다. 특히 밤에는 더했다. 그래서 우리는 알아보기 쉽게 자칼들에게 인식표를 달아주기로 했다. 스타터를 고친 후 마운에 처음으로 들렀을 때 그곳에 사는 독일 수의사인 노버트 드라거 씨에게서 버펄로 가죽과 녹이 산뜩 슬고 여기저기 구멍이 난 마취총을 받아 왔다. 나는 가스가 새지 않도록 타이어 조각으로 총에 난 구멍을 막고 버펄로 가죽으로는 목걸이를 만들었다.

7월 중순의 아주 추운 어느 날 밤이었다. 우리는 야영지 근처에서 자칼 한 마리를 간신히 마취시키는 데 성공했다. 동물들은 그런 날씨에 약물을 섭취하면 간혹 고열이 날 수도 있다. 그래서 우리는 재빨리 목걸이를 채운 후 자칼을 야영지로 데리고 왔다. 의식이 돌아오는 동안 불가에 있을 수 있도록 말이다. 우리는 녀석이 운동감각을 완전히 되찾는 동안 혹시라도 더 큰 포식자가 들이닥치지 않는지 랜드로버에서 지켜보기로 했다.

시간은 흐르고 기온은 계속 떨어졌다. 커피 캔 히터로도 추위를 막을 수 없었다. 나는 오들오들 떨면서 쌍안경을 운전대 위에 올려놓은 채 풀밭을 집어삼키고 있는 들불이 얼마나 멀리 있는지 관찰하기 시작했다.

우리가 불길을 처음 본 것은 2주 전이었다. 그동안 불길은 더 넓어지고 거세져 북쪽에서 남쪽에 이르는 지평선이 모두 주황색과 붉은색의 불길에 사로잡혀 있었다. 공기가 고요하고 촉촉한 조용한 밤에는 그렇게 강렬하던 불빛이 암흑 속으로 거의 사라졌다. 불길도 잠이 든 것 같았다. 하지만 아침이면 거센 바람이 다시 불어와 두꺼운 회색 연기 커튼이 하늘로 솟아올랐다.

버지가 선물한 작은 야영지는 돈으로 따지자면 얼마 되지 않지만 우리가 가진 전부였다. 게다가 새 물건을 장만할 돈도 없었다. 불에 다 타버린다면 알거지에 연구도 끝장이었다.

캡틴과 동물들도 걱정이었다. 분명 많은 동물들이 화마에 희생될 것이다. 우리가 관찰 중인 식물들도 한 줌의 재가 될 것이다. 들불이 지나간 자리에서 무슨 연구를 할 수 있겠는가.

갑자기 선명한 색의 분수가 하늘로 치솟는가 싶더니 신비롭게도 어느

새 흐릿한 형체로 사그라졌다. 그러나 몇 분 후 다시 불길이 거세졌다. 이것이 의미하는 것은 한 가지뿐이었다. 들불이 모래언덕을 집어삼키는 중이었다. 탈 것이 별로 없는 언덕 사이로 들불이 번지면 불길은 약해졌다가 숲이 있는 꼭대기로 올라오면 연료를 보급 받듯이 활활 타오르는 것이다. 드디어 불의 규모가 얼마나 엄청난지 실감할 수 있었다. 북쪽에서 남쪽으로 장장 80킬로미터가 넘는 불길이 칼라하리를 집어삼키는 중이었다.

나는 트럭의 사이드미러에 손전등을 걸고 시동을 켰다. 새벽 3시 30분이었고 자칼은 이제 완전히 회복되있다. 나는 선등을 끄고 손에 입김을 불었다. 그때 뭔가가 눈에 들어왔다. 손전등을 비추니 사자 일곱 마리가 자칼을 깔아 눕히고 있었다.

갑작스러운 불빛에 암컷 두 마리와 다 자란 새끼 다섯 마리가 펄쩍 뛰며 뒤로 물러섰다. 하지만 먹잇감에서 눈을 떼지 않고 잠시 후 다시 돌아왔다. 나는 시동을 켜고 델리아가 곤히 잠들어 있는 텐트를 지나쳐 사자를 향해 갔다. 트럭이 다가오는 소리에도 암놈은 자칼을 포기하지 않았다. 놀라움과 당혹감에서 벗어난 사자들은 자칼을 추적하기 시작했다. 고개를 숙이고 꼬리는 좌우로 리듬감 있게 흔들었다.

나는 재빨리 차를 몰아 사자들을 막아섰다. 사자들은 트럭을 피하려고 급히 몸을 돌렸다. 그 와중에 한 놈이 범퍼에 엉덩이가 살짝 부딪혔다. 암사자는 으르렁거리며 잽싸게 몸을 피해 전조등을 향하여 달려들었다. 사자들은 트럭을 피해 계속 자칼을 쫓으려 했지만 내가 길을 막아서자 어쩔 수 없이 방향을 돌려서 웨스트 프레리로 어슬렁거리며 가버렸다. 웨스트 프레리는 강바닥을 벗어나면 나오는 초지였다. 핸들을 좌우로 요령껏 꺾으며 사자 무리를 최대한 근접해서 뒤따르며 멀리 몰아냈다. 나도 이러기 싫었지만 당시 나의 가장 큰 관심사는 그 자칼이었다. 왜냐하면 우리 때문에 일시적으로 자신을 보호할 수 없는 상태가 되었기 때문이다.

야영지를 400미터가량 벗어났을 때였다. 백미러로 깜박거리는 희미한 불빛이 보였다. 불빛이 취사용 텐트 부근이라는 것을 깨닫기까지 몇 초도 걸리지 않았다.

델리아는 사자가 온 것도 모른 채로 곯아떨어져 있었다. 트럭 소리를 들었을 때 그녀는 내가 완전히 회복된 자칼을 따라가는 줄로만 알았다. 그런데 잠시 후 텐트 밖에서 육중한 발소리가 들리는가 싶더니 텐트가 흔들렸다. 발치에서 무겁게 공기를 가르는 소리가 들렸다. 델리아는 천천히 고개를 들었다. 입구에는 지퍼가 없어서 열린 틈새로 별빛이 그대로 쏟아져 들어왔다. 델리아는 별빛으로 자신의 발치에서 어슬렁거리는 수컷 사자 두 마리의 커다란 머리통을 알아보았다.

델리아는 숨조차 쉴 수 없었다. 사자들이 텐트 바닥에 냄새를 맡으며 거센 콧김을 내뿜었고 수염이 침낭을 스치고 지나갔다.

델리아가 발을 움직였다. 사자는 텐트를 똑바로 쳐다보며 꼼짝도 하지 않았다. 트럭이 멀어지는 소리가 들렸다. 델리아는 옆에 둔 손전등으로 천천히 손을 뻗었다. 사자들은 죽은 듯 미동도 하지 않았다. 숨도 쉬지 않는 것 같았다. 델리아는 머리 위 텐트에 난 창을 향해 손전등을 들었다. 왼쪽에 있던 사자가 텐트를 향해 걸어오기 시작했다. 텐트 벽이 다시 흔들렸다. 손전등을 창으로 향했지만 스위치 소리가 크게 들릴까봐 차마 누를 수가 없었다. 마침내 그녀가 스위치를 누르는 순간 고요 속에서 그

딸깍 소리는 총소리처럼 크게 울렸다.

그래도 사자들은 꿈쩍도 하지 않았다. 델리아는 손전등을 껐다가 켜기를 반복했다. 잠시 후 안도의 한숨을 길게 내쉬었다. 야영지로 달려오는 트럭의 엔진과 범퍼가 끽끽대는 소리가 들렸기 때문이다.

나는 우리의 트리 아일랜드에 가까워지자 조명등을 앞뒤로 흔들어 주위를 살폈지만 주위는 고요하고 아무 일도 없는 것 같았다. 그런데도 희미한 손전등은 계속 깜박거렸다. 나는 텐트 뒤로 돌아갔다. 눈앞에 펼쳐진 광경을 목격한 순간 브레이크를 밟으며 핸들을 꽉 쥐었다. 갈기가 시커먼 수놈 두 마리가 어깨를 맞대고 머리를 텐트 입구에 들이밀고 있었다. 델리아는 신발 상자에 갇힌 쥐새끼나 다름없었다.

나는 당장 사자들을 텐트에서 떨어뜨려 놓아야 했다. 하지만 섣불리 움직였다가는 오히려 델리아를 위험에 빠트릴 수 있었다. 지난번 마운에 갔을 때 보츠와나 북동부의 국립공원인 초베에서 사자에게 변을 당한 여자 소문을 들었다. 그 여자도 침낭에서 자다가 사자에게 끌려갔다고 했다. 처음이자 마지막으로 총이 아쉬웠다. 적어도 공중에 대고 쏘면 사자들을 쫓을 수 있을 테니 말이다.

차로 암컷들을 쫓을 때처럼 수컷도 몰아낼 수 있을 것 같았다. 나는 사자들을 향해 천천히 차를 몰았다. 사자들은 텐트 문 앞에 버티고 서서 트럭을 바라보았다. 눈을 동그랗게 뜨고 귀를 쫑긋 세우고 꼬리를 씰룩씰룩 움직였다. 적어도 놈들의 관심을 델리아에게서 내 쪽으로 돌리기는 했다. 내가 다가가자 녀석들의 모습이 점점 커졌다. 나는 사자들의 모습이 보닛의 높이 정도로 보이는 곳까지 전진했다. 팽팽하게 긴장한 어깨 근육이 잘 보였다. 사자들은 꿈쩍도 하지 않고 자리를 지켰다. 나는 차를 멈췄다.

잠시 후 사자들이 눈을 껌벅이기 시작했다. 사자들은 델리아에게 등을 돌리고 털썩 주저앉았다. 나는 클러치를 발에서 떼고 천천히 전진하면서 머리를 창밖으로 빼고 손으로 차문을 치면서 트럭으로 관심을 돌렸다. 아주 가까이 다가가자 그제야 사자들이 슬그머니 자리를 떴다. 짜증이 난다는 듯 귀를 뒤로 젖히고 고개를 숙인 채 암컷들이 간 방향으로 사라졌다. 사자들은 야영지를 벗어나자마자 계곡이 떠나갈 듯 포효했다. 암컷들이 멀리 서쪽에서 응답을 했다.

나는 재빨리 텐트로 들어가 델리아 옆에 누웠다. 델리아는 반쯤 겁에 질리고 반쯤 흥분해서 그동안의 일을 신나게 떠들더니 내 품에 얼굴을 묻었다. 우리는 금세 깊은 잠에 곯아떨어졌다. 한 번 잠에서 깼는데, 쥐 한 마리가 내 이마에 툭 떨어졌다. 나는 몸서리를 치며 쥐를 손으로 쳐버리고 다시 잠이 들었다.

며칠 후 우리는 목걸이를 채운 자칼 한 마리를 쫓고 있었다. 그런데 동쪽 하늘이 무섭도록 붉게 물들어 있었다. "마크, 불이 이 근처까지 왔나 봐! 어서 야영지로 돌아가야겠어!" 나는 불이 아직 멀리 있다고 생각했기 때문에 미리 돌아가면 괜한 시간만 허비하는 것이라고 생각했다. 하지만 델리아는 고집을 꺾지 않았다. 어쩔 수 없이 나는 트럭을 돌렸다.

야영지에 도착하자 내가 차를 완전히 세우기도 전에 델리아가 차에서 뛰어내렸다. 그녀는 냄비, 주전자, 밀가루 포대, 옥수수 가루 등을 챙기기 시작했다. 혼자 옮길 수 있는 것은 몽땅 가져오기 시작했다. 나는 그녀와 이성적으로 이야기를 해보려고 했다. "이봐, 불길이 지금 당장 언덕을 덮칠 것도 아니잖아. 새벽까지도 안 올지도 몰라."

"당신이 어떻게 알아!" 델리아가 양파 포대를 낑낑거리고 운반하며 냅다 소리를 질렀다. "칼라하리에서든 어디에서든 들불을 본 적도 없잖아!"

"불은 멀리서 소리를 들을 수 있어. 풀밭의 불길도 미리 볼 수 있을 거야. 불꽃이 튈 거라고. 아직 불도 안 났는데 이렇게 짐을 다 싸버리면 어디서 먹고, 자고, 일을 하자는 거야?"

하지만 그녀는 말을 듣지 않았다. 조만간 젖은 담요로 날 덮기라도 할 기세였다. 델리아는 계속해서 상자, 옷가지와 물통을 옮겼다. 트럭의 짐칸은 시시각각 짐으로 가득 찼다. 델리아가 짐을 차곡차곡 쌓기 시작하자 나는 더 이상 참지 못하고 차에서 내렸다. "이봐, 센상! 불길이 다가오면 알 수 있을 거야. 제발 침착하게 행동해!"

"운에 맡길 수 없어!" 델리아가 소리를 질렀다.

트럭의 그림자에 가려져 있는 나무에 양파 부대를 다시 걸어놓으려는데 취사용 텐트가 무너지는 소리가 들렸다. 델리아가 순무를 뽑아가는 들쥐처럼 텐트의 지지대를 뽑고 있었다.

"지금 뭐 하는 거야?" 내가 애원하듯 물었다.

"텐트를 실으려는 거잖아."

나는 차로 돌아가 짐을 몽땅 내리며 소리쳤다. "그만해! 뭐라도 해야 마음이 놓인다면 차라리 좀 더 건설적인 일을 해보자. 야영지 주변에 저지선을 치는 거야."

나는 굵고 낡은 밧줄로 쓰러진 나무를 트럭에 묶었다. 그렇게 야영지를 몇 바퀴 돌자 주변의 풀들이 납작하게 땅에 누웠다.

나는 그 일을 마친 후 짐칸에 잠자리를 만들었다. 밤이 훌쩍 지난 시간이었다.

"뭐 해?" 델리아가 내 뒤에 서서 물었다.

"이제 잘 거야. 우리는 100퍼센트 안전해. 그런데도 당신은 계속 고집을 부리고 싶으면 밤새 불이 오는지 지키도록 해."

한참 후 추위에 지친 델리아가 후회를 하며 침낭으로 기어들어 내 옆에 몸을 웅크리고 누웠다. 나는 팔로 그녀를 감싸며 다시 잠이 들었다.

정오 무렵 버지의 트럭이 동쪽 모래언덕을 넘어 야영지에 도착했다. 그는 웃음을 터트리며 운전석에서 미끄러지듯 내렸다. "이게 다 뭔가?" 그는 난장판이 된 야영지를 둘러보며 물었다.

우리는 불이 어디까지 왔는지 물었다.

"음, 당분간은 목숨을 부지할 수 있을 거네. 들불은 여기에서 동쪽으로 48킬로미터가량 떨어져 있어. 그저께 내 야영지를 지났지." 그가 껄껄거리며 대답했다.

델리아가 나를 보며 겸연쩍은 듯 슬쩍 웃었다.

하지만 버지가 인상을 쓰며 경고했다. "하지만 얕보면 안 되네. 우리는 인원수도 많고 트랙터도 있었는데도 힘들었어. 여기까지 번지면 꼭 조심하게. 절대 만만하게 보면 안 되네."

"어쩌다가 불이 났습니까?" 내가 물었다.

"부시맨들이 매년 불을 지르지. 숲이 다 타버리면 사냥하기가 훨씬 수월하지 않은가. 게다가 주식인 바우히니아 콩도 모으기 더 쉬울 테고. 무턱대고 그 사람들만 욕할 수 없지만 숲은 큰일 났지. 나무 아래쪽의 잎이 타버리면 동물들은 건기에 먹이를 구하기 힘들어져. 사파리의 사냥꾼들도 불을 놓거든. 그놈들은 절대로 그 사실을 인정하지는 않지만."

"자네들이 쓸 만한 것이 있기에 좀 가져왔네." 그는 염소 고기가 가득

든 자루, 달걀과 옥수수 가루를 취사용 텐트 옆에 내려놓았다. 그의 차에 실린 드럼통에서 물도 얻었다. 델리아가 커피를 끓였다.

커피를 다 마신 버지는 일어나며 작별 인사를 했다. "나는 이제 3주 동안 휴가라네. 이번에는 요하네스버그에 가서 결혼한 딸네 집을 가볼 생각이야. 자네도 알다시피 나는 도시에서 오래 버티지 못해. 열흘 정도면 돌아올 걸세. 아마 그때쯤이면 여기까지 불이 번졌을 거네. 불길은 밤이면 사그라지니까 디셉션 밸리까지 번지려면 2주 정도 걸릴 거야."

우리는 버지가 휴가를 마치고 돌아오면 우리 야영지에 며칠 머물러주십사 하고 말했다. 우리가 그동안 연구한 것들을 보여드릴 수 있도록 말이다. "그거 좋지. 돌아오면 바로 들르겠네. 그럼 마크, 델리아 몸조심들 하게. 또 봄세."

그로부터 2주가 지났지만 버지는 우리를 찾아오지 않았다. 우리는 틈만 나면 바람이 불어오는 곳으로 귀를 기울이며 혹시나 차 소리가 들리지 않을까 귀를 쫑긋 세웠다.

혹시 몸이 편찮으신 걸까? 사고가 난 건 아닐까? 걱정이 된 우리는 그의 바퀴 자국을 따라가 보았지만 아무것도 알아낼 수 없었다. 그래서 요하네스버그에 생각보다 오래 머무르는 건가보다 생각하기로 했다.

며칠 후, 추위가 뼛속까지 스미는 8월 아침이었다. 나는 랜드로버의 뒷문을 열고 잠자리에서 기어 나왔다. 희미한 햇살이 오래된 강바닥을 힘없이 비추고 있었다. 새들조차 잠에서 깨지 않은 것 같았다. 너무 조용해서 소름이 끼칠 정도였다. 강렬한 열기로 비쩍 다들어간 잎사귀의 재가 내 손등에 달라붙었다. 고개를 들어 하늘을 보니 주위가 온통 재였다. 검은 눈처럼 훨훨 날아다니고 있었다. 북쪽에서 남쪽으로 하늘에는 베일 같은 연기가 수천 미터 높이로 치솟고 있었다. 드디어 불이 코앞까지 다가온 것이다. 화마 앞에서 보잘것없는 존재가 된 것 같아 덜컥 겁이 났다. 불은 내가 생각했던 것보다 훨씬 강력하고 대규모였다. 며칠 전에 마운으로 대피했어야 했다는 때늦은 후회가 밀려들었다.

나는 서둘러 냄비며 밀가루 포대며 챙길 수 있는 것은 모두 차에 싣기 시작했다. 델리아도 취사용 텐트와 방수포를 접으며 거들었다. 만약 불길이 정오 무렵 계곡에 들이닥친다면 바위투성이 바닥의 습도와 동쪽에서 불어오는 시속 45~60킬로미터인 풍속을 고려할 때 야영지를 화마로부터 지키기란 불가능했다. 우리와 동물들의 안전도 문제였지만 그동안 연구한 자료들과 트럭을 안전하게 보호해야 했다. 나는 다시 죽은 나무를 트럭에 묶고 야영지를 돌며 방화저지대를 넓히기 시작했다. 삽과 도끼로 풀을 뽑고 죽은 나무들을 열심히 베어냈다. 델리아가 취사용 텐트 주변에 물이 든 냄비를 놓는 동안 불을 쳐서 끌 나뭇가지를 베기 시작했다. 우리가 할 수 있는 일은 이 정도였다.

오전이 지나가면서 바람은 거세졌다. 불길이 타오르는 소리도 덩달아 강해졌다. 사방에서 재가 눈처럼 떨어졌다. 정오가 되자 사막의 거센 바람을 타고 첫 번째 불길이 동쪽 모래언덕에 다다랐다. 불길은 키 높은 풀과 낮은 쪽에 달린 가지를 핥으며 잠시 숨을 고르는 것 같더니 순식간에 꼭대기로 올라왔다. 나무는 9미터 높이의 횃불처럼 타올랐다. 연이어 도착한 불길이 모래언덕을 집어삼켰다. 전선을 이룬 불길이 숲을 뒤덮자 나무가 불꽃처럼 폭발하기 시작했다.

강렬한 열기가 기류를 형성해 불길에 산소를 공급했다. 연료를 공급받은 불길은 기세등등하게 경사면을 타고 내려오면서 자신들의 앞에 있는 모든 것을 집어삼키기 시작했다. 감히 상상도 못한 광경이 펼쳐지기 시작한 것이다.

"이대로는 저지선도 소용없겠어!" 쥐고 있던 나뭇가지를 집어 던지고 차로 달려갔다. 다시 나무를 뒤에 묶고 야영지를 돌며 방화저지대를 더욱 넓혔다.

우리 야영지에서 1킬로미터 떨어진 강바닥에까지 닿은 불길은 순식간에 번지기 시작했다. 거대한 연기 기둥이 사바나에서 분출하듯 하늘로 치솟았다. 높이가 3미터 정도에 달하는 불길이 계곡을 따라 질주하기 시작했다. 불길은 잠시 머뭇거리는가 싶더니 다시 파죽지세로 나아오기 시작했다. 야영지를 에워싼 저지선의 폭이 눈에 띄게 좁아져 있었다.

다시 나무를 달고 저지선을 만들었다. 이번에는 크게 여덟 바퀴를 돌았다. 불길이 200미터 밖까지 다가오자 저지선의 가장 바깥쪽으로 달려가 맞불을 놓았다. 성냥을 켜려 했지만 바람이 너무 강해 불을 붙일 수 없었다. 나는 바람을 막으려고 등을 돌렸다. 뜨거운 열기가 훅하고 뒷덜미를 덮쳤다. 순간 도망치고 싶은 마음을 간신히 억눌렀다. 마침내 나는 성냥 한 통을 다 써서 맞불을 놓았다.

하지만 너무 늦은 조치였다. 맞불은 강한 바람 때문에 좀처럼 뻗어 나가지 못했다. 나는 여전히 나무를 달고 있는 트럭을 몰고 불보다 앞질러 달리기 시작했다. 만약 불의 기세를 꺾을 수만 있다면, 들불이 내가 놓은 맞불과 방화선에서 닿을 즈음 야영지 주변의 불을 얼추 끌 수 있을 것 같았다.

나는 불길을 몇 번이나 통과하며 전진을 방해하려 했다. 그래도 델리아와 야영지를 향해 번지는 속도는 줄어들지 않았다. 풀들이 모두 누워 있는 곳에서 불길이 약간 수그러들자 나는 곧장 불길을 향해 달려들었다. 나무를 달고 최대한 빨리 불길을 뚫고 달렸다. 50미터를 달려 불길에서 빠져나온 후 뒤를 돌아보았다. 효과가 있었다. 일렬로 전진하는 불의 전선에 틈이 생긴 것이다. 게다가 번지는 속도도 느려졌다. 다시 불길이 거세지기 전에 차를 돌려 계속해서 불 속을 통과했다.

세 번째로 통과하자 짓밟힌 풀에서 나는 연기가 너무 짙어서 아무것도 보이지 않았다. 갑자기 내 앞으로 델리아가 나타났다. 그녀는 나뭇가지를 손에 들고 불을 내리치고 있었다. 바로 브레이크를 밟아 간신히 그 옆을 스쳐 지나갔다. 놀란 델리아가 뒤로 몸을 피했고 나는 속도를 늦췄다.

다시 한번 불을 통과하려고 차를 돌리려는데 델리아가 고함을 지르고 손을 마구 흔들며 달려왔다. 그녀의 얼굴이 하얗게 질려 있었다.

"마크! 어머나, 어떻게 하면 좋아! 차에 불이 붙었어! 어서 내려! 터지기 전에 빨리 나와!" 나는 그 말에 뒤를 돌아보았다. 차에 매달아 놓았던 나무, 밧줄까지 불타고 있었다.

내 좌석 바로 뒤편에는 190리터 들이 연료 탱크가 달려 있었다. 그곳에서 시작된 파이프가 자동차의 바닥을 지나 오른쪽 뒷바퀴 앞으로 이어져 있었다. 나는 재빨리 브레이크를 밟고 시동을 끈 후 밖으로 튀어나갔다. 불길이 어느새 차 옆까지 번져 있었다. 30미터를 죽어라 달려 델리아 옆으로 갔다. 우리는 함께 곧 있을 폭발을 기다렸다.

"우리 자료집이며 카메라며 전부 저 안에 다 들어 있어!" 델리아가 울부짖었다.

그 순간 앞좌석 천장에 달려 있는 낡은 소화기가 생각났다. 나는 불타는 트럭으로 다시 들어갔다. 하지만 소화기의 트리거에 녹이 슬어 꼼짝도 하지 않았다. 나는 창문으로 소화기를 던져 버리고 시동을 켜고 기어를 넣었다. 엑셀이 바닥에 닿을 정도로 밟아 엔진을 가속하면서 클러치에서 발을 뗐다. 차는 심하게 요동을 치며 앞으로 나갔다. 효과가 있었는지 불타던 밧줄과 나무가 차에서 떨어져 나갔고 바닥에 붙어서 타고 있던 풀들도 떨어졌다. 나는 차를 자그마한 평지에 세웠다. 그리고 모래를 뿌리며 차에 남은 잔불을 껐다.

우리가 취사용 텐트 위로 물을 붓고 나뭇가지와 타이어 튜브로 불을 끄는 동안에도 야영지를 포위한 불길은 누그러들 기세를 보이지 않았다. 불길은 풀뿌리마저 태우며 우리가 풀을 미리 제거한 곳까지 스멀스멀 기어왔다. 텐트의 방수 외피에 달려 있던 밧줄에 불이 붙자 밧줄을 잘라버렸다. 우리는 플라스틱 기름통과 부품이 든 상자를 야영지 안으로 질질 끌어 옮겼다. 불꽃이 비 오듯 쏟아졌다. 불을 끄는 동안 우리는 숨을 제대로 쉴 수도 없었다. 연기는 맵고 뜨거웠으며 산소도 부족했다. 시간과 불길은 완전히 멎은 것 같았다. 더 이상 나뭇가지를 휘둘러 불을 끌 힘도 남아 있지 않았다.

몇 분 아니 몇 초가 지났을까. 나는 실제로 시간이 얼마나 흘렀는지 가늠도 되지 않았다. 마침내 불이 지나갔다. 이리 뛰고 저리 뛴 덕분에 큰 불의 속도를 늦춰 야영지를 우회하도록 한 것이다. 남아 있는 불씨들을 마저 정리한 후에야 비로소 안심이 되었다.

우리는 무너지듯 그 자리에 고꾸라졌다. 기침이 심하게 나오고 폐가 타들어가는 것 같았다. 힘없이 고개를 들어 주위를 바라본 순간 망연자실하고 말았다. 주변에 옹기종기 모여 있던 나무들이 주황색 횃불이 되어 활활 타고 있었다.

입술과 이마, 손에 온통 물집이 잡혔고 눈썹과 속눈썹은 불에 그슬렸다. 그로부터 며칠간 재와 그을음 때문에 계속 기침을 했다. 몸에 묻은 검댕은 아무리 씻어도 지워지지 않았다. 몇 주 동안은 어딜 가나 회색 구름이 우리를 에워쌌다. 바람 부는 밤이면 차 안이 모래투성이의 안개로 자욱해져 등유 램프의 빛조차 탁한 누런빛으로 보일 정도였다. 우리는 얼굴을 손수건으로 막고 잠을 청했다.

들불은 우리를 지나치고도 계속 전진해 모래언덕을 가로질러 칼라하리로 들어가며 밤하늘을 해 질 무렵의 장관처럼 벌겋게 밝혔다. 불이 지나가도 타버린 나무와 통나무의 열기는 한참 동안 남아 있었다.

다음 날 새벽 일찍 일어난 우리는 새까맣게 타버린 칼라하리를 물끄러미 바라보았다. 타버린 나무둥치에서 하얀 연기가 모락모락 피어올랐다. 모래언덕과 강바닥을 따라 자라던 풀의 잔해인 잿덩이가 바람에 금세 고운 가루로 변했다. 완전히 소실된 큰 나무들이 하얀 재로 변해 검은 모래 위를 수놓았다. 우리는 밤새 생긴 화산섬의 유일한 생존자라도 된 기분이었다. 용암과 화산재는 아직도 식지 않았고 쉼 없이 용암이 흘러나오는 곳 말이다. 그동안 연구한 자료들도 한 줌 재가 되었다.

정오 무렵 버지의 흰색 대형 트럭이 동쪽 모래언덕의 시커먼 얼굴을 내려와 야영지로 오는 모습이 보였다. 델리아는 재빨리 커피를 준비하기 시작했다.

4톤 중량의 베드포드가 멈추자 버지와 함께 일했던 원주민들이 내려와 죽 늘어섰다.

"두멜라." 그들에게 인사를 건넸다.

"에." 그들은 걸걸한 목소리로 인사를 했다.

"버지 씨는 어디 계세요? 무슨 일이 생긴 기예요?" 델리아가 물었다. 그들은 고개를 푹 숙인 채 헛기침을 하거나 구두에 묻은 먼지를 문지르기만 했다.

"카오펠리. 무슨 일이에요? 버고퍼 씨는 어디에 계세요?" 내가 작업 감독에게 물었다. 그들 사이에는 어색한 침묵만이 감돌았다.

"버지 씨는 오지 않습니다." 카오펠리는 여전히 발끝을 응시한 채 조용하게 말했다.

"왜요? 그럼 아직도 요하네스버그에 계신 겁니까?"

"버지 씨는 돌아가셨습니다." 나는 내 귀를 믿을 수 없었다.

"돌아가셨다고요! 그게 무슨 말이에요. 말도 안 돼요!"

그는 고개를 들고 가슴을 툭툭 두드리며 웅얼거리듯 말했다. "필로. 심장."

나는 트럭의 범퍼에 그대로 주저앉아 양손에 얼굴을 파묻었다. 안 지 얼마 되지 않았지만 그분은 우리에게 아버지 같은 존재였다. 나는 아무래도 믿어지지 않아 연신 고개를 흔들었다.

"우리는 야영 장비를 챙겨갑니다. 버지 씨의 물건들 말입니다." 카오펠리가 말했다. 나는 고개를 들어 버지가 그렇게도 사랑했던 칼라하리를 바라보았다. 그들은 즉시 우리의 유일한 테이블, 의자, 텐트와 각종 야영 장비들을 트럭에 싣기 시작했다.

"하지만 버지 씨는 우리가 이 물건들을 계속 사용하기를 바라셨을 거예요." 내가 가져가지 않도록 설득해보았디. 가오펠리는 그 문제는 정부가 결정할 일이라는 말만 했다. 드럼통들을 굴려서 가져가자 나는 직접 정부와 담판 짓고 공식적으로 빌리겠다고 말하면서 드럼통을 주지 않으려 했다. 그들도 결국 태도를 누그러뜨리고는 그냥 떠났다. 남은 것이라 고는 불에서 구한 나무 몇 그루, 드럼통 몇 개, 트럭, 옥수수 가루 포대를 비롯한 식량 조금이 다였다.

그렇게 절망적인 때는 없었다. 버지의 가족에게 그분이 우리에게 얼마 나 소중한지 전할 수도 없었다. 그분의 딸의 이름조차 몰랐다. 그에게 주 려고 했던 책은 원래 텐트가 있었던 곳 옆 땅에 나뒹굴고 있었다. 펼쳐진 페이지가 펄럭이고 바람이 불어 재가 쌓였다.

한참 후 우리는 까맣게 탄 강바닥으로 내려갔다. 그을음과 재가 자욱 하게 우리를 감쌌다. 눈과 코와 목이 재로 가득 찼다. 모든 것이 검은색 이었다. 서쪽 모래언덕의 정상에서 차의 지붕 위로 올라가 주위를 둘러 보았다. 멀쩡한 것은 아무것도 없었다.

한 달여 전만 해도 우리는 지원금에 잔뜩 기대를 걸고 돌아갈 여비로 연구에 필요한 물품을 구하며 아등바등하고 있었다. 한 달이 지났지만 아직도 지원금은 요원했고 수중에 남은 돈은 200달러가 채 되지 않았다. 연구는 끝장이 났다. 이제 집으로 돌아갈 돈을 벌어야 할 형편이 되었다.

우리는 풀이 죽어 새까맣게 변한 모래언덕들만 하염없이 바라보았다. 델리아가 눈물을 글썽이며 내 어깨에 머리를 기댔다. 그리고 이렇게 말 했다. "어쩌다가 우리가 이렇게 되었을까?"

4장

칼라하리의 절규

대지는 결코 지치지 않는다.

대지는 처음에는 무례하고, 고요하고, 이해할 수 없다.

자연은 처음에는 무례하고 이해할 수 없다.

기가 꺾이지 말고 계속하라. 그곳에는 잘 봉인된 성스러운 것들이 있다.

그대에게 맹세하노니, 말로 형언할 수 있는 것보다 더욱 아름다운 성스러운 것들이 있다.

__월트 휘트먼

기록·마크

쉼 없이 불어오는 거센 바람에 모래는 속살을 고스란히 드러냈다. 모래언덕 위로는 타버린 나뭇잎들이 날아다녔다. 마치 칼라하리 위로 검은 바람이 휘몰아치는 것 같았다.

불은 스틴복, 코한 새, 자칼과 풀숲에 사는 동물들의 은신처를 앗아가 버렸다. 박쥐귀여우는 불안한 듯 주위를 살금살금 돌아다니거나 높이가 고작 5센티미터 정도에 불과한 나무둥치 뒤에 숨기도 했다. 커다란 귀가 축 늘어져 더 처량히게 보였다. 동물들이 몸을 숨길 곳이 몽땅 사라진 것이다.

하지만 검게 변한 지표면 아래에는 온기와 암흑이 존재했다. 불이 나기 몇 달 전에 억수같이 쏟아진 폭우의 흔적도 남아 있었다. 모든 생명의 근원인 물 말이다. 모세관 현상을 통해 연결된 물 분자들이 지표면의 뜨겁고 건조한 바람에 의해 땅 아래에서 위로 올라오기 시작했다.

지하에서는 작은 풀씨들이 수분을 기다리며 누워 있었다. 마침내 약동하는 생명력으로 새싹을 틔웠다. 여린 새싹은 모래 알갱이 사이를 비집고 자라기 시작했다. 새싹이 재를 비집고 땅 위로 솟은 순간 이미 혼자가 아니었다. 주위에는 수백만 개의 새싹들이 솟아나 검은 사막을 녹색으로 물들이고 있었다.

불이 난 지 3주 만에 검은 땅은 짧은 풀들의 바다로 변했다. 그러자 스프링복과 젬스복 무리가 모여들어 수분이 풍부한 풀을 뜯으며 강바닥 주변의 모래언덕을 어슬렁거리기 시작했다.

*

아직 몇 주 분의 식량과 기름이 남아 있었다. 디셉션 밸리에서 좀 더 머무르면서 갈색하이에나를 연구할 수 있을지 결정을 내려도 될 것 같았다. 식량과 물을 절약하면 마운으로 돌아가야 할 때까지 관찰을 계속할 수 있을 것 같았다. 어리석은 생각일지도 모르지만 일단은 그렇게 해보기로 했다.

불이 야영지를 지나간 이튿날 들불에 대한 동물들의 반응이 궁금해진 우리는 동물들을 관찰하기 위해 들불이 전진 중인 서쪽으로 향했다. 영양이나 새들은 별로 놀란 것 같지 않았다. 작은 무리의 젬스복이 풀이 거의 없는 암석 지역으로 도망가고 있었다. 그들은 그곳에서 불길이 지나가기를 기다렸다. 한 무리의 스프링복은 불을 피해 공중으로 높이 뛰어 오르며 달렸다. 물떼새와 꿩을 닮은 코한 새들은 울면서 불을 앞질러 날 아갔다.

동물들은 대부분 놀랍도록 차분했다. 박쥐귀여우 가족 다섯 마리는 불 길이 수백 미터 앞으로 다가오도록 풀숲에서 아무렇지도 않게 잠을 잤 다. 그러다가 녀석들이 잠에서 깨어났다. 위험이 다가왔기 때문이 아니 라 안전한 곳으로 대피하려는 곤충 떼들이 나타났기 때문이다. 여우들은 평소처럼 일어나 하품을 하고 기지개를 켜더니 풀숲을 헤치고 다니며 커 다란 메뚜기를 잡아먹기 시작했다. 분지의 강비탈에는 풀이 자라지 않거 나 자라더라도 키가 작거나 듬성듬성 자라는 구역들이 늘 있었다. 불길 이 바짝 다가오자 사자, 스프링복, 갬스복과 큰 영양들은 이런 지역들을 통로 삼아 이미 불이 지나간 곳으로 이동했다. 다람쥐, 여우, 미어캣, 몽 구스, 뱀과 심지어 표범과 같은 동물들은 땅굴로 들어가 불이 지나가기 를 기다렸다. 불길이 무척 빠르게 지나가는 바람에 굴속에서 질식을 할 염려도 없었다. 화마에 희생된 동물들은 설치류, 곤충과 파충류 몇 마리 에 불과했다.

캡틴은 기다렸다는 듯 설치고 다니기 시작했다. 평소처럼 바쁘게 뛰어 다니며 불에 탄 언덕들을 뒤져 죽은 메뚜기, 딱정벌레, 쥐와 뱀을 배불리 먹었다.

들불 때문에 연구가 끝장날 것이라는 우려는 기우일 뿐이었다. 새로 운 관찰 대상이 속속 나타났을 뿐 아니라 동물들의 행동을 관찰하고 뒤 를 따라다니기가 훨씬 수월했다. 우리는 황무지가 된 들판에서 풀이 얼 마나 빨리 다시 자라는지, 자칼, 박쥐귀여우, 영양들의 먹이와 행동이 어떻게 변화했는지 관찰했다. 이 상황을 나름대로 이용하는 동물들에게 한 수 배운 것이다.

식량과 기름이 떨어질 때까지 디셉션 밸리에 머무르기로 한 결정은 단순하지 않았다. 사실 불이 아니더라도 문제가 많았다. 그동안 우리는 주로 옥수수 가루, 오트밀, 분유를 섞은 페블럼만 먹고 지냈다. 나는 체중이 벌써 16킬로그램이나 빠졌고 델리아도 약 7킬로그램이나 줄었다. 몸이 많이 쇠약해진 상태였는데 델리아는 빈혈 증세마저 보이는 것 같았다.

7월 말 화마가 들이닥치기 며칠 전, 나는 트럭의 뒷문이 열리는 소리에 놀라 잠이 깼다. 델리아가 심한 복통으로 몸을 웅크린 채 괴로워하고 있었다. 복통이 시작된 지 몇 주나 되었지만 통증을 내게 숨겨왔던 것이다. 복통은 잘 먹지 못한 탓이기도 했지만 지원금이나 돌아갈 여비를 마련하지 못할 수도 있다는 스트레스 탓이기도 했다. 나는 그날 뜬눈으로 밤을 새우며 어떻게 하면 델리아를 잘 먹일 수 있을지 고민했다.

다음 날 밤 우리는 샌드펠드에서 자칼의 뒤를 쫓고 있었다. 바로 그때 조명등 불빛에 스틴복 한 마리가 갑자기 나타났다. 나는 한 치의 주저함도 없이 칼집에서 커다란 사냥용 칼을 꺼내고 신발을 벗은 채 살그머니 차에서 내렸다. 델리아가 작은 목소리로 나를 말렸지만 듣지 않았다. 영양의 커다란 녹색 눈이 불빛에 반짝였다. 코를 찡긋거리며 내 냄새를 맡으려고 했다. 안쪽에 혈관이 도드라진 커다란 귀는 미세한 소리도 놓치지 않으려는 듯 쫑긋 섰다.

마침내 나는 온몸을 떨고 진땀을 흘리며 오른손으로 칼을 쳐들고 스프링복보다 1.5미터가량 몸을 낮추었다. 재빨리 붕 뛰어올라 칼날을 어깨 바로 뒤쪽에 깊숙이 박아 넣으려 했다. 하지만 내 낌새를 알아차린 스프링복이 몸을 피하며 그대로 달아나 버렸다. 나는 악마의 노래톱이라는 뾰족뾰족한 가시에 팔과 다리와 배를 찔리며 모래 위를 뒹굴었다. 온몸이 따끔거린 채 빈손으로 돌아가는 자신이 쓸모없는 바보가 된 기분이었다.

그 후로도 단백질을 섭취하기 위한 시도는 몇 번 더 있었다. 가끔 성과를 거둘 때도 있었지만 계속 곡물로 연명하는 현실은 달라지지 않았다. 델리아의 상태는 여전히 그대로였다.

*

우리는 7월부터 8월 초까지 자칼을 연구하면서 꼬리 중간에 난 털 색깔로 녀석들을 구분할 수 있게 되었다. 덕분에 마취로 상처를 입히거나 격리할 필요가 없었다. 우리는 자칼과 갈색하이에나가 썩은 고기를 먹기 때문에 먹이를 둘러싸고 경쟁관계에 있을지도 모른다고 생각했다. 자칼을 관찰하다 보면 분명 조심성 많은 갈색하이에나를 만날 수 있을 것 같았다.

매일 밤 자칼들은 계곡을 따라다니며 점호라도 하듯 서로를 불렀다. 그리고 잠시 후 야간 사냥을 시작했다. 세렝게티의 검은등 자칼(그곳에서는 실버백이라고도 부른다)은 항상 짝을 지어 다니지만 칼라하리의 자칼들은 건기에는 주로 혼자 다녔다. 우리는 다른 자칼들도 추적할 때를 대비해 울음소리가 나는 곳의 나침반 방향을 모두 기록했다. 캡틴은 우두염이라도 앓는 듯 쉰 듯한 목소리가 났기 때문에 울음소리를 쉽게 구분할 수 있었다.

디셉션 밸리에서 야영을 시작한 지 석 달이 지나도록 비는 단 한 방울도 내리지 않았다. 중부 칼라하리에는 수원이라고는 없었다. 캡틴과 동료들은 사냥한 설치류와 새, 마레트와 열매(장구밥나무 속)와 언덕에 흩어져 있는 야생 멜론을 먹고 수분을 섭취했다.

미국 코요테처럼 캡틴도 뛰어난 사냥꾼이자 기회주의자였다. 일몰 직후 서늘한 저녁이면 캡틴은 치타 힐 아래 강바닥을 뛰어다니다가 흰개미집 위에 자라는 풀을 뽑아 뿌리에 붙은 개미들을 핥아먹었다. 덤불 속을 뛰어들면 종종 커다란 메뚜기, 거미나 딱정벌레들을 잡을 수 있었다. 녀석은 한입에 넣고 질근질근 씹어 꿀꺽 삼켰다. 전갈 사냥도 했다.

저녁 8시 30분에서 9시에 모래언덕에서 계곡으로 차가운 바람이 불어오면 곤충들은 더 이상 볼 수 없다. 캡틴은 이제 좀 더 푸짐한 먹이를 사냥하러 나선다. 풀 무더기 사이를 뛰어다니며 고개를 세우고 귀를 앞으로 숙인 채 풀 무더기를 마구 헤집는다. 쥐의 위치를 냄새로 확인하면 앞다리를 가슴팍에 꼭 붙인 채 뒷다리로 번쩍 일어섰다. 그런 후에 창처럼 꽂히듯 땅을 덮쳐 쥐를 꼼짝 못 하게 찍어 누르며 앞발로 잡았다. 서너 시간 사냥으로 쥐 30~40마리를 사냥했는데, 사냥 성공률은 25퍼센트 정도였다. 캡틴은 가득 찬 쓰레기봉투처럼 배가 빵빵해도 쥐를 죽이고 파묻기를 반복했다. 공격을 위해 뒷발로 일어서려는 찰나 사냥감을 파묻어놓은 곳 부근을 힐끗 뒤돌아보았다. 뭘 보았는지 캡틴이 털을 바싹 곤두세웠다. 자칼 한 마리가 숨겨놓은 쥐들을 찾아내어 게걸스럽게 먹고는 다른 곳으로 이동 중이었다. 이 계곡을 호령하는 수컷의 먹이 창고를 턴 장본인인 암컷이 한눈에 들어왔다.

캡틴은 괘씸한 도둑을 향해 달려갔다. 하지만 암컷은 꼼짝도 하지 않았다. 갸름한 얼굴을 꼿꼿이 들고 황금색의 목덜미와 적갈색의 어깨를 당당하게 쭉 펴고 서 있었다. 캡틴은 암컷을 거의 삽을 뻔했지만 공격은 실패로 끝났다. 녀석의 내부에 회로 하나가 툭하고 끊어지기라도 한 것처럼 공격은 무기력하기 짝이 없었다.

캡틴은 평소처럼 적을 몰아내기는커녕 오히려 암컷에게 잘 보이려고 애쓰기 시작했다. 목을 아치처럼 구부리고 가슴을 부풀리고 귀를 앞으로 쫑긋 세우고는 코를 씰룩거렸다. 호리호리한 암컷에게 다가가 주둥이를 마주하고 섰다. 캡틴은 천천히 부드럽게 주둥이로 암컷의 주둥이를 건드렸다. 암컷은 바짝 긴장했다. 캡틴의 코가 암컷의 코에서 볼로, 얼굴 위에서 귀로 이동했고 목을 따라 내려가더니 깃속밀이라도 하려는 듯 어깨로 움직였다. 갑자기 뒤로 가더니 암컷의 엉덩이와 부딪혔다. 암컷은 옆으로 몸을 비키며 균형을 다시 잡았지만 탐색하는 듯한 캡틴의 코에 다시 몸이 굳어버렸다. 잠시 후 암컷은 캡틴 옆으로 비키며 뛰어가 버렸다. 물론 자신의 냄새를 맞바람이 불어오는 쪽의 덤불에 확실하게 남겼다. 캡틴은 암컷이 남긴 냄새를 한동안 맡더니 치타 힐의 덤불 속으로 사라지는 암컷을 물끄러미 보았다. 잠시 후 캡틴은 암컷의 뒤를 쫓았다.

암컷이 마음에 들었던지 캡틴은 다음 날 밤 또 그 암컷을 만났다. 코를 킁킁대고 엉덩이를 살짝 부딪치는 인사를 한 후에 둘은 마주 서서 목을 꼬고 서로의 짝이 되었다. 둘은 함께 사냥을 다녔는데, 메이트(우리는 그렇게 부르기로 했다)가 앞장섰다. 메이트는 종종 멈춰 서서 다리를 관목에 비비며 영역을 표시하거나 쭈그리고 앉아 냄새를 남김으로써 여성성을 과시했다. 캡틴은 그 뒤를 따랐다. 그녀의 행동을 주의 깊게 지켜보다가 흔적을 남기면 자신의 흔적으로 덮어 다른 수컷들에게 메이트가 자신의 짝이라는 사실을 분명하게 밝혔다.

캡틴과 메이트는 포근한 밤이면 강바닥에서 곤충을 배불리 잡아먹고 서늘한 저녁에는 치타 힐의 모래에 사는 설치류들을 사냥했다. 구멍에 차례로 코를 집어넣어 쥐들이 숨어 있는 정확한 장소를 찾으려고 콧김을 뿜으며 킁킁거렸다. 캡틴이 갑자기 모래를 파기 시작했다. 메이트는 캡틴을 잠시 지켜보더니 다른 굴로 달려가 자신도 열심히 파기 시작했다.

미친 듯이 잔디를 물어뜯고 모래를 파헤치던 캡틴이 마침내 사냥감에 근접했다. 하지만 너무 깊이 파서 굴의 정확한 입구를 확인하기가 힘들었다. 몇 번 더 파더니 구멍에서 재빨리 나와 탈출 통로를 차례로 보았다. 쥐가 굴에 있거나 땅 위로 나와 풀숲으로 도망칠 때 잡으려는 것 같았다.

엄청난 공격을 받은 쥐들은 캡틴의 속셈을 간파한 것 같았다. 쥐는 절대로 굴에서 나오려 하지 않았다. 캡틴은 구멍을 너무 깊이 파는 바람에 쥐가 나오지 않는지 출구를 확인하러 나올 때마다 소중한 시간을 허비해야 했다. 이렇게 난감한 상황에 캡틴은 자칼의 천재성을 유감없이 발휘했다. 녀석이 보여준 행동은 지금까지 그 어떤 포유류에서도 관찰된 적이 없었다.

땅을 파면서 여러 출구를 감시해야 하는 곤란한 상황에 처한 캡틴은 뒷다리로 서서 머리를 구멍 밖으로 내밀더니 앞발로 입구 근처의 땅을 두드리며 입구들을 한 바퀴 획 둘러보았다. 잠시 후 다시 파던 곳으로 돌아가 네댓 번 땅을 팠다. 일어서서 땅을 두드리다가 '가짜 땅파기'를 여러 번 했다. 진동을 느낀 쥐들은 자칼이 가까이 오고 있다고 생각했을 것이다. 그래서 여러 출구 중 하나로 몰려들었다. 캡틴은 파고 있던 구멍에서 펄쩍 뛰어올라 출구로 몰려나오는 쥐들을 덥석 물어 먹어치웠다.

밤 10시 30분 어느새 한기가 몰려 왔고 설치류들은 밤을 보내기 위해 굴로 들어갔다. 두 녀석은 쥐를 잡기 위해 풀 무더기를 뛰어다니기를 갑자기 중단하더니 강바닥으로 돌아갔다. 자칼들은 원을 그리거나 지그재그로 이동하며 빠른 속도로 강바닥을 질주했다. 코가 땅에 붙기라도 한 듯 고개를 숙이고 새들의 자취를 찾기에 여념이 없었다.

아카시 포인트 근처에서 메이트가 멈췄다. 바로 앞 15미터도 떨어지지 않은 곳에 능에(두루미목 느싯과의 대형 조류로 들칠면조라고도 부름) 한 마리가 있었다. 무게는 11킬로그램에 날개를 펼치면 그 길이가 무려 3.6미터인 수컷 능에는 지구상 가장 무거운 조류에 속한디. 칸라하리에서는 자칼이 혼자 다니기 때문에 이렇게 큰 새를 공격할 수 없다. 하지만 메이트에게는 캡틴이 있었기 때문에 승산이 있었다.

칠면조처럼 생긴 이 대형조류는 날개와 목과 꽁지 깃털을 모두 세우며 위협적으로 메이트에게 다가왔다. 이 능에는 메이트보다 대략 4.5킬로그램은 더 나갈 것 같았지만 메이트는 한 치의 망설임도 없이 능에를 공격했다. 능에는 메이트를 한 번 위협하더니 공중으로 날아올랐다. 능에가 커다란 날개를 퍼덕이자 모래바람이 일었다. 능에가 높이 오르기 전에 메이트가 2미터가 넘는 높이를 훌쩍 뛰어올라 능에의 다리를 잡아챘다. 두 마리가 공중에 떠 있는가 싶더니 능에에 매달린 자칼이 몸을 웅크렸다. 능에도 자칼의 무게까지 감당할 수 없었던지 곧 주위에 깃털을 흩뿌리며 땅으로 곤두박질쳤다. 메이트가 악착같이 능에를 물고 있자 캡틴이 전속력으로 달려와 능에의 머리를 물이 박실 냈다.

자칼 두 마리는 신나게 먹이를 먹어치우기 시작했다. 잔뜩 흥분한 듯 꼬리를 힘차게 흔들었다. 눈은 활활 불타올랐고 얼굴은 피와 깃털로 범벅이 되었다. 능에를 먹기 시작한 지 이삼 분이 흘렀을까, 멀리서 갈색하이에나가 주위를 돌기 시작했다. 분명히 자칼이 사냥한 능에를 뺏으려는 것 같았다. 하지만 녀석은 근처에 있는 우리를 경계하고 있었다.

하이에나가 더 가까이 다가왔다. 우리는 아무 소리도 내지 않고 가만히 있었다. 암컷인 녀석의 이마에 난 하얀 털이 보였다. 녀석이 풀을 밟으며 다가오는 소리가 들렸다. 잠시 후 하이에나가 자칼을 공격했다. 불의의 습격을 받은 캡틴과 메이트는 잽싸게 몸을 피했다. 하이에나는 그 틈에 능에를 입에 물고 웨스트 프레리의 덤불 속으로 잽싸게 도망치기 시작했다. 우리도 서둘러 따라갔지만 녀석은 사라진 후였다.

캡틴과 메이트는 아깝게도 먹이를 뺏겼지만 강바닥의 풀숲에서 곤충, 쥐, 새와 뱀 등 먹잇감을 쉽게 구할 수 있었다. 게다가 대형 육식동물이 먹다 남긴 썩은 고기도 얼마든지 구할 수 있었다. 세렝게티의 자칼들이 가젤처럼 큰 짐승을 사냥하는 것과 달리 캡틴과 메이트는 팀으로 움직일 때도 그때 사냥한 능에보다 큰 동물은 사냥하지 않았다. 하지만 그 다음에 우리가 관찰한 합동 사냥에서는 사냥감이 능에보다 훨씬 위험한 동물이었다.

우리는 점점 줄어드는 휘발유를 아끼기 위해 걸어서 두 녀석을 쫓기도 했다. 9월의 어느 날 이른 아침, 치타 힐까지 돌아가는 두 마리의 느긋한 여행을 내가 구술하고 델리아가 그걸 받아쓰고 있었다. 강바닥을 따라 난 가시덤불을 통과하며 조심스럽게 가고 있는데 모래언덕 위에서 경비행기 엔진 소리가 들렸다. 디셉션 밸리에 온 이후로 처음 들은 비행기 소리였다. 이곳이 너무 외진 지역이라 보츠와나 민간 항공부에서조차 조종사들에게 비행을 금지했기 때문이다. 몇천 제곱킬로미터에서 사람이라고는 우리가 유인했으므로 이들은 우리를 찾아온 손님이 분명했다. 사람이 그리웠던 우리는 바로 위를 지나는 작은 세스나 기를 향해 미친 듯이 손을 흔들며 강바닥을 달리기 시작했다. 나는 조종사가 잘 볼 수 있도록 셔츠를 벗어서 바람이 부는 쪽으로 들었다.

비행기는 상공을 선회하면서 하강한 후 강바닥에 한 번, 두 번, 세 번 통통 튀더니 다시 날아올랐다. 언뜻 조종석에 앉은 마운의 독일인 수의사 노버트 드라거 씨가 보였다. 그는 강한 옆바람을 맞으며 착륙을 시도했다. 세 번째로 우리 옆을 날아갈 때 옆 좌석의 그의 아내 케이트와 뒷좌석에 앉은 그들이 딸 로니가 보였다. 네 번째 착륙 시도에서 비행기는 간신히 멈췄다.

"내가 본 조종사 중에 한 번 착륙으로 온갖 경험을 한 사람은 노버트 씨밖에 없을 거예요." 내가 농담을 했다. 그는 환한 미소가 인상적인 연한 금발의 바이에른 출신으로 독일 기술 지원팀과 함께 이곳에 상주하고 있었다.

"비행에 대해 깨달은 사실이 있어요. 99퍼센트는 지루하고 나머지 1퍼센트는 엄청나게 무섭다는 거죠." 그가 비행기의 시동을 끄면서 툴툴거렸다.

케이트가 커다란 피크닉 바구니를 가지고 뒤따라 내렸다. 직접 구운 빵, 작은 고기 파이, 신선한 생선, (로디지아에서 가져온) 치즈, 샐러드와 케이크가 들어 있었다. 빨간 냅킨과 체크무늬의 테이블보가 음식 옆에 잘 접혀 있었다. 아마도 그들 눈에 우리는 만찬을 앞둔 두 마리의 독수리들처럼 보였을 것이다.

우리는 아카시 나무 아래에서 만찬을 즐겼다. 델리아와 나는 버지의 죽음을 알리러 온 작업팀들 이후로 사람을 처음 봤기에 들불과 연구 내용에 대해서 쉴 새 없이 떠들었다. 마침내 우리가 조용해지자 케이트가 입을 열었다.

"그건 그렇고, 미국 대통령을 새로 뽑았다던데 알고 있어요?"

"네? 왜요? 무슨 일이 일어났는데요?" 내가 놀라서 물었다.

"한 달 전에 워터게이트로 닉슨 대통령이 사임했어요. 포드인가 뭔가 하는 사람이 대신 대통령이 되었대요." 지난 반년 동안 라디오도 신문도 구경하지 못한 우리가 뭘 알겠는가.

한 시간 후에 노버트 씨는 마운으로 돌아갈 비행을 걱정하며 아내와 딸에게 비행기에 오르라고 재촉을 했다. 비행기가 강바닥을 활주해 하늘로 올라가는 내내 그들은 창으로 손을 흔들었다. 비행기가 시야에서 사라지자 우리는 조용히 야영지로 돌아왔다. 손님의 짧은 방문으로 우리가 얼마나 고립되어 있는지 다시 한번 깨닫게 되었다. 그 어느 때보다 외로웠다. 그들이 놓고 간 편지 묶음도 전혀 위로가 되지 않았다. 편지의 내용은 둘 중 하나였다. 곧 지원금을 받게 되거나 아니면 곧 짐을 싸서 집으로 돌아가거나.

델리아가 끈을 푼 후 차례로 우편물을 확인하기 시작했다. "여기 내셔널 지오그래픽에서 온 편지가 있어." 델리아는 목소리가 잔뜩 긴장한 것 같았다.

"뭐해, 어서 열어봐. 어서 해치우자." 내가 우울한 목소리로 말했다. 지금까지 계속 실망만 거듭했다. 이번이 마지막 기회였다. 델리아가 봉투 끝부분을 찢어 편지를 꺼냈다.

"마크! 지원금을 준대! 우리한테 지원금을 주기로 결정했대!" 델리아가 신이 나 펄쩍펄쩍 뛰어오르며 편지를 마구 흔들었다. 마침내 우리를 믿어주는 사람을 만난 것이다. 액수는 최소한 3,800달러였다. 우리가 마침내 어엿한 연구팀으로 인정받은 것이다.

필요한 물건을 구하러 마운에 다녀온 후 우리는 새로운 자신감으로 무장한 채 연구를 재개했다. 조만간 갈색하이에나도 우리에게 익숙해질 테니 그동안 자칼을 열심히 연구하자고 결의를 다졌다. 델리아의 만성 복통은 씻은 듯이 나았다.

*

9월이 되자 무더운 건기가 시작되었다. 우리로서는 7월의 겨울만큼이나 예상하지 못한 상황이었다. 거의 하룻밤 만에 정오 기온이 섭씨 43도를 넘었다. 온도계를 걸어놓은 나무 그늘에서도 46도까지 상승할 정도였다. 야영지 밖의 지면은 너무 뜨거워서 온도계로 측정할 수도 없었지만 기온은 60도를 훌쩍 넘을 것 같았다.

우리는 계곡을 휘몰아치는 뜨겁고 건조한 동풍을 맞으며 여린 새싹처럼 시들어갔다. 바람이 약해지는 늦은 오후가 되면 너무 조용해서 귀가 윙윙 울렸다. 시든 나무들, 죽은 풀과 덤불로 이루어진 갈색의 단조로운 모습과 흐릿한 하늘은 이제껏 본 적 없는 칼라하리의 새로운 모습이었다. 몸에서 수분이 금세 빠져나가 피부는 습기라곤 남아 있지 않았다. 눈도 뻑뻑히다 못해 얼을 피해 두개골 속으로 쏘.ㅣ라져 버리는 것 같았다.

우리는 목욕, 요리와 식수용으로 일주일에 28리터만 쓰기로 했다. 드럼통의 물은 금속을 끓인 뜨거운 차 같았다. 너무 뜨거워 마시기 전에 함석 그릇에 담아 나무 그늘에서 식혀야 했다. 그런데 잘 보고 있지 않으면 금세 증발해버리거나 벌이나 잔가지, 흙 같은 것들이 들어가곤 했다. 우리는 설거지를 한 후 그 물로 대충 몸을 씻고 옷에서 짠 커피색 물을 트럭의 라디에이터에 부었다. 제리캔 한 통은 나중을 위해 보관해두었다. 우리는 그늘, 빵부스러기나 옥수수 가루를 찾아 야영지로 모여드는 새들과 하루에 몇 컵씩 물을 나눠 마셨다.

피부가 트고 손가락과 발가락이 갈라지고 피가 났다. 매일 똑같았다. 남루한 티셔츠, 구멍이 숭숭한 테니스화, 모든 것을 뒤덮는 석회석 가루, 체력을 빼앗아 가는 더위까지. 우리는 젖은 타월을 덮고 트럭 뒤에 누워 있으면 언제나 수분에 끌린 벌꿀들이 우리를 뒤덮었다.

강바닥, 언덕 경사면과 사바나의 풀들이 말라 죽어갔다. 물웅덩이도 먼지만 날렸다. 칼라하리 어디에도 마실 물은 없었다. 먹이에도 수분이 충분하지 않자 영양들은 15마리 정도로 무리를 이룬 후 강바닥을 떠나 수천 제곱킬로미터에 걸쳐 흩어졌다. 영양들은 샌드펠트 전역으로 흩어져 나무와 덤불을 찾고 뿔로 땅을 파헤쳐 신선한 뿌리와 수분이 풍부한 줄기 식물을 먹으며 건기에 필요한 수분을 보충했다. 초식동물들이 강바닥을 떠나면 곧이어 사자와 표범 같은 대형 육식동물들도 그 뒤를 따랐다.

비 한 방울 아니 구름 한 점 보지 못한 지 벌써 반년이 흘러 어느새 10월이 되었다. 어느 날 오후 수증기가 동쪽 하늘로 올라가는 것이 보였다. 뜨거운 바람이 잔잔해지고 계곡에는 기묘한 정적이 내려앉았다. 우리는 열기와 야간작업으로 지친 몸을 이끌고 하늘에서 소용돌이치는 증기를 보기 위해 야영지에서 나왔다. 하지만 하얀 구름은 해가 비치자 유령처럼 사라졌다.

오후만 되면 저 멀리 지평선에 구름이 나타났지만 강렬한 햇살에 흐릿한 모래언덕 위로 녹아내리는 유리처럼 사라져버렸다. 우리는 늘 정신이 멍해 간단한 일조차 할 수 없었다. 사소한 일에도 짜증이 났고 팔다리는 언제나 무거웠다. 그래도 야간의 자칼 관찰을 쉬지 않았다.

계곡 주변의 자칼들은 대부분 짝을 이루었다. 각각의 쌍은 약 3제곱킬로미터 정도의 영역을 차지했다. 가장 좋은 강바닥의 서식지와 인접한 덤불이 자라는 경사면도 영역에 포함되었다. 캡틴과 메이트는 치타 힐을, 보니와 클라이드는 '라스트 스톱' 근처를 지배했다. 짐피와 위니는 노스 트리 동쪽을 어슬렁거렸고 선댄스와 스키니 테일은 노스 베이 힐을 소유했다. 그들은 해 질 무렵이면 서로를 불렀다. 우리는 울음소리나 야영지와의 위치로 일곱 쌍을 모두 구분할 수 있었다.

자칼의 등에 난 두껍고 검은 긴 털은 햇살로부터 어느 정도 보호막이 되어주었다. 캡틴과 메이트는 치타 힐의 잎이 다 떨어진 조그만 덤불이면 은신처로 충분한 것 같았다. 낮에는 그곳에서 잠을 자면서 무더위를 견뎠다. 이른 아침과 늦은 오후에도 여전히 더웠기 때문에 시원한 밤에만 사냥을 했다. 몇 달 동안 마실 물이 없었기 때문에 수분 보충을 위해 야생 멜론 하나를 갖고도 자칼들이 싸우는 모습이 종종 목격되었다.

11월이 되어도 구름은 여전히 우리의 속을 태웠다. 비가 내리는 곳은 여전히 멀리 떨어진 사막의 어느 곳이었다. 태양에 바짝 구워진 강바닥에서 발생한 거대한 열기의 장벽을 물리칠 검고 두꺼운 먹구름은 어디에도 보이지 않았다.

어느 날 아침이었다. 여느 때와 달리 바람이 불지 않았다. 공기가 너무 고요했다. 마치 뭔가를 기다리는 것 같았다. 오전 중반이 되자 웨스트 프레리 넘어서 구름이 뭉게뭉게 피어오르기 시작했다. 시간이 가면 갈수록 하늘을 뒤덮을 거대한 수증기 기둥들이 생겨났다. 정오에는 검보라색 하늘이 수증기로 끓기 시작했다. 벼락이 단도처럼 구름을 갈랐고 잠시 후 천둥소리가 계곡에 쩌렁쩌렁 울렸다.

이번에는 마침내 폭풍우가 우리를 지나가겠구나 싶었다. 거대한 먹구름이 모래의 돌풍을 빨아들이며 야영지를 향해 전진했다. 정체되어 있던 공기가 요동치기 시작했다. 우리는 나무 아래 세워둔 트럭으로 달려가 차를 뺐다.

야영지에서 30미터 정도 나온 후 폭풍우가 불어오는 쪽으로 차의 뒷부분을 돌렸다. 잠시 후 모래와 바람이 우리를 사정없이 때렸다. 회색 바람이 몰아치자 셔츠로 얼굴을 가리고 숨을 쉬었다. 차는 계속 흔들리고 삐걱거렸으며 자동차 열쇠는 꽂힌 채로 쨍그랑거리며 흔들렸다. 우박이 트럭의 지붕을 세차게 두드렸다. 앞을 보니 상자며 냄비며 야영지에 있는 짐들이 하늘로 날아오르고 있었다. 아카시 나무는 미친 동물이 할퀸 것처럼 마구 비틀려 있었다.

마침내 비가 내리기 시작했다. 물이 창틀을 통해 스며들어와 다리 위로 떨어졌다. "냄새를 맡아봐! 느껴봐! 정말 대단해! 너무 아름다워!" 우리는 기쁨을 주체할 수 없어 연거푸 소리를 질렀다.

폭풍이 불어닥치고 있었다. 바싹 마른 손가락 같은 번개가 먹구름 사이를 갈랐다.

다음 날 아침 눈을 뜨자 환한 햇살이 계곡을 비추고 있었다. 하지만 지난 몇 달간 칼라하리를 뜨겁게 달구었던 잔인한 햇살이 아니었다. 부드럽고 따사로운 햇살이 이슬을 잔뜩 머금은 풀을 뜯고 있는 수백 마리의 스프링복의 등을 어루만지고 있었다. 폭풍우는 저 밀리 지평선에 머무르고 있었다. 야영지에서 보니 캡틴과 메이트 그리고 박쥐귀여우 한 쌍이 스폰지 같은 사막에 생긴 웅덩이에서 목을 축이고 있었다.

우리의 옷가지며 서류와 가재도구들은 강바닥에 흩어져 있었다. 델리아는 야영지에서 50미터가량 떨어진 곳에서 냄비를 찾아 사탕수수 시럽과 밀가루 부스러기를 섞은 죽을 만들었다. 아침을 먹은 후 우리는 날아간 물건들을 찾으러 다녔다. 기름 드럼통은 계곡을 반이나 굴러가 있었다.

폭풍은 사막을 다시 녹색으로 물들였다. 일주일 만에 계곡은 영양 무리로 붐비게 되었다. 영양들은 벨벳처럼 부드러운 새 풀 위에서 귀가 축 늘어진 새끼들을 낳았다. 박쥐귀여우들은 털이 복슬복슬한 새끼들을 여기저기 데리고 다니며 사방에서 뛰고, 날고, 기어 다니는 곤충들로 배를 채웠다. 모두들 금세 끝이 날 풍요의 시절에 새끼를 키우느라 여념이 없었다. 어딜 가나 약동하는 생명력과 오랜 더위와 화재의 시련 끝에 찾아온 재탄생의 활기로 넘쳤다. 폭풍우가 몇 번 더 찾아온 후 마침내 우기가 시작되면서 한낮 기온은 20도에서 25도 사이로 떨어졌다. 푸른 하늘은 미풍과 눈부시게 하얀 구름으로 채워졌다.

우리를 가장 흥분시킨 일은 사자 무리의 귀환이었다. 특히 몇 달 전 취사용 텐트에서 자고 있던 델리아를 공포에 떨게 한 사자들이 계곡으로 돌아왔다. 밤부터 이른 새벽까지 들리는 사자들과 자칼들이 동료를 부르는 소리는 강바닥에 생명을 불어넣었다. 우리는 언젠가 사자들을 제대로 연구하기 위해 다시 칼라하리에 오고고 이야기했다. 하시만 시금은 자칼과 갈색하이에나가 먼저였다.

우기에 찾아온 첫 번째 폭풍이 지나가고 며칠 동안은 해만 지면 서둘러 저녁을 먹고 캡틴과 메이트를 찾아 나섰다. 짐피와 위니도 트윈 아카시의 동쪽에서 울음소리를 내기 시작했다. 그들의 떨리는 듯한 기묘한 선율이 계곡 전체에 울려 퍼졌다. 우리는 언제나 구슬픈 울음소리에 따라 조용히 움직였다. 그 소리는 사막의 심장부에서 들려오는 것 같았다. 마치 칼라하리가 울부짖는 것처럼 말이다. 다른 자칼들도 함께 노래하기 시작했다. 보니와 클라이드, 선댄스와 스키니 테일의 목소리가 들렸다. 마침내 캡틴의 잔뜩 쉰 목소리와 메이트의 낭랑한 목소리가 치타 힐에서 들려오기 시작했다.

"잠깐……. 저게 뭐지?" 델리아가 물었다. 고음의 삑삑거리는 소리가 들렸다. 마치 캡틴과 메이트의 울음소리를 따라 하려는 것 같았다.

"새끼들이야!" 우리는 재빨리 랜드로버에 올라타고 소리가 들리는 쪽으로 달렸다. 그리고 자칼과 떨어진 곳에 차를 세운 후 소리가 나는 덤불을 유심히 바라보았다. 잠시 후 굴 입구에서 메이트가 고개를 낮게 숙인 채 나타났다. 그녀가 옆으로 비켜서자 새끼 두 마리가 나타났다. 북실거리는 꼬리에 짧고 솜털이 덮인 얼굴과 뭉툭한 검은 코가 보였다.

메이트가 '헨젤'과 '그레텔'의 얼굴과 등, 배를 핥아주는 동안, 새끼들은 서로를 모래 위에 넘어뜨리거나 다리에 걸려 어미의 배 아래에서 넘어졌다. 그때 보니와 클라이드가 북쪽에서 동료들을 부르기 시작했다. 울음소리가 사라지기도 전에 캡틴 무리가 대답을 했다. 헨젤과 그레텔이 작은 주둥이를 하늘로 쳐들고 부모 옆에 섰다.

세렝게티 평원의 다 자란 새끼 자칼들 중에는 부모 옆에 남아서 다음 새끼들을 함께 키우는 자칼이 있다는 사실을 알아냈다. 그들은 어미와 동생들에게 먹이를 게워내 주거나 굴을 지키며 부모를 돕는다. 우리가 관찰한 자칼들 중에는 그런 조력자가 없었지만 칼라하리의 나른 자칼늘 중에는 있을지도 몰랐다. 이런 행동은 몇 년간 지속적으로 관찰하지 않으면 알아내기가 쉽지 않다.

새끼가 태어나고 몇 주 동안은 캡틴이나 메이트가 항상 굴을 지키고 서서 새끼들을 지켰다. 그동안 헨젤과 그레텔은 아버지의 발치를 맴돌며 귀와 다리를 물거나 꼬리로 장난을 쳤다. 아버지가 사냥을 떠나면 헨젤과 그레텔은 어미의 귀를 물거나 얼굴이나 등을 타고 넘거나 꼬리로 장난을 치고 놀았다. 메이트는 새끼들의 장난을 다 받아주었지만 절대 같이 장난을 치지는 않았다.

새끼들에게서는 어릴 때부터 어른의 행동 패턴이 그대로 나타난다. 새끼들은 먹잇감 잡기와 추적하기, 습격하기, 죽이기를 반복적으로 연습하면서 훌륭한 사냥꾼으로 성장해간다. 어미가 장난을 받아주지 않으면 새끼들은 자기들끼리 장난을 치거나 굴에서 얼마 떨어지지 않은 곳에서 풀무더기나 나뭇가지를 가지고 씨름을 했다.

새끼들이 생후 3주가 되자 날고기를 먹기 시작했다. 새끼들은 아버지가 오는 기색이 느껴지면 꼬리를 흔들고 굴에서 뛰쳐나와 먹을 것을 달라는 듯 아버지의 입을 핥았다. 그러면 캡틴은 입을 벌려서 일부 소화된 쥐와 새들을 토해냈다. 헨젤과 그레텔이 게걸스럽게 먹는 동안 캡틴은 근처 덤불에서 쉬면서 새끼를 보고 이번에는 메이트가 사냥을 떠났다.

새끼들이 신선한 고기를 먹기 시작하자 부모들은 새끼들을 데리고 다니기 시작했다. 새끼들은 뭘 보든 코를 들이대며 궁금거렸나. 그늘은 강바닥의 환경에 대해 점점 더 많은 사실을 알아가기 시작했다. 이른 아침의 산책에서 새끼들이 배워야 할 가장 중요한 수업은 곤충 사냥법이었다. 왜냐하면 메이트가 젖을 떼는 동안 새끼들은 부모가 게워낸 고기와 함께 곤충으로 영양을 보충할 수 있기 때문이었다.

헨젤과 그레텔이 서로를 잘 돌볼 수 있을 만큼 자라자 캡틴과 메이트는 둘만 남겨두고 사냥을 떠났다. 그러면 새끼들은 굴 근처에서 곤충을 사냥하며 놀았다.

*

어느 날 관찰일지의 안쪽에 작은 달력을 붙이면 좋겠다는 생각이 떠올랐다. 그런데 막상 달력을 만들려고 하니 날짜가 가물가물했다. 마지막으로 마운에 다녀온 날짜를 기준으로 볼 때 1974년의 크리스마스가 얼마 남지 않은 것 같았다. 명절을 즐기기 위해 마을로 갈 돈도 시간도 없었던 터라 하루를 정해 야영지에서 명절을 맞을 준비를 하기로 했다.

심사숙고 끝에 어느 날 아침 우리는 언덕의 숲에서 잎이 넓은 죽은 나무를 골라 베어 트럭에 싣고 야영지로 돌아왔다. 우리는 온도계, 인식표로 쓰는 붉은 가죽 몇 조각, 주사기, 외과용 메스, 가위, 족집게, 줄자, 손전등, 스프링복의 턱뼈, 고장 난 소화기와 야영지 주변에서 긁어모은 잡동사니들로 나무를 장식했다. 우리는 트리 장식을 마치고 크리스마스 저녁 만찬 준비에 돌입했다.

우기가 시작되자 야영지 주변으로 뿔닭 무리가 나타났다. 모두 열세 마리였다. 적어도 하루에 한 번(두 번일 때도 있고) 뿔닭들은 우리가 드럼통 위에 판자를 걸쳐놓고 사용하는 부엌 조리대를 어슬렁거렸다. 그 녀석들이 지나가면 부엌은 난장판이 되었다. 뾰족한 발톱에 함석 그릇은 구멍이 나 있고, 칼이며 식기가 죄다 바닥에 떨어져 있으며, 냄비 뚜껑은 저 멀리 날아가 있었다. 남은 음식물도 몽땅 먹어치웠다. 부엌에 갓 구운 빵을 뒀더니 녀석들이 기관총이라도 난사하듯 빵을 갈기갈기 뜯어놓은 적도 있었다. 처음에는 귀엽기도 했다. 하지만 밤새 자칼을 쫓아다니다 지친 몸을 누이면 기다렸다는 듯 이른 아침부터 꽥꽥거리는 소리는 정말 견디기 힘들었다. 게다가 다른 새들을 주려고 마당에 뿌려놓은 옥수수 가루를 몽땅 먹어치우기까지 했다.

나는 뿔닭들을 쫓아내기로 결심했다. 고기를 먹지 못한 지 넉 달이 다 되어가는 크리스마스 즈음에 그런 결정을 내린 건 사실 우연이 아니었다.

나는 아침부터 덫을 설치했다. 상자를 막대기에 기대 놓고 막대기에는 돌을 달았다. 상자 아래에는 옥수수 가루를 뿌려놓았다. 상자를 받치고 있는 막대기에 낚싯줄을 달아서 랜드로버의 맞은편으로 땅에 늘여놓은 후 나는 운전석에 몸을 숨겼다. 해가 뜨자마자 뿔닭들이 시끄러운 소리를 내며 모여들었다. 땅을 할퀴고 다니는지 주위는 모래 먼지가 자욱했다. 한 마리가 상자로 이어진 옥수수 가루를 알아차리고 주저하지 않고 맹렬한 기세로 쪼기 시작했다. 그러자 무리 전체가 덫을 향해 쫓아가기 시작했다. 갓 구운 뿔닭 고기를 먹을 생각만으로도 입에 군침이 돌았다.

포동포동한 암탉과 수탉 네 마리가 상자 아래로 몰려들어 맹렬하게 모이를 쪼았다. 나는 낚싯줄을 잡아당겼다. 상자가 땅으로 무너졌고 자욱한 먼지와 날갯짓 소리가 주위를 메웠다. 뿔닭들이 큰 소리로 울어댔다. 나는 트럭에서 잽싸게 뛰어내려 덫을 향해 달려갔다. 닭들이 의혹에 찬 눈빛으로 나를 쏘아 보았다.

덫은 조용했고 안에서는 쩩하는 소리도 들리지 않았다. 나는 주위를 둘러보았다. 열세 쌍의 눈이 나를 잡아먹을 듯 노려보고 있었다. 나는 한 방 먹은 기분이 들었다. 뭐가 잘못된 걸까? 그렇게 잽싸게 솜씨 좋게 달아났을 리도 없고, 양계장 닭들보다 나을 것도 없는데. 나는 다시 해보기로 했다. 덫을 다시 설치하고 조심스럽게 차로 돌아갔다. 잠에서 깬 델리아가 나를 보고 웃었다.

뿔닭들은 다시 덫으로 돌아왔다. 하지만 이번에는 겨우 두 마리만 모험을 감행했다. 나는 잽싸게 낚싯줄을 잡아당겼고 상자가 떨어졌다. 재빨리 뿔닭들을 세어보았다. "하나, 둘, 셋, 넷, 다섯 젠장!" 꽥꽥거리는 뿔닭 열세 마리와 낄낄거리는 마누라 한 명. 세 번째 시도에서는 상자의 가장자리에 걸리기는 했지만 덫에 걸린 녀석은 한 마리도 없었다.

우리 맘대로 크리스마스라고 정한 그날 아침에도 뿔닭들은 어김없이 나타나 시끄러운 소리를 내며 냄비며 그릇을 죄다 엎어놓았다. 우리는 못 본 체하고 밀가루에서 바구미를 골라내고 양동이 오븐에서 캐러웨이(씨앗을 향신료로 쓰는 회향 식물)빵을 구웠다. 델리아는 버지에게 받은 마지막 남은 딱딱한 육포로 고기 파이를 만들었다. 크리스마스 디저트는 웨스트 프레리에서 직접 딴 마레트와 열매로 만든 파이였다.

크리스마스는 무척 더웠다. 아무리 기운을 내자고 서로를 격려해도 선물도 가족도 없는 명절은 쓸쓸하기만 했다. 우리는 캐럴을 몇 곡 불렀다. 얼마 후 더 쓸쓸하고 기분이 가라앉은 채 우리는 차를 몰고 자칼의 굴로 가 그곳에서 오후를 보냈다.

헨젤과 그레텔은 이제 생후 7주가 되었고 어른 키의 4분의 3 정도까지 자랐다. 녀석들은 우리 차를 보자 달려왔다. 녀석들의 등에는 부드러운 회색 솜털 대신 진한 검은 털이 자라고 있었다. 어엿한 검은등자칼로 자라고 있는 것이다. 곤충을 잡는 기술도 일취월장하고 있었고 가끔은 상당히 숙련된 사냥 기술을 구사하며 쥐도 잡았다. 캡틴과 메이트는 전보다 더 멀리까지 나갔지만 가지고 오는 먹이는 이전보다 줄었다.

크리스마스 밤이었다. 캡틴과 메이트가 사냥을 나가려는데 낯선 자칼의 울음소리가 노스 트리 지역에서 들려왔다. 자칼 가족이 벌떡 일어섰다. 캡틴과 메이트는 헨젤과 그레텔까지 데리고 비음이 섞인 이상한 '우이으! 우이으! 우이으!' 소리가 나는 곳으로 서둘러 달려갔다. 그 소리는 다급하게 계속 들려왔다.

캡틴과 메이트가 소리의 진원지에 도착했을 즈음 이미 자칼 여섯 마리가 소리가 나는 곳을 둘러싸고 이리저리 풀쩍거리며 뛰고 있었다. 그들은 계속해서 풀숲으로 들어갔다 잠시 후 나왔다. 캡틴과 메이트가 그 의식에 합류한 동안, 헨젤과 그레텔은 웅크리고 앉아 어른들을 지켜보고 있었다.

15분쯤 지났을까 표범 한 마리가 덤불 속에서 슬그머니 나왔다. 얼굴과 가슴은 피범벅이었다. 펄쩍거리고 뛰는 자칼들에 둘러싸인 표범은 귀를 뒤로 젖히더니 그곳을 벗어나기 시작했다. 자칼들은 40미터가량 돌진하거나 뛰면서 표범을 따라갔다. 그러더니 풀밭으로 다시 돌아와 표범이 먹다 남긴 스프링복을 먹기 시작했다.

자칼은 표범들이 좋아하는 먹이이다. 하지만 이상한 울음소리와 집단으로 점프를 하는 습성을 통해 키도 크고 가죽도 두꺼운 포식자들을 경계하고 동료 자칼에게 위험을 알릴 수도 있다. 세들이 친척인 뱀을 공격할 때도 비슷한 행동을 한다.

잠시 후 헨젤과 그레텔이 부모와 어른 자칼들이 스프링복을 먹고 있는 키 큰 풀숲으로 들어갔다. 캡틴과 메이트는 보니와 클라이드, 짐피와 위니 그리고 먼 지역에서 온 두 쌍의 자칼들의 공격을 막아낼 수 없었다. 큰 먹잇감을 둘러싼 치열한 경쟁은 자칼들 사이에 존재하는 엄격한 위계 질서를 유지하는 역할을 했다.

헨젤과 그레텔도 어른들과 함께 먹이를 먹으려 했다. 그러자 부모는 등을 돌리며 험악하게 으르렁거렸다. 입을 오므리며 위협을 하고 꼬리를 마구 휘둘렀다. 새끼들은 놀라고 겁을 먹은 채 뒤로 물러났다. 온갖 장난을 다 받아주던 지금까지의 부모의 모습이 아니었다. 요즘 들어 장난을 걸면 화를 내거나 받아주지 않기도 했지만 이렇게 적대적이었던 적은 없었다. 그때가 바로 새끼들이 경쟁자로 간주되는 순간이었다. 특히 캡틴은 헨젤에게 공격성을 드러냈다. 그레텔은 꼬리를 말고 앉아서 입을 벌린 채 항복의 표시로 앞발을 들었다. 그리고 자신에게 먹을 차례가 돌아올 때까지 기다리려고 했다.

헨젤의 등은 검은색이었고 무늬가 점점 더 뚜렷해지고 있었다. 하얀 털도 언뜻언뜻 보이기 시작했다. 크기나 모습이 어른 자칼과 다름없었다. 헨젤은 포기하지 않고 고기에 달려들었지만 매번 캡틴에게 퇴짜를 당했다. 마침내 아버지와 아들 모두 참을 수 없는 순간이 되었다. 두 수컷은 얼굴을 마주 보고 털을 철사처럼 빳빳하게 세웠다. 캡틴이 헨젤의 어깨를 향해 선제공격을 했다. 헨젤은 공격을 받고 아버지의 엉덩이를 공격했다. 순간 두 녀석이 엉겨 붙었다. 마침내 싸움이 끝났고 헨젤이 대담하게 앞으로 나아가 아버지 다음으로 먹이를 먹었다. 그는 어른들의 사회 질서에서 당당하게 자리를 차지할 수 있는 경쟁심을 훌륭하게 키운 것이다. 그래서 썩은 고기를 더 오래 먹을 수 있으며 더 훌륭한 배우자를 맞이하고 새끼를 키우기에 더 좋은 영토를 획득할 수 있도록 밀이다.

캡틴 가족의 모습은 인간을 비롯한 수많은 동물에서 관찰할 수 있는 '부모-자식 간의 충돌'의 전형적인 예이다. 이런 모습은 특히 젖을 뗄 때 가장 두드러진다. 어미의 품에서 처음 떨어진 개코원숭이 새끼의 울음소리를 듣거나 몇 주 동안 안아주고 먹여주고 털 손질을 해준 어미의 공격을 받은 새끼 고양이의 표정을 본다면 그 충돌 양상이 얼마나 심각한지 알 것이다.

이런 행동에 대한 전통적인 설명에 따르면 부모가 생존에 꼭 필요한 독립성을 새끼에게 강요하는 것도 새끼를 사랑하는 방법이리는 것이다. 최근에 나온 이론은 새끼가 젖을 떼면서 덩치도 커지고 손이 가는 일이 많아지는 때가 되면 어미는 먹이도 더 필요하며 새끼들을 보호하고 보살피는 데 더 많은 힘을 쏟아야 한다. 그렇게 되면 어미는 본능적으로 그만큼의 노력을 새로운 새끼를 낳고 키우는 데 쏟으려 한다는 것이다. 게다가 어미는 다 자란 새끼들에게 직접 새끼를 낳도록 격려하기도 한다. 이것이 유전적으로도 어미에게 이득이 된다. 왜냐하면 자신의 유전자가 자신뿐만 아니라 자신이 키워 독립시킨 새끼들에 의해서도 계속 퍼져 나갈 것이기 때문이다.

칼라하리에 건기가 시작되면 먹이 부족 때문인지 배우자들이 헤어지고 새끼를 키우던 영역도 와해된다. 건기가 시작되고 짝짓기 시기가 되면 또 다른 쌍들이 강바닥에 새로운 영역을 만든다. 우리는 배우자가 계속 함께 지내는 모습을 보지 못했다. 더구나 새끼들이 남아서 다음 해의 새끼를 부모와 공동으로 양육하는 모습도 보지 못했다. 물론 몇 해에 걸쳐 풍요로운 우기가 찾아왔다면 그렇게 할 가능성도 없지 않다. 하지만 디셉션 밸리의 자칼들은 짝을 짓든 아니든 매년 엄격한 위계질서를 계속 유지했다.

다시 크리스마스 저녁으로 돌아가 보자. 스프링복을 열심히 먹고 있던 자칼들이 갑자기 모든 동작을 멈추고 암흑뿐인 동쪽을 일제히 바라보았다. 갑자기 자칼들의 입놀림이 빨라졌다. 미친 듯이 고기를 뜯기 시작했다. 목덜미를 물어뜯는가 싶으면 어느새 등뼈를 지나 다시 위로 올라오면서 닥치는 대로 먹었다. 나는 조명등을 동쪽으로 비추었다. 크고 미간이 넓은 녹색 눈동자가 있었다. 바로 갈색하이에나가 150미터가량 떨어진 곳에서 자칼들의 만찬을 지켜보고 있었다. 하이에나는 분명히 자칼들의 울음소리를 들었으며 이 지역에 표범이 있다는 사실도 알았다. 사냥을 할 수도 있다는 사실도 알았을 것이다. 델리아와 나는 꼼짝도 하지 않고 가만히 앉아 있었다. 제발 도망가지 말고 먹이를 먹으러 오라고 마음속으로 빌고 또 빌었다.

하이에나는 트럭 주변을 몇 바퀴 맴돌더니 한동안 자칼들을 물끄러미 보기만 했다. 마침내 어깨와 등의 털을 바짝 곤두세우더니 사체를 향해 다가가기 시작했다. 젖이 늘어진 것을 보니 암컷이었다. 자칼들은 마지막 순간까지 고기를 뜯으며 버티다가 재빨리 스프링복의 시체를 뛰어넘어 하이에나의 영향권 밖으로 잽싸게 도망쳤다. 하이에나는 고개를 돌려 우리를 힐끗 보더니 먹이를 먹기 시작했다. 콧김을 내뿜고 몸을 오그린 채 뼈를 부수고 살점을 뜯기 시작했다. 도망쳤던 자칼들이 하이에나를 에워쌌지만 한 입이라도 먹으려고 하면 하이에나는 입을 험악하게 벌리고 천둥처럼 으르렁거리며 위협을 했다.

잠시 후 자칼들은 몇 미터 물러나 배를 깔고 엎드렸다. 하지만 캡틴은 예외였다. 녀석은 맴을 돌면서 서서히 하이에나에게 다가갔다. 어느새 녀석은 먹이를 뜯고 있는 하이에나 바로 뒤까지 다가갔다. 하이에나는 스프링복의 기다란 다리를 뜯어내 발치에 내려놓았다. 그리고 다리보다 더 부드러운 갈비를 뜯기 시작했다. 캡틴은 땅바닥에 몸을 바짝 낮추고 아무것도 모르는 하이에나에게 살그머니 다가갔다. 코가 하이에나의 엉덩이에 닿을 만큼 다가갔다. 그런데도 하이에나는 고기를 뜯느라 아무것도 모르는 눈치였다. 캡틴은 왔다 갔다 하는 꼬리의 끝부분에 코를 들이대고 잠시 움직임을 멈췄다. 꼬리가 옆으로 비키자 캡틴은 두 번 돌아볼 것도 없이 하이에나의 엉덩이를 콱 물었다. 하이에나가 왼쪽으로 몸을 돌리자 캡틴은 오른쪽으로 달려가 커다란 살코기가 덜렁거리는 다리를 물었다. 다리가 너무 커서 혼자 들고 도망가기 버거웠지만 캡틴은 포기하지 않았다. 코를 하늘로 든 채 달리고 또 달렸다.

하이에나는 털을 바싹 곤두세운 채 입을 벌리고 캡틴의 꼬리를 향해 달려갔다. 하이에나는 강바닥을 몇 바퀴나 돌며 자칼을 추격했다. 잡히려나 싶으면 캡틴은 방향을 바꿔 추격자를 골탕 먹였다. 그렇게 달리다 보니 다리가 무거워 점점 고개를 숙이게 되었고 마침내 노획물을 놓아버렸다. 캡틴은 숨을 헐떡이며 하이에나가 다리를 가져가는 모습을 지켜보았다. 하이에나는 되찾은 다리를 발치에 놓고 다시 스프링복을 뜯기 시작했다.

2분이 지났을까, 캡틴이 돌아와 다시 몰래 하이에나에게 접근했다. 좀 전이 상황이 다시 재현되었다. 캡틴이 하이에나의 엉덩이를 공격해 스프링복의 다리를 들고 냅다 도망쳤다. 하이에나는 필사의 추격전을 시작했다. 하지만 이번에는 캡틴이 강바닥 가장자리의 덤불로 도망쳤다. 하이에나는 빈손으로 돌아와 턱을 핥았다. 짜증이 난다는 듯 귀를 뒤로 잔뜩 젖혔다. 마침내 하이에나는 남은 고기를 물고 북쪽 모래언덕의 무성한 덤불 사이로 사라졌다.

우리는 자정이 넘어 야영지로 돌아왔다. 전조등이 비치는 나무 사이에 또 다른 갈색하이에나가 있었다. 녀석은 물통 근처에 서 있었는데 15미터도 떨어지지 않은 곳이었다! 우리를 봐도 전혀 동요하지 않고 야영지 곳곳의 냄새를 맡고 다녔다. 나무에 걸려 있는 양파 부대를 보더니 뒷다리로 서서 부대를 잡고 끌어내렸다. 굵은 양파가 코에 떨어지고 종잇장 같은 얇은 양파 껍질이 소나기처럼 흩뿌려지자 놀란 하이에나는 펄쩍 뛰며 물러섰다. 떨어진 양파의 냄새를 조심스럽게 맡더니 한 번 깨물었다. 하이에나는 즉시 고개를 마구 흔들며 재채기를 했다. 이번에는 (몇 시간 전에 불씨가 꺼진) 모닥불의 쇠살대에서 물주전자의 손잡이를 물고 몇 미터 가져가더니 주전자 뚜껑을 코로 벗기고 물을 핥아먹기 시작했다. 물을 다 마시자 꼬리를 들고 떠났다. 하지만 모습을 완전히 감추기 직전에 녀석은 걸음을 멈추고 단 몇 초에 불과했지만 우리를 똑바로 바라보았다. 녀석의 이마에는 작은 하얀 별이 있었다.

5장

스타

당신이란 사람이 얼마나 경이로운지…….

_앤 타일러

기록·델리아

지난밤 늦게까지 일을 했지만 개의치 않았다. 우리는 김이 모락모락 피어나는 녹차를 마시며 지난밤 있었던 일을 이야기하며 야영지의 북쪽에 있는 아카시 포인트를 향해 걸었다. 우리는 시원한 아침을 종종 그곳에서 보냈다. 300미터 정도 떨어진 노스 베이 힐의 울창한 덤불을 가리키며 말했다. 갈색하이에나 한 마리가 우리 트럭의 바퀴 자국을 향해 곧장 걸어오고 있었다. 그대로 오면 우리를 마주쳐 지나갈 것 같았다. 암컷이었는데, 우리를 못 본 것 같았다. 해가 더 높이 뜨기 전에 서둘러 은신처로 돌아가려는 듯 배만큼 올라온 풀숲을 뛰어가다시피 걸어가고 있었다.

우리는 어떻게 해야 할지 몰라서 그냥 가만히 있었다. 다시 야영장으로 돌아가자니 섣불리 움직여 녀석을 놀라게 할 것 같았다. 어제는 동물들이 트럭에 앉아 있는 우리를 받아들였지만 지금은 상황이 또 달랐다. 일반적으로 동물들은 우리가 차 밖에 서 있으면 훨씬 더 위협을 느꼈다. 우리는 언제라도 하이에나가 도망가는 상황을 염두에 둔 채 가만히 타이어 자국에 앉았다. 약 50미터까지 왔을 때 하이에나가 남쪽으로 방향을 바꾸더니 곧장 우리를 향해 다가왔다. 넓은 이마의 작고 하얀 별이 걸을 때마다 위 아래로 움직였다. 어제 우리의 물주전자를 물고 간 바로 그 하이에나였다.

녀석은 전혀 머뭇거리는 기색 없이 계속 앞으로 다가와 5미터 앞에 섰다. 우리는 녀석의 눈높이에 맞게 몸을 잔뜩 낮추었다. 검은 눈동자는 촉촉하게 젖어 있었다. 익숙하지 않은 강한 햇살 때문이었다. 얼굴 옆쪽에는 싸움으로 인한 흉터들이 잔뜩 있었고 황금색 털이 망토처럼 어깨를 덮고 있었다. 길고 가는 앞다리에는 검은색과 회색의 줄무늬가 뚜렷했고 발은 크고 둥글었다. 20킬로그램이 넘는 겜스복의 다리를 박살 내거나 물고 갈 수 있는 사각턱을 살짝 벌리고 있었다.

천천히 다가오더니 코를 내게 들이대며 냄새를 맡았다. 기다란 수염이 씰룩거렸다. 마침내 우리 둘 사이 얼굴의 거리는 50센티미터를 넘지 않게 되었다. 우리는 서로의 눈을 바라보았다.

동물행동학 강의에서는 포식자가 귀와 눈, 입의 모양을 통해 두려움과 공격성을 전달한다고 배웠다. 스타는 얼굴에 아무런 표정도 없었다. 그리고 그것이 오히려 강력한 의사를 전달할 수 있었다. 우리는 사막에 사는 서로 다른 종들이 평화롭게 의사소통을 하는 장면을 많이 목격했다. 땅다람쥐가 몽구스의 코 냄새를 맡거나, 케이프여우들이 미어캣 무리의 복잡한 미로 같은 굴에서 함께 살거나, 작은 빅쥐귀여우 네 마리가 큰 영양의 작은 무리를 장난치며 쫓아가는 모습 등을 관찰했다. 그런데 지금 용감하고 호기심 많은 스타는 자신이 사는 자연계의 일원으로 우리를 받아들이겠다는 의사를 표현하고 있었다.

스타가 코를 살짝 올리고 내 머리카락의 냄새를 맡으며 조금 더 다가왔다. 그러더니 앞발을 조금 옆으로 움직여 마크의 수염 냄새를 맡았다. 마침내 스타는 몸을 돌려 아까와 같은 속도로 서쪽 모래언덕으로 달려갔다.

스타는 호기심 많고 용감하며 언제나 생기가 넘치는 갈색하이에나였다. 가끔 강바닥을 돌아다닐 때면 이상한 춤을 추곤 했다. 뒷발로 뛰어오르며 머리를 갑자기 젖히며 몸을 반 바퀴 휙 돌렸다. 우리에게 갈색하이에나 사회의 비밀까지도 가르쳐준 친구는 주로 스타였다.

스타와 동료들은 자칼이 그랬듯이 트럭에서 자신들을 관찰하도록 우리를 받아들여주었다. 하지만 우리가 관찰할 수 있는 시간은 기껏해야 하루에 너댓 시간에 불과했다. 스타가 강바닥을 벗어나면 높은 풀과 무성한 덤불 때문에 어디에 있는지 찾을 수 없었다. 밤새 하이에나를 쫓아다닐 수도 없고 낮에 쉬는 장소까지 끝까지 따라갈 수도 없었다. 야간에도 몇 시간씩 강바닥을 뒤져야 간신히 한 마리 정도 찾을 수 있었다. 갈색하이에나에 대한 연구는 전적으로 폭이 1킬로미터 정도 되는 좁은 리본 같은 강바닥의 초지에서 그들을 만날 수 있는 기회에 달려 있었다.

1월의 어느 밤, 커다란 눈 한 쌍이 조명등 불빛에 반짝하고 빛났다. 그 뒤로 더 작은 눈들이 줄줄이 보였다. 그런데 이른 맹수는 스타였고 그 뒤로 헨젤과 그레텔을 포함해서 다섯 마리의 새끼 자칼이 줄줄이 따라오고 있었다. 분명히 대장 따라 하기 놀이를 하는 것 같았다. 스타가 멈추면 새끼들도 멈추고 스타가 지그재그로 움직이면 새끼들도 그대로 했다. 가끔 그림자처럼 따라붙는 녀석들이 짜증 나서 떼어버리려는 듯 몸을 뒤로 홱 돌기도 했다. 스타는 탁 트인 강바닥의 가장자리에 있는 이글 아일랜드에 도착하자 쉬려는 듯 누웠다. 그러자 새끼 자칼들이 그녀를 에워쌌다. 갈색하이에나와 자칼은 치열한 경쟁 관계에 있기 때문에 마주칠 때마다 서로를 살피며 먹이를 가지고 있지 않은지 본다. 아직 사냥 경험이 없는 새끼 자칼들은 아마도 스타가 손쉬운 먹잇감으로 자신들을 인도해주기를 바란 것 같았다.

몇 분 후 헨젤이 스타에게 다가가 자신의 작은 코를 스타의 커다란 코에 올렸다. 마치 친한 친구들이 다정하게 인사를 나누는 것 같았다. 실제로는 스타가 좀 전에 뭘 먹은 것은 아닌지 확인하려는 행동이었을 것이다. 헨젤은 흥미로운 것을 발견하지 못했던지 그냥 가버렸다. 다른 녀석들도 제각기 다른 방향으로 사라져버렸다.

이글 아일랜드에서 20분간 휴식을 취한 스타는 달빛이 비치는 강바닥을 따라 급격하게 방향을 틀며 약 시속 5킬로미터로 이동하기 시작했다. 간간이 멈춰서 흰개미를 핥아 먹거나 공중으로 뛰어올라 메뚜기를 잡아먹었다. 스타가 갑자기 서쪽으로 몸을 돌리더니 코를 높이 들고 밤공기의 냄새를 분석하기 시작했다. 그러더니 웨스트 프레리의 키 큰 풀숲을 통과하며 앞으로 뛰어갔다. 덤불과 흰개미 집을 요리조리 피하고 때때로 멈춰 서서 미풍을 다시 확인했다. 스타는 냄새를 따라 숲 가장자리까지 3킬로미터를 달린 후 우뚝 멈춰 서더니 울창한 덤불을 유심히 바라보았다.

암사자 두 마리와 새끼들이 겜스복 사체 주위에 누워 있었다. 겜스복은 배 부분이 찢기고 옆구리는 피투성이였다. 밤공기는 겜스복의 위에 든 내용물의 냄새로 가득했다. 아마 스타는 그 냄새를 맡고 허겁지겁 뛰어온 것 같았다. 스타는 그 지역을 크게 원을 그리며 돌더니 바람이 부는 방향으로 섰다. 사냥감은 아직도 신선했다. 사냥을 한 지 30분도 채 되지 않은 것 같았다. 그 점을 감안해볼 때 사자는 새벽까지 그곳에 머물 것 같았다. 스타는 나무들이 서 있는 북쪽으로 갔다. 청소 동물에게 인내심은 식품 저장실의 열쇠나 다름없다.

우리는 다음 날 초저녁에 사자들이 겜스복을 사냥했던 곳으로 곧장 가고 있는 스타를 발견했다. 겜스복은 지금쯤이면 긴긴이 붉은 살코기가 붙어 있는 하얀 뼈와 가죽밖에 남지 않았을 것이다. 사자들은 벌러덩 드러누워서 다리를 불룩해진 배 위로 뻗은 채 자고 있었다. 스타는 덤불 아래로 기어들어 가 잠을 청하기 시작했다. 다시 기다림의 시간이 시작된 것이다.

사자들은 얼마 전 마취를 시킨 자칼을 공격하다가 마크에게 쫓겨났던 바로 그 사자들이었다. 눈에 자주 띄는 것으로 봐서 이 지역의 붙박이 사자들인 것 같았다. 사자들은 밤 11시경에 모두 일어나 한 줄로 늘어서서 서쪽 모래언덕 숲으로 들어갔다.

스타는 사자들이 떠나는 소리를 들은 것 같았다. 사냥터를 세 번이나 돌면서 냄새를 맡고 다양한 위치에서 그곳을 살폈다. 갈색하이에나에게 가장 위험한 순간이었다. 얼마나 위험한지는 사자가 무엇을 남겼는지, 먼저 온 자칼이나 다른 히이에나가 있는지, 새벽에 독수리가 오는지와 같은 상황에 달려 있다. 풀 때문에 겜스복의 상황을 전혀 알 수 없기 때문에 스타는 오로지 후각에 의존해 사자가 아직도 남아 있는지 판단해야 했다. 젬스복의 사체와 사자의 배설물 냄새가 뒤섞여 판단하기가 무척 어려웠을 것이다. 스타는 몇 번이나 망설이더니 가만히 서서 코를 하늘로 쳐들고 귀를 쫑긋 세웠다. 15분 후 스타는 젬스복과 25미터 떨어진 곳까지 다가갔다. 또 한참을 기다린 후 마침내 젬스복에게 다가가 남은 것을 먹기 시작했다.

스타는 힘줄과 근육만 남은 고기를 조금 씹어 먹더니 입을 크게 벌리고 야구 방망이 굵기의 다리뼈를 으스러뜨리기 시작했다. 그리고 적어도 7센티미터 길이의 뼛조각들을 삼켰다. (그 길이는 나중에 배설물로 확인할 수 있었다.) 갈색하이에나의 이빨은 뼈 절단 전용 망치와 같다. 다른 맹수들은 소구치(송곳니 뒤에 있는 한 쌍의 이)가 예리하고 가윗날처럼 생긴 반면에 하이에나는 평평하고 크다. 스타는 고개를 한쪽으로 기울인 채 뒷다리의 뼈가 몸통에 연결된 부위에 이를 박아놓고 기어이 뒷다리를 잡아 뜯었다. 그리고 잘라낸 다리의 무릎을 물고 경사면의 무성한 덤불숲으로 가져갔다. 스타는 강바닥에서 100미터 정도 떨어진 아카시 관목 아래에 다리를 쑤셔 넣었다.

스타는 사자가 잡은 사냥감이 있는 장소와 사자가 (우기에 갈색하이에나의 가장 중요한 주식인) 그 사냥감을 버리고 가는 때를 귀신처럼 알아맞혔다. 하지만 밤새도록 몇 킬로미터를 외롭게 돌아다녀도 고작 쥐나 오래된 뼈밖에 먹지 못하는 날도 많았다.

*

갈색하이에나를 설명하는 몇 안 되는 연구 자료들을 보면 이 동물을 고독한 청소동물로 묘사하고 있다. 썩은 고기나 종종 작은 포유류를 사냥하는 진짜 고독한 동물이라고 말이다. 처음에는 우리도 그런 줄 알았다. 스타가 먹이를 먹을 때는 언제나 혼자였기 때문이다. 하지만 관찰을 시작하고 얼마 되지 않아 독특한 행동 패턴을 발견하게 되었다. 우리는 이를 계기로 갈색하이에나가 정말 외로운 동물이 맞는지 의심을 품게 되었다.

한 무리에는 몇 마리의 하이에나가 있는지, 이들이 공동의 영역을 함께 지키는지, 왜 협력하는지를 알면 하이에나를 좀 더 잘 보호할 수 있다. 하지만 하이에나의 사회생활을 연구하는 데는 또 다른 이유가 있다. 우리 자신을 더 잘 이해하기 위해서이다. 사람도 하이에나처럼 사회를 이루는 포식자이다. 그러므로 다른 포식자들이 이룬 사회의 진화 과정과 습성을 제대로 이해하면 인간의 영역 인식, 무리 소속 욕구, 경쟁자에 대한 공격적인 성향들을 더 잘 이해할 수 있다.

그날 밤늦게 우리는 시체를 떠나는 스타의 뒤를 쫓으면서 한 가지 사실을 깨닫게 되었다. 스타는 일정한 범위 내에서 정처 없이 돌아다니는 것이 아니라 정해진 통로로 이동하고 있었다. 그 길들은 레오파드 트레일 같은 오래된 사냥 통로나 겜스복, 쿠두, 기린, 자칼과 표범 등이 서쪽 모래언덕에 일시적으로 생긴 물웅덩이를 따라 남북으로 이동하는 통로와 합류하거나 그것들을 가로질렀다. 다른 동물들의 이동로와 달리 하이에나의 이동로는 희미하게 둘로 갈라진 풀이나 살짝 들어간 모래 자국으로 간신히 확인할 수 있었디.

스타는 풀 무더기에서 잠시 쉬면서 뿌리에 달린 시커멓고 작은 덩어리의 냄새를 맡았다. 그다음에 가장 기이한 행동을 보여주었는데, 스타는 그 풀을 풀쩍 뛰어넘더니 꼬리를 들고는 직장에 달린 특별한 주머니를 겉으로 드러냈다. 엉덩이를 돌리며 풀줄기에 닿도록 하더니 두 장의 잎처럼 생긴 주머니를 곧장 줄기에 대고 꼭 순간접착제처럼 생긴 하얀 물질을 한 방울 '발랐다'. 그 일을 끝내자 다시 꼬리를 내리고 주머니를 집어넣은 후 그곳을 떠났다. 하얀 물질의 냄새를 맡아보니 톡 쏘면서 곰팡이 냄새가 났다. 그 하얀 물질 바로 위에는 분량은 더 작지만 녹이 슨 듯한 색깔의 분비물이 발라져 있었다.

그로부터 몇 주 동안 우리는 스타가 다니는 곳에서 하이에나들을 여러 마리 관찰했다. 모두 혼자였으며 스타나 다른 하이에나가 풀줄기에 발라놓고 간 물질의 냄새를 맡았다. 그곳을 떠나기 전에 자신들의 분비물을 발라 화학적 표식을 남기는 것도 잊지 않았다. 동물들의 이동로가 겹치는 곳에는 그런 냄새 표식이 열세 개까지 있는 풀 무더기도 있었다. 마치 고속도로의 인터체인지를 보는 것 같았다.

어느 으슥한 밤 우리는 스타와 체격이 비슷하고 경계심이 무척 많은 하이에나를 뒤쫓았다. 우리는 그 녀석을 섀도라고 부르기로 했다. 섀도는 강바닥에 난 하이에나의 통로 중 하나를 따라 남쪽으로 가고 있었다. 녀석은 100미터마다 멈춰 서서 주변의 냄새를 맡고 그 위에 자신의 흔적을 덧발랐다. 섀도는 사우스 팬을 가로질러 트리 아일랜드를 지나 무성한 덤불로 들어가 모습을 감추었다. 차 지붕 위에서 달빛을 받으며 준비해 온 차를 마시고 있는데 스타가 나타났다. 스타는 첫 번째 하이에나 통로를 가로지른 후 약 1분가량 섀도가 남긴 흔적을 맡았다. 그러자 긴 털들이 곤두섰다. 스타는 방향을 바꾸어 급히 섀도를 쫓아갔다.

스타를 계속 관찰하고 있으니 스타에게 다가오는 섀도의 모습이 달빛에 보였다. 두 마리는 소리도 없이 은빛으로 반짝이는 기다란 풀숲으로 들어갔다. 우리는 일단 멈춰서 조명등을 켰다. 바야흐로 두 마리의 가장 독특한 행동이 벌어질 순간이었다.

스타가 다가가자 섀도는 배가 땅바닥에 닿을 정도로 몸을 낮췄다. 그리고 입술을 딱 붙이고는 과장되게 웃는 것처럼 입을 옆으로 벌렸다. 기다란 귀가 늘어진 모자처럼 처져 있고 꼬리는 말려서 등에 붙었다. 섀도는 녹슨 경첩처럼 끽끽거리며 스타 주위를 돌기 시작했다. 스타도 반대 방향으로 돌기 시작했다. 섀도가 스타의 코 아래를 지나갈 때마다 잠시 멈춰서 자신의 꼬리 아래에 있는 분비샘의 냄새를 맡게 했다. 녀석들은 희미한 조명의 무대 위를 도는 발레리나들처럼 돌고 돌았다.

이상한 인사는 몇 분간 계속되었다. 스타가 떠나려고 해도 섀도는 막무가내였다. 스타가 가려고 할 때마다 섀도는 서둘러 스타 앞에 누워 자신의 꼬리 밑의 냄새를 맡게 했다. 스타는 우아한 귀부인이 몸종을 내보내는 것처럼 코를 높이 들고는 섀도의 초대를 거절했다. 마침내 스타가 가버리자 섀도도 다른 방향으로 가버렸다.

며칠 후 우리는 다시 스타를 발견했다. 그런데 이번에는 혼자가 아니었다. 녀석 뒤에는 녀석보다 덩치는 작지만 털이 더 짙은 하이에나 두 마리가 따라오고 있었다. 작은 녀석들은 스타를 따라 강바닥을 지나 치타 힐까지 오는 내내 서로의 귀, 얼굴과 목을 물며 장난을 쳤다. 스타가 썩은 고기를 발견할 때마다 녀석들은 '미소를 지으며' 끽끽거리고 바닥에 납작 엎드려 스타의 코 아래를 왔다 갔다 하며 먹을 것을 나눠달라고 애원했다. 그러면 스타는 고기를 함께 먹었다. 우리는 그런 모습을 보고 작은 두 마리는 당연히 스타의 새끼일 것이라고 생각했다. 하지만 우리는 귀가 너덜너덜한 암컷인 패치스가 다음 날 밤 포고와 호킨스와 함께 있는 모습을 목격했다. 포고와 호킨스가 스타의 새끼라면 왜 패치스를 따라 다니고 있을까?

4월이 되자 우리는 근처에 사는 일곱 마리의 갈색하이에나를 모두 식별할 수 있게 되었다. 덩치가 큰 수컷인 아이비는 몇 달 전에 이곳으로 이주해 왔다. 어른 암컷은 모두 네 마리로 패치스와 럭키, 스타, 섀도이고 새끼들은 포고와 호킨스가 있었다. 하이에나는 털이 부숭부숭하고 검은 색이어서 야간에는 누가 누구인지 알아보기가 어려웠다. 특히 관찰하기 가장 좋은 상황에서도 성별을 판단하기가 여간 어렵지 않았다. 사실 관찰을 하면서도 누구이며 성별은 어떻게 되는지 애매한 경우가 많았다.

우리는 할 수 없이 갈색하이에나들을 최대한 많이 마취해서 귀에 꼬리표를 달기로 결정했다. 이 계획은 생각만으로도 기운이 빠졌다. 몇 달이 걸려 일곱 마리 모두가 우리를 익숙하게 여기게 되었는데, 혹시라도 마취 총 때문에 한 마리라도 우리를 경계하게 되면 그간의 노력이 무위로 돌아갈 것이 분명했다. 그렇다고 식별표를 달지 않으면 하이에나의 습성에 대해 정확한 관찰이 불가능한 것도 사실이었다.

마크는 폭스바겐의 머플러를 개조한 소음기를 마취 총에 달고 스타와 포고, 호킨스가 나타나기를 기다렸다. 어느 날 밤 새끼들이 어른 암컷과 함께 겜스복 시체를 먹으려고 나타났다. 새끼들은 쭈글쭈글한 가죽에는 금세 흥미를 잃었다. 그렇다고 뼈를 씹어 먹기에는 아직 어렸기 때문에 스타가 먹도록 내버려두고 가버렸다. 우리는 조금씩 트럭을 전진시키며 스타가 고개를 들 때마다 멈추기를 반복하며 20미터까지 접근했다. 마크는 최대한 조용하고 천천히 움직이면서 마취제의 양을 측정해서 주입한 후 총에 장전했다. 스타는 긴장한 것처럼 보였다. 아마 근처에서 사자 냄새가 났기 때문인 것 같았다. 총의 딸깍하는 소리를 듣자 곧장 조명등을 보더니 몇 미터 뒤로 물러났다. 스타는 1분 정도 트럭을 노려보더니 주둥이를 핥고 다시 먹이가 있는 곳으로 돌아왔다. 경계심을 풀었다는 증거였다.

마크는 마취총의 개머리판을 볼에 대고 스타를 겨냥했다. 노트를 쥔 내 손에 힘이 들어갔다. 나는 시선을 돌렸다. 마취제가 빗나가서 스타를 다시 볼 수 없는 사고가 벌어질까봐 겁이 났다. 우리의 전부나 다름없는 지난 몇 달간 진행한 연구의 미래가 이 한 방에 달려 있었다. 마크가 총 아래로 팔을 서서히 들었지만 스타는 나일론 재킷이 살짝 스치는 소리에 또 도망쳤다. 이번에는 차를 한참이나 노려보더니 다시 걷기 시작했다.

우리는 말 그대로 미동도 하지 않은 채 몇 시간을 기다렸다. 스타는 앞발에 머리를 받치고 누워서 계속 우리를 지켜보았다. 마크는 한쪽 팔꿈치를 핸들에 받치고 다른 한쪽은 차문에 걸친 채 개머리판을 볼에 대고 조준기를 노려보며 앉아 있었다.

스타는 먹다 남긴 갬스복에 문제가 생긴 것을 감지했다. 벌떡 일어나더니 그곳을 뜰지 먹이를 계속 먹을지 망설이는 것 같았다. 마침내 고개를 숙이고 터벅터벅 걸어서 먹이로 갔다.

마크가 천천히 방아쇠를 당겼다. 꽉 막힌 듯한 '펍' 소리가 났고 곧바로 총신에서 날아가는 주사기가 보였다. 주사기가 스타의 어깨에 꽂혔다. 스타가 뒤로 펄쩍 뛰어오르면서 몸을 비틀고 주사기를 물려고 봄부림치더니 도망쳐버렸다. 마크는 욕설을 뱉으며 조용하게 스타가 도망친 곳으로 조명등을 비추었다. 우리는 따라가지 않고 일단 그 자리에 머물렀다.

스타가 달려간 곳은 불빛이 간신히 닿는 곳이어서 녀석의 모습이 간신히 보였다. 스타는 그곳에 멈춰 서서 주위를 살피며 소리를 들었다. 마치 자신의 어깨를 찌른 것이 무엇인지 곰곰이 생각해보려는 것 같았다. 그 순간 스타가 우리의 허를 찔렀다. 꼬리를 흔들며 먹이 쪽으로 곧장 걸어오더니 우리 쪽은 보지도 않고 다시 식사를 시작한 것이다.

잠시 후 스타가 쓰러지자 마음이 놓였다. 어른들보다 훨씬 경계심이 적은 포고와 호킨스도 먹이로 돌아왔다. 그들은 스타의 냄새를 잠시 맡더니 뼈를 씹기 시작했다. 마크는 두 녀석에게도 마취총을 쏘았다. 15분도 지나지 않아 풀밭에는 갈색하이에나 세 마리가 평화롭게 누워 있었다. 우리는 공구 상자를 가지고 조용히 차에서 내려 감각이 없어진 다리를 펴고 주물렀다. 잠시 후 우리는 세 마리의 귀에 식별표를 달고 여기저기를 살피기 시작했다.

"얘는 암놈이 맞지?" 마크가 스타 옆에 무릎을 꿇고 앉아 속삭였다.

"나도 모르겠어. 그럼 이건 뭘까?" 나는 고환처럼 생긴 두 개의 돌출물을 쿡쿡 찌르며 대답했다.

우리 수준이 그랬다. 동물학을 전공했고 두 사람이 합쳐서 대학을 13년이나 다녔지만 낯선 동물에 달려 있는 생식 기관과 유사생식기관을 구별할 수 없어서 쿡쿡 찌르기나 했다. 한참을 관찰하고 논의했지만 우리는 여전히 스타의 성별을 확신할 수 없었다. 다행히 호킨스에게 진짜 고환이 달려 있어서 우리의 의문은 해결되었다. 스타와 포고는 확실히 암컷이었다.

며칠이 지나자 스타는 이제 우리를 전혀 경계하지 않게 되었다. 녀석은 우리 트럭에 15미터 이내로 접근하기도 했다. 우리는 아카시 포인트의 기슭 근처에서 사자들이 먹다 남긴 큰 영양의 사체를 찾아가는 스타의 뒤를 따랐다. 그곳에 도착해 스타가 고기를 먹기 시작했다. 그리고 15분 후 포고와 호킨스가 나타났다.

스타와 새끼들은 잠시 먹이를 먹더니 갑자기 고개를 들어 한곳을 응시했다. 고개를 높이 든 패치스가 그들을 향해 곧장 걸어와 스포트라이트에 모습을 드러냈다. 포고와 호킨스는 아랑곳하지 않고 계속 먹었지만 두 어른 암컷은 서로를 노려보았다. 스타는 머리와 귀를 바짝 낮췄지만 온몸의 털이 바싹 곤두서 있었다. 갑자기 패치스가 달려들어 스타의 목덜미를 세게 물고 사납게 흔들기 시작했다. 패치스의 이빨이 스타의 가죽을 뚫자 황금색 털로 피가 흘러내렸다. 스타가 비명을 지르며 몸을 비틀었다. 두 마리의 하이에나는 마른 풀밭에서 뒹굴고 싸웠다. 스타는 어떻게든 패치스에게서 벗어나려고 머리를 마구 흔들었다. 격렬한 몸싸움에 먼지가 자욱했다.

패치스는 거의 10분 동안 상대를 물고 격렬하게 흔들었다. 스타의 앞발이 지면에서 들려 올라갈 정도였다. 스타의 피가 사방에 흩뿌려졌다. 격렬한 숨소리와 비명 소리 사이에 두꺼운 가죽이 찢어지는 소리가 들렸다. 패치스는 스타를 놔주는가 싶더니 다시 귀 근처를 물었다. 패치스는 계속해서 목덜미를 바꿔 물며 헝겊 인형처럼 스타를 모래에 마구 굴렸다. 길거리에서 누군가 살인을 당하는 모습을 목격하는 것 같았다.

패치스는 그렇게 20분을 괴롭힌 후 스타를 놔주었다. 목덜미에 동전만 한 구멍이 나고 심하게 상처 입은 스타의 목덜미를 보니 가슴이 아팠다. 넘어져서 다시는 일어나지 못하는 것이 아닌지 걱정스러웠다. 하지만 스타는 별일 아니라는 듯 긴 털을 흔들고 꼬리를 씰룩거리며 패치스와 나란히 먹이를 향해 걸어갔다. 새끼 두 마리는 옆에서 벌어진 격렬한 싸움에 전혀 관심을 보이지 않았다. 마침내 네 마리 하이에나들은 주둥이를 맞대고 사이좋게 먹이를 먹기 시작했다. 더 이상 공격의 징후는 보이지 않았지만 스타는 5분 정도 먹더니 물러나서 잠을 잤다. 그리고 패치스가 떠날 때까지 돌아오지 않았다. 목을 공격하는 행위는 이제껏 보고된 바가 없었으며 칼라하리에서 앞으로 우리가 목격하게 될 장면 중에서 가장 격렬하고 가슴 떨리는 장면이었다.

며칠 후 하이에나를 뒤쫓다가 방금 사냥한 젬스복을 먹고 있는 사자 무리를 만났다. 위치는 미드 팬 물웅덩이의 북쪽에 있는 이글 아일랜드 근처였다. 밤 11시경 사자는 젬스복을 버리고 강바닥의 남쪽을 향해 어슬렁거리며 떠났다. 한 시간도 되지 않아 아이비, 패치스, 스타, 섀도, 포고와 호킨스가 사체 근처로 모여들었다.

그날 밤 내내 우리는 하이에나들의 독특한 인사와 목덜미 물어뜯기를 생생하게 관찰할 수 있었다. 가끔 두 마리가 나란히 서려고 하면 주둥이를 높이 들고 상대를 세게 치면서 상대방의 목덜미를 계속 물려고 하는 주둥이 레슬링부터 벌였다.

하지만 전반적으로 썩은 고기를 둘러싼 회합은 매우 조직적일 뿐만 아니라 평화로웠다. 최대 세 마리를 넘지 않으며 보통은 한 마리가 고기를 뜯을 동안 나머지는 주변에서 자거나, 털을 고르거나, 장난을 치며 놀았다. 그들은 교대로 먹이를 먹었다. 한 마리가 다리를 뜯어 근처 덤불로 가져가면 다른 하이에나가 먹기 시작했다. 그날 밤은 마지막 하이에나가 덤불로 사라지기까지 대략 여섯 시간이 걸렸다. 그들이 떠난 빈자리에는 턱뼈와 위의 내용물만이 흩어져 있었다. 이런 모습은 동아프리카 세렝게티에서 점박이 하이에나들이 먹이를 먹을 때 보이는 '쟁탈전'과는 무척 대조적이다.

몇 달을 관찰한 결과 그들 사이의 사회적 위계질서가 서서히 파악되기 시작했다. 우리가 확인한 바에 따르면 이 지역의 하이에나 일곱 마리는 독립적으로 행동하는 것이 아니라 한 무리의 일원이었다. 주둥이 레슬링과 목덜미 물어뜯기를 통해 무리에서 위치가 결정되었으며, 그 위치는 독특한 인사 행위에서 나타났다. 이 무리의 유일한 어른 수컷인 아이비는 이들의 우두머리였다. 암컷들의 서열은 패치스, 스타, 럭키, 섀도, 포고 순이었다. 호킨스는 수컷이지만 아직 어려서 서열은 포고와 같았다.

일반적으로 갈색하이에나 두 마리가 길에서 마주치면 인사를 통해 서열을 확인한 후 제 갈 길을 갔다. 목덜미를 물어뜯는 것은 서열이 확실하게 정해지지 않았거나 더 높은 서열로 올라가려고 할 때만 관찰되었다. 스타는 특히 신분상승 욕구가 강했다. 어떤 날은 썩은 고기가 있는 곳에 도착해서도 먹으려 하지 않았다. 긴 털을 곤두세우고 낮은 서열의 암컷들을 괴롭히거나 패치스에게 도전하는 데 온 신경을 쏟을 뿐이었다.

서열이 높을 때의 이점은 먹잇감이 대형일 때 알 수 있었다. 만약 섀도가 먹고 있을 때 아이비가 왔다고 하자. 둘은 2~3분간 같이 먹이를 먹다가 섀도가 그 자리를 뜨거나 근처에서 쉬면서 아이비가 다 먹고 갈 때까지 기다린다. 우두머리에 대해서는 특별한 공격성의 징후가 관찰되지 않았다. 서열이 낮은 하이에나들은 우두머리와 함께 먹이를 먹는 것이 불편한 듯했고 오히려 기다리는 쪽을 택했다. 그 결과 우두머리는 항상 먹이를 먹을 때 우선권을 행사할 수 있었다.

젬스복처럼 대형 먹잇감일 경우 섀도처럼 서열이 낮은 하이에나도 먹을 기회가 생겼다. 하지만 스틴복이나 스프링복처럼 작은 먹잇감일 경우 경쟁은 훨씬 치열해졌다. 하이에나들이 빠른 속도로 먹어치우기 때문에 먼저 도착한 두세 마리만 제대로 먹을 수 있다. 먹잇감이 18~23킬로그램 혹은 20~25킬로그램 정도로 줄어들면 우두머리가 남은 것을 몽땅 가지고 덜렁거리는 가죽에 발이 걸리기도 하면서 그 자리를 떠난다. 그러면 남은 무리들이 그 뒤를 따른다.

사자나 늑대처럼 사회적인 포식자들은 잠을 자고, 사냥을 하고, 먹이를 먹을 때 혼자일 때는 거의 없다. 하지만 갈색하이에나는 무리를 이루고 살면서도 돌아다닐 때나 잠을 잘 때는 혼자이다. 가끔 공동으로 사용하는 길이나 먹잇감이 있는 장소에서 만나는 것이 다다. 이들은 울음소리도 매우 한정되어 있어서 점박이 하이에나와 달리 먼 거리에서 울음소리로 의사소통을 하지 않는다. 아마 칼라하리의 공기가 너무 건조해서 소리를 멀리까지 전달하지 못하거나 영역이 너무 넓어서 울음소리가 여간 크지 않아서는 의사를 제대로 전달할 수 없기 때문일 것이다. 이유야 어쨌든, 갈색하이에나들은 몇 발자국 넘어가는 거리에서는 울음소리로 의사를 전달하지 않았다. 그래서 큰 소리로 '우-웁'하고 울거나 점박이 하이에나들이 내는 '웃음소리'도 내지 않았다.

하지만 갈색하이에나들은 화학적 의사소통 체계를 잘 갖추고 있었다. 전문용어로 패이스팅pasting이라고 하는 마킹을 통해 목소리가 작은 문제를 해결했다. 점박이 하이에나들도 냄새를 남긴다. 그러나 갈색하이에나에 비하면 미미하다. 무리의 멤버들은 냄새 분비물을 통해 성별, 서열과 신원을 확인한다. 흩어져 있는 먹잇감을 찾아 오랜 시간 혼자 돌아다녀야 하는 사회적 동물들에게 냄새표지는 '장거리 통화'로 연락을 하는 것과 매한가지이다. 디셉션 팬에 무리 지어 사는 하이에나들도 영역의 경계를 표시하기 위해 냄새표지를 적극적으로 활용했다.

이로써 갈색하이에나들은 사회생활과 독립생활을 모두 영위한다는 것이 밝혀졌다. 그들은 평소에는 잠을 잘 때도 혼자이지만 대형 먹잇감은 함께 먹는다. 하지만 기회가 나면 자신의 몫을 챙겨간다. 암컷들은 적어도 한동안은 먹이를 구하러 다닐 때 새끼들을 데리고 다닌다.

하지만 포고와 호킨스의 월령이 30개월이 되어 어른이 되자 패치스, 스타, 럭키와 섀도는 더 이상 데리고 다니려 하지 않았다. 갓 어른이 된 두 녀석은 스스로 먹이를 찾아야 했다. 치열한 서열 다툼 속에서 자신의 입지를 확보하기 위해 포고는 다른 암컷들과 경쟁해야 했다.

우리는 스타가 포고의 목덜미를 두 시간이나 물고 뜯은 사건을 잊을 수가 없을 것이다. 스타는 포고의 목덜미를 한 번에 25분 이상 물고 사납게 흔들었다. 포고는 사람처럼 비명을 질렀다. 차마 그 광경을 두고 볼 수 없을 정도였다. 스타가 확실하게 자신의 의사를 밝힌 후 포고는 자신의 서열을 받아들이고 마주칠 때마다 복종의 몸짓을 확실하게 보여주었다.

호킨스의 운명은 또 달랐다. 이른 아침 사자가 남기고 간 썩은 고기를 먹던 중 아이비가 북쪽에서 다가오는 것을 보았다. 호킨스는 천천히 우두머리에게 다가갔다. 복종의 행위를 시작하려 하자 아이비가 달려와 목덜미를 물고 세차게 흔들었다. 호킨스는 몸부림을 치며 벗어나려 했다. 아이비는 어린 수컷의 귀와 옆얼굴과 목덜미를 물어뜯었다. 피가 목덜미에 흥건히 흘러내렸다. 아이비가 자세를 고쳐 다시 물려고 하는 틈을 타서 호킨스가 빠져나왔다. 하지만 도망치지는 않았다. 오히려 먹잇감을 크게 빙 두르더니 우두머리가 쉽게 덮칠 수 있는 곳까지 돌아왔다. 둘은 마주 보고 강인한 주둥이를 탁탁 마주치며 서로의 목덜미를 먼저 물려고 달려들었다. 이번에도 아이비는 호킨스의 목덜미를 물었다. 그리고 격렬하게 흔들더니 땅에 내던져버렸다.

호킨스는 간신히 일어났지만 도망치려 하지 않았다. 오히려 아이비를 더 부추기려는 것 같았다. 이 싸움에서 진다면 잃을 것이 너무 많았다. 자신이 태어난 무리와 익숙한 영역에서 살 수 있는 기회를 영영 잃을 수도 있었다. 아이비가 다시 어린 녀석을 잡았다. 싸움은 두 시간이 넘도록 계속되었고 전세는 호킨스의 열세였다.

마침내 아이비가 호킨스를 놓아주었다. 그는 근처 물웅덩이에서 물을 마시고 숨을 헐떡이며 누웠다. 그 뒤를 따라간 호킨스는 도발이라도 하듯 아이비의 앞을 계속 어슬렁거렸다. 아이비가 신경도 쓰지 않자 호킨스는 어디서 막대기를 가져와 8미터까지 다가갔다. 그리고 나뭇가지를 부러뜨리는 모습을 그다지 인상적이지는 않지만 확실하게 보여주었다. 그래도 아이비가 반응을 보이지 않자 호킨스는 다시 주위를 어슬렁거리며 서서히 다가갔다. 이제 둘 사이의 거리는 5미터도 채 되지 않았다. 잠시 원기를 보충한 아이비가 다시 공격을 재개해 호킨스를 마구 할퀴었다. 공격은 몇 분간 지속되었다. 마침내 호킨스가 공격에서 벗어나 천천히 동쪽 모래언덕 숲으로 걸어가기 시작했다. 아이비는 뒤를 쫓지 않았다.

그로부터 몇 주 동안 호킨스는 무리의 영역에서 돌아다니거나 먹이를 먹기가 힘들어졌다. 아이비가 계속해서 괴롭혔기 때문이다. 결국 영역의 변두리를 배회하더니 얼마 후 완전히 모습을 감추었다. 만약 호킨스가 떠돌이로 살아남았다면 언젠가는 다른 무리의 지배자에게 도전해 그 무리의 유일한 수컷이 되었을지도 모른다. 그렇지 않고 암컷들과 영역을 차지하기 위한 경쟁에서 패배했다면 계속 외로운 떠돌이로 남아 풍요로운 계곡이 아닌 변두리에서 근근이 살았을 것이다. 녀석이 자손을 퍼트릴 유일한 희망은 자신처럼 떠돌이인 암컷을 만나거나 다른 무리의 암컷과 몰래 짝짓기를 하는 것이다.

우리는 관찰을 통해 갈색하이에나가 혼자 사냥을 하지만 상당히 사회적인 동물이라는 사실을 확인할 수 있었다. 무리를 지어 사냥하면 혼자일 때보다 더 큰 동물을 사냥할 수 있기 때문이다. 그런데 갈색하이에나는 썩은 고기를 먹는 청소동물이라 사냥을 거의 하지 않는다. 그렇다면 왜 무리를 짓고 사자가 남긴 먹이를 함께 먹을까? 왜 동료가 필요할까? 이 모든 궁금증을 한 번에 풀어줄 해답이 있었다. 우리는 결국 그 해답을 찾았다.

6장

야영지에서의 생활

나는 인간을 덜 사랑하는 것이 아니라 자연을 더 사랑한다.

_조지 고든 바이런

기록·델리아

우리의 야영지가 있는 나무들의 '섬'은 긴 풀과 무성한 덤불 위로 대추야자와 아카시 나무들이 울창하게 자라는 곳이었다. 대추야자는 지면에서 약 4~5미터 높이에서 줄기가 수백 개의 작고 가시가 잔뜩 난 가지로 갈라지는 총생간형叢生幹形 나무로, 가지들이 휘영청 늘어져 있었다. 꼭대기 부근이 평평한 아카시 나무와 축 늘어진 대추야자가 서로 얽혀서 걷기에는 하늘도 잘 보이지 않을 정도로 촘촘하고 싱그러운 차양이 되어주었다. 야영지는 태고 시절 강바닥의 탁 트인 들판 한가운데 있었다. 바닥만 남은 강은 남북으로 길게 뻗어 지평선을 이루었다. 동쪽과 서쪽은 완만하게 경사진 언덕으로 정상 부근에는 숲이 들어서 있었다.

우리는 '섬'에 사는 자은 포유류와 조류들을 내쫓고 싶지 않았기 때문에 나무도 풀도 아무것도 없애지 않고 그대로 두었다. 우리가 자리 잡은 숲의 한쪽 끝에 부엌을 꾸몄다. 그곳에서 시작된 좁은 오솔길 끝에 텐트를 설치했다. 그곳에서 생활한 첫해에 섬의 식물들은 폭우로 쑥쑥 자랐다. 덕분에 밖에서 보면 야영지가 거의 보이지 않을 정도로 잘 가려졌다. 기린의 얼굴이 머리 위 울창한 가지들 사이에서 불쑥 나타난 적도 있었다. 기린은 가지에서 잎을 뜯어 먹다가 아래에 있는 우리 야영지를 발견했다. 기린은 꼬리를 말아 엉덩이에 붙이고 강바닥으로 터벅터벅 걸어가다가 방금 자신이 헛것을 봤다는 듯 우리가 있는 곳을 힐끗 돌아보았다.

1975년의 우기에는 3,000마리나 되는 스프링복이 우리 야영지 근처에서 머문 적도 있었다. 어찌나 가까웠던지 영양들의 배에서 꾸르륵거리는 소리까지 들릴 정도였다.

이곳은 사막이라서 식물이 무척 소중한 존재였다. 우리는 집착에 가까울 정도로 잎이 많이 달린 가지와 시든 풀을 지켰다. 그래서 아주 드물게 사람 손님이 찾아올 때면 이미 길이 나 있는 곳만 밟으라고 부탁할 정도였다. 누군가 잠시라도 머무른 곳은 몇 달 후 '자연이 끔찍하게 싫어하는 먼지 날리는 진공 상태'가 되어 있었기 때문이다. 그 상태는 우기가 되어서야 간신히 해결되었다. 우리는 자연에 거슬리지 않고 자연스럽게 융화되기 위해 처절할 정도로 애를 썼다.

*

나는 장작더미 위에 서서 대지의 열기가 아른거리며 트럭의 모습을 집어삼키는 모습을 지켜보았다. 1975년 우기가 갓 시작된 때였다. 마크는 필요한 물건을 사러 마운으로 떠났다. 마운까지 다녀오려면 사나흘이 걸리기 때문에 마크는 혼자 가기를 몹시 꺼렸다. 하지만 나는 일지 정리며 서류 작업을 해야 하니 디셉션에 남겠다고 고집을 부렸다. 엔진 소리가 언덕들 사이로 점점 멀어져 갔다. 마치 이 지구상에서 가장 외진 곳에 남겨진 사람이 된 기분이었다. 서류 작업을 해야 해서 남겠다고 했지만 실은 완전한 고독을 느껴보고 싶은 마음도 있었다. 강바닥을 한참 내려다보면서 고독이 나를 휘감도록 가만히 있었다. 아늑했다.

하지만 완전한 고독에 익숙해지려면 시간이 필요했다. 수천 제곱킬로미터 이내에 사람이라고는 나 혼자뿐이었지만 항상 누군가가 나를 지켜보는 느낌이 들었다. 차를 끓이면서 혼잣말을 중얼거리다가도 누가 내 말을 듣고 있지 않은지 뒤를 돌아보고 싶은 충동을 느끼기도 했다. 내 신경을 자극하는 것은 '혼자'라는 사실이 아니었다. 혼자여야 하는데 혼자가 아닌 것 같다는 느낌이었다.

나는 부엌으로 가서 차를 끓이려고 회색 석탄에 불을 피우고 낡은 에나멜 냄비를 올렸다. 천 번도 넘게 장작불 위에 올린 증거인 검댕이가 몇 겹이나 입혀져 있는 낡은 냄비였다. 갈색하이에나가 종종 물고 갈 때가 있어서 낡은 손잡이에는 이빨 자국이 여럿 남아 있었다. 우리는 그 냄비가 없으면 뜨거운 물을 끓일 수가 없었다. 약식 목욕을 할 때도, 차를 끓일 때도 우리는 항상 그 냄비를 불에 올렸다.

나는 간단한 콩 스튜를 만들기 시작했다. 버지가 우리에게 준 육중한 쇠살대 위에 올려놓은 스튜 냄비가 금세 부글부글 끓기 시작했다. 빵을 반죽해서 다리가 세 개 달린 검은색 항아리에 넣어 해가 뜨는 방향에 두었다. 물통으로 만든 오븐을 준비한 후 빵 빈죽을 채운 팬 두 개를 넣었다. 이글거리는 숯을 삽으로 떠 양동이 오븐 아래로 넣고 위에도 올렸다. 바람이 계속 불고 한낮 기온이면 빵은 17분이면 익었다. 바람이 아예 없거나 공기가 차분하고 서늘하며 습한 밤이면 25분이 걸렸다.

우리의 주식은 마운에서 구할 수 있는 것, 살 형편이 되는 것, 고온인 야영지에서 잘 상하지 않는 것뿐이었다. 마운에서는 가끔씩 밀가루, 옥수수 가루, 설탕, 돼지기름과 소금처럼 가장 기본적인 식료품조차 바닥이 나는 경우도 있었다.

냉장고가 없어서 쉽게 상하는 음식은 구경도 할 수 없었다. 양파는 건조한 곳에 걸어두면 몇 달이고 먹을 수 있었다. 당근, 비트와 순무는 모래에 묻어두고 간간이 물을 뿌려주면 2주는 보관할 수 있었다. 물론 흰개미 때문에 종종 옮겨주어야 했다. 오렌지나 자몽은 건기에는 두 달 반 정도는 먹을 수 있었다. 껍질이 단단하게 변해서 안쪽의 수분이 날아가는 것을 막아주었다. 어쨌든 건기에는 아무것도 썩지 않았다.

우리는 1975년에 자연보호부로부터 가끔 영양을 총으로 잡아도 좋다는 허가를 받았다. 반추하는 위장의 내용물을 조사하기 위해서였다. 동물을 죽이기는 너무 싫었지만 계절별 먹이에 관한 지식은 동물 보호를 위해서 꼭 알아두어야 했다. 마크는 영양을 잡기 위해 몇 시간이나 공을 들였다. 무리에서 떨어져 나온 영양을 조심스럽게 추적했다. 괜히 무리를 불안하게 하거나 우리를 경계하게 해서는 안 되기 때문이다. 고생한만큼 소득도 있었다. 디셉션 밸리에 머무르는 동안 스프링복과 셈스복이 우리가 처음 도착한 이후로 더 이상 우리를 경계하지 않게 된 것이다.

우리는 잡은 영양 고기로 '빌통' 즉, 육포 만드는 법을 배웠다. 날고기를 잘라서 소금, 후추, 식초를 잘 섞은 양념에 하룻밤 재워놓은 후 매달아서 잘 말리면 된다. 사흘간 건조시키면 몇 달 동안 보관해둘 수 있다. 우리의 유일한 단백질원이 빌통뿐일 때도 많았다.

우리는 고기가 없을 때면 말린 콩, 옥수수, 사탕수수, 옥수수 가루 등 온갖 재료를 넣어 다양하게 스튜를 끓여 먹었다. 이런 재료만으로는 맛이 심심한데, 양파, 카레, 칠리와 멕시칸 스타일의 패스트리와 곁들여 먹으면 훨씬 낫다. 하지만 보통은 이것저것 따지며 먹을 시간도 없이 뭐든 일단 먹어야 했다. 차 상자로 만든 식료품 저장소에 남은 것이 과일 통조림 한 통뿐이라 해도 말이다.

우기가 시작되기 전인 9월과 10월에는 암컷 타조가 거대한 아이보리색 알을 스무 개나 낳았다. 알은 길이 18센티미터, 둘레 38센티미터로 대충 달걀 24개와 맞먹었다. 우리는 다른 짐승이 건드리지 않은 새들의 둥지는 절대 건드리지 않았다. 다만 포식자들이 어미 새들을 공격하는 바람에 버려진 알들은 가져와 먹었다. 물통도 없고 과일 통조림마저 없는 갈색하이에나들에게 버려진 알들이 얼마나 소중한 식량인지 알았더라면 그마저도 건드리지 않았을 것이다.

마크는 송곳으로 타조 알의 끝부분에 작은 구멍을 냈다. 그런 다음에 알을 무릎 사이에 끼우고 L자처럼 구부린 철사를 구멍으로 넣고 마구 휘저어서 흰자와 노른자를 섞었다. 나는 한 끼 분량만큼만 프라이팬에 요리한 후 알에 반창고를 붙여서 그늘진 나무 아래에 묻었다. 내용물이 썩을 때까지 12일 남짓 걸렸는데, 그동안 아침마다 스크램블드에그나 오믈렛을 해 먹었다.

타조 알의 유일한 문제점은 구멍을 내기 전에는 얼마나 신선한지 도무지 알 길이 없다는 것이다. 심하게 썩었을 경우 구멍을 내는 순간 냄새가 지독한 내용물이 폭발하듯 온 얼굴로 튀었다. 마크가 타조 알에 구멍을 낼 때마다 나는 일단 부엌으로 피했다. 알이 썩었는지 아닌지는 마크의 욕설로 충분히 알 수 있었다.

*

모래언덕 위로 먹장구름이 낮게 깔릴 때마다 마크와 나는 항아리와 냄비를 몽땅 꺼내 텐트 주변에 늘어놓고 빗물을 모았다. 텐트의 지퍼를 채우고, 드럼통들을 옆으로 누이고, 밀가루와 자료가 든 천 가방은 트럭 앞쪽에 넣고, 음식물 선반은 천으로 덮어두고, 장비 상자는 블록들 위에 올리고, 반으로 자른 드럼통을 불 위에 덮어 물이 닿지 않게 했다. 마지막으로 텐트가 단단하게 고정되어 있는지를 확인하면 야영지는 안전할 터였다.

비가 잦아들기 시작하면 항아리와 냄비에 고인 빗물을 드럼통에 부었다. 그리고 발목까지 찬 커피색 흙탕물을 최대한 많이 퍼 담기 시작했는데, 대충 300리터 정도 되었다.

후에 진흙이 가라앉으면 우리는 미드 팬의 웅덩이까지 차를 몰고 가 페트병으로 만든 그릇과 깔때기로 몇 시간이고 물을 담았다. 겜스복과 스프링복의 배설물이 둥둥 떠다니는 웅덩이도 상관하지 않았다. 드럼통에 넣어두면 이물질들은 모두 가라앉았고 식수는 반드시 끓여 먹었기 때문에 문제될 것은 없었다. 하지만 처음부터 식수에 신경을 쓴 것은 아니었다.

1975년 건기에 우리는 한 달 동안 심한 장경련과 설사병, 무기력증에 시달렸다. 몸은 자꾸 쇠약해지는데 이유를 알 수 없었다. 설상가상으로 물은 점점 줄어드는데, 증세가 심해지면 물을 뜨러 갈 기력도 없을 것 같아 걱정이 이만저만이 아니었다. 무선교신장비도 없어 도움을 청하는 것은 꿈도 꿀 수 없었다.

마크가 쇠약해진 몸을 이끌고 텐트에서 나갔다. 드럼에서 마지막 물을 물통에 옮겨 담기 시작했다. 힘이 없어 일손을 멈추고 자주 쉬어야 했다. 드럼을 최대한 기울여 마지막 남은 물을 붓자 드럼통에서 깃털이 쏟아져 나왔다. 곧이어 몇 주 전에 드럼통에 빠져 죽은 것 같은 새가 잔뜩 부패한 채로 흘러나왔다. 그 일이 있은 후로 아무리 깨끗해 보이는 물이라도 반드시 끓여서 먹고 물통 입구는 항상 천으로 막아두었다.

다음 날 엄청난 폭풍우가 몰려와 텐트 주변에 놓은 양동이들에 비를 뿌렸다. 더 이상 물을 받을 물통도 남아 있지 않았다. 그래서 나머지는 칼라하리가 몽땅 마셨다.

*

마크가 마운으로 간 나흘 동안 사람이라고는 볼 수 없었지만 그렇다고 내가 혼자였던 건 아니다. 첫째 날 오후 늦게 나는 현장에서 기록한 자료들을 잠시 덮고 갓 구운 캐러웨이 빵을 잘라 바람에 윙윙거리는 대추야자 나뭇가지 아래에 앉았다. 그곳은 마크와 내가 차를 마시는 공간이었다. 어느새 새들이 재잘거리며 주위로 몰려들었다. 장난기로 반짝이는 눈을 한 노랑부리코뿔새인 '치프'가 오솔길 맞은 편 아카시 나무에서 나를 지켜보고 있었다. 치프는 앉아 있던 나무에서 날아올라 내 머리 위에 내려앉아 날개를 퍼덕거렸다. 어깨에도 두 마리가 내려앉았고 허벅지 위에 앉은 네 마리는 내 손을 쪼고 손가락을 깨물었다. 다른 새 한 마리가 공중을 빙빙 돌더니 빵 껍질을 한 조각 물었다. 나는 남은 빵을 새들에게 나눠 주었다.

우리가 트리 아일랜드에 만든 야영지에서 제일 먼저 한 일들 중 하나가 빵부스러기와 물그릇을 내어놓은 것이다. 금세 다양한 새들이 나무로 몰려들어 재잘거리고 부리로 털을 다듬었다. 상반작, 비늘깃털핀치, 때까치, 박새꼬리치레, 마리코딱새 등이었다. 이른 아침에는 줄무늬쥐, 뾰족뒤쥐, 땅다람쥐 등이 나타나서 새들과 먹이를 놓고 싸움을 벌였다. 우리는 그 동물들 중에서도 코뿔새가 제일 좋았다.

노랑부리코뿔새는 생김새가 정말 우스꽝스러웠다. 크게 휘어진 노랑 부리는 검은색과 흰색인 왜소한 몸에 비해 너무 큰 것 같다. 긴 검은 꽁지는 어디서 가져와 붙인 것 같고 유혹적인 속눈썹이 장난기 가득한 눈 위에서 펄럭거린다. 이렇게 흥미로운 친구가 또 어디에 있을까. 우리는 코뿔새가 빵을 받아먹을 때 부리에 찍어두었던 점의 모양이나 신체적인 형태로 40여 마리의 코뿔새를 구별할 수 있었다.

내가 요리만 하면 코뿔새들이 부엌으로 날아들어 머리와 어깨에 내려 앉았다. 프라이팬에 앉아서 발을 번갈아 들어 올리며 왜 프라이팬이 점점 뜨거워지냐고 야단이라도 치듯 건방지게 날 노려보는 녀석도 있었다. 녀석들은 초승달처럼 생긴 부리로 항아리의 뚜껑을 열어 먹다 남은 오트밀과 쌀을 찾아냈다. 나무 아래 찻잔을 두기라도 할라치면 조준이라도 한 듯 하얀 배설물이 새들이 앉은 가지 위에서 뚝뚝 떨어졌다.

하루는 나무 아래서 글을 쓰고 있는데, 자그마한 아프리카참새올빼미가 날아와 까만 염소수염이 특이한 작은 새인 비늘깃털핀치를 낚아챘다. 그러자 야영지에 있던 새들이 순식간에 모여들어 가지 사이를 날아다니며 경계경보를 울렸다. 올빼미에게 잡힌 핀치는 소리를 질러대며 도망치려고 날개를 마구 퍼덕거렸다. 그러자 코뿔새 한 마리가 아래에서 풀쩍 뛰어올라 핀치를 낚아채려 했고 그 틈을 이용해 핀치는 도망쳐버렸다. 코뿔새가 핀치를 살려주려고 한 짓인지 아니면 먹잇감을 가로채려고 한 것인지는 잘 모르겠다.

야영지에서 동고동락한 이웃 중에는 도마뱀 라라미가 있었다. 우리는 상자를 몇 개 쌓아 올려 작은 탁자로 썼는데, 라라미는 늘 그 위에서 밤을 보냈다. 우리는 라라미가 있어서 좋았다. 녀석이 야영지에 날아드는 파리를 다 잡아먹었기 때문이다. 진득한 엉덩이와 정확한 기술을 무기로 라라미는 파리를 한 마리씩 잡아 요란하게 씹어 먹었다. 흰개미도 라라미가 좋아하는 먹이였다. 나는 녀석이 침대 옆에 놓아둔 낡은 옷 가방 위에 올라가 있으면 핀셋으로 흰개미를 잡아주곤 했다.

텐트의 지퍼가 금세 망가지는 바람에 텐트의 문과 창문이 제대로 닫혀 있던 적이 없었다. 그래서 밤이면 쥐들이 텐트 안으로 들어오곤 했다. 특히 추운 건기에는 쥐들의 방문이 더욱 잦았다. 여러 겹으로 덮은 담요들 사이가 살짝 묵직해지면 우리는 벌떡 일어나 희미한 손전등으로 사방을 비추며 담요를 마구 흔들었다. 쥐가 담요 사이에서 툭 떨어지면 녀석이 밖으로 나갈 때까지 신발이며 손전등이며 책이며 손에 잡히는 대로 사방으로 던졌다.

우리는 곧 불청객들에게 익숙해졌다고 자신하게 되었다. 그러던 어느 날 새벽 꽤 무거운 생물이 내 다리 위를 지나다니는 기척에 잠이 깼나. 그 생물을 본 순간 세계에서 가장 큰 쥐구나 싶었다. 나는 너무 놀라서 마구 발길질을 했다. 그리고 벌떡 일어나 앉았는데 텐트 문으로 풀쩍 뛰어내린 생물은 바로 호리호리한 몽구스였다. 녀석은 뒤를 잠시 돌아보았다. 나도 몽구스도 너무 놀라서 한참을 멍하니 바라보았다. 그것이 나와 '무스'의 첫 만남이었다.

무스는 그날 이후 우리 야영지의 익살꾼이 되었다. 녀석은 항상 쌀쌀맞게 굴었는데, 내게 걷어차여 잠자리에서 쫓겨난 사건이 트라우마가 된 것 같았다. 무스는 우리가 주는 음식은 절대 받지 않았다. 대신 뭐든 보이는 대로 족족 훔쳐갔다. 하루는 나무 아래서 차를 마시고 있으니 무스가 먹다 남은 오트밀이 든 항아리를 질질 끌고 가는 것이 아닌가. 우리 쪽은 쳐다보지도 않고 고개를 빳빳이 들고 입으로는 손잡이를 물고 우리 곁을 지나 곧장 야영지 밖으로 나가더니 아침 햇살을 받으며 식사를 시작했다.

주위에 사는 쥐들이 항상 음식 용기를 갉아 먹기 때문에 밤에는 부엌 주위에 덫을 놓아야 했다. 우리는 엉뚱한 피해자가 나올까봐 쥐덫이 썩 내키지 않았다. 그런데 우려하던 일이 벌어지고 말았다. 어느 날 새벽 마크와 나는 요란하게 '딱' 하는 소리에 그 소리가 나는 곳을 보았다. 마리코딱새 한 마리가 머리를 덫에 낀 채 퍼덕거리고 있었다. 마크가 곧장 덫에서 빼주자 작은 새는 비틀거리며 점점 더 큰 원을 그리며 빙빙 돌았다. 내가 차라리 안락사를 시키는 것이 어떠냐고 하자 마크는 일단 두고 보자고 했다.

딱새는 마침내 빙빙 도는 것을 멈추고 날아올라 낮게 드리운 아카시 나뭇가지에 어설프게 내려앉았다. '마리크'는 세 가지 변화가 생긴 것만 제외하면 별 탈 없이 마리코딱새의 일상으로 돌아갔다. 첫째, 왼쪽 눈의 시력을 잃었다. 둘째, 인간에 대한 공포를 완전히 극복했다. 셋째, 새끼들처럼 날개를 퍼덕이며 우리에게 '구걸하는' 버릇이 생겼다. 애완용 앵무새들보다 더 길이 잘 들어버린 마리크는 우리의 머리, 접시, 책 어디든 내려앉았다. 녀석은 우리를 가로막고 서서는 날개를 퍼덕이며 먹을 것을 달라고 했다.

나중에 마리크는 신부를 맞이했는데, 그 새는 먹이를 구걸하지는 않았지만 마리크처럼 길들어버렸다. 그런데 두 번째 새끼(첫 번째 새끼들은 폭풍우에 잃어버렸다)를 낳자 새끼들은 어느새 먹이를 구걸하는 아버지의 모습을 그대로 따라 했다. 어느새 그런 행동이 고착화되어 칼라하리에 머무는 동안 우리 야영지의 딱새들은 우리만 보면 달려와 날개를 퍼덕이며 먹을 것을 달라고 아우성을 쳤다. 물론 우리는 도저히 거절할 수 없었다.

야생동물들과의 생활은 칼라하리에서 누린 최고의 기쁨이었지만 언제나 그랬던 것은 아니다. 하루는 비몽사몽 간에 허름한 차 상자의 덮개를 걷었다. 무심코 상자에 손을 넣고 오트밀 통을 찾던 나는 너무 놀라 숨이 멎는 것만 같았다. 깡통들 위에 커다란 코브라가 똬리를 칭칭 틀고 있었던 것이다. 내 손과 코브라 사이의 거리는 겨우 몇 센티미터에 불과했다. 나는 뱀을 겁내는 편은 아니지만 그때만큼은 냉큼 손을 뒤로 빼며 비명을 마구 질렀다. 다행히도 코브라도 놀랐는지 공격을 하지 않고 상자속으로 쏙 들어가 버렸다. 내 비명 소리를 듣고 마크가 엽총을 들고 나왔다. 그때까지 우리는 야영지에 나타난 뱀들 중에서 가장 치명적인 독사들만 몇 차례 죽인 적이 있었다. 그렇게 하지 않으면 야영지에서 통 떠나려고 하지 않기 때문이다. 마크가 상자를 향해 총을 겨누자 이러다가 뱀과 함께 한 달 치 식량도 날아갈까 걱정스러웠다. 나중에 죽은 코브라를 치우기 위해 상자를 뒤집어보니 완전히 못 먹게 된 것은 상자 하나뿐이었다. 하지만 그건 과일 통조림이었다!

독사들은 야영지에 자주 출몰했다. 그런 상황에서 독사에 물리지 않을 수 있었던 건 경보시스템 덕분이었다. 새들은 뱀을 발견하면 그 위 가지에 모두 내려앉아 흥분해서 큰 소리로 울기 시작했다. 야영지에 200마리나 되는 새들이 모여서 울기 시작하면 '뱀이 나타났구나' 했다. 문제는 뱀만이 아니라 올빼미, 몽구스, 매 혹은 발목에 고리를 달고 기적적으로 우리 야영지를 찾아온 전서구(통신 목적으로 길들여진 비둘기)가 나타나도 새들이 야단법석을 떤다는 것이었다. 새들은 한 번 모이면 몇 시간이고 떠들었는데 비둘기가 나타났을 때는 며칠 동안 소란이 계속되었다. 그때만은 시끄러운 새들보다 조용한 뱀이 낫겠다는 생각이 들 정도였다.

우리 야영지를 안식처로 삼은 동물들은 소형 동물들 말고도 또 있었다. 새벽에 부엌으로 이어진 오솔길을 가다가 본의 아니게 자칼 두세 마리를 깜짝 놀라게 만든 적도 있었다. 녀석들은 우리가 일어나기도 전에 자그마한 취사용 텐트에 몰래 들어간 모양이었다. 발걸음 소리를 듣고 놀란 자칼들이 출구를 찾아 텐트 안을 우왕좌왕했는지 텐트 벽이 울룩불룩 튀어나오는 것이 아닌가. 그러다 별안간 자칼들이 귀를 젖히고 꼬리를 흔들며 총알처럼 텐트 문으로 튀어나왔다.

우기에는 사자, 표범, 갈색하이에나나 사칼들이 서의 밤마다 야영지를 어슬렁거렸다. 우리는 작은 취사용 텐트를 장만하자 텐트와 부엌을 보호하기 위해 드럼통, 가시 가지, 스페어타이어, 쇠살대로 바리케이드를 만들었다. 그래도 가끔 자다가 벌떡 일어나 동물들을 쫓아야 할 때도 있었다. 하이에나와 자칼에게는 조용하게 말을 걸면서 천천히 다가가면 녀석들이 도망을 쳤다. 하지만 사자와 표범은 좀처럼 자리를 뜨려 하지 않았다.

어느 날 밤이었다. 관찰을 마치고 야영지로 돌아오는데 표범 한 마리가 어둠 속에서 튀어나와 전조등 불빛 안으로 걸어 들어왔다. 마크는 재빨리 브레이크를 밟았고 표범도 우아한 동작으로 트럭 옆으로 비켜섰다. 녀석은 놀란 기색도 없이 야영지 중앙으로 어슬렁거리며 들어갔다. 그리고 소리도 없이 단 한 번의 도약으로 드럼통에 훌쩍 올랐다. 이 통에서 저 통으로 다니면서 안에 든 물 냄새를 맡더니 건질 만한 것이 없다는 것을 확인한 후에야 내려왔다. 표범은 건기에 햇빛 가리개용으로 만든 허름한 갈대 구조물을 기대 놓은 아카시 나무 위로 재빨리 올라갔다. 그곳에서 갈대 구조물로 천천히 내려왔다. 우지끈하는 큰 소리를 내며 앞발이 쑥 빠졌다. 녀석은 꼬리로는 균형을 잡고 타르 위를 걷는 것처럼 발끝으로 가리개를 가로지르기 시작했다. 걸을 때마다 천장으로 발이 쑥쑥 빠졌다. 마침내 뒷발로 나무를 움켜잡은 표범은 금방이라도 무너질 것 같은 가리개에서 가까스로 탈출했다. 이번에는 나무에서 내려와 우리 텐트로 들어갔다. 잠시 텐트 안을 둘러보더니 문 위에 걸쳐져 있는 지지대에 올라가 갈고리처럼 구부러진 곳에 자리를 잡았다. 녀석은 눈을 감고 기다란 분홍색 혀로 앞발을 가끔 핥았다. 하는 짓으로 보니 한동안 그렇게 머물 작정인 것 같았다. 하나도 놓치고 싶지 않은 흥미로운 사건인 것은 틀림없지만 그때가 새벽 2시 45분이었고 우리는 지칠 대로 지친 상태였다. 마크는 표범을 쫓아내려고 차를 텐트에 더 가까이 대었지만 표범은 꼬리와 다리를 문 아래로 대롱거리며 우리를 힐끗 쳐다볼 뿐이었다.

표범을 놀라게 하고 싶지도 않았지만 그렇다고 입구에 표범이 버티고 있는 텐트로 아무렇지 않게 들어갈 수도 없었다. 할 수 없이 트럭에 기대 졸린 눈을 비비며 표범의 행동을 지켜보기로 했다. 50분이 지났을까 마침내 표범이 하품을 하며 기지개를 켜더니 아래로 내려와 긴 꼬리를 내리고 야영지를 터벅터벅 걸어 나갔다. 우리는 피곤하고 여기저기 쑤시는 몸을 이끌고 텐트 옆에서 양치질을 시작했다.

"뒤에 누가 있는지 봐!" 잠시 후 마크가 속삭였다. 고개를 돌려보니 트럭 뒤에 방금 다녀간 표범이 서 있었다. 주둥이를 들고 노란 눈으로 차를 노려보고 있었다. 우리를 해치려는 것이 아니었기에 우리는 양치질을 계속했다. 표범은 고개를 갸웃하며 그 자리에 앉았다. 우리는 텐트로 들어가 최대한 문을 잘 여미고 바닥에 깔아놓은 침상에 누웠다. 삼시 후 땅에 깔아놓은 비닐 시트 위를 걸어가는 표범의 부드러운 발소리가 들렸다. 녀석은 한숨을 푹 쉬면서 웅크리고 누워 선잠을 청했다. 텐트 바로 입구에서.

*

나는 과학자이기도 하지만 한 남자의 아내임을 한시도 잊지 않았다. 언제나 지저분하고 너덜너덜한 청바지 차림일지라도 최대한 여성스러운 분위기를 내려고 애썼다. 매일 화장도 조금씩 하고 밤에 관찰을 나가지 않고 모다불 옆에서 쉴 때는 블라우스와 아프리카 문양이 그려신 면 치마를 입었다. 한번은 마크가 땔감을 구하러 나가고 야영지에 혼자 남아 있었다. 그날 밤은 하이에나 관찰을 하지 않기로 했기 때문에 모처럼 외모에 신경을 좀 쓰고 싶어졌다. 나는 가방을 뒤져 연한 노란색의 헤어 롤을 찾은 후 머리를 감고 헤어 롤을 감았다.

야영지를 가로질러 부엌으로 가는데 코뿔새들이 내 머리 바로 위 가지에 내려앉아 깍깍거리고 울기 시작했다. 새들이 위험을 경고하기 시작한 것이다. 나는 우뚝 멈춰서 주위를 살피기 시작했다. 하지만 뱀이나 새들을 위협할 만한 것은 아무것도 보이지 않았다. 나는 엽총을 가지고 나오려고 텐트로 돌아갔다. 텐트에 들어가자마자 울음소리가 뚝 그쳤다. 내가 텐트에서 나오자 그게 신호라는 듯 새들이 다시 울기 시작했다. 총을 손에 들고 뱀을 찾고 있는데 코뿔새들이 내 머리를 공격하기 시작했다. 그제야 새들이 야단법석을 떠는 원인을 알 것 같았다. 모처럼 꾸몄는데 새들의 야단법석에 나는 마음의 상처를 살짝 입었다. 녀석들이 헤어 롤을 왜 그렇게 싫어하는지 끝내 알아내지 못했다. 그리고 그 후로 머리를 말 일이 있을 때면 텐트에 있거나 코뿔새들의 야단법석을 참고 견뎌야 했다.

*

디셉션에서 혼자 지내는 첫날 해가 지기 직전, 나는 저녁을 먹으려고 콩 스튜를 그릇에 가득 채워 들고 야영지 밖 평평한 강바닥에 자리를 잡았다. 모래언덕의 숲에서 밤을 지내는 코뿔새들이 바람을 가르며 내 머리 위를 지나갔다. 뒤를 이어 쏙독새 두 마리가 서서히 빛을 잃어가는 하늘을 가로지르며 몇 미터 떨어진 곳에 내려앉았다. 녀석들은 뒤뚱거리고 돌아다니며 나지막하게 울며 곤충을 찾아다니기 시작했다. 하늘이 서서히 깊은 밤으로 빠져들었다. 나는 지푸라기 색깔의 풀밭에 누웠다. 이선에도 수없이 그랬던 것처럼 강바닥의 거친 표면을 손가락으로 느껴보았다. 칼라하리에는 언제부터 거친 야생이 살아 숨쉬기 시작했을까 궁금해하면서.

*

마크가 마운에 가 있는 며칠 동안 나는 밀린 일지도 모두 정리하고 구운 빵을 바이나 코뿔새들에게 바치는 것도 빠뜨리지 않았다. 야생에서 혼자 지내는 것도 싫지 않았다. 하지만 일을 하다가도 트럭 소리가 들린 것 같아 텐트 밖으로 달려가는 일이 잦아졌다. 밀리 동쪽 언덕에서 차 소리가 들리지 않을까 귀를 쫑긋 세웠지만 들리는 것은 바람 소리뿐이었다. 이제 슬슬 마크가 돌아올 시간이었다. 나는 그가 돌아올 때를 위해서 달걀 없이 향료만 넣은 한쪽으로 기울어진 모양의 케이크를 양동이 오븐에 굽기 시작했다.

관찰 중 작성한 메모를 깨끗하게 정리하고 야영지를 정리하다 보니 나흘이 훌쩍 지나갔다. 왠지 일하는 것도 심드렁해져서 코뿔새와 마주 앉아 알아듣거나 말거나 이야기를 하거나 야영지를 어슬렁거리며 트럭 소리에 귀를 기울였다. 어쩌면 마크가 날 위해 특별한 선물을 준비했을지도 몰랐다. 라일리에서 산 초콜릿이나 편지나 엄마가 보낸 소포 같은 것 말이다. 저녁 5시가 되어도 마크가 돌아오지 않자 나는 기운이 쭉 빠졌다.

초저녁에 불에 올린 요리를 휘휘 젓고 있는데 사자 일곱 마리가 야영지를 향해 곧장 걸어왔다. 심장이 미친 듯이 뛰기 시작했다. 나는 재빨리 스튜 냄비를 테이블 위에 올리고 트리 아일랜드 안쪽으로 들어갔다. 나뭇가지들 사이로 내다보니 사자들이 몸을 잔뜩 낮춘 채 나를 향해 소리 없이 다가오고 있었다. 사자와의 거리는 고작 100미터였다. 이전에도 종종 마주친 적이 있던 암사자와 그 새끼들이었다. 지난번 사자들이 야영지에 왔을 때는 트럭이라도 있었지만 지금의 나는 껍질이 없는 거북이가 된 심정이었다. 나는 스스로를 타일렀다. 트럭이나 마크가 있다고 해서 뭐가 달라지겠어. 어차피 사자들이 뭘 어쩌려는 것도 아닌데. 하지만 아무리 마음을 다잡아도 덫에 걸린 기분은 사라지지 않았다. 나는 몸을 잔뜩 웅크리고 텐트로 기어가 텐트에 난 창문을 통해 사자들을 살폈다.

사자들은 야영지 가장자리에 옹기종기 모여서 커다란 고양이들처럼 장난을 치기 시작했다. 땔감 위를 넘거나 부엌으로 들어와 서로 쫓기고 쫓으며 놀았다. 덤불 때문에 잘 볼 수는 없었지만 소리로 무엇을 하는지 대충 짐작이 되었다. 갑자기 냄비가 바닥에 떨어지는 소리가 나더니 주위가 조용해졌다. 녀석들이 내 스튜를 발견한 것이 분명했다.

주위는 금세 어두워져 아무것도 보이지도 들리지도 않았다. 사자들은 어디에 있지? 이제 뭘 하려는 걸까? 갑자기 육중한 발소리가 텐트 바로 바깥쪽에서 들리기 시작했다. 나는 재빨리 잠자리로 돌아가 앉았다. 머릿속에는 온갖 생각이 떠올랐다. 전에 마운에 갔다가 사냥꾼으로부터 들은 이야기가 떠올랐다. 어느 날 밤 칼라하리의 사자 무리들이 텐트 세 개를 완전히 망가뜨리는 바람에 자신과 고객들이 트럭에 몸을 숨기고 있었다는 이야기였다. 나는 그 이야기를 허풍으로 듣고 넘겼다. 이제 그 사람의 말을 믿을 수 있을 것 같았다.

나는 이제부터 어떻게 해야 할지 계획을 짜기 시작했다. 바로 그때 옷을 넣어두는 함석 트렁크가 눈에 들어왔다. 나는 살금살금 트렁크로 다가가 내용물을 매트리스에 몽땅 꺼냈다. 혹시라도 사자들이 텐트를 가지고 놀면 나는 냉큼 그 안으로 몸을 숨길 셈이었다. 칠흑 같은 어둠 속에서 침대 가장자리에 앉아 한 손으로 트렁크 뚜껑을 쥔 채 사자들이 으르렁거리며 뛰어다니는 소리에 귀를 기울였다. 갑자기 또다시 정적이 찾아들었다. 몇 분 동안 밖에서는 아무 소리도 들리지 않았다. 분명 그곳에 있을 터였다. 그게 아니라면 떠나는 소리가 들렸을 테니 말이다. 나는 트렁크 옆 침대에 몸을 웅크리고 사자들이 텐트를 반원으로 에워싼 모습을 떠올려보았다.

영원 같은 시간이 흘렀지만 밖은 여전히 조용했다. 내 냄새를 맡은 걸까? 트렁크에 미리 들어가 있을까? 아니면 그냥 있을까? 그때 잔가지가 부러지는 것 같은 소리가 들렸다. 텐트의 한쪽 면이 풍선처럼 살짝 부풀어 올랐다. 바로 그때 밧줄이 '쌩' 하면서 풀리는 소리가 났다. 창문으로 보니 암사자 한 마리가 밧줄을 잡아당기고 있었다. 나뭇잎을 밟는 부드러운 발소리와 쿵쿵거리는 소리가 들려왔다. 내가 무릎을 꿇고 있는 곳과 겨우 몇 센티미터 떨어진 곳에서 냄새를 맡고 있었다.

긴장된 순간 멀리서 그르렁거리는 소리가 들렸다. 트럭일까? 하느님, 제발 트럭이게 해주세요! 조용하고 습도가 높은 밤이면 그런 소리가 난 후 트럭이 야영지에 도착하기까지 대충 45분이 걸렸다. 트럭이 모래언덕 사이로 내려가는지 잠시 소리가 끊어졌다.

다시 고요해졌다. 어쩌면 헛것을 들은 것일지도 몰랐다. 부드러운 발소리가 텐트의 문을 향해 다가왔다. 벌떡 일어나서 "슈! 어서 꺼져!"라고 소리치면 어떤 일이 일어날지 궁금해졌다. 하지만 꼼짝도 하지 못했다.

마크가 옆에 있을 때는 훨씬 더 용감했었는데.

멀리서 또 엔진 소리가 났다. 마크가 분명했다. 또다시 영원 같은 시간이 흐른 후 상황이 완전히 변했다. 마크가 탄 랜드로버가 강바닥으로 들어와 야영지를 향해 달려오고 있었다.

바로 그때 텐트의 천을 길게 쓸고 지나가는 소리가 났다. 나는 너무 놀라 풀쩍 뛰어올랐다.

마크는 그즈음 아카시 포인트를 지나고 있었다. 마크는 야영지에 모닥불도 손전등도 켜져 있지 않자 깜짝 놀랐다. 야영지가 칠흑 같은 어둠 속에 잠겨 있었다. 조명등을 켜자 텐트 주변을 어슬렁거리는 사자 일곱 마리가 눈에 들어왔다. 마크는 재빨리 야영지로 들어와 시동을 끄며 큰 소리로 나를 찾았다. "델리아…… 델리아, 당신 괜찮아?"

"그래, 난…… 난 괜찮아. 당신이 왔으니 이제 살았어." 내가 더듬거리며 대답했다.

마크의 출현으로 흥이 깨진 사자들은 야영지를 떠나 천천히 남쪽으로 사라졌다. 나는 어서 마크를 마중 나가려고 펄떡 일어났다가 다시 앉았다. 침대에 꺼내놓은 옷가지가 생각났기 때문이다. 나는 서둘러 옷가지를 트렁크에 담았다. 이제 생각해보니 트렁크에 숨는 건 정말 우스꽝스러운 짓 같으니 그런 계획을 굳이 마크에게 설명해야 할 이유가 없었다.

"정말 괜찮아?" 마크가 텐트 입구에서 나를 안으며 물었다.

"응. 당신이 왔으니까 괜찮아. 잘 다녀왔어? 배 많이 고프지?"

우리는 트럭에서 짐을 내리고 마크가 마운에서 가져온 음식으로 만찬을 열었다. 염소 고기, 튀긴 감자, 양파를 먹으며 나흘 동안 있었던 이야기를 쉬지 않고 떠들어댔다. 마크는 묵묵히 내 이야기를 다 들어주었다.

그리고 모닥불의 온기를 쬐며 마크가 들려주는 마운 소식을 들었다. 한참 이야기꽃을 피운 우리는 마침내 잠자리로 향했다. 자리에 누우니 내 베개 아래에 초콜릿이 놓여 있었다.

7장

마운: 아프리카의 미개척지

서둘러라, 재능이 우리에게서 도망치기 전에!
우리가 닿은 암흑으로부터 나와
한 줌의 일주일 치 신문과
한입 가득한 인간의 언어를 향해.

_러디야드 키플링

기록·마크

마지막 모래언덕을 넘어서자 태양은 이미 중천에 떠 있었다. 우리는 지치고 꾀죄죄한 몰골로 차를 몰고 보테티 강으로 들어갔다. 시원한 강물이 더위를 식혀주었다. 열기가 단숨에 사라진 것 같았다. 대형 악어며 강물에 들끓는 기생충이 아무리 무서워도 칼라하리의 더위에 지친 우리를 막을 수 없었다. 물 위에 머리만 내놓고 물을 신나게 끼얹으면서도 악어가 만든 잔물결이 없는지 계속 좌우 강둑을 살폈다.

1975년 3월이었다. 혼자 마운을 다녀온 지 벌써 석 달째여서 식료품이 바닥이 났다. 우리는 마운으로 출발한 지 하루 만에 강에 다다랐다. 이번 마운 행에는 식료품 말고도 조수를 구하려는 목적도 있었다. 소중한 연구 시간을 빼앗는 온갖 잡일을 대신해줄 사람이 필요했다. 연구 범위를 점점 더 확대하다 보니 연구와 생활을 병행하기가 점점 더 힘이 들었다. 무엇보다 시간이 부족했다. 우리는 주목적인 야간의 동물 관찰 외에도 주변의 식생 연구, 배설물 수집과 분석, 지도 제작, 트럭 정비, 물과 땔감 구하기, 식수 끓이기, 요리하기, 텐트 수선하기와 같은 일도 다 처리해야 했다. 그러다 보니 밤에는 하이에나를 관찰할 시간과 체력이 부족했고 낮에는 잠잘 시간이 부족했다.

하지만 칼라하리처럼 물도 없고, 편의시설은 더더구나 없고, 사자들이 계곡을 어슬렁거리는 곳에서 생활하려고 하는 현지 주민을 찾기란 쉽지 않을 것 같았다. 게다가 우리가 줄 수 있는 쥐꼬리만 한 급료를 생각하면 도저히 사람을 구할 수 없을 것 같았다. 하늘의 별이라도 딴다면 모를까.

강에서 마운까지 차로 30분 거리다. 시원한 강가에 누워 있으려니 마을의 친구들을 오랜만에 볼 생각에 가슴이 부풀어 올랐다. 피그미 거위와 오리, 눈처럼 하얀 해오라기 떼가 우리들 머리 위로 낮게 날아갔다. 우리는 젖은 옷을 강가 덤불에 널어놓고 다시 강으로 들어갔다. 작은 물고기들이 발을 깨물었다. 다 해진 염소 가죽 망토를 걸친 백발노인이 당나귀에게 물을 먹이려고 강가로 다가왔다. 노인은 환하게 웃으며 우리에게 손을 흔들고 그 지방의 언어인 세츠와나어로 말을 걸었다. 우리도 노인이 보여준 호의에 쾌활하게 인사를 하며 손을 흔들었다. 그 노인은 델리아가 반년만에 나를 제외하고 처음으로 만난 사람이었다.

옷이 바짝 마르자 우리는 마을로 길을 떠났다. 마운에 도착해서는 곧장 라일리로 갔다. 라일리는 다 벗겨진 하얀 페인트 벽에 주름진 함석지붕을 올린 2층짜리 콘크리트 건물로, 강가 모래밭에 서 있었다. 호텔과 바, 주류 판매점 뒤로 왁스칠을 한 붉은 바닥의 긴 베란다는 잎을 넓게 펼친 키 큰 무화과나무와 유유히 흐르는 타말라카네 강에 비하면 초라해 보였다.

라일리는 보츠와나 북부의 개척지에 최초로 세워진 호텔이다. 한 세기가 바뀔 무렵, 소가 끄는 마차를 타고 와서 이곳에 정착한 사람들이 교역소로 만든 라일리는 그 후 몇십 년 동안 북으로는 잠베지강, 서로는 간지 ^{Ghanzi} 지역, 동쪽으로 500킬로미터 이상 떨어진 프랜시스타운으로 향하는 탐험대의 역마차가 출발하는 곳이었다. 현재까지도 은가미랜드를 통틀어 서너 곳밖에 없는 합류소의 한 곳이다. 라일리에서는 토요일마다 시원한 맥주와 고기 파이, 얼음을 판다. 이곳이야말로 조수를 구하고 반가운 친구들을 만나기에 가장 좋은 장소였다.

사막에서 우리끼리만 몇 달 동안 지내다 보니 다른 사람들도 만나고 우리가 사회의 일원임을 확인해야 한다고 말해주는 미묘한 징후가 나타나기 시작했다. 연구에만 집중하고 싶어도 어느새 라이오넬과 필리스가 지금 뭘 하고 있을지, 친구들과 시원한 맥주 한 잔 들면 얼마나 좋을까 하는 생각이 슬그머니 들었던 것이다.

짧은 금발 머리의 매력적인 젊은 여자인 돌린 폴이 베란다 저쪽에서 우리에게 손을 흔들었다. 우리는 그녀를 지난번에 마운에 왔을 때 알게 되었다. 마운에서 나고 자란 그녀는 직업 사냥꾼 훈련을 받고 있는 영국인 사이먼과 결혼했다. 사파리의 사람들이 인사 대신 농담부터 건넸다. "오 세상에! 모두 맥주 조심해! 피도 눈물도 없는 생태학자들이 떴다!"

나는 악수를 하면서 너무 오래 손을 잡고 있는 데다 오른손으로 악수를 하면서 왼손으로는 친구의 손이나 팔뚝을 덥석 잡기까지 했다. 우리는 뺨이 아플 정도로 미소를 지었다. 나는 거기 모인 사람들과 모두 악수를 하며 그들의 이름을 연거푸 불렀다. 마침내 내가 너무 바보같이 느껴져서 냉큼 테이블에 앉아 맥주를 주문했다.

우리는 시원한 맥주를 마시며 사냥 이야기를 들었다. 사람들의 이야기에 끼고 싶은 마음에 델리아와 나는 툭툭 말참견을 했고 터무니없이 크게 말하거나 남들은 아무 관심도 없을 주제에 대해 장황하게 늘어놓았다. 사교 생활에 대해 우리는 경험이 너무 부족했다.

돌린은 현지 주민들을 다 알았기 때문에 우리는 그녀에게 일거리가 필요한 성실한 사람이 있는지 물어보았다. 물론 디셉션 밸리에서 우리와 함께 지내야 한다는 조건도 말해주었다. "당장은 떠오르는 사람이 없어요. 주위에 다른 사람들도 없이 그렇게 오랫동안 숲에서 살겠다는 사람을 찾기가 쉽지 않을 거예요. 오늘 밤에 대드의 브라이에 한번 와보세요. 거기 온 사냥꾼이나 목장 사람들이 적당한 사람을 알고 있을지도 몰라요." 돌린은 그렇게 말해주었다. '브라이' 혹은 '브라이블라스'는 남아프리카의 바비큐파티를 말한다. 마운에서 독특한 바비큐파티가 열린다는 말은 들었지만 가본 적은 한 번도 없었다.

몇 시간 후 사람들이 일어나 기지개를 켜더니 대드의 집으로 간다고 했다.

대드의 집으로 차를 몰고 가면서 우리들을 반기는 사람들의 모습을 떠올려보았다. "래리 반응은 어땠어? 윌리는 우리를 정말 반기는 것 같지 않았어?" 델리아는 내게 이런 충고까지 했다. "대드 집에서 사람들 만나도 너무 호들갑 떨지 마."

돌린의 아버지인 대드 릭스 씨는 이 지역에 최초로 정착한 백인의 한 사람으로 오랫동안 은가미 호수 근처의 세히트와라는 마을에서 가게를 경영하다가 마운으로 이사를 왔다. 대드 릭스는 마당을 가로질러 와 주름진 얼굴로 환하게 웃으며 우리를 맞아주었다. 돌린이 우리를 소개하자 그는 육중한 팔로 델리아의 어깨를 감싸며 아래쪽만 남은 둘째손가락을 흔들었다. 독사에게 물렸을 때 독이 퍼지는 것을 막기 위해 손가락을 잘랐다고 했다. "좋아. 칼라하리에 사는 사람은 누구나 대환영이야. 암, 그렇고말고." 그는 그렇게 말했다.

대드는 우리를 데려가 친구들에게 소개해주었다. 매트리스에 엉덩이를 붙이기도 전에 대드의 아들인 카우보이 세실이 우리에게 시원한 맥주부터 건넸다. 사람들은 사자와 코끼리, 버팔로 사냥에 대해 들려주었다. 우리는 사파리에 오기 전에는 한 번도 엽총을 쥐어본 적이 없는 고객들, 토니를 들이받은 적이 있는 상처 난 버팔로, 세상에서 제일 큰 사자, 제일 큰 코끼리, 제일 큰 엽총에 관한 이야기를 잔뜩 들었다. 가축을 사고파는 이야기, 로디지아 전쟁 이야기, 로저가 아내와 바람을 피운 리처드를 나무 몽둥이로 마구 때린 이야기가 나오자 웃음이 터져 떠들썩해졌고 다시 맥주가 돌았다.

녹슨 철조망 문이 삐걱하며 열리더니 치안판사를 겸하고 있는 목장주인 유스티스 라이트와 라이오넬 파머가 마당에 들어섰다. 유스티스는 단추가 떨어져 나간 셔츠 사이로 불룩한 뱃살이 보였다. 그는 걸어 다니는 막대기처럼 뼈가 불거진 다리 위로 펄럭거리는 커다랗고 헐렁한 반바지 차림이었다.

나는 유스티스를 따로 불러 혹시 우리가 고용할 만한 사람이 없는지 물어보았다. "어떤 멍청한 놈이 칼라하리 같은 곳에서 살려고 하겠나? 있다면 분명 정신 나간 놈일 걸세." 그가 웃으며 대답했다.

"어떻습니까? 적당한 사람을 구해주실 수 있겠습니까?" 내가 재차 물었다.

"글쎄, 마크. 그건 좀 힘들 것 같아. 여기 사람들은 그렇게 혼자 지내는 걸 별로 좋아하지 않네. 게다가 사자들이 주위를 어슬렁거릴 때는 더 그렇고 말이야." 그는 담배를 깊게 빨더니 다시 말했다. "잠깐만. 목스라는 친구가 있네. 내가 키운 셈이나 다름없어. 몇 년째 우리 목장에서 일하고 있거든. 평소에는 점잖은 친구야. 그런데 술만 마시면 동네 사람들이 아주 진저리를 치지. 젠장! 녀석은 난봉꾼이야. 여자들 희롱하는 걸로 악명이 높아. 술을 잔뜩 퍼마시면 여자들이 벌벌 떨어. 날이면 날마다 못된 짓을 하기에 소 치는 곳으로 보내버렸네. 그 녀석이라면 혹시 모르겠군. 술만 안 마시면 일도 곧잘 할 거야. 내일 점심에 내게 들르게. 녀석을 불러올 테니 한번 만나나 봐. 물론 녀석이 가겠다고 해야 가는 거지만."

*

파티가 다 끝나자 돌린과 사이먼이 우리에게 잠자리로 버펄로 코티지를 빌려주었다. 강둑에 세운 그 부부의 방갈로는 활짝 핀 부겐빌레아로 뒤덮였으며 박제된 아프리카물소의 머리가 문 위에서 우리를 노려보았다. 우리의 침실은 강이 내려다보여 전망이 좋았다. 깨끗한 시트와 수건이 자칼 가죽 깔개 위에 단정하게 올려져 있었다. 잠들기 전 나는 비단처럼 부드러운 검은빛과 은빛의 자칼 가죽을 손으로 훑었다. 이걸 만들려면 캡틴을 서른 마리는 잡아야 할 것 같았다.

다음 날 아침 우리는 향긋한 차와 톡 쏘는 쿠키 냄새에 잠이 깼다. 꼬마 원주민이 맨발로 복도를 뛰어가는 소리가 들렸다. 잠시 후 우리는 사이먼 부부와 함께 토스트와 오렌지 마멀레이드에 차를 곁들여 강이 보이는 베란다에서 아침을 들었다. 지난밤 숙취로 눈이 퀭하고 혀가 꼬이는 사냥꾼들이 도착하자 사이먼은 차를 한 주전자 더 가져오라고 시켰다.

그들은 다음 날 가는 낚시에 우리를 초대했지만 우리는 칼라하리로 돌아가야 해서 애석한 마음을 억누르며 그 초대를 거절했다. 우리는 실례를 구하고 필요한 물건들을 사러 나갔다.

마운의 가게들은 콘크리트 블록을 쌓고 함석지붕을 올린 낮은 건물들로, 마을을 가로지르는 좁은 길과 큰 도로를 따라 서 있다.

우리는 식료품을 다 마련한 후 강가에 위치한 유스티스의 작은 농장을 찾아 북쪽으로 출발했다. 강이 크게 구부러지는 부분에 작은 집 한 채가 서 있었다. 집 뒤로 큰 나무와 텃밭이 있는 넓은 마당이 갈대가 무성한 강가로 완만하게 이어졌다.

모래가 깔린 긴 진입로로 들어가자 텃밭으로 난 옆문에서 유스티스가 나왔다. 자카란다 나무 아래에 20대 중반의 호리호리한 흑인이 서 있었다. 중키에 헐렁한 모자를 쓰고 있었고 발치에는 천 가방이 놓여 있었다. 악수를 하면서 살펴보니 팔과 어깨가 튼튼해 보였다. 하지만 다리는 가젤처럼 호리호리하고 길었다.

나는 유스티스의 통역을 받으며 보테티강을 지나 칼라하리 사막으로 한참 들어간 곳에서 야영을 하고 있다고 설명했다.

일방적으로 계속 떠들면서 목스를 관찰해보니 그는 유난히 소심해 보였다. 양손을 어색하게 늘어뜨리고는 꼼짝도 하지 않고 땅만 계속 보았기 때문이다. 가끔 유스티스가 뭔가를 물어보면 모기만 한 목소리로 "예"

라고 할 뿐이었다.

"어떤 일을 할 수 있죠? 타이어의 구멍을 메우거나 요리를 할 수 있나요?" 유스티스에게 물었다.

"타이어 구멍은 메울 줄 모른다는군. 하지만 요리는 내가 조금 가르쳐 줄 수 있네. 자네들이 가르쳐주면 열심히 배우려고 할 거야."

"혹시 동물들 발자국을 쫓을 수 있나요?"

"아니. 하지만…… 음. 마크, 여기 사람들은 금세 배울 거야."

"영어는 좀 하나요?"

"한 마디도 못 해."

나는 델리아를 슬쩍 보았다. 목스는 아무래도 안 될 것 같았다. 우리와 눈도 잘 못 마주치는 소심한 사람과 어떻게 일을 할 수 있을까? 게다가 별다른 기술도 없고 의사소통도 안 되는데 말이다. 유스티스의 말이 목스는 스물여섯 살이 될 때까지 일당 30센트에 가축을 돌보았다고 했다. 어머니를 모시고 사는데 버는 돈은 모두 어머니에게 드린다고 했다. 그의 아버지는 사파리 사우스에서 동물 가죽 벗기는 일을 했다.

"식사 제공하고 일당 50센트면 칼라하리에 가겠는지 물어봐 주세요. 어쨌든 지금보다 20센트는 더 받을 수 있잖아요. 일을 잘 배우면 월급을 올려줄 생각도 있어요."

유스티스가 세츠와나어로 한참을 이야기하자 비로소 목스가 고개를 들어 나를 바라보았다. 거친 기침 소리 사이로 "예"라고 대답하는 소리가 작게 들렸다. 우리는 다음 날 아침 사파리 사우스^{Safari South}에서 다시 만나기로 약속을 하고 헤어졌다.

동이 틀 무렵 우리는 짐을 다 실었다.

목스는 작은 담요 꾸러미를 깔고 모랫길에 앉아 있었다. 꾸러미 안에는 법랑 그릇, 칼 한 자루, 숫돌, 부러진 빗, 나무 숟가락, 거울 조각, 스프링복 담배를 넣은 작은 자루 하나가 들어 있었다. 그러니까 목스의 전 재산이었다. 구멍 난 푸른 바지에 오픈 셔츠를 입고 신발 끈도 없는 구두를 신은 목스는 루프랙으로 올라가 스페어타이어에 걸터앉았다.

그날 밤 우리는 중앙 칼리하리 자연보호구역의 경계 근처에서 여장을 풀었다. 목스는 불을 피우고 델리아는 염소 고기와 옥수수 가루로 저녁을 짓고 차를 끓였다. 우리는 말없이 저녁을 먹었다. 칼라하리로 돌아와 기쁘면서도 반가운 친구들과 헤어져 돌아올 때의 서운한 감정에 외로움을 느꼈다.

우리가 마운으로 가는 이유는 식료품도 있지만 사람들과 어울리려는 목적도 있었다. 마을 사람들은 모두 우리를 반갑게 맞아주고 환대해주었지만 돌아오는 길이면 언제나 허전했다. 왠지 우리가 겉돈다는 생각이 들었기 때문이다. 고립생활이 길어지다 보니 우리는 사람만 보면 심하게 반가워했다. 하지만 마운의 친구들은 우리처럼 호들갑을 떨지는 않았다. 우리와 달리 그들은 평소와 다름없었고, 우리는 그들이 우리를 진심으로 받아들이지 않았다고 느꼈다. 그들이 아니면 사귈 사람들이 없었기 때문에 우리가 받아들여지느냐 마느냐는 중요했다. 해가 갈수록 우리의 불안은 커져갔다. 그러다 보니 우리는 점점 서로에게만 의지하게 되었다.

*

다른 사람과 함께 사막에서 모닥불을 피우고 앉아 있으니 감회가 새로웠다. 목스는 말이 없었고 조심스럽게 행동했다. 사람이 아니라 그림자와 함께 있는 기분이 들기도 했지만 그래도 이제 세 사람이 되었다는 느낌이 확실하게 들었다. 우리는 그동안 배운 세츠와나어 몇 마디와 가톨릭 선교단에서 펴낸 단어집을 들고 그와 이야기를 시도했다. 목스는 먼저 말을 걸지 않으면 절대 먼저 입을 열지 않았다. 대답할 때는 시선을 피하며 작은 목소리로 말했다. 그의 대답은 주로 '예' 아니면 '아니오'였지만 그가 이 세상을 어떻게 이해하고 있는지 대충 알 수 있었다.

목스는 평생을 오카방고강 삼각주와 칼라하리 사막 주변에서 살았지만 삼각주를 가본 건 유스티스를 따라 몇 번 사냥을 갔을 때뿐이고 칼라하리에 대해서는 거의 몰랐다. 우리는 막대기로 모래에 지구를 그리며 지구는 둥글고, 우리는 대양을 건너 세상의 반대편에 있는 미국이란 곳에서 왔다는 사실을 설명해주었다. 하지만 목스는 어색하게 웃으며 무슨 말인지 모르겠다는 듯 눈썹을 찌푸리며 고개를 흔들었다. 그는 '세상'이나 '대양'이 무엇인지 이해하지 못했다. 세츠와나 말로도 이해하지 못했다. 그는 대양은 고사하고 호수조차 본 적이 없었다. 그가 알고 있는 세상은 그가 직접 본 것으로 국한되어 있었다.

한참 후, 모닥불이 꺼지고 불씨만 남을 즈음 나는 땅에 누워 검은 하늘에 총총 박힌 별들을 바라보며 생각에 잠겼다. 목스를 데려온 것이 잘한 일일까? 이 청년은 왜 자신이 속한 곳인 마을과 가족이 주는 안전함을 포기했을까? 그것도 잘 알지도 못하는 칼라하리 때문에 말이다. 나는 이런저런 의문들을 가슴에 간직했다. 저 멀리 남쪽에서 사자들이 울부짖는 소리가 들려왔다.

8장

본즈

기록·마크

야영지에서 8백미터가량 떨어진 강바닥 언저리에 도착했을 즈음, 엉망이 된 야영지가 눈에 들어왔다. 우리는 서둘러 야영지로 갔다. 트럭이 덜컹거리고 풀이 뿌리째 뽑혀 나갔다. 야영지에 도착해 보니 솥이며 항아리, 옷가지, 호스, 자루와 이런저런 상자들이 몇백 미터에 걸쳐 여기저기 흩어져 있었다. 야영지는 이전 모습을 찾아보기 힘들었다.

강력한 모래 폭풍이 지나갔나? 아니면 폭풍우? 무엇이 혹은 누가 이런 난장판을 만들 수 있을까? 나는 흩어진 가재도구를 모으기 시작했다. 커다란 알루미늄 냄비 하나는 바닥에 50구경 총알구멍만 한 구멍이 뻥 뚫려 있기까지 했다. 커다란 이빨이 낸 것이라는 사실을 깨달았을 즈음 야

162

영지 서쪽의 가시덤불에서 우리를 살펴보고 있는 털북숭이 머리 아홉 개가 눈에 들어왔다. 사자들은 아직도 트럭 옆에 서 있는 우리를 향해 일렬 종대로 서서히 걸어오기 시작했다. 맨 앞에 선 암컷 두 마리가 온몸으로 박력을 발산하며 무리를 이끌었고 덩치가 작은 다 자란 암컷 다섯 마리가 당당하게 그 뒤를 따랐다. 일 년 정도 된 수컷 새끼 두 마리는 서로 귀와 꼬리를 물고 장난을 치며 마지막으로 따라왔다. 델리아가 텐트 안에서 꼼짝도 못 할 때 내가 트럭으로 웨스트 프레리로 쫓아버린 바로 그 사자들이었다. 그 후로 우리는 녀석들을 야영지 근처 계곡에서 자주 봤으며 우리를 불쑥불쑥 찾아오는 사자들도 이 녀석들이 분명했다.

사자들은 법정에 들어선 재판관이라도 된 것처럼 야영지를 반원으로 에워싸며 자리를 잡았다. 그들과 우리 사이의 거리는 12미터나 15미터밖에 되지 않았다. 앞발과 동료의 얼굴을 핥으며 호기심 어린 눈초리로 우리를 관찰하기 시작했다. 그들에게서 공포나 공격성은 보이지 않았다. 사자와 이렇게 가까이 있을 수 있다는 흥분과 두려움, 사자들이 훌쩍 가서 이 상황이 금방 끝나면 어쩌나 하는 아쉬움이 교차하며 마음이 복잡해졌다.

그런데 목스는 우리와 생각이 달랐다. 델리아는 불을 피워 스프를 끓이기 시작했고 나와 목스는 조심스럽게 흩어진 물건들을 모으기 시작했다. 목스는 절대 랜드로버 앞으로 나가지 않았고 사자에게서 눈도 절대 떼지 않았다.

나중에 우리는 목스를 야영지에서 남쪽으로 150미터 정도 떨어진 트리 아일랜드로 데려가 그의 거처를 함께 만들었다. 우리는 통나무를 모아 천막의 골격을 만들고 거기에 방수천을 씌워 단단히 묶었다. 조잡하지만 나름대로 아늑한 분위기가 느껴졌다. 목스 부족의 전통에 따라 '사자를 막는' 야영지를 만들기 위해 가시덤불을 많이 꺾어 왔다. 덤불에는 갈고리 같은 가시가 잔뜩 달려 있어서 잘못하면 살이 긁히거나 옷에 걸리기 때문에 날카로운 가시를 떼면서 통과하려면 시간이 걸렸다. 우리는 커다란 덤불 근처에 낸 출입구만 남겨놓은 채 가시덤불로 텐트를 에워쌌다. 그 작업이 다 끝나자 비로소 목스는 편안함과 안전함을 느끼기 시작했다. 잠자리와 짐을 정리하는 목스를 남겨둔 채 우리는 야영지로 돌아왔다.

사자들은 우리가 야영지로 들어가자 모두 일어서더니 다시 배를 깔고 누웠다. 사자들은 동틀 무렵 델리아가 토마토 스프를 끓이고 검은 냄비에 옥수수 팬케이크를 굽는 모습을 유심히 지켜보았다. 간혹 하품하거나 앞발을 핥을 때를 제외하면 꿈쩍도 하지 않았다.

우리에게는 무척 소중한 경험이었다. 그래서 우리의 행동에 사자들이 보이는 반응을 하나도 빠짐없이 다 기록했다. 사자들은 우리가 걸음을 빨리하거나 곧장 다가가면 눈을 크게 뜨고 어깨를 경직시키며 두려움을 드러냈다. 내가 나뭇가지를 불 쪽으로 끌고 가면 턱을 들고, 귀를 쫑긋 세우고, 꼬리를 움찔거렸다. 우리는 사자들의 자세와 표정을 주의 깊게 살피면서 두려움, 공격성 혹은 과도한 호기심을 자극하지 않는 방법을 배울 수 있었다.

모래언덕에서 시원한 저녁 바람이 계곡으로 불어오자 서쪽 모래언덕의 하늘은 서서히 짙은 어둠에 잠기기 시작했다. 사자들의 형체가 점점 희미해지고 초점을 잃더니 어느새 보이지 않게 되었다. 어둠이 내려앉으면 합리적인 사고보다 원시적이고 덜 과학적인 감정에 사로잡혔다. 그래서 나는 사자들이 어디에 있는지 알아보려고 손전등을 켰다. 놀랍게도 남은 사자는 커다란 암사자와 수컷 새끼 두 마리뿐이었고 나머지는 소리도 없이 떠나고 없었다. 목스는 가시덤불로 텐트를 다 둘렀음에도 불구하고 겁을 집어먹고 있었다. 우리가 은신처에 있으면 안전하다고 안심을 시켜야 했다.

조명등을 사방으로 비추니 호박색 눈동자들이 보였다. 그런데 그 사자들이 목스의 야영지를 돌아다니고 있는 것이 아닌가! 우리는 재빨리 트럭을 타고 그곳으로 향했다. 도착해 보니 암컷 세 마리가 덤불을 뚫고 들어가 방수천에 코를 박고 킁킁거리고 있었나. 다른 두 마리는 나무의 반대편에 있었고 마지막으로 가장 큰 사자가 텐트의 입구 근처에 배를 깔고 누워 있었다.

나는 텐트 뒤쪽에 차를 세우고 불빛을 비추었다. "목스, 자네 별일 없나?" 내가 최대한 큰 소리로 속삭였다. 목스의 대답은 들리지 않았다.

"목스! 괜찮아?" 이번에는 좀 더 큰 소리로 불렀다.

"라?" 목스의 목소리였지만 텐트 안에서 나는 소리는 아니었다.

"목스, 자네 어디에 있나?" 그때 커다란 암사자가 고개를 들고 나무 위를 노려보는 모습이 눈에 들어왔다. 사자의 시선을 따라 조명등을 비추니 목스가 사자 머리 위로 3미터 정도 위에 난 나뭇가지에 벌거벗고 앉아 어색하게 웃고 있는 것이 아닌가!

나는 트럭을 나무와 사자 사이로 천천히 몰고 왔다. 사자가 조용히 길을 비키더니 차 문 옆에 앉아 창문으로 나를 노려보기 시작했다. 나무 둥치에 기름이라도 발랐는지 목스가 순식간에 스르르 내려와 바지를 입고 잽싸게 차에 올랐다.

"타우-허흐-어흐." 목스는 몸을 부르르 떨며 고개를 저었다. 천천히 그곳에서 빠져나오는 동안 목스는 마운에 대해서 뭔가를 웅얼거리듯 말했다. 우리는 사자들이 흥미를 잃고 계곡 북쪽으로 갈 때까지 차 안에서 얌전히 기다렸다.

향긋한 나무 연기가 코를 간질여 눈을 떠보니 벌써 아침이었다. 델리아는 여전히 내 옆에서 잠들어 있었다. 부엌에서 목스가 접시를 달그락거리며 일하는 소리가 경쾌했다. 내가 자란 농장에서 형제들과 맞이하던 아침이 떠올랐다. 어릴 때 어머니가 아래층에서 아침을 준비하는 소리와 냄새에 잠을 깨던 추억이 되살아났다. 아직 이른 시간이었지만 목스는 새로운 직업에 적응하려고 열심인 것 같았다. 잠시 동안이었지만 목스가 칼라하리에서 오래 버티지 못할지도 모른다는 불안감이 사라졌다. 나는 샌들을 꿰차고 밖으로 나갔다. 나뭇가지에 앉은 코뿔새와 딱새들이 아침밥을 달라고 보채기 시작했다.

부엌을 가보니 목스가 밤새 하이에나가 여기저기 흩어놓은 물건들 사이에 앉아 있었다. 떨어진 물건들은 조심스럽게 챙겨져 있고 설거지를 끝낸 그릇들도 탁자 위에 말끔하게 쌓여 있었다. 그리고 일을 끝낸 목스는 우리 부엌에서 가장 좋은 식칼로 발톱을 깎고 있었다.

*

아침을 먹는 동안 사자들은 계곡의 북쪽에서 으르렁거리기 시작했다. 1975년 5월 초였다. 칼라하리에는 간간이 소나기가 내렸지만 건기는 우리의 코앞에 와 있었다. 4주에서 6주만 지나면 사자들은 미지의 땅으로 사라질 것이다. 그곳이 얼마나 먼지, 어디인지 아무도 몰랐다. 그들이 다시 디셉션으로 돌아올지조차도 우리는 알 수 없었다. 돌아온다면 그동안 비웠던 영토를 다시 차지할 수 있을까? 그렇게 오랫동안 이곳을 떠나 있었던 데다 주로 밤에만 만나는데 사자들을 알아볼 수나 있을까?

적어도 우기 동안은 하이에나들은 사자들이 먹다 남긴 썩은 고기에 주로 의존한다는 사실을 깨닫게 되었다. 그러므로 사자는 청소동물들의 먹이와 활동 범위에 큰 영향을 미쳤다. 만약 갈색하이에나들이 사자가 버리는 먹이에 의존한다면 디셉션 밸리에 사는 사자들도 당연히 우리들의 연구 대상이었다. 그래서 우리는 야간에는 갈색하이에나를 관찰하면서 틈이 날 때마다 사자도 관찰해 그 둘의 습성과 생태적 관계를 밝혀보기로 했다.

혹시라도 사자들이 돌아온다면 그들을 알아보기 위해 귀에 인식표를 다는 것이 최선이었다. 누군가 사자를 사냥한다면 그 인식표는 자연보호부로 보내지거나 부시맨의 목걸이가 될 것이 분명했다. 어쨌든 사자들이 건기에 얼마나 멀리까지 이동을 하는지, 누가 얼마나 사자를 사냥하는지에 대해서 알아낼 수는 있었다. 문제는 하루나 이틀 후면 이동을 시작할 사자들에게 최대한 인식표를 많이 달아야 한다는 것이었다. 게다가 그 과정에서 절대 사자들에게 경계심을 심어주지 않도록 해야 했다. 무엇보다 우리 때문에 사자들의 자연적인 습성이 바뀌는 것을 원하지 않았기 때문이다.

우리는 마취 장비를 준비하면서 마취가 되어 있는 동안 트라우마를 최소화하면 좋겠다는 원칙을 확인했다. 가능하다면 밤에만 작업하기로 했다. 마취가 되어 의식이 없는 상태에서 한낮의 무더위에 무작정 노출시키지 않기 위해서였다. 우리는 사자들이 사냥감을 먹고 있을 때, 우리에게 익숙해질 만큼 한동안 함께 시간을 보낸 후에 마취를 시키기로 했다. 마취약은 최소로 사용하고 최대한 조용하고 신속하게 작업하기로 했다. 하이에나와 마찬가지로 트럭이 나타나도 두려움을 드러내지 않는 사자의 귀에 인식표를 달아야만 완벽한 성공으로 간주할 수 있었다.

시간이 촉박했기에 한 번에 최대한 많은 사자를 마취시키기로 했다. 목스는 우리가 인식표를 다는 동안 조명등을 비추기로 했다. 우리가 한 번에 처리할 수 있는 수는 최대 세 마리에서 다섯 마리 정도였고, 사자마다 마취 정도나 회복 시간도 다 다를 것이었다. 암흑 속에서 우리를 바라보고 있는 무리의 다른 사자들도 조심해야 했다. 설상가상으로 사자에게 인식표를 다는 것은 처음이라 사자가 어떤 반응을 보일지 짐작도 되지 않았다.

목스와 셋이서 레오파드 아일랜드에 누워 있는 무리를 찾아냈다. 그곳은 치타 힐 근처의 노스 팬 서쪽 가장자리에 아카시와 대추야자 나무가 무리 지어 자라는 곳이었다. 트럭을 타고 반원을 그리며 천천히 다가갔다. 15미터까지 다가가자 사자들이 머리를 들고 긴장된 기색으로 두리번거리며 도주로를 살피기 시작했다. 사자를 비롯한 야생동물들은 자신들이 먼저 어떤 행동을 시작할 경우에는 그다지 동요하지 않았다. 가령 우리 야영지를 찾아올 때처럼 말이다. 하지만 우리가 먼저 다가가자 야생동물들은 위협을 느끼는 것 같았다. 나는 시동을 껐다. 그러자 금세 눈을 껌벅이고 하품을 하며 긴장을 풀었다. 우리는 사자가 우리에게 신경을 끄고 사냥이나 하기를 바라며 그로부터 몇 시간 동안 차에 가만히 앉아 있었다.

우리는 이 무리를 여러 번 봤기 때문에 사자마다 이름도 지어주었다. 가장 나이가 많은 암컷은 블루와 섀리였다. 블루는 걸핏하면 트럭의 타이어를 씹어댔다. 운이 좋아 여러 겹으로 된 튼튼한 타이어일 경우에나 구멍이 나지 않았다. 섀리는 등이 처진 거대한 암사자로 무리의 최고 연장자였다. 섀리는 무슨 이유인지 우리를 경계했다. 턱을 앞발에 받치고 쉬는 동안에도 눈을 완전히 감는 법이 없었다.

다섯 마리의 어린 암사자들 중에서 섀시가 가장 용감하고 호기심도 왕성했다. 섀시는 가슴이 넓고 체격이 당당해서 조만간 덩치가 엄청난 어른 사자가 될 것 같았다. 녀석은 우리 트럭을 사냥감으로 생각하는 것 같았다. 늘 뒤쪽으로 살금살금 기어와서 금세라도 덮칠 것처럼 굴었다. 우리가 재빨리 차를 빼지 않으면 범퍼를 향해 달려들었다. 그리다가 뒷발로 일어서서 앞발로 타이어를 툭툭 치거나 흙받이나 미등을 마구 물어뜯으려 했다. 한번은 섀시가 한참 자동차와 실랑이를 벌이는 것을 모르고 시동을 걸었다. 배기가스가 얼굴에 바로 분사되자 뒤로 풀쩍 물러나더니 위협적인 소리를 내며 배기관을 마구 쳤다. 섀시는 바퀴가 돌아가는 모습을 유난히 좋아했다. 무리를 관찰하기 위해 천천히 차를 몰고 가면 쫓아와서는 바퀴가 도는 모습을 구경했다. 바퀴가 돌 때마다 녀석의 눈과 턱도 함께 빙빙 돌았다. 바퀴 구경이 지겨워지면 어디를 물면 숨통을 끊을 수 있을지 고민하는 것 같은 모습으로 웅크린 채 우리를 따라왔다. 섀시는 우리의 사랑을 듬뿍 받았다.

집시는 가만히 앉아 있지를 못했다. 야영지에 와도 다가오지 않고 그 주변을 계속 맴돌거나 한동안 혼자 떨어져 있었다. 스파이시는 날 장난으로 위협하기도 한 녀석으로 털이 갈색이고 싸움을 좋아했다. 스푸키는 눈이 대단히 크고 둥글었고 리자는 작고 귀여웠다. 막내 라스칼과 옴브레는 어른 사자들을 귀찮게 해서 노상 콧잔등을 찰싹하고 맞았다.

그날 밤 기회를 보며 사자들의 곁을 지키고 있는데 아니나 다를까 섀리가 뭔가 낌새를 알아차린 듯 멀찌감치 떨어진 덤불 속으로 들어가는 것이 아닌가.

9시 무렵 섀리가 고개를 들고 먼 곳을 경계하듯 바라보았다. 갑자기 어깨 근육이 경직되는 것이 보였다. 다른 사자들도 하던 짓을 멈추고 같은 방향을 보며 정신을 집중했다. 조명등을 들어 사자들이 바라보는 곳을 비추니 타조 한 마리가 북쪽 모래언덕의 기슭을 살금살금 지나가고 있었다. 나는 조명을 껐다. 섀리가 천천히 일어나 타조를 향해 걸어가기 시작했다. 풀밭 위를 미끄러지는 뱀처럼 어느새 어둠 속에 자취를 감추고 말았다. 다른 사자들도 그 뒤를 차례로 따랐다. 다 가고 델리아와 나만 달빛을 받으며 남았다. 우리는 사자를 추적하거나 조명을 사용하고 싶지 않았다. 괜히 사자나 타조를 혼란스럽게 해서 사냥을 방해할 수도 있기 때문이다. 시간이 천천히 흘렀다…… 사냥의 결과가 궁금해 미칠 지경이었다.

45분가량 흐르자 경사면의 덤불에서 으르렁거리는 쉰 듯한 소리가 들렸다. 사자들이 둥글게 모여 먹이를 먹고 있는 곳에 최대한 가까이 다가가 차를 세웠다. 사자들은 아직도 타조를 놓고 싸우는 중이었다. 그러다가 차 소리를 듣고 일제히 고개를 들어 우리를 노려보았다. 섀리와 스파이시가 즉각적으로 몸을 웅크리고 귀를 뒤로 젖히며 침입자에 대한 불쾌감을 드러냈다. 나는 최대한 조심스럽게 시동을 껐다. 그러자 다시 배를 바닥에 깔고 엎드려서 사냥감을 먹기 시작했다. 우리는 15미터 안까지 접근했다. 마취 총이 워낙 낡아서 가까이 다가가야만 했다.

델리아가 조명등을 들고 있는 동안 나는 공구 상자, 주사기, 약병을 준비해 최대한 조용하게 총에 약을 채우기 시작했다. 가뜩이나 서툰 데다 운전대와 기어도 조작해야 하니 자꾸 지체되었다. 사자들이 휑한 문을 통해 내 어깨 너머로 나를 바라보는 것 같았다. 창문과 틀을 떼버렸기 때문에 목표물이 차를 지나가면 언제든지 총을 꺼내 조준할 수 있었다.

무리 중에 섀리가 가장 경계심이 많기 때문에 제일 먼저 마취를 시켜야 다른 녀석들이 덩달아 경계하지 않을 것이었다.

픽 소리가 나더니 주사기가 사자의 어깨에 꽂혔다. 갑자기 으르렁거리는 소리가 들렸다. 사자들이 꼬리를 채찍처럼 흔들며 공중으로 뛰어오르자 먼지와 깃털이 사방에 날렸다. 긴장된 순간이 지나갔다. 우리는 어쩌면 공격을 받을지도 모른다는 생각에 그대로 얼어버렸다. 사자들은 서로 밀치며 사냥감과 트럭을 번갈아 보더니 소동을 일으킨 원인이 있는 곳을 찾으려고 사방으로 뛰어다녔다. 갑자기 섀리가 블루의 콧잔등을 때렸다. 긴장이 풀어지며 모두들 자리를 잡고 먹이를 계속 먹었다. 기다림의 시간이 또 시작되었다.

발사 후 10분이 지나자 섀리의 눈이 커지면서 동공이 확장되기 시작했다. 먹이를 떠나 우리의 눈길을 피할 수 있는 무성한 덤불로 비틀거리며 가기 시작했다. 사자만큼 눈이 예리한 목스가 섀리를 지켜보는 동안 우리는 차례로 블루, 집시와 리자를 마취시켰다. 녀석들은 차분하게 먹이를 다시 먹기 시작했다. 잠시 후 마취 총을 맞은 사자들이 사냥감으로부터 반경 50미터 이내에 흩어져 자리를 잡았다. 어린 암컷과 새끼 수컷을 포함한 나머지 다섯 마리는 여전히 먹이에 집중했다.

새리가 쓰러진 지 40분이 다 되어갔다. 새리는 물론 다른 사자들도 한 시간이면 마취에서 회복될 터였다. 우리는 목스가 새리를 마지막으로 목격한 곳으로 급히 차를 몰았다. 잠시 후 조명등에 반사된 아름답게 빛나는 커다란 호박색 눈동자를 발견했다. 새리가 트럭 소리에 귀를 쫑긋거리더니 고개를 살짝 들었다.

나는 새리로부터 10미터 정도 떨어진 뒤쪽에 주차하고 시동을 끈 후차에서 내렸다. 마취 정도를 알 수 없어서 무턱대고 다가갈 수 없었다. 마른 풀을 밟는 소리에 새리가 고개를 들었다. 소리를 들을 수 있다면 다른 기능도 깨어 있을 것 같아 박수를 두 번 쳐서 반응을 지켜보았다. 아무런 반응이 없었다. 조심스럽게 다가가 꼬리 옆에 쭈그리고 앉았다. 물론 조금이라도 낌새가 이상하면 트럭으로 뛰어갈 생각이었다. 커다란 엉덩이를 발로 건드려 보았지만 아무 반응이 없었다.

나는 델리아에게 오케이 사인을 보냈다. 그러자 뒷자리에 앉은 목스에게 조명등을 건네고 장비를 챙겨 내게 왔다. 새리의 털은 건기의 풀 색깔이었고 날씬하면서 힘이 넘치는 몸은 떡갈나무 둥치처럼 단단했다. 우리는 새리가 보여준 신뢰를 이렇게 이용한다는 생각에 미안했다. 델리아가 앞발의 맥박을 짚는 동안 나는 각막이 건조해지는 것을 방지하기 위해 눈에 약을 넣었다. 주사기는 여전히 꽂혀 있었다. 우리는 커다란 발과 다리를 지렛대 삼아 녀석을 뒤집었다. 델리아가 작은 상처에 연고를 발라주는 동안 나는 귀에 인식표를 달았다.

블루와 집시까지 작업을 마치자 마취를 시작한 지 한 시간 반이 넘어갔다. 녀석들은 모두 마취가 풀려 방향 감각을 회복했다. 마취하지 않은 녀석들은 타조를 다 먹어치우고 우리가 자신의 동료들에게 하는 일에 관

모펫이 건기 사막의 주요 먹잇감인 호저를 막 잡아먹었다. 우리가 오기 전 이곳의 사자들은 대부분 사람을 한 번도 보지 못했다. 사자들이 우리에게 익숙해진 후로 우리는 위험을 거의 느끼지 않은 채 종종 그들 곁에 앉아 있을 수 있었다.

위: '트리 아일랜드'에 있었던 우리의 야영지. 주위 수천 제곱킬로미터 안에 인간은 우리가 유일했다.
아래: 마크가 물 4리터로 아주 가끔 하는 목욕을 즐기고 있다. 짧은 우기 때를 제외하면 우리는 야영
지에서 80킬로미터 떨어진 곳에서 드럼통에 물을 길어 와야 했다.

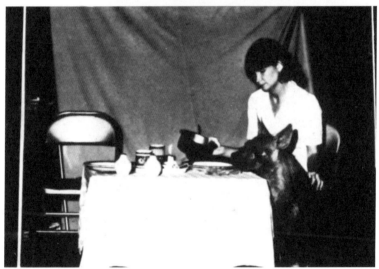

위: 마크가 타조 알의 껍데기에 구멍을 뚫고 이침 식사를 만들기 위해 흔들고 있다. 구멍을 테이프로 막고 땅에 묻어 차고 신선하게 보관하면 열흘에서 2주까지 먹을 수 있었다. 타조 알 한 개는 달걀 스물네 개와 맞먹는다.
아래: 슬슬 공동 굴에서 외출하게 된 갈색하이에나 새끼인 페퍼가 야영지로 델리아를 찾아왔다.

위: 자칼 새끼인 헨젤과 그레첼이 태어나 처음으로 맞는 우기에 강바닥에서 싸움 놀이를 하고 있다.
아래: 그레텔이 어미인 메이트에게 먹이를 보채고 있다. 그러면 메이트는 먹이를 배 속에서 게워낸
다. 먹이를 위에 넣어 운반하는 방법은 메이트가 갈색하이에나나 다른 자칼에게 먹이를 빼앗기지 않
고 새끼에게 먹일 수 있는 안전한 방법이다.

위: 메이트의 싹씬 캡딘이 블루 프라이드가 낚기고 간 겜스복 사체를 먹으려고 싸우고 있다.
아래: 캡틴이 먹이를 지키려고 독수리들을 쫓아내고 있다.

헨젤이 강바닥에서 자다가 폭우에 흠뻑 젖은 후 차가운 물을 몸에서 털고 있다.

위: 아직도 몸이 마르지 않은 헨젤이 밤 사냥을 떠나기 전에 우리를 바라보는 눈빛이 쓸쓸하다.
아래: 폭풍우가 지나간 야영지.

섀리와 섀시의 새끼들이 난생처음 물을 마시고 있다.
9개월이 넘게 가뭄이 계속되면서 사자들은 오직 먹잇감으로만 수분을 섭취했다.

마크가 주사기를 들고 반쯤 약에 취한 사자를 뒤따르고 있다.

위: 마크가 블루 프라이드의 새끼를 마취한 후 살펴보는 중이다. 우리는 사자와 하이에나들이 한낮의 폭염과 사막의 강렬한 햇빛에 노출되지 않도록 야간에 마취를 했다.
아래: 부러진 다리에 수술을 받은 후 여전히 회복되지 않은 본즈가 우리가 그늘로 가져다준 겜스복을 물고 가려고 애쓰고 있다.

짝짓기 중인 본즈와 블루.

위: 빔보가 블루의 턱을 깨물며 놀고 샌디는 엄마의 등에 기대 있다.
아래: 빔보와 샌디가 블루 옆에서 싸움 놀이를 하고 있다.

블루가 자신이 사냥한 먹잇감의 몫을 챙기려 하자 본즈가 공격하고 있다.

위: 새시가 스푸키의 배를 장난으로 문다.
아래: 스파이시와 스푸키가 실컷 놀다 쉬고 있다.

스프링복 팬 프라이드의 사탄과 암사자.

심을 보이기 시작했다. 리자에게 인식표를 달 차례인데 사방에서 덩치 큰 녀석들이 어슬렁거렸다.

리자는 앞발로 비틀거리며 완전히 일어섰다. 아무래도 다시 마취를 해야 할 것 같았다. 하지만 두 번이나 몸에 상처를 내고 싶지도 않을뿐더러 다른 사자들이 지켜보는 곳에서는 더더욱 그러고 싶지 않았다. 나는 트럭으로 돌아가 주사를 준비했다. "고 레바 데 타우, 신틀레(사자를 잘 지켜봐)." 목스에게 그렇게 당부하고 신발을 벗고 차 문을 열었다. 그리고 리자를 향해 기어기기 시작했다.

델리아와 나는 이 방법이 별로 마음에 들지 않았다. 그렇다고 마취가 깨어가는 사자에게 차로 접근해 쓸데없이 겁을 주고 싶지도 않았다. 리자가 경계하기 시작하면 나머지 사자들도 경계할 것이 분명했다.

천천히 아무 소리도 내지 않으며 전진했다. 사자를 향해 조금씩 기어가자 기다란 내 그림자가 배를 깔고 누워서 다른 곳을 보고 있는 커다란 사자의 몸에 가 닿았다. 낙엽과 풀 무더기를 살며시 헤치며 조금씩 전진했다. 순간 내 몸에 깔린 잔가지가 우지직하고 부러지자 총알이 발사된 듯 요란한 소리가 났다. 트럭에서 멀어질수록 나 자신이 바보같이 여겨졌다. 당장이라도 돌아가고 싶었지만 약 기운 때문에 따끔함을 못 느낄 것이라며 스스로를 다독였다. 다른 사자들이 위협적으로 변하는 즉시 목스와 델리아가 경고를 해주기로 했으니 그들에게 내 목숨을 맡길 수밖에 없었다. 경고 신호를 보내면 총알처럼 차로 도망치려고 마음을 단단히 먹었다.

사자를 5미터 앞두고 갑자기 요란한 소리가 났다. 내가 바짝 마른 낙엽을 밟은 것이다. 리자가 고개를 획 돌리더니 나를 노려보았다. 나는 죽은 듯이 엎드려서 사자가 눈을 돌리기만 기다렸다. 하지만 리자는 노란 눈으로 날 옴짝달싹도 못 하게 붙잡아두고는 귀를 불안한 듯 젖히고 침을 줄줄 흘렸다. 나는 미동도 할 수 없었다. 사자의 눈이 초점을 맞추려는 듯 가늘어졌다.

"타우, 모레나!" 목스가 랜드로버에서 작지만 급박하게 알렸다. 다른 사자가 나를 향해 접근하고 있다는 신호였다.

오른쪽으로 20미터 떨어진 곳에 아직 마취 총을 맞지 않은 사자가 몸을 웅크린 채 나를 따라오고 있었다. 사자는 고개를 바짝 낮추고 꼬리를 씰룩거렸다. 나는 바닥에 납작하게 누워서 최대한 사자의 시야에서 벗어나려 했다. 내 심장이 쿵쿵 뛰는 소리가 들리는 것 같았다.

이제 와서 도망치기에는 트럭이 너무 멀었고 마취되지 않은 암사자는 코앞이었다. 나는 손으로 뒷덜미를 감싼 채 눈을 꼭 감았다. 숨도 쉬지 않으려고 했지만 바닥의 모래와 재가 코로 들어왔다. 사자에게 당해 팔을 못 쓰게 된 마운의 사냥꾼 친구 두 명이 떠올랐다. 자신의 오두막에서 사자에게 끌려가 가슴에서 엉덩이까지 커다랗고 끔찍한 흉터가 남은 작은 부시맨도 생각났다. 나는 그저 납작하게 엎드린 채 기다렸다.

"목스! 조명을 사자 눈에 비춰!" 정적 속에서 델리아가 목스에게 끈질기게 속삭이는 소리가 들렸다. 목스는 영어를 한마디도 못 했지만 용케도 델리아의 말을 이해했다. 그는 나를 따라오는 사자의 눈에 정면으로 조명을 비추었다. 사자가 엉거주춤하게 서서 눈을 가늘게 뜨고 조명을 노려보았다.

리자가 그 사자 쪽으로 시선을 돌린 것을 보니 무리 동료의 소리를 들은 것 같았다. 나는 이때다 싶어 천천히 몸을 일으켜 최대한 조용하게 트력으로 도망치기 시작했다. 나를 쫓던 사자는 몸을 일으키고 고개를 낮춰서 밝은 불빛 사이로 어떻게든 나를 보려고 했다. 사자가 달려오기 시작했다. 나는 다시 바짝 엎드렸다. 목스가 재빨리 사자의 눈을 비추었다. 빛에 놀란 사자가 눈을 껌벅이며 멈췄다. 우리 사이의 거리는 10미터도 되지 않았다. 고양이 앞의 쥐가 된 심정으로 몸을 살짝 들어 뒤로 천천히 기기 시작했다. 무서워서 팔에 힘도 들어가지 않았다. 마침내 몸이 앞 범퍼에 닿았다. 나는 번개처럼 차 안으로 뛰어 들어가 좌석에 몸을 파묻었다. 떨리는 손으로 얼굴에 묻은 먼지와 땀을 닦았다.

나를 따라오던 사자는 마침내 흥미를 잃고 타조를 먹던 곳으로 돌아갔다. 한바탕 소동을 겪고 나자 리자를 조금 놀라게 해도 괜찮지 않겠느냐는 생각이 들었다. 나는 차를 몰고 가 리자의 엉덩이 쪽에 세운 후 문밖으로 팔을 내밀어 마취약을 더 주사했다. 10분 정도 기다린 후 우리는 인식표를 달아주었다. 우리는 타조의 사체 근처에서 마취된 사자들이 모두 깨어나는 것을 지켜본 후 야영지로 돌아가 잠을 청했다.

다음 날 밤 섀리를 제외한 무리의 사자들이 몽땅 야영지에 나타났다. 녀석들은 랜드로버를 둘러싸고 타이어, 범퍼, 그릴의 냄새를 맡으며 어슬렁거렸다. 자신들의 귀에 번호가 쓰인 파란 플라스틱 인식표가 달린 것도 모르는 것 같았다. 이제 이들은 블루 프라이드가 되었다.

*

우리는 마취총을 쏘는 것이 너무 싫었지만 딱 한 번은 마취로 인해 수컷 사자들의 사회적 연대의 힘에 대해 배울 기회가 있었다. 함께 자란 파피와 브라더는 자신들이 지배할 무리를 찾지 못한 채 유목민처럼 칼라하리를 떠돌았다. 젊은 수컷들은 어른이 되어서도 함께 지내는 경우가 있다. 그래서 파피와 브라더도 성장 후에도 떨어질 수 없는 것처럼 보였다.

파피의 마취는 평소와 다름없었다. 약을 맞은 후 파피는 비틀거리며 쓰러졌고 옆으로 누워 잠이 들었다. 주사기가 어깨 뒤쪽에 꽂혀 달랑거리고 있었다. 브라더는 머리를 들고 눈을 크게 뜨며 파피가 비틀거리며 쓰러져 의식을 잃는 모습을 유심히 지켜보았다. 녀석은 파피와 우리를 번갈아 보더니 파피에게 돌아갔다. 어떻게 된 일인지 이해해보려고 애쓰는 것 같았다. 고작 8미터 떨어진 곳에 서 있는 트럭은 무시한 채 동료의 온몸의 냄새를 맡더니 마침내 마취 주사를 발견했다. 브라더는 주사기를 앞니로 물어서 빼버렸다. 주사를 당기자 가죽이 함께 잡아당겨지더니 마침내 뽑혔다. 주사기를 씹어 박살을 내고는 파피에게 다가가 주사기가 낸 작은 상처를 핥기 시작했다. 그는 달래듯이 자신의 머리를 파피의 머리에 비볐다. 브라더는 몸을 숙이며 파피의 목덜미를 물어 들어 올리려 했지만 너무 무거웠다. 한참을 씨름하더니 이번에는 파피의 엉덩이를 들어보려고 했다. 그것도 여의치 않자 연신 웅얼거리는 소리를 내며 목을 물어 들려고 했다. 브라더는 15분 동안 머리로 갔다가 엉덩이로 가기를 반복하며 동료를 물어서 들려고 했다.

동료를 일으켜 세우려고 했을까? 우리 눈에는 그렇게 보였지만 확신할 수는 없었다. 코끼리가 가족들 중에 누가 쓰러지면 일으켜 세우려고 한다는 것은 알았지만 사자들이 같은 행동을 할 것 같지는 않았다.

어쨌거나 우리는 브라더의 행동에 큰 감동을 받았다. 브라더의 이빨에 파피가 다치지나 않을까 걱정이 될 정도로 녀석은 끈질겼다. 나는 차를 몰고 들어가 우리가 작업할 공간을 확보할 수 있을 만큼 브라더를 몰아냈다. 그리고 파피의 귀에 인식표를 달고 크기와 무게를 측정했다. 우리는 의식이 없는 사자를 굴려 방수포에 실은 후 차로 끌어서 나무 그늘로 갔다. 회복되는 동안 서늘한 곳에서 지내게 하려고 말이다. 브라더는 파피가 의식을 되찾을 때까지 옆을 지켰다. 녀석은 머리와 주둥이로 쓰러진 동료의 온몸을 비볐다.

*

"타우, 모레나!" 블루 프라이드에게 인식표를 단 지 며칠이 지난 이른 아침이었다. 전날 밤늦게까지 하이에나를 따라다니다가 야영지로 돌아와 정신없이 자고 있는데 목스가 새벽부터 우리를 깨웠다. 그는 햇빛을 받으며 서서 텐트의 문을 열어 야영지에서 동쪽으로 300미터가량 떨어진 곳에 있는 사자를 가리켰다. 우리는 텐트의 벌어진 문틈으로 그 사자가 비틀거리며 뼈 몇 개와 가죽밖에 남지 않은 생후 몇 개월 된 겜스복을 질질 끌고 와서는 그 위에 쭈그리고 앉는 모습을 보았다. 일반적으로 수사자는 그렇게 쓸모없는 먹이에는 관심이 없다. 너무 마르고 질겨서 도저히 먹을 수 없기 때문이다. 하지만 이 사자는 야영지 맞은편 토플리스 트리오의 그늘에 자리를 잡고 쭈글쭈글한 가죽과 뼈를 힘겹게 먹었다. 쌍안경으로 보니 사자는 무척 수척하고 약해 보였다. 겜스복의 사체는 기껏해야 15킬로그램 정도일 텐데 사자는 한 번에 몇 걸음도 가지 못하고 금세 걸음을 멈추고 심하게 헐떡였다. 겜스복을 끌고 가면서 몇 번이고 발이 걸려 비틀거리는 바람에 제대로 끌지도 못했다. 그러자 방향을 바꿔서 종이처럼 바싹 마른 가죽을 물고 당겼지만 역시 허사였다. 그럴 때마다 힘은 계속 빠졌다. 사자는 마침내 쓰러졌다. 곧 굶어 죽을 것이 분명했다.

우리는 트럭을 타고 천천히 사자에게 접근했다. 사자는 차 소리를 듣자 멍한 눈빛으로 우리를 보았다. 그 모습에 가슴이 아팠다. 초원을 호령하는 당당한 사자의 모습은 그 어디에도 보이지 않았다. 갈비뼈가 앙상하게 드러나고 가죽에 주름이 잡힐 정도로 말라 있었다. 허리는 한 아름에 안을 수 있을 정도였다. 벌써 몇 주째 거의 아무것도 먹지 못한 것 같았다.

죽을힘을 다해 다시 일어선 사자는 비틀거리며 토플리스 트리오를 향해 걸어갔다. 그제야 목덜미, 어깨와 옆구리에 수십 개나 꽂혀 있는 호저(고슴도치와 비슷하게 생긴, 설치목 호저과에 속하는 동물. 산미치광이라고도 부름)의 바늘이 보였다. 몸이 많이 약해진 상태에서 사냥조차 제대로 할 수 없었으리라. 사자는 나무 그늘로 가서 뼈만 앙상한 머리와 너덜거리는 갈기조차도 힘겨운 듯 그대로 쓰러졌다.

우리는 일단 그곳을 떠났다가 오후에 마취 도구를 가지고 돌아왔다. 사자를 더 자세히 관찰해서 연령이나 회복할 가능성을 알아보고 싶었다. 마취 주사를 놓았는데 움찔거리지도 않더니 그대로 쓰러졌다. 우리는 호저의 가시를 제거하기 시작했다. 어떤 것은 15센티미터도 넘게 박혀 있었다.

델리아는 앞다리에 박힌 가시를 뽑으려고 고군분투했다. 목스는 멀찌감치 떨어져 있는 랜드로버의 흙받이에 손을 올리고 우리를 지켜보고 있었다. 목스는 영 내키지 않는 듯 발을 질질 끌며 다가왔다. 눈빛을 보니 잔뜩 긴장한 기색이 역력했다. 그때는 몰랐는데 나중에 우리는 목스가 사자를 만지면 팔이 썩는다는 어른들 말씀을 듣고 자랐다는 사실을 알게 되었다. 그는 미신을 여전히 믿었지만 어쨌거나 다가왔다.

과감하게 행동하지 못하는 목스를 본 델리아는 계속 격려해주었다. "고 시아미, 목스. 고 시아미. 괜찮아. 걱정하지 마." 그러면서 미소를 지어 보였다. 목스는 언제라도 생기를 찾아 벌떡 일어설 것 같은 커다란 다리를 잡아 부드럽게 옆으로 밀었다. 델리아가 가시를 뽑은 후에도 목스는 계속 사자의 발을 잡고 있었다. 손을 펴고 커다란 발바닥에 대고 잠시 있더니 고개를 들어 우리를 보았다. 그의 눈이 활짝 웃고 있었다.

주위에는 어둠이 내려앉았다. 가시를 거의 다 뽑고 상처에 연고를 발랐다. 문제는 오른쪽 뒷다리의 무릎 바로 아래 연골에 박힌 부러진 가시였다. 손으로는 도저히 뽑을 수 없어서 차에서 펜치를 가져와 몇 번 더 시도해보았다. 어두워서 목스에게 조명등을 켜보라고 했다. 불을 켜고 다시 보니 내가 가시인 줄 알고 열심히 잡아당긴 것이 실은 부러진 경골 끝부분이었다. 이 사자는 복합 골절을 당한 것이었다.

우리는 딜레마에 빠졌다. 객관적으로 본다면 사자를 내버려두어야 했다. 설령 돕고 싶어도 우리는 이런 상처를 치료할 방도가 없었다. 게다가 주위는 너무 어두웠다. 마취는 시켰지만 이빨의 마모 정도로 볼 때 사자는 대여섯 살 정도였다. 다시 말해 수사자의 절정기였다. 우리는 고민을 거듭한 후 우리가 할 수 있는 최선을 다해보기로 결정했다.

상처는 부목으로 고칠 수 있는 정도가 아니었다. 유일한 희망은 골절 부위를 절개해서 부서진 뼈의 파편을 제거한 후 찢어진 근육을 봉합하는 것이었다. 며칠 동안만이라도 사자가 일어나지 못하게 할 수만 있다면 뼈가 붙을 수 있을 것 같았다.

우리는 야영지로 돌아가 수술에 필요한 것들을 챙겼다. 부러진 쇠톱 날, 메스로 쓸 면도날, 상처를 깨끗하게 닦아낼 수세미 솔, 상처를 봉합할 평범한 바늘과 실이 전부였다.

사자에게 돌아갔을 때는 완전히 어두워져 있었다. 목스가 비추는 불빛을 받으며 우리는 상처를 열고 닦아내고 소독을 한 후 부서진 뼈를 2센티미터가량 절단했다. 다음으로 근육과 가죽을 원래대로 맞춘 후 어마어마한 양의 항생제를 주사했다. 마지막으로 왼쪽 귀에 001번 인식표를 달았다. 만약 이 사자가 살아남으면 우리는 '본즈'라고 부르기로 했다.

살리면 당장 물과 먹이를 먹어야 했다. 하지만 다친 다리에 무리를 주지 않고 사냥을 할 방도가 없었다. 우리는 자연보호부로부터 대여받은 밀렵꾼들의 낡은 라이플총으로 스틴복 한 마리를 잡았다. 마취가 깨기 전에 11킬로그램짜리 스틴복을 본즈의 머리 밑에 넣었다. 그렇게 해두면 의식이 돌아올 때까지 자칼과 하이에나가 훔쳐갈 수 없기 때문이다. 몇 시간 후 본즈가 천천히 스틴복을 먹기 시작했다. 그러다가 커다란 고기를 게걸스럽게 먹기 시작했다. 동이 터오자 영양 한 마리를 다 먹어치운 본즈는 해가 동쪽 모래언덕 위를 스멀스멀 기어오를 무렵 곯아떨어졌다.

본즈의 왕성한 식욕을 고려할 때 우리가 영양을 더 잡아주지 않으면 무리하게 사냥을 나갈 것이 분명했다. 그날 아침 나는 240킬로그램이나 나가는 젬스복을 잡았다. 젬스복을 트럭에 매달고 9미터 사슬에 묶은 후 본즈에게 끌고 갔다. 사자들은 사냥감을 가장 가까운 그늘로 끌고 가는 경향이 있는데, 칼라하리 사자는 더욱 그랬다. 내가 먹이를 멀리 떨어진 곳에 떨어뜨리고 가면 본즈는 일어나서 그늘로 끌고 갈 것이 분명했다.

그러면 영영 다리를 절게 될 것이었다. 사자를 겁주거나 공격하게 만들지 않고 먹이를 코앞에 내려놓아야 했다. 마취에서 완전히 깬 것은 물론이고 심하게 약해진 상태이니 평소보다 훨씬 긴장하고 있을 것이 분명했다.

트럭이 젬스복을 매달고 20미터까지 다가가자 본즈가 긴장하기 시작했다. 나는 차에서 살며시 나와 사슬을 풀어 젬스복을 내려놓고는 차를 몰고 그 자리를 떠났다. 본즈가 일어나 절뚝거리며 거대한 사냥감에게 다가갔다. 본즈는 비틀거리며 젬스복의 목덜미를 물고 끌기 시작했다. 온몸의 체중이 부러진 다리에 실렸다. 상처를 꿰맨 실밥이 터지면서 피가 흐르기 시작했다. 고통이 엄청날 것 같았다.

한 시간 반 동안 젬스복을 그늘로 끌고 가려고 사력을 다했지만 별 효과가 없었다. 조금 끌고는 멈춰서 숨을 헐떡이며 쉬어야 했다. 겨우 10미터를 옮긴 후 기진맥진해 쓰러지고 말았다. 본즈는 비틀거리며 그늘로 가 기절하듯 쓰러졌다. 녹초가 되긴 했지만 그래도 대단한 일을 해낸 것이다. 우리가 젬스복을 더 가까이 가져가지 않으면 이 짓을 또 할 것이 분명했다.

나는 사슬로 젬스복을 묶어 차에 매달고는 그로부터 한 시간 동안 굼벵이가 기어가는 속도로 움직였다. 본즈가 경계심을 보이면 시동을 끄고 나무 주위를 빙빙 돌면서 마침내 4미터 안까지 접근했다. 내가 젬스복이 있는 곳까지 후진한 후 살며시 나와 뒤로 기어가자 본즈는 점점 흥분하기 시작했다. 나는 몸을 숨기고 있던 뒷바퀴에서 나와 사슬을 풀기 시작했다. 얼굴에는 식은땀이 줄줄 흘렀다. 본즈는 나의 행동을 죽 지켜보며 앉아 있었다. 어깨 근육은 경직되어 씰룩거렸고 눈은 공포와 공격성으로 부릅떴다. 나는 도저히 녀석과 시선을 맞출 수 없었다. 혹시라도 갑작스러운 행동을 하면 녀석이 공격을 해올 것 같았다. 마침내 사슬을 풀어 대충 신고 겜스복을 남겨둔 채 재빨리 그곳을 떴다.

우리는 멀리서 본즈를 지켜보았다. 여전히 먹잇감의 위치가 마음에 들지 않는지 통증에도 아랑곳하지 않고 나무 그늘 아래로 끌고 갔다.

야영지에서도 토플리스 트리오에 누워 있는 본즈가 보였다. 아침저녁으로 우리는 차를 타고 근처까지 가서 본즈를 지켜보았다. 녀석은 하루가 다르게 살이 붙고 기력을 되찾았다. 게다가 우리에게도 익숙해져 갔다. 살 수 있으리라는 희망도 조금씩 커져갔다. 본즈는 나름대로 아픈 다리를 조심했다. 먹이를 먹으러 일어날 때나 자세를 바꿀 때만 다리를 썼다. 사자를 구하기 위해 영양을 계속 사냥해야 한다는 사실이 마음에 걸렸다. 하지만 이 상태에서 본즈가 사냥을 하게 되면 추격을 하는 도중 약해진 뼈가 다시 부러질 것이 분명했다. 그때는 생존을 장담할 수 없을 터였다.

수술한 지 아흐레가 되는 밤에 계곡에 울려 퍼지는 우렁찬 포효 소리에 잠을 깼다. 본즈가 강바닥을 따라 남쪽으로 내려가고 있었다. 다시는 본즈를 못 볼 것 같은 불안한 기분에 휩싸였다.

*

열흘이 지나도록 본즈는 어디에도 보이지 않았다. 이른 아침 목스와 나는 지난밤 무성한 덤불 속에서 잃어버린 하이에나의 발자취를 추적하고 있었다. 그동안 델리아는 모래에 남은 갈색하이에나의 발자국에서 알아낸 이동 경로와 먹이 구하기의 비밀을 간간이 기록하면서 차로 우리를 따라왔다. 무더위와 가시덤불 속에서 하기에는 너무 지겨운 작업이었다. 필요한 정보를 얻기 위해 얼마나 더 가야 하는지 모른다는 점이 우리를 더 지치게 했다. 하지만 하이에나가 얼마나 멀리 이동하며 밤에는 뒤를 쫓기 힘들 정도로 빽빽한 덤불과 풀숲에서 무엇을 하는지 알아내는 방법은 이것뿐이었다. 목스와 나는 나란히 걸으며 간간이 멈춰 서서 하이에나들이 쉬고, 먹이를 먹고, 동료들과 어울리고, 토끼를 쫓았을 만한 장소에 대해 이야기를 나누었다. 흔적을 놓치면 다시 뒤로 돌아가 발자취를 더 자세하게 살폈다.

잊을 수 없는 그날 아침 우리는 하이에나의 발자국을 따라 레오파드 트레일에 도착했다. 그곳까지 가기도 쉽지 않았다. 딱딱한 토양 위에 남은 단 하나의 흔적이라도 찾기 위해 기어 다니기를 서슴지 않은 결과였다. 흔적은 북서쪽의 보드라운 모래 경사면으로 이어졌다. 경사면을 다 올라가니 하이에나의 발자취는 갓 생긴 커다란 수사자의 발자국으로 뚝 끊겼다. 이 지역의 수사자들과는 마주친 적이 별로 없었다. 블루 프라이드를 만나는 것이 아닌지 흥분되었다.

이제 하이에나가 아니라 사자를 쫓아서 천천히 숲과 미로 같은 토끼굴이 있는 곳으로 이동했다.

사자의 발자국은 더 확실하게 남아 있었다. 아마도 그곳에서 호저를 추적한 것 같았다. 모래에 남은 사냥의 흔적을 해석하며 계속 전진하는 동안 가는 빗줄기가 흩뿌렸다. 호저는 오래된 흰개미의 집을 넘어서 갑자기 남쪽으로 방향을 틀었다. 뒤를 쫓던 사자는 미끄러운 진흙에서 넘어졌지만 재빨리 일어났다. 거기서부터 약 200미터에 걸쳐 가시와 핏자국이 선명하게 남아 있었다.

갑자기 목스가 내 어깨에 손을 올리며 속삭였다. "타우, 크와!"

100미터 앞 아카시 나무들 아래에 커다란 수사자가 앉아 드넓은 초원과 계곡을 보고 있었다. 기억조차 까마득한 먼 옛날부터 이어져온 아프리카의 풍경 그대로였다.

목스와 나는 차로 가 델리아와 합류했다. 차로 사자에게 다가가자 사자가 우리를 돌아보았다. 바로 그때 왼쪽 귀에서 달랑거리는 오렌지색 인식표가 보였다. 물론 번호는 001번이었다. 본즈는 살이 많이 붙었고 왼쪽 다리는 완전히 회복된 것은 아니지만 딱지가 앉은 것을 보니 잘 아무는 중이었다. 우리가 본 흔적도 본즈가 호저를 사냥한 흔적이었다. 혹시 다리의 상처 때문에 아직도 작은 동물들만 사냥하는 것인지 궁금했다.

우리는 한참 동안 본즈와 함께 앉아 있었다. 이번 한 번만은 우리가 자연의 섭리에 개입한 것이 기뻤다. 마침내 본즈가 일어나서 기지개를 켜더니 걸어가기 시작했다. 과거에 겪은 시련의 흔적은 유연한 걸음걸이에서 언뜻언뜻 보이는 뻣뻣함 뿐이었다. 발자국을 보니 오른쪽 뒷발이 살짝 뒤틀려 있었다. 아마도 그 흔적은 본즈를 평생 따라다닐 것이다. 어딜 가더라도 이 흔적만 있으면 본즈를 알아볼 수 있을 것이다.

*

어느 날 아침에 우리는 강바닥에서 영양의 수를 세고 있었다. 아카시 포인트를 막 돌아갔는데 본즈가 막 사냥한 젊은 겜스복을 먹고 있었다. 빗속에서 녀석과 마주친 이후 3주 만의 재회였다. 본즈는 벌써 완전히 회복한 것 같았다. 산산조각이 난 뼈를 제거하는 수술을 받은 지 한 달

만에 그렇게 잡기 어렵고 힘 센 먹잇감을 사냥하다니 정말 놀라웠다. 해가 높이 떠오르자 본즈는 눈을 가늘게 뜨고 400미터 떨어진 야영지의 그늘을 바라보기 시작했다. 더위에 숨을 헐떡거리며 사냥감을 끌고 나무 그늘로 갔다. 자칼들이 호시탐탐 사자의 먹잇감을 노리며 주위를 에워쌌다. 30미터마다 쉬기는 했지만 더 이상 다리를 절룩거리지 않는 것을 보니 앞으로 살아가는 데 아무 문제가 없을 것 같았다. 겜스복 사냥은 생존력에 대한 최종 시험이었다. 게다가 칼라하리 사자의 월등한 회복력을 보여주는 증거였다.

본즈는 야영지에서 20미터 떨어진 나무 아래에서 이틀을 더 지내며 사냥한 고기를 포식했다. 저녁에는 근처 강가에 트럭을 세워놓고 녀석이 먹이를 먹는 모습을 관찰하거나 벌렁 누워서 네 다리를 하늘 높이 쳐든 모습에 웃음을 터트리기도 했다.

*

우리가 가장 정이 갔던 갈색하이에나 스타를 따라 강바닥을 헤매던 어느 날이었다. 불현듯 스타가 걸음을 멈추고 온몸의 털을 바짝 곤두세우더니 서쪽으로 도망쳤다. 블루 프라이드가 어슬렁거리고 있었던 것이다. 새시와 블루가 트럭으로 다가와 반쯤 열린 문틈으로 우리를 바라보았다. 사자들이 옆에 있으면 가끔 불안했다. 언제라도 돌변할 수 있기 때문이다. 하지만 그날은 사자들이 장난기가 넘쳐 아무리 가까이 있어도 상관없었다.

새시와 블루는 우리가 별로 반응을 보이지 않자 겁주는 것이 지겨워진 모양이었다. 갑자기 스파이시를 장난삼아 공격하기 시작했다. 스파이시를 타고 넘더니 우리 트럭을 중앙에 놓고 추적 놀이를 시작했다. 커다란 발이 모랫바닥을 탁탁 때리는 소리가 들렸다. 흥겨운 분위기는 금세 전염되어 수놈 새끼인 라스칼과 옴브레가 끼어들었다. 섀리만 빼고 사자들은 환한 달빛을 조명 삼아 신나게 놀기 시작했다. 섀리는 언제나처럼 우리를 경계하느라 놀이에 끼지 않았다.

갑자기 아홉 마리가 놀이를 그만두고 어깨를 나란히 하고 북쪽을 바라보았다. 조명등을 북쪽으로 비추니 약간 뻣뻣하지만 박력 넘치는 모습으로 걸어오는 본즈가 나타났다. 육중한 머리와 갈기가 리듬감 있게 좌우로 흔들렸다. 본즈는 기다리고 있는 무리를 향해 다가와 섰다. 그러자 무리의 사자들이 차례로 인사를 했다. 처음에는 볼을 비비더니 밧줄 같은 털 뭉치 꼬리까지 미끄러지듯 몸을 비볐다. 열렬한 환영 인사가 끝나자 암사자 무리는 본즈로부터 몇 미터 떨어진 곳에 얌전하게 앉았다. 블루 프라이드의 제왕이 귀환한 것이다.

본즈의 출현이 암컷들의 분위기를 바꾸어놓은 듯했다. 장난치던 모습은 간데없고 차분하게 사냥을 준비하기 시작했다. 가만히 누워 강렬한 눈빛으로 밤하늘을 노려보는 것만으로도 이미 사냥하는 것 같았다. 한참 후 섀리가 일어나서 조용하게 그곳을 뜨자 어린 스파이시와 섀시가 뒤를 이었다. 블루와 집시도 곧 사라지고 라스칼과 옴브레를 끝으로 무리가 짙은 어둠 속으로 사라졌다. 본즈가 대미를 장식했다. 달이 서쪽 모래언덕으로 저물기 시작했다.

무리는 강바닥을 따라 라스트 스톱으로 갔다. 그곳은 노스 팬의 가장자리로 나무 몇 그루가 서 있었다. 사자들은 그곳에서 종종 냄새를 표시하고 잠시 쉬다가 계곡을 떠났다. 새벽이 밝아오자 사자들은 북쪽 모래 언덕의 서쪽 경사면에 자라는 은처럼 하얀 덤불을 먹고 있는 일곱 마리의 붉은 영양들을 향해 어슬렁어슬렁 다가갔다. 암사자들은 몸을 잔뜩 낮추고 귀를 바짝 붙인 채 부채처럼 미끄러지듯 퍼지며 영양들을 포위하기 시작했다. 사자들은 나란히 100미터가량 늘어서서 한 시간 정도 이동했다. 영양들과의 거리는 70~80미터를 유지한 채 사자들은 계속 움직였다. 라스칼과 옴브레는 본즈와 함께 한참 뒤쪽에 머물렀다. 암사자들이 북쪽으로 영양을 쫓아가는데, 영양들이 동쪽으로 방향을 바꾸었다. 작전을 수정하지 않으면 사냥감을 놓칠 판국이었다. 섀리와 새시가 대열에서 벗어나 수컷들 뒤로 재빨리 이동하더니 영양들의 앞쪽을 차단하기 위해 모습을 감추었다. 남은 리자, 블루와 집시는 느리지만 꾸준하게 영양들을 쫓았다.

기다리고……, 다시 덤불에서 풀숲으로 언덕배기로 움직이고……, 다시 기다리기를 반복하며 무리는 목표물을 계속 추격했다. 영양이 이상한 낌새를 맡았다. 고개를 돌려 사자를 발견한 영양들은 풀쩍거리고 뛰며 경고 신호를 보냈다. 그러자 무리들이 도망치기 시작했다.

늙은 영양이 선두에 섰다. 그 영양이 아카시 나무들 사이로 뛰어들려는 순간 섀리의 묵직한 발이 번개처럼 튀어 올라 영양의 어깨를 낚아챘다. 영양의 모습은 사라지고 거친 숨소리만 들리더니 마구 버둥거리는 다리가 보였다. 모래언덕의 꼭대기로 도망친 영양들이 콧김을 내뿜고 꼬리를 철써거리며 그 모습을 지켜보았다. 순식간에 블루 프라이드의 사자들이 모여들었다. 사자들이 살을 뜯는 소리가 들렸다.

본즈도 무리에게 다가갔다. 라스칼과 옴브레도 키 큰 풀숲을 지나 그를 따랐다. 먹잇감을 본 본즈는 으르렁거리며 맹렬하게 뛰어가 암사자들을 쫓아냈다. 그리고 거대한 앞발을 죽은 영양 위에 턱하니 올리고 혼자서 먹기 시작했다. 암사자들과 수컷 새끼 두 마리는 10미터 정도 떨어진 곳에서 그 모습을 지켜보았다.

블루가 슬그머니 본즈에게 다가가기 시작했다. 본즈가 자신을 노려볼 때마다 땅바닥에 납작 엎드리며 끈질기게 다가갔다. 둘 사이의 거리가 8미터가량 되자 블루는 타원형의 호를 그리며 사냥한 영양에 접근했다. 본즈가 식사를 멈추었다. 낮게 으르렁거리며 입술을 말아 올려 8센티미터나 되는 무서운 송곳니를 드러냈다. 블루도 본즈에게 으르렁거렸다. 본즈가 마침내 폭발했다. 모래를 사방으로 날리며 죽은 고기 위로 뛰어오르며 앞발로 블루의 콧잔등을 냅다 때렸다. 블루가 큰 소리로 울면서 귀를 바짝 젖힌 채 땅바닥에 납작 엎드렸다. 본즈가 다시 먹이를 먹기 시작했다. 사자들은 20분 정도 기다리더니 라스칼과 옴브레를 데리고 떠나버렸다. 수사자에게 기껏 사냥한 영양을 뺏긴 그날 밤 암사자 무리는 사우스 팬에서 체중이 14킬로그램인 영양을 사냥해 몽땅 먹어 치워버렸다.

*

1975년 5월 말이었다. 한 달 전 소나기 이후로 비는 단 한 차례도 내리지 않았다. 하늘은 언제나 흐릿하고 시원한 밤공기는 금잔디의 향긋한 사향으로 가득했다. 아침 바람이 점점 매서워졌다. 곧 겨울이 들이닥칠 징조였다. 강바닥의 두꺼운 진흙층에는 수분이 거의 남지 않았고 겜스복과 큰 영양 무리들도 뿔뿔이 흩어져 이동을 시작했다.

사자들과 마주치는 일도 점점 줄어들었다. 그러더니 어느새 보이지 않게 되었다. 바람 부는 밤이면 온 계곡에 쩌렁쩌렁하게 울리는 사자들의 포효 소리가 그리웠다. 어디로 사라진 것인지, 본즈와 블루 프라이드를 다시 볼 수 있을지 궁금했다. 비가 와 강 주변의 녹음이 우거지고 떠났던 영양들이 다시 돌아오는 연말이나 내년 초까지는 무려 8개월이라는 시간이 남아 있었다. 사자들은 그 전에는 돌아오지 않을 것이다. 우리는 그동안 갈색하이에나를 연구하며 숨겨진 습성을 모두 찾아내기로 했다.

9장

맹수들의 경쟁

저 멀리 우르릉 들리는 북소리에도 귀 기울이지 않네.
_오마르 하이얌, 에드워드 피츠제럴드

기록·마크

델리아가 팔꿈치로 나를 쿡쿡 찌르며 물었다. "저 소리 들었어?"

"무슨 소리?" 나는 잠이 덜 깨 웅얼거렸다.

"북소리!"

"북소리!"

"서둘러. 우리도 대답을 해줘야지!" 주위가 훤하게 밝은 추운 새벽이었다. 델리아는 침낭에서 꾸물꾸물 기어 나왔다. 하얀 입김을 연신 뱉으며 몸을 움츠리고 귀를 기울였다.

"당신이 덤불 속에 너무 오래 있었나 봐." 내가 델리아를 놀렸다. 하지만 다음 순간 나도 들었다. 퉁, 퉁, 퉁 - 퉁 - 퉁퉁. 누군가 큰북을 두드리는 듯 묵직한 북소리가 정말 들렸다.

"어떻게 답을 해주지?" 델리아가 부엌을 둘러보며 물었다. 나는 농담 반 진담 반으로 오븐으로 쓰고 있는 20리터 들이 양동이와 텐트 지지대를 써보라고 했다. 델리아는 오븐 양동이를 겨드랑이에 끼고 박자를 흉내 내 내며 두드리기 시작했다. 잠시 두드리다가 북소리를 듣기 위해 멈추었다. 하지만 더 이상 들리지 않았다.

그로부터 며칠 동안 해가 지고 뜰 때마다 북소리가 들렸다. 우리는 부시맨들이 사냥을 할 때 북을 치나보다고 생각했다. 처음에는 야영지의 남쪽에서 들려오더니 그다음에는 서쪽과 북쪽에서 들려왔기 때문이다. 그들은 계곡을 따라 이동하며 사냥을 했지만 우리가 볼 수 있는 지역에서는 사냥을 하지 않았다. 델리아는 양동이와 막대기를 들고 북소리에 답했다. 하지만 델리아는 한 번도 자신의 북소리에 화답을 듣지 못했다.

그러자 델리아는 혹시 자신의 북소리 때문에 부시맨 사냥꾼들이 놀랐을지도 모른다고 끙끙대며 걱정했다. 어느 날 밤에 또 북소리가 들리자 우리는 하던 일을 집어치우고 냉큼 차에 올라탔다. 사파리 사냥꾼들은 문명의 때가 전혀 묻지 않은 부시맨들이 외부인들과의 접촉을 무척 꺼린다고 했다. 어쩌면 그들이 모습을 감추기 전에 잠깐이라도 볼 수 있을지 몰랐다.

우리는 북소리를 향해 천천히 달렸다. 간간이 창으로 밖을 확인하고 나침반으로 소리의 위치를 확인했다. 우리는 부시맨을 볼 수 있다는 기대감에 가슴이 부풀어 올랐다. 저 기슭만 놀면 동물 가죽을 입고 등에는 활과 화살을 매고 있는 조그만 검은 사람들이 작은 모닥불에 둘러앉아 저녁으로 스틴복을 굽고 있을 것 같았다. 아니면 사냥꾼 한 명이 북을 치고 나머지는 원을 그리며 춤을 추고 있거나. 우리를 보면 그 사람들이 어떻게 반응할지 정말 궁금했다. 설탕이나 담배 같은 선물을 챙겨야 하지 않을까 하는 생각도 들었다.

우리는 소리가 나는 곳을 거의 파악했다. 그래서 꽤 넓은 관목 숲 옆에 차를 세우려다 겨우 몇 미터 앞에 커다란 수컷 능에 한 마리가 있는 것을 보고는 급히 차를 세웠다. 깃털과 목을 잔뜩 부풀리고 풀밭을 돌아다니던 능에는 구슬 같은 두 눈으로 우리를 노려보았다. 퉁, 퉁, 퉁 - 퉁퉁! 퉁, 퉁, 퉁 - 퉁퉁! 북소리의 정체는 암컷을 부르는 구애의 노래였다.

우리는 아무에게도 이 이야기를 하지 말자고 맹세하며 능에가 실컷 춤을 추도록 내버려두고 야영지로 돌아갔다.

*

1975년의 건기 동안 우리는 밤마다 스타, 패치스, 섀도를 비롯해 강바닥에서 찾아낸 갈색하이에나들을 관찰했다. 하루라도 관찰을 거르면 반드시 그 이유를 일지에 기록했다. '트럭의 제네레이터 고장, 강풍과 모래폭풍으로 하이에나를 추적하기 불가능함.' 또는 '물을 길으러 갔다가 너무 늦게 도착함.' 우리는 갈색하이에나에 대해서 최대한 빨리 최대한 많은 사실을 알아내야 했다. 동물들의 보호를 위해서도 우리 자신을 위해서도 중요했다. 디셉션 밸리에 계속 머물고 싶다면 현장연구자의 능력을 입증해야 했다.

우리는 갈색하이에나와 다른 맹수들과의 관계에 특히 관심이 많았다. 갈색하이에나는 포식자가 잡은 먹이에 크게 의존하기 때문이다. 우리는 아직 갈색하이에나들이 어떤 동물의 먹잇감을 손쉽게 훔쳐내는지 파악하지 못한 상태였다. 우기에는 주로 사자들이 먹다 남긴 것을 먹었는데, 사자의 몫을 훔치려 했다가는 목숨을 부지하기 힘들었다. 사자들이 실컷 먹고 갈 때까지 기다려야 했다. 하이에나가 종종 자칼의 사냥감을 뺏기는 했지만, 표범과 들개, 점박이하이에나, 치타 등과의 관계는 여전히 오리무중이었다. 우리는 사자들이 없는 건기 동안에 이 관계를 철저하게 파헤쳐보기로 작정했다.

어느 날 밤 우리는 영양들의 수를 센 후 야영지로 돌아왔다. 주위는 완전한 어둠 속에 삼겨 있었다. 가지를 사방으로 활짝 펼친 아카시 나무 아래 목스가 피워놓은 모닥불이 희미하게 빛나고 있었다. 나는 조명등을 켰다. 운이 좋았던지 그동안 관찰하고 싶었던 하이에나 한 마리가 우리 옆을 지나갔다. 덕분에 수색에 허비하는 시간을 절약할 수 있었다. 목스와 우리의 야영지 사이에 서 있는 나무 아래에서 커다란 노란 눈동자 한 쌍이 반짝거렸다. 우리가 핑크 팬더라고 부르는 표범이 지면에서 3미터 높이에 달린 나뭇가지 위에 누워 있었다. 꼬리가 아래로 곧장 처져 있었다. 표범은 우리 따위는 관심도 없었다. 줄곧 치타 힐 방향으로 북쪽에 있는 뭔가에 정신이 팔려 있었다.

나는 그쪽으로 조명을 비추었다. 그러자 털북숭이 갈색하이에나가 보였다. 스타였다. 녀석은 지그재그로 이동하며 코를 땅에 박은 채 우리 쪽으로 천천히 오는 중이었다. 금세 표범이 있는 나뭇가지에 다다를 것 같았다.

"마크, 핑크 팬더가 스타를 공격하겠어!" 델리아가 다급하게 속삭였다. 두 동물 사이의 관계를 파악하는 것도 목표였으므로 나는 우리가 개입하지 말이야 한다고 생각했나. 넬리아는 잔뜩 긴장해서 몸을 앞으로 쑥 내밀고 다리 위에 올려놓은 일지를 꽉 쥐었다. 표범이 스타를 공격하면 치열한 싸움이 될 것 같았다. 어쩌면 하이에나가 표범의 냄새를 맡거나 발견해서 나무를 피해 갈지도 모른다 싶었다. 하지만 그건 내 착각이었다.

스타는 곧장 핑크 팬더가 있는 가지 아래로 갔다. 하이에나를 본 표범은 꼬리를 말아 올리며 조심스럽게 몸을 웅크렸다. 스타는 여전히 땅의 냄새를 맡으며 나무를 빙빙 돌았다. 표범은 그 모습을 보며 꼼짝도 하지 않았다. 그렇게 30초가 지나갔다. 언제라도 표범의 공격이 시작될 것 같았다. 그러면 스타는 위를 바라볼 새도 없이 갈기갈기 찢어질지도 몰랐다.

그러나 아무 일 없이 스타가 200미터 정도 갔을 무렵 핑크 팬더도 나무에서 내려와 서쪽으로 향했다. 하이에나는 냄새를 맡고 고개를 돌려 표범을 확인했다. 등줄기를 따라 털이 곤두섰다. 스타는 고개를 낮추고 경계 태세로 들어갔다. 그러던 스타가 바로 코앞까지 다가오자 갑자기 표범이 방금까지 있었던 아카시 나무를 향해 달리기 시작했다. 전속력으로 달리는 표범이 도약하며 몸을 뻗는 순간 스타의 쩍 벌린 입이 표범의 유연한 꼬리 끝을 살짝 스쳐 갔다. 표범이 전속력으로 나무를 치며 반동으로 줄기를 타고 훌쩍 올라가자 나무껍질 파편이 마구 튀었다. 표범이 으르렁거리며 안전한 곳까지 올라가는 순간 스타가 꼬리를 공격하려고 뛰어올랐다. 스타는 앞발로 나무를 짚고 짜증이 난다는 듯 표범을 향해 울부짖었다. 한편 표범은 안전한 나뭇가지 위에서 스타를 노려보았다. 마침내 스타가 그곳을 떠났다. 스타가 멀리 사라진 것을 확인한 표범은 나무에서 내려와 웨스트 프레리의 키 큰 풀숲 속으로 서둘러 사라졌다.

덩치가 작은 갈색하이에나가 혼자서 표범을 상대하기는 힘들다. 하지만 핑크 팬더와 갈색하이에나의 경쟁은 그것이 끝이 아니었다.

몇 주 후 모닥불에 둘러앉아 저녁을 먹는데, 나무들 바로 뒤의 어둠 속에서 단말마의 비명 소리가 터져 나왔다. 누군가 스프링복을 갓 사냥한 것이다. 잠시 후 핑크 팬더가 주둥이와 가슴에 피를 잔뜩 묻힌 채 야영지로 들어오자 우리는 트럭을 타고 상황을 보러 나갔다. 표범이 우리 쪽으로 다가왔다. 거리가 3미터 정도 되었을 때 뒤를 획 돌아보더니 근처 나무로 급히 달려갔다. 분명 방금 영양을 사냥한 표범이었다. 그런데 왜 사냥감을 두고 떠나버린 걸까.

우리는 야영지 맞은편에서 섀도를 발견했다. 우리가 관찰하는 갈색하이에나 무리 중에서 가장 서열이 낮은 섀도가 표범이 사냥한 스프링복의 배를 뜯고 있었다. 20분 정도 섀도를 관찰하고 있으니 표범이 나무 사이에서 나타나 녀석에게 다가가기 시작했다. 표범은 풀밭에 누워 귀를 뒤로 젖히고 꼬리를 씰룩거리며 자신의 먹이를 게걸스럽게 먹는 하이에나를 지켜보았다. 그러다가 도저히 못 참겠는지 꼬리를 등 위로 말아 올리며 펄쩍 뛰어오르며 세 번이나 섀도에게 와락 달려들었다.

하이에나는 한 치의 주저함도 없이 온몸의 털을 바싹 세우고 주둥이를 쩍 벌린 채 먹이를 풀쩍 뛰어올라 표범에게 곧장 달려들었다. 이번에도 핑크 팬더가 꼬리를 내렸다. 표범이 우리 부엌 옆에 서 있는 나무 위로 도망치자 하이에나가 득달같이 따라붙었다. 섀도는 표범이 나무 위에서 앞발을 핥는 모습을 지켜보며 잠시 나무 밑에 앉아 있다가 다시 먹이를 향해 갔다. 무리의 우두머리인 아이비도 나타나 영양 한 마리를 해치워버렸다. 그러자 핑크 팬더는 조용히 그 자리에서 사라졌다.

이 사건으로 포식자들 사이의 관계에 대해 귀중한 지식도 얻었지만 또 다른 소득도 있었다. 새도도 핑크 팬더도 우리의 야영지에서 다른 곳과 다름없이 싸움을 벌인 것이다. 녀석들이 우리는 아랑곳하지 않고 야영지에서 싸웠다는 것은 우리의 노력이 성공했다는 증거였다.

우리는 갈색하이에나의 새로운 측면을 알게 되었다. 분명 청소동물이기도 하지만 수동적으로 남긴 음식에만 의존하지도 않았다. 꽤 상대하기 힘든 포식자들의 먹이를 종종 훔쳤다. 표범은 혼자 하이에나를 상대하기에 벅찼다. 하이에나는 억센 어깨와 목으로 표범의 이빨과 발톱을 이겨낼 수도 있고, 단 한 번 물어뜯는 것만으로도 표범의 다리를 으스러뜨리거나 심지어 목숨마저 뺏을 수 있다.

갈색하이에나는 대담한 만큼 사냥 솜씨 또한 뛰어났다. 우기에는 주로 사자가 남긴 먹이에 의존했다. 그래서 하이에나 무리의 영역은 블루 프라이드의 영역과 거의 일치했다. 녀석들은 사자와 표범들이 주로 다니는 길과 쉬는 곳을 잘 알아두었다가 야간에 한두 번씩 바람에 실려 오는 냄새로 포식자들이 사냥을 하는지 주의 깊게 감시하곤 했다. 이른 아침이나 저녁에는 하늘을 선회하는 독수리 떼로도 썩은 고기의 위치를 가늠했다. 우리가 관찰한 바로는 하이에나들은 자칼이 표범을 습격할 때 내는 귀에 거슬리는 울음소리를 듣고 먹잇감을 찾아냈다. 표범이 자칼이 오기 전에 사냥감을 안전하게 나무 위로 가져가지 못하면 그 먹이는 어김없이 갈색하이에나의 차지가 되었다.

하이에나가 먹이를 훔치는 대상은 표범만이 아니었다. 치타도 갈색하이에나의 '밥'이었다. 치타는 표범보다 체격 조건도 좋지 않은 데다 훨씬 겁이 많았다.

갈색하이에나는 혼자서는 들개떼를 감당하기 벅차다. 언젠가 스타가 아카시 포인트 근처에서 치타가 잡은 스프링복을 빼앗았다. 스타가 다리 하나를 은신처로 가져가려고 열심인 동안 들개인 반디트와 동료 두 마리가 달려들어 스타를 쫓아버렸다. 2분 후 스타가 다시 돌아와 들개들이 먹고 있는 한쪽 다리를 끌고 가려고 했다. 그러자 반디트는 경고도 없이 풀쩍 뛰어올라 스타의 엉덩이를 물었다. 스타가 비명을 지르며 도망칠 즈음 반디트의 나머지 패거리들이 나타났다. 들개들은 7분 만에 40킬로그램이나 나가는 영양을 다 먹어치웠다. 남은 것이라고는 뿔과 머리, 등뼈, 턱뼈뿐이었다. 스타는 들개에게 단 한 조각의 살코기도 얻어먹지 못하고 남은 뼈로 만족했다.

전반적으로 볼 때, 다른 맹수가 잡은 먹이를 가로채는 능력이 가장 뛰어난 동물은 갈색하이에나였다. 먹이 사냥의 최강자는 사자이고 그 아래로 점박이 하이에나, 들개, 갈색하이에나, 표범, 치타와 자칼이 이어졌다. (마지막 두 동물은 엇비슷했다.) 하지만 칼라하리에서는 건기에 사자들이 자취를 감추고, 점박이 하이에나와 들개들은 거의 나타나지 않기 때문에 갈색하이에나가 주변의 포식자들 가운데 가장 우위에 있었다. 이 동물은 사람들이 생각하는 것만큼 낯을 가리고 경계심 많은 동물이 결코 아니다.

*

새벽녘에 일어나니 목스가 벌써 와 있었다. 그는 땅바닥에 엎드려 열심히 불을 피우는 중이었다. 야영지 근처에 있던 스프링복 무리가 비음 섞인 경고 신호를 내며 동요하고 있었다. 강가에 맹수가 나타난 것이 틀림없었다. 나는 재빨리 텐트에서 나와 이슬이 내려앉아 축축하고 너덜너덜한 신발을 신고 한기가 스며드는 새벽길로 나섰다.

태양이 엉금엉금 동쪽 모래언덕을 향해 올라오고 있었다. 공기는 고요하고 건조하며 신선했다. 뭔가가 일어날 것 같아 서둘러야만 할 것 같은 특별한 아침이었다. 나는 주머니에 가는 가죽 끈 같은 육포를 몇 가닥 쑤셔 넣고 트럭으로 향했다. 지난밤에 노스 베이 힐에서 들개인 반디트 무리의 흔적을 놓쳤다. 지금쯤이면 다시 돌아와 미드 팬에서 풀을 뜯는 스프링복을 사냥하고 있을 것이다.

델리아는 야영지에 남아 기록을 정리해야 했기 때문에 목스에게 함께 가자고 했다. 목스도 자질구레한 살림에서 벗어나 바람을 쐴 수 있는 기회였다. 목스는 언제나처럼 말없이 조수석에 앉아 손을 허벅지에 가지런히 올려놓았다. 이렇게 함께 차를 타고 갈 때면 그는 예리한 눈길로 전방에 있는 것을 빠짐없이 다 살폈다. 하지만 얼굴은 언제나 무표정했다.

우리는 마른 풀을 뜯고 있는 스프링복들 사이로 들어갔다. 때는 바야흐로 6월, 칼라하리에서는 춥고 건조한 시기이다. 젬스복, 큰 영양, 주둥이가 넓고 풀을 가리지 않는 초식동물들은 이 시기에 계곡에 남아 있지 않았다. 풀줄기를 찾기가 점점 더 어려워지자 스프링복도 다른 영양들처럼 야간에는 샌드펠트로 이동해 먹이를 찾았다. 그곳에 가면 더 푸른 풀과 낙엽들을 먹을 수 있었다. 게다가 어떤 풀들은 무게의 40퍼센트까지 축축한 밤공기에서 흡수한 수분을 머금었다. 스프링복은 새벽이 되면 다시 강바닥으로 돌아와 밤이 될 때까지 쉬면서 동료들과 어울렸다.

더운 건기가 찾아오면 습도가 낮아 들불이 자주 일어난다. 그러면 잎에 남은 마지막 한 방울까지 불이 몽땅 삼켜버렸다. 살아남기 위해 영양들은 여러 무리로 흩어져 아카시 꽃과 야생 멜론을 먹거나 발굽으로 모래 깊이 박혀 있는 풀뿌리를 찾아 먹는다. 정말 근사하게 생긴 수놈 겜스복이 무릎을 꿇고 머리와 어깨를 땅속으로 들이밀며 생존에 꼭 필요한 수분과 영양분을 섭취하기 위해 풀뿌리를 씹는 모습은 애잔하다. 영양은 이렇게 가혹한 땅에 훌륭하게 적응했다. 모든 것이 풍요로운 시기에는 큰 무리를 이루어 살면서 새끼를 낳지만 극심한 가뭄이 찾아오는 시절이면 혼자서 메마른 땅에 묻혀 있는 뿌리를 파먹으며 목숨을 부지한다.

그날 아침 일찍 스프링복 무리 속으로 차를 몰고 들어가는데, 느닷없이 뭔가가 영양들의 관심을 끌었나. 영양들은 철가루가 자석에 달라붙는 것처럼 일제히 북쪽으로 고개를 돌렸다.

충분한 물을 마시기 위해서는 8개월이나 남았다. 그때까지 다른 맹수들처럼 들개도 먹잇감의 체액으로 수분을 보충해야만 했다.

반디트는 석회질의 물웅덩이 가장자리에 서서 계곡 맞은편에 있는 스프링복 무리를 보았다. 갑자기 동료에게 달려가 코를 문지르며 흥분해 꼬리를 쳐들었다. 분위기로 보아 사냥을 독려하는 것 같았다. 무리의 들개들이 모두 모여 주둥이를 밀치고 꼬리를 열렬하게 흔드는 모습이 마치 유능한 사냥 로봇으로 합체하는 것 같았다. 반디트가 영양 무리를 향해 달리자 나머지도 그 뒤를 따랐다.

잠시 후 들개들이 스프링복 한 마리를 땅에 눕혔다. 목스와 내가 도착했을 때는 영양은 이미 갈기갈기 찢겨 있었다. 반디트와 어른 들개들은 언제나처럼 새끼들부터 먼저 먹이를 먹였다. 어린 너석들끼리 5분 정도 먹고 나면 어른들도 먹기 시작해서 완전히 먹어 치운다. 식사가 끝나면 피로 물든 주둥이를 풀에 문지르고 몇 번이고 뒹굴며 몸단장을 한다.

술래잡기가 시작되었다. 들개들이 스프링복 다리를 바톤 삼아 트럭을 돌며 뛰기 시작했다. 지저분한 털가죽에 너덜너덜한 귀, 빗자루 같은 꼬리를 한 집시 개들이 흥에 들떠 춤을 추었다. 기온이 올라가자 세 마리가 트럭의 그림자로 들어왔다.

스프링복의 아래턱뼈가 약 15미터 떨어진 짧은 풀이 난 곳에 떨어져 있었다. 턱뼈를 보면 영양의 나이를 짐작할 수 있을 것 같았다. 빨리 결단을 내려야 했다. 안 그러면 들개가 물어갈 것이 분명했다. 다행히 아프리카들개가 걷고 있는 사람을 공격한 사례는 아직 알려져 있지 않았다. 나는 카메라를 챙겨서 차에서 내렸다. 목스는 고개를 저으며 웅얼거렸다. "우흐 ― 우흐, 우흐 ― 우흐." 하지만 나는 여차하면 도망칠 각오로 천천히 차 앞으로 기어갔다.

나는 몇 미터를 전진했다. 그러자 들개 두 마리가 나와 트럭 사이를 뛰어갔다. 한 마리가 다른 개의 귀를 물었다. 내 앞으로 세 마리가 더 지나갔는데, 그중 한 마리가 스프링복의 다리를 오른쪽으로 비스듬히 물고 있었다. 나를 둘러싸고 춤을 추고 요리조리 몸을 움직이는 들개들 사이에 있으니 내가 그들의 일부가 된 듯 흥분이 온몸을 감쌌다.

나는 최대한 빨리 사진을 찍었다. 들개들이 흥분해서 달리고 뛰고 방향을 바꾸었다. 빙빙 도는 얼룩덜룩한 가죽이 아침 햇살을 받아 만화경(거울로 된 통에 형형색색의 유리구슬, 종이 조각 등을 넣어 아름다운 무늬를 볼 수 있도록 만든 장치)처럼 보였다. 내게는 아무 관심도 없는 것 같았다. 하지만 내가 뼈를 집으려고 쭈그리고 앉는 순간 분위기는 돌변했다. 어린 들개 한 마리가 나를 보았다. 마치 나를 처음 봤다는 듯 고개를 높이 들었다가 낮추었다. 녀석은 3미터 앞까지 걸어와 오팔 같은 검은 눈동자로 나를 뚫어져라 바라보았다. 갑자기 큰소리로 '후라흐!'라고 짖었다. 가슴 깊은 곳에서 터져 나오는 소리 같았다. 그 소리에 모두의 눈길이 내게 쏠렸다. 순식간에 들개들이 반원 대형을 짜며 나를 에워쌌다. 어깨를 맞대고 꼬리를 처들고 으르렁거리며 점점 나를 압박해 들어왔다. 땀방울이 얼굴을 흘러내렸다. 너무 멀리 온 것이다. 차로 도망치는 것은 고사하고, 당장 뭐라도 하지 않으면 공격을 당할 것 같았다.

나는 벌떡 일어섰다. 그 효과는 즉각 나타났다. 팽팽한 긴장감이 탁 풀어진 것이다. 들개들은 꼬리를 내리고 시선을 피하더니 이리저리 흩어져 어슬렁거리기 시작했다. 이떤 녀석들은 놀이를 다시 시작했다. 그중 두 마리는 인상을 쓰며 이렇게 말하는 것 같았다. "왜 그런 치사한 수를 쓰는 거요?"

나는 들개들을 어떻게 대하면 될지 알 것 같았다. 웅크리거나 앉으면 들개들은 내게 위협적으로 변했다. 앞으로 달려들어 카메라의 삼각대를 물어뜯고 물러나는 녀석들도 있었다. 너무 흥분한다 싶으면 벌떡 일어서면 되었다. 그러면 뒤로 물러나면서 긴장을 풀었다. 몇 번 실험해본 끝에 녀석이 보이는 위협은 일부 호기심에서 비롯된 것 같았다. 내 자세에 보이는 반응이 무척 흥미로워서 한 번 누워보기로 했다.

천천히 앉자 방금 전의 어린 녀석이 다시 큰 소리로 울었다. 그러자 들개들이 꼬리를 처들고 위협적인 소리를 내며 나에게 달려왔다. 내가 카메라를 배에 올리고 드러누웠을 때는 1~2미터 앞까지 다가왔다. 이 자세는 위협보다 호기심을 이끌이있다. 두 마리가 내 머리로 조심스럽게 다가와 땅의 냄새를 맡았다. 다른 두 마리는 반대로 발로 달려갔다. 왼쪽에 있던 녀석들은 삼각대를 겁주며 신나 하는 것 같았다. 모두에게서 고

약한 냄새가 났다.

발 쪽에 있는 개들은 걱정되지 않았다. 하지만 들개 두 마리가 내 머리로 다가오는 것을 보니 입술이 바짝 탔다. 갑자기 네 마리 들개가 내 머리와 발의 냄새를 맡더니 춤을 추러 가버렸다. 발과 머리를 이따금 움직이면 좀 더 경계하며 위협을 하고는 도망쳐버렸다.

나는 들개들의 사진을 찍는 동안 이따금 신발을 흔들고 고개를 이리저리 움직여 개들을 내게서 떨어지게 했다. 특히 어떤 들개의 턱 바로 아래에 내 발이 있는 대단한 사진도 찍었다. 녀석이 코로 내 발가락을 두 번 정도 건드리기 전까지는 모든 것이 순조로웠다. 녀석은 고개를 갸웃하며 엄청 놀란 것 같은 기묘한 표정을 지었다. 그러더니 몸을 돌려서 내 발 위로 모래를 차올리면서 테니스화를 아예 묻어버리려고 했다.

10장

빗속의 사자들

기록·마크

디셉션 밸리, 1976년 1월.

사랑하는 엄마, 아빠.

칼라하리는 언제나 놀라움의 연속이에요. 9월부터 10월, 11월, 12월까지 비라고는 단 한 방울도 내리지 않더니 1월 초에는 아예 구름 한 점도 보이지 않았어요. 기온은 그늘에서도 50도를 훌쩍 넘어가고 건조한 모래 계곡에서 불어오는 바람은 용광로에서 나온 것처럼 뜨거워요. 지난 건기에는 너무 더워서 젖은 수건을 뒤집어쓰고 텐드에 누위 있는 것밖에 할 수 있는 게 없었어요. 체력을 아끼려고 야간에만 일했지만 해 질 무렵이면 더위에 지치기는 마찬가지였어요. 사탕을 빨듯 소금 덩이를 빨았더니 관절도 계속 아프더라고요. 그저 목숨만 부지할 정도였어요. 뜨거운 태양과 바람이 칼라하리의 마지막 생명까지 말려 죽이려고 작정을 한 것 같아요.

더위 때문에 우리도 힘들지만 동물들은 더 고통스러울 거예요. 오래된 강바닥에는 이제 영양이 한 마리도 없어요. 땅다람쥐나 새 몇 마리가 먹이를 구하려고 땅바닥을 헤집고 다닐 뿐이죠. 샌드벨트에는 젬스복들이 파놓은 깊은 구덩이들이 있어요. 땅속에 있는 신선하고 수분이 많은 뿌리나 줄기 식물을 캐 먹어야 생존에 필요한 수분과 영양분을 섭취할 수 있거든요. 기린은 말라붙은 물웅덩이에서 뜨거운 열기에 고개를 늘어뜨리고 다리를 벌리고 서 있어요. 밤이면 주위는 쥐 죽은 듯 고요해요. 가끔 들리는 소리라고는 능에나 외로운 자칼의 울음소리뿐이죠.

그러다 1월 중순이 되면 하얀 눈 같은 연한 구름 기둥이 매일 나타나요. 그러면 사막의 열기가 조금이나마 부드러워지죠. 열기가 칼라하리를 뒤덮으면 구름은 유령처럼 나타났다가 금방 사라져요. 하지만 구름은 지상을 바짝 타들어가게 만든 열기에 계속해서 도전장을 내밀죠. 매일 구름은 조금씩 힘을 얻어서 곧 대성당의 거대한 기둥처럼 지평선을 장식해요. 그러면 기다리고 있었다는 듯 스프링복 무리가 강바닥에 나타나기 시작하죠. 한낮의 열기로 일렁이는 공기 사이로 이지러져 보이는 영양의 모습은 마치 환상을 보는 것 같아요. 밀리서 뭉게뭉게 피어오르는 구름의 말을 알아듣는 것 같아요. 저 멀리 하늘 아래로 빗줄기가 쏟아져요. 그럴 때면 비 냄새를 맡을 수 있어요. 야영지 가장자리에 서서 어서 폭풍우가 몰아치기를 기원하지만 아직은 아니에요.

어느 늦은 오후 구름이 다시 돌아왔어요. 보기에도 촘촘하고 묵직했죠. 시커멓고 거대한 수증기 산이 계곡 위로 피어오르고 있었어요. 시커먼 돌풍 한 줄기가 계곡을 내려와 강바닥을 낮게 쓸고 갔어요. 나무가 떨리기 시작했죠. 가슴 깊은 곳에서 천둥을 느낄 수 있었어요. 번개가 하늘을 가로지르자 구름이 소용돌이치며 모래언덕 위를 흘러갔어요. 강풍을 따라 모래 기둥들이 경사면을 내려왔죠. 도처에 향긋한 비 내음이 나자 산사태가 몰려오듯 폭풍이 메마른 사막을 휩쓸기 시작했어요. 흥분을 주체할 수가 없어서 웃고 노래하며 밖으로 뛰쳐나가 피부를 때리는 비와 바람의 손길에 온몸을 맡겼어요. 덩실덩실 춤을 추고 진흙탕에 뒹굴기도 했죠. 폭풍은 칼라하리에 생명과 영혼이 되살아난다는 뜻이에요. 비는 그칠 줄 모르고 내리고 칼라하리에는 어느새 우기가 시작되죠. 세츠와나 말로 가장 중요한 단어가 '풀라'예요. '비'라는 뜻이죠. 그래서 보츠와나에서는 이 말을 인사말로도 쓰고 화폐의 단위로도 써요.

칼라하리가 먼지만 날리는 황량한 사막에서 녹색의 낙원으로 변하는 모습은 자연에서 볼 수 있는 최고의 볼거리예요. 까마득한 옛날부터 사막의 생물들은 이렇게 극심한 자연환경과 극적인 변화에 적응해왔어요. 짧고 변덕스러운 우기가 되면 동물이든 식물이든 번식을 하기 위해 잠시도 그 행운을 허비하지 않아요. 메뚜기에서부터 기린, 자칼, 겜스복에 이르기까지 무릇 생명이 있는 것은 건기가 시작되기 전에 재빨리 새끼를 낳아요. 몇 달 동안 먼지만 날리는 황무지에서 홀로 지내던 수놈 스프링복이 자신의 영역으로 어느 날 모여든 암놈 2,000마리를 본 순간 짓는 표정은 아무리 훌륭한 동물행동학자라 해도 제대로 묘사하기 힘든 거예요.

어느 날 아침 동이 트기도 전부터 계곡에는 거대한 폭풍우가 만들어지고 있었어요. 세찬 바람과 함께 빗줄기가 들이닥쳤고 번쩍이는 번갯불에 사지를 떨고 있는 나무와 펄럭이는 텐트에 그림자가 드리워졌죠. 잠시후 야전 침대의 다리가 20센티미터나 물에 잠겼어요. 우리는 가만히 누워 텐트를 때리는 빗소리와 바람 소리에 박자를 맞추는 천둥소리를 감상했어요. 얼마 후 폭풍이 끝나자 칼라하리에는 정적만이 감돌았어요. 마치 숨을 쉬는 것조차 잊은 채 생명수를 들이키는 것 같았죠. 들리는 소리라고는 나뭇가지에서 텐트로 똑똑 떨어지는 물소리뿐. 바로 그때 우기가 시작된 후 처음으로 사자의 포효가 들려왔어요. 사자후가 아직도 어두운 새벽 공기를 가르며 계곡에 쩌렁쩌렁 울려 퍼졌어요.

우리는 발목까지 잠기는 물과 진흙도 아랑곳하지 않은 채 트럭으로 달려가 소리가 난 북쪽으로 급히 차를 몰았어요. 노스 팬은 얇은 땅안개로 뒤덮여 있었어요. 태양이 동쪽 모래언덕 위로 떠오르는 순간 커다란 수사자가 햇살을 받아 소용돌이치는 황금빛 안개를 헤치며 모습을 드러냈어요. 낯선 사자여서 우리를 경계할까봐 멀찌감치 차를 세웠어요. 사자는 고개를 빳빳이 들고 우리를 향해 다가왔어요. 우렁찬 울음소리가 수증기 가득한 공기를 갈랐어요. 사자는 트럭에서 1.5미터 떨어진 곳에 멈춰서 자신의 울음소리에 대답이 없는지 귀를 쫑긋 세우고 기다렸어요. 바로 그때 우리는 봤어요. 귀에 달린 001이라고 쓰인 주황색 식별표를요. 그 사자는 본즈였어요!

그때의 심정이란 도저히 말로는 표현할 수 없어요. 본즈는 우리를 물끄러미 바라보더니 다시 큰 소리로 울면서 남쪽으로 갔어요. 8개월 전인 6월부터 지금까지 본즈는 어디서 뭘 했을까요. 어디로 얼마나 먼 곳을 다녀왔을까요. 블루 프라이드의 암사자들을 찾고 있을까요? 한동안 녀석을 보지 못했지만 이제부터는 언제라도 볼 수 있어요. 우리는 야영지로 향하는 본즈를 뒤따랐어요. 우리가 아침을 먹는 동안 녀석은 한가로이 일광욕을 했죠.

연구는 잘되고 있어요. 물론 우리 둘 다 건강하고요. 이 편지는 몇 주후에 마운으로 식료품을 구하러 가서 보낼 거예요. 마운에 가면 두 분의 편지가 와 있을까요? 우리는 두 분이 너무 보고 싶어요.

사랑을 담아.

델리아와 마크가.

✳

꽈당! 쩍! 나무가 부러지는 소리에 놀라 일어나다 머리를 야전침대 모서리에 찧고 말았다. 텐트 틈으로 계곡 서쪽의 언덕들 위로 낮게 걸린 달이 보였다. 곧 동이 틀 시간이었다. 델리아는 아직도 세상 모르고 잠에 빠져 있었다. 우리는 간밤에 갈색하이에나 무리를 야영지에서 쫓아내려고 세 번이나 일어나야 했다. 그런데 또 돌아온 녀석들이 뭔가를 산산조각 내는 모양이었다. 수면 부족으로 신경이 잔뜩 날카로워진 나는 벌떡 일어나 옷도 걸치지 않고 손전등도 켜지 않은 채 텐트 밖을 뛰쳐나가 컴컴한 오솔길을 내달렸다. 이번에는 호된 맛을 단단히 보여줄 생각이었다.

앞에 시커먼 형체가 보였다. 사자와 하이에나의 대변을 말리기 위해 만들어 놓은 망을 갉아대는 소리가 들렸다. 나는 팔을 휘두르고 낮은 소리로 욕설을 내뱉으며 침입자에게 다가갔다. 1~2미터 떨어진 곳에서 발을 쿵쿵 구르고 소리를 질렀다. "어서 꺼져, 이 자식아! 이거 빨리 놓아!" 하지만 시커먼 형체가 갈색하이에나보다 훨씬 크다는 사실을 깨달은 순간 말문이 막혀버렸다. 암사자 한 마리가 으르렁거리며 몸을 휙 돌려 내 앞에 웅크리고 앉았다. 녀석은 망을 꽉 문 채 굵은 동아줄 같은 꼬리를 좌우로 살랑살랑 흔들었다.

암흑천지에서 사자와 마주 보고 있는 순간 전기가 찌릿하며 등골을 따라 내려가는 것 같았다. 밖은 한기가 돌았지만 나는 식은땀이 줄줄 흘렀다.

사자는 언제라도 날 후려치고 어깨에서 허리까지 물어뜯어 버리거나 헝겊 인형처럼 가시덤불로 집어 던질 수 있었다. 내가 먼저 움직이면 사자가 날 덮칠 수도 있었다. 차라리 죽은 듯 있으면 가버릴지도 몰랐다.

바로 그때 멀리서 들리는 것처럼 델리아의 작은 목소리가 들렸다. "마크, 뭐 해? 괜찮아?"

너무 무서워 대답조차 할 수 없었던 나는 다리를 조금씩 뒤로 밀며 뒷걸음질 치기 시작했다. 사자는 툴툴거리는 것처럼 울면서 몸을 휙 돌려 풀쩍 뛰어올랐다. 망이 하늘로 휙 날아가나 싶더니 사자는 야영지를 휘젓고 다니기 시작했다. 텐트로 돌아오는 내내 컴컴한 곳 어딘가에서 탁탁거리는 발소리와 툴툴거리는 울음소리가 들렸다.

나는 무릎을 꿇고 앉아 가스램프에 불을 붙였다. 잠에서 깬 델리아가 팔꿈치로 몸을 받치며 일어났다. "마크, 지금 뭐 하는 거야?"

"저 녀석들이 야영지를 파괴하도록 내버려둘 수는 없어."

"제발 조심해." 부엌으로 난 오솔길로 나가는 내 등 뒤로 델리아가 걱정스럽게 말했다. 나는 램프를 낮게 들고 다른 손으로 눈 위를 가려 주위를 자세히 살폈다. 사자들은 가버린 것 같았다. 어쩌면 램프의 쉭쉭거리는 소리에 묻힌 것일지도 몰랐다. 취사용 텐트를 지나 물통을 세워놓은 곳으로 갔다. 블루 프라이드의 암사자 세 마리가 고작 10미터 떨어진 곳에서 나를 향해 다가오기 시작했다. 언제나처럼 새시가 대장이었다. 내 오른쪽으로는 또 다른 세 마리가 부엌 쪽으로 가는 중이었고, 라스칼과 옴브레는 물통 뒤 덤불을 비집고 나오는 중이었다.

가벼운 호기심이 일었을 때와 다 부수기로 작정한 때의 사자의 태도와 표정은 엄청나게 달랐다. 블루 프라이드는 잔뜩 긴장해서 귀를 앞으로 쫑긋 세우고 몸을 낮춘 채 꼬리를 흔들었다. 이런 모습은 처음이었다. 호기심과 장난기가 뒤섞였는데, 사냥을 앞둔 흥분보다 더 강렬한 것 같았다. 사자들은 강바닥에서 사냥을 마치고 온 것 같았다.

사자들이 지난 우기에도 우리를 수없이 찾아왔다. 올 때마다 우리에 대한 겁도 줄어들고 야영지에도 익숙해졌다. 동시에 중요한 물건을 망가뜨리지 않게 하는 것이 점점 더 힘들어졌다. 처음 한두 번은 트럭의 시동을 켜거나 소리를 지르거나 손을 슬슬 흔들면 쫓을 수 있었다. 하지만 그런 경미한 반응은 약발이 먹히지 않아 좀 더 강력한 제재가 필요했다.

사자들은 나를 쏘아보며 다가왔다. 말썽을 부리기 전에 몰아내려면 평소보다 더 힘들 것 같았다. 텐트가 얼마나 약하고 이곳을 돌아다니는 일이 얼마나 재미있는지 알아차리게 되면 당장 텐트와 물건들을 박살낼 것이 분명했다.

나는 마음을 굳게 먹고 뒷걸음질을 했다. 바로 그때 물통 옆에 세워둔 알루미늄 텐트 지지대가 보였다. 이거다 싶어 지지대를 빈 드럼통에 세게 쳤다. 우웅! 그러자 사자들이 몸을 웅크렸다.

사자들이 다시 나를 향해 걸어왔다. 이번에는 묵직한 장작을 땅에서 집어 들었다. 이건 아니다 싶었지만 마땅히 좋은 수가 떠오르지 않아 새시를 향해 무턱대고 던졌다. 새시는 막대기에 얻어맞기 전에 잽싸게 뛰어올라 몸을 피했다. 마지막 순간에 커다란 발을 들지 않았으면 막대기는 새시의 주둥이를 강타했을 것이다. 새시는 놀라운 순발력과 민첩성을 보이며 커다란 앞발로 미사일을 방어한 후 가뿐하게 착지했다. 나를 힐끔 보더니 장작을 입에 물고는 야영지 밖으로 뛰어갔다. 경솔한 내 행동에 오히려 긴장이 풀린 것 같았다. 나머지 사자들도 새시를 따라 달려가 버렸다.

나는 텐트로 재빨리 돌아갔다. 텐트 문을 열고 안으로 들어가려는 순간 트럭 주위에 모여 있는 사자들의 노란 눈동자가 손전등 불빛에 반짝였다. 트럭은 텐트와 멀찍이 떨어져 뒤쪽 한구석에 세워져 있었다.

"사자들이 재미있어서 야단이야. 트럭을 타고 있는 편이 낫겠어. 그런데 거기까지 어떻게 가야 할지 난감하네." 내가 속삭였다.

델리아가 일어나 청바지와 셔츠를 입는 동안 나는 사자들이 트럭 주위에서 노는 모습을 지켜보았다. 한 마리가 타이어를 씹고 있었다. 앞쪽 좌측 타이어 근처에 본즈가 서 있었다. 녀석은 나머지 사자들보다 머리 하나는 더 컸다. 본즈가 옆으로 돌아서자 오른쪽 뒷다리 무릎에 난 커다란 흉터가 눈에 들어왔다.

우리는 텐트 구석에 쪼그리고 앉아 기다렸다. 사자 몇 마리가 트럭 근처에 누워 있고 어떤 사자는 모닥불 근처에서 삽을 훔치고 다른 녀석은 부엌에서 분유가 든 커다란 깡통을 찾아내 분탕질을 하고 있었다.

한 30분 후에 본즈가 포효하며 선창을 하자 나머지 사자들도 호응해 합창을 시작했다. 사자들이 울부짖는 동안 트럭의 운전석 근처에 있던 사자 두 마리가 뒤쪽으로 가버렸다. 우리는 살금살금 기어 나와 조용히 트럭에 올라탔다.

마침내 동쪽 모래언덕 위로 아침 해가 떴다. 바퀴에서 둔탁한 '퍽' 소리가 나며 핸들이 흔들리는 바람에 나는 머리를 세게 박으며 깼다. 창문으로 밖을 보니 새시가 앞바퀴 옆에 길게 누워 있었는데, 기다란 송곳니가 바퀴에 박혀 있었다. 야영지에서 분탕질을 실컷 한 집시, 리자, 스파이시, 스푸키, 블루, 섀리, 라스칼, 옴브레와 본즈는 트럭 근처에서 따스한 햇살을 즐기며 누워 있었다. 블루 프라이드가 디셉션 밸리에 귀환했다.

라스칼과 옴브레는 길고도 가혹했던 건기를 보낸 것치고는 상당히 많이 자라 있었다. 듬성듬성 나 있는 동료의 갈기로 장난을 쳤다. 어린 암컷들도 어린 시절의 점무늬가 대부분 사라졌고 앞발, 가슴과 목이 몰라보게 튼실해져 있었다. 새끼들이 모두 어른이 되어 있었다. 하는 짓은 아직도 아이들이었지만.

*

짧은 우기 동안 우리는 블루 프라이드에 대해 최대한 많은 것을 알아내야 했다. 그들의 영역은 얼마나 넓은지, 사냥감은 무엇인지, 얼마나 많이 그리고 얼마나 자주 먹는지, 사자들의 사냥이 갈색하이에나의 이동과 먹이 습관에 어떤 영향을 미치는지 등을 알아내야 했다. 게다가 블루 프라이드의 서열 체계가 기후가 좀 더 온화한 세렝게티 초원의 사자들 무리와 어떤 차이가 있는지도 궁금했다. 우기의 지속 기간과 대형 영양이 계곡에 머무르는 기간에 따라 즉, 두 달에서 넉 달 안에 사자들은 다시 이곳을 떠날 것이다.

하지만 설령 사자들이 계곡에 머무른다 해도 관찰은 쉽지 않았다. 사자들은 대부분의 시간을 추적이 쉽지 않은 숲이나 덤불 서식지에서 보내기 때문이다. 특히 사자들이 주로 활동하는 야간에는 이런 곳에서 관찰하기가 여간 힘든 것이 아니다. 갈색하이에나를 관찰하다가 우연히 사자들과 마주치는 경우가 아니라면, 우리가 위치를 파악할 방법은 울음소리를 따라가는 게 다였다.

위치를 확인하면 옷을 입고 트럭에 탔다. 델리아는 나침반을 무릎에 올리고 방향을 안내했다. 사자들이 울면서 이동만 하지 않으면 대개 찾아낼 수 있었다. 어설퍼 보이지만 덕분에 우기에 블루 프라이드가 계곡에서 어떻게 이동하고 어떤 영양을 사냥하는지에 대해 많은 사실을 알아낼 수 있었다.

저녁이 다 된 시간, 블루 프라이드의 울음소리에 디셉션 밸리에서 훨씬 남쪽에 있는 사자들이 답할 때도 있었다. 우리는 남쪽 사자 무리에 관심이 갔다. 사실 한 무리만 관찰해서는 칼라하리 사자들의 생태에 대한 완전한 그림을 그릴 수 없기 때문이다. 우리는 남쪽으로도 관심을 돌려 최대한 많은 무리를 관찰해야만 했다.

하지만 선뜻 실행에 옮기자니 망설여졌다. 한 번도 그런 탐험을 해본 적이 없을뿐더러 장비도 부실했기 때문이다. 길잡이라고는 구불구불 이어지는 얕은 강바닥뿐인데 모래언덕이 쌓여서 흔적도 없이 사라진 곳도 있을 것이 분명했다. 다른 자동차나 무선 장비도 없이 털털거리는 고물 트럭으로 단둘이서 물과 음식 약간만 가지고 들어갔다가는 강줄기를 잃어버리거나 야영지로 돌아오지 못하고 며칠을 헤맬지도 몰랐다.

그래도 해야만 했다. 우리는 물과 냄비, 연료, 예비 부품, 가장 필요한 식량과 침구를 트럭에 실었다. 타이어를 수선할 때 쓰는 고무액 튜브는 따로 비닐봉지에 넣어 휘발되거나 다른 공구들과 부딪혀 구멍이 나는 일이 없도록 했다. 곳곳에 가시덤불이 무성할 테니 타이어 펑크에 대비해야 했다.

마침내 우리는 강바닥을 따라 남쪽으로 탐험을 떠났다. 야영지에 남아 떠나는 우리를 지켜보는 목스의 손에는 우리의 메모가 들려 있었다. 메모의 내용은 이랬다.

이 글을 읽게 된 분들에게,

1976년 4월 6일에 우리는 니셉션 벨리의 남쪽을 탐험하기 위해 이곳에서 출발했습니다. 당신이 이 메모를 읽는 때가 우리가 이곳을 떠난 지 2주일이 넘은 시점이라면 마운으로 가서 계곡을 따라 우리를 수색할 비행기를 부르라고 부탁해주십시오.

고맙습니다.

마크와 델리아 오웬스

목스가 아닌 다른 사람이 그 메모를 읽을 가능성은 무척 희박했지만 그렇게라도 해야 마음이 편할 것 같았다.

목스에게는 해가 열네 번이나 뜨고 졌는데도 우리가 돌아오지 않으면 우리 트럭의 흔적을 따라서 자연보호지역을 벗어나 동쪽으로 가 방목지를 찾으라고 일러놓았다.

남쪽으로 차를 몰고 가자 아카시 숲이 무성한 그림 같은 서쪽 모래언덕이 1.6킬로미터 정도 이어지더니 사라졌다. 그 후로는 풍경이 완전히 달랐다. 강바닥의 폭은 점점 좁아지면서 알아보기도 힘들어졌다. 익숙한 칼라하리의 모습은 사라졌다. 우리는 가시덤불과 풀숲과 모래뿐인 평평한 지평선을 향해 달렸다.

몇 킬로미터를 달리니 점점 좁아지던 강바닥이 갑자기 평원인지 분지인지 모를 초원으로 이어졌다. 그곳에는 수백 마리의 겜스복과 큰 영양과 수천 마리의 스프링복이 싱싱한 풀을 뜯고 있었다. 우리는 일지에 '스프링복 팬'이라고 적었다. 또 다른 영양이 맞은편에 있는 얕은 물웅덩이의 물을 마시고 있었다. 그곳에는 남아프리카 상오리들이 진흙탕을 튀기며 놀고 있었다. 유럽에서 이동해 온 홍부리황새와 북아프리카에서 날아온 배가 하얀 황새들이 성큼성큼 돌아다니며 메뚜기를 사냥하고 있었다. 검은죽지솔개와 노랑부리솔개, 초원수리, 주름얼굴대머리수리, 황조롱이들이 하늘을 선회하고 자칼과 박쥐귀여우는 풀뿌리 사이에서 쥐와 메뚜기를 사냥하며 사바나를 돌아다니고 있었다.

우리는 천천히 차를 몰아 영양 무리로 들어가 초원을 가로질렀다. 그런 후 다시 좁은 강바닥으로 돌아왔다. 강줄기 양쪽의 관목으로 덮인 낮은 언덕 위에서는 기린들이 목을 길게 빼고 우리를 호기심 어린 눈빛으로 살폈다. 그렇게 많은 영양을 본 것은 그때가 처음이었다. 우리가 지나가면 영양 무리는 천천히 옆으로 비켰다.

한 굽이를 돌자 거대한 원뿔형 모래언덕이 불쑥 나타나 강줄기를 막았다. 숲이 들어선 정상은 한쪽이 기울어져 있었다. 우회할 곳이 보이지 않아 일단 언덕 위로 올라가 끝없이 펼쳐진 대초원을 만끽했다. 우리가 있는 곳을 기점으로 강줄기는 끝이 풀린 밧줄처럼 여러 갈래로 갈라졌다. 어느 지류를 따라가야 할지 망설여졌다.

트럭에 있는 상자에서 너덜너덜한 사진을 꺼냈다. 몇 년 전 영국 공군이 찍은 항공사진들을 이어붙인 사진이었다. 이렇게 붙인 사진들을 인쇄할 때 경계에 위치한 지형들을 정확하게 맞추지 않았다. 그래서 직소 퍼즐처럼 지형이 여기저기 흩어져 있었다. 화질도 형편없었지만 뾰족한 수가 없었다. 사진으로 판단하건대 중앙의 지류가 디셉션 밸리와 이어진 것 같았다. 그래서 그 길을 따라 가보기로 했다. 종종 멈춰서 물웅덩이의 진흙에서 사자 발자국을 찾아보거나 나무들이 모여 있는 곳에서 배설물을 수집하고 오래된 사냥 흔적을 살폈다.

길을 잃지 않으려고 애를 썼다. 하지만 여러 지점에서 오래된 강줄기가 너무 얕거나 샌드벨드에서 발견되는 식물로 뒤덮여 있었다. 디셉션에서 벗어날까봐 두려워서 자주 멈춰 서곤 했다. 그럴 때면 트럭 위로 올라가 물결처럼 일렁이는 풀들 사이로 북쪽이나 남쪽으로 이어진 희미한 좁은 길의 흔적을 찾았다. 야영지를 고를 때는 2차 대전 폭격기에 달려 있던 육분의(두 점 사이의 각도를 정밀하게 재는 광학 기계)로 별자리를 관측했다. 어차피 정확한 지도가 없어서 큰 쓸모는 없었다.

돌이켜보면 그곳에서 지낸 밤들은 말 그대로 별세상이었다. 우리는 밤이면 땅바닥에 누워 칠흑처럼 새까만 밤하늘에 다이아몬드처럼 총총 박힌 별들을 구경했다. 유성은 푸르고 하얀 꼬리를 길게 끌며 하늘을 가르고 인공위성들이 우주를 여행했다. 이 세상 그 누구도 우리가 어디에 있는지 몰랐다.

*

영국 공군의 항공사진을 랜드로버의 후드에 펼치자 바람에 마구 펄럭였다. 우리는 강한 햇살에 눈을 가늘게 뜨며 현재 위치에서 남쪽으로 24킬로미터 정도 떨어진 곳을 검토 중이었다. 지도에는 그곳이 마치 분지처럼 연하게 칠해져 있었다.

"어마어마한데! 폭이 몇 킬로미터는 되겠어." 항공사진으로 보면 그 분지들은 우리가 칼라하리에서 본 어느 곳보다도 넓어 보였다.

"여기에 가면 사냥감들이 많을 거야. 하이에나도 사자도." 델리아가 말했다.

물과 식량, 연료가 한정된 탓에 부정확한 지도에 나온 곳을 찾자고 강바닥을 떠날 생각이 들지 않았다. 하지만 야생동식물이 이 분지들을 어느 정도 사용하고 있는지 알아야 했다. 우리는 가진 식량을 두 번이나 잘 점검한 후 남쪽으로 차를 돌려 지도에 나와 있는 거대한 원형 분지를 찾아 나섰다.

쉴 새 없이 덜컹거리며 한 시간에 겨우 30~40킬로미터로 전진할 수 있었다. 나는 몇백 미터마다 차에서 내려 나침반으로 방향을 잡을 수 있을 만한 나무나 언덕 같은 지형물을 찾았다. 하지만 바퀴가 푹푹 빠지는 모래와 억센 가시덤불 때문에 기름이 생각보다 훨씬 많이 들었다. 땅이 단단하고 강바닥처럼 비교적 짧은 풀이 난 곳에서는 속도가 더 났다. 그러나 더 큰 문제가 있었다. 바로 물이었다. 우리는 4킬로미터마다 차를 세우고 라디에이터를 막고 있는 풀씨를 청소하고 엔진을 식히기 위해 물을 몇 잔씩 들이부어야 했다. 제발 항공지도에 나온 분지를 찾을 수 있기를 바랄 뿐이었다.

몇 시간 후 우리는 덥고, 짜증 나고, 풀씨와 먼지로 온몸이 따끔거려 차를 세웠다. 거대한 분지가 있어야 할 곳엔 아무것도 없었다. 사진들을 다시 확인한 후 남쪽으로 더 내려갔다. 다시 동쪽으로 그리고 서쪽으로 달렸다. 우리가 어느 방향에 있는지조차 도무지 오리무중이었다. 나는 근처에 있는 가시나무 위로 올라갔다. 바람에 휘청거리며 쌍안경으로 주위를 둘러봐도 보이는 것은 샌드벨트뿐이었다. 보이는 언덕, 나무들, 덤불들이 낯익은 것 같다가도 생전 처음 보는 것 같았다.

나는 나무를 내려갔다. 다리와 팔은 가시에 긁혀 피가 나고 옷도 찢어졌다. 델리아와 나는 다시 한번 항공지도를 살피다가 분지의 가장자리가 희미하고 애매한 것을 발견했다. 나는 어떻게 된 영문인지 생각해보기 시작했다.

"어처구니가 없군…… 정말 어처구니가 없어! 이게 뭔지 알겠어? 이건 사진의 얼룩이야! 빌어먹을 얼룩을 찾겠다고 몇 시간을 헤매고 다닌 거라고!" 내가 절망적으로 말했다.

영국 공군이 이 항공사진을 작성하던 몇십 년 전, 어느 수색대 승무원의 부주의와 정전기를 일으킨 먼지 한 줌이 합쳐져 필름에 흔적을 남긴 것이 분명했다. 사진을 확대하자 얼룩은 더 커져서 마치 칼라하리에 퍼져 있는 분지와 흡사한 형태가 된 것이다. 우리는 이제껏 환영을 쫓고 있었던 셈이었다.

돌아가는 길은 강바닥을 찾아 북쪽으로 달리기만 하면 되지만 말처럼 쉽지 않았다. 계곡은 말이 계곡이지 곳곳에서 지형이 불분명했기 때문에 우리 트럭의 바퀴 자국을 찾지 못하면 디셉션 밸리를 그냥 지나칠 수도 있었다. 운전하는 내내 주행 거리와 방향을 기록하기는 했지만 델리아도 나도 마지막으로 방향을 틀 때 좌회전이었는지 우회전이었는지조차 기억하지 못했다. 우리의 바퀴 흔적조차 보이지 않았다.

나는 델리아를 후드에 태운 채 천천히 서쪽으로 차를 몰며 우리를 안전하게 디셉션 밸리로 데려다줄 바퀴 자국을 찾기 시작했다.

델리아는 트럭 지붕 위 스페어타이어에 앉아 강바닥을 열심히 찾았다. 강바닥이 보여야 했다. 입은 엔진과 사막의 열기로 바짝 타들어갔다. 뒷자리로 팔을 뻗어 플라스틱 물병을 꺼내 델리아에게 건넸다. 물은 어느새 온수가 되어 있었다.

도보로 어디까지 갈 수 있을까 하는 생각이 자꾸 들었다.

가면 갈수록 어디선가 디셉션 밸리를 지나치고 정처 없이 떠돌고 있다는 생각이 강하게 들었다. 우리는 일단 차를 멈추고 상의를 했다. 45킬로미터만 더 가보기로 결정했다.

피로와 긴장감 때문에 어깨가 아파 핸들에 몸을 숙이고 잠시 쉬었다. 뒷자리의 반쯤 찬 제리캔 하나가 우리의 마지막 물이었다. 갑자기 델리아가 지붕을 두드리며 소리를 쳤다. "마크, 바퀴 흔적이 보여! 왼쪽이야!" 델리아의 시선이 희미한 타이어 자국에 꽂혔다. 나는 물통을 델리아에게 던져주었다. 우리의 보금자리가 있는 강바닥을 향한 두 개의 화살표를 본 순간 우리는 비로소 안심이 되었다. 다음 날 아침 우리는 바퀴 자국을 따라가기 시작했다.

야영지를 떠난 지 고작 닷새였지만 있지도 않은 분지를 찾으러 다니며 물을 너무 많이 소비했다. 당연히 곧장 야영지로 돌아가거나 적어도 스프링복 팬에 있는 물웅덩이부터 가야 했다. 하지만 계곡이 나오려면 한참 멀었고 그 전에 어떻게든 물웅덩이를 찾아야 했다. 그 지역은 비가 내리지 않은 지 한참 되었다. 분지마다 진흙과 동물들의 발자국뿐이었다. 칼라하리는 말라가고 있었다.

우리는 작은 숲이 들어서 있는 식회질 분지에 도착했다. 그곳에는 수심이 2센티미터도 안 되는 얕은 물웅덩이가 있었다. 바닥은 뻘이었고 물 위에는 영양의 배설물이 둥둥 떠다녔다. 아무렴 어떤가. 우리에겐 반가운 오아시스였다. 나는 웅덩이에서 진흙을 파냈다. 물이 맑아지기를 기다리는 동안 그늘에 앉아 차를 마시고 육포 몇 줄을 씹었다. 잠시 후 웅덩이의 물을 떠서 내 셔츠로 거른 후 물통에 채웠다. 물을 다 채운 후 웅덩이를 하나 파서 미끈거리는 바닥에 앉아 몸을 씻었다. 바람에 물기를 말린 후 화끈거리는 피부를 진정시키기 위해 돼지기름을 얼굴과 팔에 발랐다.

다음 날 우리가 따라가던 강바닥의 흔적이 사막 속으로 완전히 사라졌다. 며칠 후 계곡이 구부러지는 곳에서 거대한 원추형 언덕을 만났고 곧장 스프링복 팬으로 접어들었다. "사자다!" 델리아가 아카시 나무들이 서 있는 곳을 가리키며 소리쳤다. 수컷 두 마리와 암컷 다섯 마리가 쓰러진 나무 아래서 자고 있었고 그 옆에는 사냥한 기린의 사체도 보였다. 가죽 색깔이 진하고 두꺼웠으며 갈기는 새까맣고 얼굴 주위에는 황금빛 털이 후광처럼 난 수컷 사자들이 고개를 들어 입이 찢어져라 하품을 하면서 우리를 보았다.

우리는 그 사자들을 사탄과 모레나(세츠와나어로 '존경받는 남자'라는 뜻)로 부르기로 했다. 가장 덩치가 큰 암컷은 해피, 나머지는 딕시와 머지, 타코, 서니로 부르기로 했다. 마지막으로 스톤월은 털이 부스스한 어린 수컷 사자였다. 우리는 근저 나무들 아래에 텐드를 쳤다. 다음 날 일찍 사자들의 귀에 인식표를 달았다. 사자들은 마취에서 순조롭게 회복되어 잡아놓은 기린을 먹기 시작했다. 그날 밤 우리는 두 시간 정도 갈색하이에나를 찾아다닌 후 텐트로 돌아왔다. 나는 마취총을 쏘느라 지쳤는데 델리아는 하이에나를 꼭 찾아야 한다고 했다. 그래서 혼자 차를 몰고 다시 나갔다. 나는 잠을 자려고 텐트로 들어갔다.

하지만 막상 눈을 붙여도 흥분으로 잠이 오지 않았다. 벌레가 텐트 안으로 못 들어오게 하려고 손전등을 켜서 텐트 밖에 놓았다. 나는 엎드려서 일지를 기록하기 시작했다. 잠시 후 이상한 소리가 들렸다. 그 소리는 사자가 머리를 흔들 때 나는 소리였다. 나는 천천히 텐트 밖으로 나가 불을 껐다. 나는 사자의 방문에 불안해졌다. 새로운 무리에 대해 아는 것이 없었기 때문이다. 사탄이 내가 누워 있는 곳에서 몇 센티미터밖에 떨어져 있지 않은 곳에 우뚝 서 있었다.

몸길이는 4미터 정도이고 키가 1미터 이상인 사탄 정도면 발을 한 번 휘두르는 것으로 거품을 터트리듯 텐트를 무너뜨릴 수 있었다. 녀석의 그림자가 움직였다. '팽'하는 소리가 나면서 텐트가 휘청했다. 텐트를 고정한 밧줄에 발이 걸린 것 같았다.

사탄은 잠시 꼼짝 않고 있었다. 덥수룩한 갈기의 형체가 비쳐 보였다. 텐트 주위를 돌아 문으로 향하자 사자의 발에 마른 풀이 밟히는 소리가 났다. 잠시 후 사탄이 앞발 하나를 바로 내 앞으로 들이밀었다. 불룩한 배가 바로 위에 있었다. 사자는 배에 힘을 잔뜩 준 채 고개를 들어 계곡이 쩌렁쩌렁 울릴 정도로 크게 울었다. 사탄은 울음을 멈추고 귀를 쫑긋 세우고는 근처에서 화답하는 사자 두 마리의 울음을 들었다. 그러더니 소리 나는 쪽으로 달려가 달빛 아래 배를 깔고 눕더니 우렁차게 포효하기 시작했다.

잠시 후 트럭 소리가 들렸다. "울음소리를 듣자마자 달려왔어." 델리아가 텐트로 뛰어들며 말했다. 나는 그때까지도 넋을 잃고 있었다.

"믿을 수가 없어. 믿을 수가 없다고!" 할 수 있는 말은 고작 그것뿐이었다. 녀석들은 새벽이 되어서야 서쪽으로 가버렸다. 그때까지 본즈와 블루 프라이드에게 울음소리를 보냈다. 본즈 무리의 울음소리는 북쪽으로 10킬로미터 정도 떨어진 계곡에서 들려왔다.

*

우리는 우기가 끝나면 사자들이 떠날 거라고 생각했기 때문에 가능한 한 자주 스프링복 팬과 블루 프라이드를 찾아다녔다. 블루 프라이드는 관찰하기 어렵지 않았다. 계곡에서 사자들이 이용하는 통로에 있었던 우리 야영지는 녀석들의 흥미를 유발했기 때문이다.

이 사자 무리와 우리의 관계는 시간이 갈수록 변했다. 우리는 사자들의 기분이나 의도를 나타내는 표정이나 자세를 이해하게 되었고, 사자들은 우리에게 흥미를 잃기 시작했다. 사자들이 우리 야영지를 찾아왔을 때 우리가 실수로 그들 사이로 들어간 때조차 아무런 공격을 받지 않았다. 사자들이 나타나도 더 이상 트럭으로 도망치지 않았다. 대신 대추야자 나무 아래나 불 옆에 차분하게 앉아 녀석들을 지켜보았다. 더 이상 위협을 느끼지 않았기 때문에 사자들과 가까이 있는 상황을 충분히 즐길 수 있었다. 단순히 관찰만 하는 것이 아니라 야생의 사자에 대해 그 누구도 알지 못했던 방식으로 그들을 알아살 수 있었다. 그것은 정말 독특한 특권이었다.

그동안 우리는 사자들의 의사소통에 대해 더 많이 연구하기 시작했다. 무리의 멤버들이 함께 있으면 귀와 눈썹, 입술, 꼬리, 여러 자세들을 조합해서 기분과 의도를 전달한다. 눈의 동공으로도 의사를 전달할 수 있다.

어느 날 아침 무리와 함께 이스터 아일랜드에서 쉬고 있던 블루는 사우스 팬에서 강바닥으로 들어오는 늙은 수컷 겜스복 한 마리를 발견했다. 갑자기 녀석의 귀가 앞으로 쫑긋 서고 눈동자가 커지면서 머리를 들었다. 꼬리도 씰룩거리기 시작했다. 잠시 후 새시와 집시가 블루의 신호를 읽고 같은 쪽을 보기 시작했다. 블루는 이렇게 말했을 것이다. "저기에 재미있는 것이 있어."

암사자들이 겜스복을 사냥하자 언제나처럼 본즈가 암사자들의 먹이를 가로채려고 나타났다. 새시가 눈을 가늘게 뜨며 본즈를 막아섰다. 그리고 입을 벌리며 이빨을 보이고 코를 찡그리며 으르렁거렸다. 방어적인 위협을 한 것이다. 새시의 행동은 이런 의사를 전달했을 것이다. "내가 먼저 공격하지는 않겠어. 하지만 내 먹이를 가져갈 생각은 안 하는 게 좋을 거야." 애석하게도 본즈는 새시에게 먹잇감을 빼앗았다.

사자들은 서로 으르렁거리고 치기까지 하면서도 먹이를 먹고 난 후에는 얼굴을 핥아주고 머리를 비비는 행동을 한다. 서로의 얼굴에 묻은 피를 다 씻어내면 무리에 평화가 다시 돌아왔다.

또 다른 의사소통 방법은 울음소리다. 사자는 으르렁거리거나 포효하는 소리로 동료의 위치를 확인하고 영역을 과시한다. 으르렁거리려면 숨을 깊이 들이쉬고 배에 강한 힘을 줘서 공기를 압축한 후 성대를 열어 내 보낸다. 소리가 폭발하듯 튀어나가기 때문에 먼 곳에서도 들을 수 있다. 블루 프라이드가 트럭 근처에 모여 합창하듯 울 때면 트럭의 금속 바닥이 공명하곤 했다.

칼라하리의 사자들은 대부분 공기가 고요하고 습할 때 으르렁거린다. 이럴 때 소리가 가장 잘 전달되기 때문이다. 이렇게 소리 전달 조건이 좋을 경우 계곡에서는 비교적 덜 발달한 인간의 귀로 13킬로미터 밖까지 울음소리를 들을 수 있다. 블루 프라이드는 폭풍 직후에 우는 자칼의 아침 혹은 저녁 울음소리에 답하기도 했다.

건기에는 2~3킬로미터까지만 사자의 울음소리가 들렸다. 사실 이 시기에는 잘 으르렁거리지 않는다. 먹잇감인 영양 무리가 멀리 흩어져 있어서 영역을 과시하고 지키겠다고 울어봤자 힘만 빠지기 때문이다. 공기가 건조해서 그런 식의 의사소통은 힘의 낭비일 수도 있다.

본즈가 암사자들이 사냥한 먹잇감을 빼앗았을 땐 주로 혼자 먹이를 먹었다. 암사자들은 다시 사냥할 때까지 본즈와 몇 킬로미터나 떨어져 지냈다. 먹이에 따라 다르지만 다 먹어치우기까지 최대 사흘이 걸렸는데, 그때마다 본즈는 블루 프라이드를 혼자 찾아내야 했다. 자신의 울음에 대답하는 울음소리를 들으면서 방향을 잡았다. 우기에는 영역이 비교적 작기 때문에 본즈의 울음소리가 영역 전체에 전달되었다. 그래서 암컷들이 어디에 있든지 쉽게 찾을 수 있었다. 암컷들이 본즈의 울음에 대답하면 무리는 다시 상봉할 수 있었다.

암컷들이 본즈의 울음에 대답하지 않을 때도 있었다. 본즈는 울음으로 신호를 보내며 강바닥을 따라 내려가다가 암사자들이 숨을 죽이고 숨어 있는 덤불을 그냥 지나칠 때도 있었다. 본즈는 땅 냄새를 맡고 사방을 두

리번거리며 계속 암사자들을 불렀다. 여러 이유가 있겠지만 사냥감을 뺏기지 않으려고 대답하지 않은 것일지도 몰랐다. 반대로 발정기가 되면 암컷들이 먼저 본즈를 찾았다. 그럴 때면 이런 뜻을 전달하는 것 같았다. "우리를 부르지 마. 우리가 너를 부를 테니까."

사자들이 아기처럼 부드럽게 울 때도 있다. 그 소리는 '아오우'라고 들리는데, 무성한 덤불을 통과할 때 서로 이런 소리를 주고받는다. 상황이 불확실할 때 서로에게 의지가 되어주고 방향도 알려주기 위해서일 것이다. 야간에는 차를 세워놓고 이 소리를 찾아내면 덤불을 통과하는 블루 프라이드를 추적할 수 있었다. 칼라하리에 정착할 무렵 즉, 블루 프라이드의 사자들이 우리 야영지를 집처럼 편안하게 여기기 전에는 사자들이 부드럽게 울면서 텐트, 물통, 낯선 물건들 주위를 탐색하고 다니는 소리에 종종 잠을 깨곤 했다.

세 번째 의사소통 방법은 후각이었다. 냄새를 남기고 그 냄새를 맡는 것이다. 블루 프라이드는 야간에 냄새가 남은 길로 계곡을 돌아다니는데, 종종 우연의 일치로 영양이나 우리 트럭의 이동로와 마주칠 때가 있었다. 대부분의 범위에서 이동로는 냄새로만 찾았다. 길이지만 눈에 보이는 흔적은 없었다. 그런 길을 지날 때면 본즈는 덤불이나 작은 나무에 멈춰 서서 낮게 드리운 가지에 얼굴을 대었다. 눈을 감고 나뭇잎에 얼굴과 갈기를 비볐다. 남아 있는 냄새를 지우고 자신의 냄새를 남기려는 것 같았다. 그런 후에 몸을 돌리고 꼬리를 치켜세운 후 오줌을 갈겼다. 오줌은 항문선에서 나온 분비물과 섞여서 나뭇가지로 발사되었다. 특히 본즈가 냄새를 남기기를 너무 좋아하는 나무들이 있었는데, 거기에는 우리 텐트의 창문 옆에 서 있는 아카시도 있었다. 본즈는 그곳을 지날 때면 어김없이 쪼그리고 앉았다. 그러고 지나가면 아무리 후각이 덜 발달한 인간인 우리라도 몇 분 동안 견디기 힘들었다. 암컷들도 덤불에 냄새를 남겼지만 자주는 아니었다.

종종 덤불들이 시각적인 이정표 역할을 하기도 했다. 본즈는 노스 팬을 지나갈 때마다 2미터 높이의 자귀나무에 꼭 자신의 분비물을 묻혔다. 껍질은 블루 프라이드의 암사자들의 예리한 발톱에 너덜너덜해졌고 가지들도 사자들이 모두 달려들어 장난하는 통에 휘어지고 부러져 있었다. 암사자 서너 마리가 나무 위로 올라가면 다른 사자도 덩달아 오르려고 줄기에 매달렸다. 한 마리가 가지에 내롱기리고 매달리면 다른 사자가 그 위로 올라가는 식이었다. 엉덩이와 꼬리로 나무를 못살게 구니 가지가 부러져 사자가 땅으로 뚝 떨어졌다. 결국 이 자귀나무는 나무 파편 더미가 되고 말았다.

배설물과 시각적 이정표를 사용한 의사소통 방법으로 '긁는 표시'도 있다. 이 방법은 암수사자들이 모두 사용한다. 사자들은 이렇게 표식을 남긴다. 먼저 몸을 웅크리고 엉덩이를 낮춘 후 뒷발로 땅을 고른다. 날카로운 발톱으로 땅을 판 후 그곳에 오줌을 방울방울 떨어뜨리면 된다. 사자들은 이런 식으로 영역을 표시하거나 다른 무리에게 으르렁거릴 때도 했다. 최근에 새 영토를 차지한 젊은 수컷 두 마리가 강가에 난 트럭 자국을 따라 400미터에 걸쳐 3주에 스물여섯 번이나 땅을 긁는 스크레이프Scrape를 만드는 것을 본 적이 있다. 이 녀석들이 쫓아낸 늙은 사자는 비슷한 기간에 같은 이동로를 따라 한 번이나 두 번가량 스크레이프를 만들었다. 젊은 녀석들은 늙은 사자가 영역 표시를 한 덤불에도 거리낌 없이 오줌을 갈겼다. 계곡의 새로운 주인이 누구인지 똑똑히 알리려는 것 같았다.

　냄새는 영역을 표시하는 것 외에도 어떤 사자가 언제 흔적을 남겼는지에 대해서도 알려준다. 냄새 흔적으로 발정기 암컷의 상태도 알 수 있다. 조지 샬러 박사는 세렝게티 사자들이 냄새로 동료들의 위치를 확인한다고 보고했다. 박사는 냄새로 동료 사자를 1킬로미터나 추적한 사례를 보고했다. 칼라하리의 사자들은 세렝게티 사자들에 비해 이 능력이 떨어지는 것 같다. 특히 건기에는 더욱 그런데, 건조한 사막의 열기로 분비물의 성분이 금세 변하기 때문이다. 한번은 본즈가 맴을 도는 모습을 본 적이 있다. 녀석은 사냥개처럼 코를 땅에 처박고 고작 30분 전에 그늘을 찾아 그곳을 떠난 새시의 흔적을 쫓고 있었다. 새시는 그곳에서 겨우 200미터 떨어진 곳에 있었다. 하지만 본즈는 새시의 냄새를 잃고 원래 있던 곳으로 계속 되돌아 왔다. 그냥 오른쪽으로 보기만 했어도 새시를 찾았을 텐데 말이다. 마침내 새시와 마주치자 본즈는 귀를 뒤로 젖히고 눈을 가늘게 뜨더니 시선을 피했다. 내가 잘 몰랐다면 본즈가 당황했다고 생각했을 것이다.

　본즈는 암컷의 냄새를 맡을 때마다 고개를 들고 입술을 젖히며 이빨을 드러내 보였다. 그렇게 해서 공기가 인두咽頭를 통과하면 본즈는 코를 찡그리며 인상을 썼다. 이러한 행동을 플레멘Flehmen 반응이라고 하는데 냄새를 맛보거나 입천장에 달린, 감각세포가 가득한 특수한 주머니로 냄새가 지나갈 때 화학적 메시지를 더 잘 구별하기 위한 방법이다. 사자의 플레멘 반응을 보면 와인 감정가가 자신이 고른 와인의 향과 풍미를 더 잘 느끼기 위해 입으로 숨을 쉬고 코를 내쉬는 모습이 떠오른다.

사자들은 덩치가 큰 영양을 사냥할 때 질식을 시킨다. 먼저 영양을 땅으로 쓰러뜨린 후 목덜미를 잡거나 가끔 주둥이를 물고 놓아주지 않기도 한다. 나는 사자들이 몸무게가 최대 1,200킬로그램이나 나가고 목의 높이가 지면에서 5미터나 되는 기린을 사냥할 때는 어떻게 이런 방법을 적용하는지 늘 궁금했다. 그러던 차에 어느 늦은 오후 블루 프라이드가 우리에게 기린을 잡는 기술을 확실하게 보여주었다. 블루 프라이드는 사우스 팬의 트리 아일랜드에서 낮 동안 휴식을 취한 후 서쪽 모래언덕의 숲으로 사냥을 떠났다. 가벼운 비가 흩뿌리기 시작하자 영양들이 강바닥을 지나 사바나로 가는 통로의 한쪽에 누워 기다리기 시작했다. 고개를 들고 어떤 소리도 놓치지 않으려는 듯 귀를 쫑긋 세웠다. 모두들 조금씩 다른 방향을 감시하고 있었다. 사자들은 두 시간 가까이 조각상처럼 꿈쩍도 하지 않고 기다렸다. 칼라하리 사자들은 사냥감을 추적하는 대신 엄폐물이 거의 없는 이동로에서 대기하는 경우가 많았다.

순간 암사자들이 몸을 앞으로 내밀며 웅크렸다. 온몸의 근육이 바짝 긴장했다. 근처 모래언덕 기슭에 커다란 수컷 기린이 아카시 나무 꼭대기에 난 신선한 잎을 찾아 어슬렁거리며 나타난 것이다. 섀리와 새시가 기린과 가장 가까웠다. 누워 있는 녀석들은 서서히 몸을 낮게 일으키더니 아무것도 모르는 기린을 향해 각기 다른 방향으로 흩어졌다. 리자와 집시, 스파이시, 스푸키, 블루가 이동토를 따라 반원을 이루며 대열을 만들었다. 한 시간이 넘도록 사자들은 풀숲, 나무, 덤불에 최대한 모습을 숨기면서 서서히 포위망을 좁혀 들어갔다. 동시에 섀리와 새시는 기린을 우회해서 퇴로를 차단한 채 풀숲에 숨었다.

협동작전을 펼치는 암사자 다섯 마리가 300미터 안까지 기린에 접근했다. 갑자기 기린이 몸을 돌려 모래언덕을 향해 달음질치기 시작했다. 꼬리가 엉덩이에 딱 붙어 있었다. 기린의 접시만 한 발굽에 풀이 흙과 함께 패여 사방으로 날렸다. 900킬로그램이나 나가는 수컷 기린에게 사자들이 무참히 짓밟힐 찰나, 매복해 있던 섀리와 새시가 하늘로 풀쩍 뛰어올랐다. 기린은 멈춰서 앞뒤로 공격해 들어오는 사자들을 옆으로 비키려고 했다. 하지만 땅이 축축한 모래였기 때문에 중심을 제대로 잡지 못한 기린이 무너지는 탑처럼 섀리와 새시를 향해 앞으로 휘청했다. 기린의 옆에 있던 사자들이 즉각 배와 옆구리를 무참히 뜯었다. 기린이 사자들을 피해 앞으로 달리려고 했지만 이번에는 블루가 오른쪽 뒷다리의 발굽 바로 위를 물었다. 블루는 다리로 단단히 버티며 기린을 절대 놔주지 않았다.

기린은 비틀거리며 25미터가량 나아갔다. 검은자위가 뒤로 돌아간 허연 눈동자를 번득이며 숨을 가쁘게 내쉬며 사자를 뒷다리에 달고 있었다. 여전히 다리를 문 채 끌려가는 블루의 뒤로 풀이 뽑히고 모래에는 긴 고랑이 생겼다. 다른 녀석들도 기린을 쫓으며 내장이 터져 나올 때까지 계속 공격을 했다. 마침내 기린이 사자들 위로 도리깨질을 하듯 힘없이 무너졌다.

*

블루 프라이드가 기린을 먹으며 보낸 일주일 동안 우리는 본즈와 어린 수놈 라스칼 그리고 옴브레 사이의 관계가 극적으로 벼하는 것을 알아챘다. 이제 3살이 된 녀석들은 갈기가 자랄 조짐도 보였다. 본즈는 라스칼과 옴브레를 신경쓰는 것 같았다. 처음에는 먹이도 못 먹게 다가올 때마다 으르렁거려서 쫓아버렸다. 본즈가 실컷 배를 불린 후에야 어린 수사자들은 고기를 몇 점이나마 먹을 수 있었다.

먹이가 점점 줄어들자 본즈는 라스칼과 옴브레를 억지로 독립시키려 했다. 두 녀석이 무리를 떠나 떠돌이 생활을 할 시기는 아직 멀었지만 말이다. 앞으로 이삼 년이 두 녀석에게는 매우 중요했다. 암컷들의 도움 없이 스스로 사냥을 해야 하기 때문이다. 거기가 되면 먹이는 점점 줄어들고 몸을 숨길 엄폐물도 거의 없을 터였다. 무엇보다 아직은 사냥 기술을 완벽하게 배우지 못한 점이 가장 큰 문제였다. 자신의 암컷 무리와 영역을 거느릴 수 있을 정도로 성장하기도 전에 굶어 죽을 수도 있었다. 실제로 어린 수사자들은 사냥 미숙과 먹이 부족으로 많이 굶어 죽는다. 두 녀석은 사냥하기가 비교적 수월한 우기까지 어떻게든 살아남아야 했다.

칼라하리 사막에 서식하는 젊은 수사자의 경우 기후가 더 온난한 동아프리카의 사자들보다 사냥술을 더 잘 배워두어야 했다. 어른이 되면 칼라하리의 수사자들은 먹이가 훨씬 더 많고 영역이 대부분 소규모인 지역에 사는 사자들보다 더 자주 그리고 더 오랫동안 암사자 무리와 떨어져 혼자 지내게 된다. 칼라하리의 수사자는 암사자들로부터 먹이를 빼앗아 혼자 남게 되면 다시 암사자 무리를 찾기까지 며칠씩 걸리곤 했다. 이 시기에는 스프링복, 겐스복 새끼와 스틴복 같은 작은 먹잇감을 스스로 사냥하는 것으로 만족해야 했다.

라스칼과 옴브레는 빠르게 성장했다. 시간이 갈수록 본즈와의 대결에서 물러서는 일도 점점 줄어들었다. 먹이를 사이에 두고도 일방적으로 밀리지 않고 본즈에게 으르렁거리며 위협을 해서 먹이를 먹는 일도 많아졌다. 언젠가 암사자 무리와 영역을 넘겨받아 스스로 지배하기 위해 필요한 공격성을 차근차근 배워나가고 있었다.

*

우리는 칼라하리 정착 초기에 블루 프라이드와 스프링복 팬 프라이드의 사냥을 관찰하며 칼라하리 사자들의 우기 먹이에 대해 엄청나게 많은 지식을 얻었다. 이렇게 얻은 정보를 보충하기 위해 우리는 사자의 배설물을 모아 말리고, 빻고, 체에 거르고, 분류하고, 무게를 달아 어떤 동물의 뿔, 발굽, 뼛조각, 털 뭉치가 들어 있는지 조사했다. 하루는 야영지 가장자리에 앉아 수건으로 입과 코를 막은 채 말린 사자 똥을 망치로 두드려 깨고 있었다. 우리 주변에 허연 먼지가 구름처럼 피어올랐다. 우리는 일을 같이 하자고 목스를 불렀다. 마침 가루를 낸 똥의 무게를 달기 위해 남는 접시에 붓고 있는데 목스가 도착했다. 우리가 하는 일을 본 목스는 손으로 입을 가리며 탄식을 연발했다. "오우!" 그는 고개를 흔들고 믿을 수 없다는 듯 입을 다물지 못했다.

처음에는 마지못해 하던 목스도 하얀 먼지에 둘러싸인 채 사자 똥을 열심히 빻고 갈게 되었다. 며칠 후 나는 목스가 우리 접시들과 함께 설거지를 하려고 늘 가져오던 법랑 접시를 더 이상 가져오지 않는다는 사실을 알아차렸다.

11장

반 데르 베스트하이젠 이야기

한낮의 빛이 희미해져갈 때는……
그림자가 항상 여명을 향한다는 사실을
기억하기 쉽지 않다.

_윈스턴 O. 애벗

기록·델리아

1976년 5월, 내셔널 지오그래픽 사로부터 3,800달러의 지원금을 받은
지도 벌써 21개월이 지났다. 돈은 다시 바닥이 났다. 빨리 지원금을 받지
않으면 연구를 중단한 채 돈을 모으기 위해 미국으로 가는 비행기에 몸
을 실어야만 했다. 무엇보다 갈색하이에나와 사자들의 위치를 무선으로
추적할 수 있는 장비가 시급했다. 이 동물들은 건기에는 무성한 덤불에
서 지내기 때문에 맨몸으로 무작정 추적할 수 없기 때문이다. 필요한 장
비 없이 몸으로 때우는 식의 추적은 한 시간 이상 이어지지 못했다. 연구
를 시작한 지 몇 년이 지나서도 사자들이 건기에 어디로 이동하는지조차
알아내지 못했다.

어느 날 경비행기 한 대가 계곡에서 우리 야영지가 있는 나무 위까지 날아왔다. 그러더니 먹이를 사냥하는 새처럼 선회를 하다가 곧장 나무 위로 하강하며 우리의 주의를 끌었다. 깜짝 놀라 텐트에서 나오는데 비행기 창문에서 작은 꾸러미 하나가 툭 떨어졌다. 비행기는 우리에게 작별 인사라도 하듯 날개를 흔들더니 온 곳으로 날아가 버렸다. 풀밭에는 마운에서 온 우편물이 노끈으로 묶여서 떨어져 있었다. 도대체 누가 우리를 위해 이렇게까지 한 것인지 도무지 알 수 없었다.

꾸러미를 열어보니 거기에는 마운에 새로 부임한 은행 지점장인 리처드 플래터리 씨가 직접 쓴 메모가 있었다. 내용인즉슨, 반 데르 베스트하이젠 씨가 우리의 연구 계획을 지원하기 위해 곧 마운에 들른다는 내용이었다. 반 데르 베스트하이젠은 우리가 2만 달러의 지원금을 신청해놓은 남아프리카 자연기금의 이사장이었다. 우리는 그날 밤을 기념일로 선언한 후 팬케이크와 직접 담근 시럽으로 자축했다.

다음 날 우리는 랜드로버에 짐을 챙겨서 해가 동쪽 모래언덕에 닿기도 전에 마운으로 출발했다. 집집마다 부엌에서는 화덕의 불이 은은하게 주변을 밝히고 있고 굴뚝에서는 연기가 모락모락 피어오르는 흙집들이 세워져 있는 마을을 통과할 때는 어느새 주위에 밤이 내려앉았다. 리처드의 집은 갈대 울타리를 친 대드 릭의 집 맞은편으로, 평평한 지붕에 치장벽토를 바른 집이었다. 여기저기 수선한 흔적이 역력한 망을 친 문으로 리처드가 양동이에서 생선을 씻는 모습이 보였다. 그의 아내 넬리는 가스 스토브에서 신선한 생선을 튀기고 있었다.

"만나서 반갑습니다…… 말씀 많이 들었습니다……. 네, 반 데르 베스트하이젠 씨가 두 분의 연구를 지원하실 겁니다. 어떻게 된 일인지 말씀드리지요. 함께 식사와 맥주라도 하시지요."

우리는 흰개미 집이 바닥에 튀어나온 것을 제외하면 영국식 오두막이나 다름없는 서까래를 얹은 작은 식당에서 튀긴 생선, 감자 요리, 신선한 빵을 차린 식탁에 함께 앉았다.

이야기를 들어보니 리처드는 다음 날 아침에 반 데르 베스트하이젠 씨가 마운에 직접 온다는 것 외에는 지원금에 대해서는 잘 몰랐다. 유쾌한 저녁을 보낸 후 우리는 리처드에게 우리의 후원자를 다음 날 '리비에라'로 점심 초대를 해도 될지 물어보았다. 리비에라는 원래 타말라카네 강둑에 세운 허름한 시골집 같은 곳이었다.

리비에라의 주인은 우리가 마운에 식료품을 사러 올 때마다 그곳에서 지내도 좋다고 허락해주었다. 갈대와 짚으로 만든 허름한 오두막 다섯 채로 구성된 리비에라는 버려진 둥지처럼 가파른 강둑에 매달리듯 서 있었다. 우리는 그중에서 가장 큰 오두막을 사용했다. 허름하지만 사막에서 온 우리에게는 아늑한 거처였던 그 집은 키 큰 풀숲에 가려져 잘 보이지도 않았다. 우리는 녹이 슨 야전 침대를 펴고 얼룩투성이 매트리스의 먼지를 털어낸 후 모기장을 걸어 침낭 위를 덮었다.

우리는 반 데르 베스트하이젠 씨와의 특별한 점심 준비를 서둘러 시작했다. 마크가 무화과나무 아래 설치해놓은 녹이 잔뜩 슨 나무 스토브에 땔감을 채웠다. 마크가 장을 보러 간 동안 나는 스토브의 연통에서 나오는 연기에 눈물을 펑펑 흘리며 오렌지 빵을 굽기 시작했다. 차게 식혀 썰어놓은 양고기, 신선한 과일, 갓 구운 따끈따끈한 빵으로 점심을 차렸다. 보츠와나에 온 이래 우리가 차린 최고의 진수성찬이었다.

우리와 반 데르 베스트하이젠 씨는 갈대집 베란다에 놓은 함석 트렁크에 둘러앉아 점심식사를 했다. 그는 은발에 약간 기운이 없어 보이는 상냥한 말투의 남자였다.

그런데 반 데르 베스트하이젠 씨가 우리의 연구에 대해 밑도 끝도 없는 질문을 퍼부어 점점 더 당황스러웠다. 그는 우리가 진행하는 연구에 대해서 전혀 모르는 눈치였다.

마침내 마크가 참지 못하고 단도직입적으로 물었다. "우리가 제출한 제안서를 읽어보시기는 한 겁니까?"

"제안서라뇨?"

"우리가 남아프리카 자연기금에 제출한 제안서 말입니다."

"무슨 말씀이신지 모르겠군요. 오……, 아무래도 무슨 착오가 있는 것 같습니다. 나는 자연기금에서 나온 사람이 아닙니다." 그는 그제야 자신이 요하네스버그에서 온 건축가로 우리 연구에 대해서 듣고 200달러를 기부하기로 했다고 말했다.

200달러로는 보조 연료 탱크를 간신히 채우고 마운을 다녀가는 비용 정도밖에 되지 않았다. 우리는 실망감을 드러내지 않으려고 애를 쓰며 감사를 전했다. "이렇게 적절한 시기에 기부를 해주셔서 정말 감사드립니다." 솔직히 어림도 없는 액수였지만 말이다. 그다음부터는 그 사람의 말이 귀에 잘 들어오지도 않았다. 영원 같은 시간이 흐른 후 반 데르 베스트하이젠 씨가 반짝반짝하는 세 드릭을 타고 떠났다. 우리는 흐르는 강물만 묵묵히 바라보았다.

＊

압축기가 양쪽에서 내 머리를 쥐어짜는 것 같았다. 아니 예리한 쐐기가 내 머리를 꽉 눌러 뇌를 박살내는 것 같았다. 베개를 베고 누워도 통증은 여전히 참을 수 없었다. 앉으려고 하자 욕지기가 올라왔다. 모기장 아래서 마크도 잠을 이루지 못하고 뒤척였다. 나는 머리가 움직이지 않도록 조심하면서 마크를 슬쩍 찔렀다. "마크……. 약 좀 찾아봐. 나 말라리아에 걸린 것 같아."

마크가 내 이마를 짚어보더니 침대에서 일어나서 비상약품 상자에서 클로로퀸 여섯 정을 가져왔다. 약은 미치도록 썼다. 나는 약조차 삼키기 힘들었다. 마운에 선교사가 운영하는 진료소가 있지만 갈 필요가 없었다. 거기에도 클로로퀸밖에 없는 데다 오히려 결핵이나 더 나쁜 병에 감염될 수 있었기 때문이다. 우기의 마운은 말라리아 천국이었다.

그 오두막은 습하고 어두웠다. 나는 두껍고 까칠한 모직 담요를 여러 겹 덮었지만 몸이 얼음장처럼 차갑고 끈적거렸다. 마크가 내 옆에 누워 날 따뜻하게 만들어주려 했지만 소용이 없었다. 머리를 도는 피는 두개골을 마구 두드렸고 창으로 들어온 날카로운 햇살이 내 눈을 찔렀다.

그러더니 이번에는 몸이 불덩이처럼 뜨거워졌다. 나는 남은 힘을 다해 마크를 밀어내고 담요를 걷어냈다. 시트는 땀으로 축축했고 고약한 냄새가 내 코를 괴롭혔다. 오랫동안 내 마음은 어둠 속에서 둥둥 떠다니는 것 같았다. 이윽고 일종의 마음의 병화가 찾아왔다. 집이 보였다 떡갈나무와 소나무겨우살이, 어릴 때 살았던 붉은 벽돌집이 보였고 상상의 인디언 이웃에 대항해 만든 통나무 요새도 보였다. 집은 너무 먼 곳에 있었

다. '칙칙폭폭 칙칙폭폭, 당신은 내릴 수 없어요. 영영 돌아갈 수 없을 거예요. 칙칙폭폭…….'

한참 후에 창으로 쏟아지는 빛이 부드러워지자 정신이 점점 맑아지기 시작했다. 탁탁탁탁. 우리는 당분간 아프리카에서 살아야 하고 그동안 연구도 진행해야 했다. 탁탁탁. 마크가 매트리스 옆의 양철 트렁크에 빌린 타자기를 올려놓고 작업 중이었다. 마크가 내게 다가왔다. 깨끗한 시트와 온기 덕분에 기분이 상쾌해졌다. 마크가 친숙한 미소를 지으며 내게 키스를 해주었다. 뜨거운 스프와 얼음처럼 시원한 물까지. 살 것 같았다. 일어나려고 했지만 단단한 손이 나를 잡아 다시 뉘었다……. 휴식이 필요했다.

내가 열에 시달리는 며칠 동안 마크는 내 옆에서 전 세계의 자연보호 단체에 우리의 진전을 알리고 지원을 요청하는 제안서를 작성했다. 내가 회복되자 마크는 아침에 미운으로 가 편지를 한 아름 부쳤다. 나는 베개를 쌓아 몸을 기댄 채 마크가 돌아오기를 기다렸다. 머리가 어질어질했지만 앉아 있으니 기분이 좋았다. 창문 바로 밖에 서 있는 무화과나무에는 후투티 두 마리가 몸단장을 하고 있었다. 한 시간 후 랜드로버가 털털거리며 모랫길을 달려오는 소리가 들렸다.

"어이, 기운 차려서 다행이야." 마크가 나직하게 물으며 침대 가장자리에 앉았다. "좀 괜찮아?"

"응. 금방이라도 사막으로 돌아갈 수 있을 것 같아." 내가 웃으며 대답했다.

"서두르지 마." 마크는 작은 창문으로 다가갔다.

"편지 온 것 없어? 집에서 아무 소식도 없어?" 내가 물었다.

"음……. 없어." 마크는 나무 뒤로 보이는 강불을 멍하니 바라보기만 했다.

"그럼 그건 헬렌 편지 아니야?" 나는 바지 뒷주머니에 들어 있는 여동생의 편지를 알아보고 물었다.

마크가 급히 손을 뒷주머니로 가져갔다. 마침내 몸을 돌려 침대로 다가왔다. 놀랍게도 고통스러운 표정을 짓고 있었다. "당신 몸이 괜찮아지면 말하려고 했는데. 안 좋은 소식이 있어. 장인어른 이야기야. 장인어른이 6주 전에 심장마비로 돌아가셨대."

나는 침대에 그대로 쓰러졌다. "엄마는? 엄마는 지금 어떻게 지내신대? 집으로 돌아갈 돈도 없는데 이제 어떻게 해?" 나는 질문을 마구 쏟아냈다.

아버지는 가장 든든한 지원군이셨다. 항상 편지로 격려해주셨고 관련 서적도 보내주셨다. 풋볼 게임 결과를 신문에서 오려서 보내주신 것은 말할 것도 없었다. 아빠가 보내주신 그런 우편물들이 사파리 사우스의 우리 우편함에 몇 달 동안 쌓여 있곤 했다.

마크가 내 옆에 누웠다. 7년간 아프리카에서 연구하면서 가족과 함께 있어야 할 때 그럴 수 없는 게 가장 힘들었다. 아프리카에 있는 동안 시어머니와 시할머니가 돌아가셨다. 아빠도 할머니도 돌아가셨다. 내 쌍둥이 형제의 결혼식에도 가지 못했다. 힘들 때나 좋을 때나 가족과 함께 있어줄 수 없어서 늘 미안하고 죄송한 마음이 들었다.

"집에 가고 싶으면 돈을 마련해볼게." 마크가 말했다.

"우리 연구를 꼭 성공시키자. 그게 우리가 할 수 있는 최선이야." 내가 속삭였다.

몸이 회복되자 마을로 가 진찰을 받아보았다. 의사는 내가 말라리아뿐 아니라 간염에 빈혈까지 걸렸다고 진단했다. "적어도 한 달은 사막에 갈 생각을 하지 마세요." 의사는 코끝에 걸친 안경 위로 나를 보며 스웨덴 억양이 강하게 남아 있는 말투로 강경하게 말했다. "무조건 안정을 취해야 합니다. 안 그러면 재발할 거예요. 그렇게 되면 그때는 큰일이 날 겁니다."

하지만 나는 무엇보다 돈이 떨어지기 전에 최대한 연구를 많이 해두어야 했다. 그래서 의사의 말을 마크에게 전하지 않고 몸이 좋아진 것처럼 굴었다. 사흘 후 우리는 디셉션 밸리로 떠날 준비를 했다.

마을에서 떠날 즈음 언제나 우리를 물심양면으로 도와주는 사파리 사우스의 친구들이 고주파 장거리 무선장비를 빌려주었다. 이것만 있으면 적어도 사파리 시즌 동안에는 매일 정오에 들판으로 나온 사냥꾼들이나 마운의 사무실에 있는 사람들과 통신을 할 수 있었다. 연구가 시작된 이래 처음으로 외부 세계와 소통할 길이 열린 것이다. 하지만 하루빨리 지원금을 받지 못하면 이번이 칼라하리로 가는 마지막 여행이 될 것이 분명했다.

야영지로 돌아온 우리는 연료와 물, 식량을 이전보다 더 아껴 쓰기로 했다. 야간에 하이에나를 추적할 때 하루에 휘발유 34리터, 물은 11리터를 쓰면 석 달을 더 버틸 수 있었다. 그동안 우리는 사자와 갈색하이에나에 대해 더 확실한 데이터를 수집해야 했다. 몸이 너무 쇠약해져서 차에서 서 있기도 힘들었다. 그래서 마크가 혼자서 하이에나나 사자를 추적하러 나가면 나는 야영지에 남아 휴식을 취했다. 그래도 몸은 차츰 회복되어갔다. 힘들었던 8주 동안 우리는 곧 디셉션 밸리를 떠나야 한다는 사실을 명심한 채 미치도록 연구에 매진했다.

*

"0, 0, 9. 들리는가?" 무선기에서 필리스 파머의 탁한 목소리가 들렸다.

"들린다, 필리스. 무슨 일인가?"

"델리아, 오카방고 야생생물학회의 이사장인 한스 바이트가 지금 마운에 와 있다. 두 사람의 프로젝트를 지원할 수 있는지 알아보기 위해서 급히 만났으면 한다. 이쪽으로 올 수 있나? 오버."

마크와 나는 눈을 휘둥그레 뜨고 마주 보았다. 반 데르 베스트하이젠 스토리의 반복일 수도 있었다. 하지만 뾰족한 수가 있는 것도 아니지 않은가?

"알았다, 필. 그곳에 도착하자마자 연락하겠다. 고맙다."

이틀 후 마운에 도착한 우리는 한스 바이트 씨가 진짜 아카방고 야생생물학회의 이사장이라는 사실을 확인했다. 게다가 연구비를 지원해줄 가능성도 꽤 높았다. 하지만 최종 결정이 나기 전에 우리가 요하네스버그로 가서 학회와 더 협의를 진행해야 했다.

기금만 따면 지금보다 더 좋은 중고차와 텐트를 살 수 있었다. 무엇보다 미국으로 돌아가 가족을 만나고 미국 연구자들에게 자문을 받을 수도 있으며 사자와 하이에나를 추적하기 위해 꼭 필요한 무선 장비도 마련해 올 수도 있었다. 건기에 사자와 갈색하이에나 같은 포식자들을 지속적으로 추적할 수 있다면 우리 연구는 큰 전환점을 맞이하게 될 것이다.

하지만 요하네스버그에 가서 제일 먼저 한 일은 빵집을 들르는 것이었다. 노랗고 분홍색으로 치장한 케이크, 땅콩이 든 초콜릿, 체리를 얹은 쿠키와 크림이 가득 든 패스트리로 가득한 가게에서 마크와 나는 모든 빵을 두 개씩 주문했다. 빵을 넣은 하얀 상자 꾸러미를 잔뜩 들고 우리는 녹음이 우거진 공원으로 갔다. 갓 구운 빵에서 풍기는 달콤하고 따사로운 향기를 마음껏 들이마시며 차례로 빵을 먹어 치웠다. 입가에 하얀 설탕 가루를 잔뜩 묻힌 채, 우리는 오랜만의 호사로 놀란 배를 진정시키기 위해 풀밭에 누워서 웃고 떠들었다.

12장

디셉션으로 돌아가다

하늘이 검은 구름으로 뒤덮이고 항해는 길고 멀지만
우리가 시브에 나고 뱅글뱅글 도는 동안에는
우리는 서두르거나 틀렸다고 생각할 수 없어.

_에드워드 리어

기록·마크

1976년 10월 우리는 뉴욕을 떠나 요하네스버그에 도착했다. 그곳은 로디지아에서 벌어지는 테러전에 관한 불안한 소식으로 들끓고 있었다. 분쟁은 보츠와나 국경을 넘어와 프랜시스타운 근처까지 번져 있었다. 테러리스트들은 남쪽과 주도로를 따라 동쪽과 북쪽으로 이동하면서 마운으로 가는 800킬로미터가량의 도로에 바리케이드를 치고 여행객들을 때리고 총격을 가했다.

우리가 디셉션 밸리를 떠난 이후로 4주가 정신없이 흘러갔다. 우리는 어서 빨리 사막으로 들어가 무선 장비로 사자와 하이에나를 관찰하고 싶어 몸이 근질거렸다. 하지만 보츠와나로 들어가는 것은 너무 위험했다.

우리가 요하네스버그에서 미국으로 떠날 무렵만 해도 소웨토 폭동은 소문에 불과했는데, 돌아와 보니 남부 아프리카 전역에서 총체적인 무정부 상태를 유발할 수 있는 위협적인 요소가 되어 있었다.

몇 달 동안 보츠와나는 국경 지역에서 벌어지는 분쟁에 휘말리지 않으려고 애를 썼다. 하지만 이제 프랜시스타운과 셀레비 피크웨 마을 근처에 테러리스트 훈련장까지 만들어졌다는 소문이 떠돌기 시작했다. 지난 몇 달 동안 앙골라 난민들이 마운에 나타나기 시작했는데, 대부분 테러리스트로 의심을 받았다. 설상가상으로 백인에 대한 마을 원주민들의 분위기는 점점 적대적으로 변해갔다. 델리아가 은가미랜드 무역센터에서 물건을 사고 있는데 남자들이 다가와 한꺼번에 위협하는 위험한 상황도 있었다. 2년 전만 해도 그런 일은 듣도 보도 못했다. 정착민들 사이에서 의심과 두려움이 저녁 아궁이에서 피어오르는 연기처럼 솔솔 피어올랐다. 마운이 아무리 외신 곳이라고 해도 세계정세에 영향을 받지 않을 수 없었다.

로디지아 문제로 위협을 느낀 보츠와나는 급하게 보츠와나 방위군 Botswana Defense Force, BDF 을 조직했다. 무기도 제대로 없이 급조된 방위군은 기동성이 있는 경찰과 함께 로디지아에서 남아프리카로 침투한 폭도들을 색출하기 위해 교외를 배회했다. 우리는 테러리스트나 방위군, 경찰에 의해서 부상을 당하거나 죽임을 낭한 무고한 시민들에 관한 뉴스를 많이 들었다. 시민들의 피해가 누구 책임인지 아무도 잘 몰랐다.

우리는 정치적 혼란이 너무 심할 경우 사막행을 연기하거나 아예 그 나라를 떠나기로 약속했다. 하지만 무선 장비를 마련하고 보니 마음이 변했다. 계속 기다려봤자 온갖 소문만 난무할 뿐이었다. 차라리 칼라하리의 야영지가 더 안전할 것 같았다. 최악의 테러 사건도 로디지아의 국경 지역인 프랜시스타운에 집중되어 있었다. 가장 문제가 일어나지 않을 것 같은 정오에 그곳을 지나기로 계획을 세웠다. 우리는 중고 트럭을 사서 먹을 것을 잔뜩 채운 후 북쪽으로 기나긴 여행을 떠났다.

첫째 날 오후 일찍 보츠와나 국경에 도착했다. 도로를 지나는 차는 우리뿐이었다. 먼지만이 우리의 뒤꽁무니를 쫓았다.

인적이 없는 커브 길에 바리케이드가 길을 가로막았다. 갓 베어냈는지 나무껍질이 그대로 남아 있고 벤 자국이 선명했다. 한쪽에는 열 명에서 열다섯 명의 원주민 남자들이 서 있었다. 그들은 경찰, 테러리스트, 군인 중의 하나였을 것이다. 제복을 입고 있지 않았지만 그것만으로는 신분을 짐작할 수 없었다. 뭉툭한 올리브 그린색 소형 기관총을 허리 높이에 맨 사람도 있고 라이플총을 든 사람도 있었다. 나는 두려움에 휩싸여 핸들을 꽉 쥐었다.

일단 차 문을 잠그고 창문을 내렸다. 물론 시동도 켜두고 발을 클러치와 엑셀 위에 올렸다. 만약 차에서 내리라고 하면 바리케이드를 뚫고 도망칠 생각이었다. 눈이 충혈된 젊은 흑인 남자가 기관총을 차 문으로 겨눈 채 천천히 다가왔다. 그가 열린 창문으로 얼굴을 들이밀었다. 그의 숨결에서 현지 맥주인 '부잘와' 냄새가 났다. 몇 사람이 짐칸을 들여다보며 천을 들추어내고 통조림에 든 음식과 새 텐트와 같은 우리 물건을 샅샅이 살폈다. 그동안 나머지 사람들은 자기들끼리 쉴 새 없이 떠들었다. 그 젊은 남자가 방아쇠에 손을 올린 채 내게 질문을 퍼부었다. 당신들은 누구냐? 어디로 가지? 목적은? 이 트럭은 누구 거냐? 왜 남아프리카 공화국의 등록이 되어 있지? 너희들 두 명이서 저렇게 많은 분유와 설탕이

왜 필요한 거냐?

　잠시 후 짐칸을 살피던 남자들이 길옆으로 모여 우리가 못 알아듣는 언어로 빠르게 이야기하기 시작했다. 클러치에서 발을 떼고 재빨리 그곳을 도망치고 싶은 마음을 간신히 억눌렀다. 주위를 둘러봐도 차가 보이지 않아서 우리가 도망치더라도 쫓아오지는 못할 것 같았다. 문제는 총이었다.

　"절대 나가지 마⋯⋯. 내가 신호를 하면 바닥에 엎드려." 델리아에게 살짝 말했다.

　정체 모를 남자들이 아까 그 젊은이가 여전히 문을 향해 총을 겨누고 트럭으로 다가오는 모습을 바라보았다. 그는 창문에 몸을 기대고 말없이 나를 노려보았다. 요하네스버그에서 들은 흉흉한 소문이 떠올라 뱃속이 뒤집어지는 것 같았다. 유럽 출신의 젊은 교사 한 사람이 보츠와나 북부에 있는 학교에 가는 길에 버스에서 끌려나가 개머리판으로 얼굴을 잔인하게 구타를 당했다는 소문이었다. 그들은 교사의 턱수염이 마음에 들지 않아서 때렸다고 했다. 요하네스버그에서 출발하기 전에 델리아는 내게 제발 수염을 깎으라고 했다. "소문일 뿐이야." 나는 그렇게 말하며 델리아를 안심시켰지만 솔직히 나도 불안했다.

　"가시오." 천천히 둔탁하게 허가의 말이 떨어졌다. 나는 내 귀를 믿을 수 없었다.

　"고 시아미. 오케이?" 내가 물었다. 청년은 말없이 뒤로 물러섰다. 나는 그에게서 눈을 떼지 않고 천천히 클러치에서 발을 뗐다. 나머지 남자들은 우리가 멀어지는 모습을 바라보았다. 나는 엑셀 페달이 바닥에 붙을 정도로 세게 밟고 최대한 빨리 그곳을 빠져나갔다. 백미러를 보니 그들은 여전히 우리를 보고 있었나. 그 모습에 오금이 저려왔다. 바로 며칠 전에 짐칸에 탄 소녀가 총에 맞은 사건이 있었다. 그 아이의 부모는 아이를 뒤쪽에 태우고 우리처럼 바리케이드를 벗어나던 중이었다. "엎드려!" 델리아에게 소리를 친 후 나도 핸들에 몸을 최대한 납작하게 붙이고 커브 길을 향해 전속력으로 내달렸다.

몇 킬로미터를 달리고 나서야 나는 차를 길옆에 세우고 델리아를 꼭 안았다. 우리는 방금 전의 일로 완전히 녹초가 되었다. 다시 정신을 차리고 보츠와나 지도를 펼쳤다. "가능한 한 빨리 큰 도로에서 나가야겠어."

"설령 이 나라를 가로질러 가야 한다고 해도 다른 길을 찾아봐야겠어." 그렇다고 해도 디셉션 밸리까지 320킬로미터를 더 달려야 했다. 새 기름통에 들어 있는 휘발유 190리터와 물 38리터로는 어림도 없었다.

"마크, 전에 버지가 말했던 오래된 길은 어때? 그 길이 남동쪽에서 시작된다고 했잖아?"

"그거 괜찮은데······. 찾을 수만 있으면 그 길로 가면 되겠어."

마지막 도로와 마지막 마을을 지나치고도 벌써 몇 킬로미터를 달렸다. 주위는 벌써 어둠이 내려앉았다. 우리 앞에는 하늘에 떠 있는 태양과 달과 별의 위치로 하루의 때를 짐작할 수 있는 세상이 펼쳐져 있었다.

이제 다른 사람에게 발견될 걱정 없이 모닥불을 피웠다. 우리는 불가에 앉아 다시 돌아와 얼마나 좋은지 도란도란 이야기했다. 서쪽에서 사자의 포효가 들렸다. 가까운 곳에 사자가 있었다. 가슴을 묵직하게 누르고 있던 긴장감이 마침내 스르르 풀리면서 몇 주 만에 처음으로 편안한 기분이 되었다. 혼잡한 공항, 도시의 교통체증, 전쟁과 워터게이트 사건처럼 인간이 만든 세상의 번잡함과 걱정거리는 이제 딴 세상 이야기였다. 때 묻지 않은 원시의 아프리카가 우리를 다시 품 안에 보듬어주었다.

빽빽한 가시덤불, 더위, 모래. 태양은 한낮도 되기 전부터 위력을 발휘하며 우리를 괴롭혔다. 우리는 사막으로 계속 들어갔다. 길은 풀밭과 가시덤불 속으로 사라지기 일쑤였다. 완전히 없어지지는 않을까? 라디에이터를 식히려고 차를 세울 때마다 50도의 열기로 쉴 새 없이 흘러내리는 땀을 축축한 누더기 천으로 닦아내야 했다.

"기름 냄새가 나!" 나는 급히 차를 세우고 뛰쳐나갔다. 하지만 기름은 이미 바닥에 다 쏟아져 모래 위로 뚝뚝 떨어지고 있었다. 커다란 보조 탱크가 움직이면서 기름관을 부러뜨린 것 같았다. 기름이 빠른 속도로 모래 속으로 스며들고 있었다.

"서둘러! 기름 받을 것 좀 가져와!" 우리는 짐칸으로 가서 짐을 뒤지기 시작했다. 하지만 4리터 이상 받을 수 있는 큰 통은 보이지 않았다. 나는 트럭 밑으로 들어가 연료 파이프를 집어넣기 위해 바닥에 뚫어놓은 구멍으로 손가락을 쑤셔 넣었다. 하지만 탱크의 입구는 사라지고 없고 납작하게 눌려 있었다. 부러진 부분까지 손이 닿지 않아 구멍을 막을 수도 없었다.

나는 연장통에서 접합제를 꺼내 다시 차 밑으로 기어들어갔다. 셔츠와 바지는 새는 기름으로 이미 흠뻑 젖었다. 나는 필사적으로 작은 공간을 벌리려고 해보았다. 구멍까지 도저히 손이 들어가지 않았다. 이래서야 도저히 새는 곳을 막을 수 없었다. 설령 손이 들어가더라도 온통 기름 범벅이라 접합제가 소용이 없었다.

연료 탱크는 트럭 바닥에 고정되어 있고 연료 파이프는 그 아래를 지났다. 탱크 바로 위에는 트럭의 철문과 온갖 짐들이 가득 쌓여 있었다.

우리는 서둘러서 봉조림 식량, 물통, 연장들, 각종 장비를 짐칸에서 내렸다. 그동안에도 피 같은 기름은 계속 새어 나왔다. 나는 연장통에서 렌치를 꺼냈다. 델리아가 남은 짐들을 꺼내는 동안 나는 탱크 옆에 앉아서 서툰 솜씨로 철문을 트럭 바닥에 고정하고 있는 철사와 철문을 떼어내기 시작했다.

몇 분이 지났을까. 기름이 떨어지는 소리 때문에 미칠 것만 같았다.

마침내 탱크를 떼어냈다. 하지만 손과 탱크가 기름 범벅이라 제대로 들 수조차 없었다. 나는 삽을 지렛대 삼아 위로 들어 올렸지만 꿈쩍도 하지 않았다. 테니스화가 기름으로 흠뻑 젖었다. 불현듯 이대로 폭발하거나 불이 붙을 수도 있겠다는 생각이 퍼뜩 떠올랐다.

"물 한 통을 비워. 거기에 기름을 받아야겠어!" 내가 소리를 질렀다.

나는 뒷좌석에서 호스를 꺼내 탱크에 연결하고 다른 쪽 끝을 빨았다. 기름이 입으로 들어왔다. 재빨리 기름을 뱉으며 호스를 물통에 쑤셔 넣었다. 두 번째 물통에까지 기름을 받은 후 트럭으로 뛰어들어가 기다란 탱크의 한쪽 끝을 들어 올렸다. 탱크가 훨씬 가벼워서 한쪽으로 쉽게 새울 수 있었다. 부러진 파이프에 있던 기름을 다 비운 후 파이프를 말려 퍼티(접합제)로 구멍을 메웠다. 나머지 기름은 안전했다.

우리는 기진맥진해서 트럭 바닥에 철퍼덕 앉았다. 입은 바짝 말라붙었다. 나는 아직도 기름 맛이 나서 연신 침을 뱉었다. 그제야 떨어져 있는 큰 물통 두 개의 뚜껑이 눈에 들어왔다. 기름을 지키려고 난리법석을 벌이는 통에 물을 다 버려버린 것이다.

이렇게 애를 썼지만 디셉션 밸리까지 무사히 도착할 기름이 남아 있을지 의문이었다. 기름이 다 떨어지면 걸어서라도 가야 했다. 시원한 야간에만 이동한다고 해도 물이 없이는 걸어서 30킬로미터 이상은 갈 수 없을 것이다. 나는 탱크의 여기저기를 쓰다듬으며 어디까지 시원한지 점검했다. 그러면 기름이 어디까지 차 있는지 알 수 있기 때문이다.

델리아와 나는 트럭 그늘에 앉아 발을 모래 깊숙이 파묻었다. 모래 속은 시원했다. 적은 기름으로 물도 없이 계속 갈 것인지 반군이나 군인들을 만날 위험을 감수하고라도 주도로를 따라 프랜시스타운으로 돌아갈 것인지 선택의 기로에 서 있었다. 갑자기 델리아가 부리나케 트럭 앞자리로 달려가더니 마구 뒤지기 시작했다. 요하네스버그를 떠나기 전에 작은 물통을 챙긴 것이 떠오른 것이다. 그나마 작은 위안이 되었다. 한두 모금 정도 마시고 나머지는 라디에이터의 냉각수로 아껴두어야 했다.

우리는 주위에 흩어진 과일 통조림을 모으다가 디셉션 밸리에 도착할 때까지 그 시럽을 마시면 어떨까 하는 생각이 떠올랐다. 일단 계속 전진하기로 결정한 후 보조 탱크를 트럭 바닥에 설치하고 내렸던 짐을 다시 실었다. 그리고 그늘에 앉아 서늘한 저녁을 기다렸다. 저녁노을이 질 무렵 통조림 두 개를 꺼내 주머니칼로 뚜껑에 구멍을 여럿 뚫었다. 그날 저녁 우리는 진저리가 날 정도로 단 주스로 갈증을 달래며 사막을 여행했다.

나침반으로 진로를 몇 번이나 확인하고 새벽까지 달린 후 트럭 아래로 들어가 한낮의 무더위가 기승을 부릴 때까지 잠을 자고, 밤에는 일어나 새벽녘까지 우리는 계속 달렸다. 나는 달리면서 밤에 비닐을 땅바닥에 펼쳐뒀다가 이슬을 모아야겠다고 생각했다. 상황이 더 악화되더라도 당분간은 식량도 있고 지나가는 비행기에 신호를 보낼 거울도 있었다. 물론 지나가는 비행기가 있어야 신호를 보내겠지만. 속도는 계속 더뎌지기만 했고 제대로 된 지도도 없이 앞으로 얼마나 더 가야 디셉션 밸리에 도착할 수 있을지 난감하기만 했다.

*

11월 말의 어느 오후에 우리는 마침내 동쪽 모래언덕의 정상에 도착했다. 손차양을 만들어 저 멀리 바라보니 웅크리고 앉은 디셉션 밸리가 보였다. 그렇게 고대했던 광경에 감정이 복받쳐 올랐지만 그동안 너무 고생한 탓에 한동안 멍하니 앞만 바라보았다. 아지랑이가 피어오르는 우리의 발 아래로 태곳적 강이 모래언덕 사이를 굽이쳐 지나가고 있었다. 개미 한 마리, 풀 한 포기는 고사하고 그 어떤 생명체도 보이지 않아 황량하고 메마른 지면이 더욱 두드러져 보였다. 진흙조차 말라붙어 군데군데 보이는 허연 석회질이 마치 뼈처럼 보였다.

디셉션에만 오면 열기와 갈증, 매서운 바람으로부터 벗어날 수 있을 것 같았다. 하지만 어디에도 우리가 쉴 곳은 보이지 않았다. 우리는 아무 말도 하지 않았다.

수십 개나 되는 먼지 기둥이 메마른 초원을 가로지르고 있었다. 땅이 너무 뜨거워 가만히 있을 수 없다는 듯 말이다. 입술은 일광화상에 쩍쩍 갈라진 채 충혈된 눈으로 우리는 천천히 강바닥을 건너 예전에 야영지가 있었던 곳으로 갔다. 비틀린 막대들, 찢어지고 햇빛에 빛이 바랜 텐트, 녹이 잔뜩 슨 깡통들이 여기저기 먼지와 모래가 잔뜩 쌓인 채 흩어져 있었다. 나뭇가지에는 선반이 빗줄에 묶여 대롱거리고 그늘을 만들기 위해 지은 은신처도 무너져 갈대 더미로 변해 있었다. 야영지 가장자리에 세워놓은 물통들에는 바람이 몰고 온 모래가 산처럼 쌓여 있었다. 나뭇가지 사이로 새어 나오는 유령처럼 구슬픈 바람 소리만이 우리를 반겨주었다.

우리는 절망감에 휩싸이지 않도록 필사적으로 참담한 심정을 추스렸다. 비만 오면 잘 될 거라고 애써 희망을 가졌다. 강바닥에는 아무것도 없었다. 영양도 없었고 사자나 하이에나도 보이지 않았다. 오로지 바람, 가시덤불, 모래 그리고 열기뿐이었다. 갈기갈기 찢겨진 텐트가 여전히 텐트 지지대에 매달려 바람에 심란하게 휘날렸다. 우리는 얼굴을 매섭게 때리는 모래 때문에 수건으로 얼굴을 가리고 흩어져 있는 냄비며 통조림을 주섬주섬 모으기 시작했다. 여기서 도대체 뭐 하는 거야……? 왜 이러고 있어? 우리는 조용히 회의에 빠져들었다.

해가 졌다……. 열기가 사그라지고 바람도 잦아들었다. 사막은 적막한 침묵 속에 서 있었다. 불어오는 먼지와 모래 속에서 한쪽이 이울어진 붉은 태양이 서쪽 모래언덕 너머로 무겁게 가라앉았다. 숲에서 공기를 뒤흔드는 자칼의 울음소리가 계곡에 울려 퍼졌다. 그때 우리는 돌아왔다는 사실을 깨달았다.

*

이제부터 우리의 연구는 전적으로 무선 추적 장치의 작동 여부에 달려 있었다. 하지만 우리는 마취 총처럼 이 장치를 사용해본 경험이 진혀 없었다. 무선 위치 추적 연구 자체도 여전히 걸음마 단계였다.

"실제 현장의 상황과 가장 흡사한 조건에서 장비를 테스트하라." 사용 설명서에는 그렇게 나와 있었다. 델리아는 야영지에서 400미터까지 걸어가 전파목걸이 하나를 실제로 착용하고 사냥하는 하이에나처럼 엉금

266

엉금 기어서 강바닥을 돌아다니기 시작했다. 나는 델리아 쪽으로 안테나를 돌리며 수신기의 스위치와 다이얼을 조작하기 시작했다. 뒤쪽에서 목스가 발을 질질 끌며 오는 소리가 들렸다. 우리는 디셉션 밸리에 도착한 지 며칠 후 마운에 가서 목스를 데려왔다.

안테나와 수신기를 요리조리 돌려봐도 400미터만 넘어가면 델리아의 목에 달린 발신기의 신호를 잡을 수가 없었다. 우리는 적어도 반경 2.4킬로미터 정도는 커버할 수 있을 줄 알았다. 델리아와 나는 강바닥에 앉아 고개를 무릎에 파묻었다. 우리 연구에 심각한 차질이 빚어질 것 같았다. 장비를 도시로 보내 손을 봐야 했기 때문이다. 그러기 위해서는 마운으로 가서 부쳐야 했고 연구도 몇 달씩 지연될 터였다. 결국 남아프리카공화국으로 비행을 나가는 조종사에게 장비를 부탁했다.

새로 정비한 무선 장비가 돌아올 때까지 우리는 이전처럼 갈색하이에나를 추적하기로 했다. 하지만 그런 방식으로는 좀처럼 하이에나를 발견할 수 없다는 사실을 누구보다 잘 알기에 몇 시간이나 텅 빈 강바닥에 불을 비추고 동물을 찾으며 덜컹거리고 돌아다닐 엄두가 나지 않았다. 우리는 동물이 나타나기를 기다리는 동안 노래를 부르고 시를 암송하며 몰려드는 잠을 쫓았다.

*

1977년 초 우기가 시작되자 비로소 무더위가 물러갔다. 영양 무리가 계곡으로 돌아왔다. 어느 날 아침에는 시끄러운 코뿔새 무리가 서쪽 모래언덕의 숲에서 날아와 우리에게 빵부스러기를 달라고 보챘다. 델리아는 반가운 마음에 새들이 땅에 내려앉기도 전에 노란 옥수수 가루를 가져왔다.

어느 날 아침에는 사자의 울음소리에 잠을 깼다. 텐트에 누운 채로 보니 커다란 수사자 한 마리가 야영지로 어슬렁거리며 걸어오고 있었다. 1,500마리에 달하는 스프링복 무리가 조용하게 두 무리로 갈라져 사자가 지나갈 통로를 만들어주었다. 사자가 사냥 중이 아니라는 것을 영양은 아는 것 같았다.

사자가 30미터까지 다가오자 귀에 달린 주황색 플라스틱이 보였다. 번호는 001이었다. 건기가 끝나자 본즈가 디셉션 밸리로 돌아온 것이다. 텐트 창문 옆의 아카시 나무 아래 서서는 별일 아니라는 듯 우리를 한 번 보더니 꼬리를 번쩍 들고 낮은 가지에 오줌을 갈기고 냄새를 남겼다. 본즈는 우렁차게 울더니 고개를 들고 귀를 쫑긋 세우고 소리가 들리지 않는지 귀를 기울였다. 본즈의 시선이 향한 계곡 북쪽에서 사자들의 울음소리가 들렸다. 본즈는 그쪽으로 발걸음을 재촉했고 우리는 트럭으로 녀석을 따라갔다.

본즈는 미드 팬의 물웅덩이에 서서 계곡 건너편에서 줄을 지어 다가오고 있는 사자 무리를 바라보았다. 델리아가 쌍안경을 들었다. "마크. 저기 봐. 블루 프라이드가 오고 있어!" 본즈는 무리가 오는 쪽으로 조금 걸어가더니 이번에도 별일 아니라는 듯 배를 깔고 누웠다. 그이 무리기 터벅터벅 걸어와 번갈아 본즈와 뺨을 비비고 머리에서 꼬리까지 본즈의 몸을 훑었다. 인사를 마친 새시, 스푸키, 집시, 스파이시와 블루가 트럭으로 다가와 샅샅이 냄새를 맡더니 타이어를 씹기 시작했다. 나는 시동을 걸어서 녀석들을 트럭에서 몰아냈다. 섀리는 엉덩이를 그 어느 때보다 아래로 축 늘이고 멀리 떨어진 곳에서 초연하게 지켜보았다.

우리는 한동안 사자들과 앉아 있다가 돌아왔다. 우리가 무리를 놔두고 차를 출발시키자 어릴 때부터 굴러가는 바퀴라면 사족을 못 쓰는 새시가 코를 뒷 범퍼에 들이대며 따라왔다. 나머지 사자들도 새시의 뒤를 이어 줄줄이 따라 왔다. 좀처럼 웃지 않는 목스가 그 모습에 싱긋 웃으며 야영지 가장자리에 서서 접시를 닦고 있었다. 그때 우리 모습은 피리 부는 사나이 같았을 것이다.

새시를 선두로 암사자들이 야영지를 습격했다. 본즈는 모닥불 근처에 자리를 잡고 누웠다. 언제나처럼 목스가 야영지 뒤로 슬그머니 빠져나와 빙 두른 후 우리 트럭에 잽싸게 올라탔다. 목스도 사자와 표범, 하이에나의 갑작스러운 방문에 익숙해져서 유랑 곡마단 블루 프라이드가 벌이는 난장판을 즐겁게 지켜보게 되었다. 새시가 물통에 꽂혀 있는 호스를 물었다. 마치 상으로 뱀을 잡은 것처럼 머리를 높이 들고 야영지 밖으로 뛰어갔다. 새시가 으르렁거리고, 뛰어오르고, 날쌔게 몸을 피하고, 홱 돌면서 커다란 발바닥으로 풀밭을 헤집는 동안 나머지 사자들은 무슨 대단한 사냥감 뺏기 놀이를 하는 것처럼 새시의 뒤를 쫓았다. 마침내 블루도 놀이에 끼어들었다. 새시는 호스를 잡고 물어뜯다가 기어이 두 동강을 내었다. 스파이시와 집시가 한쪽씩 입에 물고는 순식간에 작은 녹색 고무 조각으로 만들어버렸다. 이제부터 물통에서 물을 어떻게 퍼야 할지 고민하는 우리를 내버려두고 사자들은 서쪽으로 200미터 정도 떨어진 덤불 숲으로 사라졌다. 사자들이 그곳에서 낮 동안 휴식을 취하기 때문에 우리는 그곳을 '사자들의 쉼터'라고 불렀다.

우리는 주로 사자들이 강바닥에 나타나면 하던 일을 멈추고 관찰을 시작하곤 했다. 그런데 1977년 5월 말의 어느 날 이른 아침이었다. 블루 프라이드가 우리 야영지를 지나 사냥을 하러 계곡 북쪽으로 가기에 우리도 급히 뒤를 따랐다. 그날 이후로 그해에는 더 이상 블루 프라이드를 볼 수 없었다. 수리를 한 무선추적장치를 받기도 전에 사자들이 이동해버릴 수 있다는 우려가 현실화된 것이다. 그해의 사자 관찰은 완전히 물 건너 가버렸다.

*

세 번째 수선을 다녀온 장비는 어째 전보다 더 나빠진 것 같았다. 어쩔 수 없이 사용하기로 하고 대충 손을 봐서 갈색하이에나를 관찰하기로 했다. 사자는 이미 계곡에 남아 있지 않았기 때문이다. 우리는 새 장비를 살 돈도 시간도 없었다.

전파목걸이의 수신 범위를 넓히는 유일한 방법은 수신기의 원형 안테나의 높이를 어떻게든 높이는 것뿐이었다. 창문으로 내민 팔을 최대한 높이 들고 있는 것도 한계가 있었다. 그래서 텐트를 설치할 때 쓰는 막대기에 안테나를 묶고 그 밑에 다른 물건을 받쳐서 트럭 지붕에 달았다. 덕분에 안테나의 높이가 트럭 지붕을 기준으로 6~7미터 더 높아졌다. 델리아와 나는 트럭 위 짐칸에 서서 이동하는 히이에나를 새빨리 따라잡기 위해 잽싸게 안테나의 방향을 바꾸고 위아래로 움직이는 기술을 열심히 연습했다.

어느 날 밤 우리는 스타를 마취시켜 무선 목걸이를 끼운 후 부시 아일랜드의 대추야자 나무 아래에 눕혀놓았다. 우리는 새벽이 될 때까지 스타를 죽 지켜보았다. 언제라도 간각이 완전히 돌아와 덤불을 떠나면 곧장 뒤를 쫓으며 무선추적장치를 시험해볼 수 있도록 말이다.

야영지에서 잠깐 배를 채우고 와보니 스타가 보이지 않았다. 우리는 그다지 실망하지 않았다. 어차피 그 몸으로 멀리 갈 수 없었기 때문이다. 게다가 전파목걸이가 있으니 비교적 쉽게 찾을 수 있었다. 델리아가 짐칸으로 올라가 안테나를 이리저리 돌리는 동안 나는 스타의 목걸이에서 나오는 주파수를 포착하기 위해 수신기를 켰다. 전원을 넣자마자 이어폰에서 '빕빕빕' 하는 신호가 들렸다. "신호가 잡혀! 0, 왼쪽으로 조금, 다시 오른쪽으로, 조금 더, 됐어! 잡았어. 나침반을 확인하고 어서 출발하자."

우리는 서쪽을 향해 모래밭 위에 자라는 무성한 덤불 속으로 들어갔다. 내내 스타를 찾아 주위를 두리번거리며 잠시 수색을 했지만 스타의 모습이 보이지 않았다. 나는 차를 멈추고 안테나를 더 높여보았다. "스타가 지금 이동하고 있을 거야. 그래서 신호를 거의 잡을 수가 없어." 나는 짐칸으로 올라가 텐트의 지지대를 조립해서 안테나를 높였다. 안테나의 높이가 4~5미터가량 정도 높아졌을 즈음 건기의 아침이면 어김없이 불어오는 바람이 갑자기 불기 시작했다. 안테나가 묶여 있는 장대가 미친 듯 흔들리면서 중간이 불룩하게 휘어지기까지 했다. 내가 안테나를 어떻게든 붙잡고 있는 동안 델리아가 얽힌 밧줄을 들고 결연한 표정으로 가시덤불 사이를 뛰어다니며 안테나 장대가 다음에는 어느 방향으로 휘어질지 살폈다. 가시에 옷이 찢어지고 온몸이 긁혔지만 아랑곳하지 않았다.

한줄기 강풍이 안테나 장대를 서쪽으로 크게 휘게 했다. "이쪽으로 와, 어서 서둘러. 더 이상은 못 잡고 있겠어!" 내가 소리를 질렀다.

"서두르고 있어. 서두르고 있다고!"

"됐어. 신호를 확인했어. 어서 가자." 우리는 급조한 안테나 장대에 달라붙은 잡동사니를 떼어낸 후 신호가 나오는 곳을 향해 트럭을 몰기 시작했다. 몇백 미터를 갔을까. 다시 신호는 끊어졌다. "빌어먹을! 안테나를 좀 더 높여야겠어." 내가 장대에 막대기들을 더 연결하는 동안 델리아는 밧줄로 안테나 꼭대기를 조정해보려고 애를 썼다. 델리아가 눈물을 글썽거렸다. 그 모습에 미치도록 화가 났다. 물론 델리아가 아니라 되는 일 하나 없는 우리 형편에 말이다.

안테나는 트럭에서 7미터가량 올라갔지만 그만큼 방향을 조절하기도 힘들어졌다. 설상가상으로 바람은 시시각각 강해졌다. 마침내 최악의 사태가 벌어지고 말았다. 갑자기 센 바람이 불어와 장대가 꺾이면서 안테나가 가시덤불 속으로 날아가 버린 것이다. 델리아의 손에는 끈 떨어진 밧줄만 대롱거렸다. 델리아의 눈에는 눈물이 그렁거렸고 나는 지푸라기나 다름없는 장대만 노려볼 뿐이었다.

"모래언덕 꼭대기로 가 보자." 거기서 신호를 못 잡으면 영영 못 잡을 거야!" 내가 말했다. 우리는 안테나 조각들을 트럭으로 던져 넣었다. 재빨리 덤불을 통과해 36미터가량 더 높은 서쪽 모래언덕 꼭대기로 올라갔다. 그리고 부러진 안테나 장대를 다시 조립하기 시작했다. 애쓴 보람도 없이 신호는 여전히 잡히지 않았다. 우리는 완전히 전의를 상실했다. 이 장비가 도착하기를 몇 달이나 기다렸는데 완전히 쓸모가 없었던 것이다.

강바닥으로 돌아오는 내내 우리는 아무 말도 하지 않았다. 100미터도 떨어지지 않은 곳에 스타가 있었다. 우리가 헐레벌떡 달려간 곳과는 정반대 방향이었다.

우리는 안테나를 높이 올리는 것은 그만두기로 했다. 대신 창문으로 손을 내밀어 안테나를 들고 신호를 확인했다. 하이에나에 달아놓은 송신기의 송신 범위를 벗어나지 않으려고 조심했다. 스타가 낮에 어디에서 쉬는지 모르면 모래언덕에서 강바닥을 동서로 샅샅이 누비며 달려봐야 이 장비로는 위치를 정확하게 찾을 수 없었다. 장비로 안 되면 이전의 방식으로 되돌아가.매일 밤 몇 시간이고 강바닥을 헤매고 다녀야 했다. 조명등으로 스타의 위치를 확인하기만 하면 그때부터는 무선장비를 이용해 어디든 쫓아갈 수 있었다. 우리가 스타와 200~300미터만 유지할 수 있으면 신호가 잘 잡혔다. 신호의 송수신 범위가 좁은 것이 불만이었지만 그 정도로 작동해주는 것만 해도 감지덕지였다.

스타에게 전파목걸이를 달아준 다음 날 밤 우리는 녀석을 노스베이 힐에서 발견했다.

스타는 동쪽으로 이동하기 시작했다. 그러더니 금세 키가 큰 풀숲과 덤불 사이로 자취를 감추었다. 그 모습을 끝으로 12시간 동안 우리는 스타를 찾을 수 없었다. 우리는 희미한 신호를 쫓아 악몽 같은 가시덤불과 빽빽한 숲속을 헤치며 동쪽 모래언덕으로 향한 후 언덕을 따라 북쪽으로 방향을 틀어 빽빽한 덤불을 뚫으며 나아갔다. 우리는 땅에 떨어진 통나무들을 넘고 그루터기를 돌아가고 높이가 3미터나 되는 가시덤불을 뚫으며 계속 전진했다. 어찌나 길이 험한지 걸핏하면 트럭 앞바퀴가 땅에서 들리곤 했다. 그렇게 이삼 일 밤을 가다 보니 트럭의 전기배선이며 배기관과 브레이크라인이 찢겨 나가버렸다. 그런 상태로 이삼 주를 더 버틴 끝에 잠시 짬을 내어 두꺼운 고무호스로 손상된 곳을 감싸고 철사로 차체에 단단히 묶었다. 덤불 속을 들어가면 잔가지나 나무껍질이 후드 위로 비 오듯 떨어졌다. 나뭇가지가 통째로 떨어지기도 했다. 그뿐이 아니라 덤불은 손톱을 바짝 세우고 차체를 마구 긁어댔다. 틈틈이 조명등이나 무선 안테나를 손에 쥐고 앞에 뭐가 있는지 확인하고 스타의 신호를 포착하려고 했다. 델리아는 나침반과 주행거리를 확인하고 하이에나의 습성과 거주지를 기록했다. 델리아가 요동치는 트럭에서 손전등과 나침반을 손에 든 채 비교적 깔끔하게 기록을 하는 모습은 언제 봐도 서커스 같았다.

사자 무리가 계곡을 떠나는 바람에 스타는 가장 빽빽한 덤불을 뒤지며 표범, 사향 고양이, 살쾡이와 자칼을 놀라게 해 사냥감을 뺏을 기회를 호시탐탐 노렸다. 탁 트인 초원보다 이렇게 덤불이 무성한 곳에 갓 잡은 사냥감이 있을 확률이 높았다. 스타는 결코 쉬지 않았다. 덕분에 우리도 계속 움직여야 했다. 야간 추적으로 온몸에 찰과상과 멍이 들었다. 하지만 우리는 연구를 시작한 지 3년 남짓 만에 처음으로 갈색하이에나들이 건기에 강바닥에서 떠나 어떻게 생활하는지 자세하게 알게 되었다.

추적을 계속하던 어느 날 새벽 마침내 스타가 숲에서 나와 언덕의 경사면에 자라는 키 큰 풀숲으로 들어갔다. 언덕 위로 올라가니 스타가 보였다. 스타가 냄새를 맡으며 풀숲을 가는데 풀과 덤불 위로 가로등처럼 호리호리하고 길쭉한 형상 두 개가 불쑥 올라왔다. 스타는 순간 움직임을 멈추고 머리를 잔뜩 아래로 낮춘 후 전진하기 시작했다. 풀 위로 튀어나온 동물의 목이 점점 더 길어졌다. 마침내 날개를 펄럭이며 주위를 경계에 찬 눈빛으로 둘러보는 타조 두 마리의 모습이 확실하게 보였다. 갑자기 암컷 타조가 깃털을 마구 날리며 도망치고 덩치가 더 큰 시커먼 수놈은 날개를 활짝 편 채 스타를 향해 달려들었다. 커다란 발톱이 풀밭을 헤집어 사방으로 풀 뭉치와 흙이 날렸다. 스타도 털을 곤두세우고 타조에게 달려들었다. 겨우 몇 미터를 사이에 두고 타조가 왼쪽으로 비키며 날개를 늘어뜨리고 달려갔다. 마치 날개가 몸에서 붕 떨어져 있는 것 같았다. 그러더니 검고 하얀 깃털을 주위에 흩뿌리기 시작했다. 스타가 그런 꾀에 넘어가지 않자 타조는 우뚝 서서 빙빙 돌기 시작했다. 그러는 동안에도 '부러진' 날개가 덜렁거렸다. 물론 정말 부러진 것이 아니라 그런 척하는 것이었다. 하지만 스타는 금세 그 사실을 알아차렸다. 스타는 한동안 땅에 코를 박고 주위를 돌아다니더니 마침내 타조의 둥지를 찾아냈다. 선기에 타조의 둥지는 갈색하이에나의 금광이나 다름없었다.

스타는 둥지 한가운데 서서 입을 한껏 벌리고 알을 물어보려고 했다. 크림색이 도는 타조 알은 크기가 멜론만 했다. 이빨이 알의 껍데기를 뚫지 못해서 알이 입에서 미끄러졌다. 그 반동으로 스타의 주둥이가 딱하고 닫혔다. 스타는 몇 번이고 시도한 끝에 마침내 알을 깨고 영양가가 풍부한 내용물을 빨아먹기 시작했다. 알 세 개를 다 빨아먹고는 나머지 여덟 개를 비상식량으로 은신처에 따로 숨기기 시작했다.

우리는 야영지에서 몇 킬로미터 떨어진 언덕 꼭대기에서 육포를 먹고 차가운 커피를 홀짝거리고 있었다. 태양이 우리가 있는 곳까지 비치자 깨진 보온병에 있던 커피가 모조리 증발해버렸다. 내가 구멍 난 타이어 두 개를 수선하는 동안 델리아는 나침반과 계기판 수치 기록을 검토하며 야영지로 돌아갈 지도를 만들기 시작했다. 우리는 스타의 뒤를 쫓아 지그재그로 35킬로미터를 달렸기 때문에 집으로 어떻게 돌아가야 할지 난감했다.

스타를 추적한 경험을 살려서 곧바로 섀도, 패치스와 아이비에게도 목걸이를 채웠다. 밤마다 갈색하이에나들을 뒤쫓아야 했기 때문에 낮에는 최대한 쉬면서 체력을 아꼈다. 이렇게 며칠 밤을 고생하자 사자가 물어가도 꼼짝 못 할 것 같았다. 이틀 정도를 푹 쉬어야 수면 부족이 해결되나 낮에는 무더위로 도저히 눈을 붙일 수 없었기 때문에 우리는 항상 피곤했다.

우리는 강인하고 적응력 강한 청소동물인 갈색하이에나들이 그토록 가혹한 환경에서 살아가는 모습에 큰 경외심을 품게 되었다. 스타가 지독한 가뭄에서 버티는 모습을 볼 때마다 감탄했다. 먹이를 숨겨놓은 은신처의 범위는 건기에는 훨씬 더 넓었다. 게다가 먹이의 대부분은 썩은 고기였기 때문에 우기보다 두 배나 넓은 지역을 돌아다녀야 했다. 고작 한 조각의 먹이를 구하기 위해 엄청난 거리를 이동해야 할 때도 있었다. 먹잇감을 빼앗기 위해 지그재그로 다니는 것을 포함해 스타는 하룻밤에 50킬로미터 이상 돌아다녔다. 밤마다 가시덤불을 헤치고 모래밭에 발이 푹푹 빠지면서 상당한 거리를 돌아다니고도 아무것도 못 먹을 때가 많았다. 며칠 동안 먹은 것이라고 뿔 하나, 발굽 하나, 바싹 마른 가죽 한 조각이나 햇살에 색이 바랜 뼛조각 정도뿐이었다. 물론 이 먹이도 몇 달 전에 사자, 자칼, 독수리나 다른 하이에나가 먹고 버린 시체에서 얻은 것으로 500그램이나 1킬로그램 정도일 것이었다.

갈색하이에나는 물 한 모금 마시지 않은 채 몇 달, 혹은 가뭄이 심할 때는 몇 년간 살 수 있었디. 그들이 사냥하는 먹이의 양은 실제로 먹는 양의 16퍼센트 정도에 불과했지만 건기에는 땅굴을 뒤져서 설치류 같은 작은 먹잇감을 사냥하거나 자칼이나 표범, 치타가 잡은 새나 영양을 슬쩍하기도 했다. 그런 사냥감이나 썩은 고기는 먹이로 삼기에는 수분이 많이 부족했다. 하이에나는 원래 뼈를 먹고 살지만 뼈는 신선할 때도 수분이 별로 없다. 비가 많이 와서 야생 멜론이 많이 열리면 갈색하이에나들은 그걸로 수분을 보충한다.

전파목걸이가 발신하는 신호로 하이에나들을 추적하면서 우리는 무리의 멤버들이 건기에는 주로 홀로 지낸다는 사실을 확인했다. 하지만 몇킬로미터씩 떨어져 있어도 공동의 영역에 나 있는 길에 냄새 흔적을 남겨 연락을 유지했다. 게다가 따로 지내더라도 서열은 계속 유지되었다. 우리는 독립적으로 지내는 건기에까지 무리를 유지하는 이유가 무척 궁금했다. 먹이를 찾아 먼 거리를 돌아다녀야 하는데 무리와 연락을 지속하는 이유를 도무지 알 수 없었다. 우리가 갈색하이에나를 연구하는 주된 목적도 바로 이런 의문에 대한 답을 구하는 것이었다.

어느 날 우두머리인 아이비가 동쪽 모래언덕의 정상을 지나갔다. 지그재그로 이동하면서 맹수가 먹이를 사냥한 냄새를 더 잘 맡으려 했다.

녀석의 코가 낯선 냄새를 감지했다. 아이비는 걸어가던 도중 멈춰 서서 털을 곤두세웠는데, 15미터가량 떨어진 곳에 서 있는 아카시 숲에서 맥더프가 걸어오고 있었다. 두꺼운 목과 넓은 어깨에 망토처럼 황금색 털이 나 있는 덩치 큰 수놈인 맥더프는 커다랗고 잔인해 보이는 머리를 높이 들었다. 아이비를 보자 몸을 더 크게 보이게 하려는 것 같았다. 두 녀석은 앞발로 땅바닥을 긁으며 싸울 태세를 갖추었다. 잠시 서로를 노려보는가 싶더니 아이비가 고개를 낮추며 공격을 시작했다. 두 녀석은 무시무시한 소리를 내며 서로의 목을 향해 달려들었고 어깨를 부딪치며 주둥이를 물려고 했다. 사방으로 먼지와 나뭇가지가 튀었다. 맥더프가 먼저 점수를 올렸다. 녀석은 아이비를 넘어뜨리고는 머리 옆을 물고 세차게 흔들었다. 아이비의 얼굴에서 피가 뚝뚝 떨어졌다. 아이비는 비명을 지르며 맥더프의 주둥이에서 벗어나려고 몸을 뒤틀고 위로 뛰어올랐다. 맥더프는 죄수들을 끌고 가는 간수처럼 아이비를 물고 몇 바퀴 돌다가 땅바닥에 심하게 부딪힐 정도로 세게 흔들었다.

맥더프가 아이비를 물고 있던 자세를 바꾸려는 순간 아이비가 벌떡 일어나 맥더프의 목덜미를 물었다. 스모 선수들처럼 돌고 넘어지면서 서로의 얼굴과 목덜미를 마구 물어뜯다가 잠시 숨을 몰아쉬었다. 마침내 맥더프가 남은 힘을 끌어모아 아이비의 주둥이에서 목을 빼냈다. 그러더니 도망치기 시작했다. 아이비는 도망치는 녀석의 뒷다리를 공격해 발꿈치를 물어뜯었다. 맥더프는 크게 한 바퀴를 돌더니 다시 도망치기 시작했다. 잠시 후 맥더프도 아이비도 덤불 속으로 사라졌다.

며칠 후 어느 날 밤에 우리는 아이비를 찾았다. 목덜미와 얼굴에 심한 상처가 나 있었다. 하지만 갈색하이에나의 목덜미의 가죽은 무척 두꺼워서 그 정도의 시련에는 끄떡하지 않았다. 게다가 상처도 빨리 나았다. 아이비와 맥더프는 종종 싸웠는데, 주로 맥더프가 이겼다. 그 후로 아이비의 모습을 보기가 점점 힘들어지더니 완전히 사라져 버렸다. 하지만 맥더프는 나타나지 않는 곳이 없었다. 패치스, 스타와 함께 시체 고기를 먹고 무리의 영토를 순찰하며 여기저기에 냄새 흔적을 남겼다. 디셉션 밸리의 갈색하이에나 무리에 새로운 지배자가 나타난 것이다.

대단히 흥미로운 갈색하이에나의 습성 중에는 이런 것도 있었다. 야간에 혼자 다니는 하이에나들을 추적한 지 2년 반이 넘어가도록 우리는 녀석들의 번식에 대해서는 전혀 알아낸 것이 없었을 뿐만 아니라 어린 새끼들도 보지 못했다. 도대체 새끼들을 어디에 숨겨놓은 것일까? 어른 암컷들이 포고와 호킨스와 함께 있는 모습은 보았지만 누가 어미인지 알

길이 없었다. 하이에나의 번식 횟수, 새끼들의 생존율, 양육 방식을 알아내지 못하면 우리 연구는 결코 완전하다고 말할 수 없었다.

1977년 건기의 어느 밤 섀도가 오릭스 고기를 먹고 있었다. 섀도의 모습을 본 우리는 흥분을 감출 수 없었다. 녀석의 젖이 부풀어 있었기 때문이다. 어미가 새끼가 있는 굴로 돌아가는 모습을 처음으로 목격할 수 있는 기회였다. 섀도는 오릭스에서 떼어 낸 다리를 물고 재빨리 덤불 속으로 사라졌다. 우리는 그 모습을 놓치지 않고 바짝 따라갔다. 서쪽 모래언덕 기슭의 레오파드 트레일 근처에서 섀도의 울음소리가 바뀌더니 소리가 금세 사라졌다. "굴로 들어갔나봐!" 내가 말했다. 섀도는 땅속으로 들어간 것이 틀림없었다. 무선 신호가 잘 잡히지 않았기 때문이다. 세 시간이 지나도록 섀도의 신호가 잡히지 않았다. 상황이 이렇게 되자 굴의 위치도 찾지 못해 잔뜩 실망한 우리는 덤불에 휴지를 끼워서 장소를 표시한 후 야영지로 돌아갔다.

우리는 새벽에 다시 그곳을 찾았다. 계속 신호를 확인하면서 섀도의 모습을 찾았다. 해가 뜬 직후 다시 신호가 잡히기 시작했다. 점점 신호는 커지고 가까워졌다. 섀도가 다시 굴로 돌아오는 중이었다. 신호가 멈추자 우리는 우리 주변의 세 지점의 나침반 방향을 기록했다. 잠시 후 신호는 유령처럼 사라졌다. 두 시간이 지나도록 우리는 섀도의 모습을 보지도 울음소리를 듣지도 못했다.

우리는 2년 반을 기다려 그 굴을 찾을 수 있었다. 내가 덤불을 헤치며 차를 모는 동안 델리아는 차의 지붕에서 너무 가까이 디가가 어미가 놀라지는 않는지 계속 확인을 했다. 델리아가 지붕을 두드리는 소리에 나는 차를 세웠다. 우리 앞에 굴로 들어가는 작은 입구가 있었다. 토끼굴

한가운데였다. 둔덕 같은 곳에 하이에나 새끼들이 다니는 작은 통로가 나 있었다. 나는 창문으로 몸을 내밀어 휴지를 덤불에 끼워 넣은 후 재빨리 그곳을 떠났다.

우리는 그날부터 열흘 동안 굴 근처에서 하이에나를 기다렸다. 하지만 우리가 아는 한 새도는 돌아오지 않았다. 귀신에 홀린 것 같았다. 설마 새끼들을 잡아먹었거나 버리고 간 것이 아닐지 걱정스러웠다. 가뜩이나 불안한 어미에게 우리가 너무 스트레스를 준 것은 아닐까? 아니면 우리 냄새를 맡고 그곳을 떠난 것은 아닐까 온갖 생각이 다 들었다.

몇 달 후 우리는 똑같은 일을 겪었다. 이 무리에서 가장 서열이 높은 암컷인 패치스를 쫓던 중 우리는 굴 근처까지 갔다. 하지만 패치스도 새도처럼 굴 근처에서 모습을 감추고 말았다. 새끼들의 모습을 보기 바로 직전이었다. 갈색하이에나 암컷이 새끼들을 어떻게 키우는지 오리무중이었다. 이 질문에 대한 해답과 갈색하이에나들이 무리를 짓는 이유가 밀접한 연관이 있다는 사실을 그때의 우리는 알 수가 없었다.

13장

본즈의 죽음

나를 아래를 본다. 모든 것이 변한다.
무엇이건 내가 잃어버린 것, 내가 눈물 흘리는 것은
야생의 부드러운 것, 비밀스럽게 나를 사랑하는 작고 검은
눈이었네.

_제임스 라이트

기록·마크

뭔가가 풀밭을 서걱거리며 밟는 소리에 잠이 깼다. 눈을 떠보니 본즈가 텐트 바로 옆의 아카시 나무에 오줌을 갈기고 있었다. "안녕, 미스터 본즈. 좋은 아침. 그런데 이렇게 늦게 뭐하는 거야?" 내가 말했다. 본즈는 텐트의 창문으로 우리를 힐끗 들여다보더니 꼬리로 나뭇가지를 철썩 때렸다. 그러더니 야영지에 난 오솔길을 따라 돌아다니기 시작했다. 신발을 신을 겨를도 없이 따라가보니 녀석은 취사용 텐트의 냄새를 맡고 모닥불로 향하는 중이었다. 마침 목스가 본즈에게 등을 돌린 채 설거지를 하는 중이었다. 본즈는 탁자를 지나 계속 걷는가 싶더니 갑자기 부엌으로 쳐들어갔다.

나는 살짝 휘파람을 불었다. 목스가 어깨 너머로 보더니 재빨리 덤불로 몸을 숨겼다. 잠시 후 목스가 우리 뒤로 나타났다. "타우, 후흐 - 후." 그가 부드럽게 웃었다. 목스는 우리만큼 사자들을 사랑하게 되었다.

본즈가 다용도 테이블로 오더니 커다란 분유통을 입으로 물었다. 송곳니가 깡통을 뚫고 들어가자 분유가 하얀 대포알처럼 콧속으로 들어갔다. 본즈는 머리를 마구 흔들며 계속 재채기를 했다. 석쇠 위에서 물을 끓이던 냄비 손잡이가 코에 닿자 놀라서 펄쩍 뒤로 뛰었다. 그러더니 오솔길을 따라 갈대 샤워 부스로 들어갔다. 엉덩이가 부스의 좁은 입구를 가득 채웠다. 본즈는 고개를 들어 세면대를 보는가 싶더니 어제 스펀지 목욕을 하고 남은 물을 담아둔 분홍색 욕조를 발견했다. 전날 밤에 나는 양팔에 온통 윤활유를 묻히는 바람에 평소보다 가루 세제를 많이 썼다. 본즈는 거품투성이의 시커먼 물을 마시기 시작했다. 주둥이를 욕조에 처박고 커다란 분홍색 혀로 물을 철썩철썩 튀기면서 말이다. 혀를 철썩거리면 거릴수록 물에는 거품이 일어서 하얀 거품이 코에 잔뜩 묻었다. 본즈는 기어이 그 물을 다 마시고 고개를 들고 한숨을 푹 쉬면서 트림을 했다. 입에서 커다란 비눗방울이 나와 코 위에 살짝 앉았다. 본즈가 다시 재채기를 하자 거품이 터졌다. 본즈는 고개를 흔들어 입에서 거품을 털어냈다.

본즈는 거대한 분홍색 부리처럼 욕조를 입에 물고 야영지를 떠났다. 욕조를 신나게 씹으며 강바닥을 따라 북쪽으로 갔는데, 걸을 때마다 입에서 분홍색 플라스틱 욕조 조각이 떨어졌다. 북쪽의 노스 트랙으로 한 트랙 참을 간 후 동쪽으로 방향을 틀어 언덕으로 향했다. 마침내 풀밭에 자리를 잡고 누워 따뜻한 가을볕을 쬐었다.

한참 후 본즈는 다시 동쪽으로 걷기 시작했다. 그때가 1977년 6월이었는데, 무선추적장치가 아직 돌아오지 않았을 때였다. 목걸이도 달지 못해서 어디로 이동하는지 따라갈 수도 없었다. 건기로 접어든 칼라하리에는 어디에도 마실 물이 없었다. 본즈가 보테티강으로 가는 건지, 혹시 블루 프라이드가 거기서 쉬고 있다면 본즈도 끼려는 건지 궁금했다. 비가 오고 영양 무리를 따라 디셉션 밸리로 다시 돌아오려면 몇 달은 더 기다려야 했다.

"건강해야 한다, 이 장난꾸러기야." 델리아가 사바나로 걸어가는 본즈를 향해 작별 인사를 했다.

*

1977년 9월에도 날씨는 여전히 찌는 듯 무더웠다. 우리는 몇 달 동안 갈색하이에나를 무선으로 추적하느라 완전히 녹초가 되어 있었다. 우리는 마침 다 떨어진 생필품도 구입하고 분위기도 전환할 겸 마운으로 향했다. 자연보호구역의 북동쪽을 따라 야영지로 돌아오던 중에 고객을 데리고 있는 라이오넬 파머를 만났다. 그의 고객은 일리노이에서 온 약제사 부부였다. 무덥고 피곤해 어서 돌아가고 싶었지만 사파리 야영지에서 하룻밤 묵어가라는 초대에 거절할 수 없었다. 그곳은 자연보호구역의 경계에서 동쪽으로 1.5킬로미터 정도 떨어진 곳이었다.

사파리 야영지는 띠처럼 이어진 아카시 숲의 끝에 있는 공터였다. 이 숲 너머에는 디셉션의 화석이 된 강줄기가 서쪽으로 몇 킬로미터나 이어져 중앙 칼라하리 자연보호구역으로 들어갔다. 가지가 무성한 나무 그늘 아래 두꺼운 캔버스 천으로 만든 커다란 텐트가 다섯 채나 세워져 있었다. 모래밭 한가운데 피워놓은 모닥불 근처에는 안락한 의자와 작은 테이블이 차려져 있었다. 몇 미터 떨어진 취사용 텐트는 가지를 잘 정리한 아카시 나무 아래에 있었는데 안에는 기다란 식탁과 가스로 작동하는 냉동고와 냉장고가 갖춰져 있었다.

부엌은 갈대로 엮은 바람막이가 둘러쳐져 있고 원주민들이 뜨거운 석탄으로 불을 피운 커다란 금속 상자에서 음식을 만드느라 바빴다. 청년이 엄지손가락으로 핸드피아노를 치고 있었다. 피아노는 손바닥만 한 판지에 서로 다른 길이의 금속 줄을 달았는데, 줄마다 음색이 달랐다. 다른 남자는 풀로 바구니를 엮고 있었다. 찬장에는 스웨덴산 햄, 미국산 마요네즈, 깡통에 든 해산물이 가득했다.

식사용 텐트에서 100미터 정도 떨어진 곳에서 사냥 전리품들의 가죽을 벗기고 소금을 뿌리고 있었다. 뿔이 그대로 달린 동물의 두개골이 철사에 꿰어져 그 동물을 잡은 고객의 이름과 주소를 새긴 금속판을 달고 있었다.

우리가 사용할 텐트는 짙은 녹색으로 커다란 창문과 햇빛 가리개도 달려 있었다. 입구 끝에는 세면대가 있는 작은 텐트가 있었는데, 중앙에는 거울 달린 탁자, 살충제 한 통, 새 비누, 수건 등이 잘 정리되어 있었다. 텐트 내부에는 두꺼운 매트리스를 깐 높은 철제 침대가 두 개 있었다. 물론 깨끗한 시트와 두꺼운 담요도 깔려 있었다. 그밖에도 의자 두 개, 살충제를 준비해놓은 탁자와 손전등이 한쪽 끝에 마련되어 있었다.

델리아가 텐트 내부를 보더니 흥분해서 손을 흔들며 말했다. "디셉션 밸리에 이런 야영지가 있다고 상상해봐."

"음. 하지만 이 사람들은 창문 바로 옆에 난 덤불에 오줌을 갈기는 사자는 본 적 없을걸."

"맞아. 그건 무엇과도 바꾸지 않을 거야. 여기는 사람들이 덤불과 풀밭을 다 정리한 것 같아." 델리아가 말했다.

우리는 샤워 후 산뜻하게 옷을 갈아입고 불가에서 다른 사람들을 만났다. 유리잔, 얼음통, 위스키 병, 남아프리카 공화국산 와인, 탄산음료들이 식탁 위에 줄줄이 차려져 있었다.

일리노이에서 온 약제사인 웨스는 얼굴에 살집이 붙은 중년으로, 숱이 많은 검은 머리에 흰머리가 섞여 있었고 특히 손이 여자처럼 섬세했다. 그의 아내인 앤은 교사로 체구가 작고 단정하며 유쾌한 사람이었다. 부부는 카키 커플이었다. 주머니가 수십 개는 달린 카키색 재킷, 카키색 모자, 카키색 셔츠와 바지, 카키색 탄약 벨트와 부츠까지 대단했다. 두 사람이 가져온 가방은 살충제와 자외선 차단제와 각종 로션으로 가득했다. 사냥하러 온 사람들 아니랄까봐 사냥용품 카탈로그를 보며 순서대로 주문한 차림이었다. 어쨌든 두 사람은 무척 친절했고 우리는 진심으로 그들이 마음에 들었다.

기다란 식탁에 정갈하게 놓인 도자기 그릇과 와인 잔에 가스등의 노란 불빛이 반짝거렸다. 우리가 들어가자 벽 쪽에 붙어 서 있던 웨이터 두 명이 김이 모락모락 나는 겜스복 꼬리 스프 그릇을 날랐다. 메인 요리는 일랜드 영양 스테이크, 구운 양파, 감자와 아스파라거스, 갓 구운 빵과 버터였고 시원한 맥주가 함께 나왔다. 커피, 치즈, 구스베리 푸딩이 만찬의 마지막을 장식했다. 라이오넬은 고객들이 사 가지고 온 비싼 와인들을 죄다 마셨다.

모닥불이 마지막 불씨를 불사를 즈음 라이오넬의 부추김을 받은 어떤 여자가 우리에게 본즈의 이야기를 들려달라고 했다. 본즈는 어느새 보츠와나 북부에서 전설이 되어 있었던 모양이었다.

우리가 본즈를 처음 만났을 때 호저의 가시에 깊이 찔리고 뼈가 살을 뚫고 나올 정도로 심하게 다친 이야기를 들려주자 앤이 걱정스러운 표정을 지었다. 그녀와 웨스가 몸을 바짝 내밀고 모닥불 맞은편에 앉은 우리 얼굴을 뚫어지게 바라보았다. 두 사람은 우리가 상처를 소독하고 부러진 뼛조각들을 제거하고 근육과 가죽을 다시 봉합한 이야기로 빠져들었다. 본즈가 기적처럼 상처에서 회복되어 블루 프라이드를 지배하게 되었을 뿐만 아니라 우리와도 특별한 관계를 맺게 되었다는 이야기를 듣는 내내 두 사람의 눈시울이 촉촉하게 젖어 있었다. 우리의 이야기가 끝나자 긴 침묵이 찾아왔다. 마침내 앤이 입을 열었다. "내 평생 이렇게 아름다운 이야기는 처음이에요."

다음 날 아침 텐트의 지퍼가 지직지직 열리는 소리에 우리는 잠에서 깼다. "두멜라!" 하인이 아침 인사를 건네며 침대 사이에 놓인 협탁에 차 쟁반을 내려놓았다. 차를 홀짝거리고 있는데 다른 하인이 세면대에 뜨거운 물을 채우고 수건을 놓고 갔다. 취사용 텐트에서 먹은 아침은 신선한 과일, 소시지, 베이컨, 달걀, 토스트, 치즈, 잼과 커피였다. 이곳 손님들은 사막에서 이런 호사를 누리기 위해 하루에 750~1000달러를 내야 했다.

우리는 자연보호구역의 가장자리 근처에서 사파리 사냥꾼들과 헤어졌다. 정오가 다 되었을 무렵 우리는 디셉션 밸리의 동쪽 모래언덕에 도착했다. 마운의 사파리 남부 사무소와 무선 교신을 하기로 약속한 시간보다 조금 빨랐다. 나는 야영지에 도착하자마자 HF 무선기를 트럭 흙받이에 놓고 전선을 꽂았다. 잠들었던 무전기가 치직거리며 깨어났다. 델리아는 옆에 서서 교신을 기다렸다. 그동안 나는 취사용 텐트에 가서 관찰 기록을 정리하기 시작했다.

"009, 009, 여기는 432. 들리는가, 오버?" 라이오넬의 야영지에서 사냥꾼인 두기 라이트가 우리를 찾았다. 그는 우리가 출발할 무렵 다른 손님들과 도착했었다.

"432, 여기는 009. 안녕하세요, 두기. 잘 지내죠? 오버." 델리아가 반갑게 대답했다.

"저, 안 좋은 소식이 있어요, 델리아. 오버."

"어머나……. 두기……. 말씀해보세요, 무슨 일이에요? 오버."

"라이오넬과 웨스가 오늘 아침에 당신들이 연구 중인 사자를 잡았대요."

"어……, 뭐라고요?" 델리아의 목소리에 힘이 하나도 없었다. "혹시 귀에 달린 인식표의 색깔과 번호를 아시나요, 두기?"

"어……. 주황색 꼬리표가 왼쪽 귀에 달려 있었대요……. 번호는 001번이었고요."

"마크! 세상에! 본즈야. 그 사람들이 본즈를 잡았어!" 델리아는 목이 메어 말도 제대로 하지 못한 채 무전기를 떨어뜨렸다. 나는 작업 중이던 텐트에서 뛰어나왔다. 급히 트럭으로 달려왔지만 델리아는 없었다. 아내는 울부짖으며 강바닥을 달리고 있었다.

"안 돼……, 안 돼……. 이럴 수는 없어……. 안 돼……." 아내의 흐느낌이 바람을 타고 내게로 전해졌다.

14장

전리품 보관소

내가 여행을 계속할 힘을 그러모으기 위해 억지로 뒤를 돌아보면, 지평선을 향해 작아지는 이정표들과 버리고 온 야영지에서 서서히 꺼져가는 모닥불이 보인다. 그리고 그 위를 청소하는 천사들이 육중한 날개로 선회하고 있다.

_스탠리 쿠니츠

기록·마크

낡고 어둡고 곰팡내 나는 그 오두막은 동물 가죽들로 그득했다. 귀가 오그라들고 털이 성성한 꼬리가 뻣뻣하게 굳은 염장 처리된 가죽들이었다. 가죽마다 총알구멍이 있었는데, 여럿인 것도 있었다.

대나무로 짠 벽에 설치한 선반에는 표백을 한 하얀 두개골들이 전시되어 있었다. 큰 영양, 얼룩말, 누, 임팔라, 쿠누, 표범, 자칼 등의 두개골이었다. 그리고 한때는 영민하고 눈동자가 빛났을, 퀭 뚫린 눈구멍에 빨간 금속 이름표가 철사로 꿰어진 사자도 있었다.

우리는 잔뜩 쌓인 가죽들 속에서 마침내 본즈를 찾았다. 쭈글쭈글한 귀 안으로 001이라고 새겨진 주황색 인식표가 살짝 보였다. 나는 연골에

288

박힌 인식표를 펜치로 뽑으려고 했지만 잘 뽑히지 않았다. 기슴이 찢어지는 것 같았다. 납작하게 펴서 쌓아놓은 동물 가죽에서 본즈의 가죽을 뽑아내자 발 위로 소금이 우수수 떨어졌다. 본즈의 가죽도 납작하고 뻣뻣했으며 털이 강철처럼 단단했다. 부러진 다리의 흉터와 조잡한 수술의 흔적이 여전히 녀석의 무릎에 남아 있었다. 우리는 서둘러 녀석의 치수를 재어 노트에 기록한 후 오두막 밖으로 나왔다. 델리아는 눈물을 글썽거렸고 나도 목이 메어 아무 말도 할 수 없었다.

본즈는 칼라하리에 단 한 모금의 물도 없는 건기에 살해되었다. 천 마리도 넘는 젬스복이 디셉션의 강줄기를 따라 난 숲을 지나 동쪽으로 이동해 사파리 사우스 사냥 구역으로 대이동을 했다. 본즈는 이 영양들을 따라간 것이 틀림없었다. 칼라하리에 들불이 일어 먹이가 극도로 희박해졌기 때문이다.

사냥꾼들은 라스칼과 블루 프라이드의 암컷 한 마리와 함께 쉬고 있는 본즈를 발견했다. 보호구역의 경계에서 고작 몇 미터 떨어진 지점이었다. 웨스와 라이오넬은 트럭으로 이동한 후 멈춰서 쌍안경으로 본즈의 동태를 살핀 후 심장을 쏘았다. 그 사람들 눈에는 주황색 꼬리표가 보이지 않았을까? 보였더라도 상관하지 않았을 것이다. 불행히도 사자들은 먹이 사냥을 위해 자연보호구역을 나오는 순간부터 자신이 사냥감이 된다는 인간들의 법칙을 알 길이 없다.

총소리에 암사자는 덤불로 잽싸게 도망갔지만 라스칼은 본즈 옆에 남았다. 사냥꾼들이 본즈를 가져가려고 할 때마다 으르렁거리며 위협하고 공격했다고 한다. 그들은 총을 공중에 몇 발이나 쏘고 트럭으로 위협을 한 후에야 간신히 라스칼을 쫓았다.

본즈가 사살되었다는 소식에 우리 부부는 무너졌다. 우리는 대추야자 나무 아래 앉아 부둥켜안고 울며 저주를 퍼부었다. 며칠 동안 우리는 침울한 나날을 보냈다. 우리에게 절망이 찾아들었다. 적어도 우리에게 본즈는 사람과 동물들 사이에 희망이 피어날 수 있다는 희망의 상징이었다. 아니 희망 그 자체였다. 본즈가 총을 맞고 쓰러지는 순간 우리가 칼라하리의 야생자연을 보호하기 위해 쏟은 노력도 무너졌다. 본즈는 우리의 첫 번째 환자였다가 친구가 되었고 어느새 마스코트가 되었다. 우리의 한 친구가 다른 친구를 죽여버렸다.

과학자로서 우리는 본즈의 죽음에 대해 그 누구도 탓할 수 없다는 사실을 누구보다 잘 알았다. 본즈는 합법적인 사냥 전리품이었다. 자연보호구역을 제 발로 떠난 것이지 사냥꾼이 끌어낸 것도 아니었다. 게다가 사냥을 세심하게 잘 조절하면 자연보호구역에서 특정 동물이 과도하게 번식하는 것을 효과적으로 막을 수 있다. 하지만 많은 정부가 사냥이나 관광 등, 돈벌이 수단으로 돈을 벌어들일 때만 야생의 자연을 보존할 가치가 있다고 주장한다. 보츠와나의 현실을 잘 알기 때문에 우리는 본즈의 죽음에 대해 감정을 배제한 채 이성적으로 판단하려고 노력했다.

우리는 사냥 자체를 반대하지 않는다. 하지만 우리가 아는 사냥꾼들 중에는 보츠와나의 사냥 규제법과 암묵적인 관례를 전혀 지키지 않는다고 대놓고 떠벌이는 이들도 있었다. 그들이 얼마나 과장을 했는지는 알 수 없었다. 하지만 이런 말을 들은 이후로도 아무렇지도 않게 친분을 유지할 수 없었다.

우리는 생태학자로서 책임감을 느끼며 자연보호부가 사냥법 규제를 강화하도록 촉구하고 사냥꾼들이 자연보호지역에서 사냥하는 모습을 목격할 때마다 저지했다. 사막의 사자 수렵 쿼터를 줄이고 사냥 허가 신청비도 올리라고 촉구했다. 사냥꾼들은 우리의 행동을 불쾌해했다. 칼라하리에 온 우리를 몇 년이나 도와줬는데 우리가 이제 와서 배신했다고 생각했다. 하지만 사냥꾼이나 사냥을 하러 사파리에 온 사람들이라고 모두 불법을 옹호하는 것은 아니어서 그들과는 우리가 보츠와나를 떠날 때까지도 여전히 좋은 관계를 유지했다.

보츠와나의 자연보호부는 정부 기관 중 예산 규모가 끝에서 두 번째였다. 부서는 언제나 인력 부족에 시달렸다. 그런 실정이다 보니 칼라하리처럼 광대하고 외진 지역을 정기적으로 순찰할 엄두도 내지 못했다. 관리들의 말로는 농장 사람들, 사파리 사냥꾼, 원주민 사냥꾼들이 단 일 년 동안 사냥하는 사자의 수는 600마리가 넘었고 대부분이 수컷이었다.

안타깝게도 보츠와나 정부는 포식자조절법안을 시행해 국립공원과 자연보호구역이 아닌 곳에서 서식하는 모든 맹수들의 씨를 말리도록 장려하고 있다. 이 법안에 따라 농장에서는 맹수가 가축, 농작물, 급수 시설이나 울타리에 위협이 될 수도 있다고 판단되면 총으로 쏘아 죽일 수 있다. 그래서 원주민들은 국립공원과 자연보호구역이 아닌 곳에서 포식자를 보는 족족 죽였다. 새 법에 따르면 농장주는 가축을 죽인 맹수를 잡아 그 가죽을 소유할 수 있었다. 1978년에 사자 가죽은 시장에서 300풀라(대략 300달러)에 거래되었다. 이 법이 허용한 포식자는 이미 멸종 위기에 처한 치타와 갈색하이에나부터 사자, 표범, 악어, 점박이하이에나, 원숭이와 자칼이 있었다.

사파리 사냥꾼들은 '손맛이 느껴지는' 사자들 즉, 갈기가 다 자란 수사자들의 수가 사막의 사냥 구역에서 급속도로 줄어들고 있으며 다른 지역에서는 이미 멸종 상태라고 귀띔해주었다. 사파리 사냥을 온 관광객들 중에는 갈기는 고사하고 잔털만 무성한 어린 수사자를 사냥하는 사람도 있었다. 사냥 허가를 받으려고 지불한 비용의 본전을 뽑기 위해서 말이다.

이런 사실에 우리는 망연자실했다. 칼라하리의 사자들이 이런 환경에서 얼마나 더 버틸 수 있을지 걱정스러웠다. 특히 수사자들의 수가 급격하게 줄어들기 때문에 상황은 더욱 심각했다. 집단의 개체 수 문제가 완전히 무시되고 있었다. 우리는 대책을 찾아야 했다.

칼라하리 중부에서는 장기간에 걸친 야생자연연구가 단 한 번도 이루어지지 않았다. 그래서 이곳에 서식하는 사자들의 개체 수 같은 기초적인 사실조차 확인되어 있지 않았다. 자연보호부의 직원들을 포함해서 사자의 수를 대충이라도 아는 사람이 아무도 없었다. 우리가 연구한다고 해도 기껏해야 강바닥이나 그 근처에서 마주치는 사자들이 다였던 데다가, 관찰을 할 수 있는 기간도 일 년에 2~3개월에 불과했다. 이렇게 짧은 기간 동안에 알게 된 사실들은 사자들을 보호하기 위해 실질적인 방책을 마련하기에는 턱없이 부족했다. 본즈를 위해 뭐든 해야 한다는 생각이 점점 더 강해졌다. 일단 칼라하리 중부에 사자가 몇 마리나 살고 있는지부터 알아보기로 했다. 그리고 그 사자들이 무엇을 먹는지, 믹이는 충분한지, 사자와 사자의 먹이가 되는 동물들에게 어떤 서식 환경이 필요한지. 사자의 생존에 위협이 되는 요소가 있다면 무엇인지도 알아보기로 했다. 무엇보다 매년 총이나 덫으로 사망하는 사자 수와 자연사하는 수에 대해서 정확한 자료도 만들어야 했다. 또 이런 높은 치사율에도 개체 수를 유지하려면 새끼들의 생존율은 최소한 얼마나 되어야 하는지도 알아내야 했다.

칼라하리가 사막이므로 맹수들이 수분을 섭취하는 방법도 규명해야 할 문제였다. 그토록 넓은 사막에 수원이라고는 짧은 우기 외에는 아무것도 없기 때문이다. 이런 상황에서 사자는 꼭 물을 마셔야 할까? 야생 사자가 물을 마시지 않고 최대 아흐레까지 버틸 수 있다고 들었다. 이곳의 사자는 그보다 더 오래 버틸 수 있을 것이다. 설령 그렇다고 해도 사자들은 물을 찾기 위해 자연보호구역을 떠날 수밖에 없었다. 어쩌면 사냥꾼의 총에 맞았을 때 본즈는 보테티강으로 가던 중이었을지 모른다. 만약 우리 추측이 맞는다면, 칼라하리 중부가 아무리 넓다 한들 동물들이 건기와 가뭄을 이겨내기에는 너무 작은 자연보호구역이라는 결론이 나온다.

우리가 연구를 통해 이런 궁금증을 해결하고 그 내용이 칼라하리의 사자들을 위해 유용하게 쓰일 수 있다면 우리는 맹수들이 귀중한 자원이며 보존하면 할수록 더 많은 돈을 벌어다 준다고 보츠와나 정부를 설득해야 했다. 당시만 해도 맹수들이 가축을 잡아먹기 때문에 박멸해야 하는 해충과 다름없다고 생각하는 관리들이 많았다.

수천 제곱킬로미터에 달하는 미지의 땅에서 대규모로 사자 연구를 수행하려면 우리처럼 일 년 내내 연구 대상인 동물들과 직접적인 접촉을 유지하지 않으면 안 된다. 그리고 비행기와 무선추적장비가 꼭 필요했다. 하지만 우리 형편에 비행기라니 가당치도 않은 생각이었다. 조종법도 몰랐다. 경비행기에 몇 번 타본 경험이 다였다. 무엇보다 아프리카에서 경비행기를 유지하려면 눈이 튀어나올 만큼 엄청난 비용이 들었다. 우리는 고작 중고 트럭 한 대 굴리는 것도 힘겨운 형편이 아닌가. 어디에서 비행기를 살 만한 돈을 구한단 말인가. 하지만 일단 시도는 해봐야 했다.

15장

'에코 위스키 골프'

오로지 우리가 하던 일을 멈추고 의문을 품을 때
우리의 시시한 삶의
한계를 넘어갈 수 있다.

_로드 맥쿠엔

기록·마크

1977년 10월 말의 무더운 오후였다. 우리는 먼지가 풀풀 날리는 마운의 길가에 서서 서독 프랑크푸르트 동물학협회 이사장인 리하르트 파우스트 박사의 편지를 읽고 있었다. 협회에서 우리의 비행기 지원 요청을 진지하게 검토 중이라는 내용을 읽는 순간 전율로 온몸이 떨렸다. 협회는 나의 비행 면허증과 총 비행 시간을 먼저 확인하고 싶어 했다. 그런 이유로 답장을 보내기 전에 나는 어떻게든 비행을 배워야 했다.

우리는 마을에 목스를 남겨둔 채 서둘러 야영지로 돌아갔다. 가진 옷 중에서 제일 좋은 옷들을 챙겨 곧장 요하네스버그로 떠났다. 며칠 후 새벽 4시 요하네스버그 교외의 베노니에 있는 로이와 마리안느 리벤버그 부부의 집 현관에 도착했다. 우리가 남아프리카 항공사의 기장인 로이를 마운에서 만난 것은 일 년 전이었다. 당시 그는 오카방고강 삼각주를 관광하기 위해 마운에 들렀다. 로이는 우리 연구에 관심을 보이면서 비행을 배우고 싶으면 가르쳐주겠다고 했다. 날이 밝을 때까지 잠시 눈을 붙이려고 공터에 침낭을 펴면서 로이가 그 약속을 기억하고 있기를 빌었다.

새벽 5시 30분, 우유 배달원이 우유병이 담긴 철사 바구니를 들고 우리 위를 넘어갔다. 그로부터 두 시간 후 로이 부부가 앞마당에 주차한 미심쩍은 트럭 한 대와 이상한 꾸러미 두 개를 확인하러 나왔다. 리벤버그 기장은 중년의 단정한 모습에 맵씨가 부드러웠다. 특히 오뚝한 콧날이 인상적이었다. 그의 둥근 얼굴에 미소가 번졌다. 로이는 우리가 침낭에서 몸을 다 빼기도 전에 비행을 배우는 동안 게스트하우스를 사용하라고 말해주었다.

악천후로 고생하면서 마침내 6주 후 나는 훈련을 거의 끝마쳤다. 우리는 파우스트 박사에게 곧 면허증을 딸 예정이며 비행 시간은 총 41시간이라는 내용의 편지를 보냈다. 덤불 지역을 비행하기 위해 필요한 훈련도 잘 받았다는 말도 잊지 않았다.

이렇게 준비까지 하며 노력했지만 막상 지원 승낙이 떨어져 돈을 받고 나니 믿어지지가 않았다. 일면식도 없는 사람들이 우리의 신념과 능력을 이렇게 믿고 도와주다니 감사할 따름이었다. 우리는 필요한 물건을 구입한 후 마지막으로 10년 된 중고 세스나기를 구입했다. 파란색과 흰색이 칠해진 비행기는 날개 밑에 '에코 위스키 골프'라는 이름이 써 있었다.

비행기를 사고 신나 있던 것도 잠시 우리는 심각한 문제가 기다리고 있음을 깨달았다. 비행기를 마련하고 비행을 배우는 데만 정신이 쏠려 있던 나머지 그 비행기를 어떻게 야영지로 가져갈지는 생각하지 못한 것이다. 아무리 생각해봐도 직접 몰고 가는 수밖에 방법이 없었다. 말 그대로 걱정 반 기대 반이었다. 사실 보츠와나에서는 칼라하리처럼 위치를 확인할 만한 특별한 지형이 없는 오지를 비행하려면 반드시 총 비행 시간이 500시간 이상이어야 한다고 법으로 못 박아두고 있기 때문이다. 법에서 요구하는 비행 시간을 맞추기 위해서 가보로네 근처에서의 비행은 피해야 했다. 만약 항공당국이 그 사실을 알면 우리는 비행 금지를 당할 것이 분명하고 결국 디셉션 밸리에서의 연구도 끝장이 날 테니 말이다.

다른 문제들은 해결책을 찾기가 더욱 어려울 듯했다. 일단 비행기를 야영지로 가져갔다고 치자. 그러면 정비는 어떻게 할 것이며 비행에 필요한 수천 리터의 연료는 어떻게 할 것인가. 기름을 싣고 오는 것도 문제지만 허허벌판의 사막 위에서 과연 길을 잃지 않을지도 모를 문제였다.

면허증을 딴 다음 날 새벽, 나는 칼라하리 사막의 최초 횡단 비행 준비를 시작했다. 비행 교관 없이 횡단하기는 이번이 고작 세 번째였기 때문에 로이는 나보다 더 불안해하는 것 같았다. "꼭 명심해요. 가보로네-프랜시스타운 간 도로를 넘으면 방향을 확인할 만한 랜드마크가 없어요. 그러니까 그 전에 철로의 위치를 반드시 확인해요." 로이는 내가 목에 연필을 걸고 있는지 비상시 물을 받을 수 있는 검은 플라스틱 통이 비행기 후미에 잘 달려 있는지 두 번이나 확인했다.

나는 델리아에게 작별 키스를 하고 로이와 군은 악수를 나누었다. 두 사람은 트럭과 트레일러를 몰고 야영지로 올 계획이었다. 야영지까지 가져갈 항공유는 보츠와나 자연보호부에서 보내준 운전사가 딸린 트럭으로 옮기기로 했다. 내가 비행기에 오르자 두 사람은 걱정스럽게 바라보왔다. 이륙을 위해 기수를 돌리고 시동을 켜는데 로이가 달려와 마구 손을 흔들며 풍향계를 가리켰다. 내가 이륙 방향을 잘못 잡은 것이다. 어색한 미소를 지으며 손을 흔들어주고는 기수를 반대로 돌려 활주로를 달리기 시작했다. 비행기는 굉음과 차가운 바람을 일으키며 가뿐하게 아침 하늘로 날아올랐다. 창공을 날아오르자 자유와 환희로 온몸이 떨려왔다.

하지만 이런 감격도 오래가지 않았다. 고도가 300피트에 다다르자 비행기가 옆으로 기울어지기 시작했다. 아니 그런 것 같았다. 비행기가 강한 맞바람을 받고 있었다. 정면에 보이는 산 정상으로 방향을 맞춘 후 1500피트 상공에서 구름 바로 아래를 날기 시작했다. 무선으로 얀 스무츠 국제공항이 층운이 상승할 것이며 날씨가 좋아 보츠와나까지 비행에 문제가 없을 것이라고 알려주었다. 지도를 보자 지면 고도가 요하네스버그에서부터 계속 낮아지고 있었다. 칼라하리에 가까워질수록 구름이 더 높이 떠 있어서 비행하기 수월할 것이므로 나는 조금 마음을 놓았다.

30분이 지나자 치직거리던 무선기도 조용해졌다. 주위에서 나는 소리라고는 비행기 엔진과 바람 소리뿐이었다. 정면에 보이는 두 봉우리 사이로 빠져나가면서 워터버그 산맥을 뒤로했다. 곧 문명의 마지막 흔적마저 희미해지고 칼라하리 사막이 펼쳐지기 시작했다. 이제 4시간만 비행하면 놀랍도록 광활한 황야 한가운데 키 작은 나무들이 옹기종기 자라고 있고 그 옆에 세워진 텐트 두 채가 눈에 들어오리라.

항법 장치나 지도도 없이 사막을 비행하는 것은 여간 위험하고 어려운 일이 아니다. 내가 믿을 것이라고는 나침반과 나를 항로에서 밀어내려는 맞바람에 맞춰 진로를 잘 수정하기를 바라는 희망뿐이었다.

구름은 예보와는 달리 상승하지 않고 하강하면서 비를 뿌리기 시작했다. 구름 아래에서 비행을 계속하기 위해 고도를 낮추기 시작했다. "고도를 높이 유지해요. 그래야 리얼 디셉션 팬이 보일 거예요. 명심해요. 야영지의 위치를 가르쳐줄 수 있는 지형은 그곳밖에 없어요." 로이는 그렇게 신신당부를 했다. 하지만 짙은 구름 때문에 나는 계속 고도를 낮출 수밖에 없었다. 이제 비행기는 바람으로 고개가 꺾인 풀들과 덤불이 무성한 모래 등성이 바로 몇 미터 위를 날고 있었다. 적정한 고도를 유지하지 못하면 디셉션 밸리를 그냥 지나칠 수 있었다. 위치를 제대로 확인하지 못한 채 몇 시간이나 비행하다 보니 마침내 하늘에서 길을 잃고 말았다.

비행을 시작한 지 세 시간이 지났을 즈음 선실이 항공유 가스 냄새로 가득했다. 가는 기름 줄기가 왼쪽 날개와 동체가 연결된 부분에서 새어 뒤쪽 창문으로 뿜어 나오고 있었다. 갑자기 불안이 엄습했다. 비행기의 전 주인이 날개 내부의 썩은 고무 연료관들을 교체하기로 약속했었는데, 나는 그 말을 덥석 믿고 제대로 확인해보지도 않았던 것이다.

새는 기름 줄기가 점점 더 굵어지면서 창문을 적시는 것도 모자라 날개를 따라 줄줄 흘러내리기 시작했다. 좌측 연료탱크의 계기판 바늘이 점점 아래로 떨어지기 시작했다. 나는 손으로 연료 스위치를 찾아 왼쪽 탱크를 연결했다. 기름이 다 새기 전에 좌측 탱크의 원료를 최대한 많이 사용하기 위해서였다.

우측 탱크의 원료만으로 야영지까지 도착할 수 있을지 고민이었다. 게다가 손톱만 한 스파크에도 비행기는 불덩어리로 변할지도 몰랐다. 나는 서둘러 창문을 열어 선실에 신선한 공기를 불러들였다.

바로 그 순간 새고 있던 연료관이 완전히 쪼개져버렸다. 녹색 기름이 좌측 날개에서 펑펑 쏟아져 동체를 지나 뒷바퀴로 향했다. 나는 우측 탱크로 스위치를 바꾼 후 비행기를 좌우로 기울이며 착륙할 만한 곳을 찾아보았다. 아래는 가시덤불과 작은 나무들뿐이었다. 나는 무선으로 비상사태를 알렸지만 아무 답변도 들리지 않았다. 고도가 너무 낮아서 발신기가 신호를 멀리까지 보낼 수 없었다. 어쨌든 몇백 미터 안에 내 무선을 들을 사람이 있을 리 없었다.

기름 냄새가 코를 찌르면서 머리가 아프기 시작했다. 나는 수평 비행으로 바꾼 후 연료가 선실 어디에서 새는지 찾아보기 시작했다. 뒤쪽의 짐칸에 깔린 카펫이 이미 축축해져 있었다. 휘발유가 해치를 지나 보조좌석 바로 뒤에 있는 배터리 칸까지 와 있었다. 마스터 스위치를 끄기는 했지만 폭발이나 화재의 위험은 줄어들지 않았다. 설상가상으로 나로서는 불이 난다 해도 막을 방법이 없었다.

나는 사바나 바로 위로 고도를 잔뜩 낮추었다. 혹시라도 불이 나면 동체착륙을 시도해서 재빨리 탈출할 심산이었다. 탈출하기 전에는 비행기가 폭발하지 않기를 마음속으로 빌었다. 잠시 후 좌측 연료 탱크의 바늘이 붉은 표시로 떨어지더니 바닥에 닿았다. 날개 아래에서 솟구치던 기름 줄기가 가늘어지더니 더 이상 보이지 않았다. 이로써 폭발의 위험은 줄었지만 이제부터는 남은 연료로 목적지까지 갈 수 있을지 걱정이었다. 나는 연필심이 납작해질 때까지 계산하고 또 계산했다. 예상 도착 시간을 30분 정도 남겨두고 연료탱크의 바늘이 점점 아래로 내려갔다. 마침내 '0' 표시 위에 닿나 싶더니 그대로 멈추었다. 일 분이 한 시간 같았다. 나는 탱크 밑에 깔린 기름이라도 써볼 심산으로 비행기를 좌우로 흔들었다.

'전기와 연료계통의 스위치를 모두 끄고 문의 잠금장치를 푼다. 조종대를 바짝 당기면서 착륙을 시도한다······.' 나는 머릿속으로 비상착륙

절차를 계속 그렸다.

나는 조종간을 힘껏 잡았다. 어딜 봐도 똑같이 생긴 평평한 덤불밖에 없는 사바나를 내려다보며 지형을 확인하느라 목도 뻐근했다. 엔진의 알피엠이 떨어지면서 이상한 진동이 감지되는 느낌이 자꾸 들었다. 게다가 비상착륙을 할 만한 곳도 보이지 않았다.

나는 눈을 가늘게 뜨고 윙윙 돌아가는 프로펠러 앞쪽을 바라보았다. 나는 이번에도 헛것을 본 것이라 생각했다. 안개 속으로 구름이 낮게 걸린 회색의 분지가 보였던 것이다. 비행기의 바로 오른쪽이었다. 나는 잘못 보고 피 같은 기름만 낭비하면 어쩌나 하고 걱정하며 기수를 오른쪽으로 돌렸다. 바로 그 순간 디셉션 밸리의 얕은 강바닥이 눈앞에 펼쳐졌다.

나는 조종간을 당기며 리얼 디셉션 팬의 축축하고 매끄러운 표면을 활주했다. 연료 계기판의 바늘은 이제 완전히 붉은색이었다. 엔진이 꺼지거나 말거나 상관없었다. 이곳에서는 걸어서도 야영지로 돌아갈 수 있었다!

그새 비가 많이 내린 모양이었다. 기린 수십 마리가 분지에서 거대한 새가 지나가는 모습을 호기심 어린 눈초리로 지켜보고 있었다. 나는 큰 영양, 스프링복, 젬스복 떼가 한가로이 풀을 뜯고 있는 계곡 위로 천천히 고도를 높였다. 비행기 아래로 치타 팬, 미드웨이 아일랜드, 자칼 아일랜드, 트리 아일랜드, 부시 아일랜드가 보였다. 그리고 마지막으로 야영지가 나타났다. 강바닥 주변의 물웅덩이는 모두 물이 찰랑거렸다. 비행기가 정말로 생길 줄은 꿈에도 모른 채 무작정 만들어놓은 활주로는 착륙해도 괜찮을 만큼 단단해 보였다. 바퀴가 지면에 쿵하고 닿았다. 나는 야영지로 비행기를 몰기 시작했다. '에코 위스키 골프 호'가 마침내 집인 디셉션 밸리에 도착했다.

격렬한 폭풍우로 텐트는 납작하게 무너져 있었다. 사방이 물웅덩이와 진창이었다. 목스의 도움이 절실했다. 텐트의 한쪽을 세우니 침대 밑에 2미터나 되는 코브라가 있어 쫓아버렸다. 그리고 축축한 매트 위에서 잠시 눈을 붙였다. 일어나자마자 미리 야영지에 가져다놓은 기름을 비행기에 채웠다. 부서진 연료 탱크를 고칠 때까지 한쪽으로만 비행해야 할 것 같았다. 칼라하리를 위에서 본 적이 없어서 불안하기는 했지만 미국에서 새 탱크가 올 때까지 기다릴 수 없어서 일단 마운으로 가보기로 했다.

우리가 요하네스버그에 가 있는 동안 목스는 마을 생활을 마음껏 즐긴 모양이었다. 목스를 찾아가보니 자신의 집 평상에 앉아 머리를 무릎 사이에 파묻은 채 며칠 밤 거하게 마신 술의 여파를 쫓으려고 애쓰는 중이었다. 눈은 멍하니 충혈되어 있었고 갈색 종이봉투로 만 독한 담배를 피우며 연신 콜록거렸다. 목스는 비틀거리며 짐을 챙겨 내가 빌려 온 트럭 짐칸에 던져 넣었다.

마을의 활주로에 도착한 목스는 술이 완전히 깼다. 자신이 나의 첫 번째 승객이 된다는 사실을 깨달았기 때문이다. 그는 지금까지 한 번도 비행기를 타본 적이 없다고 마구 설명을 했다. 하지만 나는 짐짓 못 알아들은 척했다. 목스가 비행기를 타지 않겠다고 하면 그를 야영지로 데려갈 방법이 없었기 때문이다. 목스는 비행기 날개에 머리를 쿵하고 박았다. 나는 무슨 일이 벌어지는지 목스가 알아차릴 새도 없이 안전벨트를 채워주고 재빨리 활주로로 비행기를 몰았다. 조종간을 앞으로 밀자 '에코 위스키 골프 호'가 활수보의 사갈을 사방으로 튀기며 달리기 시작했다. 이런 비행기는 결코 침묵이라는 것을 모른다. 특히 이륙할 때는 얼마나 시끄러운지 모른다. 우리 비행기도 악마처럼 괴성을 질러댔다. 목스는 눈알이 튀어나올 것처럼 겁에 질려 의자를 잡았다가 문을 잡았다가 다시 계기판을 붙잡았다. 나는 연신 고함을 치며 목스를 다독였다. "괜찮아! 괜찮다고!" 마침내 비행기가 사뿐히 하늘로 날아올랐다.

나는 조종간을 밀며 계속 상승했고 진로를 잡았다. 목스는 눈 아래로 마을과 강이 순식간에 개미만큼 작아지는 모습을 보고 비로소 웃음 짓기 시작했다. 이제 안심이 되었는지 강가에 있는 친구들의 집을 가리켰다. 나는 목스에게 조종간과 페달을 움직이며 다양한 비행시범을 보여주었다. 새로운 자세를 보여줄 때마다 목스는 웃음을 터트렸다. 목스는 곧 비행기에 익숙해졌다. 심지어는 걷거나 나귀를 타는 것이 고작인 마을에서 비행기를 타본 사람이 되었다는 사실을 자랑스러워하게 되었다. 사냥꾼들은 그런 목스에게 '닐 암스트롱'이라는 별명을 붙여주었다.

목스와 나는 사흘 동안 야영지를 깨끗하게 청소했다. 사흘째 되는 날 새벽 1시 30분에 트럭 엔진 소리에 잠을 깼다. 급히 옷을 입고 나가니 델리아와 로이가 텐트 옆에 차를 세우는 중이었다. 순간적으로 누구네 트럭인지 의아했다. 온통 풀과 진흙투성이라 트럭에 흙벽돌을 바른 것 같았기 때문이다.

로이와 델리아는 차에서 천천히 나와 전조등 불빛 앞에 섰다. 두 사람의 머리는 진흙과 풀씨가 덕지덕지 붙어 있었고 눈은 피로로 퀭했다. 재회의 기쁨을 나눈 후 두 사람은 그간의 사정을 일러주었다. 항공유를 4톤이나 싣고 오던 자연보호부의 트럭이 도중에 진창에 빠졌다. 트럭을 빼내려면 실린 항공유가 담긴 드럼통 열다섯 개를 차에서 내려 야영지로 옮겨야 할 뿐만 아니라 트럭이라도 건지기 위해 식료품을 모두 내려놓고 와야 했다.

그로부터 닷새 동안 목스와 나는 키 큰 풀과 덤불을 헤치며 사바나를 달려 진창에 빠진 트럭에 다녀왔다. 그 트럭의 운전수와 조수와 함께 트럭에 깔린 진흙을 퍼내고 바퀴 아래에는 커다란 돌들을 받쳤다. 하지만 고생한 보람도 없이 부드러운 진흙은 모든 것을 삼켜버렸다. 마침내 트럭을 후진시키려 하자 이번에는 소나기가 쏟아져 온통 진창으로 바뀌고 말았다. 매일 밤 우리는 드럼을 한두 개씩 굴려서 우리의 토요타 트럭에 싣고 야영지로 돌아왔다. 트럭의 운전수들은 트럭 옆에서 야영했다. 우리는 그들을 위해 여분의 음식을 남겨두었다.

닷새 되는 날 다시 작업하러 가보니 트럭은 어디에도 보이지 않고 드럼통들만 바닥에 나동그라져 있었다. 그 후로 우리는 그 트럭을 다시는 보지 못했다. 항공유를 야영지까지 싣고 오기 위해 자연보호부의 도움을 받은 것도 그때가 마지막이었다.

남은 기름을 어떻게든 야영지로 가져가려고 목스와 나는 마지막 드럼통 열한 개 중에 열 개를 차에 실었다. 마지막 한 개는 트럭에 연결한 트레일러에 실었다. 준비를 마치고 우리는 디셉션 밸리로 향했다.

나는 다음 날 아침 로이를 남아프리카 공화국까지 비행기로 데려다주어야 했다. 델리아와 나는 그날 밤 평소보다 일찍 쓰러지듯 잠자리에 들었고 로이도 식료품 텐트의 건조한 바닥에 누워 잠을 청했다. 목스는 우리가 요하네스버그에서 사 온 새 텐트를 쓰게 되었다.

잠이 살짝 들었을 즈음 활주로에서 들리는 사자들의 포효에 잠이 깼다. 나는 총알처럼 침대에서 튀어나왔다. 블루 프라이드일지도 몰랐다! 본즈가 그렇게 된 후로 녀석들을 보지 못했는데, 라스칼과 다른 암컷이 본즈의 최후를 지켜보았다고 하니 다시는 우리를 받아들여줄 것 같지 않아 걱정스러웠다.

활주로로 급히 나가보니 기다리는 블루 프라이드는 없고 처음 보는 젊은 수컷 두 마리가 활주로 한가운데서 배를 깔고 누워 있었다. 사자들은 불빛이 비치자 눈을 가늘게 떴다. 황금색의 듬성듬성 난 갈기를 보니 열다섯 살 소년의 턱에 막 나기 시작한 수염 같았다. 두 녀석은 생김새가 너무나 닮아서 우리는 형제일 거라고 추측했다. 한 녀석은 오른쪽 엉덩이에 J자 모양의 흉터가 선명하게 남아 있었다. 녀석들은 우리는 아랑곳하지 않은 채 계속 울었다.

야영지로 돌아오는 내내 섭섭한 마음을 가눌 수 없었다. 두 수컷은 절대 블루 프라이드의 영역을 차지할 수 없으리라.

16장

칼라하리의 집시들

강물처럼 우리는 자유롭게 방랑한다.

_알도 레오폴드

기록·마크

사자를 연구하겠다고 제안서를 쓰는 일과 실제로 수만 제곱킬로미터
나 되는 칼라하리 사막에서 사자를 찾아 목걸이를 채우는 일은 완전히
다른 문제였다. 비행기와 연료를 야영지까지 안전하게 가져다 놓고 정신
을 차리니 1978년 1월이 다 지나간 후였다. 사자들에게 목걸이를 채우
는 일이 얼마나 걸릴지 짐작조차 할 수 없었다. 이제부터는 시간과의 싸
움이었다. 사자들이 화석이 된 강바닥을 떠나 8개월 동안 광활한 사바나
어딘가에서 지낼 건기가 맹렬하게 다가오고 있었다. 국제적인 자연보호
단체가 우리를 믿고 연구에 지원해주었다. 이제부터 어떤 결과물을 보여
주느냐는 전적으로 우리에게 달렸다. 제대로 하지 못하면 앞으로 지원은

꿈도 꾸지 말아야 할 터였다.

우리는 디셉션 밸리 전역의 사자와 갈색하이에나를 마취해 무선목걸이를 채우기로 계획을 세웠다. 북쪽으로 더 올라가 디셉션의 옛 지류인 파사지와 히든 밸리에서 살고 있는 사자 무리도 포함시키기로 했다. 가장 시급한 문제는 이곳처럼 넓은 야생의 땅에서 사자와 하이에나를 찾아 마취를 시키는 일이었다. 우리가 동물들을 찾아낼 수 있는 기회는 강바닥 초원으로 그들이 찾아오는 이른 새벽뿐이었다.

계획을 세우자마자 6주 동안 우리는 새벽마다 생 오트밀과 분유로 아침을 해결하고 작업을 시작했다. 주머니에는 육포를 쑤셔 넣고 이슬이 내려앉은 채 희뿌연 새벽빛을 받고 있는 비행기로 향했다.

"스위치 온, 마스터 온, 스로틀 세트." 델리아가 조종석에 앉아 몸을 부르르 떨었다.

"콘택트!" 나는 프로펠러를 돌린 후 뒤로 물러섰다. 하얀 연기가 피어오르더니 탁탁탁 소리가 나고 곧 굉음을 내며 시동이 걸렸다. 에코 위스키 골프 호가 잠에서 깨어났다.

우리의 활주로까지 영토를 넓힌 스프링복 보잉이 땅을 박차고 자신이 싸놓은 똥에 오줌을 갈기고는 우리가 이륙할 준비를 하자 한쪽으로 가버렸다. 보잉이 활주로와 비행기에 너무 익숙해져서 우리는 이륙과 착륙을 할 때마다 녀석을 치지 않으려고 조심해야 했다.

이륙을 하자 야영지가 반짝하고 빛났다. 목스가 불을 피우는지 연기가 나무들 사이로 구불구불 올라왔다. 우리는 천천히 계곡을 따라 북쪽으로 가면서 창문에 얼굴을 딱 붙이고 혹시 강바닥에 사자가 없는지 살폈다.

에코 위스키 골프 호와 함께라면 더 이상 고물 트럭을 끌고 굼벵이처럼 며칠이고 노숙하면서 돌아다닐 필요가 없었다. 비행기 덕분에 지금까지 우리 시야로는 몇 제곱킬로미터에 불과하던 칼라하리의 전경이 계곡 너머까지 넓어졌다. 우리는 희끄무레하게 날이 밝아오는 샌드벨트 위로 긴 그림자를 남기며 계곡 위로 날아올랐다. 우리는 하늘에서 본 분지와 초승달호^鄕에 이름을 붙였다. 아주 오래전에 바람에 날려온 모래가 강을 가로막으며 형성된 지형들이었다. 우리는 새로 발견한 지형에 히든 밸리, 파라다이스 팬, 크로커다일 팬이라고 이름을 붙였다. 얼마 전 내린 큰비로 강바닥은 싱그러운 녹음이 한창이었고 강줄기를 따라 물웅덩이가 보석처럼 찬란하게 빛났다.

칼라하리는 어딜 보나 비슷했다. 그나마 우리가 알아볼 수 있는 곳은 야영지 주변뿐이었다. 우리는 길을 잃지 않도록 강바닥을 따라 비행했다. 하지만 비슷하게 생긴 곳이 너무 많았다. 특히 칠흑처럼 까만 구름의 그림자를 지날 때는 더욱 그랬다. 나침반도 문제가 많았다. 우리는 마운으로 처음 함께 비행하던 날 나침반의 상태를 확실하게 알게 되었다. 마을에 도착해보니 그곳은 우리의 경로에서 동쪽으로 60킬로미터 이상 떨어진 마칼라마베디였던 것이다.

디셉션 밸리를 떠나서 비행할 때면 항상 음식을 챙기고 짐칸에 서바이벌 기어 박스를 챙기곤 했다. 야영지에서 어떤 방향으로 비행할지. 언제 혹은 얼마나 비행할지 우리도 몰랐기 때문이다. 게다가 우리의 비행 계획을 아는 사람은 하늘 아래 목스뿐이었다. 지금 생각해보면 그렇게 외진 지역에서 온갖 결함을 안고 있는 비행기를 타고 다닌다는 사실에 내가 얼마나 스트레스를 받았는지 알 것 같다. 어딘가에 불시착하게 된다면 구조될 희망도 별로 없었다. 또 한 가지 문제는 동물들의 굴이었다.

우리는 종종 오소리나 여우 혹은 토끼의 굴이 숨겨져 있을지도 모르는 풀숲에 비행기를 내리거나 띄워야 했다. 그러다가 굴에 바퀴라도 빠지는 날에는 큰 낭패를 겪을 터였다. 그래도 경험을 쌓아나가면서 하늘에서도 짐승들의 굴을 알아보는 요령을 익혔다. 바퀴가 지면에 닿을 정도로 낮게 날다 보면 착륙하기 전에 희한하게도 감이 왔다.

*

"사자들이야. 저기, 나무들 사이에 있어!" 델리아가 고함치는 소리가 엔진 소리 사이로 들렸다. 나는 급강하해 평평한 나무들 위로 낮게 날았다. 히든 밸리의 타우 팬에서 8킬로미터가량 떨어진 곳에서 사자 한 무리가 큰 영양의 시체에 모여 있었다. 나는 조종간을 앞으로 당기며 플랩을 내렸다. 근처 나무 꼭대기까지 하강하자 위치를 표시해두기 위해 델리아가 휴지를 떨어뜨렸다. 나는 분지의 아카시 나무의 커다란 가지에 나침반을 맞춘 후 야영지로 돌아왔다.

우리는 야영 장비, 음식과 물, 마취 장비와 카메라를 트럭에 실었다. 델리아가 사자들이 있는 곳을 향해 떠났다. 열기로 스물스물 피어오르는 아지랑이 사이로 모습이 사라질 때까지 트럭을 바라보았다. 델리아가 처음으로 혼자 차를 몰고 사막으로 나섰다.

몇 시간 후 델리아가 사자들이 있는 지점에 도착했을 무렵 나도 비행기로 델리아를 찾아 나섰다. 마침내 사바나 한가운데 하얀 점 같은 트럭을 발견했다. 덤불 근처를 돌아다니는 모습이 딱정벌레 같았다. 나는 낮게 하강해 트럭 위를 날아 곧장 나무로 향했다. 큰 영양의 잔해는 아직도 남아 있었지만 사자들은 보이지 않았다. 근처에 사지들이 있기를 바라며 주변을 여러 번 선회했다.

델리아가 주위를 힐끗 보다가 사자를 발견했다. 사자들은 배를 채운 후 강바닥 가장자리를 따라 나 있는 나무들로 자리를 옮겼던 것이다. 델리아는 정신이 없어서 사자들이 다가오는 기척도 느끼지 못했다. 사자들은 일렬로 늘어서서 델리아를 향해 곧장 다가왔다. 가장 가까운 사자와의 거리가 50미터도 채 되지 않았다. 사자들은 트럭과 델리아 사이를 어슬렁거렸다. 사방 몇 킬로미터에 걸쳐 몸을 숨길 곳이라고는 아무 데도 없었다. 블루 프라이드라면 믿을 수 있지만 이 사자들은 처음 보는 사자들이었다. 어쩌면 사람을 처음 보는 사자들일지도 몰랐다.

암사자들이 델리아를 빤히 바라보고 고개를 들었다 내렸다 하며 델리아에게 다가왔다. 발걸음은 점점 느려지고 정교해졌으며 시선은 한 번도 델리아에게서 떼지 않았다.

델리아는 사자의 표정과 몸짓의 의미를 읽으려고 노력하면서 천천히 뒤로 물러났다. 하지만 뒤로 물러나면 오히려 쫓아온다는 것을 생각해내고 가만히 서 있기로 했다. 사자들은 여전히 델리아를 향해 다가왔다. 이제 양쪽의 거리는 30미터 정도였다. 델리아의 공포가 최고조에 달했다. 갑자기 삽을 들어 올려 곤봉처럼 휘두르면서 네안데르탈인 여자나 냈을 법한 소리를 질렀다. "하라우흐!"

괴성이 명령이라도 되는 듯 사자들이 멈춰 서더니 일렬로 그 자리에 주저앉기 시작했다. 모두들 고개를 앞으로 쑥 빼고는 무기를 휘두르며 서 있는 영장류를 관찰했다.

델리아는 자신이 움직이면 사자들이 또 따라올까 두려워 그 자리에서 꼼짝도 하지 않았다. 하지만 안전한 트럭까지 가려면 사자를 지나가야 했다. 그곳에 가만히 있을수록 사자들이 따라올 가능성만 커질 뿐이었다. 델리아는 천천히 발을 내디뎠다. 삽을 허리 높이에 들고 눈을 사자 무리에서 한시도 떼지 않은 채 트럭으로 다가갔다. 사자들은 레이더처럼 델리아의 일거수일투족을 살폈다. 델리아가 삽을 휘둘러 큰 원을 그리며 트럭으로 다가가자 사자들도 고개를 돌려 그 모습을 눈으로 좇았다.

델리아가 사자들을 막 지나치려는데 갑자기 암사자 한 마리가 벌떡 일어나서 고개를 낮추고 쫓아오기 시작했다. 금방이라도 트럭으로 달려가고 싶은 마음을 꾹 참고 델리아는 멈춰서 비명을 지르며 삽을 머리 위로 들고 흔들었다. 암사자는 한쪽 발을 앞으로 내민 채 멈췄다. 델리아가 가만히 있자 사자는 그 자리에 앉았다.

델리아가 트럭으로 다가가자 사자가 다시 따라왔다. 이번에도 델리아가 소리를 지르며 삽으로 땅을 내려치자 사자가 앉았다. 다행히도 트럭이 바로 코앞이었다. 10미터 앞에서 델리아는 갑자기 삽을 사자에게 냅다 던지고는 트럭을 향해 달리기 시작했다. 불의의 습격을 받은 암사자가 펄쩍 뛰어 삽을 피한 후 삽의 냄새를 맡는 동안 델리아는 트럭 안으로 뛰어들었다. 델리아는 몇 분 동안 부들부들 떨면서 좌석에 누워 있어야 했다.

비행기 소리가 점점 커지고 에코 위스키 골프 호가 착륙을 위해 활상을 시작했다. 사자들은 그 모습을 근처에서 죽 지켜보았다. 나는 트럭 옆까지 비행기를 몰고 가 시동을 껐다. "대단해! 기어이 사자를 찾아냈구나." 내가 신이 나서 말했다. 그런데 창턱에 턱을 받치고 있는 델리아의 얼굴은 백지장처럼 창백했다. 나는 트럭으로 들어가 델리아를 꼭 안아주었다.

그날 밤 우리는 새로 만난 무리에게 타우 프라이드라는 이름을 붙여주고, 그중 세 마리에게 전파목걸이를 채웠다. 다음 날 야영지 근처로 돌아와 몇 시간 동안 블루 프라이드가 좋아하는 휴식지를 돌며 녀석들을 찾아보았다. 본즈의 일이 있은 후로 블루 프라이드를 못 보았는데, 여전히 아무런 흔적도 보이지 않았다. 사냥꾼을 만난 후 디셉션 밸리를 완전히 떠났을지도 몰랐다.

대신 야영지 남쪽에 영역을 마련한 스프링복 팬 프라이드를 찾아냈다. 그날 저녁에는 무리의 대장인 사탄과 암사자인 해피에게 목걸이를 채웠다. 사자들이 마취에서 깨어나는 동안 우리는 비행기 날개 아래에 임시 숙소를 마련했다. 사자들과의 거리는 고작 100미터 정도였다. 델리아가 모기장을 날개에 걸고 침낭을 까는 동안 나는 물통과 음식을 꺼내고 작은 모닥불을 피웠다. 잠시 후 석탄 위에 걸어놓은 냄비가 부글부글 끓고 말린 고기, 감자와 양파가 냄비에서 지글거리기 시작했다.

불길이 잦아들고 불씨만 남자 언덕 위로 달이 두둥실 떠올라 계곡을 은빛으로 물들였다. 우리는 비행기 날개 밑에 앉아 강바닥에서 풀을 뜯고 있는 스프링복 무리를 지켜보았다. 잠자리에 들 무렵 사자들의 울음소리가 들리기 시작했다.

얼마 후 나는 잠에서 깨어났다. 달은 모습을 감추고 구름 뒤에서 별들이 희미하게 빛났다. 나는 손전등을 찾았다. 언제나처럼 배터리가 거의 다 끝나갔기 때문에 약한 노란 불빛이 힘들게 어둠을 뚫었다. 천천히 주위를 비추자 아홉 쌍의 커다란 눈동자들이 비행기 주변에 빙 둘러선 것이 보였다. 스프링복 팬 프라이드의 사자 모두가 25미터 정도 떨어진 곳에서 우리를 정탐하고 있었다.

에코 위스키 골프 호는 사자들에게 호기심의 대상이었다. 아무래도 비행기의 꼬리와 타이어에 송곳니를 박아 넣고 싶어 하는 것 같았다. 분명 사자에게 비행기는 분유가 든 커다란 깡통처럼 보였을 것이다. 델리아와 나는 한 시간 정도 깨어 있었다. 조용히 이야기를 나누다가 간간이 손전등을 켜서 사자들이 어디에서 무엇을 하고 있는지 확인했다. 마침내 사자들은 한 마리씩 차례로 어둠 속으로 사라졌다.

얼마 후 스프링복 무리가 툴툴거리고 콧소리로 경계 신호를 내며 우리 옆을 쿵쾅거리며 지나갔다. 얼마 후 이번에는 나지막한 으르렁 소리가 나더니 쩝쩝 소리, 갈라지는 소리에 북하고 찢어지는 소리가 연달아 들렸다. 사자들이 먹이를 먹는 소리였다. 손전등으로 확인해보니 날개 끝에서 고작 30미터 떨어진 곳에서 스프링복 팬 프라이드가 사냥감을 놓고 다투는 중이었다. 우리는 녀석들의 식사가 끝날 때까지 잠을 이룰 수 없을 것 같았다.

우리는 아침 해가 날개에 걸어놓은 모기장 속으로 쏟아져 들어올 무렵 사탄이 축축한 풀밭을 파헤치는 소리에 잠이 깼다. 사탄이 어슬렁거리자 덥수룩한 갈기가 육중한 어깨 위에서 물결쳤다. 목걸이는 검은 털에 가려져 거의 보이지 않았다. 사탄은 작은 나무 아래 누워 졸린 눈으로 우리가 커피를 끓이고 불에 육포를 굽는 모습을 지켜보았다.

우리는 낮 동안 빈둥거리며 잠자는 사자들을 관찰했다. 사자들은 목걸이에 아무런 신경도 쓰지 않았다. 오후 4시경 우리는 공중에서 발신기의 신호가 잘 잡히는지 확인도 하고 다른 사자들을 찾기 위해 남쪽으로 비행을 했다. 60킬로미터나 떨어진 곳이었지만 사탄의 신호가 잡혀서 너무

기뻤다.

스프링복 팬으로 돌아가려고 기수를 돌리는 순간 거대한 검은 구름 장벽을 발견하고 우리는 아연실색을 했다. 무선 장비가 작동하는지 신경 쓰느라 바로 뒤까지 다가온 폭풍우를 보지 못한 것이다. 폭우가 계곡을 덮치기 전에 착륙해야 했다. 나는 기수를 아래로 내리며 급강하를 시작했다.

돌풍이 몰아치기 전에 불어오는 심한 기류에 휘말려 갑자기 기체가 격렬하게 흔들리기 시작했다. 바람에 휘날리는 풀밭을 보니 풍속은 적어도 시속 60킬로미터는 될 것 같았다. 계곡에 도착했을 즈음에는 거센 바람이 좁은 강폭을 곧장 가로지르며 불고 있었다. 이런 상황에서는 옆바람을 받으며 착륙을 해야 기체가 요동하거나 이상 선회를 하거나 날개를 땅에 처박는 일이 없었다. 하지만 내 경력으로는 어림도 없는 기술이었다. 풍속이 시속 30킬로미터를 넘으면 옆바람을 맞으며 착륙을 하지 말라는 비행 교본의 주의사항이 어슴푸레 떠올랐다.

어느새 굵은 빗방울이 앞 유리를 때리기 시작했다. "의자를 뒤로 빼고 안전벨트를 단단히 매. 그리고 몸을 최대한 숙여." 내가 델리아에게 말했다. 기체를 때리는 바람 소리에 고함을 쳐도 잘 들리지 않았다. 나는 강바닥에서 구멍이 없는 안전한 착륙 지점을 간신히 찾았다. 아찔할 정도로 급격한 각도로 기수를 꺾으며 하강을 시작했다. 에코 위스키 골프 호는 무서우리만큼 거센 바람에 대포알처럼 기체를 두드리는 빗방울 속으로 들어갔다.

마침내 우리 비행기는 착륙 지점을 향해 활강 비슷한 것을 하기 시작했다. 강풍에 착륙하려면 균형을 잘 잡아야 했다. 처음에는 뱅크각이 너무 작더니 그다음에는 방향타의 각이 부족했다가 너무 커졌다. 비행기는 활주로와 강바닥 사이의 상공에서 갈팡질팡했다. 누가 우리 비행기를 봤다면 비스듬히 착륙하려고 한다고 생각했을 것이다!

우리는 아카시 나무들 위로 비스듬히 미끄러져 내려갔다. 비행기가 풀 끝을 스칠 즈음 나는 조종간을 최대한 당기며 착륙 준비를 하려 했다. 그때 실속 경보가 요란하게 들려왔다. 일순간 바람이 멎은 것 같았다. 나의 모든 노력은 수포로 돌아가고 오른쪽 바퀴가 지면에 강하게 부딪히면서 어디선가 '우지끈' 하는 소리가 들렸다. 어떻게 된 일인지 생각할 겨를도 없었다.

바람은 여전히 강했다. 더 늦기 전에 후미 부분을 들고 지면을 따라 비행을 시도해야 했다. 다시 한번 착륙을 시도했다. 나는 속도를 서서히 줄여 기체가 바람을 맞으면서도 안정적으로 비행할 수 있도록 애썼다. 비행기는 계속 하강해서 이제 지면 바로 위였지만 착륙 지점과는 아직도 멀었다. 나는 파워를 점점 더 줄이면서 살짝 상승했다. 속도를 줄이자 오른쪽 바퀴가 덜컹거리기 시작했다. 우리가 마침내 착륙한 것이다! 하지만 속도가 너무 빨라 방향키도 브레이크도 소용이 없었다. 비행기는 활주로에서 튕겨 나가 풀밭을 헤치고 사자들이 휴식을 취하는 나무들을 향해 돌진하기 시작했다. 브레이크를 힘껏 밟았지만 바퀴들은 계속 미끄러졌다. 그런데 때맞춰 맞바람이 불어주는 것이 아닌가. 마침내 비행기는 멈춰 섰다.

델리아는 뒤쪽 승강구 앞에 쌓인 잡동사니를 주섬주섬 치우며 먼저 내렸다. 나는 시동을 끄고 거센 빗줄기 속으로 나갔다. 어쨌든 우리는 위스키 골프 호를 폭풍으로부터 안전하게 지켜낸 것이다.

폭풍우가 무덥고 건조한 시기를 끝내고 디셉션 밸리에 생명을 되살리는 비를 내려주었다. 가끔 이런 폭풍우들 때문에 우리 텐트가 날아가고 야영지가 쑥대밭이 되었다.

우리 야영지 위에 있는 나무에는 가끔 핑크팬더가 찾아와 누워 있거나 우리 텐트의 입구에서 팔만 뻗으면 닿을 수 있는 거리에서 잠을 잤다.

위: 델리아가 핑크팬서에게 무선 목걸이를 채우고 있다.
아래: 코뿔새인 치프가 우리 냄비에서 간식을 찾는 중이다.

치프가 델리아에게서 간식을 얻었다.

위: 반디트와 다른 들개가 먹이를 먹은 후 싸움 놀이를 하고 있다.
아래: 반디트 무리의 들개 한 마리가 마크의 발 냄새를 맡고 있다. 우리가 오기 전 칼라하리의 동물들은
대부분 사람을 한 번도 보지 못했다.

위: 갈색하이에나 스타에게 물릴 뻔한 자칼 캡틴.
아래: 갈색하이에나가 나중에 먹기 위해 동물 사체의 다리와 여러 부위를 뜯어내서 운반하고 있다.

위: 맥더프 같은 갈색하이에나들은 지구상에서 가장 드물고 알려지지 않은 대형육식동물이다.
아래: 마취가 풀릴 때까지 그늘에서 보호하려고 아이비를 데려가는 중이다. (사진·밥 아이비)

위: 스타가 새끼인 코코아를 물고 5킬로미터 넘게 떨어져 있는 공동 굴로 데려가고 있다.
아래: 스타가 새끼들에게 젖을 먹이는 동안 이전에 낳은 피핀이 아버지가 다른 동생들인 코코아와 페퍼,
토피의 냄새를 맡고 있다.

페퍼가 태어나 처음으로 먹이를 찾으러 외출했디기 아영지 욕심에 나타나는 바람에 델리아가 놀랐다.

해 질 무렵 안전한 공동 굴에서 나오는 모험을 감행한 페퍼. 이렇게 외출을 할 때면 표범 같은 포식자의 공격에 더 취약하다.

위: 페퍼가 자신을 관찰하는 델리아에게 인사를 하고 있다.
아래: 형제 사이인 갈색하이에나 더스티와 수티가 부리의 공동 굴에서 인사를 나누고 있다.

위: 포식자들의 접근에 스프링복이 경계해 도망치고 있다.
아래: 스프링복 팬 프라이드의 스타벅, 해피, 딕시가 블루 프라이드의 스파이시와 함께 스프링복을 사냥해 먹고 있다.

위: 칼라하리의 화석이 된 강바닥에서 사자를 찾는 동안 우리는 종종 야영지에서 멀리 떨어진 곳에 착륙해 비행기의 날개 아래에서 밤을 보냈다.
아래: 이른 아침 우리의 화장실에 모펫이 깜짝 방문을 했다.

위: 머핀과 모펫 등 블루 프라이드의 사자들은 종종 야영지를 습격해 구정물을 마시고 우리의 장비를 가지고 놀았다.
아래: 이제 두 살이 된 빔보가 나뭇가지 사이로 마크를 몰래 훔쳐보는 중이다.

부기에 섀리가 지지푸스 나무 아래에서 쉬고 있다.

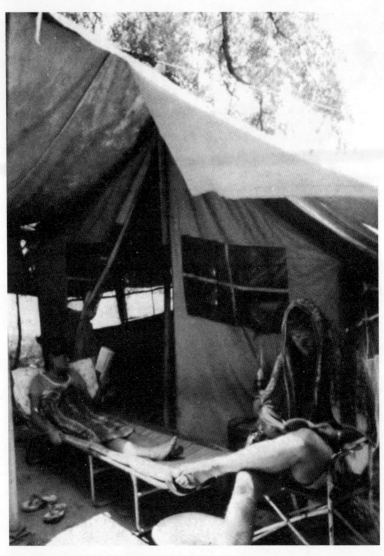

우리는 섭씨 50도에 육박하는 폭염에 젖은 타월을 뒤집어쓰고 버텼다. 그럴 때면 꿀벌 수백 마리가 수분에 이끌려 나타났다.

우리는 비행기 날개 아래에 텐트를 치고 휴대용 버너를 꺼내 차와 스프를 끓이기 시작했다. 밤새 비바람이 몰아쳤다. 비행기는 연신 흔들거리며 삐걱댔다. 그래도 침낭은 따스하고 아늑한 휴식처를 우리에게 선사해주었다.

그로부터 몇 주 동안 우리는 칼라하리 중부를 비행하며 야영지에서 멀리 떨어진 곳에서 살고 있는 사자들에게 전파목걸이를 채웠다. 델리아는 나침반에만 의지해 몇 시간씩 차를 몰아 외진 분지나 강바닥에 있는 나를 찾아왔다. 하늘에서 사자가 보이지 않으면 영양 무리 근처에 착륙해 날개 아래 텐트를 치고 밤을 세우며 사냥을 나온 사자 무리를 눈에 불을 켜고 찾았다. 작업을 마치고 야영지로 돌아오면 이번에는 블루 프라이드를 찾아다녔다.

시간이 쏜살같이 흘러갔다. 어느새 3월 말이 다가오고 있었다. 이제 한 달 후면 우기도 끝이 날 것이다. 영양 무리가 계곡을 슬슬 떠나기 시작하면 사자들을 관찰할 기회도 줄어들 것이다. 우리에게 사자는 가장 중요한 관찰 동물이었다. 하지만 우리는 사자들에게 무선발신기를 다는 작업을 마치지 못했었다. 어쩌면 사냥꾼들에게 죽임을 당한, 우리가 모르는 사자들이 더 있을지도 몰랐다.

그런데 파사지 계곡에 비행기를 세워두고 그곳에서 야영한 다음 날 아침이었다. 야영지로 돌아가니 목스가 불가에 서서 환하게 웃고 있었다. 목스는 사방에 찍힌 사자 발자국을 가리키더니 손짓, 발짓에 세츠와나 말과 엉터리 영어로 우리에게 따라오라고 했다. 그는 샤워장과 부엌이 있는 텐트로 가더니 육포를 말리고 있는 나무 그릇들 사이에 난 틈을 가리켰다. 그리고 귓불을 잡았다가 내 셔츠의 푸른색을 가리키고 다시 손가락 끝으로 턱을 잡아당겼다. 이 몸짓의 의미는 푸른 식별표를 귀에 달고 있는 갈기가 듬성듬성 난 어린 수사자 두 마리가 있다는 뜻이었다. 그걸 우리가 이해하자 이번에는 목스는 땅바닥에 J자를 그리고 자신의 등을 툭툭 쳤다. 두 마리 중 한 마리의 엉덩이에 J자 흉터가 있다는 뜻이었다. 몇 주 전 활주로에서 델리아와 로이, 내게 세레나데를 불러줬던 그 사자들이 분명했다.

우리는 트럭에 급히 몸을 싣고 목스가 사자들을 봤다는 400미터 떨어진 부시 아일랜드로 향했다. 우리는 사자들이 트럭을 잘 볼 수 있도록 천천히 달렸다. 사자들은 우리가 다가오자 일어나 앉았다. 우리는 사자들의 표정과 자세의 변화를 유심히 관찰했다. 그래야 사자들이 우리를 겁내는지 공격하려 하는지 알 수 있었기 때문이다.

언제나처럼 걱정할 필요가 없었다. 새시와 블루가 차 안으로 우리를 들여다보며 타이어를 질근질근 씹어대기 시작했다. 팔만 뻗으면 수염이 난 주둥이와 호박 같은 노란 눈동자를 만질 수 있었다. 새시의 눈 위에 붙어 있는 진드기를 잡아주고 싶었지만 차마 손을 내밀 수 없었다. 우리가 머핀과 모펫이라고 부르는 젊은 수사자들이 암사자들로부터 몇 미터 떨어진 곳에 누워 있었다. 겨우 네 살밖에 안 된 비교적 젊은 녀석들이었지만 벌써 블루 프라이드와 그 영역을 장악한 것이 분명했다. 도전자들을 물리치고 계속 그 지위를 유지할 수 있을지 앞으로 지켜보아야 했다.

우리는 트럭의 그늘에 누워 있는 사자들 곁에 잠시 앉았다. 마치 옛날로 되돌아간 것 같았다. 새시를 제외하면 집시, 리자, 스푸키, 스파이시까지 모두 훌쩍 자라 어른이 되어 있었다. 블루와 늙은 섀리와 함께 어엿한 무리를 이루게 된 것이다.

블루 프라이드에 목걸이를 채운 후에도 디셉션부터 파사지, 히든 밸리를 따라 영역을 형성한 다섯 무리의 열여섯 마리가 넘는 사자들에게 목걸이를 채웠다. 우리는 비행기나 트럭에서 그 사자들을 추적할 수 있었다. 목걸이를 한 사자들과 이들과 짝짓기를 하는 사자들까지 합쳐서 우리는 서른여섯 마리가 넘는 사자들을 직접 추적했다. 물론 짝짓기를 하는 사자들도 대부분 귀에 식별표를 달고 있었다. 사자들 외에도 갈색하이에나 여섯 마리, 디셉션 팬과 근처 치타 팬에 살고 있는 하이에나 무리에게도 수신기를 달았다.

준비한 목걸이를 모두 채웠기 때문에 남은 일은 우기가 끝날 때까지 매일 관찰하고 상세하게 기록하는 것이었다. 건기 동안 갈색하이에나들은 계곡 근처에서 머물렀기 때문에 비행기에서 찾기가 훨씬 수월했다. 마침내 몇 주 동안 우리를 짓눌렀던 짐들을 다 내려놓은 기분이었다. 우리가 해낸 것이다. 사자와 갈색하이에나를 항공 관찰할 만반의 준비가 갖추어졌다.

하이에나를 마지막으로 목걸이 부착 작업을 완전히 끝낸 날 아침 우리는 자축하며 하루를 푹 쉬기로 하고 야영지로 향했다. 야영지에 도착해 차를 세우자 치프, 어글리, 빅 레드를 비롯해 마흔 마리나 되는 코뿔새들이 우르르 몰려와 호들갑을 떨며 아침밥을 달라고 보채기 시작했다. 델리아가 콧노래를 흥얼거리며 오솔길을 따라 나뭇가지 아래에 있는 텐트로 걸어가기 시작했다. 어글리가 델리아의 어깨에 내려앉아 휘어진 노란 부리로 귀걸이를 잡아당겼다. 치프는 머리 위에 앉으려고 용을 썼다 나머지 새들도 델리아의 뒤를 졸졸 따르며 부엌으로 갔다. 부엌에 먼저 가 있던 마리코딱새 마리크가 델리아를 보자 땅바닥에 날아와 앉아 날개와 몸을 흔들며 밥 달라고 아우성을 쳤다. 백 마리는 될 법한 새들, 뾰족 뒤쥐 윌리엄, 도마뱀 라라미까지 먹이를 얻어먹을 때까지 나는 꿔다놓은 보릿자루 신세였다. 손님들이 식사를 마치자 그제야 델리아는 내가 있다는 사실을 기억해내고 아침을 준비해주었다.

그날 오후 우리는 야영지 근처 강바닥에 앉아 은색의 풀잎들이 지는 해를 받아 불이라도 난 듯 붉게 변하는 모습을 바라보았다. 잠시 후 해는 서쪽 모래언덕 너머로 모습을 감추었다. 해가 지자 계곡에는 캡틴, 선댄스, 스키니 테일, 짐피와 동료 자칼들의 구성진 울음소리가 메아리치기 시작했다. 외롭고 아름다운 칼라하리를 달래주는 것 같은 울음소리를 듣고 있으니 스르르 잠이 왔다. 하늘은 점점 어두워지고 서쪽 모래언덕의 윤곽도 어둠 속으로 모습을 감추었다. 밤이 되자 대리석 두 개를 부딪히는 듯한 도마뱀붙이가 딸각 – 딸각 – 딸각 우는 소리와 물떼새들의 울음소리가 들려왔다. 언덕 너머에서 시원한 바람이 불어오자 우리는 야영지로 돌아갔다.

장작을 쌓아놓은 곳에 머핀과 모펫이 누워 있었다. 그렇게 있은 지 한참 된 것 같았다. 사자들은 우리를 지켜보기만 했다. 하지만 녀석들이 야생 사자라는 사실을 한시도 잊어서는 안 되었다. 사자들과 함께 있을 때의 감정은 그 무엇으로도 표현할 수 없었다. 여러 감정이 뒤섞인 복잡한 감정의 소용돌이 같았다. 흥분되면서 감사하기도 하고 편안하면서 동료가 된 듯한 야릇한 감정이었다.

잠시 후 녀석들은 일어나서 기지개를 켜더니 본즈가 오줌을 갈겨 흔적을 남긴 나무들을 향해 다가갔다. 우리에게서 3미터 정도 떨어진 곳에서 녀석들은 몸을 돌려 꼬리를 쳐들더니 가지에 오줌을 갈겼다. 우리는 급히 부엌에서 손전등을 찾아 녀석들을 뒤따라갔다. 사자들이 한쪽이 탁 트인 갈대 부엌에 들어가 있으니 말만큼 커 보였다. 머핀은 고개를 돌려 주둥이를 식탁 위에 올려놓았다. 나는 목스가 차려놓은 저녁을 혀로 낼름 집어가는 머핀의 머리를 만져볼 수도 있을 것 같았다.

그동안 모펫은 찬장에 코를 박고 냄새를 맡았다. 기둥에 걸려 있는 11킬로그램짜리 밀가루 자루를 발견하자 자루를 물어 땅으로 끌어내렸다. 그러자 자루가 찢어지면서 하얀 밀가루가 녀석의 콧잔등이며 갈기로 우수수 떨어졌다. 녀석은 재채기를 하면서 고개를 사정없이 흔들며 뒤로 풀쩍 뛰어올랐다. 덕분에 사방이 밀가루 천지가 되었다. 모펫은 찢어진 밀가루 자루를 물고 밖으로 나갔다. 뒤로 하얀 밀가루가 줄줄이 이어졌다. 머핀도 그 뒤를 따랐다. 녀석들은 자루를 사정없이 찢어버린 후 부엌 옆에 조용히 누웠다. 그러고 있으니 달빛이 쏟아지는 커다란 모래언덕 같았다. 녀석들의 나지막한 울음소리를 들으며 우리는 아주 가까이 다가가 자리를 잡고 앉아 녀석들의 배 속에서 나는 요상한 소리를 들었다. 한 시간 반 후에 사자들은 일어나서 우렁차게 울고는 북쪽으로 가버렸다.

*

매일 새벽 우리는 무겁게 가라앉은 서늘한 공기를 가르며 하늘로 날아올라 사자와 하이에나의 신호를 추적했다. 나는 델리아의 좌석을 돌려 비행기의 뒤쪽을 볼 수 있도록 했다. 그러면 음식 상자를 책상으로 쓸 수 있기 때문이다. 델리아는 사자나 하이에나의 발신기에서 나오는 주파수를 찾아 이어폰으로 신호를 들으며 안테나 두 개 사이에서 신호를 이리저리 바꾸며 내게 방향을 알려주었다. 신호가 최고조에 달하면 추적 중인 동물이 바로 아래에 있다는 뜻이었다. 우리는 두세 개의 지형물을 기준으로 나침반을 읽으면서 디셉션의 항공사진에 우리 위치를 표시하고 관찰 동물의 위치를 정확하게 기록했다.

비행 실력이 늘자 그때는 능숙하게 저공비행을 하면서 관찰 내용을 녹음도 하고 무선 장치도 조작할 여유가 생겼다. 더 이상 델리아를 고생시키지 않고 혼자서도 비행을 하게 된 것이다. 내가 비행을 하는 동안 델리아는 하이에나를 찾아다니거나 야영지에서 자료 작업을 했다. 2년 후 비행기에 무선 장치를 단 후부터 우리는 사자를 한 무리씩 맡아 교신을 주고받았다. 혹시라도 내가 불시착을 할 때도 델리아는 나를 찾으러 올 수 있었다.

무선추적을 하면서 알아낸 가장 흥미진진한 사실은 블루 프라이드와 디셉션 팬 갈색하이에나 무리 사이의 관계였다. 우기에는 사자들이 어디에 있든지 간에 하이에나들이 사자들을 찾아냈다. 블루 프라이드가 사냥감을 잡기만 하며 스타든 패치스든 다른 하이에나들이 그곳에 어슬렁거렸다. 우기에는 갈색하이에나의 먹이는 사자의 사냥에 달려 있는 것이 분명했다. 게다가 그 기간 동안 하이에나의 영역은 사자의 영역과 꼭 맞아떨어졌다. 심지어 냄새 흔적을 남긴 이동로조차 일치할 때도 있었다. 하늘에서 강바닥과 계곡을 보면 마치 거대한 게임 판을 보는 듯했다. 하이에나들은 사자의 움직임을 예의 주시하고 있다가 사자가 이동할 때마다 사체를 처리하러 나섰다. 사자도 하이에나도 자연이라는 게임에서 살아남기 위해 경쟁하는 선수들이었다.

처음에는 지면에 접근해서 저공비행을 하다가 사자들이 놀라면 관찰을 못 하지 않을까 걱정스러웠다. 하지만 그런 걱정은 할 필요가 없었다.

우리는 사자들을 놀라게 하지 않고도 풀에서 고작 25~30미터 떨어진 높이에서 비행할 수 있게 되었다. 그 정도 높이에서는 사자들의 목걸이를 금세 찾아볼 수 있었고 운이 좋으면 귀에 달린 식별표의 색깔도 알아볼 수 있었다. 사자마다 비행기에 대한 반응이 다 달랐다. 머핀은 비행기를 보면 고개도 들지 않고 눈만 굴리며 재미난 표정을 지었다. 사탄은 몸을 웅크렸고 가끔 비행기를 쫓아오며 장난을 쳤다. 우리가 녀석 머리 위를 날 때면 뒷발로 서서 앞발로 허공에 펀치를 날릴 때도 있었다. 가끔 사자들이 강바닥에서 쉬고 있을 때면 우리도 근처에 착륙해 날개 아래 그늘에서 사자들을 관찰하면서 피크닉을 즐기기도 했다.

*

머핀과 모펫은 갈기가 완전히 자라지는 않았지만 체중이 벌써 200킬로그램을 넘겼다. 녀석들은 아무래도 디셉션 밸리에 머물면서 블루 프라이드의 영역을 차지할 속셈인 것 같았다. 녀석들은 매일 밤과 아침마다 강바닥을 오르내리며 큰 소리로 울고 나무, 덤불 혹은 풀 무더기에 오줌을 갈기며 자신들의 흔적을 확실히 남겼다.

그러던 어느 날 아침, 머핀과 모펫의 동맹에 금이 가는 일이 벌어졌다. 야영지로 어슬렁거리고 들어오는데 수사자 둘이서 블루를 따르고 있었다. 블루는 잔뜩 열이 올라 구혼자들의 마음을 빼앗기 위해 최선을 다하고 있었다. 블루는 수사자들 앞에서 얼쩡거리며 몸을 흔들고 잔뜩 유혹하며 자신의 엉덩이를 녀석들의 코에 갖다 대기도 했다. 수사자 두 마리가 암사자 한 마리에게 구애할 때면 보통은 한 마리가 포기하거나 두 마리가 암사자의 관심을 나눠 갖기도 한다. 그런데 이번에는 문제가 쉽게 해결될 것 같지 않았다.

블루는 비행기 근처에 잠시 누워 있더니 야영지를 향해 걸어가기 시작했다. 머핀과 모펫이 블루의 뒤를 따랐다. 마치 블루에게 올라타려는 것 같았다. 하지만 우리의 예상을 깨고 머핀과 모펫은 싸움을 시작했다. 으르렁거리며 뒷다리로 서서 서로를 물고 뜯고 할퀴었다. 싸움이 벌어지자 블루는 잽싸게 숲 뒤로 돌아가 덤불 아래에 몸을 숨겼다. 머핀이 블루를 쫓아가더니 몸을 돌려 모펫과 다시 맞섰다. 사자들은 다시 싸움을 시작했다. 블루는 강바닥 가장자리에 있는 무성한 덤불로 달려가 몸을 숨겼다.

2회전에서는 머핀이 왼쪽 눈썹이 찢어지는 상처를 입으며 얼굴에 피범벅이 되었다. 두 녀석은 풀을 헤치고 냄새를 맡으며 먼저 블루의 흔적을 찾으려고 했다.

만약 블루가 덤불에서 고개를 내밀지 않았더라면 상황은 그대로 끝났을지도 몰랐다. 그 순간 머핀이 블루를 보았고 득달같이 달려가기 시작했다. 하지만 근처까지 가기도 전에 모펫으로부터 공격을 받았다. 두 마리는 뒤엉켜서 강바닥을 굴렀다. 육중한 앞발을 휘두르며 상대를 공격하자 애꿎은 풀과 덤불이 뿌리째 튀어 올랐다.

얼마 후 싸움은 머핀의 승리로 끝이 났다. 며칠 동안 머핀은 블루에게 구애했고 그로부터 일주일 동안 버핀과 모펫은 떨어져 지냈다. 지금까지 관찰해오면서 그런 모습은 처음이었다. 격렬한 싸움이 있은 지 열흘이 지났다. 우리는 머핀이 야영지로 다가오면서 내는 울음소리에 새벽에 잠을 깼다. 녀석은 부엌 옆에 자라는 아카시 나무에 오줌을 갈긴 후 북쪽으로 향했다. 잠시 후 훨씬 멀리 떨어진 곳에서 사자의 울음소리가 화답하듯 들려왔다. 두 녀석은 계속 울음소리를 주고받으며 마중하듯 서로를 향해 다가왔다. 마침내 노스 트리 근처의 덤불에서 모펫이 모습을 드러 냈다. 사자들은 서로를 향해 터벅터벅 걸어왔다. 그러더니 뺨, 몸 그리고 꼬리까지 상대의 몸을 비볐다. 마치 화해를 하자고 말하는 것 같았다. 머 핀과 모펫은 함께 누워 아침 해를 맞이했다. 머핀이 발을 모펫의 어깨에 올려놓은 채였다. 암사자를 놓고 벌인 다툼만으로는 두 녀석의 동맹을 깨기에는 역부족인 것 같았다.

*

우리는 몇 년 동안 사자와 갈색하이에나에 대한 것이라면 뭐든 알아내 기 위해 트럭을 타고 수없이 덤불을 뚫고 다녔다. 이제 비행기와 무선추 적장비로 작업을 하다 보니 기록하고 분석해야 할 자료들이 엄청나게 불 어났다. 우리는 머핀과 모펫 그리고 블루와 블루 프라이드가 특정한 날 스프링복 팬 프라이드와 얼마나 떨어져 있는지도 알 수 있었다. 물론 나 머지 네 프라이드들의 위치도 확인할 수 있었다. 사자가 대형 먹이를 사 냥했는지 궁금하다면 비행기를 타고 주파수를 맞춘 후 그곳을 향해 날 아가기만 하면 되었다. 나는 하루 중 아무 때라도 공중에서 우리가 목걸 이를 채운 동물들을 찾을 수도 있었고, 그들이 누구와 함께 있는지, 어떤 서식지에 있는지, 지난밤에 얼마나 멀리 이동했는지, 새끼가 있는지 없 는지를 줄줄 말할 수도 있었다. 우기에는 복설이를 하고 있는 동물들을 한 시간 반이나 두 시간이면 다 찾을 수 있었다. 꿈에 그리던 현장 연구 자의 로망이 이루어진 것이다.

17장

'집시'의 아이들

> ······깨어나지 않을 존재들이 깨어날 존재들에게 삶을 주고
> 있다······. 그리고 그로 인해 이 봄이 다시 생명을 얻을 것이
> 다······. 그리고 항상······.
>
> _그웬 프로스틱

기록·델리아

인접한 사자 영역의 경계는 명확하지 않고 일정 부분 겹쳐져 있다. 스프링복 팬 프라이드와 블루 프라이드의 사자들은 상대편이 보이지 않을 때면 두 영역의 경계에 위치한 치타 팬에서도 종종 사냥을 했다. 하지만 수사자들은 우기에는 자신들의 영역을 지키기 위해 엄청난 시간과 에너지를 투자했다. 수사자들은 포효하고, 땅을 긁어대고, 냄새 흔적을 남기고, 필요하면 싸움까지 하면서 소유권을 주장했다. 결국 무리의 암사자들과 짝짓기를 하고 사냥을 할 권리를 빼앗기지 않으려고 말이다. 머핀과 모펫은 몇 시간이고 영토의 경계에서 포효하고 냄새를 남기곤 했다. 특히 블루 프라이드의 영토를 완전히 장악한 시기에 더 요란하게 으르렁

거렸다.

며칠 후 밤 머핀과 모펫이 계곡 남쪽에서 사냥하고 있는데 언덕들 사이로 사탄의 울음소리가 들려왔다. 녀석들은 재빨리 동작을 멈추고 소리에 귀를 기울였다. 그러더니 뒷발로 모래를 마구 긁으며 크게 울었다. 세 시간 동안 수사자들은 치타 팬을 사이에 두고 주거니 받거니 포효했다.

새벽이 되자 사탄이 두 녀석의 도발에 신경을 껐는지 더 이상 울음소리가 들리지 않았다. 마침내 계곡이 조용해졌다.

머핀과 모펫은 블루 프라이드와 스프링복 팬 프라이드의 영역의 경계 부근에서 발견한 작은 영양 무리를 사냥해 한 마리씩 잡았다. 사냥해온 영양을 먹고 있는데 사탄이 뒤쪽 공터에 나타났다. 사탄은 20미터 정도 떨어진 곳에서 머핀과 모펫이 영양을 먹는 모습을 바라보았다. 마침내 머핀과 모펫이 뒤를 돌아보았다. 서로를 노려보는 녀석들의 눈에서 불꽃이 튀었다.

머핀과 모펫은 지축을 흔들듯이 울음소리를 토해내더니 영양을 풀쩍 뛰어넘어 사탄을 덮쳤다. 그 충격에 사탄이 뒤로 밀려났다. 뒷발이 모랫바닥에 고랑을 냈다. 사탄은 발톱을 세우고 육중한 앞발로 모펫의 옆얼굴을 쳤다. 그러더니 기다랗고 무시무시한 송곳니를 드러내며 뒷발로 서서는 머핀의 머리를 붙잡았다. 사탄과 머핀은 헤비급 권투 선수들처럼 상대의 어깨, 갈기와 얼굴을 가리지 않고 치고받기 시작했다. 육중한 근육들이 강철 케이블처럼 사자들의 등에 불끈 솟았다.

사탄의 일격에서 정신을 차린 모펫이 사단을 뒤에서 공격해 물고 할퀴는 동안 머핀이 커다란 앞발로 사탄의 머리를 내리쳤다. 사탄이 무시무시한 힘으로 몸을 흔들자 모펫이 근처 가시덤불로 굴러갔다. 모펫은 금세 일어나서 머핀과 합동으로 사탄을 공격했다. 이번에는 사탄이 거친 사막 덤불 쪽으로 밀려났다. 그 충격에 두께가 5센티미터 정도 되는 나뭇가지가 성냥개비처럼 뚝 부러졌다.

머핀이 정면 공격을 했지만 사탄이 머핀의 어깨와 가슴에 기다란 송곳니를 박으며 반격을 했다. 그동안 모펫이 사탄의 엉덩이와 옆구리를 마구 할퀴었다. 사탄은 덤불 덕분에 모펫의 공격을 어느 정도 막을 수 있었지만 정작 퇴로가 막히고 말았다.

머핀의 얼굴은 오른쪽 눈에서 코끝까지 이어지는 상처에서 흘러내린 피로 낭자했다. 녀석은 사탄의 송곳니와 엄청난 힘으로 가격하는 앞발 공격을 받아 체력이 많이 소진된 것 같았다. 옆구리가 숨을 쉴 때마다 거칠게 움직였다.

머핀이 힘이 빠지자 그 틈을 타서 사탄이 덤불에서 빠져나왔다. 하지만 그 틈을 놓치지 않고 모펫이 뒷다리를 엄청난 힘으로 물었다. 사탄은 고통으로 울부짖었지만 앞쪽에는 머핀이 버티고 있었다. 뒷다리를 물린 사탄은 머핀의 공격을 고스란히 받았다. 모펫이 뒷다리를 물고 버티는 모습을 본 머핀이 기운을 얻었다. 녀석은 사탄의 머리를 물어뜯고 앞발로 마구 내리쳤다. 사방에 검은 갈기와 부러진 나뭇가지와 피가 튀었다. 사탄의 우렁찬 울음소리에서 점점 힘이 빠지는가 싶더니 어느새 끙끙거리는 신음 소리로 바뀌었다. 모펫이 사탄의 엉덩이 쪽을 세게 물었다. 신경과 척추가 둔탁한 소리를 내며 부러졌다. 마침내 사탄이 땅으로 쓰러졌다.

형제는 잠시 쓰러진 사자를 지켜보았다. 모펫이 숨을 헐떡이며 영양의 시체를 향해 걷기 시작했다. 머핀도 비틀거리며 그 뒤를 따랐다.

사탄은 한참을 숨만 그르렁거리며 꼼짝도 하지 않고 누워 있었다. 찢어진 목에는 살점과 갈기가 너덜거리고 부러진 척추에서는 피가 쏟아져 나왔다. 사탄은 천천히 앞발로 일어나 으스러진 뒷다리를 질질 끌며 남쪽으로 가려고 했다. 하지만 겨우 15미터를 가더니 피를 쏟으며 쓰러졌다. 사탄은 어떻게든 자신의 영역으로 돌아가려고 계속해서 몸을 반쯤 일으켰다. 하지만 그럴 때마다 얼마 남지 않은 생명이 몸에서 빠져나갔다. 마침내 온몸을 부르르 떨더니 쓰러져 마지막 숨을 몰아쉬었다.

동이 터올 무렵 사탄은 숨을 거두었다.

*

"조금만 더 기다려. 한 번만 더 돌아보자고. 녀석들이 있는지 잘 지켜봐." 마크가 무전기로 말했다.

새시와 집시를 찾아 눈에 힘을 주고 아카시 나무들을 훑었다. 새시와 집시는 요즘 블루 프라이드의 다른 암사자들과 헤어져 따로 지내고 있었다.

"저기 사자들이 있어. 공터 끄트머리에!" 내가 소리쳤다.

"알았어. 지난 며칠 동안 녀석들이 지냈던 자리잖아. 더 가까이 가봐야겠어."

사자를 발견한 후 곧장 야영지로 향했다. 우리는 무선 장비를 트럭에 싣고 새시의 전파 목걸이에서 나오는 신호를 따라 서쪽 모래언덕으로 달리기 시작했다. 사자들이 언덕 쪽내기의 마른 풀밭에 몸을 죽 뻗고 누워 있었다. 성가신 파리를 쫓으려고 꼬리를 양쪽으로 철썩거릴 뿐 우리가 다가가도 꼼짝도 하지 않았다.

우리는 사자와의 거리가 6미터 정도 되자 걸음을 멈추었다. 작은 얼굴이 새시의 배 너머로 우리를 바라보았다. 보송보송 솜털이 난 귀와 까만 눈동자가 보였다. 또 다른 얼굴이 나타났다. 귀가 둥글고 졸린 눈빛이었다. 얼굴이 속속 나타났다. 총 다섯 개의 얼굴이 나란히 붙어서 우리를 바라보았다. 어릴 때부터 보아왔던 새시와 집시가 어엿한 엄마가 된 것이다.

새끼들은 어미의 배와 다리 위를 기어 다니다가 부딪혀서 엉덩방아를 찧곤 했다. 연한 노란색 가죽에는 커다란 주근깨처럼 갈색 점들이 박혀 있었다. 뒤엉켜 놀던 새끼들이 마침내 제 어미를 찾아 흩어졌다. 그중 셋은 새시 옆으로, 나머지는 집시를 향해 갔다.

우리가 알기로 어미들은 이제 네 살이었고, 이 다섯 마리가 첫 새끼들이었다. 새시와 집시는 언덕 꼭대기 부근에 자라는 유난히 키가 큰 터미널리아 나무를 중심으로 풀이 무성하게 자라는 곳에서 새끼들을 키웠다.

우리는 뜻하지 않게 새끼들을 만나 너무 흥분되었다. 그도 그럴 것이 칼라하리 사자들의 보호 권고안을 마련하기 위해서는 번식 횟수, 한 배에 낳는 새끼들의 수, 기나긴 건기 동안 새끼들을 먹이는 방법, 한 배의 새끼들 중에서 살아남는 평균적인 수 등 알아야 할 것이 많았다.

동아프리카의 세렝게티에서 진행된 연구 자료들을 보면 암사자들은 형편없는 육아 태도로 악명이 높았다. 먹이만 해도 자신들부터 배불리 먹은 후에 새끼들을 먹인다고 했다. 가끔은 뚜렷한 이유 없이 새끼를 버릴 때도 있었다. 어미로서의 의무를 다하는 것보다 무리의 사자들과 어울리는 쪽을 더 좋아하는 것 같았다. 일 년 내내 먹이가 풍부한 세렝게티 초원은 칼라하리 사막에 비하면 맹수들이 살아가기 훨씬 수월했지만 새끼 사자가 어른으로 자라는 확률은 고작 20퍼센트에 불과했다. 조지 셸러의 말에 의하면 사자들이 일단 어른이 되면 오래 살 뿐만 아니라 치사율도 낮기 때문에 많은 수의 새끼들을 키우지 않는다.

칼라하리는 세렝게티와 다를 수도 있겠다 싶었다. 칼라하리 어른 사자들의 사망률이 더 높다면 생존환경이 수명을 짧게 하는 이유일 것이다. 그렇다면 새끼들을 더 잘 돌보지 않을까. 우리는 가능한 한 오랜 시간 동안 집시와 새시들과 함께 머무르며 최대한 많은 사실을 알아내고 싶었다.

무리의 암사자들은 계절에 관계 없이 동시에 발정기가 되어 짝짓기를 하고 새끼를 낳는 경우가 종종 있다. 그러면 새끼가 딸린 어미 사자들은 무리에서 떨어져 작은 무리를 이루어 생활한다. 따로 지내는 기간은 새끼들이 충분히 자라 어른들과 함께 이동할 수 있는 4개월 정도이다. 갓 태어난 새끼 사자는 체중이 1.3킬로그램 정도로 아무것도 할 수 없다. 생후 3~15일이 지나야 간신히 눈을 뜰 수 있다. 집시와 새시의 새끼들은 아마 태어난 지 2주에서 3주쯤 된 것 같았다.

어미들은 낮 시간을 새끼들과 함께 나무 그늘에서 쉬면서 보냈다. 새끼들은 대부분 낮잠을 자는데, 어미의 목 아래나 앞발 사이에 공처럼 몸을 말고 잔다. 다섯 마리가 붙어 있으면 새시의 머리 크기 정도 되었다. 가끔 새끼 한 마리가 새시나 집시의 젖을 빨려고 일어나면 나머지도 우르르 몰려갔다. 집시나 새시는 젖을 먹이는 새끼가 누구인지 잘 모르는 것 같았다. 세렝게티에서는 사자들이 공동으로 젖을 먹인다고 했는데, 칼라하리도 마찬가지였다. 새끼들은 5~8분가량 어미의 젖을 빤 후 주변에서 놀거나 어미 옆에서 잠을 잤다.

해 질 무렵이 되자 새시가 배를 깔고 누워서 언덕 사이로 보이는 5킬로미터 정도의 강바닥을 조심스럽게 보았다. 뭔가를 감지했는지 집시도 고개를 들고 같은 쪽을 바라보았다. 갑자기 두 마리가 벌떡 일어나서 얼굴을 맞대고 비비더니 발을 모래로 밀어 넣으며 몸을 둥글게 구부렸다. 그러더니 뒤도 돌아보지 않고 북쪽으로 달리기 시작했다. 새끼 세 마리가 따라가려 나섰지만 어미들은 순식간에 모습을 감추었다. 새끼들은 은신처 나무 아래 풀숲에 옹기종기 모여 어미가 돌아올 때까지 얌전히 있었다. 언덕의 경사면에 드문드문 난 풀들 사이는 언뜻 보면 사자 가족의 은신처 같은 느낌은 나지 않았다.

두 어미는 다른 암사자들과 울음소리를 교환하며 계곡 북쪽에서 스프링복을 사냥하고 있는 블루 프라이드와 합류했다. 자정이 조금 넘은 시각 사냥한 먹이를 다 먹어치운 새시와 집시는 새끼들이 있는 곳으로 돌아왔다. 어미가 부드럽게 으르렁거리자 고양이 같은 소리를 내며 새끼들이 은신처에서 뛰쳐나왔다. 새끼들이 어미의 품을 헤집고 들어가자 집시와 새시는 커다랗고 까칠한 혀로 새끼들을 눕히며 얼굴과 등을 핥아주었다. 새끼들을 차례로 뒤집어서 사타구니와 꼬리 아래까지 핥았다. 새끼들은 조그만 발로 어미의 얼굴을 마구 밀어냈다. 어미는 새끼들의 몸을 다 핥고 젖을 먹이기 시작했다.

아침이 다가오자 머핀과 모펫이 새끼들이 있는 곳으로 와 새시 곁에 누웠다. 새끼 한 마리가 머핀에게 다가가 수염이 난 커다란 얼굴에 조그만 얼굴을 들이밀었다. 머핀은 장난을 걸어오는 새끼를 아예 무시했다. 하지만 새끼가 앞발 사이로 들어와 시커먼 갈기에 몸을 비벼대자 살짝 짜증이 났는지 윗입술을 오른쪽만 들어 올려 무시무시하게 긴 송곳니를 보여주며 으르렁거렸다. "너 같은 꼬맹이는 한 입 거리도 안 돼"라고 말하는 것 같았다. 새끼는 귀를 바짝 젖히고 새시에게로 잽싸게 도망가 품 속으로 파고들었다. 그리고 고개를 돌려 눈을 동그랗게 뜨고 쌀쌀맞은 머핀을 바라보았다.

수사자들은 육아에 전혀 참여하지 않고 가끔 이곳에 들르는 정도였다. 그러다가 어미들이 사냥하러 가면 뒤를 따랐다.

새시와 집시가 함께 다섯 마리를 키웠지만 새시가 훨씬 어미다웠다. 집시는 새끼들이 젖에 달라붙어 조금이라도 귀찮게 하면 머리를 흔들며 으르렁거리고 몸을 굴려 젖을 못 먹게 하거나 그 자리를 떠났다. 결국 새끼 다섯 마리가 새시의 섯꼭지 네 개를 놓고 다투게 되었다. 자리싸움에서 밀린 한 마리가 큰 소리로 울며 집시에게 가면 집시는 젖을 먹일 때도 있고 아닐 때도 있었다. 정말 내키는 대로였다.

시간이 갈수록 집시가 새끼들을 떠나 있는 시간이 길어졌다. 실컷 먹고 배가 부르면 블루 프라이드와 함께 어울렸다. 그동안 새끼들은 새시가 모두 돌보아야 했다.

새끼들이 생후 8주가 되었을 때였다. 새시와 새시의 새끼 세 마리가 보이지 않았다. 한편 집시는 남아 등을 대고 드러누운 채 새끼들에게 젖을 먹이고 있었다. 그러나 새끼들이 잠깐 다툼을 벌이자 집시는 이를 드러내고 코를 찡그리며 새끼들에게 무서운 소리를 냈다. 그러더니 젖을 먹이다 말고 그 자리를 떠났다. 새끼들은 어미를 눈으로 좇았다. 못 먹어서 거칠한 털가죽으로 갈비뼈가 다 드러날 정도였다.

집시는 레오파드 트레일에서 자신의 무리를 만나 그날은 온종일 무리와 함께 빈둥거리며 지냈다. 다음 날 아침 집시는 새끼들에게 가지 않고 리자의 등에 턱을 괸 채 그늘에서 놀고 있었다. 젖이 부은 것을 제외하면 어딜 봐도 배고픈 새끼들이 있는 어미로 보이지 않았다.

자연히 집시의 새끼들은 상태가 나빴는데, 특히 한 녀석이 무척 약했다. 젖을 먹이지 않으면 당장 죽을 것 같았다. 우리는 다음 날 아침 비행기를 타고 나갔다가 새시와 새끼들을 발견했다. 새시 가족은 몇 킬로미터 떨어진 곳에서 새리와 함께 있었다. 낮게 선회하며 살펴보니 새리에게도 새끼가 네 마리가 있었는데, 새시의 새끼들보다 몇 주 더 자란 것 같았다. 두 어미는 함께 누워 평화롭게 새끼들에게 젖을 주고 있었다.

우리는 전파추적기의 전원을 넣어 집시의 신호를 찾았다. 집시는 새끼들로부터 16킬로미터가량 떨어진 곳에 리자와 함께 있었다. 나중에 차를 타고 새끼들이 있는 풀숲에 가보았더니 한 마리는 이미 죽어 있었다. 혼자 남은 새끼는 나무뿌리 사이에 웅크리고 앉아 두려운 눈초리로 우리를 바라보았다. 지금 당장 뭘 먹이지 않으면 하루를 넘기지 못할 것 같았다. 그렇다고 집시가 돌아올 것 같지도 않았다. 우리는 죽어가는 새끼를 놓고 어떻게 해야 할지 고민스러웠다. 야영지에서 사자 새끼를 키우려면 보통 각오로는 안 될 것이다. 하지만 사자에 대해서 많은 것을 알게 될 기회일지도 몰랐다. 우리는 많이 고민한 끝에 하루만 더 기다려보고 그래도 집시가 오지 않으면 우리가 키우기로 결정했다.

다음 날 아침 무심한 어미는 전날보다 더 먼 곳으로 가버리고 말았다. 오늘도 젖을 먹지 못하면 새끼는 버티지 못할 것이 분명했다. 우리는 골판지 상자와 낡은 담요를 챙겨 들고 버림받은 새끼를 찾아갔다. 그런데 그곳에는 생각지도 못한 손님이 와 있었다. 머핀이 나무 아래에 누워 있는 것이 아닌가. 새끼는 비틀거리며 수사자에게 다가가 나오지도 않는 젖을 빨려고 품으로 파고들었다. 잠시 후 머핀을 올려다본 새끼는 비틀거리며 나무로 돌아갔다. 현기증이 나는지 축 늘어뜨린 고개가 흔들거려 자꾸 줄기에 부딪혔다. 한 번, 두 번, 세 번…… 앙상한 몸 때문에 머리와 발이 더 커 보였다. 마침내 새끼 사자는 고개를 나무줄기에 기댄 채 나무에 기대섰다. 더 이상 얼마나 버틸 수 있을지 걱정스러웠다.

만약 우리가 새끼를 데려가려고 하면 머핀이 어떻게 나올지 짐작조차 할 수 없었다. 그래서 우리는 머핀이 사냥을 떠나는 저녁에 다시 오기로 했다. 그동안에 허기를 견디지 못하고 죽을 수도 있었다. 하지만 머핀이 있는 동안에는 다른 맹수에게 잡아먹힐 리는 없을 것 같았다.

*

그날은 우기가 끝나가는 때치고는 날씨가 이상했다. 가벼운 미풍이 부는 온화한 날씨 대신 바람 한 점 없는 무더운 날씨였다.

늦은 오후 남동쪽에서 기다란 동굴 같은 먹구름이 만들어지기 시작했다. 구름은 빠른 속도로 언덕을 넘어 계곡을 가득 채우는가 싶더니 우리가 있는 쪽으로 달려오기 시작했다.

우리는 서둘러 폭풍우 대비를 하기 시작했다. 텐트를 단단히 여미고 비행기에 묶었다. 장비들은 박스에 넣어 따로 챙겼다. 마침 목스가 마운에 가고 없어서 우리는 더 바삐 몸을 움직여야 했다. 갑자기 강풍이 나무들을 때리고 시커먼 하늘을 번개가 가르더니 우르릉 쾅쾅하는 무시무시한 천둥소리가 울렸다.

비바람을 맞으며 밧줄로 텐트를 단단히 고정하는 작업을 마쳤다. 마크가 큰 소리로 외쳤다. "어서 트럭에 타. 이 나무들 밑에 있으면 안 돼!"

우리는 얼른 트럭을 탄 후 야영지에서 20미터를 달렸다. 대추야자 나무와 아카시 나무들이 바람에 못 이겨 텐트 위로 휘어지듯 넘어갔다. 빗방울도 수평으로 내릴 정도였다. 어찌나 비바람이 거센지 텐트도 비행기도 보이지 않았다.

"비행기가 움직이고 있어!" 흥분한 야생마처럼 비행기는 꼬리 부분이 번쩍 들리면서 오른쪽 날개가 하늘을 찌를 듯 치켜 올라갔다. 비행기가 바람에 이리저리 흔들리자 뒷바퀴를 고정하고 있던 줄이 끊어졌다. 동시에 왼쪽 날개를 고정시켜놓은 막대기가 땅에서 뽑혀버렸다. 비행기는 빙그르르 돌면서 드럼통과 울타리와 충돌했다.

마크가 재빨리 울타리를 뛰어넘어가 비행기가 튕겨 나가지 않도록 오른쪽 날개 끝을 잡고 있는 동안 나는 바람에 비틀거리며 비행기를 향해 다가갔다.

"왼쪽 날개를 잡아! 안 그러면 비행기를 잃을지도 몰라!" 날 보더니 마크가 소리를 쳤다. 나는 날개를 잡으려고 까치발을 한 채 버티기 시작했다. 우리는 눈앞을 분간할 수 없을 정도로 거센 빗줄기를 맞으며 비행기에 매달렸다. 강풍이 비행기 아래쪽에서 불어와 한 번에 몇 초씩 몸이 붕 뜨기까지 했다.

잠시 후 바람이 약간 잔잔해졌다. 우리는 그 틈을 이용해 연료가 든 드럼통과 날개를 연결해서 균형을 잡았다. 부서진 곳이 없는지 둘러보니 좌측 스태빌라이저(기체 혹은 차체가 좌우로 기우는 것을 줄이기 위해 장착하는 자세 안정장치)가 드럼통에 부딪혀 찌그러져 있었다.

바람이 다시 거세진다 싶더니 이번에는 북쪽에서 불어왔다. 우리는 다시 비바람을 맞으며 사력을 다해 비행기 날개에 매달렸다. 이미 체력은 고갈되고 팔은 뽑혀 나갈 것처럼 아팠다. 등과 어깨에 찬 빗물이 쏟아지자 경련이 일었다. 이제 더 이상은 무리라고 생각하는 순간 바람이 잦아들었다. 나는 손가락이 미끄러지면서 그대로 진흙탕에 주저앉고 말았다.

마크가 빗물을 뚫고 다가와 내가 차를 타도록 부축해주었다. "수고했어. 하마터면 비행기가 날아가버릴 뻔했어." 마크가 내 어깨를 안으며 말했다. 마크는 셔츠로 나를 감싸주고는 다시 비행기로 갔다. 갑자기 다리 부근에 따뜻한 물 같은 것이 느껴졌다. 피였다. 손전등을 켜고 살펴보니 울타리에 찢겼는지 종아리에 깊은 상처가 나 있었다.

마크는 손전등을 켜자마자 내 다리의 피를 보았다. 자초지종을 설명하려고 했지만 떨려서 말을 할 수 없었다. 마크는 나를 마른 담요로 감싸며 상처를 싸맸다. 그러더니 밖으로 나가려고 했다.

"먼저 먹을 것부터 만들어야겠어. 아주 뜨거운 걸로." 마크는 폭풍우가 몰아치는 밖으로 나갔다.

잠시 후 돌아온 마크는 김이 모락모락 나는 스프와 차를 들고 들어왔다. 빗방울이 후두둑 내려치는 텐트였지만 손전등을 켜니 온기가 감돌았다. 함석 트렁크에 앉아 뜨거운 스프를 마시니 나름대로 안락했다.

태풍은 다섯 시간을 쉬지 않고 몰아치더니 시작할 때처럼 느닷없이 끝나버렸다. 폭풍이 지나간 자리에는 산발적인 천둥소리와 나무에서 텐트로 떨어지는 굵은 물방울뿐이었다. 우리는 말없이 앉아 가만히 몸을 데웠다. 노스 베이 힐에서 자칼 한 마리가 울었다. 그러자 계곡 남쪽에서 사자 한 마리가 우렁차게 울었다. 우리는 그제야 집시의 새끼가 생각났다

우리는 그나마 가장 덜 젖은 담요와 뜨거운 물이 든 물통을 챙겨 들고 사자가 있는 언덕으로 차를 몰았다. 조명을 이용해 간신히 사자가 있던

곳을 찾았다. 머핀은 이미 그곳에 없었다. 나무 옆에 쭈글쭈글한 새끼 사자가 물에 푹 젖은 헝겊 인형처럼 누워 있었다. 이제 아무것도 보지 못하는 사자의 까만 눈동자가 밤을 응시하고 있었다.

*

우리가 아는 한 집시는 다시는 그곳으로 돌아오지 않았다. 녀석은 젖이 다 말라붙도록 블루 프라이드의 암컷들과 함께 머물렀다. 집시의 행동만 본다면 칼라하리의 암사자들도 세렝게티의 암사자들보다 나을 것도 없었다. 하지만 속단할 수는 없었다. 새끼를 처음 낳아본 미숙한 집시는 칼라하리에서 어미 사자가 새끼를 돌보지 않는 한 가지 사례일 뿐이었다. 젊은 어미들은 때때로 육아에 서투르지만 경험이 쌓일수록 나아진다.

건기가 시작되었다. 그래서 우리는 새시와 섀리가 새끼 일곱 마리를 키우는 모습을 계속 관찰하기로 했다. 새시가 경험이 많은 어미인 섀리와 함께 지내면 새끼들의 생존 확률도 더 높아질 것이 분명했다.

새시의 새끼들은 생후 두 달, 섀리의 새끼들은 석 달 정도 되었다. 녀석들은 새끼 고양이들처럼 한데 어울려 얼굴과 몸을 물고 때리며 장난을 쳤다. 어미에게 장난을 걸 때도 있었다. 새시는 가끔 장난을 받아주었지만 섀리는 언제나 무시했다.

포식자의 놀이는 단순히 재미를 위한 것만은 아니다. 새끼들의 놀이에는 사냥에 필요한 동작이 다 들어가 있다. 살금살금 뒤따르기, 쫓아가기, 움직이는 물체를 향해 뛰어오르기와 같은 동작들은 연습이 필요했다. 사자의 유전자에는 이미 사냥의 기술이 새겨져 있어 사냥에 필요한 행동들을 모두 배울 필요는 없다. 하지만 놀이를 하면서 싸움도 하고 사냥도 하면서 새끼 사자들은 도망가는 먹이를 덮칠 때 필요한 기술들을 연마한다.

한참 후 섀리와 새시가 서쪽 모래언덕의 숲에서 어린 큰 영양 한 마리를 사냥했다. 20분 정도 먹었을 즈음 머핀과 모펫이 다가와 영양을 빼앗았다. 암사자들은 새끼들이 숨어 있는 곳으로 돌아갔다. 젖을 먹일 줄 알았더니 왔던 곳을 향해 돌아가며 낮게 으르렁거려 새끼들을 모았다. 사냥한 영양이 있는 곳으로 데려가려는 것이었다. 머핀과 모펫은 새끼들을 완전히 무시했지만 영양을 먹는 것까지 방해하지는 않았다. 하지만 섀리와 새시는 아무것도 먹지 않았다.

새끼들이 고기를 먹을 만큼 자라자 사자들의 하루 일과도 젖을 먹일 때와는 달라졌다. 암사자들이 사냥을 하고 먹이를 먹는 동안 새끼 사자들이 풀숲에 숨어 있는 것은 이전과 같았다. 하지만 이번에는 어미가 돌아와 새끼들을 사냥감이 있는 곳으로 데려갔다. 어떨 때는 몇 킬로미터나 떨어진 곳까지 가야만 했다. 머핀과 모펫은 사냥감을 먹고 있는 암사자들을 볼 때마다 쫓아버렸지만 새끼들에게는 관대했다. 그때까지도 섀리와 새시는 젖을 먹였지만 횟수와 양은 점점 줄었다.

두 어미는 새끼들을 잘 보살피기 위해 무척 애를 쓰는 것 같았다. 건기가 시작되자 사냥감은 점점 줄어들고 크기도 작아졌다. 새끼 사자들은 점점 덩치가 커졌고 언제나 배가 고팠다.

18장

떠돌이 사자들

> 그리고 내 부족은 뿔뿔이 흩어진다…….
>
> _스탠리 쿠니츠

기록·델리아

가끔은 드넓은 칼라하리에서도 텐트에 누워 있으면 갑갑함을 느낄 때가 있었다. 그럴 때면 우리는 야전 침대를 강바닥으로 끌고 가 하늘의 별을 보며 잠을 청하곤 했다. 마른 풀의 향긋한 냄새와 선선한 공기는 그 어떤 수면제보다 강력한 효과를 발휘했다.

*

1978년의 우기는 강수량은 많았지만 평년보다 일찍 끝났다. 건기를 알리는 거센 바람이 평소보다 훨씬 일찍 찾아와 풀들은 금세 지푸라기로

354

변했다. 바람에 날려온 먼지와 모래로 하늘은 노상 칙칙했고 초원은 6월
인데도 지난 몇 해 동안의 8월을 보는 것처럼 건조했다.

언제나처럼 강바닥의 얇고 척박한 토양층에 자라는 짧은 풀들이 언덕
의 식물들보다 더 빨리 시들었다. 영양 무리들은 강바닥에서 덤불과 나
무가 자라는 언덕의 경사면으로 이동했다. 그나마 경사면의 푸른 잎들이
더 오래 남아 있기 때문이다. 그래 봐야 미봉책에 불과했다. 초식동물들
은 서서히 작은 무리로 나뉘어 덤불이 바람에 굴러다니는 사방 몇천 평
방킬로미터의 사바나로 흩어지기 시작했다.

그런데 몇 주가 지나도록 사자들은 이동을 시작하지 않았다. 물론 영양
들이 더 이상 보이지 않는 강바닥은 사자들도 찾지 않았다. 머핀과 모펫
도 더 이상 미드 팬으로 오지 않았다. 블루와 다른 암사자들도 야영지에
나타나지 않았다. 하지만 블루 프라이드는 우기의 영역에서 그리 멀리 이
동하지 않았다. 대형 초식동물도 없고 마실 물도 없는데 사자들은 어떻게
하려는 걸까? 밤마다 트럭을 타고 무선 신호를 따라 사자들을 추적한 끝
에 궁금증을 해소해줄 만한 실마리를 찾게 되었다.

*

모펫은 머핀과 암사자들과 떨어져서 아무것도 먹지 못한 지 며칠이 되
었다. 녀석은 계곡 동쪽의 가시덤불을 헤치며 나아갔다. 저 앞 풀숲에 닭
만 한 능에를 발견한 모펫은 머리를 낮추고 지그재그로 믹잇감을 뒤쫓
기 시작했다. 사자와 능에 사이의 거리가 3미터가 되었을까, 능에가 후드
득 날아올랐다. 하지만 모펫은 뒷발로 번쩍 일어나서 거대한 앞발로 새

를 후려쳐 떨어뜨렸다. 녀석은 입술을 말아 올린 채 깃털이 덥수룩한 새의 가슴을 씹기 시작했다. 깃털이 코에 달라붙자 모펫은 재채기를 하고 머리를 흔들어 털을 뗐다. 잠시 후 갈기에 깃털을 잔뜩 붙인 채 다시 사냥을 떠났다.

우리는 모펫의 새 사냥을 처음에는 대수롭게 여기지 않았다. 명색이 200킬로그램이나 나가는 혈기왕성한 수사자가 한 입도 안 되는 먹잇감만으로는 살 수 없기 때문이다. 하지만 그날 밤 모펫은 고작 2킬로그램 정도의 토끼를 사냥했고 몽구스를 쫓아 굴을 마구 헤집어놓았다. 건기가 시작되면서 사자의 먹이는 완전히 달라졌다.

블루 프라이드는 언덕의 숲에서 종종 기린, 쿠두나 겜스복을 사냥했다. 하지만 대형 먹잇감이 드넓은 사바나로 흩어지다 보니 사자들은 점점 더 작은 동물들을 사냥하기 시작했다. 우기에 즐겨 사냥한 230킬로그램이나 나가는 겜스복 대신 7~9킬로그램 정도의 호저, 스틴복, 오소리, 박쥐귀여우, 능에를 잡아먹기 시작한 것이다. 겨우 이 정도로는 무리 전체는 고사하고 한두 마리의 배를 채우기도 부족했다. 우기에는 항상 붙어 다니며 우애를 다졌던 블루 프라이드의 사자 일곱 마리는 작은 그룹으로 흩어져 지냈다.

우리는 비행기에서 섀리와 새시 가족을 발견했다. 어미와 새끼들은 무리에서 떨어져 디셉션 밸리에서 동쪽으로 8~9킬로미터 떨어져 있는 크로커다일 팬 근처를 어슬렁거리고 있었다. 강바닥 대신 덤불과 숲이 자라는 사바나로 옮겨와서 겜스복과 기린 무리나 소형 동물들을 사냥했다. 어미 사자들은 먹이를 구하기 위해 매일 밤 8~16킬로미터를 이동해야 했다.

집시와 리자는 파라다이스 팬 근처에서 믹이 사냥을 했다. 나머지는 디셉션 밸리에서 서쪽으로 3~4킬로미터 떨어진 지역의 언덕들 사이로 뻗은 작은 계곡들을 주 무대로 활동했다. 블루 프라이드의 암사자들이 여러 무리로 나뉘자, 머핀과 모펫은 무리를 이리저리 옮겨 다녔다. 각지로 흩어진 암사자들을 찾아다녀야 했기 때문에 수사자들은 스스로 사냥하는 횟수가 더 늘었다.

블루 프라이드가 먹이를 사냥하는 영토는 평소보다 두 배로 늘어 약 1500제곱킬로미터나 되었다. 그때까지도 사자들은 이동을 시작하지 않고 다만 동서로 더 넓은 지역에서 사냥을 시작했다. 우리는 사자들이 발견된 지점과 영역의 특징을 날마다 표시한 지도를 작성했다. 완성된 지도는 비비탄을 뿌린 것처럼 보였다.

건기의 행동 패턴은 다른 사자 무리도 마찬가지였다. 먹잇감을 찾기 위해 소그룹으로 나뉘어 더 넓은 지역을 돌아다니며 소형 동물들을 사냥했다. 겨울철이 되면서 건기가 심해질수록 먹이의 종류, 이동 범위, 서식지 특성, 사회 구성은 우기와 판이하게 달라졌다. 우리는 이러한 변화를 더 상세하게 연구하기 위해 달이 밝은 밤이면 트럭 대신 비행기로 관찰을 나갔다.

*

자정의 비행이 시작되었다. 저 아래 사막은 은은한 달빛을 받아 하얗게 빛났다. 활주로를 찾아갈 길잡이가 되어줄 가스등을 제외하면 칼라하리에는 불빛이라고는 보이지 않았다.

하늘에서 본 사막은 어딜 보나 비슷비슷해서 우리는 눈을 부릅뜨고 지면을 살폈다. 그러던 중 블루 프라이드의 영역 언저리에서 스프링복 팬 프라이드인 사자 해피를 발견했다. 머핀과 모펫이 합동작전으로 사탄을 죽인 지 2주도 지나지 않아 다른 수놈인 디아블로가 스프링복 팬 프라이드를 장악했다. 암컷들은 새 수컷에게 적응했다. 최근 몇 주 동안에는 해피와 암컷 몇 마리가 디아블로와 짝짓기를 하는 것도 목격했다. 환한 달빛을 받으며 주변을 선회하면서 자세히 살펴보니 해피와 함께 있는 사자들은 자신의 영역을 순찰하던 머핀과 모펫이었다. 녀석들이 자신들의 영토를 침범한 낯선 암사자를 쫓아낼 것인지 혹시 발정기라면 짝짓기를 하려고 들 것인지 궁금했다. 세렝게티의 수사자들은 다른 무리의 암사자에게도 구애를 한다. 이곳 사자들도 같은 행동을 하는지 확인할 기회가 없었다. 우리는 당장 야영지로 돌아가 트럭을 몰고 사자들을 찾아 남쪽으로 향했다.

해피는 엉덩이를 흔들고 눈은 반쯤 감고 주둥이를 벌린 채 거대한 수사자들을 향해 살금살금 걸어왔다. 어느 순간 머핀이 벌떡 일어나 해피에게 다가갔지만 녀석이 풀쩍 뛰어 물러났다. 머핀이 멈추자 해피가 다시 다가왔다. 이번에는 몇 미터밖에 떨어지지 않은 곳에서 마주 보고 섰다. 머핀은 최대한 키를 늘리고 호감을 얻으려 애쓰며 해피에게 다가갔다. 해피는 엉덩이를 낮추고 머핀이 올라탈 수 있노록 했다. 그런데 웬일인지 머핀이 뒤로 다가오자 갑자기 해피가 머핀의 코를 세게 내리쳤다. 머핀은 귀를 젖히고 기다란 송곳니를 드러내며 으르렁거리며 뒤로 물러났다. 해피는 교태를 부리듯 꼬리를 살랑거리며 우아하게 물러났다.

한동안 머핀과 모펫은 해피의 환심을 사려고 옥신각신하더니 싫증이 났는지 북쪽으로 걷기 시작했다. 해피는 30미터가량 떨어져서 따라가기 시작했다. 그곳이 블루 프라이드의 영토라는 사실은 개의치 않는 것이 분명했다.

그 무렵 리자, 집시, 스파이시, 스푸키가 서쪽 모래언덕의 언덕 위에서 흑멧돼지를 막 잡아먹었다. 머핀과 모펫은 15미터 정도 떨어져 따라오는 해피를 데리고 곧장 블루 프라이드에게 갔다.

세렝게티에서는 수사자들이 종종 다른 무리의 암사자와 어울리기 때문에 머핀과 모펫이 해피를 데리고 다니는 모습이 그다지 의외는 아니었다. 하지만 세렝게티의 암사자 무리는 무척 폐쇄적이어서 자신들의 영토에 새 암사자나 다른 무리의 암사자가 들어오는 것을 참지 못한다. 그곳에서는 무리가 성역이었다. 무리는 매우 가까운 친족 관계인 암사자들과 그들의 새끼들로 구성되어 무척 안정적이었으며 수사자는 영역을 지키는 데 도움이 되는 사자들과 무리를 형성했다. 암사자는 무리에서 쫓겨날 수도 있었는데, 그러면 어떤 무리도 받아주지 않았다. 세렝게티에서는 말하자면 한 가족인 암사자들 몇 대가 무리를 이루었다. 그래서 그곳의 무리는 증조외할머니, 외할머니, 어머니, 딸, 이모, 여자사촌들로 구성되었다.

머핀과 모펫 그리고 해피가 서쪽 모래언덕의 정상으로 터벅터벅 올라갔다. 우리는 해피와 블루 프라이드가 싸움을 벌일 때를 대비해 손전등, 카메라와 녹음기를 빨리 챙기며 따라갔다.

전방으로 조명등을 비추니 블루 프라이드의 암사자들이 보였다. 녀석들은 이미 사냥감을 다 먹어치우고 서로의 얼굴을 핥아주고 있었다. 수사자들은 암사자와 인사를 나누고 남은 뼈의 냄새를 맡더니 조금 떨어진 곳에 누웠다. 해피는 스파이시와 스푸키를 지나 머핀과 모펫 옆에 자리를 잡고 누웠다. 놀랍게도 암사자들에게서 그 어떤 공격의 징후도 보이지 않았다. 우리는 녹음기도 끄고 카메라도 치워버렸다. 직접 보면서도 믿어지지 않았다. 경쟁하고 있는 무리의 암사자가 블루 프라이드 영역의 한가운데에 떡하니 누워 있는 것도 모자라 누구 하나 시비 거는 사자들이 없다니!

그로부터 나흘 동안 해피는 처음에는 머핀에게 그다음에는 모펫에게 구애를 받았다. 마치 블루 프라이드의 암사자라도 된 것 같았다. 무더운 한낮에는 머핀은 가능한 한 해피 옆에 붙어서 일거수일투족을 감시했다. 해피가 더 시원한 그늘을 찾아갈라치면 졸졸 따라가 몸을 비비곤 했다. 간혹 머핀이 먼저 해피의 엉덩이 쪽으로 다가가며 짝짓기를 시도하기도 했다. 짝짓기를 할 때면 머핀은 해피의 목을 살짝 물었고 해피는 으르렁거리며 귀를 납작하게 눕혔다. 머핀은 일을 다 치르면 재빨리 뒤로 물러났다. 꾸물거렸다가는 해피에게 얻어맞기 십상이었기 때문이다. 해피는 등을 대고 누워서 네 다리를 죽 뻗은 채 눈을 감고 몸을 이리저리 뒹굴며 황홀경에 빠졌다. 해피와 머핀은 이틀간 밤낮으로 20~30분마다 위와 비슷한 과정을 반복하며 짝짓기를 했다. 셋째 날 저녁부터는 모펫이 구애하기 시작했는데 머핀은 그에 대해 아무런 반응도 보이지 않아 이상했다.

낮이면 해피는 스파이시가 좋아하는 넘불에서 함께 더위를 피했다. 해피 옆에는 항상 머핀이나 모펫이 붙어 있었다. 닷새째 되던 날 밤 해피는 홀연히 남쪽의 스프링복 팬 프라이드에게 돌아가 디아블로와 딕시와 합류했다.

여러 무리의 암컷들이 섞이는 사례는 보고된 바가 없었다. 이 일은 우연이었을까? 해피의 독특한 행동이었을까? 그런 것 같지는 않았다. 해피가 이렇게 아무렇지도 않게 블루 프라이드의 암사자들과 어울릴 수 있다면 암사자들의 무리 교환이 꽤 자주 일어날지도 모른다고 생각하게 되었다.

*

갑자기 사막의 겨울이 끝났다. 하지만 봄은 여전히 오지 않았다. 8월 말이 되니 점점 기온이 올라갔다. 하지만 밤의 추위는 여전히 매서웠다. 9월 초가 되자 갑자기 새벽 기온이 솟구치기 시작했다.

칼라하리에서는 건기에는 한낮에 약 50도까지 올랐다가 밤에는 10도 이하로 떨어져 일교차가 무척이나 심했다. 상대 습도는 정오에는 5퍼센트도 되지 않았다. 태양은 지상의 모든 것을 태워버리려는 듯 뜨거웠다. 이 계절이면 아카시와 캐포프락테스 덤불에서 분홍색과 흰색의 꽃들이 만개해 칼라하리에 사는 영양들의 수분 공급원이 되곤 했다. 하지만 그해에는 그런 마법 같은 광경을 볼 수 없었다. 여기저기 시든 꽃들이 축 늘어져 있었다. 메마른 계곡을 휘몰아치는 바람에 바삭바삭해진 풀들이 부서져 내리고 남은 것이라고는 거북이 등껍질처럼 쩍쩍 갈라진 땅에 남은 그루터기뿐이었다. 우리는 네 번의 건기를 살아남았지만 이번 건기가 가장 지독했다.

10월이 되자 디셉션 밸리의 인덕과 샌드벨트 주변에 영양은 거의 자취를 감추었다.

새리와 새시는 물을 못 마신 지 5개월이나 되었지만 월령이 5~6개월이 된 새끼들에게 여전히 젖을 먹였다. 하루가 다르게 자라는 새끼들을 먹이기 위해 어미들은 동쪽으로 계속 이동해서 자연보호구역 경계 근처까지 갔다. 그곳에서는 영양 무리를 발견할 수 있었다. 어미 사자들은 하룻밤에 20킬로미터 이상을 며칠씩 이동해 겨우 젬스복 한 마리를 사냥할 때도 있었다.

어느 날 아침 마크가 자연보호구역 밖에서 섀리와 새시 가족이 머핀과 모펫과 함께 있는 것을 발견했다. 본즈처럼 가축을 노리고 자연보호구역 밖으로 나온 것 같았다. 마침 사냥 시즌이었다. 엉덩이가 축 늘어지고 언제나 우울해 보이는 늙은 섀리는 현명한 사자였다. 아마도 한두 해 정도는 자연보호구역 밖에서 사냥해 걷기에 살아남았을 것이고 이제 섀리는 그것이 얼마나 위험한지 아는 것 같았다.

사자에게 소는 이상적인 먹잇감일 것이다. 피둥피둥 살이 찌고 느리고 둔하니 말이다. 섀리가 새시와 새끼들을 이끌고 소 방목지 300미터 안으로 접근한 적도 있지만 우리가 아는 한 가축은 단 한 마리도 사냥하지 않았다. 사자들의 목표물은 소가 아니라 물을 찾아 자연보호 구역을 벗어난 영양들이었다.

행동반경이 넓어지면서 몇 주 전만 해도 목숨을 걸고 지키던 영역 개념이 희미해졌다. 따라서 무리의 영토가 겹치는 부분도 커졌다. 그래서 이번에는 디아블로가 블루 프라이드의 옛 영역을 관통하는 레오파드 트레일을 따라 돌아다녔다. 그동안 머핀과 모펫은 이스트 사이드 프라이드의 영토로 깊숙이 들어가 있었다. 우기에 비해 30킬로미터 이상 떨어진 곳까지 갈 때도 잦았고 다른 영토에 들어가 있는 기간이 두 달이 넘을 때도 있었다. 우기가 돌아와도 이틀이나 사흘 후면 다시 떠났다.

디셉션 밸리에 건기가 시작되면 갑자기 주위는 쥐죽은 듯 고요해진다. 사자들의 울음소리도 자칼들의 신호도 더 이상 들을 수 없다. 우기와 달리 가까이에 있어도 울음소리로 서로를 부르지 않기 때문이다. 우리는 야영지에서 계곡 바닥까지 사자들의 어떤 흔적도 발견하지 못했다. 사실 칼라하리에서 연구를 시작한 후 몇 년 동안이나 우리는 사자들이 건기 동안에 우리가 전혀 모르는 곳에서 지낼 것이라고 믿었다. 비행기와 전파추적기가 없었기 때문에 자연보호구역이나 야영지에서 고작 1~2킬로미터 떨어진 곳에서 지낼 때도 있다는 사실을 알 길이 없었다.

사자 무리는 무더운 건기에는 6월, 7월, 8월 동안 이어지는 짧은 겨울 동안 보다 더 작은 무리로 흩어졌다. 기껏해야 암사자 두 마리가 함께 잡은 사냥감을 나눠 먹었다. 혼자 지낼 때도 많았다. 머핀과 모펫은 건기 동안 암컷들과 함께 보낸 시간이 전체 건기의 20퍼센트에 불과했다. 우기에는 50~70퍼센트에 달했다. 반대로 세렝게티의 수사자들은 암사자들과 함께 보내는 시기가 일 년의 70~90퍼센트에 육박한다. 머핀과 모펫은 블루 프라이드의 암사자들로부터 60킬로미터나 떨어진 곳에서 지내기도 했다.

이렇게 혹독한 자연환경에서 살다 보니 칼라하리 사자들의 사회 구성도 세렝게티 사자들과 사뭇 달랐다. 무엇보다 암컷들의 행동이 달랐다. 건기에는 칼라하리의 암사자들은 해피처럼 서로의 무리를 자주 바꾸곤 했다.

자연보호구역을 넘나들며 이동했던 섀리와 세시 일행은 도중에 만난 여러 무리들과 자연스럽게 어울렸다. 그중에는 우리가 모르는 사자들도 있었다. 우기에 어느 프라이드에 속했었는지는 중요하지 않은 것 같았다. 암사자들은 금세 새로운 무리에 적응하는 것 같았다. 물론 영양의 수가 충분하지 않다면 다른 프라이드의 사자들과 새로 맺은 관계는 금세 끝이 났다.

칼라하리의 건기에는 관찰할 때마다 사자들이 환경에 적응해 행동하는 모습을 찾을 수 있었다. 함께 어울리기 시작한 사자들, 무리를 이룬 사자들의 수, 그 사자들 사이의 관계가 매일 역동적으로 변했다.

암사자들 중에서는 유독 무리를 자주 옮겨 다니는 암사자들도 있었다. 해피가 대표적이었다. 이 녀석은 19개월 동안 네 개의 프라이드를 무려 열여덟 번이나 옮겨 다녔다. 결국에는 블루 프라이드의 스파이시와 짝이 되어 함께 다니게 되었다. 한번은 오렌지 프라이드에 속하는 카베라는 암사자가 노스 팬까지 온 것을 목격하고 깜짝 놀랐다.

우리가 관찰한 암사자들은 한 마리도 빠짐없이 다른 프라이드의 암사자들과 어울렸다. 세렝게티의 사자들의 프라이드는 무척 공고하고 탄탄한 반면 칼라하리는 그렇지 않았다. 이것이야말로 극심한 환경에서 종種이 어떻게 무리의 체계를 바꾸어나가는지 잘 보여주는 좋은 예이다.

이렇게 되고 보니 한 무리의 암사자들이 어디까지 혈연관계인지 도무지 알 수가 없었다. 태어나는 모습을 보지 못한 늙은 사자들의 가족 관계를 알아내는 것은 불가능한 일이었다. 우리는 가장 나이가 많은 섀리가 블루 프라이드에서 나고 자랐을 깃이라고 생각했지만 어쩌면 이스트 사이드 프라이드 출신일 수도 있었다. 새끼들의 아버지가 누구인지도 추측조차 할 수 없었다. 블루 프라이드의 암컷이 다른 프라이드의 수컷과 짝짓기를 했을 가능성을 배제할 수 없으니 말이다.

섀리, 새시, 새끼 사자들, 머핀, 모펫과 수많은 사자가 자연보호구역의 경계를 넘어 먹이를 찾아다니고 있었다. 비가 내리면 그들 중 일부는 고향인 이곳으로 돌아올 것이다. 하지만 지금은 하늘에 구름 한 점 보이지 않았다.

19장

내 친구의 한 줌의 유골

거세지는 바람 속에서
내 친구들의, 길에서 쓰러진 그들의
미친 듯한 먼지가
내 얼굴을 매섭게도 찔러댄다.

_스탠리 쿠니츠

기록·델리아

건기는 먼지와 파리가 무척 성가시지만 상점도 몇 가지 있는데, 1978년의 건기도 예외가 아니었다. 키 큰 풀이 모두 말라 죽어 관찰 대상을 찾기가 수월했다. 야영지의 나무에서 자라는 동물들이 물과 옥수수 가루에 혹해서 말도 더 잘 들었고 새로 찾아오는 동물 손님도 늘었다.

새로 온 손님들 중에는 등이 회색인 아프리카 참새가 있었다. 그 녀석은 손으로 감싸 쥘 수 있을 정도로 작았기 때문에 새끼손가락이라는 뜻의 핑키라고 불렀다. 이쑤시개 같은 분홍색 두 다리, 포동포동한 엉덩이와 위로 살짝 들린 꽁지를 한 작은 새는 공예품 같았다.

핑키는 거의 매일같이 텐트 안으로 폴짝거리고 들어와 곤충을 찾아 보이는 대로 여기저기를 쪼아댔다. 침대 머리맡에 잔뜩 쌓여 있는 책이며 잡지나 신문 더미는 핑키가 제일 좋아하는 사냥터로, 그곳에서 파리와 딱정벌레를 잡아먹었다.

어느 날 오후 우리가 쉬고 있는데 책을 쪼던 핑키가 풀쩍 뛰어 맨살이 드러난 마크의 어깨에 내려앉았다. 그러더니 폴짝거리며 가슴을 지나 배를 지나 배꼽까지 내려갔다. 녀석은 잠시 발끝으로 서서 고개를 갸웃거리며 배꼽 안을 유심히 살폈다. 마크가 웃음을 터트리자 배가 요동을 쳤다. 하지만 핑키는 배 위에서 꿋꿋이 버텼다. 그러더니 갑자기 작지만 화살처럼 날카로운 부리로 마크의 배꼽을 콕 쪼았다. 핑키가 무엇 때문에 그랬는지, 원하는 것을 챙겼는지는 몰라도 어쨌든 만족했는지 폴짝 뛰어내려 텐트 밖으로 나갔다.

그 무렵 야영지에는 마리크를 포함해 모두 일곱 마리의 마리코딱새들이 있었다. 녀석들은 추운 밤이면 아카시 가지에 일렬로 몸을 붙이고 앉아 잠을 잤다. 중간에 있는 녀석들은 따뜻했지만 양 끝에 앉은 새들은 추위에 떨어야 했다. 바깥쪽에 앉은 새들이 눈을 반쯤 뜬 채 풀쩍 뛰어 따뜻한 중앙으로 끼어들려는 모습은 마치 디즈니 만화 영화의 한 장면 같았다. 그러다가도 금세 잠이 들었다. 잠시 후 끝에 앉은 새들이 추위를 느끼면 다시 중간 자리 쟁탈전이 벌어졌다. 밤새 아카시 나뭇가지에서는 이런 일이 벌어졌다.

우리 야영지 최고의 준족은 윌리엄이라는 뾰족뒤쥐였다. 윌리엄의 귀는 미키 마우스를 똑 닮았고 콧수염은 곱실거리고 놀랄 만큼 쓸모가 많은 코는 고무호스처럼 길었다. 윌리엄은 잠시도 가만히 있지 않았다. 녀석에게는 전용 통로가 있었는데, 그 위를 달렸다 멈췄다 하며 돌아다녔다. 마치 한쪽 발로 가속페달을 밟고 다른 쪽 발로 브레이크를 밟는 것 같았다. 코뿔새와 딱새들과 옥수수 가루를 더 많이 먹으려고 다툴 때면 윌리엄의 코는 씰룩거리며 덤불에서 쑥 나왔다가 쑥 들어갔다.

뾰족뒤쥐는 신진대사가 몹시 빠르기 때문에 하루에 엄청난 양을 먹어야만 한다. 그래서 항상 종종거리며 돌아다닌다. 쉬는 때라고는 지나가다가 코끼리 코 같은 긴 코로 우리의 발가락을 간질일 때뿐이었다. 윌리엄은 우리 야영지의 자랑거리였다.

종종 야영지에 쥐들이 넘쳐날 때도 있었다. 하지만 미시간주립대학의 롤린 베이커 박사님으로부터 대학 박물관을 위해 칼라하리 설치류 표본을 만들어달라는 요청을 받은 후 그 수는 급감했다. 우리는 표본을 만들 시간적 여유가 없었기 때문에 대신 목스에게 쥐를 생포해서 '인도적'으로 죽인 후 수를 확인하는 법을 가르쳤다. 종種 하나당 작업료를 주기로 했고 새로운 종을 찾아오면 보너스를 주기로 했다.

목스는 정말 열심히 새로운 임무를 수행했다. 게다가 자신도 과학 연구 프로젝트에 참여한다는 자부심이 대단했다. 목스는 텐트 구석과 차 상자 뒤에 덫을 설치했다. 그리고 매일 아침 일과를 마치면 트럭에 실린 공구 상자에서 펜치를 꺼내 들고 덫을 돌아다니며 잡힌 동물들을 거두었다. 아침마다 서너 마리를 박제로 만들었다. 손재주가 좋아서 완성된 박제는 무척 훌륭했디.

대추야자 나무 아래서 책을 읽는데 목스가 우리 뒤에서 헛기침을 했다. 목스는 마지막 설치류 표본을 자랑스럽게 보여주며 서 있었다. 표본이 된 설치류들은 완벽하게 정리가 되어 있었다. 다리는 몸통 아래쪽에, 꼬리는 아래로 늘어져 있었다. 지금까지의 박제 표본 중에서 최고였다. 나는 표본을 보면서 목스에게 정말 수고했다며 칭찬을 아끼지 않았다. 그런데 중앙에 기다란 코를 죽 뻗고 죽은 쥐가 있었다. 바로 윌리엄이었다.

*

프랑크푸르트 동물협회로부터 비행기를 지원받은 후 우리는 계속 지원을 받을 것으로 기대했다. 1979년의 새해가 다가오면서 우리는 다시 자금 곤란을 겪게 되었다. 다행스럽게도 스탠다드 은행의 지점장인 리처드 플래터리가 무담보로 대출을 지원해주었다. 돈을 아끼기 위해 비행기를 세워둔 채 1월에 마운으로 가서 지원금에 대한 답신을 받을 수 있기를 학수고대했다.

마운으로 가는 날이 되었다. 아직 짐도 챙기지 않았는데 목스는 벌써부터 비행기 옆에서 우리를 기다렸다. 가장 좋은 옷을 입고 있었다. 처음 만났을 때보다 입성이 훨씬 좋아졌다. 커다란 검은 빗을 뒷머리에 꽂고 푸른색과 붉은색 테의 검은 선글라스까지 꼈다. 여기저기 기운 마크의 청바지를 입고 들개가 파묻으려고 했던 마크의 테니스화를 신고 있었다. 석 달 만에 마운으로 가는 길이라 건기를 마치고 돌아오는 암컷들을 바라보는 스프링복마냥 잔뜩 들떠 있었다.

우리는 마운의 활주로에 착륙하자마자 목스를 은행으로 데려갔다. 우리는 그곳에서 월급과 설치류 표본을 만들어준 보답으로 보너스까지 얹어주었다. 그날 우리는 목스에게 250달러를 주었다. 아마 그렇게 큰 액수는 처음 만져보았을 것이다. 우리는 목스가 통장을 만들도록 열심히 설득했지만 은행을 못 믿는 눈치였다. 우리는 돈을 보관할 가장 안전한 장소라고 설득했지만 목스는 염소와 당나귀가 풀을 뜯고 있는 마당으로 도망쳐버렸다.

우리가 따라 나갔다. "목스, 왜 그래?" 내가 부드럽게 물었다. 목스는 한참을 땅만 바라보더니 고개를 슬며시 들며 대답했다.

"카우보이요."

"카우보이라고?"

"예, 카우보이." 목스는 오른손을 내밀어 엄지와 검지로 권총을 만들며 인상을 썼다. 그러고는 엉터리 영어로 설명을 하기 시작했다.

몇 달 전 목스는 평화유지군의 자원봉사자가 마을 회관에서 상영한 서부 영화를 보았다. 영화에는 은행이 나왔는데, 마침 강도가 들었던 것이다. 보츠와나에서는 아직 은행 강도 사건이 발생하지 않았지만 무슨 말로도 목스의 마음을 돌릴 수는 없었다. 그는 언제라도 복면을 두른 남자들이 먼지를 일으키며 말을 달려 은행을 습격해 돈을 몽땅 훔쳐갈 것이라고 철썩같이 믿고 있었다. 차라리 어머니의 오두막에 돈을 숨기는 편이 더 안전하다고 생각했다.

우리는 랜드로버를 빌려서 목스를 집에 데려다주었다. 동네 아이들이 모두 나와 그를 반겼다. 아이들은 목스의 선글라스에 큰 감동을 받아 그를 에워싸고 춤을 추었다. 목스는 아이들의 머리를 토닥여주었다. 우리는 이틀 후에 만날 약속을 하고 볼일을 보러 나왔다.

지원금을 받을 수 있을지 걱정이 된 우리는 사파리 사우스에 있는 우리의 우편함에서 편지를 모두 챙겼다. 두 달도 더 된 크리스마스 카드들 사이에 협회의 전보도 들어 있었다. 우리는 한적한 마당 구석으로 가서 봉투를 열었다. 우체국의 교환수가 내용을 마구 뒤섞어놓았지만 핵심은 파악할 수 있었다. 협회는 앞으로 2년 동안 연구 자금을 모두 지원하기로 약속했다.

마크가 나를 번쩍 안아 올리며 물었다. "내 계획을 말해줄까? 몸단장을 해. 오늘은 외식을 시켜줄게."

그날 우리는 타말라카네 강변의 아일랜드 사파리 로지에서 한 달 늦은 크리스마스, 결혼 6주년 기념일, 지원금을 받게 된 일을 한꺼번에 축하했다. 로지 주인인 요위와 토니 그레이엄 부부가 우리에게 샴페인 한 병을 선물하며 공짜로 오두막에서 그날 밤을 지내게 해주었다. 눈앞의 광경을 믿을 수 없었다. 탁자보, 와인 잔, 웨이더들, 진짜 샤워기와 진짜 침대가 있었던 것이다. 몇 년 전 기차로 가보로네에 도착했을 때보다 훨씬 더 많이 서로를 그리고 일을 사랑했다.

이틀 동안 편지를 쓰고 생필품을 구입한 후 목스의 어머니 집으로 목스를 데리러 갔다. 아이들은 모래에서 놀고 있었다. 모두들 말없이 우리를 바라보았다. 아무도 말을 걸지 않았다. 우리가 목스에 대해서 묻자 멍한 눈초리로 바라볼 뿐이었다.

만난 적이 있는 여자아이가 오두막에서 나왔다. "몰라요. 목스라는 사람은 몰라요."

이틀 동안 우리는 목스를 찾아다녔다. 그동안 그의 어머니의 집을 두 번 더 찾아갔지만 목스는 없었다. 아무래도 목스는 집에 숨어 있는 것 같았다. 목스는 가족과 친척들의 도움을 받아 우리로부터 사라지기로 결심한 것 같았다.

처음에는 무척 화가 나고 섭섭했다. 목스가 관두겠다고 해도 충분히 이해할 수 있었다. 가족을 떠나 험한 사막에서 지내는 건 젊은 총각에게 조금도 재미있지 않았을 것이다. 하지만 목스는 우리에게 무척 소중한 사람이었고 목스도 우리를 그렇게 여겨줄 줄 알았다. 나중에 사냥꾼에게서 차마 우리 얼굴을 보고 관두겠다는 말을 할 수 없었을 것이라는 말을 들었다. 말없이 사라진 것도 결국 우리를 향한 애정의 표현이라고 말이다.

목스는 마을 사람들 사이에 꽤 인정받는 사람이 되었다. 비행기를 타봤을 뿐만 아니라 사자에게 총을 쏘았다가 다시 되살리는 사람들과 함께 일한 '크고시'(대장)였기 때문이다. 그는 더 이상 마을의 놀림거리가 아니었다. 이웃의 존경과 더불어 새로운 정체성을 얻게 되었다. 칼라하리에서 지낸 경험이 가져다준 최고의 선물이지만 칼라하리에서 계속 지낸다면 아무짝에도 쓸모없는 선물이었다.

우리는 마운에 갈 때마다 목스의 소식을 수소문했지만 결국 다시는 만나지 못했다.

*

우리는 프랑크푸르트 동물협회로부터 지원금을 받은 후 1979년 1월에 새 텐트와 필요한 물건들을 구입하고 비행기 점검을 받기 위해 요하네스버그로 갔다. 우리는 첫날 밤 시내로 향했다.

도시 위로 우뚝 솟은 타워에는 시내의 야경을 감상할 수 있는 회전 레스토랑들이 들어서 있었다. 도시의 밤을 밝히는 현란한 조명에 별들은 자취를 감추었다. 경적 소리와 엔진 소리, 고함, 사이렌 소리들. 배기가스와 인파.

마크가 내 팔을 잡아 어두운 골목에서 끌어냈다. 나는 피시 앤 칩스가 남아 있는 기름기 배인 종이봉투를 모르고 밟았다. 사막에서 살기 전에는 도시의 거리가 얼마나 더러운지 몰랐다.

우리는 꼭 붙어서 지나가는 사람들과 부딪히지 않으려고 안절부절 못했다. 극장을 지나는데 아는 얼굴이 보였다. 나는 재빨리 마크를 끌고 근처에 있는 작은 서점으로 들어가 책장을 살피는 척했다. 요하네스버그에서 아는 몇몇 사람 중 한 명이 지나갔다.

"왜 그러는 거야?"

"나도 몰라."

우리는 극장의 표를 사면서도 앞사람과 멀리 떨어진 곳에 서 있었다. 극장으로 들어가니 구석에 두 자리가 비어 있었다. 주변은 금세 웃고 떠드는 사람들로 가득 찼다. 영화가 시작되어도 웃고 떠드는 소리는 멈출 줄 몰랐다.

"나가자."

다시 거리로 나와 보도에 탁자를 내어놓은 작은 카페를 발견했다. 탁자는 화분에 심은 나무들 사이에 들어앉아 있었다. 어쨌든 나무는 진짜 나무였다. 우리는 남아프리카산 백포도주를 두 잔 시켜놓고 말없이 앉아 도시의 밤 풍경을 구경했다.

*

다음 날 아침 우리는 마운에서 오랫동안 신세를 진 사람들에게 줄 선물을 사러 가게로 들어갔다. 선반에는 도자기, 크리스털과 은으로 만든 그릇들이 전시되어 있었다. 30대 정도 되어 보이는 녹색 눈동자의 아름다운 여성분이 다가와 도와주겠다고 했다. 그녀는 다양한 물건을 권해주었지만 대부분 마운에 맞지 않거나 너무 비쌌다.

"보츠와나에서 오셨어요?" 그녀가 물었다.

나는 우리가 칼라하리에서 6년 동안 사자와 갈색하이에나를 연구하고 있다고 말해주었다.

"어머나……, 제 아버지도 옛날에 칼라하리에 계셨어요." 그녀가 말했다.

"그래요? 성함이 어떻게 되세요?"

"아마 모르실 거예요. 몇 년 전에 돌아가셨거든요. 우리 아버지는 버고 퍼예요. 버지 버고퍼."

마크와 나는 한동안 아무 말도 할 수 없었다. "그러니까 당신이…… 당신이 버지의 딸이군요!" 내가 마침내 웅얼거리듯 말했다.

우리는 그동안 계속해서 버지의 가족을 찾고 싶었다. 그분의 호의에 얼마나 감사하고 그분을 사랑했는지 어떻게든 알리고 싶었다. 하지만 딸의 결혼 후 성을 도무지 알 수가 없었다.

그녀는 헤더 하워드라고 자신을 소개했다. 남편은 마이크 하워드였다. 우리는 가게 위층으로 올라가 버지에 대한 추억의 실타래를 풀어놓았다. 헤더는 버지가 자주 들려준 이야기를 해주었다. "정신 나간 양키 친구들이 칼라하리에 살러 왔어. 달랑 랜드로버 한 대 가지고 거기서 야생을 연구한다는구나." 그래서 항상 우리 소식이 궁금했다고 했다. 부부는 저녁 식사에 초대해주었지만 우리는 그날 오후에 보츠와나로 돌아가야 했기 때문에 정중히 거절했다. 대신 다음에 요하네스버그에 오면 꼭 전화하겠다고 약속했다.

374

하지만 우리는 다음 여행에도, 그다음 여행에도 연락을 하지 않았다. 가게 근처에 갈 일이 생기면 혹시라도 그 사람들을 만나 왜 전화를 하지 않았는지 설명해야 할까봐 마음을 졸이곤 했다. 우리도 우리가 왜 이러는지 알 수 없었다. 사람이 그리운데 막상 다가갈 수 없었다. 마크와 나는 이 바보 같은 행동을 이해해줄 사람은 하늘 아래 우리뿐이라고 느꼈다. 우리 둘로 충분하다고 느꼈기 때문에 다른 사람들과 어울리기가 더 힘들었다.

우리는 헤더 부부를 처음 만난 지 꼭 일 년만에 연락을 했다. 청명한 어느 오후 우리는 차를 몰고 요하네스버그 교외의 구릉 지대에 위치한 그들의 집을 방문했다. 다시 만나니 너무 좋았다. 다행히도 그 사람들은 왜 그동안 연락이 없었는지도 묻지 않았다. 아마도 우리보다 그 이유를 더 잘 알 것 같았다. 버지야말로 야생에서 평생을 홀로 보낸 사람이었으니 말이다.

잠시 안부를 나눈 후 마침내 헤더가 중요한 이야기를 시작했다. 헤더는 버지가 자신을 화장하고 그 유골은 야생의 한적한 숲속 공터에 뿌려 달라는 유언을 남겼다고 말해주었다. 그동안 가족들은 언제 유골을 뿌리는 것이 좋을지 고민을 했다. 마침 이렇게 우리를 만나게 되었으니 마지막 유언을 들어주는 자리에 우리도 같이 참석하면 버지도 하늘에서 기뻐할 것이라고 말했다.

우리는 초원으로 갔다. 그곳에는 시냇물이 굽이굽이 흐르고 있었다. 부드러운 바람이 불어오고 나비들이 너풀니풀 날아디니는 곳이었다. 나는 버지의 재를 바람에 날려 보냈다. 버지가 나를 보고 활짝 웃는 것 같았다. 우리는 영원히 그를 자유롭게 해주었다.

나는 고개를 돌려 녹색의 자연을 마구잡이로 확장하고 있는 스모그 낀 도시를 바라보았다. 야생의 자연이 과연 오랫동안 있을지 의문이 들었다.

*

1979년 2월 우리는 다시 칼라하리로 돌아왔다. 비행기에는 각종 장비와 생필품이 가득했다. 며칠 동안 짐을 풀고 톱질과 망치질을 해 텐트 다섯 개로 구성된 새 야영지를 만들었다. 가장자리가 갈색인 작고 노란 취사용 텐트가 나무들 사이 한가운데에 세워졌다. 텐트 안에는 식탁보와 의자까지 갖춘 식탁이 있고 양쪽에 놓은 오렌지 상자들 위에는 음식과 음료수를 담은 접시와 바구니와 잔들이 뷔페처럼 차려져 있었다. 나무들 사이로 나 있는 구불거리는 길을 따라가면 취침용 텐트가 나왔다. 그곳에는 마크가 상자로 직접 만든 진짜 침대가 놓여 있었다. 사무·연구 텐트에는 대형 작업 선반, 책장, 타자기, 파일 캐비닛, 책상이 갖추어져 있었다. 심지어 창고용 텐트도 있어서, 가스 냉동고와 가스 냉장고를 보관했다.

이 모습을 버지가 봤다면 얼마나 좋아했을까.

20장

공동육아 학교

……간단히 말해서, 우리는 도처에서 아름다운 적응들을
본다.

_찰스 나윈

기록·델리아

스타는 이제 열한 살이 훌쩍 넘었다. 한때는 무성했던 검고 긴 털이 빠져서 맨살이 드문드문 보였다. 목덜미에 망토처럼 나 있던 금빛 털 대신 온갖 상처들만이 자리했다. 오랫동안 뼈를 먹이로 했기 때문에 이빨도 닳았다. 움직임도 예전만큼 민첩하지 못한 것을 보면 몸이 많이 굳은 것 같았다. 야간에도 쉬는 모습이 자주 목격되었다.

스타의 발신기에서 나오는 무선 신호를 추적해보니 나흘 연속으로 서쪽 모래언덕에서 신호가 잡혔다. 이것은 갈색하이에나에게 매우 드문 일이었다. 사막의 청소동물은 한자리에 오래 머무르는 호사를 누릴 수가 없기 때문이다. 그렇다면 이유는 두 가지였다. 발신기가 벗겨졌거나 죽었거나.

우리는 트럭에 송신기를 싣고 스타의 발신기를 찾아 야영지 서쪽의 경사면 일대를 수색했다. 가시덤불을 헤치고 들어갈수록 신호가 더 커졌다. 하지만 스타의 흔적은 보이지 않았다. 나는 마음을 단단히 먹었다. 언제라도 찢기고 부러진 채 독수리에게 살을 뜯기고 있는 스타의 시체를 발견할지도 몰랐다.

마크가 트럭을 세우더니 시동을 끄고 앞쪽을 가리켰다. 15미터가량 떨어진 곳에 자라는 작은 덤불 위로 쭈글쭈글한 얼굴이 보였다. 스타였다. 백묵처럼 하얀 모래를 털어내고 꼬리를 흔들며 스타는 작은 모래 둔덕으로 나와 고개를 구멍으로 가져가더니 나지막하게 울었다. 그러자 구멍에서 석탄처럼 새까만 작은 새끼 세 마리가 고개를 빼꼼 내밀었다. 스타는 멀쩡하게 살아 있었을 뿐 아니라 야영지에서 고작 300미터 떨어진 곳에 새끼를 키우고 있었던 것이다! 새까만 눈동자들이 어미를 올려다보았다. 스타가 자신의 커다란 주둥이로 새끼들을 비비자 새끼들이 어미의 발치로 모여들었다.

마침내 갈색하이에나가 새끼들을 키우는 모습을 관찰할 절호의 기회였다. 이전에는 패치스와 섀도가 우리 때문에 새끼들을 아예 버릴까 걱정스러워 제대로 관찰할 수 없었다. 하지만 스타는 우리의 낯을 전혀 가리지 않았기 때문에 괜찮을 것 같았다. 우리는 새끼 중에서 암놈에게는 페퍼라는 이름을, 나머지 두 수놈에게는 코코아와 토피라는 이름을 붙여주었다.

그 무렵 우리는 갈색하이에나의 먹이 생태학에 대해서 상당히 많은 지식을 축적했다. 하지만 사회 체계에 대해서는 모르는 부분이 많았다. 특히 굳이 무리를 이루어 사는 이유가 궁금했다. 청소동물이라 대형 먹잇감을 사냥할 필요가 없는데 왜 무리 생활을 하는 걸까? 왜 무리의 우두머리인 패치스는 먹이를 독점하지 않고 스타와 섀도와 함께 먹을까? 다른 하이에나의 도움이 필요한 것도 아닌데 왜 영역을 함께 쓰는 걸까?

스타는 원래 있던 토끼굴을 더 넓혀서 사용했다. 모래에 난 세 개의 깊은 통로는 각각 지하 터널과 이어져 있었다. 통로는 모두 두꺼운 아카시 덤불로 위장되어 있었다. 스타는 낮에는 그곳에서 약 15미터 떨어진 곳에서 오수를 즐겼다. 서너 시간마다 그르렁거려 새끼들을 굴 입구로 불러냈다. 새끼들은 굴에서 아장아장 기어 나와 어미 주위를 기어 다니며 연신 꽥꽥 소리를 질러댔다. 그러면 어미는 시원한 모래에 누워 20~25분가량 젖을 먹였다.

태어난 지 3주밖에 되지 않았는데도 새끼들은 밖에서 놀기 시작했다. 처음에는 자기들끼리 구르고 몸을 타 넘는 식이었다. 하지만 균형 감각이 발달하자 주둥이로 레슬링을 하거나 목을 물어뜯는 연습을 시작했다. 스타는 놀이에는 거의 끼지 않았다. 대신 새끼들이 귀, 코나 꼬리를 물어뜯거나 둥글고 먼지가 잔뜩 묻은 배를 두드릴 때도 가만히 누워 장난을 받아주었다. 사자나 인간과 달리 스타는 결코 인내심을 잃고 화를 내는 법이 없었다. 장난이 심하다 싶으면 새끼들을 뒤집어 놓았다. 새끼들이 도망치려고 하는 동안 스타는 털을 핥아주었다. 그러다 새끼들이 몸을 뒤집어 도망치고 다시 돌아와 어미에게 장난을 쳤다.

이두워지면 스타는 새끼들을 안전한 굴로 들여보냈다. 어미가 먹이를 찾아 몇 킬로미터를 돌아다니는 동안 새끼들은 굴에 남았다. 스타는 4~5시간마다 젖을 먹이러 돌아와야 했기 때문에 다른 하이에나들처럼 오랫동안 사냥을 하거나 멀리 갈 수 없었다. 새끼를 키우는 몇 달 동안 스타의 먹이는 한정될 수밖에 없었다.

새끼들이 이제 6주가 되었을 무렵이었다. 스타는 튼튼한 턱으로 페퍼의 등을 물어 계곡 바닥을 지나 활주로 아래로 데려왔다. 그리고 새로 둥지를 튼 노스베이힐의 덤불 속으로 페퍼를 밀어 넣었다. 같은 식으로 코코아와 토피도 데려왔다. 새끼들을 왜 옮기는지 이유는 알 수 없었지만 자칼과 늑대와 같은 일부 맹수들은 새끼들이 자라는 동안 두세 개의 은신처를 옮겨 다니며 생활하기도 한다.

덕분에 우리는 갈색하이에나의 굴을 조사할 수 있는 귀한 기회를 얻었다. 우리는 손전등과 노트, 줄자를 준비해 버려진 굴로 향했다. 굴이 있던 지역에 도착하자 마크가 쪼그리고 앉아 입구 주위의 모래를 살피기 시작했다.

"뭘 찾아?" 내가 물었다.

"발자국. 스타가 나온 후에 표범이나 멧돼지가 들어갔을지도 모르잖아."

우리는 수백 개나 되는 갈색하이에나의 발자국들 사이에 포식자의 흔적이 있는 것은 아닌지 살폈다.

마침내 포식자가 오지 않은 것을 확인한 마크가 말했다. "괜찮을 것 같아. 당신이 저쪽으로 들어가봐. 내가 이쪽에 있는 더 큰 구멍을 맡을게."

나는 구멍으로 머리부터 집어넣은 후 약 80센티미터 높이의 터널로 들어갔다. 머리와 어깨를 잔뜩 낮추고 몸을 어떻게든 움츠려야 들어갈 수 있었다. 손전등으로 앞을 비추었다. 터널은 4미터가량 곧장 뻗은 후 왼쪽으로 꺾어졌다. 이 컴컴한 복도 한 곳에 표범이나 멧돼지가 있다면 우리 때문에 겁을 먹고 반대편에서 와락 달려들 것 같았다. 성난 눈동자가 근처에 숨어 있을 것만 같았다.

땅바닥에 납작하게 엎드린 채 손과 발로 땅을 밀면서 조금씩 굴로 들어갔다. 종종 머리가 천장에 부딪히거나 모래가 등과 목덜미로 우수수 떨어지기도 했다. 팔꿈치로 몸을 지탱한 채 손전등으로 앞을 밝히며 완만한 내리막을 천천히 기어 내려갔다.

통로 끝에 다다르자 움직임을 멈추고 귀를 기울였다. 마크가 다른 쪽 통로에서 몸을 뒤척이며 움직이는 소리가 들렸다. 손전등으로 통로가 구부러진 곳을 비추었다. 언제라도 막다른 골목에 막혀 흥분한 표범이 내는 위협적인 소리가 들릴 것 같았다. 나는 손전등을 거두었다. 아무 일도 일어나지 않았다. 나는 그제야 안심하고 앞으로 기어가 모퉁이 너머를 살피기 시작했다.

내 앞으로 직경 150센티미터, 높이 90센티미터인 둥근 방이 있었다. 천장에는 잔뿌리가 잔뜩 달린 회색 뿌리가 툭 튀어나와 있었다. 분명 새끼들이 오랜 시간을 보낸 곳이 분명했다. 새끼들이 잠을 잤을 모랫바닥은 움푹 패어 있었다. 그곳에서 작은 터널 세 개와 큰 터널 두 개가 사방으로 뻗어갔다.

마크는 여전히 볼 수 없었지만 통 속에서 울리는 것 같은 그의 목소리는 들을 수 있었다. 우리는 서로 동굴의 앞과 뒤에서 본 것을 설명하기 시작했다. 우리는 어떤 터널이 지하에서 연결되어 있는지 확인하고 크기를 측정했다.

나는 굴이 너무 깔끔해서 무척 놀랐다. 배설물은 어디에도 보이지 않았다. 먹다 남은 뼛조각이 몇 개 떨어져 있었고 침침한 동굴에서 날 법한 곰팡내나 습한 냄새도 나지 않았다. 어린 기린의 두개골과 젬스복의 견

갑골이 유일한 가재도구였다.

"뭐가 날 물어!" 갑자기 마크가 소리를 질렀다. 쥐인지 표범인지 알 수 없었다. 그런데 나도 온몸이 따끔거리기 시작했다. 나는 너무 놀라서 머리부터 빠져나가야 한다는 것도 떠올리지 못한 채 뒤로 기어나가기 시작했다. 손과 발을 들어올 때와는 반대 방향으로 미친 듯이 밀었다. 이번에는 머리 대신 엉덩이가 계속 천장에 부딪혔다. 천신만고 끝에 간신히 입구에 도착했다. 밝은 곳에 나와 보니 우리 몸은 온통 벼룩으로 뒤덮여 있었다. 허겁지겁 옷을 벗고 물통의 물을 부은 채 야영지로 돌아갔다.

암컷 갈색하이에나가 새끼들을 새 굴로 옮기는 데는 몇 가지 이유가 있을 것이다. 새끼가 자꾸 자라니까 더 큰 집이 필요했을 수도 있고 맹수로부터 새끼들을 지키기 위해서일 수도 있다. 여러 이유들 중에는 분명 벼룩의 창궐도 있을 것이다.

이제 두 달이 된 페퍼, 코코아와 토피는 해가 지면 굴 밖에서 노는 시간이 더 길어졌다. 녀석들은 어미와 새집에서 10미터나 떨어진 곳까지 놀러 나왔다. 하지만 풀숲이 약간만 흔들리거나 심지어 하늘에 까마귀만 떠 있어도 녀석들은 재빨리 어미 곁으로 가거나 굴에 숨었다.

스타는 먹이를 구하러 갈 때면 새끼들 쪽은 쳐다보지도 않고 그곳을 떠났다. 이제 꽤 컸기 때문에 굳이 굴속으로 들여보낼 필요가 없는 것일지도 몰랐다. 페퍼와 코코아는 어미를 따라 15미터 정도 가다가 다시 굴로 돌아왔다. 토피는 다른 두 녀석보다 훨씬 경계심이 많아서 안전한 입구에서 가족들을 바라보기만 했다. 삼 남매는 어미의 발소리가 더 이상 들리지 않을 때까지 가만히 서 있었다. 그러더니 굴 근처에서 10~15분을 더 놀다가 안으로 들어갔다. 새끼들은 이 시기에 집고양이보다 조금 더 크기 때문에 사자, 표범, 치타나 자칼의 좋은 먹잇감이 된다.

새끼들이 두 달 반 정도 자라자 배가 빵빵해졌다. 하루는 스타가 코코아의 목덜미를 물고 덤불 속을 통과해 서쪽으로 갔다. 우리는 트럭을 타고 뒤를 바짝 쫓았다. 스타는 노스 베이 힐에서 계곡 바닥 쪽으로 내려가더니 다시 북쪽으로 방향을 틀었다. 코코아는 헝겊 인형처럼 어미의 입에서 대롱거렸다.

스타는 북쪽으로 약 30킬로미터 이상 더 걸어야 했다. 그러는 동안에도 코코아는 꿈쩍도 하지 않았다. 달은 아직 뜨지 않아 강바닥의 물웅덩이에는 별빛만 환하게 쏟아졌다. 마른 풀들 사이로 이동하는 하이에나의 시커먼 형체가 더 잘 보였다. 스타가 다시 북동쪽으로 진로를 바꿔 무성한 가시덤불 속으로 들어갔다. 그곳에서 다시 8킬로미터를 더 이동했는데, 도중에 멈춰서 주변을 살피고 기척이 없는지 귀를 기울였다. 왜 이렇게 고생스럽게 코코아를 먼 곳까지 데려온 것일까.

우리는 가시덤불 옆에 자라는 키 큰 덤불을 뚫고 들어가 공터에 차를 세우고 시동을 껐다. 앞을 바라본 순간 할 말을 잃었다. 우리 앞에는 15미터가 넘는 커다란 회색 모래언덕들이 펼쳐져 있고, 거대한 미로 같은 굴이 있었다. 언덕마다 나이가 다 다른 새끼들이 서 있었는데, 어미도 모두 다른 것 같았다. 여기에는 사라진 새끼들이 모여 있었다. 패치스와 섀도가 버렸다고 생각했던 새끼들 말이다. 우리가 세계 최초로 무리의 새끼들이 모여 사는 공동 굴을 발견한 것이다!

지난 몇 년간 갈색하이에나의 무리 생활에 대해 품었던 의문이 모두 풀리는 순간이었다. 이들은 칼라하리 사막과 같은 험악한 자연환경에서 살아남기 위해 놀라운 협동 정신을 발휘해 새끼들을 공동으로 키워야 했다. 그래서 청소동물이면서 굳이 무리를 이루어 먹이와 영역을 공유했던 것이다.

아무리 과학계라도 몇 년의 노력 끝에 획기적인 발견을 하는 경우는 흔치 않다. 우리는 할 말을 잃고 멍하니 앉아 있었다. 스타는 코코아를 모랫바닥에 살포시 내려놓고 일어났다. 새끼들이 모두 모여 새 친구의 냄새를 맡았다. 코코아는 두려워하거나 낯을 가리는 기색도 없이 작은 코를 들어 자신을 환영하는 친구들의 냄새를 맡았다. 스타가 페퍼와 토피를 데리러 간 동안 코코아는 새집 주변을 맘껏 둘러보았다.

*

칼라하리의 환경은 먹이가 드문 데다 새끼를 키우는 시기의 암컷 갈색하이에나는 먹이를 구하기가 더 힘들었다. 계속 관찰해본 바에 의하면 어느 기간 무리에서 단 한 마리만 새끼를 낳아 공동 굴에서 사는 새끼들의 수를 제한했다. 새끼들이 굴에 안전하게 있으면 암컷은 새끼들에게 가져다줄 먹이를 구할 때까지 며칠 밤을 자유롭게 돌아다닌다. 새끼들을 보러 몇 번씩이고 찾아오지 않아도 되자 어미들이 함께 먹이를 구하러 다니는 시간이 길어져 그만큼 새끼들을 안정적으로 먹일 수 있었다. 어른 암컷은 새끼가 있든 없든 먹이를 굴로 가져왔다. 일부 수컷들도 새끼에게 먹이를 가져왔다. 먹이는 혼자 찾아 다니지만 새끼를 공동으로 키우는 모습을 보면 갈색하이에나는 칼라하리의 변덕스러운 환경을 이겨내기 위해 무리 생활과 단독 생활을 병행하는 동물이었다.

갈색하이에나의 공동 은신처를 발견한 후 우리의 일상은 바뀌었다. 마크는 아침 일찍 비행기로 주변을 돌면서 사자와 하이에나의 위치를 확인한 후 다시 트럭을 타고 야영지에서 가장 가까운 곳에 있는 사자들을 관찰했다. 초저녁에는 마크가 녹음한 관찰 내용을 정리했고 그동안 나는 하이에나의 굴을 관찰했다.

나는 지는 해를 바라보며 칼라하리에 밤이 내려오는 소리를 듣곤 했다. 밤의 소리는 다양했다. 북쪽 모래언덕에서는 자칼 한 마리가 동료를 부르고 능에가 모두에게 자신의 영토를 알리며 꽥꽥거렸다. 울부짖는 도마뱀 수백 마리가 야상곡을 부를 때도 있었다. 어둠이 내려앉으면 6킬로미터 정도 떨어진 곳에서 마크가 피워놓은 모닥불이 반짝반짝 보였다.

별들이 총총 박힌 하늘 아래 혼자 보낸 며칠 밤은 내 인생에서 가장 특별한 순간이었다. 나는 하이에나 새끼들에 대해 점점 더 많은 사실을 알게 되었다. 가장 나이가 많은 녀석은 피핀인데, 3살이 넘어서 어른이 다 되었다. 피핀은 혼자서 사냥을 했지만 여전히 굴로 찾아와 동생들과 장난을 치며 놀았다. 칩은 그다음으로 나이가 많았다. 역시 수놈으로 굴이 있는 지역을 떠나 사냥을 했다. 수티와 더스티는 남매로 아주 어린 암컷인 퍼프와 함께 늘 굴 근처에만 머물렀다. 갓 도착한 신참들로 스타의 삼남매인 페퍼와 코코아, 토피가 있었다.

우리가 그 굴을 발견한 다음 날 밤 나는 신선한 스프링복 다리를 물고 풀숲을 헤치며 오는 패치스를 목격했다. 새끼들은 발걸음 소리를 듣고 입구로 우루루 몰려나왔다. 하지만 사자나 다른 맹수의 발소리일 수도 있기 때문에 더 어린 녀석들은 다시 입구로 들어갔다. 패치스의 모습이 확실하게 보이자 더 큰 녀석들이 달려가 패치스를 에워싸고 몇 분간 인사를 했다. 패치스는 가져온 먹이를 모래 위에 내려놓고 그녀의 코 아래로 행진하는 새끼들의 냄새를 일일이 맡고 귀와 등을 핥았다. 마지막으로 수티가 연장자에게 존경을 표시한 후 스프링복의 다리를 냉큼 물고 굴 안으로 달려갔다. 그 뒤를 다른 녀석들도 모두 따랐다. 새끼들이 굴 안에서 먹이를 먹는 동안 패치스는 모래 둔덕 위에서 잠을 잤다.

그날 밤늦게 섀도가 새끼들을 보러 오자 어린 녀석들은 섀도를 에워싸고 인사를 하며 난리법석을 떨었다. 고운 모래 먼지가 보풀보풀 일어나 시야를 가렸다. 섀도는 둔덕 하나에 자리를 잡고 누워 퍼프에게 젖을 먹이기 시작했다. 퍼프는 앞발로 어미의 젖을 누르며 연신 빨았다. '섀도가 퍼프의 어미로구나'하고 생각하는데 더스티도 젖을 빨기 시작했다. 퍼프와 더스티의 나이가 다른 것을 보면 모두 섀도의 새끼일 리 없었다. 그렇다면 적어도 남의 새끼에게도 젖을 먹이는 것이 틀림없었다. 나중에 관찰한 바로는 패치스와 스타도 상대의 새끼에게 젖을 먹였다. 이러한 공동 수유는 사자와 들개와 같은 일부 야생 포식자들에게서 관찰된 바 있다. 하지만 하이에나가 공동수유를 한다는 보고는 이제껏 없었다. 이번 관찰도 하이에나의 협동하는 사회체계의 좋은 증거가 되었다.

수유기 암컷이면 모두에게 젖을 주고 먹이도 나눠주었기 때문에 누가 누구의 새끼인지 분간하기가 어려웠다. 다행히도 무리의 암컷마다 이전 임신 시기와 수유 시기를 소상하게 기록해두었기 때문에 새끼들의 나이와 어미가 굴에 들어가 있는 시간 등을 비교해 모자관계를 알아낼 수 있었다. 우리가 알아낸 바로는 피핀은 스타가 이전에 낳은 새끼로, 이번에 낳은 페퍼와 코코아, 토피와 아버시가 달랐다. (피편의 아버지가 다른 수컷에게 우두머리 자리를 빼앗겼다.) 칩은 패치스의 새끼였고 퍼프는 섀도의 새끼가 분명했다. 하지만 더스티와 수티의 어미는 밝혀낼 수 없었다.

스타, 패치스와 섀도가 먹이를 가져오고 피편이 터널에서 모래를 파내거나 새끼들과 놀아준다고 하니 굴이 늘 하이에나로 북적거릴 것 같지만 결코 그렇지 않았다. 어미들이 같이 오는 일도 드물었고 매일 밤 오는 것도 아니었다. 설령 굴에서 마주쳐도 본체만체했다. 새끼들의 아버지인 수컷 하이에나가 새끼들을 보러 오거나 먹이를 가져다주는 모습도 한 번도 보지 못했다.

먹이를 구하는 데 시간이 많이 걸리기 때문에 어른 하이에나는 굴에서 새끼들을 지킬 시간이 별로 없었다. 무리의 하이에나들은 영역에 넓게 퍼져 있는 덤불이나 나무 아래서 잠을 잤는데, 굴에서 80킬로미터나 떨어진 곳이다. 낮에는 굴 근처에서 잘 때도 있지만 200~300미터 이내로는 절대 접근하지 않았다.

페퍼와 코코아, 토피는 굴에서 25미터 떨어진 풀숲에서 놀다가도 동물의 기척이나 모습이 보이면 재빨리 굴속으로 뛰어들었다. 사자건 호저건 일단 도망치고 보았다. 잠시 후 수면 위를 탐색하는 잠망경처럼 귀, 눈 그리고 코까지 슬쩍 구멍으로 내밀고 위험이 지나갔는지 확인했다. 더 큰 새끼들이 나와 있으면 페퍼 형제들도 굴에서 나와 다시 놀기 시작했다.

어느 늦은 오후 들개 무리가 굴로 몰려왔다. 어린 녀석들은 순식간에 모습을 감추었지만 어른과 체격이 일후 비슷한 칩과 더스티, 수티는 도망치지 않고 들개 무리와 맞섰다. 가장 큰 둔덕에 버티고 서서 털을 잔뜩 곤두세운 녀석들의 모습은 꽤 무시무시했다. 들개들은 굴의 주위를 세 번이나 포위하면서 가까이 다가오려고 시도했지만 결국 그곳을 떠나고 말았다. 하지만 모펫이 나타났을 때는 큰 녀석이고 작은 녀석이고 할 것 없이 몽땅 굴로 도망쳐버렸다. 사자가 떠난 지 한 시간이 넘도록 새끼들은 굴 밖으로 나오지 않았다.

한낮의 열기가 물러가는 저녁 무렵이면 새끼들이 굴 입구에서 고개를 내밀고 주위를 살폈다. 위험하지 않다는 것을 확인하면 쏜살같이 튀어나와 땅에서 파낸 모래가 쌓인 둔덕 위로 고꾸라졌다. 잠시 후 서늘한 바람이 계곡으로 불어오면 새끼들은 풀뿌리, 잔가지, 오래된 뼈 등 닥치는 대로 냄새를 맡고 다녔다. 이것은 하이에나가 살아남기 위해 꼭 필요한 연습이었다. 왜냐하면 바로 앞도 분간할 수 없는 풀 속에서 먹이를 찾아야 하고 광범위한 지역에서 썩은 고기를 찾아내야 하기 때문이다. 어른이 되면 사자 눈에 띄기 전에 미리 도망치거나 냄새로 다른 하이에나들과 의사소통을 하기 위해 후각에 크게 의존하게 된다.

페퍼와 코코아, 토피는 분비샘에서 끈적거리는 분비물이 생성되기도 전부터 냄새 흔적을 남기려고 했다. 뭉툭한 꼬리를 처들고 풀줄기 위에 쭈그리고 앉아 분비물을 뿌리는 시늉을 하고는 항상 성공했는지 확인해보았다.

페퍼 남매들은 공동 거주지로 은신처를 옮긴 직후인 생후 4개월 무렵이 되자 마침내 분비물이 나오기 시작했다. 녀석들은 꼬리를 처들고 끈적끈적한 하얀 분비물을 뿌리며 스스로를 대견하다고 느끼는 것 같았다. 어찌나 신이 나서 흔적을 남겼던지 어른 하이에나의 꼬리에는 물론이고 카메라 삼각대의 다리에까지 흔적을 남겼다.

일 대 일 싸움도 성장에 중요한 몫을 차지한다. 굴에서 처음으로 나왔을 때부터 새끼들은 싸움 놀이를 하는데, 그때 하는 행동은 어른들의 혈투와 크게 다르지 않았다. 주둥이 레슬링을 하고, 목과 뒷다리를 물고, 쫓아다니는 식이었다. 놀이는 어린 하이에나들이 유대감을 쌓는 중요한 수단이기도 했다. 게다가 싸움 기술은 훗날 무리의 서열을 정하는 싸움을 할 때를 대비해서도 반드시 습득해두어야 했다.

피핀이 공동 거주지에 올 때마다 새끼들은 신이 나서 맞이했다. 피핀을 둥글게 에워싸고 꼬리를 잡아당기고 풀쩍 뛰어올라 귀를 장난스럽게 물었다. 피핀은 전형적인 '큰 형님'이었다. 동생들을 끌고 덤불을 누비며 추격전을 벌였다. 이때 항상 동생들이 자신을 쫓도록 이끌었다. 어린 동생들이 턱을 잡아채려고 할 때마다 고개를 이쪽저쪽으로 돌리며 잽싸게 피했다.

어린 개체들은 이런 공동 굴에서 살지 않으면 안전을 보장받을 수도 없고 또래와 놀 수도 없을 것이다. 뿐만 아니라 같은 무리의 또래 동료나 어른들과 사회적 유대감을 형성하는 법도 배울 수가 없을 것이다.

*

1979년이 시작되어 2월이 되도록 건기는 계속되었다. 우리는 혹시라도 비가 오지 않을까 찌푸린 하늘만 연신 살폈다. 평년 같으면 2월은 우기가 한창이었다. 하지만 그해에는 구름 한 조각 보이지 않았고 한낮 기온이 그늘에서도 40도를 훌쩍 뛰어넘었다. 간혹 동쪽 지평선 위로 거대한 뭉게구름이 피어오를 때도 있었다. 하지만 그 구름이야말로 그림의 떡이었다. 4월로 접어들자 그런 구름마저 사라지고 우리의 희망도 사라졌다. 1979년은 결국 우기가 오지 않았다. 잠깐 퍼부은 소나기를 제외하면 꼬박 일 년 동안 디셉션 밸리의 동물과 식물들은 물 구경을 하지 못했다. 비가 내리지 않는 우기가 끝나자 열 달의 건기가 시작되었다. 칼라하리에 지독한 가뭄이 찾아왔다.

마른 강줄기를 벗어나 드넓은 범위로 흩어져 있던 사자들이 이따금 계곡으로 되돌아왔다. 사냥감은 새나 고슴도치 같은 시시한 것들뿐이었고 덩달아 갈색하이에나도 뿔이나 발굽 외에는 먹을 것이 없었다. 마지막 남은 스프링복이 계곡을 떠나자 치타와 들개들도 자취를 감추었다. 개미, 흰개미, 설치류, 새와 가끔 스틴복이 표범과 자칼의 유일한 먹잇감이었지만 이마저도 여의치 않을 때가 많았다. 스타, 패치스, 맥더프와 피핀은 밤마다 먹이를 찾아 회색 사막을 30킬로미터 이상 돌아다녔다. 흰개미를 먹거나 쥐, 고슴도치와 토끼를 잡아먹었다. 앞으로 건기가 시작되면 먹이 사정은 더 나빠질 것이 분명했다. 가뭄으로 동물들의 주요 수분 섭취원인 야생 멜론도 열리지 않았다.

암컷들 중에서 그때까지 젖이 나오는 하이에나는 스타뿐이었다. 6개월 반이 된 페퍼 남매는 영양과 수분을 섭취하기 위해 반드시 어미의 젖을 먹어야 했다.

어느 바람 부는 밤, 스타가 레오파드 트레일을 따라 강바닥을 가로질러 버지 팬으로 가고 있었다. 버지 팬에 도착하자 다시 북동쪽으로 방향을 틀어 동쪽 모래언덕의 경사면으로 향했다. 자정이 될 때까지 20킬로미터 넘게 돌아다녔지만 먹잇감은 찾을 수 없었다. 스타는 쥐나 토끼굴에 코를 박아 넣고 샅샅이 뒤졌지만 모두 텅텅 비어 있었다.

머핀과 모펫은 며칠째 디셉션 밸리의 동쪽을 어슬렁거리면서 벌써 몇 차례나 자연보호지역을 벗어나 목축지를 들락거렸다. 그날 밤은 우기일 때의 영역으로 돌아와 동쪽 모래언덕을 향해 걸어가고 있었다. 큰 영양 한 마리가 멀리서 바싹 야윈 사자들을 보고 도망쳐버렸다.

스타는 옆으로 누워 시원한 모래에 흉터투성이의 머리와 목을 대고는 가끔 발로 고운 모래를 긁곤 했다. 얼마 후 스타는 바람결에 희미한 소리를 들었다. 바람 소리에 사자들의 기척이 묻힌 것일까. 아니면 스타가 너무 깊이 잠이 들어버린 것일까. 스타가 사자들을 눈치채고 풀쩍 뛰어올랐을 때는 이미 늦은 후였다. 머핀과 모펫은 스타를 찍어 누르며 갈기갈기 찢었다. 이번에는 스타가 니셉션 벨리를 영원히 떠났다.

21장

페퍼

친족보다 가깝지만 혈육보다 먼.
_월리엄 셰익스피어

기록·델리아

페퍼와 코코아, 토피 남매는 어미의 죽음을 알 리가 없었다. 한 시간이 가고 두 시간이 가고, 하루가 가고 이틀이 가도 삼 남매는 밤마다 모래 둔덕에 턱을 앞발에 괴고 누워 어미가 늘 다니던 길을 하염없이 바라보았다. 시간이 갈수록 탈진상태는 악화되었다. 더 이상 장난을 치지도 않았다. 몇 시간마다 주위를 느릿느릿 돌아다니며 말라비틀어진 뼛조각의 냄새를 맡았다. 더운 낮에는 시원한 굴 안으로 들어가 허약한 몸에 남은 수분을 최대한 아꼈다.

앙상한 어깨뼈가 비죽 튀어나왔고 털이 빠지기 시작했다. 무덥고 건조한 날들이 이어졌다. 애초에 지구에는 물이 없었던 것 같았다. 그래도 밤이 되면 시원해 조금은 살 것 같았다.

　스타가 죽은 지 나흘째가 되자 새끼들은 더 이상 굴에서 나오지 않았다. 사흘 밤 동안 우리는 달빛을 받으며 둔덕에 앉아 새끼들이 제발 살아 있기만을 빌었다. 우리는 마냥 기다릴 수 없다고 판단해 굴로 직접 들어가 보기로 했다. 무릎을 꿇고 입구로 기어들어가 무슨 소리가 들리지 않는지 귀를 기울였다. 아무 소리도 들리지 않았다. 모래에서는 하이에나의 냄새도 나지 않았다. 새끼들은 갈증이나 배고픔으로 죽은 것이 분명했다.

　굴에서 몸을 빼고 트럭으로 돌아가려는 순간, 미야하지만 발소리와 울음소리가 들렸다. 적어도 한 마리는 살아 있을 것이었다. 하지만 얼마나 더 버틸 수 있을까?

　그런데 자정이 되자 굴의 서쪽 풀숲을 헤치고 삼 남매와는 아버지가 다른 형제인 피핀이 공터에 나타났다. 녀석은 갓 잡은 토끼를 물고 있었다. 피핀은 모래에 토끼를 내려놓고 굴의 입구로 가 크게 울었다. 그 순간 배고픔과 갈증에 지친 삼 남매가 쪼르르 달려와 형제를 기꺼이 맞이했다. 녀석들은 피핀을 에워싸더니 토끼를 굴로 끌고 왔다. 녀석들은 흥분을 감추지 못하고 다시 피핀을 에워싸고 난리를 떨었다. 주위는 고운 모래 먼지로 부옇게 되었다. 흥분이 가시자 새끼들은 토끼를 찢어서 나눠 물고는 굴 안으로 사라졌다.

　혼자 남은 피핀은 둔덕에 서 있었다. 다리는 길고 가늘었고 몸도 많이 마른 상태였다. 피핀은 고개를 놀리지 않고 눈알만 굴려 우리를 지긋이 바라보았다. 마치 스타를 보는 듯했다. 그러더니 긴 털을 흔들고 꼬리를 철썩이며 덤불로 사라졌다.

"마크! 피핀이 동생들을 키우려나봐." 내가 속삭였다. 스타의 새끼들이 살아남을 수 있음은 물론이요, 우리의 갈색하이에나 연구도 큰 수확을 올릴 수 있게 된 것이다. 야생의 자연에서 입양은 무척 드물다. 무리를 이루는 동물들은 자신의 새끼만 키우고 고아는 신경 쓰지 않는다.

다음 날 이른 저녁 더스티가 살점이 약간 붙어 있는 커다란 기린 가죽을 들고 굴을 찾았다. 몇 걸음 뒤에는 수컷인 칩이 있었다. 삼 남매는 꽥꽥거리며 꼬리를 들어 인사하며 얼마 전까지 함께 지냈던 친구들을 반갑게 맞이했다. 코코아가 그 가죽을 들고 굴 안으로 들어갔다. 이 하이에나들이 누구인지 모른 채 이 장면만 봤다면 사촌들이 아니라 부모 하이에나가 새끼를 먹이는 것이라고 생각했을 것이다.

그로부터 며칠 동안 밤이면 무리의 하이에나들이 페퍼와 코코아, 토피를 보살피기 위해 굴을 찾았다. 그제야 수디와 더스티의 어미를 밝힐 수 없었던 이유를 알 것 같았다. 녀석들이 고아가 되자 무리가 입양을 한 것이다.

패치스와 섀도, 더스티와 피핀의 보살핌을 받게 된 삼 남매는 건강을 회복했다. 갈색하이에나 새끼들은 10~12개월까지 젖을 먹지만 이 녀석들은 7개월 만에 어미젖을 먹지 못하게 되었다. 젖 대신 어른들이 가져오는 고기, 가죽과 뼈로도 녀석들은 괜찮은 것 같았다. 이제 이들의 생존 확률은 점점 더 높아졌다.

*

우리는 3년 넘게 공동 굴을 관찰하는 동안 흥미로운 사실들을 많이 알아냈다. 무엇보다 입양은 갈색하이에나에게 흔했다. 우리가 그 굴을 관찰하는 동안 어른으로 성장한 새끼들의 70퍼센트가 입양된 고아였다.

갈색하이에나의 암컷들은 대부분 자신이 태어난 무리를 떠나지 않는다. 그래서 모두 혈연관계를 이루고 있다. 패치스와 섀도는 스타의 사촌이었다. 페퍼, 코코아, 토피와는 재종간이었다. 더스티는 삼 남매의 육촌이며 피핀은 아버지가 다른 형제였다. 삼 남매는 친척들이 맡아 키웠다.

사람들은 하이에나를 쓸모없는 야생 동물이라 생각하고 싫어하지만 이들은 고아가 된 새끼들을 거두어 키웠다. 사회적인 동물인 데다가 이타적이기까지 했다.

그렇다면 왜 그들은 그렇게 이타적일까? 혹독한 가뭄에 시달리느라 자신들이 먹을 것도 부족한 판국에 왜 패치스, 섀도, 더스티와 피핀은 스타의 새끼들을 맡았을까? 왜 자신을 희생하며 남의 새끼를 키울까?

이 문제의 해답은 혈연선택이라는 사회생태학이론에서 찾아볼 수 있다. '적자생존'에서 '적'이라는 말은 육체적으로 강인하다는 뜻이 아니라 후손에 물려줄 유전자가 얼마나 많이 살아남을 수 있느냐를 의미한다. 인간을 포함해 모든 동물은 두 가지 방법으로 유전적 적합성을 증가시킬 수 있다. 직접적으로는 자식을 낳아 유전자를 물려줄 수 있다. 간접적으로는 자식만큼은 아니지만 자신과 유전자를 나눈 친척들, 즉 사촌과 조카들이 살아남도록 돕는 것이다.

그러므로 혈연선택이론에 따르면 고아를 맡아 키우는 무리 구성원들의 행동은 이타적이라고 할 수 없다. 결국은 사촌이나 형제들을 살려서 자신의 유전자를 보존하려는 행동이기 때문이다.

수컷 사촌들인 수티와 칩은 먹이를 가져오지 않았다. 굴에 나타나 삼 남매와 놀아주기는 했지만 새끼들의 먹이를 노리고 온 것 같았다. 관찰을 해보니 우리가 의심한 대로 암컷들이 가져온 먹이를 종종 훔쳐갔다.

그렇다면 왜 사촌 동생들을 대하는 태도가 수컷과 암컷은 다를까? 그것은 수컷과 암컷의 습성이 다르기 때문일 것이다. 암컷은 평생 태어난 무리에 남아 있기 때문에 무리가 클수록 이롭다. 하지만 수컷은 성장하면 무리를 떠난다. 게다가 무리에서 떠나 떠돌이 생활을 하거나 다른 무리에 들어가기 때문에 태어난 무리가 커져도 직접적으로 득이 될 일도 없다. 평균적으로 아버지가 다른 형제는 사촌보다 유전자를 두 배나 더 공유한다.

이런 이유로 갈색하이에나 새끼들은 무리의 암컷 모두와 가장 가까운 피붙이 수컷들의 손에서 자랐다. 언뜻 보기에 이타적으로 보이는 동물의 행동이 진화해온 상황에는 자연선택이 작용하고 있음을 이해함으로써 동물들의 이타적 행동은 결국 자신의 생존을 위해 필요한 자연스러운 요소임을 알 수 있다.

특히 새끼를 낳은 적이 없는 더스티가 삼 남매에게 먹이를 주는 모습을 보면서 여러 생각을 하게 되었다. 과연 이 자연계에 순수한 이타주의가 존재하기는 할까? 사람이라고 그게 가능할까? 우리는 왜 아프리카에 와서 혹독한 환경에서 몇 년 동안 고생을 했을까? 순수하게 동물만을 위해서였을까? 아니면 우리 자신을 위한 마음도 약간은 있었을까?

*

갈색하이에나의 이타적 행동이 내 박사 논문의 주제였기 때문에 나는 전 시간 이상 그 굴을 관찰했다. 그러다 보니 새끼들도 낯을 가리지 않게 되었다. 어느 날 오후 나는 트럭에서 나와 공터 가장자리의 긴 풀 사이에 앉았다. 페퍼와 코코아가 나를 발견하고 어슬렁어슬렁 다가왔다. 녀석들은 내 머리에 코를 박고 킁킁거리더니 귀, 목과 얼굴의 냄새를 맡았다. 나는 웃지 않으려고 안간힘을 쓰며 참고 있는데 차갑고 축축한 코에서 뿜어낸 콧김이 내 목과 등골을 타고 내려갔다. 마침내 녀석들은 둔덕에 흩어져 있는 뼛조각들로 관심을 돌렸다.

새끼들과 함께 앉아 있으면서 이들의 행동에 대해 좀 더 세세하게 관찰할 수 있었다. 페퍼가 내 냄새를 맡는 동안 내가 줄자로 머리통과 목둘레를 재는데도 도망치지 않았다. 녀석들과 있을 때는 내 몸보다 물건을 잘 지켜야 했다. 한번은 페퍼가 허벅지에 올려둔 노트를 가지고 굴로 도망간 것이다. 다행히 입구 바로 안쪽에 노트를 던져놓은 덕분에 고생하지 않고 회수할 수 있었다.

가끔 페퍼는 꽤 큼직해진 앞발로 내 팔을 할퀼 때도 있었다. 물론 공격이 아니라 코코아와 놀 때처럼 장난을 친 것이었다. 생후 8개월 정도 되었을 무렵 페퍼는 앞니로 내 새끼손가락을 물고는 내 눈을 바라보았다. 이제 어떻게 할 거냐고 묻는 것 같았다. 새끼지만 내 손가락 하나쯤은 물어뜯을 수 있기 때문에 나는 냉큼 시선을 내리고 손을 뒤로 뺐다. 페퍼와 이렇게 놀 때면 참 즐거웠다. 하지만 내 연구의 객관성을 훼손할 수도 있었다. 게다가 점점 튼튼해지는 하이에나의 턱은 언제나 조심해야 했다. 같이 놀자는 초대에 반응을 보이지 않자 새끼들은 점점 나를 신기한 물건 정도로만 생각하게 되었다. 페퍼는 트럭이 오면 냉큼 달려왔고 내가 내리면 냄새를 맡았다. 하지만 내가 관찰을 하는 동안에는 내게 신경을 쓰지 않았다. 나는 항상 어른 하이에나가 돌아오기 전에 트럭으로 돌아가려고 신경을 썼다. 혹시라도 굴 입구 근처에 앉아 있다가 들키면 안 되기 때문이다.

1979년의 건기는 가물었던 우기 때문에 그 어느 때보다 가혹했다. 9월 말이 되자 기온은 그늘에서도 50도를 넘었고 일일 상대 습도는 5퍼센트도 되지 않았다. 어른 하이에나들도 수분을 보충하기 위해 먹이를 먹어야 했으므로 굴을 찾는 횟수가 점점 줄어들었다. 이틀이나 사흘 밤 동안 먹이를 가져오지 않을 때도 있었다. 갈색하이에나를 관찰한 후 처음으로 어른과 새끼들 모두 탈진한 것 같았다. 페퍼 남매들은 시원한 굴에서 지내는 시간이 길어졌고 놀이도 거의 하지 않았다.

마크와 내가 부엌에서 식사 준비로 바쁜 어느 오후, 오솔길을 따라 우리에게 걸어오는 페퍼를 보고 아연실색을 했다.

페퍼는 한 치의 망설임도 없이 곧장 부엌으로 들어왔다. 녀석은 내가 끓이는 스튜 냄비로 다가와 내가 쥐고 있는 나무 국자의 냄새를 맡더니 빼앗으려 했다. 마음 같아서는 스튜 한 냄비를 몽땅 다 먹이고 싶었지만 그럴 수는 없었다. 기나긴 가뭄에 갈색하이에나와 사자들을 관찰하면서 어떤 식으로든 녀석들을 도와주고 싶은 마음을 참아야 할 때가 가장 힘들었다. 그때마다 나는 우리의 목적을 다시 되새겼다. 우리는 동물들이 야생에서 어떻게 살아남고 자연보호구역이 이들의 보존을 위해 충분한 자원을 보유하고 있는지를 연구하러 온 것이지 맹수들에게 먹이나 던져주려고 온 것이 아니라고. 우리는 쓰레기가 나오면 태워서 강바닥에서 멀리 떨어진 샌드벨트에 깊숙이 구덩이를 파고 묻었다. 식량도 꽁꽁 숨겨두고 대야에도 절대 물을 남겨두지 않도록 조심했다. 그래서 야영지에는 동물들이 마신 물이 하나도 없었다. 그럴 때마다 동물들에게 너무 미안했다. 우리는 하이에나들이 우리 야영지를 사막의 오아시스처럼 여기지 않도록 최선을 다했다. 아무것도 얻을 것이 없다고 판단하면 그제야 우리들을 무시해버렸다.

그런데 페퍼는 달랐다. 국자를 빼앗는 데 실패하자 이번에는 부엌의 찬장과 상자들의 냄새를 맡기 시작했다. 그리고 식탁이 있는 텐트로 갔다. 우리가 말릴 틈도 없이 식탁보를 물고 잡아당기는 바람에 식탁 위에 있던 그릇들이 와장창 바닥으로 떨어졌다. 그로부터 한 시간 동안 페퍼는 야영지 곳곳을 다니며 킁킁거리고 텐트 안을 들여다보고 뒷발로 서서 벽에 달아놓은 선반을 잡아당겼다. 마침내 주위가 어두워지자 페퍼는 야영지를 떠났다. 우리는 녀석이 혼자서도 먹이를 잘 찾는지 보려고 트럭을 타고 뒤를 따라갔다.

페퍼는 털을 꼿꼿이 세우고 북쪽으로 향했다. 가는 길에 쉬지 않고 마른 흙의 냄새를 맡고 곤충들을 잡아먹었다. 아카시 포인트를 돌아 멈춰 계곡의 북쪽을 바라보았다. 조명등을 비춰보니 100미터가량 떨어진 곳에서 맹수의 커다란 눈이 보였다. 놀란 페퍼는 천천히 트럭으로 다가와 앞바퀴 뒤에 숨어 휘둥그레진 눈으로 바깥을 살폈다. 쌍안경으로 살펴보니 그 눈의 주인공은 칩이었다. 페퍼는 너무 멀어 사촌을 알아보지 못한 것이었다. 칩이 트럭으로 다가와 주위를 돌자 안심한 페퍼가 트럭에서 나와 북쪽으로 계속 갔다.

미드 팬이 맞닿은 물웅덩이 근처에서 페퍼는 자칼 두 마리와 마주쳤다. 페퍼는 두 녀석을 보자 아직도 3킬로미터나 떨어진 굴을 향해 죽어라 달리기 시작했다. 기가 산 자칼들이 겁을 집어먹은 페퍼를 쫓았다. 페퍼 꼬리에 코가 닿을 정도까지 따라잡았다. 페퍼가 귀를 뒤로 젖히고 더 속도를 냈다. 페퍼가 미숙한 새끼라는 것을 간파한 자칼 한 마리가 페퍼의 엉덩이를 물었다. 페퍼는 꼬리를 다리 사이에 집어넣고 엉덩이를 뺐다. 하지만 자칼들은 페퍼 엉덩이에 걸터앉다시피 하며 페퍼의 다리를 집중적으로 공격했다.

쫓고 쫓기는 추격전은 몇 미터를 이어지나 싶더니 페퍼가 우뚝 멈춰 섰다. 마치 그제야 자신이 자칼들보다 두 배는 더 크다는 사실을 깨달았는지 목덜미의 털을 곤두세우고 거꾸로 자칼들을 강바닥 가장자리로 몰아내기 시작했다. 우리는 페퍼가 무사히 굴로 돌아갈 때까지 따라갔다. 그렇게 고생을 했건만 그날 밤 페퍼는 개미와 흰개미 몇 마리밖에 먹지 못했다.

코코아와 토피도 굴에서 나와 먹이를 찾았다. 어느 날 밤 셋 중에서 가장 경계심이 많은 토피가 굴에서 먹이를 찾으러 나오자마자 표범에게 잡아먹히고 말았다. 우리는 굴에서 150미터가량 떨어진 아카시 나무 위에서 토피의 유해를 발견했다. 수티는 무리를 떠났는지 보이지 않았다. 얼마 후 사막 바닥에서 말라비틀어진 섀도의 시체도 찾았다. 섀도도 스타처럼 사자들에게 잡아먹힌 것 같았다. 우두머리인 맥더프는 원인 모를 이유로 죽었다. 이제 스타의 무리에서 남은 하이에나는 패치스, 더스티, 피핀, 칩, 페퍼와 코코아뿐이었다. 참으로 혹독한 가뭄이었다.

페퍼와 코코아는 어른들을 만날 때마다 굴에서 나와 먹이를 찾으러 다녔다. 유일한 어른 암컷인 패치스나 형제인 피핀, 사촌인 더스티가 항상 녀석들을 데리고 먹이 사냥을 나섰다. 어린 하이에나들은 어른 전 단계로 접어들었다. 어른들과 함께 다니면서 썩은 고기를 먹는 청소동물의 습성에 대해 많은 것을 배워야 했다. 무리가 차지한 영역의 경계, 미로 같은 이동로, 포식자가 사냥한 먹잇감을 발견하고 제 몫을 챙기는 방법 등 배워야 할 것이 많았다.

함께 다닐 어른이 없으면 혼자서라도 돌아다니다가 자정 무렵에 굴로 돌아갔다. 그때쯤 친척들이 먹이를 가져 오기 때문이다. 최악의 가뭄이 계속되는 동안에도 패치스, 피핀과 더스티는 힘이 닿는 대로 고아들을 먹여 살렸다.

22장

머핀

모래 속에 선 그의 호리호리한 왕궁으로부터
그는 자신에게 닥쳐온
대탈출을 위해
왕국을 떠난다.

_에밀리 디킨슨

기록·마크

야영지의 나무에 걸어 놓았던 온도계들 중 하나는 수은주가 50도를 넘었다. 강바닥의 지표면 온도는 65도를 육박했다. 매일 우리는 야전 침대에 물을 퍼부은 후 혼수상태나 다름없이 몇 시간이고 누워 있었다. 아니면 더 시원한 어두운 곳을 찾는 바퀴벌레처럼 텐트 바닥에 누워 있거나 어떻게든 좀 더 견딜만한 곳을 찾아다녔다.

거머리 같은 열기가 우리 등에 딱 달라붙어 생기를 모두 뽑아갔다. 일할 때도 기운이 없어서 느릿느릿 움직였다. 누워 있다 일어나면 눈앞이 노래지고 현기증이 나 금세 쭈그리고 앉아 욕지기가 지나가기를 기다렸다. 무기력한 시간이 길어질수록 머릿속은 뒤죽박죽이 되어갔다.

상대 습도가 너무 낮고 증발이 너무 심해서 땀이 나지 않았다. 다시 말해 몸 안의 수분이 피부에 스며 나오기 전에 이미 증발해버린 것이다. 우리는 뜨거운 물을 연신 들이켰다. 그런대로 맛은 괜찮았다. 태양이 서쪽 모래언덕으로 넘어가면 끈적거리는 먼지와 소금기가 들러붙은 피부는 한기가 돌았다. 우리는 몸을 씻고 싶어 견딜 수 없었다. 옷을 다 벗은 채로 물을 흘리고 샤워장에 서 있으면 갈대 틈 사이로 한기가 도는 바람이 들이닥쳤다. 우리는 몸을 오들오들 떨며 치를 떨었다. 하루 중 반은 찌는 듯 덥고 나머지 반은 살을 에는 듯 추우니 말이다.

*

머핀과 모펫이 따로 또 같이 몇 달 동안 황무지를 돌아다녔다. 가끔 암사자들과 50~60킬로미터나 떨어진 곳으로 이동하기도 했다. 암사자들과 함께 있는 모습은 더 이상 볼 수 없었다. 블루 프라이드의 사자들은 어쩔 수 없이 고립되어 지내야 했다. 사자들이 찾을 수 있는 먹이라고는 여기 쥐 한 마리, 저기 스프링복 한 마리 아니면 호저나 운이 좋다면 스틴복뿐이었다. 무리를 유지한다는 것이 불가능했다.

우리처럼 머핀과 모펫도 뜨거운 낮에는 잎이 다 떨어진 앙상한 덤불의 그늘에서 시간을 보냈다. 우리가 배설물을 분석하기 위해 모으러 가면 끈적거리는 큰 혀로 마른 입술을 적시며 퀭한 눈으로 우리를 멍하니 바라보았다. 배와 등은 홀쭉하니 달라붙었다. 갈기는 숱도 많이 빠지고 윤기도 없었다.

요기가 될 만한 것을 마지막으로 먹은 지 일주일이나 지났다. 디셉션 밸리의 영토에는 영양이 한 마리도 남아 있지 않았다. 사자들은 자연보호구역의 경계에 위치한 숲을 지나 매일 밤 사냥을 하기 위해 동쪽으로 이동했다. 나란히 누워 있는 두 녀석이 아직도 살아 있는 증거는 헐떡거리는 숨소리뿐이었다.

무더위가 가시는 밤이 되면 사자들은 일어나 동쪽으로 향했다. 자연보호구역의 경계까지 가 철조망 아래로 기어 빠져나갔다. 녀석들은 먹잇감의 냄새와 함께 물 냄새도 맡았다. 가축들은 불안한 듯 동요하기 시작했다. 사자들은 소리도 없이 계속 나아갔다.

갑자기 타는 듯한 통증이 머핀의 다리를 꿰뚫었다. 머핀은 으르렁거리며 다리를 조여드는 덫에서 빠져나오려고 몸부림을 쳤다. 강철을 물어뜯으며 이리저리 몸을 굴렸다. 쇠사슬과 쇠사슬이 고정되어 있는 말뚝을 밀어낼 때마다 다리의 근육이 찢어졌다. 모펫은 머핀에게 달려와 갈가리 찢어진 다리와 덫의 냄새를 맡았지만 모펫이 할 수 있는 일은 아무것도 없었다.

밤새 머핀은 헐떡거리고 몸을 비틀거리며 덫에서 나오려고 몸부림쳤다. 녀석은 사슬이 묶인 말뚝을 몇 번이고 돌았다. 모펫이 근처에서 그 고통을 지켜보았다. 아침이 되자 원주민인 농장 인부가 말을 타고 다가와 머핀의 얼굴과 가슴에 총을 쏘았다. 모펫은 자연보호구역을 향해 서쪽으로 재빨리 도망치기 시작했다. 남자와 사냥개는 덤불을 통과하며 모펫을 추격하기 시작했다. 총에서 다시 딸그락 소리가 나며 잠시 후 도망치는 사자 근처의 모래에 총알이 쏟아졌다.

그날 오전 나는 마지막으로 머핀과 모펫을 목격했던 지점으로 비행을 했다. 철조망 근처였다. 사자들은 보이지 않았지만 머핀의 발신기가 동쪽으로 한참 떨어진 곳에서 신호를 보내고 있었다. 웬지 불안했다. 나는 기수를 돌려 신호가 나는 곳으로 날아갔다. 물을 마시려고 강으로 갔거나 영양 무리를 쫓고 있을 거라며 스스로를 안심시키려 했다. 하지만 무선 신호가 유난히 깨끗했다. 그것은 머핀이 더 이상 전파 목걸이를 하고 있지 않다는 뜻이었다.

동쪽으로 100킬로미터를 날아갔을 즈음 마을이 나왔다. 그곳은 하우 호수 근처의 모피피 마을이었다. 머핀의 신호는 이곳에서 나오고 있었다. 나는 낮게 선회하며 오두막 위를 돌아다녀 어느 집에서 신호가 나오는지 찾았다. 아래를 보니 커다란 수사사의 가죽이 모래에 널려 있었다. 마을 사람들이 비행기를 보고 몰려나와 손짓했다.

나는 근처 공터에 착륙했다. 어느새 몰려든 원주민들이 나를 보고 손뼉을 치거나 손짓을 하고 웃음을 터트렸다. 나는 또 한 명의 친구의 죽음에 가슴으로 눈물을 흘리며 말없이 사람들을 헤치며 아까 봐두었던 오두막으로 향했다. 중년의 흑인 여자가 문을 살짝 열고 나를 바라보았다. "이 집 사람이 사자를 쏘았습니다. 그 사자의 목에 목걸이가 있었을 겁니다." 내가 말했다.

여자는 도대체 백인 남자가 왜 자신의 오두막에 왔는지 영문을 모르겠다는 표정을 지었다. 바로 그때 머핀이 차고 있던 목걸이가 보였다. 그녀 뒤 기둥에 매달린 머핀의 피에 젖은 목걸이는 여전히 작동하고 있었다. 그녀는 내게 목걸이를 주었다. 나는 사자를 몇 마리나 잡았는지 물어보았다. 그녀는 그건 모르지만 남편이 농상에서 가져온 사자 가죽은 하나뿐이라고 말했다. 나는 바깥주인에게 자초지종을 다시 들으러 오겠다고 말하고 그곳을 떠났다.

돌아오는 비행기에서 모펫의 주파수를 찾아보았다. 하지만 신호가 잡히지 않았다.

몇 주 동안 나는 비행기로 모펫을 찾아다녔다. 하지만 여전히 신호가 없었다. 상처를 입었거나 헤매고 다니다 죽은 것이 분명했다. 게다가 빗발처럼 쏟아진 탄환들 가운데 하나가 녀석의 발신기를 박살 냈을지도 몰랐다.

23장

우라늄

그는 그녀의 녹아내린 광휘가 흐르는 핏줄을 드러내기 위해
대지를 갈랐다.

휘몰아치는 홍수는 댐에게 자리를 내주고 번개는 자신의 속
박을 안다······.

그는 자신의 솜씨를 사랑하고 ······ 무슨 멸망이냐며 비웃
는다.

_진 더우드

기록·델리아

스프링복 팬의 작고 둥근 물웅덩이는 몇 달째 바짝 말라 있었다. 쩍쩍
갈라진 진흙 바닥은 다녀간 동물들의 발자국을 고스란히 간직하고 있었
다. 아직 물이 남아 있을 때 찍힌 발자국도 그대로 굳어 있었다. 갈색하
이에나가 무릎을 꿇고 물을 마셨고 사자는 진흙탕에서 미끄러졌다. 호저
는 길쭉한 꼬리로 바닥을 내리쳤다. 진흙이라도 짜서 마지막 남은 물까
지 먹으려 했던 동물들이 남긴 깊은 흔적들이 남아 있었다. 마지막으로
웅덩이로 와 여기저기 냄새를 맡으며 그곳에서 마셨던 물을 떠올리며 떠
나간 발자국도 있었다.

물웅덩이 주변에는 아카시와 대추야자 나무들이 서 있어 우리가 몸을

숨기기에는 안성맞춤이었다. 그곳에서 배설물을 채집해 분석하면 맹수들이 가뭄에 무엇을 먹고 사는지 직접적으로 관찰할 수 있기에 중요한 과제였다.

갑자기 앞에서 획획획 하며 뭔가가 돌아가는 소리가 들렸다. 놀라서 창밖을 보니 헬리콥터 한 대가 선회하고 있었다. 우리는 들키지 않으려고 덤불 속으로 깊숙이 들어갔다. 우리는 당황스럽고, 무서웠고, 궁금했으며, 화가 났다. 헬기가 여기서 뭘 하는 걸까?

헬기는 엄청난 먼지를 일으키며 착륙했다. 엔진 소리가 잦아들면서 헐렁한 청바지를 입은 남자 세 명이 강바닥으로 내려왔다. 헬기에는 토양 샘플이 가득 담긴 푸른색 비닐들이 실려 있었다. 우리는 통성명을 했다. 그 사람들은 다국적 광산 기업과 용역 계약을 체결하고 지질조사를 하는 과학자들이었다.

"여기서 뭘 답사하고 있습니까?" 마크가 물었다.

책임자가 마크의 어깨와 땅을 신경질적으로 바라보더니 대답했다. "글쎄요. 말씀드릴 수가 없습니다. 음, 다이아몬드요." 그는 그렇게 얼버무렸다.

가슴이 답답해지고 손바닥에 땀이 배어 나왔다. 거대한 다이아몬드 광산, 엄청나게 파헤쳐진 땅, 수많은 채굴장비와 컨베이어 벨트와 트럭들 그리고 초라한 광산촌이 대비되어 떠올랐다. 지금 갈색하이에나의 굴이 있는 곳이 언젠가 주차장이 될지도 몰랐다.

"여기를 답사해도 좋다는 허가를 받았나요?" 내가 물었다.

그들은 재빨리 대답했다. "작업은 디셉션 밸리에서 하지 않습니다. 이곳은 비행 목적으로만 사용합니다. 자연보호구역의 남쪽에서 시굴할 계획입니다."

그들은 칼라하리가 정말 아름답다는 시답잖은 말을 몇 마디 늘어놓더니 재빨리 헬기를 타고 사라졌다. 잠시 후 우리는 그들이 흙을 채집한 곳과 디셉션 밸리를 따라 일정 간격으로 늘어놓은 푸른색 비닐봉지를 발견했다.

몇 주 후 알래스카에서 주로 사용하는 경항공기인 비버 한 대가 우리의 활주로를 몇 차례 선회하더니 마침내 착륙했다. 비행기가 야영지를 향해 오는 동안 나는 또다시 가슴이 답답해졌다.

조종사와 항법사는 유니언 카바이드 사에서 나온 측량기사인 할과 캐롤라인이라고 소개했다. 그는 자신들이 칼라하리에서 자력계를 이용해 우라늄을 찾고 있다고 밝혔다. 우리는 작업에 대해 좀 더 물어보기 위해 차를 권했다.

코뿔새와 딱새들이 나뭇가지에 앉아 평소처럼 꺅꺅거리며 요란을 떨었다. 손님들은 새들이 너무 얌전하다며 놀라워했다. 게다가 아침에는 비행기에서 사자 한 마리를 봤다며 신이나 있었다. 아득한 옛날 같은 야생의 풍경 속에서 지내다니 정말 근사하다며 감탄을 늘어놓았다. 나는 그들을 노려보고 싶었지만 꾹 참고 차를 따랐다. 디셉션 밸리에서 광물을 채굴한다면 그렇게 감탄을 늘어놓은 야생의 자연이 어떻게 될지 생각은 해봤을까?

그들은 앞으로 몇 주 동안 자연보호구역의 분지와 마른 강줄기를 탐사하러 사람들이 올 것이라고 말했다. 그들에게 화석이 된 강줄기는 유망한 우라늄 매장지였다. 매장량이 상당하다면 천공 작업을 할 팀이 와서 이곳 디셉션 밸리에 노천광을 세울 경우 채산성이 얼마나 될지 조사할 것이라고 했다. 바로 지금 우리가 앉아 있는 이곳에서 말이다.

우리는 머리를 세게 얻어맞은 것 같았다. 지난 6년 동안 이 부근에 사람이라고는 우리뿐이었는데, 어느 날 비행기에서 내린 사람들이 우리가 보호하려고 그토록 애쓴 모든 것을 박살낼 수 있어 기쁘다고 말하고 있는 것이다.

"정말 대단한 활주로를 만드셨군요. 두 분의 야영지를 연료 보급소로 쓸 수 있을지 궁금하네요. 헬기와 비행기가 이곳에 착륙해서 급유를 하면 될 것 같아요." 할이 말했다.

"미안하지만 어림도 없어요. 우리가 연구하는 동물들은 무척 예민해요. 당신들이 들이닥치면 동물들이 불안해 할 거예요." 내가 딱 잘라 거절했다.

"그렇군요. 그것 참 유감입니다. 허락해주셨으면 좋겠지만 두 분의 입장도 이해합니다."

나는 죽어도 노천광으로 칼라하리를 망가뜨리는 일에는 '손을 보태는' 일은 없을 것이라 다짐했다. 하지만 큰 소리로 이렇게 물었다. "차 더 드실래요?" 물론 미소를 짓는 것도 잊지 않았다.

시답잖은 대화를 조금 더 나눈 후 그들은 비버를 타고 떠났다.

*

칼라하리의 야생을 보존하기 위해 가장 시급한 문제는 디셉션 밸리와 같은 고대의 강줄기와 분지들을 보존하는 것이다. 비만 잘 내려준다면 강바닥은 영양가가 풍부한 풀들이 무성하게 자랐다. 이 풀은 번식기 영양의 주요 먹이였다. 숲을 둘러싼 숲지대는 기린, 쿠두, 스틴복, 이랜드 영양들의 먹이 공급처였다. 게다가 건기에는 강바닥의 영양들도 그곳에서 먹이를 구했다. 풍부한 먹잇감은 맹수들을 불러들였다. 그래서 포식자의 영역은 대부분 마른 강줄기에 집중되어 있다.

모래언덕 사이를 굽이굽이 흐르는 화석 강줄기는 이곳 칼라하리 사막을 구성하는 지형일 뿐이지만 사막에서 가장 중요한 서식지의 하나였다. 노천광과 그에 따른 여러 기반 시설이 디셉션 밸리든 어디든 들어선다면 칼라하리 야생자연은 살아남을 수 없다.

호주 강바닥에서 지표면에 가까운 곳에 우라늄이 발견되자 사람들은 칼라하리에서도 같은 일이 일어나기를 기대했다.

몇 주 동안 매일같이 헬기와 비행기 소리가 들려왔다. 우리는 보츠와나 정부에게 자연보호구역에서 광물 개발을 하지 말아달라는 요청을 보냈지만 아무런 답변도 듣지 못했다. 우리는 기다릴 수밖에 없었다. 그러던 어느 날 더 이상 비행기들이 오지 않았다. 그것이 좋은 소식인지 아닌지 추측조차 할 수 없었다.

어느 날 아침 동쪽 모래언덕으로부터 엔진 소리가 들려왔다. 거대한 먼지 기둥이 수 킬로미터에 걸쳐 이동해오고 있었다. 강바닥으로 내려가 행렬을 살펴보니, 10톤 트레일러와 25톤 시추장비가 사바나를 행진해오고 있었다. 유니언 카바이드 사가 칼라하리 사막에 시범적으로 우라늄 채굴 시추공을 뚫어 채산성을 점검하러 오는 것이었다. 우리는 미드 팬에서 그들과 만났다. 그리고 작업 인부들에게 작업 일정을 물어보았다.

책임 지질연구원인 더그라는 젊은 남자가 우리를 상대해주었다. 그는 운전사들에게 강바닥에서 속도를 내지 말고 동물들을 쫓지도 말고 야간에 야영지를 찾아오는 갈색하이에나를 놀라게 하지 말라고 주의를 주겠다고 약속했다. 물론 사자와 하이에나들이 이동하는 야간에는 강바닥에서 운전하지 말라고 하겠다고도 했다.

"자연보호국에서 들었어요. 여러분의 연구가 무척 중요하다고 하더군요. 그러니까 두 분의 연구에 방해가 되지 않도록 하겠습니다."

우리는 그의 말에 안심하고 악수를 나눈 뒤 헤어졌다. 하지만 얼마 가지 않아 협조하겠다는 말은 우리를 달래기 위한 임시방편이었음을 알게 되었다.

우리는 지난 6년 동안 강바닥을 다닐 때는 시속 8~16킬로미터를 넘지 않았다. 우리가 아무리 간청하고 반대해도 중장비들이 엄청난 굉음을 내며 시속 80킬로미터로 밤낮을 가리지 않고 강바닥을 달렸다. 페퍼와 코코아가 다니는 그 길로 말이다. 그들은 섬세한 강바닥에 깊은 흉터를 남겼다. 아마도 그 흉터는 최소 100년은 없어지지 않을 것이다. 우리는 트럭이 속도를 낮추고 야간에는 다니지 않겠다는 확답을 받을 때까지 협박도 하고 애원도 했다. 물론 그들은 단 한 번도 약속을 지키지 않았다. 자신들의 영토로 돌아온 스프링복과 젬스복들도 금세 강바닥에서 도망쳐버렸다.

그들이 버린 드럼통, 맥주 캔, 온갖 쓰레기가 근처에 쌓였다. 탐사 가치가 있는 곳이라 판명되면 푸른 비닐 리본이 묶였다. 아카시 나뭇가지에 펄럭이는 푸른 비닐은 시추작업부들의 트레이드마크가 되었다.

우리는 어디에서 작업하든 오후만 되면 시추 작업지로 달려가 결과를 초조하게 물었다. 더그는 모랫바닥을 발로 질질 끌면서 우라늄 양이 별로 많지 않다고 했다. 물론 공식적인 자료는 보여주지 않았다.

열하루가 되는 날 기다란 중장비 트럭 행렬이 야영지를 떠나갔다. 그들은 테스트를 완료했고 많은 양의 우라늄은 발견하지 못했다고 알려주었다. 우리는 그들이 동쪽 모래언덕을 넘어 사라지는 모습을 지켜보았다. 이번에는 또 다른 강줄기에 구멍을 뚫으러 가는 길이었다. 그동안 너무 속아서 그 말조차 쉽사리 믿어지지 않았다.

*

우리는 이 연구를 통해 칼라하리를 보존하기 위해 무엇이 가장 시급한지 알게 되었다. 우리는 거대한 개발 세력에 저항하는 단 두 명의 로비스트였다. 우리는 이곳의 생태계에 대해 많은 사실을 알게 되었다. 하지만 그것만으로는 부족했다. 다른 사람들의 도움도 절실했다. 보츠와나 정부는 칼라하리가 단순히 광물 채굴지가 아니라 그 무엇과도 바꿀 수 없는 진정한 자연유산임을 깨달아야 했다.

우리는 할 수 있는 일은 무엇이든 할 각오가 되어 있었다. 일단은 푸른색 리본을 보는 족족 없애버리는 것부터 시작하기로 했다.

24장

블루

푸르른 들판은 이제 없네, 태양에 모두 불타버려.
한때 강물이 흘렀던 협곡에서 사라졌네…….

_테리 길키슨

기록·델리아

블루는 불어오는 바람을 맞으며 북쪽 모래언덕에 서 있었다. 한때 근사하고 강력했던 암사자의 위용은 간데없고 말벌처럼 허리가 홀쭉하고 앙상하게 말라 있었다. 등은 털이 뭉텅뭉텅 빠져서 둥근 회색 반점처럼 보였고 잇몸은 핏기가 없었다.

블루는 고개를 들고 부드럽게 울었다. 이쪽 저쪽 방향으로 울음소리를 보낸 후 귀를 쫑긋 세우고 대답을 기다렸다. 지난 7년 동안 블루가 먹고 자고 사냥하며 새끼를 키우는 동안 곁에는 블루 프라이드의 암사자가 적어도 한 마리는 있었다. 그때는 블루의 울음소리에 프라이드 내의 누구라도 대답을 해주었고 잠시 후 덤불에서 나와 머리를 비비며 인사를 했다. 하지만 우리가 갈색하이에나의 새끼들을 관찰하는 지난 일 년 반 동안 가뭄으로 사자들이 뿔뿔이 흩어졌다. 몇 달 동안 블루가 다른 암사자들과 함께 있는 모습을 보지 못했다.

블루는 섀리와 섀시가 80킬로미터나 떨어진 곳에 있다는 사실을 알리 만무했다. 두 암사자는 새끼들을 7마리나 데리고 황야의 동쪽에서 지냈다. 섀리와 섀시는 낯선 암사자와 수사자를 만났다. 낯선 사자들은 새끼들을 자신들의 자식인 양 받아주었다. 수사자들은 머핀과 모펫처럼 새끼들에게 먹이를 나눠주기도 했다. 귀에 달린 낡은 식별표가 아니라면 섀리와 섀시가 한때 위풍당당했던 블루 프라이드에 속했다는 사실이 믿어지지 않았다.

블루는 원래 영토에 남아 있는 유일한 암사자였다. 다른 사자들은 먹이가 될 만한 것을 찾아 4,000제곱킬로미터가 넘는 광활한 지역을 돌아다녔다.

새끼를 돌보지 않고 죽도록 내버려둔 집시는 리자와 함께 디셉션 밸리의 남동쪽에서 지냈다. 두 녀석은 영양, 쿠두, 호저, 작은 설치류를 먹고 지냈다. 스프링복 팬 프라이드의 해피와 블루 프라이드의 스파이시는 여러 프라이드를 전전하던 끝에 둘이 함께 다니게 되었다. 계곡의 남쪽에 있는 덤불과 풀밭을 돌아다니며 토끼, 스틴복, 소형 포유류를 사냥했다. 1979년 5월 해피와 스파이시는 며칠 간격으로 새끼를 두 마리씩 낳았다. 사자 무리에서는 이렇게 비슷한 시기에 새끼를 낳는 일이 빈번했다. 어미들이 여러 프라이드를 전전했기 때문에 아버지가 누구인지 알 수가 없었다.

우리는 젖을 먹이는 해피와 스파이시를 처음 본 순간 흥분을 감출 수 없었다. 공동으로 젖을 먹이는 광경은 같은 프라이드 내에서 혈연관계가 가까운 암사자들 사이에서 뿐이었다. 해피와 스파이시는 프라이드가 다르기 때문에 가까운 혈연관계일 리 없었다. 이런 관찰 내용은 사자들 사이의 협동 행동의 발전 과정과 생태를 연구하는 데 무척 중요한 자료였다. 마크는 바로 이런 내용으로 박사 논문을 쓰고 있었다.

마크는 비행을 나갈 때마다 모펫의 신호를 잡으려고 애썼지만 소용이 없었다. 한번은 신호 비슷한 희미한 소리가 잡혀서 모펫이 살아 있을지도 모른다는 희망을 품기도 했다. 하지만 신호가 나는 쪽으로 비행기를 돌린 순간 신호는 사라져버렸다.

*

북쪽 모래언덕에 블루와 함께 앉아 있으니 우리가 곁에 있어 주어서 블루가 고마워하는 것 같았다. 블루는 트럭 그늘에서 잠이 들었다. 나는 바람이 들어오라고 열어놓은 문으로 발을 내밀어 블루를 문질러주었다. 블루는 여전히 타이어를 좋아했다. 등을 땅에 대고 누워 다리를 위로 뻗은 채 머리를 타이어 쪽으로 돌리고는 고무를 살짝 씹었다.

평소 같았으면 해가 질 때까지 움직이지 않았을 것이다. 하지만 너무 배가 고팠기 때문에 오후 4시에 벌떡 일어나 북쪽으로 사냥을 떠났다.

블루는 두 시간이 넘게 멈추거나 소리를 듣거나 여기저기 살피면서 덤불 숲을 샅샅이 뒤졌다. 하지만 아무런 소득도 거두지 못했다. 심하게 헐떡이며 누워서 잠시 쉬더니 밤이 되자 서쪽 모래언덕을 향해 갔다. 탁 트인 모래 지역 근처에서 걸음을 멈추고 몸을 천천히 낮추고는 토끼를 쫓기 시작했다. 둘 사이의 거리가 15미터 정도 되었을 때 블루가 앞으로 튀어나갔다. 마침내 토끼도 사자를 보았다. 토끼는 방향을 이리저리 틀며 놀라운 속도로 달리더니 구멍으로 들어가 버렸다. 블루는 굴을 파헤치기 시작했다. 코가 토끼의 꼬리에 닿을락 말락 하자 블루는 굴을 향해 몸을 날렸다. 첫 번째는 실패였다. 두 번째 시도에서 블루는 토끼의 엉덩이를 잡아채는 데 성공했다. 블루는 토끼를 움켜쥐고 입으로 가져갔다. 모든 부위의 맛을 음미하려는 듯 눈을 반쯤 감은 채 천천히 토끼를 씹어 먹었다. 5분 만에 토끼는 흔적도 없이 사라졌다. 하지만 그 정도로는 오래 버틸 수 없어서 다시 사냥을 떠나야 했다.

블루는 30킬로미터를 더 돌아다녔지만 그날 밤도 그 이튿날 밤도 더이상 먹이를 찾아내지 못했다. 블루는 자주 누워서 가려운 가죽을 벅벅 긁었다. 날이 갈수록 딱지가 앉은 반점들이 온몸에 퍼져나갔다. 진드기가 옮기는 옴에 걸린 것 같아 걱정스러웠다. 진드기는 건강할 때는 괜찮지만 영양실조에 걸려 건강이 안 좋을 때면 탈모를 유발할 수 있었다.

블루는 잘 먹지도 못해 건강이 좋지 않았는데도, 새끼를 가졌는지 배가 살짝 부풀고 젖도 커진 것 같았다. 함께 사냥할 동료도 없고 먹잇감도 절대적으로 부족한 시기에 새끼를 낳아도 괜찮을지 걱정스러웠다.

그러던 어느 날 아침 풀숲에서 고양이만 한 수컷 새끼 두 마리에게 젖을 먹이고 있는 모습을 보고 어쩌나 가슴이 짠하던지. 수천 제곱킬로미터 내에 물도 먹이도 없는데 식욕이 왕성한 새끼들에게 젖을 주다가는 수분과 영양분이 부족해 위험해질 수 있었다.

우리는 블루가 가뭄에 새끼를 어떻게 키우는지 보려고 매일 블루를 찾아갔다. 빔보와 샌디라고 이름을 붙여준 새끼들은 제일 먼저 고물 트럭

을 뚫어져라 바라보았다. 어미와 새끼들은 트럭 그늘에서 잠을 자기도
했다.

밤이 되면 블루는 빔보와 샌디만 남겨두고 먹이를 찾아 떠났다. 몇 킬
로미터나 돌아다니며 풀숲과 덤불 속을 뒤졌다. 블루는 몇 시간 후에 새
끼들이 있는 곳으로 돌아가 50~100미터 정도 떨어진 곳에서 새끼들을
불렀다. 풀이 흔들리나 싶더니 새끼들이 폴짝거리며 나와 가늘고 높은
음으로 대답을 했다. 블루가 새끼들을 핥아주자 새끼들은 몸을 이리저리
비틀었다. 빔보는 어미가 샌디를 핥아주는 동안 젖을 찾았고, 블루는 커
다란 발로 빔보를 잡아 다시 핥기 시작했다. 블루는 새끼들을 다 핥아준
후 나무 아래에서 젖을 먹이기 시작했다.

사냥감이 너무 없어서 블루가 이틀이나 사흘 동안 새끼들을 홀로 남겨
두기도 했다. 두 마리 다 허약했지만 체구가 더 작은 샌디는 상태가 점점
나빠졌다. 풀밭에 앉아 멍한 눈빛으로 나뭇가지를 가지고 뛰어노는 빔보
를 바라보는 시간이 많아지기 시작했다. 젖을 뗄 때마다 샌디는 더 달라
고 울부짖었다.

새끼들이 생후 2개월이 된 어느 날 밤이었다. 블루가 돌아와 새끼들을
부르며 풀밭을 돌아다녔다. 빔보와 샌디가 금세 풀밭에서 나와 어미의
뒤를 따랐다. 블루는 언덕을 향해 서쪽으로 걷기 시작했다.

야간에는 최소 16킬로미터를 걸어 다니며 사냥을 했다. 점점 새끼들을
데리고 다니는 날이 많아졌다. 샌디는 점점 더 힘들어했다. 녀석은 빔보
보다 체격이 삼 분의 일이나 작았으며 털도 적었고 뼈가 앙상했다.

어느 날 아침 이제 블루에게는 빔보밖에 없었다. 샌디는 버려졌거나
표범, 자칼 혹은 하이에나에게 잡아먹힌 것 같았다. 두 모자는 가시덤불

아래 누워 있었다. 뜨거운 바람에 모래며 들불 때문에 새까맣게 타버린 풀뿌리의 재가 날아다녔다. 블루의 갈비뼈와 골반이 툭 불거져 나와 있고 잇몸은 하얗게 변했으며 등과 배의 털은 많이 빠져 있었다. 블루가 빔보에게 얼굴을 문질렀다. 빔보는 뒷발로 일어서서 앞발로 어미의 얼굴을 때렸다. 어미가 커다란 혀로 빔보의 등을 핥아주자 빔보는 작은 혀로 어미의 이마를 핥았다. 어미가 쭈글쭈글한 새끼의 몸을 깨물었다. 자신도 먹을 것이 부족했지만 블루는 남은 자식을 결코 포기할 기미를 보이지 않았다.

블루는 일 년 반 동안 전파목걸이를 하고 있었다. 모서리는 다 닳았고 안테나는 헐거워진 침대 스프링처럼 휘어졌다. 낡은 발신기에서 나오는 희미한 신호를 수신하기가 점점 어려워지자 블루 모자의 위치를 찾지 못할 때가 많아졌다. 빔보가 곁에 있을 때 마취를 시키고 싶지 않았지만 낡은 발신기를 어서 교체해야 할 것 같았다. 게다가 좀 더 면밀하게 블루의 건강 상태를 점검해보고 싶었다.

우리는 새벽이 되어 커다란 아카시 나무 아래서 모자가 잠이 들기를 기다렸다. 마취총에 소음기를 단 후 속도를 최소한으로 맞추고 9미터 정도 떨어진 곳에서 블루에게 마취총을 쏘았다. 주사기가 천천히 날아 블루의 옆구리에 조용하게 꽂혔다. 주사기가 꽂히자 블루가 벌떡 일어나 발을 번갈아 들었다. 그리고 뱀에 물린 것처럼 땅을 살피기 시작했다. 빔보는 어미의 행동을 호기심 있게 지켜보더니 자신도 풀숲을 살펴보기 시작했다.

15분 후 약 기운이 돌기 시작했다. 우리가 트럭에서 내리자 빔보가 고개를 들고 우리를 노려보았다. 우리가 몸을 숨기지 않고 다 드러낸 모습을 여러 번 보기는 했지만 이렇게 가까운 것은 처음이었다. 게다가 우리는 한 번도 빔보에게 다가간 적이 없었다. 우리가 다가가자 빔보는 어미와 우리를 번갈아 보았다. 하지만 어미는 그 어느 때보다 곤히 잠들어 있었다. 어미가 우리를 받아들이는 것을 보고 빔보도 괜찮다고 생각했다. 녀석은 3미터 떨어진 곳에서 앞발에 턱을 괴고 엎드려 우리가 어미를 한 시간 반 동안 검사하는 모습을 지켜보았다.

블루를 자세히 검사해보니 상태가 생각보다 훨씬 심각했다. 배 쪽의 털은 이미 다 빠진 상태였고 옆구리와 목에 딱지가 앉아 있었다. 옴이 분명했다.

야생에서는 옴을 치료하기가 쉽지 않았다. 기생충을 죽이려면 약품 용액에 몸을 푹 담가야 했기 때문이다. 우리는 그럴 만한 장비도 약품도 없었다.

"나한테 생각이 있어. 차에서 엔진 오일을 좀 뽑아와서 몸에 발라주자. 잘 발라주고 블루가 핥아먹지만 않으면 진드기들을 잡을 수 있을 거야."

솔직히 터무니없는 소리 같았지만 나도 별다른 뾰족한 수가 없었다. 마크는 트럭 아래로 기어들어가 야영지로 돌아갈 수 있을 정도만 남기고 엔진오일을 뺐다. 우리는 기름을 블루의 몸에 골고루 끼얹어 손으로 문질러주었다. 빔보는 우리가 어미의 몸을 굴려 오일을 발라주는 모습을 고개를 갸웃거리며 지켜보았다. 작업을 마치자 블루는 시커먼 오일이 묻어 엉망이었다. 모래, 오일과 재까지 엉겨붙어 기름 유출 사고에 휘말린 것 같았다.

우리는 새 전파목걸이를 채우고 기록을 했다. 그리고 사진을 찍고 이가 얼마나 닳았는지 확인하고 항생제를 주사했다. 3미터쯤 떨어져 있는 빔보의 피부는 괜찮아 보였다. 그래서 장비를 모두 챙겨 트럭으로 돌아가기로 했다. 그 무렵 마취에서 서서히 깨어나는 블루가 고개를 들어 주위를 둘러보았다.

그로부터 이틀 동안 블루는 온몸을 핥아 모래와 찌꺼기들을 뗐다. 하지만 엷게 기름이 남아 있었다. 다행히도 오일 치료로 인한 부작용은 없는 듯했다. 게다가 몸을 긁는 일도 확연히 줄었다. 일주일이 지나자 커다랗게 딱지가 앉았던 부분이 분홍빛으로 변해 건강을 회복했다. 털이 다시 나기 시작하자 회복되는 모습이 확연했다. 오일 치료를 한 지 3주 반 만에 가죽은 완전히 회복되었고 상처에도 새 살이 돋았다.

빔보는 생후 3개월이 되어도 여전히 블루의 젖을 빨았다. 덩치도 그 나이 또래에 비해 훨씬 작았다. 빔보는 어미가 잡아 온 사냥감에 관심을 보이기는 했지만 사냥에 따라나서는 경우는 드물었다. 사냥감이 대부분 너무 작아서 블루는 몇 킬로미터 떨어진 곳에서 사냥감을 혼자 먹었다.

하루는 블루가 새끼가 딸린 오소리 암컷을 사냥했다. 블루는 어미를 다 먹고 새끼를 빔보에게 가져다주었다. 블루가 오소리를 땅에 내려놓자 빔보는 뒷덜미를 와락 물고 고개를 든 채 주위를 돌아다녔다. 그리고 오소리를 내려놓고 허겁지겁 먹기 시작했다. 걱정하던 때가 찾아왔다. 새끼를 위해 더 많은 사냥을 해야 할 때가 말이다.

다음 날 밤, 블루는 빔보를 동쪽 모래언덕의 기슭에 남겨둔 채 먹이를 찾아 언덕을 오르기 시작했다. 꼭대기에 가까워졌을 즈음 한동안 못 보았던 동물을 발견했다. 자세를 낮추고 목표물에 다가가기 시작했다. 보라색 밤하늘을 배경으로 언덕 꼭대기에 누 수놈의 검은 실루엣이 덤불 사이로 보였다. 먼지구름을 일으키며 밤보다 더 검은 수백 마리의 누가 저 멀리 언덕을 따라 이동하고 있었다. 지난 몇 년 동안 한번도 없던 광경이었다.

블루가 꼬리를 천천히 흔들며 무리를 코앞에 두고 땅바닥에 납작하게 엎드렸다. 세 번째 누가 지나가자 블루는 풀쩍 뛰어올라 누의 어깨를 강타하며 가죽에 깊이 이빨을 박아 넣었다. 누는 비명을 지르며 사자를 끌고 날카로운 가시덤불로 돌진했다. 하지만 블루는 온 체중을 실어 누의 목을 압박했다. 누가 블루를 땅에 내팽개치려 하자 블루는 어깨를 놓나 싫더니 목덜미를 물어 숨통에 구멍을 냈다. 암사자와 누는 동시에 쓰러졌다. 누가 다리로 허공을 차며 어떻게든 숨을 쉬려고 했지만 헛바람만 빠졌다. 블루는 헐떡이며 옆구리를 뜯어 피를 핥고 부드러운 속살을 먹었다.

잠시 후 블루는 빔보가 숨어 있는 곳으로 갔다. 어미의 울음소리를 듣고 빔보가 은신처에서 튀어나왔다. 빔보는 어미에게 바짝 붙어서 따라갔다. 자칼 두 마리가 누를 발견하고 고기를 뜯고 있었다. 블루는 녀석들을 냉큼 쫓아버렸다. 빔보는 어미와 함께 천천히 음미하며 고기를 뜯기 시작했다.

배불리 먹은 빔보는 어미에게 기대어 잠에 곯아떨어졌다. 태어나 처음으로 빔보의 배가 빵빵하게 부풀어 있었다.

*

다음 날 밤 갈색하이에나인 패치스가 누의 배에서 새어 나온 자극적인 냄새를 맡았다. 패치스는 조심스럽게 주변을 탐색하며 사자들이 떠났는지 확인했다. 패치스는 털과 꼬리를 세운 채 먼저 와서 배를 채우고 있던 자칼들을 쫓아버렸다. 패치스는 사자가 남긴 커다란 뼈, 힘줄과 가죽을 먹기 시작했다.

패치스가 오래된 뼈와 가끔 토끼도 가져다주던 페퍼와 코코아는 굴 안에 있었다. 갑자기 가죽에 살점도 붙어 있는 누 다리가 굴 입구에 먼지를 일으키며 쿵하고 떨어졌다. 녀석들은 신이 나 소리를 지르며 다리를 굴 안으로 끌고 들어갔다. 패치스는 둔덕에 누워 잠이 들었다. 녀석은 그 다리를 물고 5킬로미터나 걸어왔던 것이다.

이튿날 밤 하이에나의 굴에 가보았다. 페퍼가 둔덕에 옆으로 누워 있었다. 평소에는 우리를 보면 쪼르르 달려와 트럭 냄새를 살살이 맡았지만 그날 밤은 달랐다. 녀석은 한쪽 눈만 뜨고 우리를 보더니 아무렇지도 않게 발로 모래를 배에 끼얹고는 다시 잠에 빠져들었다.

블루의 누 사냥은 사자 두 마리와 하이에나 세 마리의 허기를 달래주었다. 하지만 그 누는 그곳에 남은 마지막 영양이었다.

25장

사막의 검은 진주들

> 생태운동가는 자신의 껍질을 단단히 하고 과학의 결과는 자
> 신의 일과 아무런 상관도 없는 척하거나 스스로를 굳게 믿고
> 다른 이야기에는 귀를 막는 공동체에 생긴 죽음의 흔적을 알
> 아보는 의사임에 틀림이 없다.
>
> _알도 레오폴드

기록·마크

블루가 누를 잡은 이튿날 아침 나는 비행기를 타고 사자와 하이에나를 찾으러 나섰다. 사막에 돌풍이 불어오기 전에 어서 찾고 싶었다. 블루의 신호가 이어폰에서 들리자 모래언덕에 자라는 나무들 위로 기수를 낮추었다. 놀랍게도 지난밤 블루 모자가 누를 사냥했던 곳이었다. 도대체 이 누는 어디에서 온 걸까? 왜 이 지역에 있지? 그동안 우리는 단 한 마리의 누도 보지 못했다. 최근 3년간 맹세컨대 디셉션 밸리에는 누가 단 한 마리도 없었다. 아마도 남쪽에서 서식하던 무리를 떠나온 늙은 누가 분명했다. 그렇다고 쳐도 누는 원래 무리로 있기를 좋아하기 때문에 혼자 있었던 이유를 도무지 알 수 없었다.

나는 수신기를 모펫의 주파수에 맞춘 후 고도를 높이고 혹시라도 신호가 잡히지 않는지 이어폰에 온 정신을 집중했다. 솔직히 이제 희망이 없을 것 같았다. 그래서 진저 프라이드의 제로니모를 찾기 위해 주파수를 바꾸었다.

디셉션 밸리가 내 뒤편으로 구불거리며 남쪽으로 뻗어 있었다. 그런데 저 아래 초원에서 먼지인지 연기인지 모를 것이 뭉게뭉게 피어오르고 있었다. 공중에서 그런 모습을 본 것은 그때가 처음이었다. 가까이 다가가보니 수백, 아니 수천 개에 달하는 검은 점이 일렬을 이루어 덤불지대를 통과하고 있었다. 나는 너무 놀라서 무선 장치에 대고 소리쳐 델리아를 찾았다. "누야! 델리아! 수만 마리가 가고 있어! 북쪽으로 가고 있다고!"

나는 하강하기 시작했다. 가뭄으로 허옇게 말라버린 칼라하리 사막 위를 긴 줄에 꿰어진 흑진주처럼 누들이 달리고 있었다. 그때는 몰랐지만 세계에서 두 번째로 큰 이동이었다.

언젠가 마운에서 사냥꾼들의 이야기를 들은 기억이 났다. 사냥꾼들은 프랜시스타운으로 가는 주도로에서 수십만 마리의 누들이 길을 다 건너는 동안 몇 시간이나 기다렸다고 했다. 하지만 그 무리가 어디에서 와서 어디로 가는지 아는 사람이 아무도 없었다. 사람들은 강수량이 풍부할 때 개체 수가 급증했다가 몇 년 후 가뭄이 오면 그 수가 급감한다고 추측할 뿐이었다. 이 이동이 있기 겨우 몇 달 전에 외국의 컨설팅 회사에서 보츠와나 전역에 항공 탐사를 시행해 남부 칼라하리에 26만 2,000마리의 누가 있다는 사실을 확인했다. 세렝게티의 영양 무리 다음으로 많은 수였다. 당시 연구팀은 보츠와나의 누들은 이동을 하지 않는다고 결론 내리고 있었다.

이튿날 델리아와 나는 아침 일찍 비행기를 타고 나갔다. 우리는 100피트 상공을 날아 칼라하리로 점점 깊이 들어가는 무리를 따라갔다. 그리고 이동이 시작된 지점, 이동 거리, 이동 경로, 속도, 목적지 등 온갖 상세한 정보들을 모아 기록하기 시작했다.

지난 5년 동안 칼라하리에는 무척 비가 많이 왔다. 누 무리는 비구름과 풀을 찾아 칼라하리의 남부를 향해 이동했다. 북쪽으로 500킬로미터 떨어진 호수와 강줄기가 흐르는 지역과는 점점 더 멀어졌던 것이다. 건기에는 몇 달 동안 마시지 않아도 먹이에서 영양분과 수분까지 섭취할 수 있었다. 석회 분지 수백 곳에서 자라는 풀은 우기가 끝나고 다음 우기까지 결코 시들지 않았다. 우기가 올 때마다 그 수는 급증했다. 게다가 분지에서 자라는 풀에 포함된 각종 미네랄과 단백질 덕분에 체격도 무척 좋았다.

1979년에는 비가 전혀 내리지 않았다. 풀도 점점 시들어갔다. 5월 중순이 되자 지푸라기같이 바삭거리는 풀밖에 남지 않았다.

*

누들은 바람에 갈기와 턱수염과 꼬리를 휘날리며 낮은 모래 등성이에서 있었다. 본능인지 뭔지는 모르겠지만 뭔가가 그들에게 북쪽으로 가야 한다고 속삭였다. 그래야만 물을 찾아 가뭄에서 살아남을 수 있다고 말이다. 수 세기 동안 칼라하리의 누들은 가뭄이 올 때마다 하우 호수, 은가미 호수, 은가베 호수와 보테티 강줄기, 오카방고강 분지의 남쪽을 향했다. 이동로에서 불어오는 먼지 바람에 누들은 고개를 잔뜩 낮추고 북쪽으로 이동을 시작했다.

이들의 이동은 세렝게티와 달랐다. 그곳에서는 여러 무리가 모여 엄청난 수가 된다. 하지만 칼라하리의 누들은 반사막 환경에서 서식하기 때문에 이동을 더 많이 하며 처음부터 많은 수가 모이지 않는다. 동서로 500킬로미터 이상 떨어진 거대한 전선을 이루어 40마리에서 400마리로 구성된 영양 무리들이 흩어져 이동하고 있었다.

누 무리가 모두 같은 방향으로 이동하지는 않는다. 9만 마리가 넘는 튼튼한 누 무리가 북쪽으로 가고 있었다. 수십만 마리가 동쪽으로 500킬로미터 떨어진 림포포강Limpopo River으로 가고 있었다. 북쪽이든 동쪽이든 가는 동안에는 먹이를 많이 먹지 않았다. 어차피 수분이 없으면 소화를 시킬 수 없기 때문이다. 이동 목적은 가능한 한 빨리 물과 더 나은 먹이를 찾는 것이었다. 물이 없으면 푸른 초원에서 굶어 죽을 수 있었다. 먹이가 풍부해도 누가 가뭄에서 살아남기 위해 반드시 섭취해야 할 단백질과 영양분이 부족할 수 있었다. 이들은 열기와 탈수를 막기 위해 초저녁부터 이른 새벽까지 이동했다. 며칠 동안 어마어마하게 긴 줄을 이루어 터벅터벅 걸었다.

영양들은 하룻밤에 40~50킬로미터를 이동했다. 하늘에서 보면 이들의 발굽이 일으킨 거대한 먼지구름이 호수와 강으로 뻗어가는 손가락처럼 보였다. 보츠와나의 남부와 남서부로 이미 500킬로미터 이상 이동해 남아프리카 공화국으로 들어간 누도 있었다. 사막은 특히 어리거나 늙은 누에게 가혹했다. 무리에서 뒤처져 결국 청소동물의 먹이가 되었다. 마시지도 먹지도 못한 채 엄청난 거리를 이동해야 했다. 하지만 진화는 이들이 그 긴 여정에서 살아남을 수 있도록 미리 준비시켜놓았다. 강한 자는 반드시 살아남아야 했다.

갑자기 누 떼가 멈춰 섰다. 생전 처음 보는 것이 앞길을 가로막고 있었기 때문이다. 누들이 신경질적으로 한곳으로 모여들기 시작했다. 이동로를 가로지르는 고장력강으로 만든 울타리가 세워져 있었다. 중부칼라하리 자연보호구역의 북쪽 경계를 가로질러 160킬로미터 이상 뻗어 있는 보츠와나 쿠키 구제역 방지 철조망이었다. 철조망의 동쪽과 서쪽 끝은 다른 철조망과 연결되어 장장 800킬로미터에 걸쳐 사막을 에워싸고 있었다.

누 떼는 지독한 가뭄이 올 때마다 의지했던 물과 강 근처의 서식지로 가는 길을 차단당했다. 지금까지 배운 어떤 기술로도, 본능으로도 이 장애물을 헤쳐 나갈 수 없었다.

하루나 이틀이면 강에 도착할 수 있을텐데, 당황한 영양은 북쪽을 포기하고 울타리를 따라 동쪽으로 진로를 바꾸었다. 그들이 할 수 있는 일은 아무것도 없었다. 물도 먹이도 없이 며칠을 강행군했기에 이미 허약해질 대로 허약해져 있었다. 그런데 사람이 만들어놓은 울타리 때문에 앞으로 160킬로미터를 더 가야 했다.

울타리를 따라 터벅터벅 걷는 동안 물과 풀을 찾아 이동을 시작한 다른 무리들이 속속 합류했다. 기린, 겜스복, 큰 누처럼 다른 동물들도 이들 무리에 끼어들기 시작했다. 모두 물이 절실하게 필요했지만 울타리에 길이 가로막힌 신세였다.

먼저 지나간 누의 발굽에 밟히고 찢겨 풀이라고는 남아 있지 않았다. 뒤따르는 누들은 먹을 것이 없었다. 배고픔, 갈증과 피로에 지쳐 낙오되는 동물들이 나왔다. 울타리를 뛰어넘으려던 기린은 발이 철사에 얽히고 말았다. 발을 빼려고 했지만 고장력강으로 된 울타리가 살에 깊숙이 박혔다. 기린이 발을 들어 올리자 무릎뼈가 박살이 나고 말았다. 뒷다리는 여전히 철사에 휘감긴 채 기린은 며칠이고 땅을 긁어대며 몸부림쳤다. 일어나려고 버둥거리며 차올린 모래가 쌓여 작은 언덕을 이루었다. 기린은 그렇게 죽었다.

마침내 누 떼가 마칼라마베디라고 부르는 남북을 잇는 울타리에 다다랐다. 이 울타리는 쿠키 라인과 동서로 교차하면서 자연보호 동쪽 구역의 남쪽으로 뻗어갔다. 누들 사이에 대혼란이 일어났다. 두 번째 울타리를 따라가면 남쪽으로 가야 했다. 목적지와는 정반대 방향이었다. 누들은 머리를 흔들며 어쩔 줄 몰라 하며 서 있었다. 잠시 후 누들이 비틀거리더니 마침내 쓰러지기 시작했다. 하지만 죽음은 쉽사리 오지 않았다. 맹수의 날카로운 이빨과 발톱과 달리 철조망은 그들의 숨통을 서서히 조여간다. 쓰러진 누들은 산 채로 독수리에게 눈이 파이고 청소동물에게 귀, 꼬리, 고환을 물어뜯겼다. 수천 마리가 울타리에서 목숨을 잃었다. 하지만 대학살은 이제부터 시작이었다.

누 떼는 1.5미터 높이의 울타리를 따라 남쪽으로 출발했다. 다음 날 누 떼는 울타리의 끝에 도착했다. 누군가 울타리 설치 작업을 잊은 것처럼 갑자기 사바나가 나타났다. 누 떼가 울타리를 돌아가자 동풍을 타고 향긋한 물 냄새가 실려 왔다. 그들은 냄새를 향해 나아가기 시작했다. 하지만 곧 자연보호구역의 경계가 끝나면서 누들은 사냥지역으로 들어가게 되는 것이다. 물을 마시기 위해 총알받이가 될 위험을 각오해야 했다.

누의 행진은 이틀 동안 더 계속되었다. 대이동, 울타리, 총알로부터 살아남은 누들이 숲을 나오면 먼저 도착한 누 수천 마리가 모여 있는 대평원이 펼쳐졌다. 물 냄새는 더욱 강해졌다. 이제 40킬로미터만 더 가면 물이 나올 것이었다. 누 떼가 발걸음을 서둘렀다.

원주민들이 호숫가에 풀어놓은 가축들이 호숫가에 자라는 풀이란 풀은 모두 먹어치웠다. 이제 평원은 회색 가루가 몇 센티미터나 덮인 거대한 콘크리트 바닥처럼 보였다. 누의 발굽 먼지가 고요한 아침 공기를 가르며 퍼졌다. 여기저기 황무지에 덤불이 자라고 있었다. 말라붙은 동물 시체가 흩어져 있었다. 죽음을 목전에 둔 동물들이 그 옆으로 쓰러졌다. 아직도 물을 찾아가려는 듯 허공으로 뻗은 다리를 흔들어댔다. 새끼를 낳을 수 있는 누들이 하우 호수를 향해 이어진 대열에서 낙오하기 시작했다. 무릎이 후들거리고 고개는 점점 더 땅으로 떨어졌다. 결국 고개가 땅에 닿아 콧바람이 먼지 바닥에 작은 구멍을 내었다.

자연보호구역을 떠난 지 이틀째 되는 날 새벽 살아남은 누 떼가 호수에 거의 닿았다. 하지만 물만으로는 부족했다. 몇 킬로미터를 이동하는 동안 나무 한 그루 남아 있지 않았다. 먹을 만한 것이 아무것도 없었다. 남은 시간은 얼마 되지 않았다. 남은 원기마저 태양에게 빼앗기기 전에 어서 물을 마시고 40킬로미터를 이동해 숲으로 돌아가야 했다.

갑자기 질서정연하던 기다란 줄이 흩어지면서 원을 이루었다. 어디선가 사람들을 태운 트럭 세 대가 나타난 것이다. 누 떼가 트럭을 피해 달아나기 시작했다. 누 무리를 뱅뱅 돌던 5톤 베드포드 트럭의 운전기사는 누 무리를 통과했다가 다시 되돌아오기를 반복했다. 그 과정에서 누 떼가 차에 치였다. 트럭이 재빨리 방향을 틀어 엄청난 먼지구름을 일으키며 쓰러진 누들을 차례로 다시 치었다.

여섯 마리가 차에 치이자 운전수들이 트럭을 세웠다. 원주민들이 왁자

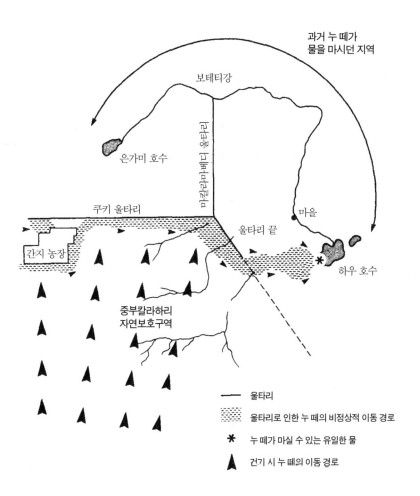

과거 누 떼가
물을 마시던 지역

보테티강

은가미 호수

마우마캉가콩로

쿠키 울타리

울타리 끝

마을

간지 농장

하우 호수

중부칼라하리
자연보호구역

▬▬▬ 울타리

░░░ 울타리로 인한 누 떼의 비정상적 이동 경로

✱ 누 떼가 마실 수 있는 유일한 물

▲ 건기 시 누 떼의 이동 경로

지껄하게 웃음을 터트리며 튀어나왔다. 남자 두 명이 뿔을 하나씩 맡고 다른 남자가 칼로 목을 베었다.

해가 떠올라 기온이 무섭게 치솟기 시작했다. 무자비한 살육에서 살아남은 누들이 반짝이는 하얀 소금 분지를 건너 헐벗은 언덕 등성이에 올라섰다. 발아래로 800미터쯤 떨어진 곳에 푸른 물이 넘실대는 하우 호수가 보였다. 호수에는 펠리컨과 플라밍고들이 꽃잎처럼 떠 있었다.

북쪽으로 580킬로미터 이상 떨어진 강과 호수 유역은 가뭄이면 누들이 물을 찾아가던 곳이었다. 이 길이는 남쪽에 있는 림포포강과 비슷하다. 하지만 지금은 긴 울타리와 정착촌이 세워지면서 드넓었던 중부 칼라하리에 살던 누들은 갈 곳을 잃었다. 이제 8만 마리 정도가 살 수 있는 40~50킬로미터 정도의 강가 서식지만 남았다. 누는 이곳에서 물을 마시거나 아니면 죽음을 맞이해야 했다.

원주민들의 오두막을 보고 위험을 감지한 목마른 야생동물들이 망설이듯 발을 떼었다. 물이 바로 저기에 있었다. 물이 보였다. 냄새도 맡을 수 있었다. 누 떼가 호수를 향해 전진하기 시작했다. 하지만 200미터를 남겨두고 어디선가 나타난 원주민 어른 남자와 소년들이 개를 풀어놓았다. 개들은 누들이 지칠 때까지 쫓아다녔다. 녀석들은 무척 영리했다. 지친 누의 뒷다리를 물고 뜯어 쓰러뜨리면 사람이 나타나 칼로 단번에 목숨을 끊었다.

이 소동에 수천 마리가 물을 코앞에 두고 근처에도 가지 못했다. 간신히 호수에 닿은 녀석들도 시원한 물 위로 쓰러지고 말았다. 너무 쇠약해져서 일어나지도 심지어 물을 마시지도 못했다. 누의 주둥이는 서서히 얕은 물가의 진흙 속으로 잠겨들었다.

호숫가에서 자행되는 대학살을 우리는 비행기에서 지켜보았다. 치밀어 오르는 분노를 참지 못하고 나는 급히 고도를 낮추어 호숫가로 내려갔다. 밀렵꾼들은 누 떼를 죽이느라 비행기가 오는 것도 몰랐다. 비행기가 시속 250킬로미터로 지면에 바짝 붙어 저공비행을 하자 그제야 비행기를 알아차렸다. 우리는 젊은 누를 쫓고 있는 사냥개들 위로 바짝 붙어 날았다. 사냥개는 저항했지만 결국 누를 풀어주었다. 개들은 비행기에 놀라서 사방으로 흩어졌고 그 틈을 타 누는 도망치기 시작했다. 남자 세 명이 비행기를 향해 곤봉을 던지고 먼지 속으로 들어가 바닥에 엎드려 가시덤불을 통과했다.

누들이 이동하는 동안 나는 새벽에도, 밤에도, 원주민의 오두막과 누 떼 위를 저공비행했다. 그렇게라도 하면 누를 무자비하게 죽이는 밀렵꾼들을 얼마간 막을 수 있었다.

어처구니없게도 호수마저 누 떼에게는 적이었다. 물맛을 보면 누가 더 이상 이동을 하지 않았다. 원주민들의 정착촌 때문에 더 이상 북쪽으로도 갈 수 없었다. 매일 더워지기 전에 호수에 가서 물을 마시고 재빨리 숲으로 돌아와야 했다. 이렇게 매일 80킬로미터를 왕복했다.

날이 갈수록 물과 먹이와의 거리는 멀어져만 갔다. 누 떼는 풀을 찾아 호수에서 더 멀리멀리 이동했다. 한동안 이런 식으로 살아갈 수 있었지만, 더이상 그 둘 사이를 왕복할 수 없는 시점이 오고야 말았다. 누들은 배고픔으로 떼죽음을 맞았다.

9월이 되어 칼라하리에 무더운 여름이 시삭되자 누는 최악의 위기를 맞았다. 기온은 솟구치고 말라붙은 평원에 뜨거운 바람이 휘몰아쳤다. 일출 시간이 점점 앞당겨지고 일몰 시간은 늦춰졌다. 덩달아 누들이 그

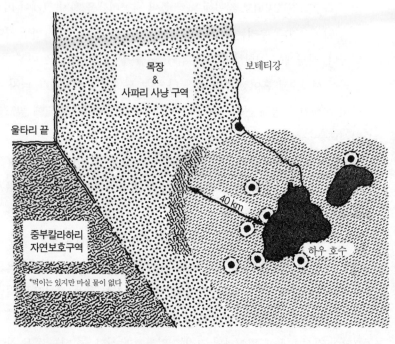

목장
&
사파리 사냥 구역

보테티강

울타리 끝

40 km

중부칼라하리
자연보호구역

하우 호수

*먹이는 있지만 마실 물이 없다

 원주민 마을

 누 떼의 먹이가 있는 유일한 지역

방목지이자 무자비한 밀렵지

 물과 먹이를 위해 누 떼가 매일 왕복하는 길

늘 한 점 없는 뙤약볕을 통과해야 하는 시간도 길어졌다. 그들을 몰살시킬 마지막 방아쇠였다. 사망률이 치솟았고 평원과 소금분지, 호숫가에는 죽은 누의 시체가 즐비했다. 가뭄으로 물을 찾아온 동물들은 하우 호수에서 발이 묶여 대부분 죽었다.

보츠와나에 철조망을 두르는 작업은 1950년대에 시작되었다. 당시 육류 수출업이 핵심 산업으로 성장하면서 가축에게서 주기적으로 발발하는 구제역을 막아야 했기 때문이다. 구제역이 발생하자 유럽 국가들은 전염을 이유로 보츠와나산 육류의 수입을 기부했다. 보츠와나 정부는 국가의 기간산업을 보호하기 위해 동물건강부에 구제역을 막을 수 있는 방안을 마련하라는 지시를 내리게 되었다. 야생지역을 가로지르는 철사 울타리가 1,300킬로미터 이상 설치되었고 1,130킬로미터를 더 연장하는 공사가 당시에 진행 중이었다.

아프리카물소와 일부 야생 영양 종이 구제역 바이러스에 감염되었을 수 있기 때문에 주기적으로 창궐하는 구제역의 원인으로 지목되었다. 울타리는 가축과 야생 물소들을 격리해 감염의 위험을 막고 질병이 발생할 경우 감염 지역을 신속하게 봉쇄하기 위해 설치되었다. 이론적으로 보자면 감염된 동물의 이동을 막으면 질병을 통제하기가 더 수월할 것 같지만 실제로는 그렇지 않았다. 구제역은 울타리를 넘어 보츠와나 전국으로 퍼져나갔다.

울타리로 구제역을 통제한다는 발상은 많은 논란을 낳았고 연구진들도 이 방법이 효과가 없다는 결과를 발표했다. 게다가 광범위하게 이루어진 실험에도 불구하고 야생동물이 구제역 바이러스를 가축에게 옮긴다는 가설도 확인되지 않았다. 구제역에 대해서는 알려진 바도 거의 없었으며 전염 경로를 제대로 아는 사람도 없었다.

보츠와나에 설치된 울타리는 우리가 연구를 시작하기 오래전부터 야생을 죽이고 있었다. 1961년과 1964년에 8만 마리나 되는 누가 쿠키 – 마칼라마데비 간 울타리가 만나는 부근과 하우 호수 사이 지역에서 죽었다. 1964년에 간지 구역의 관료인 조지 실버바우어는 중부 칼라하리 자연보호구역에서 가뭄 동안에 쿠키 울타리에 막혀 닷새마다 총 개체 수의 10분의 1이 목숨을 잃고 있다고 추정했다. 1964년에 살아남은 수는 확인조차 되지 않았다. 보츠와나 자연보호부를 위해 일하는 생태학자인 그레이엄 차일드 박사는 1970년에 "살아 있는 자들의 기억 중에서 최악의 사망률"을 기록했다고 썼다.

중부 칼라하리의 영양 대부분이 가뭄과 질병통제울타리로 목숨을 잃은 후 살아남은 누들은 포식자들에게 더 소중한 먹이가 되었다. 덩치가 큰 영양이 거의 사라지자 사자, 표범, 치타, 들개와 갈색하이에나와 같은 청소동물들은 비슷한 운명을 맞았다. 울타리로 인해 포식자의 수도 정확히 알 수 없지만 심각하게 줄어든 것은 분명했다.

보츠와나의 동물건강부가 칼라하리에 울타리를 설치한 후부터 칼라하리의 부시맨들도 식량으로 쓸 누를 사냥하기가 힘들어졌다. 누는 이 원주민들에게 중요한 단백질 공급원의 하나였기에 문제는 심각했다.

누의 위기는 단순히 누와 울타리의 문제가 아닌 더 큰 맥락에서 검토되어야 한다. 인간과 야생이 목초와 물이라는 한정된 자원을 둘러싸고 치르는 치열한 경쟁이라는 더 큰 그림의 일부로 보아야 한다. 세심하게 마련한 백신접종 프로그램과 같은 대안을 더욱 진지하게 고려할 때가 되었다.

＊

보츠와나는 야생의 자연을 보호하려는 태도가 잘 갖추어진 나라이다. 국토의 20퍼센트가 국립공원이나 사냥이 금지된 자연보호구역으로 지정되어 있다. 공무원들은 우리를 늘 깍듯하게 대해주었으며 중부 칼라하리의 자연보호구역에서 연구를 진행해도 좋다는 허가도 선뜻 내주었다.

하지만 누를 돕기 위해 정부의 관심과 대책을 촉구하려는 우리의 노력은 계속해서 허사가 되었다. 우리는 자연보호부에 편지와 보고서를 보내 누의 대규모 이동과 높은 사망률에 대해 알렸다. 밀렵과 학대를 방지하기 위해 하우 호수 일대에 사냥금지 캠프를 설치해야 한다는 조언도 보냈다. 또한 보호지역에서 호수까지 이동로를 잘 보존해서 누가 물을 마시러 올 수 있게 해야 한다는 의견도 실었다. 하지만 우리의 목소리에 귀기울이지 않았다.

지겨운 가뭄은 10월에도 계속되었다. 그 어느 때보다 많은 수의 누가 죽어갔다. 누 떼를 살리기 위한 노력이 수포로 돌아가자 우리는 고독과 무력감에 빠졌다. 칼라하리에서 지내는 동안 동물들이 그토록 고통받는 모습도, 서식지가 무참하게 파괴되는 모습도 처음 목격했다. 왜 이런 비극이 일어나야 하는가. 지난 수천 년 동안 누들은 가뭄이 되면 호수와 강에서 목을 축였다. 그런 그들에게 그 땅을 내어준다면 어이없는 죽음을 막을 수 있지 않을까.

사람들은 우리에게 그냥 잊으라고 했다. 친구들은 자꾸 그러면 이 나라에서 추방될지도 모른다고 경고했다. 하지만 보츠와나는 민주 국가였다. 우리는 그런 나라가 우리를 추방하리라 생각하지 않았다. 너무 늦기 전에 뭐라도 해야만 했다. 우리는 이듬해 가뭄이 시작되기 전에 해결책을 반드시 찾기로 결심했다. 이 나라에서 우리의 호소에 귀를 기울이는 사람이 없다면 전 세계에 실상을 알리기로 했다. 그리고 보츠와나 정부가 이 문제를 검토하도록 영향력을 행사할 수 있는 유명 인사들의 지원을 끌어내 보기로 했다.

*

어느 날 우리는 무선 장비로 보츠와나의 야생지역을 관광하기 위해 조만간 방문하는 네덜란드의 베른하르트 왕자에게 프레젠테이션을 해달라는 초청을 받았다. 그리고 그 직후에 프랑크푸르트 동물협회의 리하르트 파우스트 박사와 우리의 주요 후원자들이었던 '동물의 친구'의 대표단이 마운을 방문하기로 했다. 정말 믿을 수 없는 엄청난 행운이었다. 몇 주 후면 국제적인 자연보호단체의 주요 인물이 두 명이나 말 그대로 우리 집 앞까지 온다는 말이 아닌가. 우리는 즉시 파우스트 박사와 베른하르트 왕자에게 누의 떼죽음에 대해 소상하게 설명하며 야영지에 들러줄 것을 요청하는 편지를 썼다. 솔직히 왕자가 사막 한가운데 야영지로 와달라는 초대를 받아들일 거라는 생각은 하지 않았다.

만에 하나 왕자가 초대를 받아들일 경우를 대비해 준비를 해야 했다. 왕자와 보좌관들은 어디에서 자지? 그 사람들이 우리 침대를 쓰는 장면은 상상조차 되지 않았다. 그렇다고 스티로폼 침대를 줄 수도 없었다. 게다가 왕자가 우리 비행기를 타려고 할지도 의문이었다. 활주로는 짧은데 그 사람들이 다 오려면 비행기가 여러 내는 되어야 할 것 같았다. 뭘 대접할지도 난감했다. 직접 만든 육포와 끓인 물? 화장실은 또 어떻게 하고? 윗부분을 잘라내 강바닥 한가운데 세워둔 드럼통 '선더드럼'을 권해야 하나?

어쨌든 최선을 다해서 준비했다. 델리아는 텐트 바닥부터 청소했다. (구석마다 거미들이 즐비했기 때문이다.) 새들이 둥지를 튼 냄비들도 정리하고, 설탕 통에서 개미들도 내쫓고, 양동이 오븐에 빵도 구웠다. 나는 비행기에 왁스칠을 하고 화장실 선더드럼에 텐트도 쳤다. 특별한 날을 위해 아껴둔 와인 한 병을 대추야자 나무 아래에 묻어두었다.

왕자가 보츠와나에 도착하는 날 우리는 크와이 리버 롯지로 향했다. 그곳은 오카방고강 삼각주 동쪽에 위치한 호화 휴양지였다. 우리는 긴 활주로에 착륙했다. 랜드로버가 우리를 마중 나와 있었다. 운전사가 깔끔한 잔디 한가운데 서 있는 하얀 오두막으로 안내했다. 만찬 장소는 검은 통나무집이었다. 그 너머에 크와이강 범람원이 펼쳐져 있고 점점이 누들이 풀을 뜯고 푸른 강물에는 시커먼 잠수함처럼 하마가 헤엄을 쳤다.

우리는 도착해서 왕자 일행이 사냥을 나갔다는 소식을 듣고 안심이 되었다. 왕자를 어떻게 알현해야 하는지 의전 같은 것도 몰라서 누구에게 물어봐야 할 것 같았다. 영화에서 본 것처럼 절을 해야 하나? 전하? 폐하? 뭐라고 불러야 하지? 황무지 한가운데에서 그런 것이 다 무슨 소용이냐 싶기도 했지만 무례한 사람으로 보이기는 싫었다.

그날 저녁 만찬장에 도착해보니 사람들이 빙 인을 기득 채우고 있었다. 우리는 두리번거리며 누가 왕자인지 살폈다. 중앙에 놓인 테이블을 지나는데 누군가가 내 팔을 잡고 말을 걸었다. "나는 베른하르트라고 하오. 당신들은 오웬스 부부가 맞지요?" 마음의 준비도 없이 불쑥 네덜란드의 황태자와 대면을 하게 된 것이다. 왕자의 눈가에 미소가 어리는가 싶더니 어느새 구릿빛으로 태운 얼굴 전체로 번졌다. 머리를 뒤로 넘겼고 가는 테의 안경이 코에 편안하게 걸려 있었다. 나치가 네덜란드를 침공했을 당시 네덜란드군 사령관이었던 왕자의 사진이 어렴풋이 기억났다.

"어쨌든 만나서 반갑소. 아름다운 부인께서는 내 옆에 앉으시면 되겠군." 왕자가 말했다.

만찬 내내 왕자는 허물없이 우리를 대해주었다. 게다가 기대감에 가득 찬 미소를 지으며 에코 위스키 골프 호를 타고 우리 야영지를 방문하고 싶다고 했다. 불행히도 하룻밤에 머물 수 없다고 하면서 말이다.

이튿날 아침 6시 30분에 우리는 왕자와 보좌관을 활주로에서 만났다. 전날 만찬에서 왕자는 집시 모스호라는 착륙거리가 짧은 기종을 타고 비행을 했던 젊은 시절의 추억을 생생하게 들려주었다. 이륙을 하자 왕자는 나를 보고 웃으며 말씀하셨다. "내가 해봐도 되겠소?" 나는 야영지의 방향을 가르쳐드린 후 조종간을 내드렸다. 비행술에 대해 많이 잊었다고 했지만 정확하게 야영지까지 비행했다.

도착해서 차를 간단하게 마신 후 우리는 다시 비행기를 타고 쿠키 울타리로 갔다. 죽은 누를 먹기 위해 엄청난 독수리 떼가 몰려들어 있었다. 우리는 울타리를 따라 꺾어지는 곳까지 갔다가 다시 남쪽으로 기수를 돌렸다. 동쪽으로 몇 킬로미터 떨어진 곳에서 거대한 먼지구름이 피어오르고 있었다. 하우 호수 평원이었다. 수천 마리의 누 떼가 이른 아침 물을 마시고 숲으로 돌아가는 중이었다. 비행기가 고도를 낮추고 동물들 위를 선회하는 동안 왕자는 연신 고개를 흔들며 입을 굳게 다물고 있었다. 열흘 전보다 기온은 더 높았다. 자연히 동물들은 더 빠른 속도로 죽어갔다. 우리는 파괴, 죽음과 고통이 뒤섞인 곳 상공을 날았다. 돌아오는 내내 아무도 먼저 입을 열지 않았다.

우울한 비행을 마치고 야영지로 돌아오자 코뿔새 치프가 곧장 날아와 왕자의 머리 위에 내려앉았다. 차를 마시며 왕자는 연구비 지원과 함께 유럽으로 돌아가 도움이 될 사람들에게 이 문제를 알리겠노라고 약속했다.

나는 대추야자 나무 아래에 묻어놓았던 와인을 꺼냈다. 델리아는 오븐에서 갓 구운 빵을 꺼냈다. 야영지에 사는 온갖 새들과 함께 우리는 점심을 즐겼다.

어두워지기 직전 우리는 크와이 롯지에 도착했다. 그날 밤 슬라이드 프리젠테이션을 한 후 이튿날 아침 집으로 돌아왔다. 이번에는 파우스트 박사를 맞이할 준비를 해야 했다.

리하르트 파우스트 박사는 엄청난 에너지의 소유자였다. 박사는 일주일에 7일을 꼬박 일했다. 아침 5시부터 8시까지는 프랑크푸르트 동물협회의 이사장으로서, 8시부터 오후 5시까지는 프랑크푸르트 동물원의 원장으로서, 5시부터 밤 10시까지는 다시 동물협회의 이사장으로 돌아가 업무를 처리했다. 이번 아프리카 방문은 7년 만의 휴가였다. 그런 와중에도 박사는 협회의 후원자들을 이끌고 이곳을 방문하기로 한 것이다.

먼지를 잔뜩 뒤집어쓴 박사는 머리를 휘날리며 트럭의 발판에 서 있었다. 우리는 하우 호수와 소금 분지에서 누의 시체를 찾아다니며 수를 세고, 성별과 나이를 확인했다. 밤에는 물가에서 몇 미터 정도 떨어진 곳에 야영지를 마련하고 모닥불에 둘러앉았다. 해 질 무렵만 해도 어린 누들이 뙤약볕을 받으며 강둑 위에 서서 물을 마실지 망설이는 모습을 보았다. 밤이 되자 누의 사체가 썩는 냄새가 코를 찔렀고 새들의 울음소리가 들렸다. 아무도 말을 하지 않았다.

10시 반이 되자 모닥불이 서서히 꺼져갔다. 미세하게 바람이 떨리는 것 같았다. "잠깐만요…… 저 소리가 들려요? 저기…… 물이 바위를 치는 것 같아요." 잠시 후 소리가 점점 더 커지기 시작했다. 평원에서 낮은 신음 소리 같은 것이 들렸다. "누 떼가 오고 있어요!"

검은 형체가 강둑에서 내려오고 있었다. 먼지구름이 주위를 자욱하게 뒤덮었다. 나는 재빨리 트럭으로 가서 조명등에 불을 켰다. 누의 바다였다. 불빛을 받아 에머랄드 색으로 빛나는 눈이 강둑을 지나 우리가 야영하는 곳으로 다가오고 있었다.

동물들은 우리를 지나 물속으로 첨벙첨벙 들어가 물을 마시기 시작했다. 2~3분을 물속에서 머문 후 검은 썰물이 빠지듯 누 떼가 우르르 몰려나와 서쪽으로 향했다. 누들은 신속하게 숲으로 돌아가기 시작했다. 겨우 그것을 마시려고 그 먼 길을 걸어왔다니! 하지만 죽음의 태양이 뜨기 전까지 그늘을 찾을 시간은 겨우 몇 시간밖에 남지 않았다.

누 떼가 필사적으로 호수로 들어갔다가 나오는 모습을 보면서 칼라하리의 야생을 모두 보존하기 위해 동물들의 이동이 얼마나 중요한지 새삼 느꼈다. 누, 사자, 하이에나 모두 우리에게 많은 것을 가르쳐주었다. 중부 칼라하리 자연보호구역의 면적이 그렇게 넓지만 정작 그곳에 사는 동물들에게는 적당한 서식지라고 할 수 없었다. 이곳에 언제나 물이 나오는 수원을 마련해주지 않고 울타리와 정착촌이 호수와 강으로 가는 길을 차단해버리면 누 떼는 가뭄에 어디에서도 물을 마실 수 없을 것이다. 사자,

표범, 갈색하이에나와 여러 맹수들은 물을 마시지 않고 어느 정도는 버틸 수 있지만 그것도 먹이와 수분을 보충해주는 사냥감이 있을 때의 이야기였다. 누들이 보테티강과 하우 호수에 접근할 수 없거나 밀렵꾼들이 만행을 계속 자행하는데 다른 조치를 취하지 않는다면 칼라하리의 야생은 대부분 파괴될 것이 분명했다.

일단은 누를 위해서라도 비가 내려야 했다. 비가 내려 사막에 푸른 풀이 자라면 하우 호수를 떠날 수 있을 테니 말이다. 장기적으로는 호수와 자연보호구역 사이에 더 큰 금렵구역을 만들거나 그것이 안 된다면 적어도 호수까지 안전하게 이동할 수 있는 통로를 확보해야 했다. 물론 그럴 경우 이 지역의 개발과 목축업은 지장을 받을 것이 불을 보듯 분명했다.

우리는 목축 대신 관광과 야생산업을 발전시켜 원주민들의 생활 수준을 개선할 수 있으리라 확신했다. 그러면 어마어마한 자연자원도 보존할 수 있을테니 말이다. 하지만 이런 내용의 제안을 정부에서 채택할 리 없었다. 이 지역의 목축에 관계하는 유력인사들이 많았기 때문이다.

파우스트 박사는 누의 상황에 큰 충격을 받았고 우리 연구를 계속 지원해주겠다고 철석같이 약속을 했다. 박사와 왕자가 다녀간 몇 달 동안 우리는 텐트나 나무 그늘에서 타자기가 부서져라 전 세계 신문에 보낼 기사를 작성했다. 코뿔새들은 우리를 따라 연필을 쪼았다. 보츠와나 정부에게 누를 보호할 조치를 취하도록 영향력을 행사할 수 있는 사람들에게 각종 보고서를 보냈다. 울타리가 필요하다고 주장하는 사람들에게 울타리가 야생에 미치는 영향을 알리는 글을 보냈다.

솔직히 우리의 노력으로 이 나라의 기업가들과 관료들의 인식이 바뀔 것이라고 크게 기대하지 않았다. 그래도 최선을 다했다. 일하면서 종종 눈을 들어 구름을 찾아 희멀건 하늘을 바라보았다. 하지만 구름은 한 점도 보이지 않았다.

26장

비에 젖은 칼라하리

당신은 비를 느낄 수 있다.
비가 내리기 전
그 징조들은 그토록 확실하다.

_로드 맥쿠엔

기록 · 마크

1980년 10월 중순의 어느 오후였다. 2년 반 동안 구름 한 점 없던 하늘에 드디어 구름이 생겼다. 거대한 수증기 기둥이 칼라하리 상공에 세워지자 우리는 흥분을 감출 수 없었다. 몇 시간 후 여기저기 기둥이 생겨났다. 처음에는 기둥이 흩어졌다. 하지만 더 시커멓고 육중한 수증기 기둥이 계곡과 하우 호수 사이의 동쪽 하늘에 만들어졌다.

구름 한 곳에서 비가 내리기 시작하자 나와 델리아는 비행기로 달려갔다. 1,500피트 상공에서 우리는 거대한 수증기층 아래로 비행을 했다. 빗방울이 창문을 때리고 날개를 따라 흘러갔다. 우리는 창문을 열어 팔을 밖으로 뻗었다. 시원한 물방울이 손가락을 타고 흘러들어왔다. 이것이야말로 칼라하리의 환희였다.

우리는 하우 호수를 향해 날았다. 하늘은 폭풍우를 동반한 구름으로 서서히 채워져나갔다. 호수 주변의 평원에는 아직 비구름이 형성되지 않았지만 지상의 검은 누 무리는 서쪽 하늘을 바라보며 흥분을 하고 있었다. 바로 그때였다. 마치 지표면이 이동하는 것처럼 엄청난 수의 누가 서쪽으로 달리기 시작했다. 어떤 본능이 작용한 것일까. 누들은 몇 개의 대열을 이루어 구름이 만들어지고 있는 서쪽으로 달리기 시작했다. 어떤 대열은 길이가 1.6킬로미터가 넘었다.

비행기는 스프레이처럼 흩뿌리는 비와 안개 속으로 들어갔다. 그 사실만으로도 너무 행복해서 아무것도 알아차리지 못했다. 하지만 잠시 후 땅을 보니 여전히 비는 내리지 않고 있었다. 깊은 절망감이 찾아왔다. 지표면이 너무 뜨거워서 비가 내리기도 전에 증발해버렸다. 구름과 가장 가까운 곳에서도 비는 내리지 않았다. 누 떼는 고개를 푹 숙인 채 천천히 걷기 시작했다. 어떤 녀석들은 아예 멈춰 서버렸다. 그들도 이 사실을 느낌으로 알아버린 걸까?

나는 기수를 낮추고 반 시간 동안 구름들을 찾아다니며 지상의 누를 관찰했다. 마침내 기온이 떨어지는 오후가 되자 빗방울이 떨어지기 시작했다. 사바나가 비에 젖어 시커멓게 변했다. 물웅덩이도 생겼다. 누들이 물을 마시고 물에 젖은 풀을 뜯기 위해 서서히 모여들었다.

사흘 후 다시 비가 왔다. 그리고 일주일 후에 또 비가 왔다. 도처에 푸른 풀들이 싹을 냈다. 누 떼는 칼라하리와 자연보호구역으로 돌아오는 길에 새로 난 풀들을 먹어치웠다. 이동을 시작했던 때에 비하면 엄청난 수가 줄어들었다. 하지만 적어도 비가 내린 덕분에 보츠와나 정부를 설득하고 칼라하리 누를 보존하는 일이 얼마나 중요한지 전 세계에 알릴 수 있는 일 년이라는 시간을 벌게 되었다.

첫 번째 비가 온 다음 날 아침 하늘에 비구름이 모여들고 있었다. 우리는 사자들을 찾기 위해 비행기를 띄웠다. 새시의 신호가 크게 잡힐 즈음 굵은 빗방울이 동체를 때리기 시작했다. 신호가 가장 크게 들리는 지점을 지날 때 이마를 창에 대고 사자를 찾았다. 나는 선회를 하며 다시 사자의 모습을 찾아보았다. 새시는 커다란 아카시 나무 옆에서 섀리와 함께 있었다. 새끼 일곱 마리도 잘 자라 있었다. 가뭄 내내 자연보호구역을 한참 벗어난 곳에서 누를 사냥하거니 방목지점에서 몇백 미터도 떨어지지 않은 곳까지 접근하면서 새끼들을 열심히 키운 것이다. 어떤 기준을 놓고 보더라도 새시와 섀리는 좋은 어미였다. 녀석들은 하테비스트 팬 근처에서 서로의 등과 얼굴에 맺힌 빗방울을 핥아주었다. 새끼들은 신나게 놀고 있었다.

블루와 빔보는 크로커다일 팬의 서쪽에 있는 물웅덩이에서 물을 마시고 있었다. 우리는 사자들을 발견한 장소를 꼼꼼하게 기록했다. 야영지로 돌아가려는 순간 대형 수사자 한 마리가 블루와 빔보 근처에서 쉬고 있는 모습이 보였다. 수사자는 아카시 덤불 가장자리에 누워 있었다. 녀석의 위치는 비행기 바로 아래여서 잘 보이지 않아 다시 선회했다. 하지만 바람에 기체가 심하게 요동치는 데다 덤불이 무성해서 제대로 볼 수 없었다.

비가 디셉션 밸리에 내리기 시작한 것은 헤기 긴 직후였다. 페퍼가 공동 거주지 근처에 냄새 흔적을 맡고 다니는 동안 코코아는 근처 덤불에서 쉬었다. 녀석들은 태어나서 처음으로 보는 빗방울이 근처 둔덕에 떨어져 먼지를 일으키자 귀를 쫑긋 세웠다. 녀석들은 잔가지, 오래된 뼛조각 같은 것에 코를 들이대며 빗물을 핥았다. 마침내 땅바닥에 생긴 물웅덩이에 코를 박았다. 태어난 지 거의 2년 만에 생전 처음 마시는 물이었다.

이튿날 아침 블루와 빔보가 디셉션 밸리의 위쪽 끝자락에 위치한 독스 레그에 나타났다. 비행기를 타고 지나치는데 커다란 수사자가 함께 쉬고 있었다. 아마도 전날 봤던 그 사자인 것 같았다. 블루도 다시 만나게 되었다. 2년 만에 블루는 새 동료를 만난 것 같았다. 비가 많이 내려 누들이 계곡으로 돌아오면 사자도 돌아올 것이다. 밤이나 이른 새벽에 사자의 포효가 들리지 않는 계곡은 텅 빈 것 같았다. 나는 야영지로 돌아가 우리의 항공사진에서 사자들의 위치를 찾아보았다. 위치를 확인한 후 사자들을 더 잘 보기 위해 트럭을 타고 나갔다.

사자들은 무성한 가시덤불 사이의 공터에 있었다. 수사자는 옆으로 누워 있었다. 트럭이 근처에 멈춰 서는데도 돌아보지도 않았다.

"정말 늘어지게 쉬고 있네." 델리아가 그 모습을 보고 한마디 했다. 그 순간 녀석이 고개를 우리 쪽으로 돌렸다.

델리아가 쌍안경으로 사자들의 모습을 살피더니 갑자기 숨을 헉하고 들이쉬었다.

"마크! 저 사자 모펫이야! 살아 있었나봐! 엉덩이에 흉터가 있어!"

목걸이와 발신기는 없었지만 오른쪽 귀에 붉은 인식표 조각이 남아 있었다. 모펫은 머핀이 덫에 걸려 총에 맞는 모습을 지켜보았고 자신도 사냥개에 쫓기는 신세가 되었다. 분명 그때 상처를 입었을 텐데, 그 지독한 가뭄도 이겨낸 것이다.

잠시 후 델리아와 나는 트럭에서 내렸다. 우리는 사자들이 서로를 부르는 소리를 흉내 내 사자들을 진정시키며 앞으로 기어갔다. 빔보와 블루 모자와 떨어진 곳에 누워 있던 모펫은 거대한 앞발로 호저를 누르며 먹고 있었다. 녀석은 우리를 노려보더니 한숨을 쉬며 계속 식사를 했다. 우리는 5미터 떨어진 덤불 아래에 자리를 잡고 지켜보기로 했다. 이렇게 모펫과 함께 있으니 몇 년 전으로 되돌아간 것 같았다.

이제 두 살이 된 빔보는 여전히 어린 티가 났다. 하지만 갈기도 나기 시작했고 체중도 90킬로그램에 달했다. 녀석은 천천히 일어서서 우리 쪽으로 다가왔다. 1.5미터 정도 남겨놓고 우뚝 서서 시선을 돌렸다. 빔보는 앞발을 핥더니 땅의 냄새를 맡고 머뭇거리며 앞으로 발을 내디뎠다. 녀석은 달걀 위를 걷듯이 조심스럽게 앞발로 땅을 짚었다. 녀석이 우리를 완전히 받아들여주기를 바랐다. 호기심이 불안을 잠재우기를 바랐다. 녀석이 우리를 건드린다면 우리의 희망이 이루어졌다는 증거였다.

또 한 발자국을 내디뎠다. 녀석이 우리를 향해 몸을 기울였다. 코와 수염과 내 얼굴 사이의 거리는 1미터에 불과했다. 빔보가 조금 더 다가왔다. 이제 녀석의 눈동자에 비친 사막이 보였다. 주위의 빛이 바뀌자 보라색 눈동자에 점점이 박힌 금색 조각이 반짝했다. 빔보는 조금씩 주둥이를 앞으로 내밀더니 귀를 살짝 돌리며 멈췄다. 마지막으로 조심스럽게 다가와 주저하듯 코를 내 머리 근처의 커다란 잎에 올려놓고 크게 킁킁거렸다. 내가 관심이 있는 것이 아니라 나뭇잎의 냄새를 맡고 싶었다는 듯이 말이다. 그러더니 다시 돌아갔다. 녀석이 거의 내 몸에 닿을 뻔했지만 뭔가가 우리를 갈라놓았다. 마지막 장벽이 여전히 남아 있었다.

우리는 한참 동안 그곳에 앉아 모펫이 천천히 식사를 마치는 모습을 지켜보았다. 녀석은 얼굴과 어깨에 박힌 가시를 문질러 떼고는 앞발을 핥았다. 몸단장을 마치자 벌떡 일어나서 우리 쪽으로 다가왔다. 갈기가 바람에 휘날리고 분홍색 혀가 이러저리 대롱거렸다. 녀석은 우리 발치에 서서 부드러운 눈빛으로 우리를 보았다. 그러더니 블루가 누워 있는 나무 그늘에 누웠다.

수천 제곱킬로미터에 달하는 황야 한가운데에서 모펫, 블루, 빔보는 인간의 무분별한 파괴로부터 살아남았다. 아마 녀석들과 페퍼와 코코아와 다른 동물들도 이곳에서 앞으로도 살아갈 수 있을 것이다.

그때 근처 나무에 매달린 뭔가가 내 시선을 잡아끌었다. 지금까지 그것을 보지 못했다는 사실이 놀라울 따름이었다. 그것은 미풍에 펄럭이고 있는 파란색 탐사 리본이었다.

기록·델리아와 마크

블루, 빔보와 모펫은 한때 디셉션 밸리를 호령했던 블루 프라이드의 유일한 일원이었다. 우리가 빔보를 마지막으로 봤을 때 녀석은 근사한 수사자가 되어 있었다. 녀석은 새로 난 갈기를 휘날리며 돌아다니는 중이었다. 모자는 크로커다일 팬 근처인 계곡의 동쪽에서 지냈다. 가끔 모펫과 만나 함께 사냥하거나 나무 그늘에서 휴식을 취했다.

모펫은 혼자 다니며 소형 동물이나 새를 잡아먹었다. 이제 영역이 없기 때문에 포효를 하는 일이 드물었다. 하지만 가끔 바람결에 모펫이 으르렁거리는 소리가 들렸다. 아마도 그리운 머핀의 목소리를 기다리는 것이리라.

1980년 말에 늙은 섀리가 새끼를 세 마리 낳았다. 자연보호구역의 경계 근처에서 사는 이스트 사이드 프라이드의 수놈이 아버지인 것 같았다. 섀리와 새시와 새끼들은 디셉션 밸리에서 동쪽으로 30~80킬로미터 떨어진 하트비스트 팬 근처에서 지냈다. 이 지역은 관목식물들이 빽빽하게 자라며 공원과 사바나로 이어지는 곳이었다. 섀리와 섀시 일행은 쿠두, 누, 큰 영양과 이동하는 누를 잡아먹었다. 녀석들은 이 지역의 수사자와 암사자와 새로운 관계를 맺었기 때문에 디셉션 밸리 근처의 블루 프라이드 영토로 돌아오지 않을 것이다.

리자와 집시는 파라다이스 팬 근처에서 함께 지냈다. 그곳에서 1980년에 집시는 세 마리 새끼를 낳았다. 이번에는 어미 역할을 훨씬 더 잘해나갔다. 우리가 칼라하리를 떠날 무렵 집시의 아이들은 건강하게 잘 자라고 있었다.

블루 프라이드였던 스파이시와 스푸키는 스프링복 팬 프라이드에 합류했다. 스파이시는 해피의 가족과 함께 자신의 새끼를 키웠다.

우리가 블루 프라이드를 처음 만났을 때 있었던 어린 수사자 라스칼과 옴브레는 훗날 자연보호구역 너머 방목지 근처에서 총에 맞아 죽었다. 우리가 인식표나 전파목걸이를 달아주었던 사자들의 3분의 1 이상이 우리가 칼라하리에 있는 동안 직업 사냥꾼, 밀렵꾼이나 농장 인부들에 의해 죽임을 당했다. 우리는 주로 수사자들이 희생된 이 상황이 장기적으로 사자의 생태에 영향을 미칠 것이라고 확신한다.

스프링복 팬 프라이드를 이끄는 수사자 디아블로는 올 스타즈라고 이름을 붙여준 수사자 세 마리에 의해 무리에서 쫓겨났다. 디아블로는 디셉션 밸리의 서쪽으로 30킬로미터 떨어진 곳으로 이동해 암사자 두 마리와 무리를 이루었다. 또 다른 암사자인 해피, 딕시, 서니, 무치와 타코는 스파이시와 스푸키 그리고 다른 프라이드에서 온 암사자 두 마리와 함께 비가 내리는 동안 옛 영토로 돌아왔다. 하지만 지금은 다시 디셉션 밸리 전역의 3,100제곱킬로미터가 넘는 지역에 흩어져 있다.

델리아가 히든 밸리에서 활주로에 난 구멍을 검사하는 동안 겁을 주었던 타우 프라이드는 건기에 자연보호구역을 떠났다가 농장 인부들이 쏜 총에 맞아 죽었다. 한 마리도 빠짐없이 말이다.

*

페퍼는 어른 갈색하이에나로 잘 자랐다. 종종 우리 야영지에 와서는 어미였던 스타처럼 냄비를 훔쳐가곤 했다.

패치스는 1980년 연말에 새끼를 네 마리 낳아 공동 거주지로 데려왔다. 더스티와 페퍼가 패치스를 도와 새끼를 돌보았다. 더스티는 자신의 새끼는 잃었지만 패치스의 새끼들이 공동 거주지에 도착하자마자 젖을 물리기 시작했다. 새끼들의 형제인 칩은 먹이를 가져다주고 함께 놀아주었다.

*

1980년 말에 하우 호수에 내린 비는 일시적으로 누 무리를 자연보호구역 안으로 끌어들였다. 물론 수천 마리 이상이 죽은 후였다. 소나기가 몇 차례 내린 것을 제외하면 가뭄은 1984년까지 이어졌다. 누 무리는 여전히 하우 호수로 이동하고 있지만 호수는 지금 완전히 말라버렸다.

중부 갈라하리 자연보호지역의 경계는 누 개체 수의 변화에 대해 아무 정보도 없던 시절에 정해졌다. 지금은 그 수가 많이 줄었지만 이 동물들을 보호하려면 이동을 하는 동물들을 보존하는 방법부터 찾아야 한다.

우리는 누 연구를 계속하고 싶었다. 그래서 디셉션 밸리의 야영지에 연구 센터를 꾸밀 수 있는 자금을 신청했다. 프랑크푸르트 동물협회는 필요한 기자재와 연구진을 확충해 누 문제를 연구할 수 있도록 자금을 지원하기로 약속해주었다. 더그와 제인 윌리엄슨이 누의 생태학을 더욱 상세하게 연구하기 위한 예비 조사를 진행하고 있다. 그들이 작성한 보고서에 따르면 1983년 한 해에만 6만 마리가 넘는 누가 하우 호수 주변에서 죽었다.

누 문제를 공론화하자 많은 사람이 관심을 가져주었다. 전 세계에서 누를 걱정하는 의견을 보츠와나 정부에게 표명했다. 자연보호부의 관리가 전해준 말에 따르면, 보츠와나 농업부가 자연보호와 국립공원부에 100만 풀라를 지원해서 칼라하리 누에게 물을 공급하기 위한 방안을 마련하기로 했다. 또한 정부는 하우 호수 서쪽의 정착촌 개발을 잠정적으로 중단하기로 결정했다. 일단은 누의 이동로가 확보된 셈이었다. 칼라하리 보호협회가 가보로네에서 설립되었으며 중부 칼라하리 자연보호 구역 내에 야생동물들을 위한 저수지를 만드는 방안이 논의 중에 있다.

안타깝게도 하우 호수에는 아직도 사냥금지 캠프가 설치되지 않았다. 이동하는 누에 대한 밀렵과 학대는 여전하다. 현지인들은 차를 타고 누를 쫓으며 사냥개를 풀고 총을 쏘거나 때려 죽인다.

*

우리는 목스를 다시는 만나지 못했다. 하지만 마운에서 동쪽으로 약 50킬로미터 떨어진 보테티 강가의 모토티 마을의 타조 농장에서 일하고 있다는 소식을 들었다. 목스는 저녁이면 모닥불에 앉아 븐즈며, 블루 프라이드에 쫓겨 나무에 올라간 이야기며, 처음으로 스타를 무선 추적하려고 했던 이야기를 재미나게 들려준다고 한다. 목스는 여전히 맥주를 마시면 여자들을 희롱하고, '사자의 남자'라는 뜻의 '라 데 타우'라는 별명을 무척 좋아한다고 한다.

우리는 요즘 데이비스의 캘리포니아 대학교에서 박사 논문을 완성하고 연구 결과를 책으로 쓰고 있다. 곧 칼라하리로 돌아가 페퍼, 더스티, 블루, 새시, 모펫과 7년 동안 알고 지낸 모든 동물들의 연구를 계속할 계획이다.

*

우리는 디셉션 밸리에서 평생 연구를 계속하며 지낼 수도 있었다. 칼라하리의 미스터리를 접할 때마다 우리는 한없이 그 속으로 빠져들었다. 하지만 그렇게 해서는 칼라하리에게 아무 도움도 줄 수 없었다. 이곳을 연구하고 보호하기 위해서는 지난 7년간 쌓인 자료를 정리하고 책으로 쓰고 출판해야 했다. 무엇보다 칼라하리 사막에 숨어 있는 야생자연이 얼마나 소중한 보물인지 전 세계에 알리는 일이 급선무였다. 그러자면 야영지의 텐트를 박차고 나와야 했다.

우리는 사막에서 숱한 어려움을 이겨냈다. 하지만 디셉션 밸리를 떠날 때의 심정에 비하면 아무것도 아니었다.

1980년 12월 이른 아침 우리는 에코 위스키 골프 호를 타고 사막의 하늘로 날아올랐다. 활주로를 뛰어다니는 스프링복 보잉과 야영지의 귀염둥이 코뿔새들의 모습이 보였다. 마크가 계곡의 북쪽으로 기수를 돌렸다. 우리는 감회에 젖어 아무 말도 하지 않았다. 본즈의 다리를 치료했던 곳, 하이에나의 굴을 발견한 곳, 아카시 나무 아래서 쉬고 있는 페퍼를 관찰했던 곳 등을 낮게 날며 풍경을 눈에 꼭꼭 집어넣었다. 머핀과 모펫이 스타를 죽인 동쪽 모래언덕 상공을 한동안 맴돌았다. 캡틴과 메이트가 헨젤과 그레텔을 키운 치타 힐의 작은 공터에도 가보았다. 마지막으로 디셉션 밸리에 작별을 고한 후 우리는 기수를 남쪽으로 163도 돌려 또 다른 세상으로 향했다.

감사의 말

여러분의 도움이 없었다면 우리는 연구를 하고 이 책을 쓰지 못했을 것이다. 연구 기간 내내 우리를 믿고 도와주신 분들을 이곳에서 모두 거론할 수는 없었다. 우리는 그 점을 몹시 애석하게 생각하며 그분들의 고마움을 언제까지나 기억하고 되새길 것이다.

오지에서 연구를 하기 위해 꼭 필요한 항공기와 여러 정교한 장비를 제공해 주신 리처드 파우스트 박사님이 있는 '동물의 친구'와 '프랑크푸르트 동물학회'에게 특별한 감사의 마음을 전한다. 학회는 1977년부터 1983년까지 우리의 프로젝트에 자금을 지원해 주었으며 관대한 지원은 지금도 계속되고 있다. 파우스트 박사님과 그분의 조수인 잉그리드 코버스타인의 인간적인 관심과 격려 덕분에 우리는 힘든 시기에도 굴하지 않고 연구를 계속할 수 있었다.

우리에게 첫 번째 지원금을 제공해 준 국립지리학회를 비롯해 WWF의 네덜란드 지부, 자연보호를 위한 국제연합의 관대한 재정지원을 깊이 감사드린다. 네덜란드의 베른하르트 왕자께서는 우리가 자금을 지원받는 데 도움을 주었으며 칼라하리 영양의 문제를 전 세계에 알리려는 우리의 노력에도 큰 영향을 미쳤다.

오카방고야생학회에게도 감사를 드린다. 학회에서 받은 지원금 덕분에 우리는 처음으로 무선장비를 구입하고 힘든 시기에도 연구를 계속할 수 있었다. 우리를 도와주신 한스 바이트 학회장님과 케빈 질, 바바라 예페, 하인츠와 대니 귀스만에게도 고마움을 표한다.

알과 마르조 프라이스, 두 분의 가족에게도 큰 빚을 졌다. 이분들은 캘리포니아과학아카데미를 통해 우리의 프로젝트에 꼭 필요했던 비행기 운용에 큰 도움을 주셨다.

작고하신 베아트리스 플래드 박사님에게 감사드린다. 박사님은 우리와 같은 시기에 야생자연의 보호를 위해 힘썼으며 자연보호를 위해 평생을 바친 따스하고 섬세한 분이셨다. 우리는 연구 결과를 책으로 쓰는 동안 재정적인 지원을 해주신 박사님에게 고마움을 전한다.

우리가 가족을 몹시 그리워할 때 고국에 다녀올 수 있도록 개인적으로 도와주신 맥스 딩켈슈필 박사님 부부에게도 감사드린다.

우리는 보츠와나 대통령 집무실의 여러 분과 야생자연과 관광부의 여러 분에게도 깊은 감사를 드린다. 그분들은 우리에게 중부 칼라하리 자연보호구역에서 연구를 하도록 허가해 주셨고, 우리의 비판을 수용해 주셨고, 칼라하리를 보호하기 위한 우리의 권고사항을 검토해 주셨다. 우리는 사람과 야생자연 사이의 경쟁을 해결하는 일이 언제나 쉬운 일은 아니라는 사실을 깨달았다. 그러므로 더 나은 결과를 내기 위해 진심으로 노력한 이분들에게 감사드린다.

우리에게 지원금을 제공해 주신 분들 외에도 꼭 필요한 방식으로 우리의 프로젝트가 계속 이어질 수 있도록 지대한 도움을 주신 분들이 많다. 우리가 요하네스버그를 방문할 때마다 자신의 집을 쓰게 해 주시고 훌륭한 와인과 좋은 음악, 진취적인 대화로 저녁 시간을 보낼 수 있도록 대접해 주신 케빈 길에게 변함없는 감사의 마음을 전하고 싶다. 마크에게 비행술을 가르쳐주었으며 무선 장비를 갖추도록 도와주신 로이 리벤버그 기장님에게 감사드린다. 즐거운 일이 있을 때마다 우리를 가족으로 맞아 준 로이와 마리앤 부부와 두 아이들, 브루노와 조이 브루노에게 깊은 감사를 전한다. 데이브 어스킨과 롤프 올쉐프스키는 수천 리터나 되는 항공유를 사막에서 우리의 야영지까지 운반해 주었다. 데이브는 활주로를 위해 풍향계를 만들었고, 우리가 사진을 찍도록 도왔고, 광산의 직원들과 물품 운송 문제를 해결해 주었으며, 우리가 칼라하리를 비워야 할 때는 우리 대신 갈색하이에나를 관찰해 주었다. (델리아의 쌍둥이 형제 부부인) 바비와 매리 다이크스는 우리가 찍은 사진을 인화하고 선별해 목록화 하는 작업에 한없는 도움을 주었으며 비행기의 부품을 구입해 미국에서 보내 주었다. 게다가 프로젝트와 관련한 서신을 주고받는 데도 도움을 아끼지 않았다. 두 사람은 아프리카에 올 때 사자와 갈색하이에나에 씌울 무선 목걸이도 가져와 주었다.

사람들이 오로지 생존을 위해서 서로 의지하며 살아야만 하는 남부 아프리카에는 여전히 고충이 많이 있다. 짐바브웨의 불라와요에서 아처 가족(제프리와 루스, 마가렛, 진)은 우리에게 머물 집을 제공해 주었으며 맛있는 식사와 끊임없이 차를 즐기게 해 주었다. 그뿐만 이니리 '분두^{Bundu}(초원)'에서 필수적인 야외 샤워장을 우리가 설치할 수 있도록 도움을 아끼지 않았다. 불라와요에서 따뜻한 우정을 베풀어 주신 톰 루크와 그레이엄

클락에게도 감사드린다. 호의를 베풀어 주신 솔즈베리(현재 지명은 하라레)의 화이트 부부, 유명한 연구 지역에 대해 조언을 아끼지 않으신 '짐바브웨 야생자연과 국립공원부'의 테드 메첼과 이언 솔트에게도 깊은 감사를 드린다.

가보로네에서 우리가 보츠와나를 연구하기 위해 필요한 장비를 구입하는 동안 톰 부틴스키와 캐롤 피셔 웡이 몇 주 동안 도움을 주었다. 그리고 몇 년 동안 우리가 초원에서 가보로네를 방문할 때마다 피트먼과 말린 헤닝 부부는 우리에게 묵을 곳과 식사를 대접해 주었고 휴식과 우정을 아끼지 않았다.

7년 동안 생필품을 구입하려고 마운에 갈 때마다 친구들은 트럭 부품을 마련해 주고 파티에 불러주었으며 필요한 조언을 해 주었다. 그분들에게 아무리 감사해도 충분하지 않을 것이다. 초원의 가장자리에 위치한 작은 개척마을에서 여전히 살아 숨 쉬는 개척정신을 진정으로 보여준 분들이기 때문이다. 리처드와 넬리 플래터리, 피트 스미스, 유스티스와 데이지 라이트, 마크 뮬러, 데이브 샌든버그, 헤이젤 윌못, 토니와 요위 그레이엄, 다이앤 라이트, 돌린 폴, 대드 릭스, 세실과 돈 릭스, 존과 캐롤라인 켄드릭, 래리와 제니 패터슨, P. J.와 조이스 베스트링크, 케이트와 노버트 드레이거에게 감사드린다. 단파 라디오로 우리에게 오는 각종 메시지와 전보를 읽어주신 친절한 필리스 팔머와 데프니 트루스에게 깊은 감사의 말을 전한다.

마운에는 특별히 기억해 두어야 할 분들이 또 있다. 사파리 사우스의 전문 사냥꾼들이 바로 그런 분들이다. 우리가 배낭을 매고 고물 랜드로버를 타고 야생을 연구하러 처음 도착했을 때, 사냥꾼들은 당연히 들었을 우리에 관한 의구심을 굳이 드러내지 않고 처음부터 환영해 주었다.

그분들의 조언과 끝없는 지지가 없었다면 우리는 프로젝트를 시작하기 극히 어려웠을 것이다. 우리에게 유일했던 라디오를 주었고 사냥 시즌 동안 자주 찾아와 말동무도 되어주었다. 당시 우리가 외부세계와 교류를 하는 유일한 통로였다. 사냥꾼들은 우리 트럭이 고장 났을 때 마을 근처까지 견인을 해준 적도 있다. 동물의 개체수를 확인하기 위해 비행기를 사용하게 해주고 텐트와 의자, 테이블 등을 주었다. 델리아가 말라리아를 심하게 앓았을 때는 비행기로 마운으로 수송해 주었으며 그 외에도 셀 수 없이 많은 호의를 베풀어 주었다. 라이오넬 팔머와 두기 라이트, 윌리 엘겔브레히트, 버트 밀른, 존 킹슬리 히스, 사이먼 폴, 윌리 존슨 부자, 사파리 사우스의 소유주 토미 프리드킨, 지배인인 찰스 윌리엄스와 데이비드 샌덴버그에게 깊은 감사를 드린다. 사냥꾼들은 대부분 지금까지도 우리의 친구로 남아 있다.

우리는 스티브 스미스, 커트 부세, 캐롤과 데릭 멜튼과 통찰력 있는 대화를 많이 나눴다. 이분들은 오카방고 삼각지에 있는 자신들의 개코원숭이 연구지에 우리를 초대해 주었다. 개코원숭이가 주위를 어슬렁거리는 가운데 보낸 저녁 시간, 세숫대야에 담은 크리스마스 칠면조 요리, 하마 호수에서 함께 수영을 했던 시간을 우리는 절대 잊지 못할 것이다.

W. J. 해밀튼 3세 박사님은 대학원생이었던 우리를 받아주시고 우리가 현장에서 연구를 수행할 때 지지와 격려를 아끼지 않으셨다. 우리가 연구 결과를 논문으로 작성하는 동안 한없는 인내를 발휘해 주었으며 아내 되시는 마리온과 함께 우리가 도움이 필요할 때마다 웃음을 지으시며 도와주었다. 박사님에게 진심으로 감사의 말씀을 드린다.

드 비어스 보츠와나 지점은 자신들이 비축해둔 항공유를 우리에게 판매해 주었으며 광산가게에서 생필품을 구입할 수 있도록 조치해 주었다.

우리는 레이크 프라이스와 워렌 파월에게도 감사드린다. 이분들은 우리가 1979년 현장에서 석 달 동안 연구를 진행할 때 큰 도움을 주었다. 긴 시간 동안 경계를 세우거나 물이 부족하거나 너덜거리는 텐트에 쥐나 뱀이 출몰해도 불평 한번 하지 않았다. (사자와 갈색하이에나의 배설물을 모으고 분쇄하고 체에 거르는) '똥 순찰'에 대해서도 마찬가지였다. 두 분의 헌신과 동료애는 그 가치를 따질 수조차 없이 귀했다.

필요할 경우 항공기와 회사의 설비를 마음껏 사용하게 허락해 주신 고든 보넷에게 감사드린다. 장비를 기부해 주신 클리프와 이바 톰슨, 한스 피어슨, 필 파킨에게 감사드린다. 남아프리카에서 귀한 환대를 베풀어주신 프랑크 배셜, 쇼크 터론, 앨리스타와 모린 스튜어트, 윌리와 린다 밴더비어, 리즈와 제인 커트버트에게도 감사드린다.

오랜 세월 언제나 우리를 지지해 준 가족에게 말로는 표현할 수 없는 특별한 감사를 전하고 싶다. 델리아의 어머니와 돌아가신 아버지는 언제나 애정과 배려가 듬뿍 담긴 물건을 보내주었다. 우리의 야영지를 찾아주실 때마다 우리의 기운을 한껏 북돋워주었다. 그분들이 방문했던 즐거웠던 시간을 이 책에 자세하게 기록할 수 없는 점에 대해서는 거듭 양해를 바란다.

우리의 좋은 친구들인 밥 아이비와 질 보먼은 우리가 프로젝트를 처음 시작했을 때부터 도움을 주었다. 그들의 열정과 격려는 우리에게 큰 힘과 영감을 주었다. 그들은 원고 전체를 읽고 의견을 알려 주었다. 그 친구들의 도움이 얼마나 큰지 우리는 결코 완전히 실감하지 못할 것이다.

원고에 건설적인 의견을 알려주신 조엘 버거 박사님과 캐럴 커닝엄,

W. J. 해밀튼 3세 박사님, 머레이 파울러 박사님, 헬렌 쿠퍼, 밥 히치콕 박사님에게도 감사드린다. (델리아의 자매인) 헬렌 쿠퍼 또한 각 장마다 제문을 정하는 데 도움을 주었다. 우리는 격려와 도움, 한없는 인내심을 베풀어 주신 우리의 편집자 해리 포스터와 에이드리언 하우스에게 감사드린다. 또한 우리에게 지지와 격려를 아끼지 않은 우리의 에이전트인 피터 맷슨과 마이클 시슨스에게 고마움을 전한다.

더그와 제인 윌리엄슨은 우리가 떠나고 4년에 걸쳐 가뭄이 이어지는 동안 우리가 못다 한 영양 연구와 야영지를 물려받았다. 우리가 없는 동안 그들은 극도로 어려운 조건에서도 칼라하리의 야생자연을 연구하고 보존하기 위해 막대한 기여를 하였다.

목스 모라페에게 특별한 감사를 전한다. 목스는 3년 하고 6개월 동안 사막에서 우리를 보조해 주었다. 그는 조용하면서 익살스러운 방식으로 우리를 도와주고 필요한 지식을 가르쳐 주었다.

조지아 주 토마스빌의 랭든 팔라워스 부부는 우리가 이 책의 원고 대부분을 쓰는 동안 머무를 수 있도록 노스캐롤라이나주 몬트리트의 그레이비어드 트레일에 있는 그들의 통나무석조 주택인 '브리지누크'를 제공해 주셨다. 이 한적하고 고요한 곳에서 우리는 평화와 영감을 만끽했으며 그들을 더 잘 알 수 있는 기회를 얻을 수 있었다. 두 분에게 깊은 감사를 전한다.

그리고 마지막으로 조엘 버거 박사님과 캐롤 커닝햄에게 감사드린다. 두 분은 7년이 지난 후에도 진정한 우정이라면 어때야 하는지 알려주었다.

델리아와 마크

블루 프라이드(사자)

가장 주요한 등장동물들이 속한 프라이드로 오언스 부부가 매우 애정을 가지고 인간으로서의 간섭을 최소화하면서 가족이나 친구처럼 지낸 사자 무리이다. 오언스 부부의 사자 이야기는 블루 프라이드를 관찰하면서 적은 서사이며 기록이다.

- 본즈: 블루 프라이드의 우두머리 수사자. 호저가시에 찔려 사냥을 못 하는 사자를 오언스 부부가 수술을 해서 치료해 주었다. 인간의 개입을 최소화하면서 야생을 관찰하고자 했던 오언스 부부에게는 인위적인 수술을 해야만 했던 본즈의 상처 치료가 큰 갈등이었다.
- 블루: 블루 프라이드의 암사자.
- 섀리: 블루 프라이드의 무리 중 등이 처진 거대한 암사자로 무리 중에 최고 연장자이며 경계심이 많다.
- 섀시: 블루 프라이드의 새끼 사자. 다섯 마리의 어린 암사자들 중에서 가장 용감하고 호기심도 왕성하다. 나중에 집시와 같이 어미가

되나 집시가 새끼 사자를 돌보지 않자 새리와 무리를 이루어 새끼 사자들을 재대로 길러 낸다.

- 집시: 블루 프라이드의 새끼 사자. 후에 새시와 비슷한 시기에 어미가 되나 새끼 사자들을 제대로 돌보지 않아 모두 목숨을 잃는다.
- 스파이시: 블루 프라이드의 무리 중 새끼 사자로 싸움을 좋아한다.
- 스푸키: 무리 중 하나로 눈이 대단히 크고 둥글다.
- 리자: 작고 귀여운 새끼 사자.
- 라스칼과 옴브레 : 막내 사자들. 어른 사자들을 귀찮게 해서 콧잔등을 맞곤 한다.
- 머핀: 본즈가 죽은 후 블루 프라이드를 지배하게 된 수사자. 머핀과 모펫은 형제이나 블루를 차지하기 위해 서로 싸우며 경쟁관계에 놓이기도 하지만, 두 녀석의 동맹은 계속 이어진다. 우기에 영역을 지키기 위해 함께 사탄을 공격해 죽음에 이르게 한다.
- 모펫: 본즈가 죽은 후 블루 프라이드와 함께 어울리게 된 수사자. 엉덩이에 'J' 모양의 흉터를 가지고 있다.
- 빔보와 샌디: 긴 건기에 블루가 낳은 새끼 사자들. 샌디는 몸이 약해 건기의 어려운 조건을 견디지 못하고 일찍 세상을 떠난다.

스프링복 프라이드(사자)

블루 프라이드가 아닌 다른 사자 무리를 찾아 남쪽 분지로 갔다가 돌아오는 길에 만난 사자 무리. 사탄과 해피를 제외하고 다른 사자들은 자주 등장하지 않는다.

- 사탄: 세츠와나어로 '존경받는 남자'라는 뜻의 이름을 가진 수컷 사

자. 가죽 색깔이 진하고 두꺼우며 갈기가 새까맣고 얼굴 주위에는 황금빛 털이 수광처럼 난 수컷 사자들의 무리 중 대장이다. 후에 모펫과 머핀의 동맹으로 죽임을 당한다.

- 디아블로: 사탄이 죽은 후 스프링복 프라이드를 차지한 수컷 사자.
- 해피: 가장 덩치가 큰 암컷 사자. 사탄이 죽은 후 머핀, 모펫과 어울리기도 한다. 유독 무리를 자주 옮겨 다니는 암사자로 19개월 동안 네 개의 프라이드를 열여덟 번이나 옮겨 다닌다(칼라하리 사자의 독특한 특성이기도 하다).
- 딕시
- 머지
- 타고
- 서니
- 스톤월: 털이 부스스한 어린 수컷 사자.

갈색하이에나

오언스 부부의 갈색하이에나 관찰 기록은 지금까지 알려진 하이에나의 생존 방식과는 매우 다른 것이며, 청소동물인 하이에나가 공동육아를 하며 공동체를 이루며 살고 있다는 비밀을 밝혀낸 매우 중요한 기록이다.

- 아이비: 덩치가 큰 수컷 갈색하이에나. 일곱 마리 갈색하이에나의 우두머리.
- 패치스: 어른 암컷 하이에나.
- 스타: 넓은 이마에 작고 하얀 별이 있어 스타라고 이름을 붙인 갈색하이에나로 오언스 부부가 처음 만난 암컷 갈색 하이에나이다.

- 페퍼: 스티의 새끼인 암컷 하이에나. 코코아와 토피의 남매이다.
- 코코아: 스타의 새끼 중 수컷 하이에나. 페퍼의 남매이다.
- 토피: 스타의 새끼 중 수컷 하이에나. 페퍼의 남매이다.
- 럭키: 스타 무리의 어른 암컷 갈색하이에나.
- 섀도: 오언스 부부가 스타 다음으로 만난 갈색하이에나.
- 포고: 스타와 같이 다니는 새끼 암컷 갈색하이에나.
- 호킨스: 스타와 같이 다니는 새끼 수컷 갈색하이에나.
- 피핀: 하이에나 공동 육아학교의 맏이, 3살이 넘어 어른이 다 되어간다.
- 칩: 피핀과 같이 수컷이며, 피핀 다음으로 나이가 많다.
- 수티와 더스티: 하이에나 남매로 아주 어린 암컷인 퍼프와 늘 굴 근처에만 머무른다.

반디트와 무리(들개)
- 반디트: 들개 무리의 대장.

자칼 무리
- 캡틴: 검은 꼬리를 가진 덩치가 크고 가슴이 넓은 떠돌이 수컷 자칼.
- 메이트: 캡틴의 짝인 암컷 자칼.
- 헨젤과 그레텔: 캡틴과 메이트의 새끼들.
- 보니와 클라이드: 캡틴과 메이트의 무리의 자칼이며, 라스트 스톱 근처를 차지했디.
- 짐피와 위니: 노스트리 동쪽 근처를 차지한 자칼.
- 선댄스와 스키니 테일: 노스 베이힐을 소유한 자칼 무리.

기타 (야영지에서 같이 지낸 동물들)

- 치프: 야영지에 놀러오는 노랑부리코뿔새.
- 무스: 야영지에서 뭐든지 훔쳐가는 몽구스.
- 마리크: 마리코딱새. 야영지에 둔 덫에 끼어 왼쪽 눈의 시력을 잃고 구걸하며 살아간다.

Abelson, P. H. 1982. Foot-and-mouth vaccines. Science 218 : 1181.

Bertram, B. C. R. 1975. The social system of lions. Scientific American 232 : 54~65.

Bygott, J. D., B. C. R. Bertram, and J. P. Hanby. 1979. Male lions in large coalitions gain reprocudtive advantages. Nature 282 : 839~41.

Child G. 1972. Observations on a wildebeest die-off in Botswana. Arnoldia(Rhodesia) 5:1~13.

Condy, J. B., and R. S. Hedger, 1974. The survival of foot and mouth disease virus in African buffalo with nontransference of infection to domestic cattle. Res. Vet. Sci. 39(3): 181~84.

Dawkins, R. 1976. The Selfish Gene. New York : Oxford University Press.

Hamilton, W. D. 1964. The genetic evolution of social behavior, I, II. J. Theor. Biol. 7:1~52

Hedger, R. S. 1981. Foot-and-Mouth Disease. In Infectious Diseases of Wild Mammals, ed. John Davis et al. Ames : Iowa State University Press.

Kruuk, H. 1972. The Spotted Hyena. Chicago : University of Chicago Press.

Macdonald, D. W. 1979. Helpers in fox society. Nature 282 : 69~71.

Mills, M. G. L. 1976. Ecology and behaviour of the brown hyena in the Kalahari with some suggestions for management. Proc. Symp. Endangered Wildl. Trust(Pretoria) pp. 36~42.

Mills, M. G. L. 1978. Foraging behavior of the brown hyena(Hyaena brunnea Thunberg, 1820) in the southern Kalahari. A. Tierpschol 48 : 113~41.

Moehlman, P. 1979. Jackal helpers and pup survival. Nature 277 : 382~83.

Owens, D., and M. Owens. 1979a. Notes on social organization and behavior in brown hyenas (Hyaena brunnea). J. of Mammalogy 60 : 405~08.

Owens, D., and M. Owens. 1979b. Communal denning and clan associations in brown hyenas of the Central Kalahari Desert. Afr. J. of Ecol. 17 : 35~44.

Owens, D., and M. Owens. 1984. Helping behaviour in brown hyenas. Nature 308 : 843~45.

Owens, M., and D. Owens. 1980. The fences of death. African Wildlife 34 : 25~27.

Schaller, G. B. 1972. The Serengeti Lion. Chicago : University of Chicago Press.

Siegmund, O. H., ed. 1979. The Merck Veterinary Manual. Rahway, N. J. : Merck & Co.

Silberbauer, G. 1965. Bushmen survey report. Gaborone : Botswana Government Printers.

Skinner, J. 1976. Ecology of the brown hyena in the Transvaal with a distribution map for southern Africa. S. Afr. J. of Sci. 72 : 262~69.

Trivers, R. L. 1974. Parent-offspring conflict. Am. Nat. 14: 249~64.

Williamson, D. T. 1984. More about the fences. Botswana Notes and Records. In Press.

Young, E., R. S. Hedger and P. G. Howell. 1972. Clinical foot and mouth disease in the sun buffalo(Syncerus caffer). Ondersterpoort J. vet res. 39(3): 181~84.

칼라하리의 절규

펴낸날	초판 1쇄 2022년 11월 2일

지은이	델리아 오언스, 마크 오언스
옮긴이	이경아
펴낸이	심만수
펴낸곳	㈜살림출판사
출판등록	1989년 11월 1일 제9-210호

주소	경기도 파주시 광인사길 30
전화	031-955-1350
팩스	031-624-1356
홈페이지	http://www.sallimbooks.com
이메일	book@sallimbooks.com

ISBN	978-89-522-4658-5 03840